박씨전·금방울전

한국
고전
문학
전집
021

박씨전·금방울전

이상구 옮김

문학동네

머리말

2010년, 내가 맡은 문학동네 한국고전문학전집 『숙향전·숙영낭자전』의 현대어역본과 역주본이 출간됐다. 그런데 이를 계기로 2017년에 뜻하지 않은 일이 몇 가지 일어났다. 8월에는 프랑스 파리에서 내가 현대어역한 것을 프랑스어로 번역한 『숙향전』이 출판되었으며, 이후 『숙향전』을 이탈리아어, 스페인어, 베트남어, 몽골어 등으로 번역·출판한다는 계약도 맺었다.

또한 『숙향전』 덕분에 2017년 11월 말 독일 프랑크푸르트 대학의 초청을 받아 9박 10일 일정으로 프랑스 파리를 거쳐 독일 프랑크푸르트 대학을 다녀오기까지 했다. 프랑크푸르트 대학 한국어학과 대학원에 '『숙향전』 번역 연습'이라는 교과목을 개설했는데, 해당 수업 워크숍에 참여해주고 『숙향전』 관련 특강도 해달라는 것이 초청 이유였다. 상상도 못했던 일인데다가 외국 여행을 별로 좋아하지 않는 탓에 며칠 동안 결정을 내리지 못하고 망설였다. 하지만 외국인들에게 우리 고전소설을 소개할 수 있는 좋은 기회가 찾아왔는데 여기에 응하는 일은 학자로서 나의 의무이기도 하다는 생각에 다녀왔다.

파리에서는 내 책을 프랑스어로 번역한 한유미 선생을 만나 케이팝 덕분에 한국어를 배우려는 프랑스 대학생들이 매우 많아졌다는 이야기도 들었다. 프랑크푸르트 대학에서는 먼저 '한국 고전문학 『숙향전』의 환상성과 작가의식'이라는 주제로 특강을 했는데, 100여 명의 학생이 눈빛을 반짝이면서 진지한 자세로 경청해주었다. 나는 절로 마음이 들떠 『숙향전』은 물론 한국 고전문학의 가치와 의의에 대해 좀더 상세히 말해주고 싶은 욕심이 솟구쳤다. 주어진 시간 90분이 아쉽기만 했다. 다음날 진행된 '『숙향전』 번역 연습' 워크숍에서는 10여 명의 대학원생이 『숙향전』을 독일어로 번역할 때 느꼈던 어려움을 중심으로 자유로운 분위기에서 의견을 주고받았는데, 역시 학생들의 지대한 관심과 열정에 가슴이 뭉클했다. 9박 10일 동안의 파리와 프랑크푸르트 여행은 나에게 실로 놀랍고도 감격스러운 경험이었으며, 은근히 자부심마저 느끼게 한 사건이었다.

내가 『박씨전·금방울전』의 머리말에 이렇듯 지난해의 경험을 언급한 까닭은 한국 사람들이 우리 고전소설을 소중하게 여기기를 바라는 마음에서다. 하지만 그것이 응당 그래야 한다는 당위의 명제이기보다는, 시대를 초월하는 고전의 감동에서 자연스레 우러나길 바란다. 고전소설에는 선조들의 삶과 고민 그리고 자유로운 삶을 억압하는 현실적 질곡을 어떻게든 극복하려는 힘겨운 몸부림이 담겨 있다. 그리고 어쩌면 오늘날 우리가 누리는 자유와 평등은 이들의 몸부림과 결코 무관하지 않을 것이다.

이번에 출간하게 된 『박씨전·금방울전』도 『숙향전·숙영낭자전』과 유사한 성격과 의의를 지닌 작품이다. 『박씨전』은 병자호란을 배경으로 삼아 박씨의 영웅적 활약상을 형상화함으로써 사대부 남성과 위정자들의 부조리와 무능을 비판한 작품이다. 특히 박씨가 추녀였을 때와 미인으로 환골탈태한 이후 남편 이시백의 태도와 심정이 어떻게 돌변하는지 생생하게 형상화한 대목은 가히 압권이라고 하겠다. 탁월한 능력을 지녔음에도 외모가 추하다는 이유만으로 박씨를 멸시했던 이시백이, 박씨가 미인으로 변한 이후에는 박씨 때문에 상사병에 걸려 죽을 지경에까지 이른다는 설정이 어찌 조선 후기 이시백 같은 인물에게만 해당하는 일이겠는가. 능력보다는 외모를 중시하는 오늘날 우리 사회에도 뜻하는 바가 클 것이다.

『금방울전』은 전생의 용녀가 금방울로 태어나 천정연분인 장해룡을 도와 큰 공을 세우고, 마침내 미인으로 환골탈태해 장해룡과 부부의 인연을 맺고 행복하게 산다는 이야기다. 금방울이 영웅적인 능력을 지니고 있을 뿐만 아니라 뒤에 미인으로 환골탈태한다는 것이 황당하게 생각될 수도 있다. 하지만 여기에는 여성의 능력 발휘와 사회적 활동이 억압되었던 조선 후기 가부장적 이념과 체제에 대한 분노, 그리고 사회적 활동을 통해 자아를 실현하고자 했던 여성들의 간절한 열망이 담겨 있다. 주인공을 금방울이라는 이물異物로 설정한 까닭은 당시 여성들의 사회적 활동을 '죄악'으로 간주했기 때문이다. 『금방울전』은 이런 사회적 조건하에서 여성적 젠더를 지닌 금방울이 사회와 국가를 위해 활약하는 모습을 생생하게 형상화함으로써 여성도 남성과 동등한 능력을 지녔을 뿐만 아니라 사회와 국가를 위해 얼마든지 기여할 수 있다는 것을 은근하게 드러낸 작품이라고 하겠다.

이처럼 『박씨전』과 『금방울전』에 나타난 환상성은 조선 후기 가부장적 이념과 체제에 저항했던 사람들의 간절하면서도 가녀린 몸부림의 산물이기에 우리는 이들 작품을 통해 양성평등의 소중한 가치를 새삼 되새길 수 있다.

2018년 여름
아름다운 사람의 고장 순천에서
이상구 씀

차례

금방울전

〖 일러두기 〗

1. 『박씨전』은 박순호본 『박씨젼』(『박순호 소장 한글필사본 고소설 자료총서』 62, 오성사, 1986)을 저본으로 삼았으며, 손낙범본 『명월부인젼』, 고대본 『박씨전』(고려대학교 도서관 소장), 융희본 『박씨젼』(『박순호 소장 한글필사본 고소설 자료총서』 17, 오성사, 1986) 등을 참고하여 교감했다.
2. 『금방울전』은 일본 동양문고에 소장되어 있는 필사본 『금령전金鈴傳』을 저본으로 삼았으며, 경판 28장본 『금방울젼』(김동욱, 『영인 고소설판각본전집』 4, 1975)을 참고하여 교감했다.
3. 원전에는 장을 나누지 않았으나 독자의 편의를 위해 큰 사건별로 장을 나누고, 각 장마다 사건의 특성에 부합하는 소제목을 임의로 붙였다.
4. 현대어법에 맞추어 띄어쓰기를 하고 문장부호를 사용했으며, 인물의 직접 진술은 줄을 바꾸어 적고 큰따옴표(" ")를 써서 구분했다. 부분 인용의 경우에는 가독성을 위해 마침표를 생략했다.
5. 원전의 뜻을 해치지 않는 범위에서 오늘날 독자들이 쉽게 읽을 수 있도록 현대어로 번역하되, 일부 종결어미와 고어(古語) 등은 고전소설의 맛과 원표현의 아름다움을 살리기 위해 원래 표현에 약간의 윤색만을 가했다.
6. 관직이나 인명 또는 설명이 필요하다고 판단되는 어휘는 그 뜻을 간략하게 정리하여 본문에 삽입하되, 통독의 수월성을 위해 특별한 경우를 제외하고는 가급적 한글 다음에 한자를 병기하는 것으로 뜻풀이를 대신했다.
7. 주석은 본문 이해에 꼭 필요하다고 판단되는 어휘나 어구로 최소화했으며, 풀이도 가급적 간략하게 서술했다.
8. 판독할 수 없는 글자는 '□'로 나타냈다.

박씨전

이상공의 아들 시백과 박처사의 딸이 정혼하다

화설.[1] 조선국 인조대왕[2] 즉위 초에 한양성漢陽城 안에 한 재상이 있었으니, 성은 이李요 이름은 득춘[3]이었다. 어려서부터 학업에 힘써 열 살 전에 문필과 재덕이 온 나라에 유명했고, 사람을 알아보는 능력도 매우 뛰어났다. 어린 나이에 과거에 급제해 벼슬이 일품一品에 이르렀으며, 항상 충성을 다해 나랏일을 하고 인仁으로 백성을 다스렸다. 이로 인해 상공[4]의 위엄과 명망이 온 세상에 진동했다.

상공이 어질고 온후한 덕을 지닌 덕분에 아들을 하나 두었는데, 그 아

1) 화설(話說): 원본에는 '각설'로 되어 있으나 오기가 분명하기에 '화설'로 교정함. 화설은 고소설에서 이야기를 시작할 때 쓰던 말이다.
2) 인조대왕(仁祖大王): 원본에는 '세조대왕'으로 되어 있으나 오기가 분명하기에 인조대왕으로 교정함. 인조(1595~1649)는 조선 제16대 왕으로 정묘호란과 병자호란을 겪었으며, 재위 기간은 1623~1649년이다.
3) 이득춘(李得春): 조선 후기 고령 출신의 문신이자 의병.
4) 상공(相公): '재상(宰相)'을 높여 이르던 말. 재상은 임금을 돕고 모든 관원을 지휘하고 감독하는 일을 맡아 보던 2품 이상의 벼슬이다. 여기서는 시백의 아버지인 득춘을 일컫는다.

들의 이름은 시백[5]이었다. 시백은 재주가 민첩하고 풍채와 문필이 온 나라에서 제일이요, 아울러 술법[6]이 뛰어나며 혼자서 능히 몇 사람을 당해낼 만한 용기를 지니고 있었다. 상공이 시백을 금옥처럼 사랑하고 사람들도 시백의 재주를 칭찬하니, 시백의 명망이 조정에 자자했다.

상공은 평소 바둑 두기와 퉁소 불기를 좋아했으며, 나라 안에서는 상공과 겨뤄 이길 사람이 없을 만큼 실력이 대단했다. 한가할 때면 번번이 달빛 아래에서 홀로 퉁소를 불곤 했는데, 그때마다 조화가 무궁해 화단에 핀 꽃이 퉁소 소리에 응하며 저절로 떨어졌다. 이 같은 재주는 온 나라에서 제일 뛰어났다.

상공은 항상 바둑을 두고 퉁소를 불 만한 적수가 없음을 한탄했는데, 하루는 다 떨어진 옷을 입고 부서진 갓을 쓴 어떤 사람이 더러운 모습으로 찾아와서 하룻밤 묵기를 청했다. 상공이 그 사람을 자세히 보니, 의관은 비록 남루하나 사람됨이 비범한 것이 걸인과 달랐다. 상공의 뛰어난 관찰력과 식견으로 어찌 도인道人을 몰라보겠는가? 상공이 한번 보고 마음속으로 생각했다.

'저 사람이 본래 천하다면 이렇듯 당돌하게 대청에 오르기를 청하겠는가?'

분명 보통 사람이 아닌 줄 알고 그 사람에게 말했다.

"어떤 귀객貴客이신지 모르오나, 어찌하여 이런 누추한 곳까지 찾아오셨나이까?"

상공이 대청에 오르기를 청하니, 그 사람이 대청으로 올라왔다. 두 사람이 인사를 나누고 자리를 잡아 앉은 뒤 성명姓名을 주고받을 때, 그 사람이 말했다.

5) 이시백(李時白, 1581~1660): 조선시대의 문신. 병자호란 때 병조판서로 남한산성을 지켰고, 효종 6년(1655)에 영의정에 올랐다.
6) 술법(術法): 음양(陰陽)과 복술(卜術)에 관한 이치 및 그 실현 방법.

"비인[7]은 본래 집 없는 나그네이옵니다. 이름난 산과 큰 절을 찾아다니며 고라니와 사슴을 벗삼아 세월을 보냈는데, 지금은 나이가 많아 강산을 두루 돌아다니지 못하고 한갓 금강산에 머물며 죽기만 바라고 있사옵니다. 세상 사람들은 저를 박처사朴處士라 부르나이다."

상공은 솔직하고 담백한 그의 말을 듣고 그가 신인[8]이라는 것을 더욱 분명하게 깨달았다. 그제야 무릎을 단정하게 모으고 공손히 말했다.

"이렇듯 귀한 분께서 어찌 저 같은 진세의 사람을 찾아오셨나이까?"

처사가 대답했다.

"저는 산속에 살면서 바둑 두기와 퉁소 불기를 좋아했으나, 평소 적수가 없는 것이 한스러웠나이다. 소문을 듣자 하니 상공께서 저처럼 바둑과 퉁소를 좋아하신다 하기에 한번 구경하려고 왔나이다."

상공 역시 평소 적수를 얻지 못해 한탄하던 터라, 그 말을 듣고 반기며 공손한 어투로 말했다.

"선경仙境과 인간 세상은 다른데도 불구하고 뜻하지 않게 찾아와주시니, 말로 표현하기 어려울 정도로 반갑사옵니다. 하오나 제가 어떻게 신선의 곡조에 맞추어 퉁소로 화답할 수 있겠나이까? 제 퉁소 실력은 변변치 못하오나 존객[9]의 가르침을 배우고자 주인인 제가 먼저 불겠사오니, 존객께서 화답하소서."

상공이 한 곡조를 부니, 맑고 아름다운 소리가 구름 밖까지 멀리 퍼져나가는 듯했다. 그 소리 끝에 창문 앞에 핀 모란꽃이 송이송이 떨어져 화단에 가득하거늘, 처사가 그 광경을 보고 매우 칭찬하며 말했다.

"주인의 맑고 아름다운 곡조를 듣고 객客이 화답을 하지 않으면 사람의 도리가 아니외다."

7) 비인(鄙人): 비루한 사람이라는 뜻으로, 남자가 자기를 낮추어 이르는 1인칭 대명사.
8) 신인(神人): 신과 같이 신령하고 숭고한 사람.
9) 존객(尊客): 높고 귀한 손님.

그러고는 상공에게 퉁소를 달라고 해서 두어 곡조로 화답했는데, 그 소리가 더욱 맑고 아름다워 푸른 하늘을 날아가던 청학青鶴과 백학白鶴이 그 소리를 듣고 춤을 추고, 선동仙童이 하늘에서 내려와 앞에서 넘나들며 노는 듯했다. 또한 그 소리가 끊어지면서 창 앞에 떨어졌던 모란꽃이 순식간에 다시 피어 화사하고 아름다운 모습을 뽐냈다. 상공이 그 광경을 보고 한동안 크게 칭찬하다가 말했다.

"세상에 저의 용렬하고 우둔한 재주를 칭찬하지 않는 사람이 없었는데, 선인仙人의 곡조를 듣사오니 옛날 장자방[10]의 곡조로도 미치지 못할 것이외다."

상공은 처사의 퉁소 소리를 듣고 매우 기뻐했는데, 하루는 처사가 상공에게 청하여 말했다.

"상공께서 귀한 자식을 두었다고 들었는데, 그 아이를 한번 보고 싶나이다."

상공이 즉시 허락하고 아들 시백을 부르니, 시백이 상공의 명을 받고 사랑방으로 나왔다. 그날 처사가 시백을 자세히 보니 만고영웅萬古英雄이요 일대호걸이었다. 또한 조선의 명분[11]을 생각해볼 때 훗날 진실로 출장입상[12]해 한 나라의 재상이 될 기상이 은은히 나타났다. 처사가 기쁜 마음을 참지 못해 곧바로 상공에게 청하여 말했다.

"비인이 상공을 찾아온 것은 다름이 아니라 상공께 한 가지 부탁 말씀이 있기 때문이옵니다."

상공이 대답했다.

10) 장자방(張子房): 중국 한나라의 공신인 장량(張良, ?~BC 186)의 자(字). 초패왕 항우가 계명산(鷄鳴山)에 주둔하고 있을 때, 장자방이 옥퉁소로 사향가(思鄕歌)를 불어 초나라의 8천 군사를 흩어지게 했다고 한다.
11) 명분(命分): 이미 정해져 있어 인간의 힘으로는 어쩔 수 없는 천운(天運)과 기수(氣數).
12) 출장입상(出將入相): 나가서는 장수가 되고 들어와서는 재상이 된다는 뜻으로, 문무를 다 갖추어 장상(將相)의 벼슬을 모두 지냄을 이르는 말.

"무슨 부탁인지 듣고자 합니다."

처사가 말했다.

"비인이 딸 하나를 두었는데, 열여섯 살이 되도록 가연[13]을 정하지 못해 천하를 두루 돌아다녔사옵니다. 다행히 존문[14]에 이르러 귀한 아들을 보니 제 마음에 합당합니다. 제 딸이 비록 재주가 둔하고 용모도 못났지만 존문에서 용납할 만하옵니다. 외람되지만 청혼하오니, 상공의 뜻은 어떠하신지요?"

상공이 처사의 말을 듣고 생각했다.

'처사의 도덕과 재주가 저렇듯 뛰어나니, 그 자식 또한 총명하지 아니하리오?'

상공이 처사에게 말했다.

"존객은 선인이요 저는 티끌세상의 인물인데, 어찌 인간 세상의 인물이 선인과 혼사를 논할 수 있겠나이까?"

처사가 대답했다.

"상공은 우리나라에서 제일가는 재상이요, 저는 미천한 인물이옵니다. 저 같은 사람이 귀댁에 청혼하는 것이 극히 불가한 일이오나, 제 청혼을 저버리지 않으신다면 한이 없을 듯하옵니다."

상공이 기뻐하며 즉시 혼인을 허락하니, 처사 또한 기뻐하며 혼인하기 좋은 날을 골랐다. 그해 삼월 보름이 좋은 날이었기에 공과 처사가 혼인날을 확정하고 술과 음식을 들여와 서로 권했다. 이후 두 사람은 연일 맑은 바람이 불어오는 누각 위에서 바둑을 두거나 달이 밝게 비친 창가에서 통소를 불면서 즐겼다. 그러던 어느 날 처사가 작별을 고했다. 상공은 못내 서운하고 섭섭했지만 어쩔 수 없이 처사의 손을 잡고 작별

13) 가연(佳緣): 부부 관계나 연인 관계를 맺게 된 연분.
14) 존문(尊門): 남의 가문이나 집을 높여 이르는 말.

인사를 나누니, 처사가 산속으로 들어가더라.

처사가 떠난 뒤 상공이 즉시 일가붙이들을 모아놓고 처사의 딸과 정혼한 사실을 이야기하니, 부인과 가족들이 이상하게 생각하며 말했다.

"처사의 출신도 알지 못한 채 가족들 모르게 그의 청혼을 경솔하게 받아들였으니 실로 괴이하옵니다."

부인과 가족들의 의견이 분분하자, 상공이 웃으면서 말했다.

"내가 박처사의 딸이 효덕孝德과 지식을 아울러 갖추었다는 말을 듣고 혼인을 허락했으니, 가족들은 부질없이 시비是非하지 마라."

시백이 외모가 추비한 박씨와 혼례를 올리다

각설. 혼인날이 임박해 상공은 혼구婚具를 찬란하게 갖춘 뒤 노복 등을 거느리고 길을 떠났다. 시백이 혼례복을 갖추어 입고 금 안장을 얹은 준마를 타고 길을 떠나 금강산을 찾아가는 모습은 청춘호걸青春豪傑의 풍채로 훌륭했고 찬란한 기구도 갖추어 일대 장관이었다. 그러나 오늘 같은 경삿날에도 일가붙이들은 상공의 행차를 비웃었으며, 조정에서도 논란이 적지 않았다.

상공 일행이 여러 날 만에 금강산에 도착해보니, 때마침 삼춘가절인지라 경치가 아주 좋았다. 좌우의 산천을 둘러보니 여러 색깔 화초가 만발하고 벌과 나비가 쌍쌍이 날아들었다. 늘어진 수양버들 가지 사이로 황금 같은 꾀꼬리가 벗을 부르며 우는 소리는 더욱 듣기 좋았다.

상공 일행이 빼어난 풍경을 구경하며 산속으로 들어가니, 사람의 자취를 찾아볼 수 없을 정도로 사방이 고요하고, 어디로 가야 할지 알 수도 없었다. 어쩔 수 없이 주점을 찾아 들어가 하룻밤 자고, 이튿날 다시 출발해 산골짜기로 들어갔다. 그러나 여전히 인적은 찾아볼 수가 없었으며, 층암절벽만 병풍처럼 둘러친 듯했다. 골짜기에 흐르는 물은 잔잔해 나그네의 마음을 위로했으며, 꽃이 활짝 핀 연못에서 우는 두견새 소리는 처량해 마음속 깊이 새겨진 근심을 돋우는 듯했다.

상공은 스스로 생각해도 박처사와 혼약을 맺은 것이 허탄했으나, 아무리 후회해도 이미 소용없었다. 어쩔 수 없이 날이 저물 때까지 산속을 방황하다가 해가 서산에 떨어지고 달이 동쪽 산봉우리에 떠올라 할 수 없이 다시 주점으로 돌아와서 잤다. 다음날 또 산골짜기로 들어갔지만 길은 끊어지고 물어볼 곳도 전혀 없었으니, 바로 진퇴유곡進退維谷이었다. 상공은 어쩔 도리가 없어 근처 바위 위에 자리를 잡고 소나무에 비스듬히 기대어 앉아 스스로 탄식하며 말했다.

"내 일을 내가 생각해도 눈보라가 몰아치는 가운데 남양[1]의 초당草堂에 있는 와룡선생[2]을 찾아온 듯, 수양산 깊은 곳에서 지내는 백이숙제伯夷叔齊를 찾아온 듯하구나."

상공이 자신의 허황된 처지를 스스로 한탄하고 앉아 있는데, 갑자기 산골짜기 사이에서 아이들 서너 명이 유산가[3]를 부르며 나왔다. 상공이 반기며 아이들에게 물었다.

"저기 가는 저 아이들은 잠깐 멈추고 내 말을 들어보라. 이곳이 어디인가? 길을 자세히 가르쳐주어 길 잃은 나그네의 아득한 마음을 분명하게 인도하는 것이 어떠하겠느냐?"

목동이 대답했다.

"이곳은 금강산이요, 이 길은 박처사가 사는 곳으로 통하는 길이요,

---

1) 남양(南陽): 중국의 하남성(河南省) 서남부에 있는 도시. 제갈량이 유비의 책사가 되기 전 이곳에 은거하고 있었다.
2) 와룡선생(臥龍先生): 중국 삼국시대 촉한(蜀漢)의 정치가 겸 전략가였던 제갈량(諸葛亮, 181~234)의 별칭.
3) 유산가(遊山歌): 서울·경기지방에서 불리던 12잡가 가운데 하나.

우리는 지금 박처사가 사는 곳에서 오는 길입니다."

상공이 반기며 물었다.

"지금 박처사가 집에 계시더냐?"

목동이 대답했다.

"처사가 있다는 말은 옛 노인에게 들었나이다. '수백 년 전 여기에 박처사라 일컫는 사람이 나무 위에 둥지 같은 집을 짓고 과일만 먹고 살았는데, 어느 날 갑자기 사라져 간 곳을 모르겠다'고 말씀하시는 것만 들었고, 지금 박처사가 산다는 말은 금시초문이나이다."

상공이 그 말을 듣고 정신이 더욱 아득해 또 물었다.

"처사가 그곳에서 살던 기간이 몇 해나 되었다고 하더냐?"

목동이 미소를 지으며 말했다.

"박처사가 그곳에서 산 지는 사백 년이라 하더이다."

다시 물어도 목동들이 대답하지 않고 가버리거늘, 상공이 목동들의 말을 듣고 더욱 민망해 하늘을 우러러 한탄하며 말했다.

"세상에 이렇듯 허무맹랑한 일도 있구나."

상공이 탄식해 마지않으니, 하인들 역시 허망하게 여기더라.

그러나 상공은 생각했다.

'이대로 돌아가면 신의가 없는 사람이 되리라.'

상공은 다시 하인들을 데리고 주점으로 돌아와 머물렀다. 이때 시백이 부친을 위로하며 말했다.

"옛날 한무제[4]도 선인을 구하다가 끝끝내 구하지 못하고 분수[5]의 추풍秋風에 헛되이 돌아왔사옵니다. 아무리 후회해도 소용이 없으니 지금

4) 한무제(漢武帝): 중국 한나라 제7대 황제인 유철(劉徹, BC 156~BC 87). 장생의 비법을 배우고 싶었으나 결국 배우지 못하고 일흔 살까지 살다가 죽었다.

5) 분수(汾水): 중국에 있는 강 이름으로, 한무제가 이 강에 배를 띄우고 놀며 「추풍사秋風辭」를 지었음.

이라도 돌아가는 것이 좋겠나이다."

상공이 허탈하게 웃으면서 말했다.

"이미 엎질러진 물이라 이대로 돌아가도 남의 비웃음을 면치 못할 것이요, 돌아가지 않아도 허망한 일이로구나. 내일이 바로 전안[6]할 날이니, 부득이 내일 하루만 더 찾아보자꾸나."

이튿날 상공은 하인들을 데리고 길을 재촉해 반나절이나 산속을 왕래하며 박처사를 찾았는데, 그날 오후 한시가 다 될 무렵 갈건葛巾을 쓰고 베옷을 입은 한 사람이 대나무 지팡이를 짚고 흰 깃털로 만든 부채를 손에 들고 산골짜기 사이에서 나왔다. 상공은 반갑기도 측량없고 즐겁기도 그지없었다. 눈을 씻고 다시 보니 박처사가 분명했다.

처사가 상공을 보고 반기며 말했다.

"저 같은 사람을 찾아 여러 날 깊은 산골짜기에서 마음을 많이 상하신 듯싶어 도리어 볼 낯이 없나이다."

상공이 웃으며 박처사와 인사를 나눈 뒤 함께 산속으로 들어갔다. 때마침 삼월이라 옥구슬 같은 화초가 좌우에 만발해 꽃향기가 옷깃에 스며들었으며, 벌과 나비는 꽃을 보고 반기는 듯 쌍쌍이 춤을 추며 날아들고, 노송老松은 축축 늘어지고 버드나무는 파릇파릇 새싹이 돋아 있었다. 또한 황금 같은 꾀꼬리가 버드나무 가지의 그림자 사이를 왕래하면서 비단결 같은 고운 소리로 지저귀니, 상공이 생각했다.

'티끌세상을 떠나 선경仙境에 오른 듯하니, 이곳이 진실로 별유천지비인간[7]이리라.'

이때 처사가 상공에게 말했다.

---

6) 전안(奠雁): 혼례 때, 신랑이 기러기를 가지고 신부집에 가서 상 위에 놓고 절함. 또는 그런 예(禮).

7) 별유천지비인간(別有天地非人間): 무릉도원이나 선경처럼 인간이 살지 않고 경치가 특별히 아름다운 곳을 일컬음.

"저는 본래 가난해서 손님을 접대하는 방도 없고 머물러 쉬게 할 만한 집도 없사오니, 잠깐 석상石上에 편안한 마음으로 앉아 계시옵소서."

처사가 낙락장송 아래 돌을 정결하게 쌓아 석탑[8]을 만들어놓고 앉을 자리를 정해주었다. 상공은 석탑에 앉아 며칠 동안 처사를 만나지 못해 고생한 일을 이야기하면서 처사와 함께 웃고 즐겼다.

처사가 다시 말했다.

"이처럼 후미지고 으슥한 산속에서 예법을 다 갖출 수 없어 매우 무안합니다만, 간략하게라도 혼례를 올리사이다."

처사가 혼례를 올리기 위한 자리를 마련한 뒤 상공이 시백을 데리고 교배석[9]으로 들어가니, 처사는 딸의 얼굴을 얇고 가벼운 비단으로 가리고 교배석으로 나왔다. 전안을 마친 뒤 처사가 두 사람을 인도해 내당으로 들어갔고, 상공은 홀로 석탑에 앉아 있었다. 이윽고 처사가 송화주를 가지고 나와 말했다.

"산속에는 별달리 맛있는 것이 없으니, 허물치 마소서."

처사가 상공에게 술을 서너 잔 권한 뒤 하인들에게도 차례로 주었다. 처사가 또 상공에게 술을 권했지만 공은 술이 독해서 더 마실 생각이 없었다. 상공과 하인들이 술기운을 이기지 못하고 혼곤하여 졸았는데, 잠시 후 깨어나보니 날이 이미 밝아 있었다. 상공이 놀라 처사에게 말했다.

"어제 먹은 술이 실로 인간의 술과 달라 저녁을 먹지 않고도 지금까지 든든하니, 이것이 바로 선약仙藥인가 하나이다."

처사가 웃으며 말했다.

"존공께서는 송화주 한 잔에 지금까지 몹시 취하신 것이옵니까?"

8) 석탑(石榻): 돌로 만든 걸상.
9) 교배석(交拜席): 전통 결혼식에서, 신랑과 신부가 서로 절하는 자리.

상공이 대답했다.

"속세의 평범한 사람이 선인의 좋은 술을 마셨으니 한 잔도 지나친 듯하옵니다."

이렇듯 상공과 처사가 서로 이야기를 나누다가 상공이 그날 바로 돌아가기를 청하니, 처사가 말했다.

"이곳은 산이 깊고 갈 길도 머니, 내일 제 딸도 아주 데리고 가소서."

상공이 옳게 여겨 말했다.

"그렇게 하사이다."

다음날 상공이 길 떠날 채비를 할 때, 처사는 다른 사람이 신부를 볼 수 없도록 나삼羅衫으로 신부의 얼굴을 가리고 온몸을 보자기로 덮어씌워 데리고 나왔다. 처사가 신부를 시백에게 인도하면서 상공에게 말했다.

"잘 가시고, 훗날 다시 보사이다."

상공이 처사의 손을 놓고 작별을 고한 뒤 며느리와 일행을 데리고 산 속에서 나왔는데, 산 입구까지 내려왔을 때는 이미 해가 서산에 지고 달이 동쪽 산마루에 떠 있었다. 주점을 찾아 신부와 상공 부자 세 사람이 한방으로 들어갔을 때 신부가 얼굴을 가렸던 나삼을 벗었다. 상공과 시백은 그제야 비로소 신부의 얼굴을 보게 되었는데, 신부의 용모가 너무 추하고 더러워서 차마 눈 뜨고 볼 수가 없었다. 얼굴이 검고 얽은 가운데 더러운 때가 줄줄이 끼여 얽은 구멍에 가득했으며, 눈은 달팽이 구멍 같았고, 코는 깊은 산골짜기에 있는 험한 바위 같았으며, 이마는 너무 벗어져 남극노인성[10]의 이마처럼 번들거렸다. 키는 아주 커서 팔척장신八尺長身이요, 한 팔은 비틀어지고 한 다리는 절뚝발이처럼 굽어 있었다. 상공과 시백은 신부의 용모를 한번 보고 정신이 나가 다시 대면할 마음

10) 남극노인성(南極老人星): 천하태평을 축복하는 별의 신. 대머리가 산처럼 우뚝 솟아 있으며, 그 머리가 몸의 절반을 차지할 정도로 형상이 기이한 신.

이 없어 서로를 바라보며 아무런 말도 하지 않았다.

그러나 이미 엎질러진 물이었다. 상공과 시백은 할말이 없어 그렁저렁 그날 밤을 보내고 길을 재촉해 서울에 도착했다. 집으로 들어가니 친척과 지인의 부인들이 신부를 구경하기 위해 모여 있었다. 신부가 가마에서 내려 안방에 딸린 작은 방으로 들어가 얼굴을 가렸던 나삼을 벗었는데, 그 모습이 가관지물[11]이었다. 방안에 있던 사람들이 신부를 보고 말했다.

"이런 얼굴은 태어나서 처음 구경하도다."

여러 부인이 서로 얼굴을 물끄러미 바라보면서 무수히 빈정거렸다. 이날은 신부를 맞이하는 경사스러운 날이었으나, 마치 무슨 재난을 당한 집 같았다.

위아래 사람들 모두 경황이 없는 가운데 상공의 부인이 공을 원망하며 말했다.

"서울에도 고문거족[12]의 아리따운 숙녀가 많거늘, 대감께서는 어찌 구태여 산속까지 들어가 저다지 모양이 추한 것을 데려와서 남의 비웃음을 사게 하나이까?"

그 말을 듣고 상공이 부인을 크게 꾸짖어 말했다.

"아무리 절대가인絶代佳人을 며느리로 삼을지라도 행실이 바르지 않으면 인륜이 크게 어그러져 가문을 보존하지 못할 것이오. 비록 외모가 험상궂은 사람일지라도 어질고 너그럽게 행동하면 온 가문이 흥해 만복萬福을 누리게 되는데, 부인은 무슨 말씀을 그렇게 하시오? 지금 며느리의 얼굴이 비록 추하고 더럽지만 임사[13]의 덕행이 있소. 우리가 천우신조

11) 가관지물(可觀之物): 가히 볼 만한 물건이라는 뜻으로, 남의 언행이나 어떤 상태를 비웃는 뜻으로 이르는 말.

12) 고문거족(高門巨族): 부귀하고 문벌이 좋아 대대로 이름난 집안.

13) 임사(姙姒): 주문왕(周文王)의 어머니인 태임(太姙)과 무왕(武王)의 어머니인 태사(太姒)로, 두 사람 모두 부녀(婦女)의 도리를 실천한 것으로 유명하다.

로 저렇듯 어진 며느리를 얻었거늘, 부인은 사람을 볼 줄도 모르면서 다시는 그런 말을 하지 마시오."

부인이 오히려 부끄러움을 머금고 대답했다.

"대감의 말씀이 당연하오나, 자식이 며느리와 사랑을 나누는 즐거움을 누리지 못할까 걱정되옵니다."

상공이 말했다.

"자식과 며느리가 화락하고 아니하고는 우리 가문의 운수에 따른 일이니, 근심할 필요가 어디 있겠소? 부인도 며느리를 박대하지 않도록 조심하시오. 부인이 며느리를 사랑하면 자식이 어찌 그 며느리와 화락하지 아니하겠소?"

상공은 부인을 더욱 경계했다.

초당에서 외로이 지내는 박씨

이때 시백은 용모가 추하고 더러운 박씨를 매우 미워했으며, 하인들도 덩달아 박씨를 미워했다. 그래서 박씨는 밤낮을 가리지 않고 홀로 빈 방에서 잠자기만을 일삼았는데, 시백은 그러한 박씨가 더욱 미워서 쫓아보내고 싶었다. 그러나 부친이 두려워 감히 마음을 표현하지 못하고 있었는데, 상공이 그 눈치를 채고 시백을 불러 꾸짖어 말했다.

"사람의 덕행을 모르고 미색만 취하면 끝내 집안이 망하고 말 것이니라. 내가 들으니, 너희 내외가 화락하지 못한다고 하던데, 그리하고서 어찌 수신제가하기를 바라리오? 옛날 제갈공명의 아내 황발부인[1]은 비록 인물이 추비醜卑했으나 재덕을 겸비했으며, 제갈공명이 한 나라의 승상이 되어 공을 세운 것이 그 부인의 가르침 덕분이라고 하더구나. 공명이 만일 그 부인을 업신여겨 박대했더라면 비바람을 마음대로 부리는

1) 황발부인: 제갈량의 부인으로, 추녀였지만 재주와 식견이 뛰어나 제갈량에게 많은 조언을 했다고 한다.

술법을 누구에게 배워 영웅호걸이 되었겠느냐? 네 아내도 비록 자색姿色은 없으나 뛰어난 절행과 비범한 재주가 있을 것이니, 너는 조금도 소홀하게 알지 마라. 개와 닭이라도 부모가 사랑하면 자식도 따라서 사랑하는 것이 부모를 위하는 것인데, 하물며 사람이야 더욱 그렇지 않겠느냐? 내가 총애하는 사람을 박대하면 이는 부모를 업신여기는 것이니, 이것을 어찌 부모의 뜻을 섬기는 일이라 할 수 있겠느냐? 그렇게 되면 인륜을 해치게 되니 부디 각별히 조심해 예법을 어기지 마라."

시백이 머리를 조아리고 사죄하며 말했다.

"소자가 사람을 몰라보고 인륜을 어그러뜨렸으니, 만 번 죽어도 아깝지 않나이다. 어찌 다시 아버님의 가르침을 저버리겠나이까?"

상공이 다시 말했다.

"그러할진대 오늘부터 부부가 화락하게 지내리라 믿노라."

시백은 부친의 명을 거역하지 못해 없는 정이 있는 체하고 억지로 마음을 다잡고 내당으로 들어갔다. 그러나 박씨를 보는 순간 부친의 훈계는 온데간데없이 사라져버리고 미운 마음이 절로 나서, 부채로 얼굴을 가리고 등잔 뒤에 돌아앉아 빨리 날이 새기를 간절하게 바랐다. 이윽고 닭 우는 소리가 나자마자 시백이 즉시 방에서 나와 부모님께 아침문안을 올리니, 상공이 어떻게 이러한 줄을 알리오?

상공이 또 비복들을 불러 꾸짖어 말했다.

"내가 들으니 너희가 어진 상전[2]을 몰라보고 멸시한다던데, 만일 다시 그런 짓을 한다면 엄하게 다스릴 것이니 죽기를 각오하라."

상공의 말을 듣고 비복들이 두려워했다.

이때 또 상공의 부인이 박씨를 매우 원통하게 여겨 시비侍婢 계화를 불러 말했다.

2) 상전(上典): 예전에, 종에 상대해 그 주인을 이르던 말.

"내가 불운해 수많은 인물 중에서 저런 추비한 것을 며느리로 삼게 되었는데, 쓸데없이 게으름 피우며 잠만 자는구나. 게다가 여공재질[3]도 없는 것이 밥만 많이 먹으려 하니 어디다 쓰리오? 앞으로는 밥도 적게 주거라."

이렇듯 부인이 박씨의 허물을 무수히 잡아내 수시로 험담을 하니, 친척들도 박씨와 화목하게 지내지 못했을 뿐만 아니라 이곳저곳에서 비아냥거렸다.

여러 사람에게 구박을 받던 박씨가 어느 날 시비 계화를 불러 말했다.

"대감께 아뢸 말씀이 있으니 외당에 나가, 좀 뵙자고 여쭈어라."

계화가 명을 받고 즉시 나가 상공께 그 말씀을 아뢰니, 상공이 듣고 즉시 내당으로 들어왔다. 박씨가 처연하게 한숨을 쉬며 상공에게 아뢰었다.

"박복한 인물이 추한 외모 때문에 부모님께 효도도 못하고 부부간에도 화락하게 지내지 못하고 있사옵니다. 또한 소부小婦 때문에 온 가족이 화목하지 못하니, 소부는 이 집안에서 쓸모가 전혀 없는 사람이라 할 만하옵니다. 며느리가 없다고 생각하고 후원에 초당 한 칸만 지어주시면, 소부는 그곳에서 한가하게 지내며 마음속에 깊이 새겨진 근심도 풀고 남의 이목도 피할까 하나이다."

박씨가 말을 마치고 매우 슬퍼하며 눈물을 흘리자, 상공이 그 딱한 사정을 보고 불쌍히 여겨 같이 눈물을 흘리면서 말했다.

"자식이 못나고 어리석어 내 말을 듣지 아니하고 너를 박대하니, 이는 가문의 운수가 불행한 탓이로다. 그러나 내가 다시 시백에게 단단히 타이를 터이니, 너는 마음을 편히 가지도록 해라."

박씨가 그 말을 듣고 감격해서 다시 아뢰었다.

3) 여공재질(女功才質): 예전에, 부녀자들이 하던 길쌈 재주와 기질.

"대감의 말씀은 매우 황송하오나, 이는 모두 소부의 용모가 추하고 덕행이 없는 탓이옵니다. 소부가 어찌 다른 사람을 원망할 수 있겠나이까? 다만 소부가 원하는 대로 후원에 초당을 지어주시면 좋을까 하나이다."

상공이 말했다.

"내 조만간 초당을 지어주마."

이야기를 마친 상공은 외당에 나와 시백을 불러 꾸짖어 말했다.

"네가 진정 어진 사람을 몰라보고 내 말도 거역하니, 그러한 너를 어디에 쓰겠느냐? 효도를 모르는데 충성을 어찌 알겠으며, 충효를 모를진대 어찌 짐승과 다르다고 하겠느냐? 너 같은 놈이 어떻게 수신제가를 하리오? 네가 내 명령을 거역하고 마음을 고치지 못하면 부모에 대한 불효는 말할 필요도 없거니와 네 아내가 원한을 품게 될 것이다. 여자는 속이 좁기 때문에 뒷날 무슨 일이 일어날지 모른다. 여자가 원한을 품으면 오뉴월에도 서리가 내린다고 하는데, 네가 어떻게 공명功名을 이룰 수 있겠느냐? 만일 네 아내가 불행해 혼자서 독숙공방獨宿空房하다 마음속에 깊이 새겨진 근심을 못 이겨 스스로 목숨이라도 끊는다면, 첫째는 조정에서 용납할 수 없는 죄인이 될 것이요, 둘째는 집안에 큰 재앙이 될 것이니 내가 어찌 근심하지 않으리오? 너는 대체 어떤 놈이기에 미색만 좋아하고 덕행은 생각하지 않느냐?"

시백이 땅에 엎드려 사죄하며 말했다.

"소자가 못나고 어리석어 아버지의 분부를 거역하고 부부간의 정을 끊었사오니, 만 번 죽어도 아깝지 않나이다. 어찌 또다시 아버지의 명령을 거역하겠나이까?"

시백은 외당에서 나와 생각했다.

'이제 다시는 그러지 말자.'

마음을 굳게 다잡고 박씨의 방으로 들어갔으나 박씨의 얼굴을 보니 눈이 절로 감기고 기절할 듯이 온몸이 저절로 떨렸다. 아무리 마음을 고쳐먹고자 한들 그 괴이한 얼굴을 보고 어찌 마음이 감동하리오? 상공이 그런 사정을 알고 후원에 초당을 짓고 시비 계화로 하여금 같이 거처하게 하니, 박씨의 신세가 불쌍해 차마 보지 못할 지경이더라.

임금이 박씨의 재주를 알아보다

이때 임금께서 상공의 벼슬을 일품으로 올리고 전교傳敎를 내리셨다.

"내일 조정으로 들어오라."

임금의 명령을 전해 들은 상공이 북쪽을 향해 네 번 절하고 왕명을 받든 뒤, 부인에게 가서 매우 걱정하며 말했다.

"예전 조복은 낡고 더러우며 새 조복을 미처 준비하지 못했는데, 임금께서 내일 당장 입궐하라고 명령하시었소. 하룻밤 사이에 어떻게 새 조복을 준비하리오?"

상공이 크게 걱정하니, 부인이 말했다.

"상황이 매우 급하게 되었군요. 아무쪼록 바느질 잘하는 사람을 구해 조복을 지어봅시다."

조복을 짓는 문제로 온 가족이 서로 걱정하며 의견이 분분했다. 시비 계화가 이 말을 듣고 초당으로 들어가 박씨에게 상공의 벼슬이 올라갔으며 조복 때문에 낭패해 걱정하고 있다는 이야기를 전하니 박씨가 계화에게 말했다.

"일이 급하거든 조복 지을 옷감을 구해 내게 가져오너라."

계화가 이 말을 듣고 더욱 희한하게 여겨 박씨의 얼굴을 다시 보고는 급히 나아가 상공께 아뢰니, 공이 크게 기뻐하며 말했다.

"내 며느리는 선인이기 때문에 반드시 특별한 재주가 있으리라. 조복 지을 옷감을 빨리 가져다주거라."

이에 상공의 부인이 비웃으면서 말했다.

"저 아이의 모양이 저러한데 무슨 재주가 있겠습니까?"

모든 사람이 말했다.

"옷감만 버릴 것이니 보내지 마소서."

이렇듯 의견이 분분하자, 상공이 크게 웃으면서 말했다.

"속담에 이르기를, '형산백옥[1]이 진토塵土 중에 묻혀 있고, 금옥金玉 같은 보배라도 돌 속에 들어 있으면 누가 능히 그것을 알아보겠는가?'라고 했으니, 안목이 없으면 진면목을 알아볼 수가 없소. 그런데 부인은 어떻게 남의 재주를 그리 잘 아시오? 박씨는 녹록한 여자가 아니니, 빨리 옷감을 보내소서."

부인은 대감의 말을 거역하지 못해 옷감을 보내고는 밤새도록 걱정했다.

'제가 어떻게 하려고 옷감을 가져오라 했는가? 만일 오늘밤 안에 짓지 못하면 조복 지을 비단을 버릴 뿐만 아니라 낭패를 보게 되리라.'

부인의 걱정이 끝이 없었다.

이때 박씨는 홀로 앉아 계화를 기다리고 있었는데, 얼마 뒤 계화가 조복 지을 비단을 가져오자 박씨가 말했다.

"조복은 혼자 지을 수 있는 옷이 아니니, 이 일을 거들어줄 만한 사람

1) 형산백옥(荊山白玉): 중국 형산에서 나는 백옥이라는 뜻으로, 보물로 전해오는 흰 옥돌을 이르는 말.

을 데려오너라."

계화가 이 말을 듣고 상공께 아뢰니, 상공이 즉시 내당으로 들어가 바느질 도와줄 사람을 몇 명 구해 보내더라.

박씨가 등불을 밝히고 조복을 짓기 시작했는데, 박씨의 수놓는 법과 바느질하는 법이 월궁항아[2] 같아서 열 사람이 하는 일을 혼자 다 했으며, 이삼 일이 걸려도 못 할 일을 하룻밤 사이에 다 지어냈다. 앞에는 봉황을 수놓고 뒤에는 청학을 수놓았는데, 그 수가 선명해 봉황은 춤을 추고 청학은 푸른 하늘로 날아오르는 듯했다. 함께 바느질하던 사람들이 박씨의 재주를 보고 탄복하여 말했다.

"우리는 아무리 애를 써도 이 재주에 미치지 못하리라."

박씨가 계화를 불러 조복을 상공께 가져다드리니, 공이 크게 칭찬하며 말했다.

"이것은 선인의 솜씨요, 인간의 재주가 아니로다."

부인 또한 조복을 자세히 보고 크게 칭찬하더라.

다음날 상공이 조복을 입고 궁궐에 들어가 임금께 사은숙배하니, 임금께서 상공의 조복을 보고 가까이 오라 한 뒤 물으셨다.

"공의 조복을 누가 지었는고?"

상공이 아뢰었다.

"신의 며느리가 지었나이다."

임금께서 또 물으셨다.

"그러면 저렇듯 뛰어난 재주를 가진 며느리를 굶주림과 추위에 시달리게 하고 독숙공방하게 한 것은 어찌된 일인고?"

상공이 크게 놀라 땅에 엎드려 아뢰었다.

"전하께옵서 어떻게 그 일을 이처럼 명백히 아시나이까? 그저 황공할

2) 월궁항아(月宮姮娥): 달에 산다는 선녀.

따름이옵니다."

임금께서 말씀하셨다.

"경의 조복을 보니 뒤에 수놓은 청학은 선경을 떠나 창오산[3]을 오가면서 굶주린 형상이요, 앞의 봉황은 짝을 잃고 울부짖는 형상이 분명하도다. 짐이 그것을 보고 짐작했노라."

상공이 네 번 절하고 아뢰었다.

"그 모든 것은 신이 어리석고 둔한 닷이옵니다."

임금께서 그 실상을 자세히 물으시니, 상공이 아뢰었다.

"신의 며느리가 얼굴이 추비한 탓에 신의 자식이 며느리를 멀리해서 부부간에 화락하지 못했는데, 자식이 못나고 어리석어 아비의 가르침을 끝내 듣지 않아 며느리가 빈방에서 홀로 지내고 있사옵니다."

임금께서 또 물으셨다.

"부부간에 화락하지 못해 며느리가 독숙공방하는 것은 알겠거니와, 추위와 굶주림을 견디지 못해 항상 눈물로 세월을 보내는 것은 무슨 까닭이뇨?"

상공은 황공한 마음을 이기지 못해 땀이 등을 적셨는지라, 잠시 머뭇거리다가 다시 아뢰었다.

"신은 외당에 거처하기에 내당의 일은 알지 못하옵나이다."

상공이 황공해서 몸 둘 바를 모르다가 아뢰었다.

"이는 다 신이 어리석고 둔한 탓이옵니다."

임금께서 말씀하셨다.

"짐이 자세히 알 수는 없지만, 경의 며느리가 비록 얼굴은 곱지 못할지라도 영웅의 풍모가 있는 듯싶으니, 부디 박대하지 말라."

---

3) 창오산(蒼梧山): 중국 남령산맥(南岭山脈)에 있는 산. 순(舜)임금이 순행하다가 창오산에서 돌아가셨는데, 이 소식을 접한 두 왕비 아황(娥皇)과 여영(女英)이 창오산으로 가려고 했으나 뜻을 이루지 못하고 상수(湘水)에 투신했다고 한다.

상공이 더욱 황공해 고개를 숙이고 엎드리자, 임금께서 또 말씀하셨다.

"짐이 매일 백미白米 서 말을 줄 것이니, 오늘부터 경의 며느리에게 한 끼에 한 말씩 밥을 지어 먹이도록 해라. 그러면 경의 집안사람들도 며느리를 박대하지 않을 테니, 경은 각별히 조심해서 다시는 그런 일이 일어나지 않도록 잘 단속하라."

상공이 집으로 돌아와 부인과 집안사람들을 모아놓고 임금의 명령을 낱낱이 이르고, 또 시백을 불러 크게 꾸짖어 말했다.

"부모의 마음을 편하게 하는 것은 자식의 효성이요, 임금을 모셔 국태민안國泰民安하는 것은 신하의 충성이다. 그런데 너 같은 자식은 아비의 가르침을 저버리고 네 마음대로 한 탓에 이 아비가 입시[4]했을 때 황공하게도 임금께 전교를 받고 조정의 책망도 면하지 못했노라. 너는 도대체 어떤 놈이기에 부모에게 효도는 못할망정 부모의 가르침을 이같이 저버려 남에게 무안을 당하게 하니, 그런 불효가 세상에 어디 있겠느냐?"

상공이 목소리를 높여 심하게 꾸짖으니, 시백이 땅에 엎드려 아뢰었다.

"소자가 아버님의 가르침을 거역한 탓에 아버님께서 동료들 앞에서 무안을 당하셨사오니, 소자는 만 번 죽어도 아깝지 않나이다."

상공이 매우 화가 나서 대답도 하지 않고 있다가 시간이 한참 지난 뒤 시백에게 임금의 전교를 낱낱이 이르고, 또 꾸짖어 말했다.

"네가 다시 내 말을 듣지 아니하면, 첫째는 나라에 불충하는 것이요, 둘째는 아비에게 불효하는 것이니라. 앞으로는 각별히 조심하면서 지내도록 해라."

이 일이 있은 뒤 시백과 집안사람들이 박씨를 소홀하게 대하지 못하더라.

---

4) 입시(入侍): 대궐에 들어가서 임금을 뵙던 일.

이때부터 매일 삼시 세끼 한 말의 밥을 지어주면 박씨는 능히 그것을 다 먹으니, 이 광경을 본 사람들이 놀라서 말했다.

"박씨는 분명 여장군이로다."

만 리 앞을 내다보는 눈

하루는 박씨가 계화에게 명했다.

"대감께 드릴 말씀이 있으니 가서 여쭈어라."

계화가 명을 받고 상공께 가서 아뢰니, 공이 즉시 들어와 박씨에게 물었다.

"무슨 할말이 있는고?"

박씨가 아뢰었다.

"집안이 가난하지는 않으나 넉넉하지도 못하니, 소부의 말대로 하시옵소서."

상공이 반기며 물었다.

"어떻게 하면 좋겠느냐?"

박씨가 말했다.

"내일 종로에 하인을 보내면 각처에서 사람들이 말을 가지고 와서 팔려 할 것인데, 그 말들 가운데 작은 망아지가 하나 있을 것입니다. 그 망아지는 병들고 비쩍 말라 볼품은 전혀 없겠지만, 돈 삼백 냥만 주고 사오게 하소서."

공은 그 말이 허무맹랑하게 들렸지만 박씨가 보통 사람과 다른지라, 즉시 허락하고 나와서 부지런하고 성실한 하인을 불러 분부했다.

"내일 종로에 가면 말 장수들이 여러 말을 가져와서 팔고 있을 것이니, 그중에서 병들고 비쩍 마른 망아지 한 마리를 사오너라."

상공이 돈 삼백 냥을 내주니, 하인들이 명을 듣고 나와서 서로 의아해하며 말했다.

"대감께서 무슨 연고로 병들고 비쩍 마른 말을 사오라며 삼백 냥씩이나 주신단 말인가? 참으로 이상하도다."

하인들이 삼백 냥을 가지고 종로에 나가니 과연 장수들이 팔려고 가지고 나온 말들이 여러 필 있었는데, 그중에서 병들고 비쩍 마른 망아지를 보고 그 망아지의 임자를 찾아 물었다.

"이 말 값이 얼마요?"

말 장수가 말했다.

"이 망아지의 값은 닷 냥이오. 이중에 크고 좋은 말이 많은데, 이처럼 비쩍 마른 것을 사다가 무엇에 쓰려 하시오? 좋은 말을 사가시오."

하인이 대답했다.

"우리 대감께서 꼭 이런 말을 사오라 하시기에 사는 것이오."

말 장수가 말했다.

"그러면 닷 냥만 주고 사가시오."

하인들이 말했다.

"우리 대감께서 삼백 냥을 주고 사오라 하셨으니, 삼백 냥을 받고 파시오."

말 장수가 크게 웃으며 말했다.

"이 망아지 값은 닷 냥도 많은데, 어찌 그것보다 더 많은 돈을 받고 팔겠소?"

하인들이 대답했다.

"우리 대감께서 분부하신 대로 주는 것이니, 그대는 잔말 말고 이 돈을 받으시오."

하인들이 삼백 냥을 주었으나, 말 장수는 무슨 연고로 그러는지 몰라 의심을 품고 굳이 사양하며 받지 않았다. 그러자 하인들이 다투며 말했다.

"만일 받지 않으면 이 말을 사지 않을 것이오. 그러니 우리에게 속아 넘어가시오."

그러고는 억지로 말 장수에게 백 냥만 주고 이백 냥은 숨겨 서로 나눠가진 뒤 망아지를 끌고 와서 상공께 드렸다. 상공이 보고 즉시 그 망아지를 끌고 가서 박씨에게 보여주니, 박씨가 그윽하게 보다가 공께 아뢰었다.

"이 말 값으로 삼백 냥을 다 주어야 쓸데가 있는데, 무지한 하인들이 백 냥은 주고 이백 냥은 숨겨 말 장수에게 주지 않았기 때문에 이 망아지는 쓸데가 없게 되었습니다. 하인들에게 다시 말 장수를 찾아가 이백 냥을 다 주고 오라 하소서."

상공이 그 말을 듣고 박씨의 신기함에 탄복하고는 즉시 나와서 하인들을 크게 꾸짖어 말했다.

"내가 너희에게 말 값으로 삼백 냥을 주었는데, 너희는 어찌하여 이백 냥은 숨기고 백 냥만 주고 이 말을 사왔느냐? 상전을 속인 죄는 차후에 치죄하려니와, 숨긴 돈 이백 냥을 급히 가지고 가서 말 장수를 찾아 주고 오너라. 만일 지체하면 너희는 목숨을 보전하지 못하리라."

하인들이 사죄하며 말했다.

"이처럼 훤하게 아시니 어떻게 대감님을 속일 수 있겠나이까? 과연 대감님 분부대로 삼백 냥을 주었으나, 말 장수가 말 값이 닷 냥이라고 굳이 사양하며 받지 않아 도리가 없어 말 장수에게 억지로 백 냥만 주고 이백 냥은 숨겼던 것이옵니다. 대감께서 이렇듯 신명하시니, 소인들은 죽어도 아깝지 않나이다."

하인들이 즉시 이백 냥을 가지고 말 장수를 찾아가 크게 꾸짖어 말했다.

"이 몹쓸 사람아! 당신이 고집을 부려 주는 돈을 받지 않기에 도로 가져갔더니, 대감께서 중죄로 다스려 우리가 죽을 지경에 이르게 되었으니 어찌 원통하고 분하지 않겠소?"

하인들이 말 장수에게 이백 냥을 억지로 주고 돌아와 대감께 아뢰었다.

"말 주인을 찾아 이백 냥을 마저 주고 왔나이다."

상공이 즉시 들어가 박씨에게 그대로 말하니, 박씨가 공께 아뢰었다.

"하인들을 단단히 타일러 이 말에게 매끼 보리 서 되와 밀 서 되로 죽을 쑤어주어 삼 년 동안 한 끼도 거르지 않고 잘 먹이게 하소서."

상공이 박씨의 말에 따라 하인들에게 그 말을 잘 먹이라고 단단히 타일렀다.

각설. 시백이 부친의 명을 거역하지 못해 초당에 들어가 박씨의 얼굴을 보았으나, 차마 마주할 마음이 생기지 않아 부부간의 정은 점점 멀어지더라.

한편, 박씨는 초당의 이름을 피화당避禍堂이라 했으며, 후원에 여러 가지 색깔의 나무를 심고 계화와 함께 오색 흙을 가져다 동쪽에는 청색靑色에 맞춰 푸른 흙으로 나무뿌리를 북돋우고, 서쪽에는 백기白氣에 맞춰 흰 흙으로 북돋우고, 남쪽에는 적기赤氣에 맞춰 붉은 흙으로 북돋우고, 북쪽에는 흑기黑氣에 맞춰 검은 흙으로 북돋우고, 중앙에는 황기黃氣에 맞춰 누런 흙으로 북돋우었다. 이렇게 다섯 가지 색채가 영롱하게 빛나도록 나무들을 심어놓고 계화와 함께 때맞추어 물 주기를 일삼으니, 그 나무들이 일취월장해 모양이 엄숙하고 신기한 현상이 일어났다. 오색구름이 자욱한 가운데 나뭇가지는 용이 서린 듯하고 잎사귀는 호랑이가 앉은 듯했으며, 나무들은 온갖 새와 뱀이 변화하여 서로 머리와 꼬리를 접해 진법陣法을 이루는 듯했다. 그 엄숙한 모습과 신기한 재주는 귀신도 헤아리지 못할 지경이었으니, 무지한 사람이야 누가 능히 그 신묘한 술법을 알리오?

그러던 어느 날 상공이 계화를 불러 물었다.

"부인은 요즘 무슨 일로 소일消日하더냐?"

계화가 아뢰었다.

"부인께서는 후원에 여러 가지 색깔의 나무를 심고, 소녀더러 물을 주어 기르라 했습니다."

상공이 이 말을 듣고 희한하게 여겨 계화와 함께 후원으로 들어가 좌우를 살펴보니, 여러 가지 색깔의 나무가 사방에 무성했다. 또한 그 형상이 너무 엄숙해 바라보기 어려운지라, 공이 크게 놀라 계화를 붙들고 겨우 정신을 차려 자세히 바라보니, 나뭇가지는 용과 호랑이가 되어 바람과 비를 어르는 듯하고, 잎사귀는 무수한 새와 뱀이 머리와 꼬리를 접하는 듯 변화가 무궁했다.

상공이 크게 놀라고 탄복하며 말했다.

"이 사람은 바로 선인이로다. 여자가 이처럼 영웅다운 지혜와 경륜을 품었으니, 그 신묘한 재주를 말로 다 칭찬하지 못하리라."

이어서 박씨에게 물었다.

"나무는 무슨 일로 심었으며, 이 집 당호를 피화당이라 한 까닭을 알지 못하겠는데 어찌한 연고인고?"

박씨가 아뢰었다.

"길흉화복은 인간 세상에 항상 있는 일이옵니다. 뒷날 혹시 다급한 재난이 발생하면 이 나무로 방비할까 해서 심었나이다."

상공이 그 말을 듣고 놀라 그런 연고를 자세히 묻자, 박씨가 아뢰었다.

"이것 또한 하늘의 뜻인데, 어찌 천기를 누설할 수 있겠나이까? 뒷날 자연히 알게 될 것이옵니다."

상공이 감탄하며 말했다.

"너는 진실로 나 같은 사람의 며느리 되기 아깝도다. 팔자가 그러한지 내 자식이 도리에 어긋나게 행동해 부부간에 화락하지 못하고 세월을 헛되이 보내고 있구나. 이제 내 나이가 예순이라 세월이 죽음을 재촉하니, 너희 부부가 화락하게 지내는 모습을 보지 못할까 걱정이구나."

박씨가 다시 공손하게 대답했다.

"소부의 용모가 추비해 부부간의 사랑과 즐거움을 모르게 된 것이니, 이는 다 소부의 죄이온데 누구를 원망하겠나이까? 다만 소부가 원하는 바는 가군家君이 부모에게 효성을 극진히 하고, 입신양명하거든 나라에 충성을 다해 용방[1]과 비간[2]같이 천 년 뒤에도 이름을 남기는 것이옵니다. 그런 뒤 다른 가문에 장가들어 많은 자손을 낳고 만수무강하면 소부는 죽어도 여한이 없을까 하나이다."

상공이 그 말을 듣고 박씨의 어질고 큰 바다와 같은 도량에 탄복했으며, 한편으로는 박씨의 딱하고 가엾은 사정을 불쌍히 여겨 눈물을 흘렸다. 이에 박씨가 위로하며 말했다.

"존구[3]께서는 안심하소서. 언젠가 화목할 날이 있을 것이니 지나치게 근심하지 마소서. 만일 존구께서 너무 근심하시면 가군의 허물이 드러나 고을 사람들이 가군을 불효자라 할 것입니다. 이는 다 소부의 허물 때문이라 가군이 악명을 입게 될까 염려되나이다."

상공이 들으시고 박씨의 지극한 효성에 더욱 탄복하며 크게 칭찬하더라.

---

1) 용방(龍逄): 중국 하(夏)나라 걸왕(桀王)의 신하로, 걸왕에게 충간을 하다가 죽음을 당했다.
2) 비간(比干): 중국 은(殷)나라 주왕(紂王)의 숙부로, 주왕에게 충간을 하다가 죽음을 당했다.
3) 존구(尊舅): '시아버지'를 높여 이르는 말.

각설. 망아지를 먹여 기른 지 삼 년이 되었다. 망아지는 준마가 되어 몸은 용의 형상이요 걸음은 비호 같아, 사람이 능히 제어하지 못했다. 박씨가 상공에게 아뢰었다.

"계유년 섣달 이십삼일 오시午時에 중국 사신이 올 것이니, 이 말을 끌고 가서 사신 오는 길에 매어두면 그 사신이 보고 사가려 할 것입니다. 말 값으로 삼만 냥을 달라 하여 팔아오게 하소서."

상공이 듣고 장신장의[4]하며 박씨의 말대로 하인을 불러 분부한 뒤 중국 사신이 오기를 기다렸다.

과연 박씨가 말한 날 사신이 온다고 하자, 상공은 하인을 시켜 사신이 오는 길목으로 말을 끌고 가서 기다리게 했다. 사신이 지나가다가 그 말을 그윽하게 보고 크게 기뻐하며 말 주인을 찾아 값을 물으니, 하인이 대답했다.

"이 말은 팔려고 가져온 것이며, 값은 삼만 냥이오."

사신이 크게 기뻐하며 삼만 냥을 아끼지 않고 사갔다. 상공이 삼만 냥을 순식간에 얻으니 집안의 재산이 저절로 넉넉해졌다.

박씨가 상공께 아뢰었다.

"그 말은 하루에 천리를 달리는 준마인데, 조선은 작은 나라라 알아볼 사람이 없습니다. 또한 조선은 땅이 작고 좁아 쓸 곳이 없으나 중국은 땅이 광활해 곧바로 그 말을 쓸 곳이 있는 고로 그 사신이 삼만 냥을 아끼지 않고 사간 것입니다. 아무리 준마일지라도 우리 조선에서는 무엇에 쓰겠습니까? 그런고로 중국 사신이 오기를 기다렸나이다."

상공이 듣고 탄복하며 말했다.

"너는 만 리 앞을 내다보는 재주가 있는 여자라 실로 아깝구나. 만일

4) 장신장의(將信將疑): 참과 거짓을 판단하기 어려워 어느 정도 믿으면서도 한편으로는 의심하는 일.

남자로 태어났더라면 나랏일을 돕는 충신이 될 터인데 여자로 태어난 것이 한스럽고 안타깝구나."

그러면서 탄식하더라.

시백이 박씨의 도움으로 장원급제하다

각설. 이때는 나라가 태평하고 풍년이 들어 백성이 편안하니, 임금께서 인재를 뽑으려고 과거 보는 날을 정한 뒤 팔도에 공문을 내려보내셨다. 시백도 구경 삼아 과장科場에 들어가기로 했다. 시험 전날 밤 박씨가 꿈을 꾸었는데, 화초가 만발하고 벌과 나비가 날아드는 후원 연못에 청옥靑玉 연적이 놓여 있어 자세히 보니 청룡으로 변해 여의주를 물고서 오색구름을 타고 옥경玉京으로 올라갔다.[1] 박씨가 잠에서 깨어보니 남가일몽인지라, 잠을 이루지 못하고 이리저리 뒤척이며 날이 새기만을 기다리니 동쪽이 밝아왔다. 급히 연못가로 나아가 보니, 과연 청옥 연적이 연못 위에 놓여 있었다. 자세히 보니 꿈에서 보았던 바로 그 연적이었다. 반가워서 그 연적을 가져와 즉시 계화에게 명해 시백에게 말을 전하라 했다.

"드릴 말씀이 있으니 잠깐 피화당으로 들어오소서."

1) 여의주를 물고서~옥경으로 올라갔다: 이 부분은 『명월부인전』 등을 참고해 보완했다.

시백이 정색하며 말했다.

"무슨 할말이 있기에 장부가 과거 보러 가는 길을 막는가?"

계화가 무안해서 돌아와 박씨에게 시백의 말을 아뢰니, 박씨가 계화를 통해 시백에게 말했다.

"잠깐 들어오시면 좋은 일이 있을 것이니, 한 번만 수고를 아끼지 마소서."

시백이 그 말을 듣고 크게 화를 내며 말했다.

"요망한 계집이 장부가 과거 보러 가는 것을 만류하니, 이런 당돌한 일이 어디 있겠는가?"

시백이 계화를 잡아내 큰 매 삼십 대로 엄중히 다스려 물리치니, 계화가 울며 피화당으로 들어가 박씨에게 아뢰었다. 이에 박씨가 하늘을 우러러 탄식하며 말했다.

"슬프다. 내 죄 때문에 아무 죄 없는 네가 큰 벌을 당했으니, 이처럼 분한 일이 어디 있겠는가?"

박씨가 계화에게 연적을 주며 다시 말을 전하게 했다.

"이 연적을 가지고 과장에 들어가 이 연적의 물로 먹을 갈아 글을 지어 바치면 장원급제할 것이니, 입신양명하거든 부모님을 영화롭게 하고 가문도 빛내소서. 그런 후에 나 같은 추비한 인물은 생각하지 말고 다시 다른 집안의 아름다운 여인을 부인으로 얻어 평생의 한을 풀고, 백년동락하며 아들딸을 두소서."

시백이 박씨의 말을 전해 듣고 연적을 받아보니 천하에 다시없는 귀중한 보배였는지라, 오히려 박씨가 불쌍하다는 생각이 들어 계화를 통해 자신의 잘못을 사과한다고 전했다.

"이미 지나간 일은 어찌할 수 없으니, 아까 했던 말은 잊어버리고 편한 마음으로 태평동락太平同樂하기를 바라나이다."

또한 죄 없는 계화를 엄중히 다스린 것을 매우 후회하면서 좋은 말로 풀어 타일렀다.

그날 시백이 과장에 들어갈 때 박씨가 준 연적에 물을 넣어 가지고 글제를 바라보니 '강구문동요'[2]였다. 그 연적의 물로 먹을 갈아 일필휘지해 제일 먼저 글을 바쳤는데, 문장이 썩 잘되어서 한 점도 가필할 필요가 없을 만큼 아름다웠다. 합격자 명부를 기다리고 있으니, 얼마 뒤 합격자의 이름을 발표하면서 일등장원이 이시백이라 했다. 춘당대[3] 높은 곳에서 새로운 급제자를 부르는 소리가 장안에 진동하니, 시백이 몸을 굽히고 궐 안으로 들어갔다. 승정원 관리가 전상殿上에서 시백을 여러 번 진퇴進退시킨 뒤 입시하도록 하니, 임금께서 시백을 그윽하게 바라보다가 크게 칭찬하며 말씀하셨다.

"충성을 다해 나라의 은혜에 보답하길 바라노라."

시백이 임금께 사은숙배하고 집으로 돌아올 때 머리에는 어사화를 쓰고 몸에는 금포옥대錦袍玉帶를 걸쳤는데, 뛰어난 풍채에 화려한 차림새를 하고 말 위에 우뚝 앉아 있는 모습이 일대의 영웅호걸다웠다. 푸르고 붉은 일산日傘은 반공에 솟아 있고 장악원[4]의 음악 소리가 사방으로 울려퍼졌으며, 꽃을 든 동자를 앞세우고 양쪽에서 피리를 불게 하며 장안 대로로 의기당당하게 나오는 모양이 속세에 사는 선인인 듯했다. 시백이 집에 돌아오자 온 가족이 즐거워했다.[5]

이튿날 축하하는 잔치를 베풀었는데, 박씨는 잔치에 참석하지도 못한 채 적막한 초당에 홀로 앉아 있었으니 어찌 슬프지 않겠는가? 박씨의 넓고 큰 생각과 도량이 아니고서는 그 딱한 상황을 어찌 견디겠는

2) 강구문동요(康衢聞童謠): 번화한 네거리에서 아이들의 노랫소리가 들린다는 뜻으로, 태평성대를 말함.
3) 춘당대(春塘臺): 창경궁(昌慶宮) 안에 있는 대(臺).
4) 장악원(掌樂院): 조선시대 음악에 관한 일을 맡아 보던 관아.
5) 시백이 임금께~즐거워하더라: 이 부분은 『명월부인전』을 참고해 보완했다.

가? 계화는 박씨가 괴로이 초당에 머물러 있는 것을 민망하게 여겨 박씨에게 아뢰었다.

"이처럼 경사스러운 잔치에 일가친척과 인근의 남녀노소가 다 모여 즐기는데, 부인은 홀로 앉아 수심에 잠긴 채 세월을 보내며 참석하지 못하시니, 저 같은 하녀의 마음도 매우 안타깝고 불안합니다."

박씨가 태연히 말했다.

"사람의 팔자와 길흉화복은 다 하늘에 달려 있으니, 무슨 설움이 있겠느냐."

계화가 이 말을 듣고 부인의 크고 넓은 생각과 도량에 못내 감복했다.

절대가인으로 변모한 박씨

각설. 박씨는 시집온 지 이미 삼 년이 되었으나 그간 친정 소식을 한 번도 듣지 못했다. 그러던 어느 날 박씨가 상공께 아뢰었다.

"소부가 출가한 지 삼 년이 되었으나 그간 친정 소식을 몰라 잠깐 다녀오려 하나이다."

상공이 듣고 물었다.

"여기서 금강산까지는 천 리가 넘고 길이 험해 남자도 오가기 어려운데, 하물며 여자의 몸으로 어떻게 다녀오려 하는고?"

박씨가 다시 아뢰었다.

"소부도 험난한 길을 오가는 것이 매우 어려운 줄 아오나 부득불 다녀올 일이 있사오니, 너무 염려 마시고 허락해주소서."

상공이 말했다.

"네가 부득불 간다 하니 만류할 길이 없구나. 근친[1]할 기구를 차려줄

1) 근친(覲親): 시집간 딸이 친정에 가서 부모를 뵘.

테니 빨리 다녀오너라."

박씨가 다시 아뢰었다.

"근친 절차는 그만두소서. 소부 혼자 잠깐 다녀올 것이니, 너무 염려 마소서."

상공이 본래 박씨의 재주를 아는지라 부득이 허락하자, 박씨가 또 아뢰었다.

"며칠이면 다녀올 수 있으니, 번거로이 다른 사람에게 이 일을 말씀하지 마소서."

상공은 그 사정을 몰라 마음속으로 걱정이 되어 먹고 자는 것마저 불안했다.

박씨가 초당으로 들어가 계화에게 말했다.

"내가 잠깐 친정에 다녀올 것이니, 부디 너만 알고 번거로이 다른 사람에게 말하지 마라."

박씨가 그날 밤 삼경[2)]에 혼자 금강산으로 떠났는데, 과연 삼 일 만에 돌아왔다. 공이 보고 크게 놀라고 기뻐하며 말했다.

"너의 신기한 재주는 귀신도 헤아리지 못할 것이로다. 그건 그렇고 네 부친은 내내 별일 없으시더냐?"

박씨가 대답해 아뢰었다.

"아직 별고 없으며 모월모일에 오시겠다고 하더이다."

상공이 듣고 기뻐하며 처사가 오기를 날마다 기다리더라. 박씨가 금강산에 다녀온 일을 누가 알리오?

상공은 처사가 온다고 한 날을 손꼽아 기다렸는데, 과연 그날이 되자 집안에 영롱한 오색구름이 피어오르고 청아한 옥피리 소리가 구름 밖

2) 삼경(三更): 하룻밤을 오경(五更)으로 나눈 셋째 부분. 밤 열한시에서 새벽 한시 사이를 이른다.

에서 들렸다. 상공이 서안을 옆으로 밀쳐놓고 바라보니, 어떤 선관仙官이 백학을 타고 오색구름 사이로 내려왔다. 상공이 자세히 보니 바로 박처사였다. 상공이 의관을 단정히 하고 당에서 내려와 처사를 영접한 후 자리에 마주앉아 인사를 나누었다. 서로 그간 소식을 전하지 못해 적적하게 지낸 회포를 이야기하며 술을 내와 즐길 때, 상공이 처사에게 사죄하며 말했다.[3]

"존객을 뵈오니 반가운 마음보다 죄송스러운 마음이 들어 이를 말로 다 표현하기가 어렵나이다."

처사가 말했다.

"무슨 일인지 모르오나 제가 도리어 미안하오이다."

상공이 공손하게 대답했다.

"제 자식이 못나고 어리석어 어진 아내를 몰라보고 부부간에 화락하지 못하나이다. 매일 경계하며 타일렀으되 자식이 끝내 아버지의 명령을 거역하고 있으니, 제가 어찌 마음이 편하겠나이까?

처사가 말했다.

"공이 넓은 덕으로 누추한 제 딸을 더럽다 아니하고 지금까지 슬하에 두시고 도리어 무안하다고 하시니, 매우 황공하고 감사할 따름입니다. 사람의 팔자와 길흉은 모두 하늘에 달렸으니, 어찌 두 부부가 화락하지 못한 것을 염려하오리까?"

상공이 처사의 말을 듣고 더욱 부끄러워하더라.

하루는 처사가 피화당으로 들어가 박씨에게 조용히 말했다.

"이제 네 액운이 다했으니 누추한 허물을 벗어라."

처사가 박씨에게 허물을 벗고 변신하는 술법을 가르쳐주고 나서 일렀다.

3) 상공은 처사가~사죄하며 말했다: 이 부분은 『명월부인전』을 참고해 보완했다.

"네가 누추한 허물을 벗거든 그 허물을 버리지 말고 상공께 옥함玉函을 얻어 그 안에 잘 보관해두어라."

처사가 오랫동안 박씨와 은근한 정담을 나누다가 소매를 떨치고 나와 작별을 고하니, 상공이 못내 섭섭해 만류했으나, 처사는 듣지 않고 굳이 떠나려 했다. 어쩔 수 없이 한 잔의 술로 작별을 고할 때 처사가 상공에게 말했다.

"지금 가면 다시 만날 기약이 없사오니, 상공께서는 만수무강하소서."

상공이 그 말을 듣고 크게 놀라 물었다.

"그것이 무슨 말씀인지 자세히 알고 싶나이다."

처사가 대답했다.

"저도 섭섭하기는 마찬가지입니다. 그러나 이번에 입산하면 세상에 나올 일이 망연해 다시 상공을 뵙기가 어렵사옵니다."

상공이 어쩔 수 없이 작별을 고하니, 처사는 백학을 타고 공중으로 올라 오색구름을 헤치고 날아갔는데, 구름이 걷히자 어디로 갔는지 보이지 않았다. 상공이 그 광경을 보고 매우 탄복하더라.

각설. 박씨는 그날 밤에 목욕재계한 뒤 술법을 써서 몸을 변화시키더니 허물을 벗었다. 날이 밝자 박씨가 시비 계화를 불렀다. 계화가 대답하고 들어가보니, 뜻밖에 예전에 없던 일대 미인이 앉아 있었다. 계화가 자세히 보니 얼굴과 모양이며 태도는 월궁선녀 같고 아리따운 목소리는 금구슬이 구르는 듯했다. 온갖 아름다운 자태를 다 갖추었을 뿐만 아니라 태도와 마음씨가 얌전하고 정조가 바르며 거동이 맑고 그윽해 보는 사람의 넋을 나가게 했다. 계화가 놀라서 아무런 말도 못하고 멍하니 앉아 있는데, 박씨가 화월花月 같은 얼굴을 들고 붉은 입술을 살짝 열며 계화에게 말했다.

"내가 이제 허물을 벗고 본래 모습으로 돌아오게 되었구나. 너는 이 사실을 누설하지 말고 대감께 말씀드려 옥함을 하나 얻어오너라."

계화가 명을 받고 급히 외당으로 나왔는데, 기쁜 기색이 얼굴에 가득한 것을 보고 상공이 반기며 물었다.

"무슨 좋은 일이 있기에 기쁜 기색이 가득한 얼굴을 하고 이렇듯 급히 달려오느냐?"

계화가 아뢰었다.

"피화당에 신기한 일이 있사오니, 급히 들어가보소서."

상공이 괴이하게 여겨 계화를 따라 피화당으로 들어가 방문을 열고 보니, 방안에서 향내가 진동해 사람을 놀라게 했다. 상공이 정신을 차리고 바라보니, 매우 아름다운 요조숙녀가 방안에 앉아 있다가 공을 보고 자리에서 일어나 부끄러움을 머금고 반갑게 아뢰었다.

"밤새 별고 없으셨나이까?"

상공이 마음속으로 놀라고 신기해 탄복하며 입을 다문 채 아무런 말도 못하고 있으니, 계화가 부인이 어젯밤에 허물을 벗고 대감께 옥함을 구해오라 했다는 말씀을 고했다. 상공이 그제야 박씨에게 가까이 다가가 앉으며 물었다.

"네가 오늘 어떻게 절대가인絶代佳人이 되었는고?"

박씨가 고개를 숙이고 붉은 입술을 살짝 열어 대답했다.

"소부의 액운이 이제 다 끝나 어젯밤에 더러운 허물을 벗었사온데, 옥함을 하나 구해 주시면 그 허물을 함에 넣어 간수할까 하나이다."

상공은 그 신기함에 거듭 탄복하며 즉시 외당으로 나와 옥함을 보냈다. 그러고는 즉시 시백을 불러 말했다.

"너는 지금 피화당에 가서 네 아내의 얼굴을 보거라."

시백이 이 말을 듣고 밖에 나와 얼굴을 찡그리며 생각했다.

'무슨 일로 그런 추비한 인물을 급히 가서 보고 오라 하시는가?'

시백이 부친의 명을 거역하지 못해 피화당 문밖에서 무수히 주저하고 있는데, 계화가 바삐 나와 영접했다. 시백이 계화에게 물었다.

"피화당에 무슨 일이 있기에 네 얼굴에 기쁜 기색이 가득하느냐?"

계화가 대답했다.

"방에 들어가보시면 자연히 알게 되시리이다."

시백이 그 말을 듣고 더욱 의아하게 생각하며 방문을 열어보니, 예전에 없던 요조숙녀가 화월 같은 얼굴을 숙이고 앉아 있었다. 그 아리따운 자태는 숙향[4]이 달을 바라보는 것 같고, 엄숙한 위엄은 단산[5]의 용맹스러운 호랑이가 앉아 있는 듯했다. 시백은 그 미인을 보는 순간 미친 듯도 하고 취한 듯도 해 바삐 들어가 수작을 하고 싶었으나, 얼굴을 찡그리고 앉아 있는 박씨의 모습과 기상이 첩첩산중의 모진 호랑이가 먹이를 물고 앉아 있는 듯, 큰 바닷속의 황룡이 여의주를 입에 물고 푸른 바다 위로 솟아올라 재주를 시험하는 듯했다. 시백은 미안한 마음이 절로 들어 수작은 고사하고 방에 들어가지도 못한 채 도로 나오며 계화에게 물었다.

"흉악한 인물은 어디 가고 저렇듯 아리따운 미인이 앉아 있느냐?"

계화가 대답했다.

"부인이 어젯밤에 허물을 벗고 변해 저렇듯 아름다운 모습이 되었나이다."

시백이 계화의 말을 듣고 크게 놀라며 그제야 사람을 알아보지 못한 자신의 식견을 후회했다. 또한 몇 년 동안 박씨를 업신여겨 하찮게 대한 것을 생각하니 낯이 절로 뜨거워질 정도로 부끄러웠다. 외당으로 나와 주저하다가 부친을 찾아뵈니, 상공이 물었다.

"지금 네 아내의 얼굴이 어떠하더냐?"

시백이 황공무지해 차마 대답하지 못하니, 상공이 다시 일렀다.

---

4) 숙향(淑香): 고전소설 『숙향전』에 나오는 여주인공.

5) 단산(丹山): 봉황과 호랑이로 유명한 중국의 산 이름.

"사람의 길흉화복은 예측할 길이 없는데, 네가 지난날 한 행동을 생각하면 무슨 면목으로 네 아내를 대면하리오? 사람 보는 식견이 그러하고서 어찌 공명을 바라리오? 매사를 이같이 하지 마라."

상공이 꾸짖으니, 시백이 그 말씀을 듣고 더욱 황공해 물러 나왔다.

시백이 그날 해가 저문 뒤 다시 박씨의 방에 들어가니, 박씨가 등불을 밝히고 얼굴빛을 가다듬고 단정하게 앉아 있었다. 시백이 감히 말도 붙이지 못하고 박씨가 먼저 말하기를 기다리고 있으니, 박씨는 더욱 엄숙한 자세를 취했다. 이에 시백이 혼잣말로 후회하며 말했다.

"부인이 이같이 하는 것은 내가 부인을 몇 년 동안 박대한 탓이로다."

시백이 이렇듯 심하게 자책하면서 탄식했으나, 부인은 어떠한 대답도 하지 않았다. 시백은 어쩔 수 없이 밤새 등불 아래 앉아 있었는데, 새벽닭이 울면서 날이 밝아왔다. 시백은 할 수 없이 그저 방에서 나와 부모의 침소로 가서 아침 문안을 올렸으나, 종일토록 마음을 잡지 못해 실성한 사람 같았다. 또 날이 저물자 시백은 염치를 버리고 다시 피화당으로 들어갔는데, 박씨의 엄숙함이 갈수록 더해만 갔다. 시백은 죄지은 사람처럼 묵묵히 앉아서 부인이 말하기만을 기다리는 사이 어느덧 날이 밝았다. 어쩔 도리가 없어 방에서 나온 시백은 생각할수록 후회가 막급했다.

이처럼 지낸 지 사오 일이 지나자 절로 병이 되어 시백은 달 아래 홀로 앉아 생각했다.

'아내라고 얻은 것이 흉물이라 평생의 한이 되었는데, 지금은 미인으로 변했으나 서로 말도 할 수 없는 탓에 병이 골수에 들고 말았구나. 첫째는 내가 사람 보는 식견이 없었던 탓이요, 둘째는 또한 내 신세가 가련하게 되었도다.'

잠시 후 정신을 차려 마음을 가다듬고 생각했다.

'다시 들어가 말이나 붙여보고 죽으리라.'

시백이 피화당에 들어가 거듭 사죄하며 말했다.

"부인의 침소에 여러 날 왔으나 부인은 한결같이 정색하고 끝내 마음을 풀지 아니하시니, 이는 다 내 허물이라. 누구를 원망하올까만 부인 때문에 죽을 지경이 되었소. 죽는 것은 서럽지 않으나 부모의 슬하에 있다가 부모에게 효도 한번 못하고 젊은 나이에 한을 품은 채 비명횡사하면, 이는 불효막대할 뿐만 아니라, 지하에 돌아간들 무슨 면목으로 조상들을 대할 수 있겠나이까? 이런 내 처지를 생각하니 자연히 병이 골수에 들게 되었소."

시백이 말을 마치고 슬프게 눈물을 흘리니, 박씨가 그 말을 듣고 마침내 불쌍하게 여기는 마음이 없지 않아 화월 같은 얼굴을 반만 들고 시백을 심하게 꾸짖어 말했다.

"우리 조선은 예의지국이오. 사람이 오륜을 모르면 어찌 예의를 알리요? 그대는 아내가 박색이라 해서 삼사 년이나 천대했으니 어찌 부부유별을 안다고 하겠소? 옛사람이 '가난하고 천할 때 함께 고생을 겪어온 아내는 부귀하게 된 뒤에도 버려서는 안 된다'고 했는데, 그대는 미색만 생각하고 부부간의 오륜은 생각하지 않았으니, 어찌 대덕大德을 안다고 하겠으며, 아내의 타고난 성품과 자질도 모르고 입신양명한들 나라에 충성하고 백성들을 편안하게 할 재주가 있겠소? 그렇게 무식한 사람이 효제충신孝悌忠信을 어이 알며, 제세안민濟世安民을 어찌 하리오? 이후부터는 효도를 다해 수신제가를 잘하시오. 나 같은 아녀자라도 그대 같은 대장부를 조금도 부러워하지 않나이다."

부인이 바른말로 심하게 꾸짖으니, 시백이 그 말을 듣고 자기가 저지른 일 때문에 생긴 재앙임을 생각하면 입이 있어도 할말이 없었다. 부끄러운 마음을 무릅쓰고 여러 번 사죄할 뿐 말없이 가만히 앉아 있으니, 박씨가 그윽하게 그 모습을 보다가 측은한 마음이 들어 비로소 돌아앉으며 말했다.

"제가 본래 모습을 감추고 추비한 모습을 한 것은 그대가 미색에 홀리지 않고 한결같은 마음과 바른 정신으로 힘쓰게 하려는 것이요, 며칠 동안 말을 붙이지 못하게 한 것은 그대의 어진 마음을 돌이키기 위해서입니다. 이제 본래 모습으로 돌아온 뒤에도 한평생 맺힌 한을 풀지 않으려 했는데, 여자의 유약한 마음 때문에 장부를 오래 속이지 못해 풀어버린 것이니, 부디 다시는 사람을 가볍게 보거나 소홀히 여기지 마소서."

시백은 매우 부끄러웠지만 한편으로 너무 기뻐서 말했다.

"나는 인간 세상의 무지한 사람이요, 부인은 천상의 선인입니다. 부인은 보통 사람과 다른 까닭에 도량이 넓고 커서 만 리 밖의 일을 환하게 살펴서 알거니와, 나 같은 티끌세상의 사람은 식견이 부족해 착한 사람을 알아보지 못한 것이외다. 나 같은 속세 인간을 어찌 선인에게 비할 수 있겠소? 그런고로 부부간에 화락하지 못해 인륜을 폐할 지경에 이르렀으니, 지난 일을 어찌 허물하겠소? 지난 일은 모두 풀어 용서하고, 평생을 화락하게 즐기는 것이 내 소원입니다."

부인이 듣고 말했다.

"누가 옳고 그르건 간에 이미 지난 일이니 안심하소서."

이렇듯 장황하게 이야기를 주고받는 사이 어느덧 삼경이 되었다. 두 사람이 화촉을 밝힌 신방의 이불 속으로 들어가니, 비취의 사랑과 원앙의 즐거움이 비할 데가 없었다.

그후부터 상공의 부인과 하인들도 전에 박씨를 박대했던 잘못을 깨닫고 후회하고 자책했으며 박씨의 신묘한 재주와 넓고 큰 도량에 탄복해 거듭 칭찬하더라.

귀부인들에게 재주를 자랑하다

각설. 이때 박씨가 변해 절세가인이 되었다는 소문이 장안에 널리 퍼지니, 여러 재상가 부인들이 그 신묘함을 구경하려고 박씨에게 편지를 보냈다.

“때마침 삼월이라 바람이 화창하고 햇살이 따뜻하니, 이같이 좋은 계절에 온갖 꽃이 활짝 피어 사람을 보고 반기는 듯하고, 버들은 실이 되어 푸른 휘장을 드리운 듯합니다. 황금 같은 꾀꼬리는 가는 버드나무 가지 사이에서 노래하고, 벌과 나비는 쌍쌍이 날아들어 꽃을 보고 춤을 추니, 이처럼 좋은 때 함께 모여 답답한 마음을 한번 후련하게 풀어버리길 바라나이다.”

박씨가 편지를 보고 답장을 썼다.

“이처럼 좋은 때 먼저 불러주시어 매우 감사합니다. 좋은 경치도 구경할 겸 즉시 가도록 하겠나이다.”

각설. 모이기로 한 그날이 되어 박씨가 색깔 고운 옷으로 단장하고 꽃가마에 올라 계화를 데리고 모이기로 한 곳으로 나아가니, 여러 대신大臣

의 부인들이 박씨를 보려고 우르르 모여 있었다. 박씨가 꽃가마에서 내려 인사를 마치고 자리에 앉아 살펴보니, 여러 부인이 푸른 저고리와 붉은 치마를 맵시 있게 차려입고 있었다. 모든 부인이 박씨를 보고 싶어했는데 마침내 박씨를 바라보니, 옥처럼 곱고 아름다운 얼굴과 구름처럼 드리운 귀밑머리는 동쪽 마루에 떠오른 밝은 달과 같고, 의복치레는 화사한 꽃마저 빛을 잃을 정도였다. 여러 부인의 고운 자태도 박씨에 비하면 도리어 무색하고, 고운 얼굴은 모두 박색 같아서 박씨를 따라올 사람이 없었으니, 어느 누가 탄복하지 않겠는가?

부인들이 술잔에 술을 가득 부어 권해 박씨가 반쯤 취한 상태가 되니, 부인들이 박씨의 기질을 구경하기 위해 옥 술잔에 술을 가득 부어 박씨에게 또 권했다. 박씨는 자기의 재주를 자랑하기 위해 일부러 잔을 떨어뜨려 술이 치마를 적시게 한 뒤, 그 치마를 벗어 계화에게 주며 말했다.

"이 치마를 즉시 불로 태워라."

계화가 박씨의 명에 따라 치마를 불속에 넣으니, 치마가 불에 타기는커녕 도리어 눈이 부실 정도로 찬란하게 빛을 발했다. 계화가 치마를 가져다가 다시 부인께 드리니, 여러 부인이 그 광경을 보고 놀라서 연고를 물었다. 이에 박씨가 대답했다.

"이 비단의 이름은 소화단燒火緞이라 하는데, 만일 더러워지면 물로는 빨지 못하고 불에 태워 때를 씻나이다."

여러 부인이 그 신기함을 보고 탄복해 물었다.

"그러면 이 비단은 어디에서 났나이까?"

박씨가 대답했다.

"인간 세상에는 없는 것이요, 월궁月宮에서 생산된 것이옵니다."

여러 부인이 또 물었다.

"입으신 저고리는 무슨 비단이옵니까?"

박씨가 대답했다.

"이 비단 이름은 빙월단氷月緞이라 하온데, 저의 아버지께서 동해 용궁에 가셨을 때 얻어온 것이옵니다. 용궁에서만 나오는 이 비단은 물에 넣어도 젖지 않고 불에 넣어도 타지 않나이다."

부인들이 그 말을 듣고 신통히 여겨 또 술을 잔에 가득 부어 박씨에게 권했다. 박씨가 거짓으로 사양하는 척하니, 부인들이 굳이 마시라고 강권했다. 박씨가 마지못해 술잔을 받아 금비녀를 빼 술잔 가운데를 반만 긋고 술을 마셨는데, 술이 한쪽에는 없고 한쪽에는 칼로 벤 듯이 반만 남아 있었다. 부인들이 술잔을 보고 더욱 신기하게 여겨 칭찬하며 말했다.

"박부인은 선관의 딸이라 하더니, 진실로 그 말이 옳도다. 이런 신기한 묘법은 고금에 처음 보는 일이니라. 선인이 어찌 인간 세상에 내려왔는가?"

"옛날 진시황과 한무제도 구하려 했지만 얻지 못했던 신선을 우리가 우연히 만났으니, 어찌 즐겁지 않겠소?"

부인들이 서로 봄의 흥취를 이기지 못해 글을 읊조리고 화답하며 즐겼는데, 이때 옆에서 박씨를 모시고 있던 계화가 아뢰었다.

"이렇듯 좋은 봄 경치에 유흥이 도도하고 백화만발해 봄빛을 자랑하오니, 소비小婢도 이 같은 때를 만나 맑은 목소리로 노래 한 곡을 불러 여러 부인을 위로하고자 하나이다."

부인들 또한 좋다며 노래하기를 청하니, 계화가 붉은 입술을 반쯤 열고 맑은 목소리로 노래 한 곡을 불렀다. 그 소리가 매우 맑고 고와 산호 채찍으로 옥쟁반을 깨뜨리는 듯했는데, 곡조의 내용은 다음과 같았다.

천지는 만물이 잠시 쉬었다 가는 여관이요,
세월은 영원히 쉬지 않고 길을 가는 나그네로다.
덧없는 인생살이 꿈과 같으니 즐길 날이 그 얼마인고?

버드나무 가지 봄바람에 흩날리는 좋은 때 아니 놀고 무엇 하리?
옛일을 생각하고 지금 세상 살펴보니,
끝없이 되풀이되는 흥망은 봄바람에 어지럽게 흔들거리는 그림자요,
한때의 변화는 장자의 호접몽이로다.
청산의 두견화는 촉나라 두우[1]의 원혼이요,
화단에서 우는 봄의 새소리는 왕소군[2]의 눈물이라.
세상을 생각하니 인생이 덧없도다.
석 달에 이르는 화창하고 좋은 봄날 아니 놀지 못하리라.
어와 창생아,
푸른 바닷물로 술을 빚어 태평스럽게 만세동락하오리라.

부인들은 계화의 노래를 다 듣고 나서 정신이 상쾌하고 깨끗해져 계화를 다시 보며 무수히 칭찬했다.

이윽고 석양은 산에 있고 사람 그림자는 땅에 있으며, 산새가 날아들고 달빛이 동쪽 마루에서 솟아올랐다. 시비가 파연곡[3]을 부르니, 부인들은 즐거운 잔치를 끝내고 각각 집으로 돌아가더라.

1) 두우(杜宇): 촉(蜀)나라의 왕이었는데 왕위를 내주고 서산(西山)에 은신했다가 죽어서 두견새가 되었다고 한다.
2) 왕소군(王昭君): 전한(前漢) 원제(元帝)의 후궁으로, 뜻하지 않게 흉노의 왕에게 시집갔다가 돌아오지 못한 채 고국을 그리다가 죽었다고 한다.
3) 파연곡(罷宴曲): 잔치를 끝낼 때 부르는 노래나 연주하는 음악.

시백과 임경업이 호국을 구원하다

각설. 임금께서 연로한 상공의 벼슬을 우승상으로 바꾸고 시백의 벼슬을 높여 한림에 제수하시니, 시백이 전하를 독대獨對한 뒤 충성을 다해 나라를 섬겨 시백의 명망이 조정에 진동했다. 시백의 충성심이 지극해 전하께서 더욱 사랑해 시백을 평안감사에 제수하시니, 시백이 전하께 나아가 망극한 은혜에 감사의 절을 올리고 집으로 돌아왔다. 이에 일가친척과 집안사람들 모두 시백을 반갑게 맞이하며 즐거워하더라.

시백이 궁궐에서 전하께 하직 인사를 올리고 나서 행장을 차릴 때, 목수를 불러 쌍교[1]를 꾸미자 박씨가 물었다.

"쌍교는 무엇 하려는 겁니까?"

감사가 대답했다.

"전하께서 나 같은 사람을 평안감사에 제수하셨으니, 부인을 데려가려고 합니다."

1) 쌍교(雙轎): 말 두 마리가 각각 앞뒤 채를 메고 가는 가마.

박씨가 크게 놀라며 말했다.

"대장부가 출세하면 입신양명해 나라를 섬겨야 하는데, '나라 섬길 날은 많고 부모 섬길 날은 적으며, 나랏일에 골몰하면 아녀자를 돌아보지 않는다'고 합니다. 첩이 함께 가면 누가 늙으신 부모님을 봉양하겠습니까? 첩은 집에 있으면서 부모님을 봉양할 것이니, 영감은 충성을 다해 나라의 은혜에 보답하시기 바랍니다."

감사는 이 말을 듣고 박씨가 매사에 민첩하고 하는 말이 모두 옳아 도리어 무안해하고 탄복하며 말했다.

"나 같은 사람은 불효막심해서 이 세상 어디에도 용납되지 못할 것이오. 늙으신 부모님은 생각도 하지 않고 망령된 말을 했으니, 너무 지나치게 나무라지는 마시오."

감사는 사당祠堂과 부모님께 하직 인사를 올리고 박씨와 은근히 작별 인사를 나눈 뒤 곧바로 평양으로 향하더라.

각설. 이때 시백이 여러 날 만에 평양에 도착해 민정을 살펴보니, 각 읍의 백성들이 도탄에 빠져 인심이 흉흉했다. 이에 각읍 수령의 잘잘못을 따져 잘 다스리지 못한 수령은 우선 임금께 장계[2]를 올려 파면시키고, 잘 다스린 수령은 직위를 높여주었다. 또한 백성을 인의로 다스리되 처음부터 끝까지 조금도 변함이 없으니, 일 년 안에 모든 고을이 저절로 변해 인심이 순후淳厚해졌다. 이에 백성들이 서로 노래를 불렀다.

좋을시고, 이제는 살겠도다.
요순 적 시절인가? 국태민안 좋을시고.

2) 장계(狀啓): 왕명을 받고 지방에 나가 있는 신하가 자기 관하(管下)의 중요한 일을 왕에게 보고하던 일. 또는 그런 문서.

신농씨[3] 만든 따비[4] 이제야 시험하세.
역산[5]에 밭을 갈아 농사를 어서 지어,
부모 동생 모아놓고 함포고복해보세.
구관 사또 까닭 없이 백성을 학대할 때,
무식한 백성들이 인의예지 어찌 알며, 효제충신 어찌 알리?
불효와 불공을 일삼아 골육상쟁하면,
온 세상이 어지러우리라.
효자가 불효 되고 양민이 도적 되어 죽기만 바라더니,
신관 사또 부임 초에 충효를 겸전해 인의仁義로 공사公事를 다스리니,
덕화德化가 널리 퍼져 백성들이 살았도다.
불효한 놈 효자 되고 도적이 양민 되어,
산에 도적이 없으니 밤낮없이 농사하고,
길에 떨어진 것 줍지 않아도 재물이 모여,
생사당[6]을 지어볼까, 선정비를 세워볼까?
우리 사또 착하시니 송덕비를 세워보세.
만세, 만세, 억만세까지 임금님과 함께 즐겨보세.

이렇듯 백성들이 무수히 칭송하며 거리마다 선정비를 세우고, 격양가[7]를 일삼아 부르더라.

마침내 감사가 어질다는 소문이 원근에 진동하고 경성에도 자자했

3) 신농씨(神農氏): 중국 고대 전설상의 제왕. 백성에게 농경과 교역을 가르쳤다고 전한다.
4) 따비: 풀뿌리를 뽑거나 밭을 가는 데 쓰는 농기구.
5) 역산(歷山): 중국 서안시(西安市)에 있는 산으로, 순임금이 이곳에서 밭을 갈아 부모를 봉양했다고 한다.
6) 생사당(生祠堂): 감사나 수령의 선정을 찬양하는 표시로, 그가 살아 있을 때부터 백성들이 제사 지내는 사당.
7) 격양가(擊壤歌): 풍년이 들어 농부가 태평한 세월을 즐기는 노래.

다. 임금께서 그 소문을 듣고 아름답게 여겨 시백을 병조판서에 제수하고 경성으로 부르시니, 시백이 교지[8]를 받들어 북향사배하고 두 손을 모아 성은을 기렸다. 행장을 차려 경성에 도착하자마자 궁궐로 들어가 임금께 절을 올리니, 임금께서 시백을 보고 크게 칭찬하셨다. 시백은 즉시 본가로 돌아가 부모께 문안 인사를 올린 뒤, 일가친척과 친구들을 모아 잔치를 베풀고 즐겼다.

각설. 이때는 갑자년[9] 가을 칠월이었다. 남경[10]이 요란하자, 임금께서 시백을 불러 정사[11]로 삼으시니, 시백은 어명을 받들어 남경으로 향했다. 이때 임경업[12]이라는 신하가 있었는데 매우 총명했을 뿐만 아니라 영웅적인 기질과 변화하는 술법을 지니고 있었다. 당시 임경업은 철마산성[13]의 대장을 맡고 있었는데, 시백이 사신으로 갈 때 임금께 아뢰어 임경업을 장사군관[14]으로 삼아 함께 남경으로 들어갔다. 남경의 천자는 조선 사신이 왔다는 말을 듣고 황자명을 접반사[15]로 삼아 영접하게 했다.

이때 북방의 호국胡國은 총마 가달의 난을 만나 패망할 지경이 되자 대국에 구원병을 요청했다. 마침 천자가 구원병을 이끌 장수를 구하지 못해 근심하자 황자명이 아뢰었다.

"조선에서 온 군관의 상을 보니, 비록 소국의 인물이나 만고흥망과

8) 교지(敎旨): 임금이 4품 이상의 벼슬아치에게 주던 사령(辭令).
9) 갑자년(甲子年): 1624년임.
10) 남경(南京): 중국 강소성(江蘇省)의 성도(省都)로, 1356~1441년에 명(明)나라의 수도였다.
11) 정사(正使): 사신 가운데 우두머리가 되는 사람.
12) 임경업(林慶業, 1594~1646): 조선 중기의 명장. 이괄의 난을 진압하면서 무관으로 두각을 나타냈다. 청북방어사로 백마산성과 의주성을 수축했으며, 조선을 대표하는 명장으로 백성의 신망을 받았다. 명나라에 망명해 청나라와 싸우다 생포되었으며, 인조의 요청으로 조선으로 압송되어 형틀에서 장살되었다.
13) 철마산성(鐵馬山城): 강원도 회양군에 있던 옛 산성.
14) 장사군관(壯士軍官): 사신 행차 때 군졸들을 지휘하던 벼슬아치.
15) 접반사(接伴使): 외국 사신을 접대하던 임시직 벼슬아치.

천지조화를 은은히 감추었사옵니다. 어찌 기특하지 아니하오리까? 원컨대 이 사람을 구원병 대장으로 삼는 것이 마땅할까 하나이다."

천자께서 들으시고 사신으로 온 시백과 임경업을 불러 말씀하셨다.

"경업을 구원병 대장에 임명하니, 각별히 조심하라."

경업이 땅에 엎드려 아뢰었다.

"소신은 재주가 용렬한 소국 사람으로 어찌 그처럼 막중한 직책을 감당하겠나이까만, 엄숙히 하교하시니 어찌 사양하오리까?"

천자가 경업을 호국 구원병 대장에 임명하니, 경업은 대국 군사를 거느리고 호국에 도착해서 가달과 싸워 백전백승하고 총마 가달의 항복을 받아 호국을 구했다. 경업이 승전고를 울리며 대국으로 돌아오니, 칭찬하지 않는 사람이 없었다. 경업이 땅에 엎드려 천자께 네 번 절하고 승전을 아뢰니, 천자께서 보시고 크게 칭찬하며 많은 상을 내리고 편지를 써서 조선왕에게 보내셨다.

시백과 경업이 천자께 하직하고 여러 날 만에 본국에 도착해 궁궐로 들어가 임금을 뵈오니, 임금께서 두 사람을 보시고 매우 기특하게 여기며 말씀하셨다.

"경들은 소국 인물인데도 대국의 도원수[16]가 되어 호국을 구하고 가달을 쳐서 변방에 위엄을 떨쳤도다. 이는 만고에 드문 일이리라."

임금께서 두 사람의 벼슬을 올려 시백을 우상에 제수하고, 임경업을 부원수[17]에 제수하셨다.

16) 도원수(都元帥): 전쟁이 났을 때 군무를 통괄하던 으뜸 벼슬아치.
17) 부원수(副元帥): 도원수 또는 원수 다음가는 군의 통솔자.

호왕의 계략

각설. 흥진비래와 고진감래는 인간 세상에서 흔히 있는 일이다. 대감은 연세 팔십이 되어 갑자기 병들었는데 백약이 무효했다. 병세가 점점 깊어지자, 대감이 시백과 가족들을 불러 말했다.

"사람의 목숨은 하늘에 달려 있으니 피하기 어려운지라, 어찌 천명을 어기겠느냐?"

대감이 못내 슬퍼하다가 별세하니, 슬프도다. 부인마저 애통해하다가 또한 기절해 승상과 같이 세상을 떠났다. 하루 사이에 부모를 모두 잃었으니, 어찌 망극하지 않겠는가? 시백과 박부인은 상례에 맞게 초종범절[1]을 치러 두 분을 선산先山에 안장하고 애통해 마지않더라.

세월이 물과 같이 흘러 어느새 삼년상을 다 지내고, 예법에 따라 수신제가하면서 지냈다.

각설. 이때 호국이 강성해져 북쪽 변방을 자주 침범했는데, 그때마다

1) 초종범절(初終凡節): 초상이 난 뒤부터 졸곡까지 치르는 모든 절차.

경업이 다 물리치고 북방을 굳게 지켰다. 그러나 무지한 호왕胡王은 기어이 조선을 치기 위해 여러 신하를 모아놓고 의논하며 말했다.

"우리는 땅이 넓은데도 조선 장수 임경업을 당할 자가 없으니, 어찌 가련하지 않겠느냐? 조선을 침략하려 하나 경업이 있으니 어떻게 하면 좋겠느냐?"

신하들은 침묵을 지킨 채 아무런 말도 하지 못했다. 이때 호왕의 왕비는 비록 여자이나 세상에 다시없는 영웅이었다. 위로는 천문을 잘 알고 아래로는 지리를 꿰뚫었으니, 앉아서 천 리 밖의 일을 알고 서서 만 리 밖의 일을 알았다. 이런 왕비가 호왕에게 아뢰었다.

"첩이 천문을 보니 조선에 반드시 신인이 있는가 싶소이다. 만일 그러하면 설사 임경업을 제압한다고 해도 조선을 침략하기 어려울 듯하옵니다."

호왕이 크게 놀라며 말했다.

"내가 평생 임경업을 두려워했는데, 또 그보다 뛰어난 신인이 있다면 어찌 다시 조선을 엿보리오?"

호왕이 스스로 탄식하기를 그치지 않자, 왕비가 또 아뢰었다.

"요즘 천문을 보니 조선의 국운이 다했으나, 백만 대병을 보내도 그 신인을 없애기 전에는 조선을 침략하기 어렵나이다. 하오나 첩에게 묘책이 하나 있으니 너무 근심하지 마소서. 자객을 구해 먼저 조선에 보내 그 신인을 없앤 뒤 대사를 도모하사이다."

호왕이 크게 기뻐하며 물었다.

"그러하면 어떤 사람을 보내면 되겠소?"

왕비가 대답했다.

"조선은 본래 재물을 탐하고 여색을 즐기는 사람이 많은 나라이니 계집을 구하되, 인물이 뛰어나고 문필은 이태백[2]과 왕희지[3] 같고 의량意量은 제갈공명 같은 계집을 보내면 성공할 만하나이다."

호왕이 매우 기뻐하며 즉시 여러 신하와 의논해 자객으로 보낼 계집을 두루 구했다. 마침 궁중 시녀 중에 기홍대라는 계집이 있었는데, 인물은 당명황[4]의 양귀비[5]요 말주변은 소진[6]과 장의[7]를 비웃을 만하고, 검술은 이목[8]과 염파[9]의 기상이요 용맹은 맹호 같았다. 이에 왕비가 호왕에게 아뢰었다.

"기홍대는 검술과 의량과 문필이 매우 뛰어나고 인물도 절색이고 수많은 장부로도 능히 당할 수 없는 용맹을 가졌으니, 이 사람을 보내면 성공할 듯하옵니다."

호왕이 기뻐하며 기홍대를 불러 일렀다.

"신기하고 오묘한 네 재주는 이미 짐작하고 있는데, 조선에 나가서 공을 이루어보겠느냐?"

기홍대가 아뢰었다.

"소녀가 비록 재주는 없사오나 국은을 많이 입었사온데, 물속과 불속이라 한들 어찌 피하겠나이까?"

호왕이 말했다.

"네가 조선에 가서 힘을 다해 신인의 머리를 베어 온다면 천금의 상과 만종록[10]을 누리게 할 것이니 부디 성공하고 돌아오너라."

기홍대가 아뢰었다.

---

2) 이태백(李太白, 701~762): 중국 당나라 시인인 이백(李白)의 자.
3) 왕희지(王羲之, 307~365): 중국 동진(東晉)의 서예가로, 현재까지 중국 최고의 서성(書聖)으로 존경받는다.
4) 당명황(唐明皇, 685~762): 당나라 6대 임금인 현종(玄宗).
5) 양귀비(楊貴妃, 719~756): 당나라 현종의 비(妃)로, 절세미인이었다고 한다.
6) 소진(蘇秦, ?~?): 중국 전국시대 중엽의 정치가. 지모변설(智謀辯舌)로 천하에 이름을 떨쳤다.
7) 장의(張儀, ?~BC 309): 중국 전국시대 위(魏)나라의 책사. 소진(蘇秦)과 더불어 변설에 뛰어난 것으로 유명했다.
8) 이목(李牧, ?~BC 228): 전국시대 조(趙)나라의 명장.
9) 염파(廉頗, ?~?): 전국시대를 대표하는 조(趙)나라의 용장.
10) 만종록(萬鍾祿): 아주 많은 녹봉(祿俸).

"재주는 없지만 조선에 가서 영웅과 호걸을 한칼에 베어 대왕의 근심을 덜어드리겠나이다."

호왕이 기특하게 여겨 백 번 당부하고 보낼 때, 홍대가 나오니 왕비가 불러 말했다.

"네가 조선에 나가면 언어가 생소할 것이니, 자세히 알고 가거라."

조선의 언어와 풍속을 가르친 뒤 또 일렀다.

"조선에 나가거든 먼저 장안으로 들어가 우의정 집을 찾아가면 신인이 있을 것이니, 문답을 여차여차해서 네 재주를 허비하지 말고, 돌아오는 길에 의주로 가서 임경업의 머리도 베어 오너라."

홍대가 왕비의 명을 받은 즉시 하직하고 나와 행장을 차려 해동海東으로 향해 장안에 도착했다.

기홍대를 물리치다

이때 박씨가 피화당에 앉아 천문을 살펴보고는 급히 우상을 청해 말했다.

"모월모일에 어떤 여자가 문밖에서 뵙기를 청할 터이니, 부디 조심하고 그 여자를 피화당으로 인도해 보내시되, 만일 그 여자를 친근하게 대접하면 큰 화를 당할 것입니다."

우상이 물었다.

"어떤 여자이기에 나를 찾아오는 겁니까?"

박씨가 말했다.

"그것은 곧 알게 될 것이니 다른 사람에게는 번거로이 말하지 마소서. 그 계집이 오면 사랑채에 머물겠다고 요청할 것이니, 부디 조심해서 그 계집에게 속지 마소서. 그 여자는 얼굴이 기묘하고 온갖 아름다운 자태를 갖추었으며 문필마저 뛰어납니다. 만일 대감께서 그 기묘함을 사랑해 동침하시면 큰 환란을 면치 못할 것이니 부디 피화당으로 보내소서. 그 계집의 술법은 예측하기 어려운지라, 그동안 술을 빚어놓되 한 그릇엔 쌀 두 말에 삼씨 석 되를 섞어서 만들고, 또 한 그릇엔 순수한 술만 빚어놓고 그날이 되면 여차여차할 것이니 그리 아소서."

우상이 듣고 한편으로 이상하게 생각했으나 부인의 뜻에 따라 안주와 술을 준비하더라.

각설. 기홍대가 불측한 흉계를 품고 조선에 도착해 장안으로 가서 우상의 집을 찾았다. 과연 박씨가 말했던 바로 그날, 어떤 여자가 치레를 능란히 하고 승상에게 문안을 올리자, 승상이 물었다.

"너는 어떠한 계집인가?"

기홍대가 대답했다.

"소녀는 먼 지방에 살고 있는 천한 기생인데, 장안에 구경 왔다가 외람되이 대감 댁 문전에 들어왔나이다."

승상이 물었다.

"그러면 너는 본래 어디에 살며, 성명은 무엇이냐?"

그 여자가 대답했다.

"소녀는 강원도 회양에 살았는데, 어려서 부모를 여의고 정처 없이 떠돌아다니며 빌어먹다가 우연히 그 고을의 관비가 되었나이다. 이 때문에 성은 모르고 이름은 설중매라 하나이다."

승상은 그 여자의 말이 자연스럽고 거동이 보통 사람과 다르기에 마음속으로 이상하게 여기며 말했다.

"사랑으로 올라오너라."

그 여자가 황송하게 여기며 사양하다가 당으로 올라와 자리를 잡고 앉은 뒤 승상이 사랑하는 마음에 난만하게 이것저것을 물어보니 문필이 뛰어나 청산유수처럼 대답하고, 생각과 도량이 광활해 묻고 답하는 사이에 조금도 어긋남이 없었다. 승상도 문필과 언변이 뛰어났으나 그 계집을 당해낼 수가 없었는지라, 마음속으로 이상하게 여기면서도 크게 칭찬하며 말했다.

"장안에도 문장이 뛰어난 재사才士가 매우 많지만 너 같은 계집은 보지 못했노라. 진실로 먼 지방에서 천한 기생 노릇하기엔 아깝구나."

승상은 그 여자의 뛰어난 미모와 문답이 비범한 것을 사랑했으나, 박씨가 했던 말을 생각하고 일렀다.

"이제 날이 저물었으니 후원 피화당에 가서 편히 쉬었다 가거라."

그 여자가 말했다.

"소녀는 먼 지방의 천한 기생으로서 이미 존귀한 대감께 오게 되었으니, 오늘밤은 사랑에 머물면서 대감을 모시고 아득한 마음을 밝게 하는 가르침을 받고자 하나이다."

승상이 말했다.

"네 말도 좋으나 오늘밤 매우 번거롭고 중요한 나랏일이 있어 머리가 많이 어지럽구나. 너와 동침하기 어려우니, 뒷날을 기다리고 섭섭하게 생각하지 말며, 오늘밤은 내당에 들어가 편히 머물라."

그 여자가 말했다.

"소녀같이 미천한 몸이 어찌 감히 존엄한 부인을 모시고 하룻밤을 지낼 생각을 하겠나이까? 황공하나이다."

승상이 말했다.

"네 말이 당연하나 부인과 너는 피차 여인이니, 무슨 허물이 있겠느냐?"

승상이 시비 계화를 불러 분부했다.

"이 사람을 데리고 가서 피화당에 머물게 하라."

계화가 승상의 명령에 따라 그 여자를 데리고 피화당으로 가서 대감의 분부를 전하니, 박씨가 듣고 그 여자에게 당으로 들어오라 청했다. 그 여자가 들어와 문안을 올리자, 박씨가 물었다.

"너는 어떤 사람인데 내 집을 찾아왔느냐?"

그 여자가 대답했다.

"소녀는 먼 지방에서 온 천한 기생인데, 경성에 구경 왔다가 길을 잃고 외람되이 댁에 왔사오니 매우 황공하옵니다."

박씨가 말했다.

"날이 저물고 갈 데도 없으니, 이 방에 머물라."

그러고 나서 계화를 불러 말했다.

"지금 손님이 왔으니 술과 안주를 가져오너라."

계화가 명을 듣고 후원으로 가더니 이윽고 옥쟁반에 맛있는 음식과 안주를 풍성하게 차려 가지고 술 두 병을 문밖에 감춰두었다가 술을 올릴 때, 독한 술은 그 여자에게 권하고 순한 술은 박씨에게 드렸다. 그 여자는 먼 길을 오느라 피곤한데다 배가 고프고 목도 말랐던 탓에 독한 술 네댓 잔을 마시고 준비한 안주도 실컷 먹었다. 박씨 또한 그 여자와 똑같이 많은 술과 안주를 먹었는데 거동에 조금도 차이가 없었다. 이때 집안사람들과 승상이 문밖에 몸을 숨기고 그 모습을 지켜보다가 매우 놀라워했다.

이윽고 그 여자가 독한 술을 마시고 몹시 취해 박씨에게 청하며 말했다.

"소녀가 먼 길을 오느라 나른하고 피곤한데다 주시는 술을 많이 마셔 몸이 고단하오니, 잠깐 눕기를 청하나이다."

박씨가 말했다.

"술로써 손님을 대접하는 것은 당연한 예의이며 세상에 두루 통하는 도리인데, 어찌 내 집에 온 손님을 대접하지 않을 수 있겠는가?"

그 여자가 황송하고 감사해하며 계속 술잔을 난만히 주고받았는데, 피차 우열을 가릴 수 없었다. 이에 그 여자가 가만히 생각했다.

'하직할 때 우리 왕비께서 말씀하시기를, 조선에 나가 우의정 집을 찾아가면 자연히 알게 되리라 하셨는데, 아까 승상의 모습을 보니 다만 인자하고 후덕할 뿐 다른 재주는 없어 보이기에 염려할 바가 없다고 여겼다. 그런데 이제 부인의 거동을 보니 비록 여자이나 미간에 천지조화를 은은히 감추었고 흉중에 만고흥망을 품었으니, 이 사람이 바로 선인이로다. 내가 만일 이 사람을 살려두면 우리 왕께서 조선 침략하는 일을 이루기 어려울 것이니, 어찌 근심되지 않겠는가? 내가 좋은 묘책을 내어 이 사람을 먼저 죽여 우리 왕의 근심을 덜고 내 이름을 오래도록 후세에 전하리라.'

이렇게 마음속으로 크게 기뻐하고서는 술에 많이 취하자 또 박씨에게 청하며 말했다.

"황공하오나 매우 피곤해서 이제 그만 잤으면 좋겠나이다."

박씨가 허락하고 베개를 내어주니, 그 여자가 베개를 베고 누웠다. 잠은 들었으되 한 눈을 뜨더니, 이윽고 두 눈을 뜨는 순간 눈에서 불덩이가 나와 방안을 굴러다녔다. 또한 잠자는 숨결에 방문이 여닫히면서 사람의 정신을 놀라게 했다. 이에 박씨는 생각했다.

'비록 여자이나 천하명장이로다.'

박씨 또한 함께 자는 체하다가 가만히 일어나 그 여자의 행장을 열어보니, 다른 것은 없고 다만 칼 한 자루가 있었다. 자세히 보니 그 칼에 비연도라는 주홍 글씨가 새겨져 있었는데, 박씨가 그 칼을 만지려고 하는 순간 그 칼이 제비로 변해 천장으로 솟구치며 박씨를 해치려고 달려들었다. 박씨가 급히 매운재를 갖다가 진언을 외우며 풀어 던지자, 그 칼이 영험을 잃고 변화를 부리지 못했다. 박씨가 그제야 그 칼을 가지고 소리를 벽력같이 지르며 여자를 깨우니, 여자는 깊이 잠들었다가 벽력같은 소리에 깨어 혼미한 채로 일어나 앉았다. 박씨가 비연도를 손에 들고 큰 소리로 꾸짖어 말했다.

"이 무지하고 간특한 년아, 네가 바로 호국의 기홍대 아니냐?"

그 소리에 여자는 천지가 무너지는 듯 혼이 나가고 넋을 잃어 어떻게 할 줄 모르다가 정신을 차리고 눈을 들어보니, 박씨가 손에 비연도를 들고 앉아 있는 모양과 위세가 눈서리처럼 엄숙했다. 마치 팔년풍진[1)]을 겪은 뒤 홍문연[2]에서 번쾌[3]가 머리털을 곤두세우고 눈을 부릅뜨며 사납게 항우를 해치려는 것 같아, 감히 말을 못하고 묵묵히 앉아 있다가 겨우 정신을 차리고 여쭈었다.

"부인께서 이처럼 식견이 뛰어나시니, 어찌 조금이라도 속일 수 있겠나이까? 소녀는 과연 기홍대인데, 무엇 때문에 이처럼 화를 내십니까?"[4]

부인이 눈을 부릅뜨고 크게 꾸짖어 말했다.

"너는 한낱 자객으로, 개 같은 네 왕의 말을 듣고 당당한 우리 예의지국을 해하려 하니 네가 어찌 살기를 바라느냐? 내가 비록 재주는 없으나 너 같은 요물에게는 속지 않을 것이요, 또 너 같은 년을 살려두면 죄 없는 사람을 많이 죽일 것이니라."

박씨가 노기 가득한 얼굴로 비연도를 기홍대의 머리에 겨누며 꾸짖어 말했다.

"개 같은 오랑캐 년아, 내 말을 들어라! 우리 대감께서 왕명을 받아 우리나라 장수 임경업을 데리고 남경에 사신으로 갔을 때, 네 나라에서 총마 가달의 난을 만나 패망할 지경에 이르렀다. 당시 네 나라의 기세가 꺾이고 힘이 다해 대국에 구원병을 요청했는데, 대국에서 우리나라 장수 임경업을 구원병 대장으로 삼아 네 나라를 구원하게 했다. 이에 임경업 장군이 군사를 거느리고 네 나라에 가서 힘을 다해 칼에 피도 묻히지 않고 호통을 한 번 내질러 총마 가달을 물리치고 네 나라 사직을 보

1) 팔년풍진(八年風塵): 오랜 세월 동안 고생함을 이르는 말. 중국에서, 유방(劉邦)이 8년을 고생한 끝에 항우(項羽)를 멸한 데서 유래한다.

2) 홍문연(鴻門宴): 중국 초한(楚漢) 시절, 초나라 항우가 한나라 유방을 잡기 위해 홍구(鴻溝) 땅 군문(軍門)에서 베풀었던 잔치.

3) 번쾌(樊噲, ?~BC 189): 한나라 고조 때의 공신. 유방의 무장(武將)으로서 용맹을 떨쳤으며, 홍문연에서 항우에게 모살될 위기에 처한 유방을 극적으로 구해냈다.

4) 부인께서 이처럼~화를 내십니까: 이 부분은 『명월부인전』을 참고해 보완했다.

존해주었노라. 그 은혜를 생각하면 태산이 가볍거늘 도리어 은혜를 갚기는 고사하고 배은망덕하니, 네 왕 같은 놈은 내가 여기 앉아서도 죽여 없앨 수 있노라. 하물며 당돌하게 너 같은 여자를 보내 우리나라를 염탐하고 또 내 집에 와서 먼저 나를 해치려 하니, 내가 너 같은 년부터 먼저 없애리라. 이 같은 흉계는 모두 네 왕비가 낸 간사한 꾀일 것이리라. 내가 이미 알고 있는데, 네 왕이 어찌 감히 흉측한 간계를 내어 우리나라를 해하려 하느냐? 일의 앞뒤를 생각하면 너를 죽인다고 해서 한이 풀릴 리 없지만 우선 네 머리를 베어 내 분노를 조금이나마 씻고자 하니,[5] 너는 목을 늘여 내 칼을 받아라."

박씨가 소리를 벽력같이 지르니, 기홍대가 애걸하며 말했다.

"매우 황송하오나 부인 앞에서 제가 어찌 조금이라도 속일 수 있겠나이까? 소녀가 검술을 조금 할 줄 알기에 국왕의 불량한 말을 듣고 외람되이 이곳에 오게 되었습니다. 부인께서 이처럼 신명하시니, 무슨 말씀을 아뢸 수 있겠나이까? 이는 다 소녀의 왕비가 지시한 것이옵니다. 황공하오나 소녀의 목숨은 부인의 칼끝에 달렸으니, 부인은 하해 같은 은혜를 베풀어 소녀의 남은 목숨을 살려주소서. 제가 본국에 돌아가 소녀의 국왕과 왕비에게 이 말씀을 모두 전하면, 어찌 다시 주제넘게 조선을 침략할 뜻을 먹겠습니까? 소녀의 죄상은 다시 더 아뢸 말씀이 없으니, 부디 제 목숨을 살려주소서."

기홍대가 수없이 애걸하니, 박씨가 듣고 말했다.

"네 왕은 실로 짐승 같은 놈이로다. 은혜를 모르고 도리어 우리 조선을 멸시하고 조선의 인재人才를 죽이려 하니, 이른바 호랑이를 길러 화를 남겼다고 할 일이로다. 어찌 원통하고 분하지 않겠는가? 너 같은 미천한 목숨을 죽일 마음은 없으나, 네가 어찌 살기를 바라겠느냐?"

5) 일의 앞뒤를~씻고자 하니: 이 부분은 『명월부인전』을 참고해 보완했다.

기홍대가 머리를 조아리며 거듭거듭 애걸했다.

"부인의 말씀을 듣사오니 더욱 후회스럽나이다."

기홍대가 수없이 사죄하니, 부인이 잠깐 칼을 내리고 분한 마음을 진정하며 말했다.

"네 왕의 소행을 생각하면 우선 너를 죽여 분한 마음을 풀 것이로되, 인명을 살해하는 것이 상서롭지 아니하기에 아직 살려 보내겠노라. 네 나라로 가서 네 왕과 왕비에게 자세히 이르되, '네 왕이 짐승 같은 마음을 품고 다시 불측한 흉계를 가지면, 우리 조선이 비록 땅덩어리는 작고 좁으나 인재를 헤아리면 영웅과 명장이 산더미처럼 쌓여 있고, 나처럼 조그만 재주를 갖고 있는 인재는 이루 헤아릴 수 없을 정도로 많으니라'. 네 왕은 왕비의 말을 듣고 너를 인재라 하여 보냈으나, 나 같은 사람을 먼저 만났기에 네가 목숨을 잃지 않고 살아가게 된 것이니, 돌아가서 네 왕과 왕비에게 내 말을 자세히 전해, '차후에는 천명을 순수히 따르되, 만일 교만한 마음을 고치지 않고 끝까지 거역한다면, 내가 비록 여자이나 영웅과 명장을 모으고 군사를 일으켜 네 나라로 갈 것이다. 그리하여 네 백성들이 죄가 없을지라도 그들을 씨도 없이 몰살할 것이니 부디 천명을 거역하지 말라'고 하라."

박씨가 다시 개탄스럽게 여기며 말했다.

"이 모든 것은 결국 국운이 불행한 탓이니, 누구를 원망하고 누구를 탓하겠는가?"

박씨가 하늘을 우러러 탄식하니, 기홍대가 그 거동을 보고 일어나 감사의 절을 올리며 말했다.

"신명하신 부인의 은혜를 입어 죽을 목숨을 보전하게 되었으니 더없이 감사하옵니다. 죽은 뒤에도 이 은혜는 절대 잊지 않겠나이다."

기홍대는 부끄러운 마음으로 부인에게 하직하고 나와서 마음속으로 생각했다.

'내가 큰일을 경영하려고 천 리를 멀다 않고 여기까지 왔다가 성공은 고사하고 본색이 탄로 나고 말았으니, 이제 의주로 간들 성공하기를 어찌 바라겠는가? 이대로 돌아가는 것이 더 좋으리라.'

기홍대는 즉시 본국으로 갔다.

각설. 이때 승상과 집안사람들이 그 거동을 보고 크게 놀라더라.

다음날 승상이 궁궐로 들어가 임금께 그 사연을 낱낱이 아뢰니, 전하와 조정의 모든 신하가 듣고 낯빛이 변할 정도로 크게 놀랐다. 전하께서는 즉시 의주 부윤 임경업에게 공문을 내려 말씀하셨다.

"호국의 기홍대라는 계집이 조선에 와서 이러이러한 일을 저질렀는데, 그 계집이 혹 그대를 유인해 죽이려고 의주로 갈 수도 있으니, 그 계집의 간계에 속지 말고 짐의 말을 명심하고 잊지 말라."

각설. 한편, 전하께서 박씨의 뛰어난 식견에 탄복하고 그 충효를 칭찬하시며 공功을 의논한 뒤 박씨를 명현부인明賢夫人으로 봉하고 직첩[6]과 삼품三品에 해당하는 녹봉을 내려주셨다.

전하께서 우상에게 말씀하셨다.

"만일 경의 아내가 아니었더라면 큰 재난을 면하지 못했으리라. 흉악한 도적이 우리나라를 침략하려고 이렇듯 탐지하니, 어찌 원통하고 분하지 않겠는가? 이후에도 도적의 기미를 파악해서 낱낱이 보고하라."

6) 직첩(職牒): 조정에서 내리는 벼슬아치의 임명장.

피화당에서 용울대를 죽이다

각설. 기홍대가 본국에 들어가 왕을 알현하니, 호왕이 물었다.

"조선에 가서 어떻게 하고 왔느냐?"

기홍대가 대답해 아뢰었다.

"소녀가 대왕의 명을 받고 혼자 큰일을 경영하러 만리타국에 갔는데, 성공하기는커녕 만고에 다시없는 영웅 박씨를 만나 목숨을 보전하지 못하고 타국에서 원혼이 될 뻔했나이다. 소녀가 누누이 애걸하고, 박씨가 어진 덕을 베풀어 겨우 목숨을 부지했나이다. 돌아올 때 박씨가 대왕께서 배은망덕하고 의리를 모른다며 짐승에 비유해 심하게 꾸짖은 뒤, '또다시 분수에 넘치는 뜻을 두면 내가 비록 여자이나 영웅과 명장을 거느리고 네 나라에 들어가 완전히 멸망시키리라. 네 왕이 무도해 내가 이 같은 뜻을 갖게 되었다' 하면서 이러한 뜻을 대왕께 전해 분수에 넘치는 마음을 품지 말라 하더이다."

호왕이 듣고 크게 화를 내며 말했다.

"네가 부질없이 갔다가 성공하기는커녕 우리의 묘계妙計만 들키고 왔으니, 어찌 분하고 원통하지 않겠느냐?"

그리고 왕비를 불러오게 한 뒤 말했다.

"이제 기홍대가 조선에 나갔다가 신인을 만나 영웅을 죽이지 못하고, 우리의 묘계만 탄로 나 내게 심한 욕설이 미쳤으니, 어찌 분하지 않겠소? 또한 조선을 침략하지 못하게 되었으니, 내 분한 마음을 어디서 풀 수 있겠소?"

왕비가 대답했다.

"첩에게 한 가지 묘책이 있으니, 실행해보소서."

왕이 물었다.

"무슨 계교인지 알고자 하나이다."

왕비가 말했다.

"조선에는 비록 선인과 영웅이 있으나 조정에 간신 또한 있으니, 신인의 말을 듣지 않을 것이요, 또한 명장도 쓰지 않을 것이옵니다. 이제 대왕께서 대군을 거느리고 가서 조선을 치되, 북쪽으로 가지 말고 곧바로 동해를 건너 조선국 도성으로 가서 동대문을 깨뜨리고 장안을 엄살掩殺하면 반드시 조선을 함락시킬 것이옵니다."

호왕이 듣고 크게 기뻐해 즉시 한우[1]와 용골대[2]를 대장으로 삼아 정예병 십만 명을 뽑아주며 말했다.

"경들을 특별히 선발해 조선에 보내니, 부디 힘을 다해 성공하되, 북으로 가지 말고 동해를 건너 가서 도성 동대문을 짓치고 들어가 장안을 엄살하면 조선을 함락시킬 것이오. 또한 경들도 만종록을 누릴 것이니 부디 내 말을 잊지 말고 명심하라."

두 장수가 왕의 명령을 받고 하직하고 물러나오는데, 왕비가 두 장수

1) 한우: 작품에는 호국의 장수로 나오나, 이 인물의 실존 여부는 알 수 없다.
2) 용골대(龍骨大): 중국 청나라의 장군으로, 인조 14년(1636)에 십만 대군을 거느리고 쳐들어와 병자호란을 일으켰다.

를 불러 말했다.

"그대들은 부디 왕의 비계秘計를 어기지 말며, 군사를 거느리고 조선의 국경에 들어가거든 곧바로 날랜 군사를 의주와 도성의 중간에 잠복시켜 소식을 전하지 못하게 하라. 그대들은 장안에 들어가되 우의정 이시백의 집 후원은 절대 침범하지 마라. 그 집 후원에는 피화당이라 하는 집이 있고 그 주위에는 신기한 나무가 무성하니, 만일 그 집 후원을 범하면 성공은 고사하고 목숨을 보전하지 못할 것이니 부디 명심해 잊지 말라."

두 장수가 명령을 듣고 나와 십만 대병을 거느리고 곧바로 동해를 건너 조선 장안으로 향했다.

각설. 이때 박씨가 홀로 피화당에 앉아 있다가 승상을 청해 말했다.

"북방의 호적胡狄이 병사를 일으켜 조선 국경을 침범했으니, 급히 탑전[3]에 아뢰어 의주부윤 임경업을 불러 모든 군사를 지휘 감독해 동쪽으로 들어오는 도적을 방비하게 하소서."

승상이 듣고 크게 놀라 말했다.

"내 소견에는 호적이 들어온다 해도 북쪽 오랑캐이니 북쪽에서 의주로 들어와 공격할 것이오. 만일 의주 부윤 임경업을 불러올려 북방을 비웠는데 호적이 북쪽 길을 탈취하면 나라의 위태로움이 아침저녁으로 있을 것이오. 그런데 어찌 동쪽을 막으라 하나이까?"

부인이 말했다.

"북적은 본래 간사한 꾀가 많아 임장군이 두려워 북쪽은 감히 침범하지 못하고 동해를 건너 곧바로 동대문을 깨뜨리고 들어와 장안을 엄살할 것이니, 그리되면 어찌 분하지 아니하겠습니까? 부디 첩의 말을 헛되이 여기지 마시고 급히 탑전에 아뢰어 방비하게 하소서."

3) 탑전(榻前): 왕의 자리 앞.

승상이 급히 탑전에 들어가 부인의 말을 낱낱이 아뢰니, 임금께서 듣고 크게 놀라 조정의 모든 신하를 모아놓고 의논하셨다. 신하들도 이 말씀을 듣고 몹시 놀라 얼굴이 파랗게 질려서 어떻게 할 줄을 몰랐는데, 좌의정 원두표[4)]가 아뢰었다.

"북적은 본래 간사한 꾀가 많기 때문에 박부인의 말이 옳사오니, 그 말에 따라 동쪽을 지키게 임경업을 불러들이소서."

그 말이 끝나기도 전에 한 재상이 놀란 표정을 하며 아뢰었다.

"원두표의 말은 전혀 맞지 않사옵니다. 북방 호적이 여러 번 임경업의 덕을 입었는데 무슨 혐의로 우리 조선을 엿보겠나이까? 설사 호적이 쳐들어온다고 해도 반드시 의주로 들어올 것이옵니다. 만일 의주를 비우고 임경업을 불러들이면 도적이 북방으로 몰려와 도성을 함몰해 나라가 매우 위태롭게 될 것이옵니다. 그런데 어찌하여 한 여자의 말을 듣고 막중한 요충지를 비우고 동쪽을 지키게 할 수 있겠나이까? 지금 나라가 태평하고 풍년이 들어 백성들이 강구연월[5)]에 격양가를 부르고 있는데, 이처럼 태평한 시절에 요망한 부인의 말을 듣고 조정을 놀라게 하며 민심을 요란하게 하겠나이까?"

이 사람은 바로 만고역적 김자점[6)]이었다. 조정의 신하들은 그의 권세가 두려워 아무런 말도 하지 못했다. 우상 시백도 항거하지 못한 채 분한 마음을 이기지 못해 집으로 돌아와 그 사연을 부인에게 낱낱이 이야기하니, 박씨가 듣고 하늘을 우러러 탄식했다.

---

4) 원두표(元斗杓, 1593~1664): 조선 중기의 문신. 1636년(인조 14) 병자호란이 일어나자 어영부사로 남한산성의 수비를 맡았다.
5) 강구연월(康衢煙月): 번화한 큰 길거리에서 달빛이 연기에 은은하게 비치는 모습을 나타내는 말로, 태평한 세상의 평화로운 풍경을 이르는 말.
6) 김자점(金自點, 1588~1651): 조선 중기의 문신. 인조반정을 성공시킨 뒤 출세가도를 달렸으며, 1636년 병자호란이 일어나자 도원수로서 임진강 이북에서 청군을 저지해야 할 총책임을 맡고도 전투를 회피한 죄로 강화도에 유배되었다.

"아아, 슬프다. 국운이 불행하니 소인小人이 조정에 가득하도다! 도적이 오래지 않아 도성을 침범할 텐데, 어찌 걱정이 되지 않겠는가? 이제 내 말에 따라 임경업을 불러들여 도적이 오는 길을 막으면 제어할 수 있겠지만, 그러지 않으면 큰 재앙이 곧 닥쳐올 것이니, 어찌 서럽지 않겠는가?"

그러고는 승상에게 말했다.

"국가의 재난이 코앞에 이르렀으니, 대감께서는 부디 충성을 다해 사직을 안전하게 보존하소서."

말을 마친 박씨가 대성통곡하니, 승상이 그 소리를 듣고 민망한 마음을 걷잡지 못해 하늘을 우러러 탄식하고 궁궐 안으로 들어갔다. 이때는 병자년 섣달 보름날이었는데, 갑자기 동대문에서 대포 소리가 한 번 들리더니 고각鼓角 소리와 함성이 천지를 진동하면서 무수한 호적이 동대문을 깨뜨리고 도성 안으로 쳐들어왔다. 성안에 살기가 가득하니 백성의 참혹함을 어찌 말로 다 표현하리오? 오랑캐 장수가 수많은 군사를 이끌고 사면을 둘러싸고 쳐들어오니, 일의 형세가 급박해 어찌할 바를 몰랐다. 임금께서 말씀하셨다.

"지금 장안 성안에 도적이 가득 몰려들어 백성들을 살해하고, 사직마저 매우 위태롭게 되었구나. 이 일을 어찌하면 좋겠는가?"

임금께서 하늘을 우러러 탄식하고 계실 때, 승상이 곁에서 모시고 있다가 급히 아뢰었다.

"이제 형세가 매우 급하게 되었으니, 남한산성[7]으로 피난하사이다."

임금께서는 정신이 혼미해져 어떻게 해야 할지 몰라 탄식하시다가 옥교玉轎를 타고 성문을 나와 남한산성으로 향하셨다. 이때 앞에서 도적

7) 남한산성(南漢山城): 경기도 광주 남한산의 조선시대 산성. 1624년(인조 2)에 축성되었으며, 수어사(守禦使) 이시백(李時白)의 건의로 1636년(인조 14)에 군사 1만 2,700명을 동원해 유사시에 대비할 훈련을 실시했으나, 막상 병자호란이 일어나자 제대로 싸워보지도 못하고 성문을 열어 화의(和議)하고 말았다.

이 세차게 달려와 길을 막으니, 우상이 죽을힘을 다해 물리친 뒤 옥교를 모시고 남한산성으로 들어갔다.

이때 호장 한우와 용골대가 철갑 입은 기병騎兵 십만 명을 거느리고 장안에 이르러 곧바로 군사를 몰아 궁궐 안으로 들어가니, 궁궐 안이 텅 비어 있었다. 용골대는 왕이 남한산성으로 피난한 것을 알고 아우인 용울대에게 장안을 지키라 하고 철기 백여 기騎를 주어 장안의 아름답고 예쁜 여자들을 모두 잡아들이라 말한 뒤 대군을 거느리고 남한산성으로 쫓아가 성을 에워싸고 공격했다.

각설. 한편, 박씨는 일가친척을 모두 피화당으로 모아 병난을 피하고 있었는데, 피난 온 부인들이 용울대가 장안에 있으면서 아름답고 예쁜 여자들을 모두 잡아들이고 있다는 말을 듣고 도망가려 했다. 이에 박씨가 말했다.

"도적이 사방을 지키고 있는데 도망간들 어디로 가서 이 환란을 피하리오? 동요하지 않고 있으면 재난을 피할 수 있을 것이오."

박씨가 이렇게 만류하며 소란을 피우지 못하게 하더라.

이때 호장 용울대가 철기 백여 기를 거느리고 장안 곳곳을 돌아다니며 예쁜 여자들을 탐색하고 있었는데, 어떤 집에 이르러 보니 깨끗한 초당이 하나 있었다. 그 초당의 앞뒤와 좌우에 수목이 무성하고, 그 가운데에 매우 많은 사람이 피난해 있었다. 용울대가 초당 주위를 두루 살펴보니, 나무마다 용과 호랑이가 되어 머리와 꼬리가 서로 접하고 가지마다 새와 뱀이 되어 변화무궁해 살기가 하늘을 찌를 듯했다. 용울대가 생각했다.

'이 집이 분명 이시백의 집이로다. 내가 어찌 아녀자를 피하겠는가?'

박씨의 신기함을 칭찬하며 피화당에 있던 여인들을 겁탈하려고 초당 안으로 들어갔다. 그 순간 청명하던 날에 검은 구름이 일어나며 뇌성벽력이 천지를 진동했다. 사면을 둘러싸고 있던 나무들이 무수한 갑병甲兵

으로 변해 첩첩이 에워싸고, 나뭇잎은 창검으로 변해 살기를 번뜩였다. 용울대가 그제야 우상 이시백의 집이 분명한 것을 알고 크게 놀라 급히 도망가려 하는데, 갑자기 피화당의 사면이 칼날 같은 바위로 변해 하늘 높이 치솟았다. 정신을 차려 자세히 살펴보니, 칼날 같은 바위가 첩첩이 사면을 막고 있어 길을 분별할 수가 없었다. 용울대가 혼이 나가고 넋을 잃어 어떻게 할 줄 모르고 있는데, 갑자기 어떤 여자가 칼을 들고 당당하게 나타나 크게 꾸짖어 말했다.

"너는 어떤 도적놈인데 당돌하게 들어와 죽기를 재촉하느냐?"

울대가 손을 모아 사죄하며 말했다.

"이 집이 누구 댁인지 모르고 왔으니, 은혜를 베풀어 목숨만 살려주소서."

계화가 또 꾸짖어 말했다.

"나는 이 댁의 시비인 계화이니라. 너는 어떤 도적인데 무슨 일로 사지死地인지 모르고 조그마한 마음을 믿고 당돌하게 들어왔느냐? 우리 댁 부인께서 네 머리를 베어오라 하셨으니, 너는 목을 늘여 내 칼을 받아라."

울대가 그 말을 듣고 크게 화를 내며 칼을 빼 들고 계화를 치려 하니 칼을 든 손에 힘이 빠져 감히 계화를 칠 수가 없었다. 어쩔 수 없이 하늘을 우러러 탄식했다.

"슬프다. 대장부가 세상에 나왔다가 조그만 여자의 손에 죽게 되었으니, 어찌 절통하지 않겠는가?"

계화가 웃으면서 말했다.

"호국 장수 울대야, 불쌍하고 가련하도다. 네가 대장부의 명색으로 조선에 나왔다가 오늘 나 같은 아녀자의 손에 죽게 되었구나. 너 같은 것이 어떻게 대장이 되어 타국을 침범하러 왔느냐? 내 말을 들어보아라. 무도한 네 왕이 하늘의 뜻을 모르고 외람되이 우리 예의지국을 해치려고 너처럼 용렬한 것을 보냈으니, 네 왕의 일을 생각하면 한편으로 측은하고 한편으로 분하도다. 내 칼은 인정사정없어 네 머리를 베니, 네가 아무리 무지한 필부라도 하늘의 뜻에 순종해 죽은 혼이라도 나를 원망하지 마라."

계화가 말을 마치고 칼을 들어 울대의 머리를 치니, 칼날의 빛이 번뜩이며 울대의 몸이 말에서 떨어졌다. 계화가 즉시 울대의 머리를 칼끝에 꿰어 들고 피화당으로 들어가 부인께 드리니, 부인이 그 머리를 받아 문 밖에 내동댕이쳤다. 그제야 풍운이 잠잠해지면서 날이 밝아지니, 다시 그 머리를 집어다가 후원 나무 끝에 매달아 두고 여러 사람이 보게 했다.

슬프다. 국운이 불행해 이 같은 변을 만나 전하께서 남한산성으로 피난했는데, 호적이 곧바로 물밀듯이 들어와 전하와 여러 신하를 생포했다. 호적의 추상같은 호통 한 번에 전하께서 무릎을 꿇고 항서降書를 써 주니, 호적이 곧바로 들어가 왕비와 세자 삼형제를 생포해 장안으로 압송해갔다. 전하께서 이 광경을 보고 통곡하다가 기절하시니, 여러 신하가 또한 하늘을 우러러 탄식하며 전하를 위로하고 옥체를 잘 보존하시길 두 손 모아 빌며 김자점의 고기를 먹기 원하더라. 이처럼 나라가 망하게 된 것은 하늘이 정한 운명 때문이기도 하지만, 만고 소인 김자점이 적을 도와 망하게 되었으니 어찌 슬프지 않겠는가? 장안의 모든 백성이 자점의 고기를 먹기 원하더라.

박씨에게 무릎 꿇은 용골대

각설. 용골대가 남한산성에서 강화를 맺은 뒤 장안으로 들어오는데, 전군前軍이 보고했다.

"울대가 장안에서 아녀자의 손에 죽었나이다."

용골대가 이 말을 듣고 크게 놀라 대성통곡한 뒤 말했다.

"우리가 이미 조선 왕에게 항복을 받았는데, 누가 감히 내 동생을 죽였단 말이냐? 내가 그 원수를 갚으리라."

용골대가 말을 빨리 달려 장안으로 들어오다 한쪽을 바라보니, 어떤 집 후원의 초당 나무 끝에 울대의 머리가 달려 있었다. 용골대가 그 머리를 자세히 보고 대성통곡하며 전군을 불러 물었다.

"저 집이 우의정 이시백의 집이냐?"

그 군사가 대답했다.

"그러하나이다."

용골대가 분을 이기지 못해 칼을 들고 말을 달려 초당을 치려고 하니, 도원수 한우가 말했다.

"피화당 사방에 기이한 나무가 무성한 것을 보니 범상치 않소. 그대는 분한 마음을 잠깐 진정하고 내 말을 들어보시오. 저 나무들이 옛날 제갈량의 팔진도법[1]과 사마양저[2]의 오행금사진법[3]을 겸했으니, 어찌 두렵지 않겠소? 그대는 삼국시대 때 육손[4]의 일을 생각해 저렇듯 위험한 지역에는 아예 접근하지 마시오."

용골대가 더욱 분을 참지 못해 칼로 땅을 두드리며 말했다.

"그러면 울대의 원수를 어떻게 갚을 수 있겠나이까?"

용골대가 기절했다가 깨어나서 또 말했다.

"형제가 함께 타국에 와서 대사大事를 이루었으나, 동생을 죽인 원수를 갚지 못했습니다. 한 나라의 대장으로서 조그만 아녀자에게 죽음을 당했으니 후세에 남의 웃음거리가 될 것입니다. 그런데 어찌 그저 돌아가겠나이까?"

한우가 말했다.

"그대가 일시적인 분을 참지 못해 용력만 믿고 저렇듯 험한 지역에 들어간다면 복수는 고사하고 도리어 목숨을 보전하지 못할 것이오. 아직 모르기는 하오만 마음을 진정하고 저 신기한 모습을 살펴보시오. 비록 억만 대병을 거느리고 갈지라도 살아나지 못할 터인데 하물며 홀로 들어가려 하다니, 어찌 한 나라의 대장이라 하겠소?"

용골대가 그 말을 자세히 듣고 군사들에게 호령했다.

"저 나무들을 에워싸고 불을 질러라."

군사들이 명령을 듣고 화약과 염초를 뿌려 사방에 불을 지르니, 갑자

1) 팔진도법(八陣圖法): 제갈량이 만든 여덟 가지 진형(陣形)의 도형.
2) 사마양저(司馬穰苴): 춘추시대 말기 제(齊)나라의 대부이자 병법가.
3) 오행금사진법(五行金蛇陣法): 사마양저가 오행을 활용해서 만든 진법.
4) 육손(陸遜, 183~245): 삼국시대 오(吳)나라의 장수이자 정치가. 소설 『삼국지연의』에는 육손이 제갈량이 돌로 쌓은 팔진도 속에 빠져 죽을 위기에 처하는 대목이 나온다.

기 한 줄기 거센 바람이 일어나며 오색구름이 자욱한 가운데 초당을 둘러싸고 있던 수목들이 무수한 장졸將卒로 변해 징과 북을 치며 함성을 지르니 천지가 진동했다. 풍운이 자욱한 곳에서 비룡飛龍과 맹호가 서로 머리와 꼬리를 이어 전후좌우를 겹겹이 둘러쌌으며, 공중에서 갑옷을 입은 신장神將이 내려와 긴 창과 큰 칼을 들고 무수한 귀졸鬼卒을 거느리고 달려들었다. 북소리와 함성이 천지를 진동하고 신장의 호령이 추상같으니, 호국의 장졸들이 넋을 잃고 항오行伍를 차리지 못해 서로 밟혀 죽는 자가 가을바람에 낙엽이 떨어지는 것처럼 많았다. 호장 등이 놀라고 당황해 남은 군사를 거느려 물러나니, 그제야 천지가 밝아오면서 살기가 사라지고 신장과 귀졸들도 간데없었다.

호장 등이 그 광경을 보고 더욱 분기를 이기지 못해 다시 칼을 들고 달려들려고 하니, 청명했던 날씨가 순식간에 변해 구름과 안개가 자욱하게 깔려 지척을 분별할 수가 없었다. 용골대가 감히 들어가지 못하고 울대의 머리만 보고 하늘을 우러러 통곡할 때, 수목 사이로 한 여자가 어엿하게 나오면서 크게 외쳤다.

"무지한 용골대야, 네 동생 울대가 내 칼에 죽었는데, 너조차 내 칼에 죽고 싶어서 목숨을 재촉하느냐?"

용골대가 그 말을 듣고 더욱 화를 내며 꾸짖었다.

"너는 어떤 여자이건대 대장부를 마주보고 욕설로 희롱하느냐? 내 동생이 불행하게도 네 손에 죽었으나, 우리는 이미 네 국왕의 항서를 받았으니 너희도 우리 백성이다. 그런데 어찌 우리를 해치려 하느냐? 이것은 이른바 나라를 모르는 사람이 죽을죄를 범한 것이니, 빨리 나와 내 칼을 받고 속죄하라."

계화가 그 말을 듣고 울대의 머리만 가리키며 조롱했다.

"나는 박부인의 시비 계화인데 너를 보니 가련하고 녹록하도다. 네 동생 울대가 나처럼 연약한 여자의 손에 죽었는데, 너도 나를 대적하지 못해 저토록 분해하니, 어찌 불쌍하고 녹록하지 않겠느냐? 분을 이기지 못하겠거든 내가 보는 데서 자결하라. 그러면 네 동생의 머리와 함께 이 나무에 달아두마."

용골대가 그 말을 듣고 분노가 크게 일어나 철궁鐵弓에 짧은 화살을 메겨 계화를 향해 쏘았으나, 그 화살이 대여섯 걸음 앞에 떨어져 맞히지 못했다. 용골대가 더욱 화가 나서 군사들에게 호령해 한꺼번에 활을 쏘라 하니, 군사들이 그 명령을 듣고 수없이 많은 화살을 쏘았으나 수만 명의 군사가 하나도 맞히지 못했다. 화살만 허비하고 맞히는 자가 하나도 없자, 용골대는 가슴이 막혀 어찌할 줄 몰랐다. 호장들은 계화의 신기한 재주에 놀라면서도 분한 마음을 참지 못해 서로 상의했다.

"우리가 백만 대병을 거느렸으나 감히 저 여자 한 명을 당할 자가 없으니, 이제 조선의 군사에게 저 여자를 치게 하리라."

용골대가 김자점을 불러 말했다.

"너희도 우리나라 신하가 되었으니 바삐 도성의 군사를 징발해 저 팔문진[5]을 깨뜨리고 박씨와 계화를 생포해 바쳐라. 만일 명령을 어기면 군법으로 다스리리라."

용골대의 추상같은 호령에 자점이 황공해하며 말했다.

"어찌 장군의 명령을 거역하겠나이까?"

자점이 즉시 조선의 군사들에게 호령해 팔문진을 에워싸고 대포를 쏘며 돌진하니, 갑자기 팔문진이 백여 길이나 되는 금각봉[6]으로 변했다. 호장은 그 변화가 무궁한 것을 보고 분을 이기지 못했으나, 한 가지 꾀를 생각하고 오랑캐 군사들에게 명령해 팔문진 사방에 해자를 깊이 파고 화약과 염초를 무수히 묻고 크게 외쳤다.

5) 팔문진(八門陣): 팔문을 이용한 진법.
6) 금각봉(金角峰): 쇠로 된 산봉우리.

"네가 아무리 끝없이 변화하는 재주가 있다고 한들 오늘 누가 너희를 살려두리오? 목숨이 아깝거든 빨리 나와 항복하라."

호장이 수없이 욕설을 퍼부었으나, 피화당은 아무런 소리도 없이 고요하기만 했다. 호장이 군사들에게 호령해 일시에 불을 지르니, 화약 터지는 소리가 천지를 진동하고 산천이 무너지는 듯하며 사방에 불이 일어나 화광이 충천했다. 이때 박씨가 계화에게 명해 옥병수玉屛水를 던지게 하고, 왼손에 옥화선을, 오른손에 백화선을 들고 오색실로 부적을 매어 화염 속에 던졌다. 그러자 갑자기 바람이 세차게 불면서 화염이 도리어 호진胡陣 쪽으로 향했으며, 호국 군사들 중 화염에 싸여 지척을 분간하지 못하고 불에 타죽은 자가 이루 헤아릴 수 없더라. 용골대가 크게 놀라 급히 군사들을 물러나게 하고 하늘을 우러러 탄식하며 말했다.

"우리가 군사를 일으켜 조선에 나온 뒤 칼에 피 한 방울 묻히지 않고 호통 소리 한 번에 조선의 항복을 받았는데, 어찌 일개 아녀자가 불쌍한 동생을 죄 없이 죽이고 십만 대병마저 거의 죽였으니, 더할 나위 없이 분하다. 무슨 면목으로 우리 대왕과 왕비를 뵙겠는가?"

이에 한우가 통곡하고는 여러 장수를 불러 의논했다.

"아무리 해도 저 여자를 당해낼 수가 없구나. 저 여자에게 복수하기는 커녕 항복도 받을 수가 없으니, 이제라도 급히 행군해 고국으로 돌아가는 것이 좋겠구나."[7)]

호군들이 장안의 미색들과 왕비와 세자 삼형제를 강제로 이끌고 호국으로 떠나려 하니, 온 백성의 통곡 소리가 장안에 진동했다. 이때 박씨가 계화에게 명령해 적진을 향해 크게 외치게 했다.

"무지한 오랑캐놈은 들어라. 너희 왕이 무도해 너 같은 젖비린내 나는 놈을 보내 존귀한 우리나라를 침략하니, 우리나라가 불행하게도 패배했

7) 저 여자에게~것이 좋겠구나: 이 부분은 『융희본』을 참고해 보완했다.

다. 그런데 너희는 무엇 때문에 아무런 죄가 없는 우리나라 사람들을 잡아가느냐? 만일 우리 왕비를 데려가면 내가 너희를 모조리 죽일 것이니, 목숨을 보전하려거든 모셔가지 마라."

호장이 그 말을 듣고 웃으며 말했다.

"네 말이 하찮고 가소롭도다. 우리가 이미 네 국왕에게 항서를 받았으니, 데려가고 안 데려가고는 우리 마음이로다. 그러니 그런 말은 하지도 마라."

이렇듯 호장이 수없이 능욕하니, 계화가 또다시 외쳐 말했다.

"너희가 한사코 내 말을 거역하려 한다면 우선 내 재주부터 보아라."

계화가 말을 마치고 무슨 진언을 두어 번 외우니, 갑자기 공중에서 두 줄기 무지개가 일어나며 급한 큰비가 억수로 쏟아져 천지가 아득했다. 또한 눈보라가 크게 일어나고 우박이 담아 붓듯이 쏟아지더니 순식간에 소나기와 우박이 얼음이 되어 호적의 말굽은 땅에 붙어 떨어지지 않고 사람은 한 발자국도 움직이지 못했다. 호장이 그제야 깨닫고 말했다.

"당초 군사를 일으킬 때 우리 왕비께서 분부하시기를, '조선에 나가거든 우의정 집 후원은 절대 범하지 말라' 하셨다. 그런데도 짐짓 깨닫지 못하고 순간의 분노만 생각하다가 왕비의 분부를 거역해 화를 당하여 십만 대병을 태반이나 죽이고 죄 없는 동생을 죽였구나. 무슨 면목으로 대왕과 왕비를 뵙겠는가? 상황이 다급하게 되었으니, 지금이라도 박씨에게 비는 것이 좋겠소."

호장들이 말에서 내려 스스로 손을 묶고 팔문진 앞으로 나아가 무릎을 꿇고 애걸하며 말했다.

"소장들이 군사를 일으켜 조선에 들어와 사방을 돌아다녔으되 한 번도 무릎을 꿇은 적이 없었는데, 이제 신명하신 박부인께 무릎을 꿇고 비나이다."

그러고는 또 애걸했다.

"부인의 말씀이 왕비는 데려가지 말라 하시니, 분부대로 할 것입니다. 이제 길을 열어 우리가 고국으로 돌아가게 해주소서."

호장들이 여러 번 간절히 애걸하니, 박씨가 그제야 주렴을 걷고 크게 꾸짖어 말했다.

"너희를 씨도 남기지 않고 모두 죽여 없애려 했으나, 내가 부득이 천명에 따라 너희를 용서하노라. 우리나라가 불행해 너희에게 강화를 당했으나, 무엇 때문에 우리 왕비를 모셔가려 하느냐? 너희 말대로 왕비는 모셔가지 마라. 너희가 부득이 세자를 모셔간다고 하니, 이 또한 하늘의 뜻을 거역하지 못하거니와 부디 조심해서 모시고 가라. 나는 여기 앉아서도 만 리 밖을 내다보는 능력이 있으니, 너희가 만일 불편하게 모시면 내가 신장神將을 보내 너희 왕과 죄 없는 백성을 모두 함몰하겠노라. 부디 내 말을 헛되이 여기지 말고 명심하기 바라노라."

용골대가 백배사례하고 다시 애걸하며 말했다.

"소장의 동생 머리를 주시면, 부인 덕택에 더욱 편안히 고국으로 돌아갈 듯하옵니다."

부인이 웃으며 말했다.

"조공趙公 양자[8]는 지백[9]의 머리에 옻칠해 술잔을 만들어 원수를 갚았노라. 나도 옛일을 본받아 네 동생의 머리에 옻칠해 남한산성에서 당한 욕을 만분의 일이라도 갚으려고 하니, 그런 말을 하지 마라."

용골대는 그 말을 듣고 분한 마음을 진정하며 한동안 동생의 머리만 보고 통곡할 따름이었다. 그러나 어쩔 수 없이 하직하고 떠나가니, 박씨

8) 조공 양자(趙公襄子): 중국 전국시대 초기 조(趙)나라의 제후인 조양자(趙襄子). 지백(智伯)의 공격을 받고 진양(晋陽)으로 들어가 회복의 터전을 마련한 뒤 백성들의 단합된 힘을 바탕으로 지백을 무찔렀다.

9) 지백(智伯): 전국시대 진(晉)나라 대부. 진나라 말기에 자체 세력을 형성해 조양자를 공격했다가 멸망했다.

가 또 말했다.

"너희는 바로 본국으로 돌아가지 말고 의주로 가서 임경업을 보고 가거라."

호장이 마음속으로 생각했다.

'우리가 이미 조선 왕의 항서를 받았으니 서로 만나보게 하려는 것이로다.'

그리고 다시 박씨에게 하직했다.

호장이 왕비는 돌려보내고 세자와 장안의 인물들은 데리고 본국으로 돌아갈 때, 잡혀가는 사람들이 남녀노소 할 것 없이 모두 하늘을 우러러 탄식하며 말했다.

"박부인은 무슨 복으로 화를 면하고 본국에서 부귀를 누리고, 우리는 무슨 죄로 타국에 잡혀가는가?"

그 말을 듣고 박씨가 계화를 불러 잡혀가는 사람들을 위로하며 말했다.

"이것은 다 인간의 고락이니, 너무 서러워하지 마시오. 가 있으면 몇 년 안에 세자와 부인을 다 모셔올 사람이 있으니, 너무 염려 말고 부디 평안히 가소서."

승상 부부 승천하다

각설. 호장은 처음 조선으로 나올 때 왕비의 말에 따라 북쪽을 버리고 동해를 건너왔으며, 오는 길에 날랜 군사 천여 명을 중간에 복병시켜 의주와 도성이 서로 통하지 못하게 했다. 이로 인해 나라에서 교지를 보내 임경업을 도성으로 불러들였으나 복병이 중간에서 소식을 전하지 못하게 했으니 임장군이 그것을 어찌 알며 어찌 슬프지 않겠는가?

임장군이 이 소식을 듣고 밤낮을 쉬지 않고 도성을 향해 달려갔는데, 사방에서 복병 수천 명이 한꺼번에 달려들어 길을 막았다. 경업이 칼을 들고 한 번에 다 물리치고 도성으로 올라가던 중, 호병이 의기양양하게 의주로 향할 때 경업이 한 필의 말을 타고 나가 선봉장을 베고 달려들어 무인지경같이 횡행하면서 칼을 휘두르니, 호국 장졸들의 머리가 추풍낙엽처럼 떨어졌다. 이에 호장이 하늘을 우러러 탄식하며 말했다.

"박부인의 계략에 우리가 속았도다."

그리고 즉시 편지를 써서 경업에게 보냈다.

이때 임장군은 호국 장졸들을 단칼에 무찌르고 국권을 회복하고자 했는데, 사자使者가 와서 임금의 전교를 드렸다. 장군이 북향사배하고 받들어 보니 이러했다.

"오호라. 국운이 불행해 모월모일에 호병이 달려들어 도성을 습격함에 짐은 남한산성으로 피난했으나, 호국의 십만 대병이 들어와 호장의 호통 한마디에 어쩔 수 없이 강화를 했으니, 어찌 슬프지 않겠는가? 아무래도 하늘이 정한 운명인 듯하도다. 매우 분하고 한심하나 이미 끝난 일이다. 경의 충성이 모두 허사가 되고 말았구나. 이제는 어쩔 수 없으니 경은 길을 열어 호장을 돌려보내라."

임장군이 다 읽고 나서 칼을 던지고 대성통곡하며 말했다.

"아아, 슬프다. 조선 만고의 소인이 국권을 농락해 이처럼 나라를 망하게 했는데, 명천明天은 어찌 이토록 무심하시오?"

통곡을 그친 장군이 분한 마음을 이기지 못해 다시 칼을 들고 나가 호장을 사로잡아 땅에 엎어뜨리며 꾸짖어 말했다.

"네 나라가 지금까지 지탱하게 된 데 우리 조선의 도움을 받은 줄도 모르고 무지한 오랑캐놈이 이처럼 하늘의 뜻을 어기고 우리나라를 침략했으니, 네 놈들을 씨도 없이 다 죽이려 했으나 이미 강화를 맺었기에 왕명을 거역하지 못해 너희를 살려 보내노라. 그러니 부디 세자와 대군을 평안히 모셔가서 착실하게 공경하라."

임장군은 한 번 통곡한 뒤 문을 열어 호국 군사들을 내보냈다.

한편, 왕이 말씀하셨다.

"처음에 박씨의 말을 들었더라면 어찌 이 같은 재난을 당했겠는가? 임금이 되어 지금에야 깨달았으니, 이 모든 것이 천운인 듯하구나. 소인 김자점이 반대하지 않았다면 어찌 이 같은 치욕을 당했겠는가? 박부인은 선인이로다. 혼자 몸으로 십만 대병을 마음대로 물리치고 과인의 분함을 만분의 일이나마 풀어주었으니, 이는 고금에 없던 일이로다."

임금께서 박씨에게 절충부인折衝夫人 겸 정렬부인貞烈夫人의 직첩을 내리고 일품에 해당하는 녹봉을 하사하셨다. 또 궁녀를 보내 부인의 밝고 뛰어난 식견과 충성을 높이 치하하며 말씀하셨다.

"내가 불명한 탓에 수만 년이 지나도 씻지 못할 치욕을 당했으니, 이 모든 것이 과인의 허물이도다. 누구를 원망하고 누구를 탓하겠는가? 명천이 감동하시어 박부인의 정절과 충성으로 왕비는 무사하게 되었으니, 이는 바로 부인의 덕이로다. 과인이 어찌 그것을 모르겠는가? 직첩을 내려 부인의 충절과 덕행을 만분의 일이나마 표하니, 다른 날에도 유자유손有子有孫하여 대대로 작록을 누리고 충성을 다해 국가를 보전케 하기를 바라노라."

부인이 북향사배하고 임금의 은혜에 매우 감사하다는 뜻을 표했다.

각설. 부인이 출가할 때 얼굴을 추비하게 한 것은 승상이 여색에 미혹할까 염려함이요, 세자를 모셔가게 한 것은 천명을 따른 것이요, 호장이 임장군에게 패하게 한 것은 일시나마 분을 풀고자 함이었다. 이후로도 부인은 충성을 다해 임금을 섬겼다.

오호라. 어느덧 승상과 부인은 나이 칠십이 되었다. 하루는 승상이 자녀들을 불러 앉히고 말했다.

"우리는 이제 이 세상에 머물지 못할 테니, 어찌 섭섭하지 않겠느냐? 너희는 너무 서러워하지 말고 충효를 극진히 해 나라를 섬기고 부모의 가르침을 저버리지 말고 명심해 만세 뒤 황천에 돌아가 조상을 뵙더라도 부끄러움이 없게 하라."

승상 부부가 향탕香湯에 목욕하고 조용히 앉아 있는데, 얼마 뒤 오색 구름이 집을 둘러싸고 청아한 옥피리 소리가 들리면서 두 분이 일시에 선화[1]하니, 자녀들이 호천통곡하며 부모님을 선산에 안장했다.

승상 부부는 본래 천상선관天上仙官이었기에 승천했으며, 이후 사적事跡

1) 선화(仙化): 신선이 되었다는 뜻으로, 늙어서 병 없이 곱게 죽음을 이르는 말.

은 『임경업전』[2]을 보면 자세히 알리라.

신축년辛丑年 정월 십오일에 쓰다. 계전桂田.

2) 임경업전(林慶業傳): 작자 및 연대 미상의 고전소설. 조선 인조 때의 명장 임경업의 일생을 작품화한 한글소설이다.

금방울전

동해용왕의 아들이 해룡으로 환생하다

화설. 원나라 지정[1] 말년에 장원이라는 사람이 있었는데, 벼슬이 한림원[2] 관리였다. 원나라가 망하고 명나라가 중흥하자 이 시절을 피해 태안주[3] 이풍산으로 들어가 숨어살았다. 하루는 장공이 꿈을 꾸었는데, 꿈에 남전산[4] 신령이 나타나 말했다.

"시운時運이 불리해 조만간 큰 화가 닥칠 것이니, 빨리 이곳을 떠나라."

그러고는 간데없었다. 공이 꿈에서 깨어 부인에게 꿈 이야기를 하고 함께 옛길을 찾아 떠났는데, 갑자기 비바람이 일어나면서 붉은 옷을 입은 동자가 앞에 나타나 다급하게 말했다.

"소자의 목숨이 매우 위태로우니, 부인께서 구해주소서."

부인이 크게 놀라 물었다.

1) 지정(至正): 원(元)나라의 마지막 임금인 혜종(惠宗)의 세번째 연호(年號).
2) 한림원(翰林院): 임금의 명령을 받아 문서를 꾸미는 일을 맡아 보던 관아.
3) 태안주(泰安州): 중국 산동성(山東省) 중부에 있는 도시.
4) 남전산(藍田山): 중국 섬서성(陝西省) 서안시(西安市)에 있는 산.

"위급한 상황에 처한 선동仙童을 내가 어떻게 구할 수 있겠소?"

동자가 발을 구르며 말했다.

"소자는 동해용왕의 셋째 아들인데, 남해용왕의 용녀를 신부로 맞이해 돌아오다가 동해 호숫가에서 남선진주라는 요괴를 만났습니다. 그 요괴가 용녀를 빼앗으려 하기에 우리 두 내외가 힘을 합쳐 싸웠으나, 용녀는 힘이 다 소진되어 죽고, 소자 또한 어린 까닭에 신통력을 부리지 못하고 달아났습니다. 그러나 미처 수부水府로 들어가지 못하고 기력이 모두 빠져 더이상 달아날 수가 없습니다. 바라건대 부인께서 잠깐 입을 벌리시면 소자가 그 안에 들어가 몸을 피하겠사오니, 부인은 저를 불쌍히 여겨주소서. 뒷날 그 은혜를 꼭 갚겠나이다."

부인이 어쩔 수 없이 입을 벌리자, 용자龍子가 몸을 한 번 흔들더니 붉은 기운으로 변해 부인의 입속으로 들어갔다. 부인이 붉은 기운을 삼키자 천지가 아득하고 광풍이 크게 일어났으며, 괴이한 소리가 천지에 진동했다. 공 부부가 급히 돌 틈에 숨었는데, 얼마 뒤 바람이 그치고 날이 다시 환하게 밝아왔다. 공 부부가 돌 틈에서 나와 겨우 길을 찾아 한 곳에 이르렀는데, 그곳은 바로 태안 땅 고당주 접경 지역이었다. 비록 산골짜기에 있는 작은 마을이었으나, 인심이 좋고 먹을 것도 넉넉했다.

이 마을에는 지혜롭고 절개 있는 선비와 살신성명殺身成名하는 사람이 많았으며, 마을 사람들은 의지할 데 없는 사람들을 붙들어 마을에 정착할 수 있도록 도와주었다. 이들은 공의 행동거지가 단아하고 말씨가 공손한 것을 보고 애중히 여겨 어떤 사람은 집터를 빌려주고, 어떤 사람은 논밭을 나눠주어 경작하게 하고, 자식이 있는 사람들은 앞다투어 공에게 자식의 공부를 부탁했다. 이로 인해 공의 생계가 넉넉하게 되었으며, 마침내 마을 사람들은 공을 산인山人이라 일컬었다.

공은 이때까지 대를 이을 자식이 없어 슬퍼하곤 했는데, 어느 날 꿈에 천지가 어두워지면서 구름 속에서 청룡이 내려와 검은 껍질을 벗고 선인仙人으로 변해 공 앞으로 다가와 말했다.

"나는 동해용왕인데, 그동안 위기에 처한 자식을 구해주신 은혜를 잊을 수가 없었소. 어떻게 보답해야 할지 모르다가 옥황상제께 올라가 억울하고 원통한 사정을 아뢰려고 했는데, 마침 옥제께서 조회를 받으시고 천상천하의 억울하고 원통한 일들을 처결하시었소. 옥제를 찾아뵙고 나올 때 문득 보니, 내 며느리가 된 남해용왕의 막내딸이 요괴에게 당한 억울한 죽음을 호소하고 있었소. 옥제께서 원통한 사정을 들으시고 애통히 여겨 '미진한 인연을 다하게 하라' 하시고는 '이 부부를 내려보내라'고 명령하셨소. 그래서 내가 금강보살께 청해 그대에게 내 자식을 점지하게 했소."

공이 놀라서 깨어보니 동해용왕은 간데없고 침상일몽枕上一夢이었다. 부인에게 꿈 이야기를 하고 남몰래 속으로 기뻐하고 있었는데, 과연 그 달부터 부인에게 태기가 있었다. 열 달이 되어 부인이 한 옥동자를 낳았는데, 그 얼굴이 남전산에서 보았던 선동과 같았다. 비록 강보에 싸인 아기였으나 용모가 웅장하고 위엄이 있었으며 기질이 매우 뛰어났다. 이에 공이 아이의 이름을 해룡海龍이라 짓고 자를 응천應天이라 했다.

부모와의 이별

호사다마는 옛날이나 지금이나 항상 있었다. 이때 명나라 천자가 하늘의 명을 받아서 임금이 되었으나, 아직 천하가 안정되지 않아 어떤 사람은 위왕魏王이라 하고 어떤 사람은 조왕趙王이라 일컬으며 사방에서 노략질을 일삼았다. 인근이 매우 소란스러웠으며, 수많은 사람이 피난을 떠났다.

장처사張處士도 사람들 사이에 섞여 피난했는데, 도적들이 뒤쫓아와서 상황이 매우 위급했다. 부부는 서로 해룡을 번갈아 업고 달렸으나, 기운이 다 빠지자 부인이 울며 말했다.

"이 아이를 살리려고 하면 우리가 다 죽을 것이니, 상공은 우리 모자를 잠깐 버리고 피난했다가 우리 모자의 해골이나 거두어주소서."

처사가 이 말을 듣고 차마 떠날 수 없어 서로 붙들고 천천히 걸어서 달아났는데, 도적들이 점점 가까이 따라왔다. 처사 부부가 울며 당황해서 어찌할 줄 모르다가 처사가 해룡을 버리고 가자고 하니, 부인도 어쩔 수 없이 해룡을 길가에 앉히고 달래며 말했다.

"우리가 잠깐 다녀올 것이니, 너는 이 과일을 먹고 여기에 가만히 앉아 있거라."

해룡이 울며 말했다.

"나도 함께 데려가소서."

처사가 좋은 말로 달래고 부인을 재촉해 달아날 때 한 걸음에 돌아보고 두 걸음에 돌아보며 걸음마다 돌아보니, 해룡이 부모를 부르며 울부짖는 소리가 차마 듣지 못할 정도였다.

이때 도적이 이르러 해룡을 보고 죽이려 했는데, 그중에 장삼이란 자가 말했다.

"어린아이가 부모를 잃고 울고 있는데, 무슨 죄로 죽이려 하느냐?"

장삼이 해룡을 업고 가다가 마음속으로 생각했다.

'내가 일찍이 적장의 위세에 핍박을 받아 군대에 들어오게 되었으나 이것이 어찌 본심이겠는가? 또 이 아이를 보니 뒷날 반드시 귀하게 될 기상을 지녔구나. 이 기회에 아이를 데리고 달아나는 것이 좋으리라.'

장삼은 아이를 업고 천천히 가다 강남 고군으로 달아났다.

한편, 처사 부부는 달아나다 길거리가 조용해진 것을 보고 다시 산으로 올라가 바라보니 해룡이 없었다. 이곳저곳을 두루 찾아보았으되 해룡의 자취가 묘연하니, 부인이 가슴을 치고 큰 소리로 몹시 슬프게 울며 말했다.

"해룡을 아주 잃어버릴 줄 알았더라면 무슨 표라도 해두어 뒷날 만날 때 징표로 삼았을 텐데, 갑자기 일어난 일이라 미처 생각지 못했구나. 뒷날 어디서 만난들 어찌 알아보겠는가?"

부인이 더욱 애처롭게 우니, 처사가 위로하며 말했다.

"아이의 등에 붉은 사마귀가 북두칠성처럼 박혀 있기 때문에 뒷날 이것을 신물信物로 삼을 수 있을 것이니, 부인은 너무 염려하지 마시오."

처사 부부는 서로 슬픔을 머금고 해룡을 두루 찾아다니다가, 마침 조나라 장수 위세에게 붙잡히고 말았다. 장막 안으로 들어갔는데, 수령이 처사의 뛰어난 기상과 위엄 있는 행동을 보고는 소중하게 여겼다. 수령이 묶은 줄을 풀어주고 처사를 대청 위로 오르게 한 뒤 좋은 말로 위로하며 이런저런 이야기를 나누었는데, 서로의 뜻이 딱 들어맞았다. 또한 처사의 말씨가 온화하면서도 공손한 것을 본 수령이 즉시 처사를 참모로 삼았다. 그리고 직전[1]으로 인근 땅 수천 리를 주며 남서쪽에 있는 작은 성지城地를 골라 그곳에서 한가하게 쉬라고 해, 처사 부부는 뇌양현[2]으로 갔다. 이곳은 산천이 험준해 고을 백성들이 전란을 겪지 않는 서촉西蜀의 경계 지역이었다. 처사가 현령으로 부임한 뒤 정사를 공평하게 처리하니, 백성들이 편안하게 농사를 지으며 즐거워하는 소리가 원근에 자자했다.

1) 직전(職田): 조선시대에 시행한 사전(私田)의 하나. 현직 관료들에게 지급했으며, 원칙적으로 세습할 수 없었다.
2) 뇌양현(耒陽縣): 중국 호남성(湖南省)에 있는 고을.

효부 막씨가 금방울을 낳다

이때 조계촌에 사는 김삼랑이란 사람이 있었는데, 방탕하게 놀기를 좋아했다. 그는 아내 막씨의 얼굴이 곱지 않다고 조씨 성을 가진 여자를 취해 살면서 집으로 돌아오지 않았다. 그러나 막씨는 조금도 서러워하지 않고 늙은 시어머니를 지성으로 봉양했다. 집이 가난했기 때문에 남의 집일을 해주면서 아침저녁을 시어머니와 나눠 먹었는데, 그 어머니가 뜻하지 않게 세상을 떠났다. 그러자 막씨는 밤낮으로 애통해하며 예를 다해 시어머니의 시신을 선산先山에 안장하고 그 옆에 여막[1]을 짓고 밤낮으로 무덤을 지켰다. 삼년상을 극진하게 치르고서도 십여 년을 한결같이 여막에서 지내니, 막씨는 천고에 다시없는 효부라 할 만했다.

하루는 막씨가 초막에서 꿈을 꾸었다. 꿈에 몸이 공중으로 올라가 한 곳에 이르렀는데, 산천이 수려하고 매우 아름다운 세계였다. 주위를 두루 둘러보니 머리가 허연 노옹老翁들이 사방에 앉아 있어 막씨는 감히

1) 여막(廬幕): 무덤 가까이에 지어놓고 상제가 거처하는 초막.

나아가지 못하고 주춤거리고 있었는데 한 동자가 다가와 말했다.

"우리 사부께서 옥제의 명을 받아 그대에게 전할 것이 있으니, 바삐 나아가 만나보소서."

막씨가 앞으로 나아가보니, 노옹들이 각각 방위를 정해 앉아 있다가 한 노옹이 막씨를 보고 말했다.

"옥제께서 그대의 큰 절개와 지극한 효성을 아시고 극진히 표창하라 하시기에, 자식을 하나 점지하려 했다. 그러나 그대의 남편이 죽은 지 오래되어 어쩔 수 없이 옥제께 그 연유를 아뢰었더니 또 하교하시기를, '그러면 그대들이 좋은 도리를 생각해보라' 하셨노라. 그때 마침 젊은 나이에 원통하게 죽은 남해용녀와 동해용자가 옥제께 원수를 갚아달라 발원發願하니, 옥제께서 우리에게 용녀와 용자를 선처하라 명하셨노라. 용자는 마침 좋은 곳이 있어 잘 처리했으나, 용녀의 거처는 아직 정하지 못했는데 이제 그대에게 주노라. 앞으로 십육 년 뒤에 그 얼굴을 볼 수 있을 것이니, 지금 자세히 보아두었다가 뒷날 착오가 없게 하라."

노옹이 공중을 향해 용녀를 부르니, 이윽고 한 선녀가 공중에서 내려와 섰다. 막씨가 보니, 선녀는 만고에 보기 드문 미인이었다.

붉은 옷을 입은 선관이 선녀에게

"나는 특별히 줄 것이 없으니, 네가 춘하추동을 마음대로 보내게 하리라."

하고 소매 안에서 오색명주를 꺼내 주면서 말했다.

"십육 년 뒤 이것을 찾으러 올 것이니, 그때 나에게 돌려보내라."

다음에는 푸른 옷을 입은 선관이 부채를 주면서 말했다.

"이것을 가지면 천 리도 하루에 갈 수 있으리라."

흰 옷을 입은 선관이 붉은 부채를 주면서 말했다.

"이것을 가지면 바람과 안개를 마음대로 부릴 수 있으니, 이후에 찾거든 돌려보내라."

또 검은 옷을 입은 선관이 웃으면서 말했다.

"나는 줄 것이 없어 힘을 빌려줄 것이니 이후에 돌려보내라."

선녀가 선관들이 준 물건을 다 받은 뒤 막씨를 돌아보고 공중으로 날아가려 하는데, 문득 학 우는 소리가 나면서 누런 옷을 입은 선관이 공중에서 내려와 자리에 앉으며 말했다.

"막씨를 어떻게 표창했으며, 용녀에겐 어떤 보응을 했는가?"

여러 선관이 대답했다.

"이러이러했소."

누런 옷을 입은 선관이 눈썹을 찡그리며 말했다.

"그렇게 하면 이름 없는 자식이 될 것이니, 그것은 효부가 바라는 것이 아니오. 이리이리하면 하늘의 뜻을 세상이 알 수 있고, 모녀지간의 윤리와 기강도 알게 될 것이오."

여러 선관이 모두 대답했다.

"옳소이다."

이야기를 마친 선관들은 각각 오색구름을 타고 흩어졌다. 막씨가 몹시 놀라 사방을 둘러보니, 선인들의 자취는 구름과 안개 속으로 사라지고 만학천봉萬壑千峰에 물 흐르는 소리만 들렸다. 무료히 돌아올 때 홀연 깨달으니, 그 모든 것이 침상일몽이었다. 막씨는 꿈속의 일을 되새기다가 비로소 삼랑이 죽은 것을 알고, 허위[2)]를 차려놓고 매우 슬퍼했다.

하루는 막씨가 시름에 싸여 앉아 있는데, 갑자기 한 줄기 음산한 바람이 일어나고 초막 앞에 어떤 사람이 서 있었다. 자세히 보니 바로 삼랑이었기에 막씨가 놀라서 물었다.

"그대가 나를 버리고 집을 나간 지 거의 수십 년이나 되었소. 그간 어

2) 허위(虛位): 죽은 이를 위해 마련한 빈자리. 여기서는 죽은 시신 없이 위패(位牌)만 모신 것을 뜻한다.

디에 있는지 몰라 걱정했는데, 며칠 전 꿈에 신령이 나타나 이르기를, '전란중에 죽었다' 하더이다. 꿈에 나타난 일은 믿을 것이 아니지만 내가 또렷이 들은 까닭에 영연[3]을 차렸는데, 알 수가 없군요. 지금 살아서 오신 건가요? 어찌 이 깊은 밤에 오셨으며, 자취가 분명하지 못한 것은 무슨 까닭입니까?"

삼랑이 목이 메어 말했다.

"내가 그대의 뜻을 모르고 방탕한 마음을 걷잡지 못해 그대의 큰 절개를 모르고 박대했소. 그 죄로 천벌을 받아 과연 난중에 죽었으니, 먼 훗날에도 나는 죄인이라. 비록 내 잘못을 깨닫기는 했지만 너무 늦었으며, 그간 귀신의 부류에도 끼이지 못하고 음산한 바람이 되어 이리 떠돌아야만 했소. 그런데 그대가 나를 위해 지극정성으로 제사를 지내주었으니, 어찌 부끄럽지 않겠소? 비록 죽고 산 것은 다르지만 그대의 정성에 보답하기 위해 오늘 여기에 온 것이오."

삼랑이 살아 있을 때와 다름없이 수작하고 돌아간 후 자주 왕래했다. 그러는 사이 간혹 서로 친밀하게 잠자리를 같이할 때도 있었는데, 그 때문인지 어느 날 갑자기 태아가 배 속에서 노는 것처럼 막씨의 배가 아프고 점점 커졌다. 막씨는 마음속으로 이상하게 생각하며 혹시 남이 알까 근심하고 있었는데, 과연 열 달이 되자 산기産氣가 완연히 나타났다. 홀로 여막에 엎드려 출산을 하고 돌아보니, 아이가 아니라 금방울처럼 생긴 것이 금빛을 찬란하게 발하고 있었다. 막씨가 그 모양을 보고 크게 놀라며 괴이하고 신통하게 여겨 손으로 눌러보았으나 터지지 않고 돌로 짓쳐도 깨지지 않았다. 다시 집어다 멀리 버리고 돌아오니, 방울이 굴러서 막씨를 따라왔다. 더욱 괴이해 다시 집어다가 깊은 물속에 던지고 돌아오는데 역시 따라왔다. 또 그 방울을 집어다가 아주 단단히 물속

3) 영연(靈筵): 죽은 사람의 영궤와 그에 딸린 모든 것을 차려놓는 곳.

에 넣고 보니 물 위에 동동 떠다니다가 여전히 막씨를 보고 뒤따라왔다.

이에 막씨는 마음속으로 생각했다.

'내 팔자가 기구해 이 같은 괴물을 만나게 되었으니, 뒷날 반드시 큰 일이 생길 것이다.'

막씨는 집으로 돌아와 불이 활활 타오르는 아궁이에 그 방울을 던져 넣었더니 조금도 기미가 없자 매우 기쁘게 여겼다. 그런데 닷새 뒤 아궁이를 헤쳐보니, 방울이 상하기는커녕 도리어 빛이 더욱 씩씩하고 향취가 진동했다. 막씨가 어쩔 수 없이 그 방울을 놓아두었더니, 방울이 밤에는 막씨의 품속에 들어와 자고, 낮에는 굴러다니며 집 떠난 새를 잡거나 나무에 올라가 과일도 따다 막씨 앞에 놓았다. 막씨가 자세히 보니 방울 속에 있는 실 같은 것으로 온갖 것을 다 묻혀 왔는데, 그 털이 반반해 평소에는 볼 수가 없었다. 또한 막씨가 추위에 떨고 있을 때 방울이 품속으로 들어오면 조금도 춥지 않았다.

방울의 수난

하루는 막씨가 추운 곳에서 방아질을 해주고 저녁에 돌아오니, 방울이 여막에서 굴러나와 반기는 듯했다. 막씨가 추위를 견디지 못해 급히 방안으로 들어가니, 그 안은 덥고 방울이 빛을 내 대낮같이 밝았다. 막씨는 기이하게 여기는 한편, 남이 알까 두려워 낮에는 방울을 여막 속에 두고 밤에는 품고 잤다. 방울이 점점 자라 산을 평지같이 오르내리고 마른 곳 진 곳을 가리지 않고 굴러다녀도 몸에 흙이 묻지 않았다.

이렇듯 세월이 흘러갈수록 방울은 더욱 찬란하게 빛나고 털도 부드러워져 자연스럽게 알고는 구경하러 찾아오는 사람들이 문안을 메울 정도였다. 사람들이 들어와 방울을 집어보는데, 혹 남자가 만지려 하면 방울이 땅에 박혀 떨어지지 않았을 뿐 아니라, 그 몸이 마치 불 같아 손을 댈 수가 없었다. 사람들은 방울을 더욱 신통하게 여기면서도 감히 만져보지 못했다.

이때 이 동네에 목손이라는 사람이 살고 있었는데, 그는 재산이 넉넉했으나 사람이라고 하기 어려울 정도로 욕심이 많고 행동이 불측했다.

그가 막씨의 방울을 훔쳐가려고 막씨가 자는 사이 몰래 방울을 훔쳐 집으로 가져가 아내와 자식에게 자랑하고 감춰두었다. 그랬더니 그날 밤 난데없이 불이 나 온 집에 번졌다. 목손이 크게 놀라 미처 옷도 입지 못하고 맨몸으로 뛰어나와보니, 불꽃이 하늘 높이 치솟고 바람마저 불길을 도왔다. 마음이 급해 어찌할 줄 모르고 허둥지둥하는 사이 재물과 세간이 모두 재로 변해버리자, 목손 부부는 정신을 놓고 통곡했다. 그런 와중에도 방울을 잊지 못해 잿더미를 헤치며 방울을 찾았다. 방울이 잿더미 속에서 뛰어나와 목손 아내의 치마폭에 감싸이기에 방울을 거둬 가지고 왔다. 그런데 그날 밤 목손의 아내가 추위를 견디지 못해 덜덜 떨었다. 이에 목손이 물었다.

"이 같은 무더위에 어찌 그토록 추워하느냐?"

그의 아내가 말했다.

"이 방울이 전에는 아주 뜨거웠는데, 오늘은 얼음처럼 차갑습니다. 또한 아무리 떼어버리려 해도 살에 박힌 것처럼 떨어지지 않소."

목손이 달려들어 방울을 잡아떼려 방울에 손을 갖다대니, 방울이 불타는 것처럼 뜨거워져 감히 손을 댈 수가 없었다. 화가 난 목손이 그 아내를 꾸짖어 말했다.

"방울이 끓는 듯하거늘 어찌 차다고 하느냐?"

서로 다투었는데, 이 물건은 본래 천지조화를 이루고 있어 얼음처럼 차갑다가 불처럼 뜨거워지기도 했다. 이렇게 변하는 줄 모르고 있다가 뒤늦게 깨닫고 서로 말했다.

"우리가 무도해 하늘이 내신 보물을 몰라보고 훔쳐와 도리어 이런 화를 당했으니, 누구를 원망하고 누구를 탓하겠소? 막씨에게 가서 빌어봅시다."

목손 부부는 그날 밤 막씨의 초막으로 갔다. 막씨는 방울을 잃어버려 울고 있었는데, 뜻하지 않게 목손 부부가 와서 빌었다. 막씨가 "방울아"

하고 부르니, 말이 끝나기도 전에 방울이 굴러 방으로 들어왔다. 목손의 아내는 잘못했다고 수없이 빌며 사죄했지만, 목손은 도리어 앙심을 품고 관가에 들어가 지현[1]에게 방울의 신통함과 요괴로움을 아뢰었다. 지현이 이 말을 듣고 매우 놀라고 기뻐하며 즉시 나졸들을 보내 방울을 가져오라 하니, 나졸들이 한참 뒤에 돌아와서 아뢰었다.

"소인들이 방울을 잡으려 했으나 방울이 이리저리 미끄러져 잡지 못하고 왔나이다."

지현이 화가 나서 말했다.

"그럼 막씨를 잡아오너라."

나졸들이 막씨를 잡아오니, 그제야 방울도 굴러 따라왔다. 지현이 형기[2]를 벌여놓고 방울을 자세히 보니, 방울이 찬란한 금빛을 발해 사람을 놀라게 했다. 지현이 한편으론 괴상히 여기고 다른 한편으론 신기하게 여기며 나졸에게 명령했다.

"쇠몽둥이로 저 방울을 깨뜨려라."

나졸이 힘을 다해 내리쳤으나 방울이 땅속으로 들어갔다가 다시 뛰어나왔다. 나졸이 다시 집어다가 돌 위에 놓고 도끼로 내리쳤지만, 방울의 가운데가 불룩해지더니 점점 자라 크기가 한 길이 넘었다. 지현이 더욱 화가 나서 나졸에게 보검寶劍을 주며 말했다.

"이 칼은 천하에 다시없는 보검으로 사람을 베어도 칼날에 피가 묻지 않는다. 그러니 이 칼로 방울을 베어라."

나졸이 명령에 따라 보검을 들어 한번 힘껏 내리치니, 방울이 두 조각으로 갈라져 서로 부딪치며 굴러다녔다. 나졸이 계속 조각난 방울을 내리쳤는데, 그때마다 방울이 조각나서 온 뜰에 방울이 가득했다. 이에 모

1) 지현(知縣): 현(縣)의 으뜸 벼슬아치.
2) 형기(刑器): 형벌을 가하거나 고문을 하는 데 쓰는 여러 가지 기구.

두가 놀랐으며, 지현은 더욱 화를 내며 말했다.

"기름을 펄펄 끓여 방울을 넣으라."

나졸들이 기름을 펄펄 끓인 가마솥에 방울 조각들을 넣으니, 과연 방울 조각들이 점점 작아졌다. 이를 본 지현 장공張公과 나졸들이 기뻐하고 있는데, 점점 더 작아져 대추씨만큼 작아진 방울들이 기름 위에 동동 떠다니다 가라앉자, 나졸들이 조각난 방울을 건지려 가마솥으로 다가갔다. 그런데 펄펄 끓던 기름이 엉겨 쇠처럼 단단하게 굳어 있었다. 장공은 어쩔 수 없이 가마솥을 밀봉하게 한 뒤 명령했다.

"막씨를 하옥하라."

장공이 내당으로 들어가니, 부인이 다급하게 말했다.

"오늘 그 물건을 보니 아무래도 하늘이 내신 것이라 인력으로는 없애지 못할 듯합니다. 일단 막씨를 풀어주고 다음에 처리하는 것이 좋겠나이다."

공이 비웃으며 말했다.

"요물이 아무리 신통하다고 할지라도 어찌 저만한 것을 제압하지 못하겠소? 부인은 걱정하지 마시오."

부인이 여러 번 만류했으나 공은 끝내 듣지 아니하고 잠자리에 들었는데, 가마솥에 들어 있던 방울이 가마를 뚫고 나와 곧바로 내당 아궁이로 들어갔다. 그 순간 자고 있던 상공이 크게 소리를 지르며 일어나니, 부인이 놀라 공을 붙들고 물었다.

"상공은 어찌 이리 놀라십니까?"

공이 대답했다.

"잠자리가 마치 불같이 뜨겁고, 살갗이 데어 벗어질 듯하오."

공이 부인의 자리와 바꾸어 누웠지만, 역시 이전처럼 자리가 뜨거웠다. 공은 잠시도 견딜 수 없어 사랑방으로 나와 자려 했는데, 사랑방 또한 불속에 든 것처럼 뜨거웠다. 마침내 공은 견디지 못하고 방밖으로 나와 방황하다가 뜬눈으로 밤을 지새웠다.

날이 밝아 공이 아침밥을 먹으려 했으나, 밥이 너무 뜨거워 입에 댈 수가 없었다. 밥을 아무리 찬 곳에 넣어 식혀도 점점 더 뜨거워졌다. 공이 종일 투덜대다가 저녁을 먹으려 하니, 이제는 밥이 뜨겁기는커녕 도리어 얼음같이 차서 먹을 수가 없었다. 이로 인해 공은 하루종일 음식을 입에 대지도 못하고 굶어야만 했다. 밤이 되어 또 잠자리에 들었으나 여전히 방이 뜨거워 잘 수가 없었다.

이렇게 공은 사나흘 동안 계속 먹지도 자지도 못해 거의 죽을 지경에 이르렀다. 그제야 이 모든 것이 방울의 조화인 것을 깨닫고 가마솥에 가 보니, 가마 밑이 뚫어져 있고 방울은 어디로 갔는지 사라지고 없었다. 공이 즉시 나졸에게 명령했다.

"옥중에 가보고 오너라."

나졸이 옥중에 갔다가 돌아와서 아뢰었다.

"그 방울이 옥문 밑을 뚫고 출입했으며 간혹 과일 등을 물고 옥중으로 들어가, 문틈으로 엿보았으나 오색구름이 옥중을 둘러싸고 있어 그 속에 있는 사람을 볼 수가 없었나이다."

부인이 그 말을 듣고 막씨를 풀어주라고 여러 번 권하자, 공이 비로소 깨닫고 즉시 막씨를 풀어주었다. 그제야 잠자리와 음식이 예전처럼 되었다. 또한 주위 사람들에게 막씨의 효행을 전해 들은 상공 부부는 크게 뉘우쳐 막씨의 초막을 헐고 그 자리에 큰 집을 지어주고, 잡인들이 드나들지 못하게 했으며, 매달 양식을 충분히 주어 막씨가 일생을 평안히 살도록 했다.

방울이 족자를 하나 주고 사라지다

한편, 장공이 뇌양에 온 뒤 몸은 평안했으나 밤낮으로 해룡을 생각하며 부인과 함께 슬퍼해 마지않았다. 부인이 이로 인해 제대로 자지도 먹지도 못했으며, 마침내 병이 들어 생명이 위태롭게 되었다. 공이 부인의 곁을 잠시도 떠나지 않고 밤낮으로 손수 약을 달여 먹였으나 백약이 무효했다. 그러던 어느 날 부인이 공의 손을 잡고 눈물을 흘리며 말했다.

"내 팔자가 기박해 자식을 하나 두었다가 난중에 잃고 말았나이다. 지금까지 목숨을 보전한 것은 요행히 생전에 그 자식을 만나볼까 해서였습니다. 그러나 십여 년이 되도록 생사도 몰라 골수에 병이 들어 오늘을 넘기기 어려울 듯하니 저승에 돌아가도 눈을 감지 못할 것이옵니다. 바라건대 상공은 오래도록 몸을 보중하시고 생전에 해룡을 만나 영광을 누리시기 바라나이다."

말을 마친 뒤 부인의 숨이 끊어지자, 공은 하늘이 무너진 것처럼 통곡하다가 기절했다. 좌우 사람들이 공을 붙들어 보살피고 있는데, 문득 방울이 밖에서 굴러들어와 부인의 주검 앞에 앉았다. 사람들이 모두 울음을 그치고 보니, 방울이 풀잎 같은 것을 물어다가 놓고 갔다. 모두 이상하게 여겨 그것을 집어보니, 나뭇잎 같은 데다 '보은초報恩草'라 가늘게 쓴 글자가 있었다. 공이 마음속으로 생각했다.

'막씨가 은혜를 갚기 위해 보낸 것이로다.'

공이 매우 기뻐하며 부인의 입에 그것을 넣으니, 얼마 뒤 부인이 몸을 움직이며 돌아누웠다. 좌우에 있는 사람들이 부인의 손발을 주무르자, 그제야 부인이 숨을 크게 내쉬었다. 공이 기뻐하며 부인에게 몸의 상태를 물으니, 부인이 대답했다.

"한숨 푹 자고 나니 몸이 가뿐하고 정신이 맑아졌나이다."

공은 크게 기뻐하며 방울이 한 일을 자세히 말하고 부인 또한 매우 기뻐했다.

이후 부인의 병세가 점점 좋아져 건강이 완전히 회복되자, 부인은 직접 막씨를 찾아가 방울의 조화로 회생하게 된 은혜를 거듭거듭 사례했다. 또한 막씨와 의형제를 맺으니, 그후 방울이 굴러 부인 앞으로 왔다. 공 부부가 방울을 지극히 사랑해 품에서 놓지 않으니, 방울도 그 사랑을 아는 듯 이리 안기고 저리 품기었다. 방울이 사람의 뜻대로 영민하게 굴러다니니, 공 부부는 방울의 이름을 '금령'이라 지어주었다.

이때부터 금령은 밤에는 부인의 품속에 들어 자고 낮이면 제집으로 돌아가니 사랑이 골육의 정보다 더 깊어졌다. 하루는 금령이 밖에 나갔다가 어떤 물건을 물어와 공 부부 앞에 내려놓았다. 부부가 이상하게 여겨 집어보니 족자였다. 거기에 한 그림은 아이가 길가에서 우는데 사방에서 도적이 쫓아오고 부부가 어린아이를 버리고 가니 그 아이가 돌아보는 형상이요, 다른 한 그림은 도적 중 한 사람이 그 아이를 업고 시골집으로 가는 형상이었다. 공이 그 그림을 보고 눈물을 흘리며 말했다.

"이것은 분명 우리가 해룡을 버리고 온 형상이오."

공이 매우 슬퍼하니, 부인 또한 그 말을 듣고 울며 말했다.

"비록 그럴지라도 해룡의 생사를 어떻게 알겠나이까?"

공이 대답했다.

"이 족자는 사람이 업고 시골마을로 들어가는 형상이니, 생각건대 아마 어떤 사람이 해룡을 기르려고 업어간 듯하오. 금령이 신통해 우리가 서러워하는 것을 보고 해룡이 살아 있다는 것만 알리고 사는 곳을 알려주지 않으니, 이 또한 하늘의 뜻인가 하오."

공 부부는 항상 그 족자를 침상에 걸어놓고 해룡을 그리워하며 슬피 눈물을 흘렸다.

그러던 어느 날 금령이 갑자기 어디론가 사라져 나타나지 않았다. 막씨가 울면서 공에게 달려가 이 사실을 알리자, 공 부부 또한 매우 놀라고 슬퍼했다.

금선공주가 요괴에게 납치되다

각설. 태조 고황제[1]는 천하를 평정하고 나라를 잘 다스린 성군이었다. 세금을 줄이고 형벌을 낮추니, 백성들이 즐거워하며 격양가를 불렀다.

황후는 늦게야 공주를 낳았는데, 공주는 만고에 짝할 사람이 없을 정도로 뛰어난 미모와 덕을 겸비했다. 점점 자라면서 효행이 뛰어나고 용모와 자태가 더욱 곱고 아름다워졌으며, 재주도 갖추었다. 세월이 물 흐르듯 흘러 공주가 열 살이 되었을 때는 침어낙안지용[2]과 폐월수화지태[3]가 더욱 빛을 발해 만고에 다시 볼 수 없을 만큼 아름다운 미인으로 성장했다. 황제와 황후는 이런 공주를 어루만지며 애지중지해 공주의 호를 금선공주라 지었다.

1) 고황제(高皇帝): 명(明)나라 태조인 주원장(朱元璋, 1328~1398).
2) 침어낙안지용(沈魚落雁之容): 미인을 보고 물 위에서 놀던 물고기가 부끄러워서 물속 깊이 숨고 하늘 높이 날던 기러기가 부끄러워서 땅으로 떨어졌다는 뜻으로, 아름다운 여인의 용모를 이르는 말.
3) 폐월수화지태(閉月羞花之態): 꽃도 부끄러워하고 달도 숨는다는 뜻으로, 여인의 얼굴과 맵시가 매우 아름다움을 비유적으로 이르는 말.

이해 춘삼월 보름날 저녁이었다. 황후가 공주와 시녀들을 데리고 달빛을 받으며 궁궐 후원에 가니, 온갖 꽃이 만발하고 달빛이 온 뜰에 가득했으며, 그윽한 꽃향기가 옷에 스며들고 둥지로 돌아온 새들은 고운 목소리를 뽐냈다. 황후와 공주가 서로 고운 손을 잡고 사뿐사뿐 걸어 서쪽 동산으로 올라가 두루 구경하고 있는데, 갑자기 서남쪽에서 떼구름이 몰려오고 광풍이 크게 일어나며 괴이하게 생긴 것이 입을 크게 벌리고 달려들었다. 모두 깜짝 놀라 엎어져 기절했는데, 얼마 뒤 구름이 걷히면서 천지가 다시 환하게 밝아왔다.

황후가 겨우 정신을 차려 일어나보니 공주와 시녀들이 사라지고 없었다. 대경실색해 두루 찾아보았으나 행적이 묘연했다. 즉시 임금께 아뢰니, 임금도 크게 놀라 어림군[4]을 모아 궁궐 안을 둘러싸고 샅샅이 뒤졌다. 그러나 종적을 찾을 수 없자, 황후가 통곡하며 말했다.

"이런 일이 천하에 또 어디 있단 말인가?"

이후 황후가 음식을 일절 먹지 않고 밤낮으로 애통해하니, 황제도 당황해 어찌할 줄 모르다가 방문榜文을 붙여 일렀다.

"공주를 찾아 바치는 자가 있으면 천하를 절반으로 나누고 짐과 똑같이 부귀영화를 누리게 하리라."

4) 어림군(御臨軍): 임금의 신변을 보호하는 군대.

변씨 모자의 학대

차설. 장삼이 해룡을 업고 달아나 여러 날 만에 고향에 돌아오니, 그의 아내 변씨가 달려나와 반기며 말했다.

"그간 낭군의 생사를 알지 못해 밤낮으로 먹고 자는 것이 편안하지 않았는데, 간밤에 꿈을 꾸어 그대가 용을 타고 들어올 것이라 생각했습니다. 그래서 혹 '그대에게 불행한 일이 있는 것은 아닌가?' 하고 염려했는데, 오늘 이렇게 살아서 볼 줄 어찌 생각이나 했겠습니까?"

또 변씨는 해룡을 가리키며 물었다.

"이 아이는 어디서 얻어왔소?"

장삼이 말했다.

"이리이리해서 데려왔소."

변씨는 기뻐하는 척했으나 마음속으로는 불쾌하게 여겼다.

장삼과 결혼한 변씨는 늦도록 자식이 없다가 우연히 태기가 있어 열 달이 지나 아들을 낳았다. 장삼이 크게 기뻐하며 아들 이름을 소룡이라 지었다.

소룡이 점점 자라 일곱 살이 되어 재주와 용모를 조금 갖추었으나, 어찌 해룡의 빼어난 용모와 뛰어난 재주와 넓고 큰 도량을 따를 수 있겠는가? 둘이 글을 배울 때 해룡은 한 자를 가르치면 열 자를 깨우쳐 열 살 이전에 문장에 일가를 이루었다.

장삼은 본래 어진 사람이라 해룡을 친자식보다 더 사랑했으나, 변씨는 항상 해룡을 시기해 장삼이 보는 앞에서 소룡을 자주 때렸다. 장삼은 항상 이렇듯 어질지 못한 변씨를 못마땅하게 여겼다.

해룡이 점점 자라 열세 살이 되니, 영웅다운 풍모와 빼어난 재주는 태양이 그 빛을 잃고 넓고 큰 도량은 창해滄海를 뒤덮을 듯했다. 맑고 빛나며 높고 빼어난 해룡의 풍모와 재주를 어찌 평범한 사람과 비교할 수 있겠는가?

이때 해룡에 대한 변씨의 시기심이 날로 심해져, 변씨는 온갖 꾀를 동원해 해룡을 집에서 내쫓으려 했으나, 장삼은 변씨의 말을 듣지 않고 해룡을 더욱 사랑했다. 장삼이 잠시도 해룡의 곁을 떠나지 않고 애지중지한 덕분에 해룡은 몸을 온전하게 보전할 수 있었으며, 해룡 또한 장삼을 공경해 지극정성으로 섬기니 인근 친척이 모두 해룡을 칭찬했다.

옛날부터 영웅과 군자는 때를 만나지 못하면 초야에 묻혀 지내는 것이 고금의 예삿일이었다. 장삼이 뜻하지 않게 병들어 온갖 약을 써보았으나 아무런 효험이 없었다. 해룡이 밤낮을 가리지 않고 지극정성으로 간호했지만, 장삼은 조금도 차도가 없이 병세가 점점 더 악화되기만 했다. 장삼은 마침내 자기가 일어나지 못할 줄 알고 해룡의 손을 잡고 눈물을 흘리며 말했다.

"내 목숨이 오늘로 마지막일 듯하구나. 어찌 하늘이 맺어준 부모와 자식 사이의 도리를 속일 수 있겠느냐? 내가 너를 난중에 얻었는데, 네 기골이 비상하기에 업고 도망해 우리 가문을 빛내려 했느니라. 내가 불행해 이제 죽게 되었으나, 어찌 눈을 감고 너를 잊겠느냐? 변씨 모자가 어질지 못해 내가 죽은 뒤 반드시 너를 해치려 할 것이니라. 네가 몸을 보전하고 못하고는 네 자신에게 달려 있으니, 매사 삼가고 조심해라. 또한 장부는 사소하게 꺼리고 미워하지 않는 법이니 소룡이 비록 못나고 어리석으나 내 친자식인 것을 생각해 버리지 말고 거둬주기를 바란다. 그러면 내가 지하에 돌아가도 여한이 없겠구나."

장삼은 또 변씨 모자를 불러앉히고 말했다.

"내 목숨은 오늘뿐이니, 내가 죽은 뒤라도 해룡을 소룡과 다름없이 각별히 사랑해주시오. 뒷날 이 아이는 반드시 귀하게 되고 그대는 이 아이 덕에 오래도록 부귀영화를 누리게 될 것이니, 오늘 내 말을 저버리지 마시오."

장삼이 말을 마치고 죽으니 해룡이 매우 슬프게 통곡해, 이를 본 사람들 모두 해룡의 효성에 감탄했다.

해룡이 상례를 갖추어 장삼을 선산에 안장하고 집으로 돌아오니, 자기 한 몸마저 의지할 데가 없어 밤낮으로 애통해했다. 이런 상황에서 변씨는 날이 갈수록 해룡을 더욱 박대했다. 해룡에게 옷과 음식도 제대로 주지 않고 낮에는 밭 갈기와 논매기, 소 먹이기와 김매기, 나무 베어오기 등을 시키고 밤에도 이러저러한 일들을 시키며 잠시도 편히 쉬지 못하게 했다. 그러나 해룡은 조금도 게으름을 피우지 않고 변씨가 시킨 일을 더욱 공손한 태도로 부지런히 하니, 자연히 해룡의 용모가 초췌해져 굶주림과 추위를 이기지 못했다.

어느 추운 겨울날, 눈보라가 내리치는 밤에 변씨는 소룡과 함께 따듯한 방에서 자고 해룡에게는 방아질을 시켰다. 해룡은 어쩔 수 없이 밤새도록 방아를 찧었는데, 얇은 홑옷만 입은 아이가 어찌 추위를 견딜 수 있겠는가? 추위를 이기지 못해 잠깐 쉬려고 제 방에 들어가니, 눈보라가 방안에까지 들이치고 덮을 것이 하나도 없었다. 해룡이 몸을 잔뜩 웅크리고 엎드려 있는데, 갑자기 방안이 대낮처럼 밝아지고 여름처럼 더워져 온몸에 땀이 났다. 놀라고 또 이상해 바로 일어나 밖을 자세히 살펴보니, 아직 날이 밝지 않았는데 하얀 눈이 뜰에 가득했다. 방앗간에 나가보니 밤에 못다 찧은 것이 다 찧어져 그릇에 담겨 있었다. 해룡이 더욱 놀라고 괴이하게 여겨 방으로 돌아오니 방안은 여전히 밝고 더웠다.

아무리 생각해도 이상해 방안을 두루 살펴보니, 침상 위에 예전에 없었던 북만한 방울 같은 것이 놓여 있었다. 해룡이 잡으려 했으나, 방울이 이리 미끈 달아나고 저리 미끈 달아나며 요리 구르고 저리 굴러 잡히지 않았다. 더욱 놀라고 신통해서 자세히 보니, 금빛이 방안에 가득하고, 방울이 움직일 때마다 향취가 가득히 퍼져 코를 찔렀다. 이에 해룡은 생각했다.

'이것은 반드시 무슨 까닭이 있어서 일어난 일일 테니, 좀더 두고 지켜봐야겠다.'

해룡은 마음속으로 기뻐하며 자리에 누웠다. 그동안 굶주림과 추위에 시달린 몸이 따뜻해지니, 마음이 절로 놓여 아침 늦도록 곤히 잠을 잤다. 이때 변씨 모자는 추워 잠을 자지 못하고 떨며 앉아 있다가 날이 밝자마자 밖으로 나와보니, 눈이 쌓여 온 집 안을 뒤덮었고 찬바람이 얼굴을 깎듯이 세차게 불어 몸을 움직이는 것마저 어려웠다. 이에 변씨는 생각했다.

'해룡이 틀림없이 얼어 죽었겠구나.'

해룡을 불러도 대답이 없자, 해룡이 얼어 죽었으리라 생각하고 눈을 헤치고 나와 문틈으로 방안을 엿보았다. 그랬더니 해룡이 벌거벗은 채 깊이 잠들어 있는데 놀라서 깨우려다가 자세히 살펴보니 하얀 눈이 온 세상 가득 쌓여 있는데, 오직 해룡이 자고 있는 사랑채 위에는 눈이 한 점도 없고 더운 기운이 연기처럼 일어나고 있었다. 이것이 어찌된 일인지 알 수가 없었다.

해룡이 방울의 도움으로 살아나다

변씨가 놀라 소룡에게 이런 상황을 이야기했다.

"매우 이상한 일이니, 해룡의 거동을 두고 보자꾸나."

문득 해룡이 놀라 잠에서 깨어 내당으로 들어가 변씨에게 문안을 올린 뒤 비를 잡고 눈을 쓸려 하는데, 갑자기 한 줄기 광풍이 일어나며 반 시간도 채 안 되어 눈을 다 쓸어버리고는 그쳤다. 해룡은 이미 짐작하고 있었으나, 변씨는 그 까닭을 전혀 알지 못해 더욱 신통히 여기며 마음속으로 생각했다.

'분명 해룡이 요술을 부려 사람을 속인 것이로다. 만약 해룡을 집에 오래 두었다가는 큰 화를 당하리라.'

변씨는 어떻게든 해룡을 죽여 없앨 생각으로 이리저리 궁리하다가, 한 가지 계교를 생각해내고는 해룡을 불러 말했다.

"가군家君이 돌아가신 뒤 우리 가산이 점점 줄어들게 된 것은 너 또한 잘 알 것이다. 구호동에 우리 집 논밭이 있는데, 근래에는 호환虎患이 자주 일어나 사람을 다치게 해 농사를 짓지 못하고 묵혀둔 지 벌써 수십여 년이 되었구나. 이제 그 땅을 다 일구어 너를 장가보내고 우리도 네 덕에 잘살게 된다면, 어찌 기쁘지 않겠느냐? 다만 너를 그 위험한 곳에 보내면, 혹시 후회할 일이 생길까 걱정이구나."

해룡이 기꺼이 허락하고 농기구를 챙겨 구호동으로 가려 하니, 변씨가 짐짓 말리는 체했다. 이에 해룡이 웃으며 말했다.

"사람의 목숨은 하늘에 달려 있으니, 어찌 짐승에게 해를 당하겠나이까?"

해룡이 가벼운 발걸음으로 집을 나서자, 변씨가 문밖에까지 나와 당부하며 말했다.

"쉬이 잘 다녀오너라."

해룡이 공손하게 대답하고 구호동으로 들어가보니, 사면이 절벽으로 둘러싸여 있고 그 사이에 작은 들판이 하나 있는데, 초목이 아주 무성했다. 해룡이 등나무 넝쿨을 붙들고 들어가니, 오직 호랑이와 표범, 승냥이와 이리의 자취뿐이요, 인적은 아예 없었다. 해룡은 조금도 두려워하지 않고 옷을 벗은 뒤 잠깐 쉬었다. 해가 서산으로 넘어가려 할 무렵 자리에서 일어나 밭을 두어 이랑 갈고 있는데, 갑자기 바람이 거세게 불고 모래가 날리면서 산꼭대기에서 이마가 흰 칡범이 주홍색 입을 벌리고 달려들었다. 해룡이 정신을 바싹 차리고 손으로 호랑이를 내리치려 할 때, 또 서쪽에서 큰 호랑이가 벽력 같은 소리를 지르며 달려들어 해룡이 매우 위급한 상황에 처하게 되었다. 그 순간 갑자기 등뒤에서 금방울이 달려와 두 호랑이를 한 번씩 들이받았다. 호랑이들이 소리를 지르며 달려들었으나, 금방울이 나는 듯이 뛰어서 연달아 호랑이를 들이받으니 두 호랑이가 동시에 거꾸러졌다.

해룡이 달려들어 호랑이 두 마리를 다 죽이고 돌아보니, 금방울이 번개같이 굴러다니며 한 시간도 채 안 되어 그 넓은 밭을 다 갈아버렸다. 해룡은 기특하게 여기며 금방울에게 거듭거듭 사례했다. 해룡이 죽은 호랑이를 끌고 산을 내려오면서 돌아보니, 금방울은 어디로 갔는지 사라지고 없었다.

한편, 변씨는 해룡을 구호동 사지死地에 보내고 생각했다.

'해룡은 반드시 호랑이에게 물려 죽었을 것이다.'

변씨가 집 안팎을 들락날락하며 매우 기뻐하고 있는데, 문득 밖에서 사람들이 요란하게 떠드는 소리가 들려와 급히 나아가보니, 해룡이 큰 호랑이 두 마리를 끌고 왔다. 변씨는 크게 놀랐지만 무사히 잘 다녀온 것을 칭찬했다. 또한 큰 호랑이를 잡은 것을 기뻐하는 체하며 해룡에게 말했다.

"일찍 들어가 쉬어라."

해룡이 변씨의 칭찬에 감사드리고 제 방으로 들어가보니, 방울이 먼저 와 있었다.

이날 밤 변씨가 소룡과 함께 죽은 호랑이를 가지고 바로 관가에 들어가니, 지현이 보고 크게 놀라며 물었다.

"네가 어디서 저렇게 큰 호랑이를 잡아왔느냐?"

변씨가 대답했다.

"마침 호랑이가 덫에 걸렸기에 잡아와서 바치나이다."

지현이 매우 기뻐하며 변씨를 칭찬하고 즉시 돈 이천 냥을 꺼내 상금으로 주었다. 변씨가 상금을 받아가지고 돌아오면서 소룡에게 당부하며 말했다.

"행여 다른 사람에게는 이런 말을 하지 마라."

변씨와 소룡이 서둘러 돌아오니, 아직 동방이 밝아오지 않았다. 고개를 넘어오는 그 순간 강도 떼가 달려들어 아무것도 묻지 않고 변씨 모자를 꽁꽁 묶어 나무 끝에 높이 매달고, 가진 돈을 다 빼앗고 옷도 모두 벗겨가지고 달아났다. 변씨가 벌거벗은 알몸으로 나무에 매달려 있으니, 아무리 벗어나려 한들 어떻게 벗어날 수 있겠는가? 이것은 금방울이 변씨의 불측한 마음을 미워해 신통한 재주를 부려 천벌을 내린 것이니, 무릇 금방울의 신기함이 이와 같더라.

이때 해룡이 잠에서 깨어 안채로 들어가보니, 변씨와 소룡은 물론 잡아온 호랑이도 없었다. 해룡이 크게 놀라 이리저리 두루 찾아다니고 있는데, 길 가던 사람들이 말했다.

"어떤 도적이 사람을 발가벗겨 나무에 매달아놓았더라."

해룡이 그 말을 듣고 이상한 생각이 들어 바삐 가서 보니, 변씨 모자가 벌거벗은 채 나무에 높이 매달려 있었다. 해룡이 이를 보고 놀라서 나무에 올라가 묶은 것을 풀어내 두 사람을 업고 집으로 돌아왔다. 일이 이렇게 되었으니 변씨 모자가 어찌 무참하지 않았겠는가? 그러나 두 사람은 오히려 별것 아닌 것처럼 여겼으니, 해룡에게 곧 액운이 닥쳐오리라.

소룡 대신 옥에 갇힌 해룡

금방울은 무궁무진한 신통력을 발휘해 해룡이 여름에 더워하면 서늘하게 하고, 겨울에 추워하면 덥게 하며, 어려운 일이 있으면 해결해주었다. 이로 인해 해룡은 금방울에게 마음을 붙이고 고달픈 세월을 견뎠다. 그러던 어느 날 소룡이 밖에 나가 놀다가 사람을 죽이고 들어와 이를 말했다. 변씨가 크게 놀라 어찌할 줄 모르고 있는데, 범 같은 사령들이 들이닥쳐 소룡을 잡아가려 했다. 이에 변씨는 소룡을 집 안 깊숙한 곳에 숨기고 해룡을 가리키며 말했다.

"너는 사람을 때려죽이고도 모른 체하고 어린 동생에게 그 죄를 뒤집어씌우려 하느냐?"

변씨가 온갖 발악을 하자, 해룡은 생각했다.

'내가 사실을 밝히면 소룡은 반드시 처형을 당할 것이다. 소룡이 죽는 것은 아깝지 않으나, 그리되면 장공의 후사가 끊어지게 되리라. 내가 차마 어찌 그 일을 두고 볼 수 있겠는가? 내가 소룡 대신 죽어 나를 양육한 장공의 은혜도 갚고, 장공이 돌아가실 때 남긴 유언도 저버리지 않으

리라.'

그러고는 사령들에게 달려나가며 말했다.

"살인한 사람은 바로 나요, 소룡은 아무런 잘못도 없나이다."

사령들은 다시 묻지도 않고 해룡을 잡아다 관가의 뜰에 무릎을 꿇리고 사실이 틀림없다고 확인하게 하니, 해룡은 기꺼이 그렇다고 했다. 지현은 해룡이 자백한 대로 문서를 만들고 해룡의 목에 큰 칼을 씌워 옥중으로 내려보냈는데, 이때 찬란한 금빛이 해룡의 온몸을 휘감았다. 지현이 보고 이상하게 여겨 사령에게 명령했다.

"너는 옥중에 가서 해룡의 거동을 보고 오너라."

이윽고 옥에 갔던 사령이 돌아와서 아뢰었다.

"다른 죄인이 있는 데는 어두워서 볼 수가 없는데, 해룡이 있는 데는 불빛을 비춘 듯이 매우 밝았습니다. 자세히 보니 해룡은 비록 칼을 쓰고 옥중에 갇혀 있으나 비단 이불을 덮고 누워 자고 있었습니다."

지현이 이 말을 듣고 신기하게 여겨 해룡을 각별히 살펴보았다. 이 고을에는 살인한 죄인을 닷새에 한 번씩 옥중에서 끌어내 무거운 형벌을 한 차례 가하고 다시 가두는 법이 있었다. 이 법에 따라 옥중에 갇혀 있는 다른 죄인들은 모두 닷새마다 무거운 형벌을 받았는데, 해룡에게는 나중에 형벌을 주려고 그대로 두고 있었다. 한편 지현은 늦게야 아들을 하나 낳아 그지없이 사랑했는데, 그해 아이의 나이가 세 살이었다. 지현은 아이를 장중보옥掌中寶玉처럼 사랑하고 귀하게 여겨 손 밖에 내어놓지 않았다. 해룡에게 형벌을 가하던 날에도 마침 지현은 아이를 무릎에 앉혀놓고 있었는데, 사령들이 해룡에게 곤장을 내리칠 때마다 아이가 울며 기절했다. 지현이 그 거동을 보고 당황해 어찌할 줄 모르다가 다급히 사령들에게 일렀다.

"곤장을 그만 치거라."

그러자 아이가 이전처럼 환하게 웃으며 놀았다. 지현은 매우 겁내고 의심하며 일단 해룡에게 씌운 칼을 아주 벗기고 다시 옥중으로 보냈다. 이후 감히 다시 해룡을 치지 않고 그대로 두었다. 그러는 사이 몇 개월이 지나 겨울이 되었다.

그간 변씨는 해룡에게 단 한 번도 아침저녁 식사를 챙겨주지 않았지만, 해룡은 조금도 굶주린 기색이 없었다. 하루는 지현이 부인과 함께 아이를 앞에 눕혀놓고 잤는데 문득 깨어보니 아이가 어디로 갔는지 사라지고 없었다. 부부는 깜짝 놀라 하인들에게 여기저기 아이를 찾게 했으나 종적을 알 수 없었다. 지현과 부인이 다급해 어찌할 줄 모르고 하늘을 향해 울부짖으니, 마치 혼이 나간 사람 같았다. 사람을 풀어 방방곡곡을 샅샅이 찾게 했는데, 갑자기 옥졸이 급하게 달려와 아뢰었다.

"옥중에서 아이 울음소리가 들리니, 매우 이상하나이다."

지현이 그 말을 듣고 크게 놀라 꺼꾸러지듯이 급히 옥중으로 달려가 보니, 자기 아들이 해룡 앞에 앉아 울고 있었다. 지현이 급히 달려들어 아이를 안고 돌아오며 형졸에게 명령했다.

"저 해룡이란 놈은 매우 요사스럽고 흉악무도하니, 어떤 것도 묻지 말고 저놈을 당장 쳐 죽여라."

명령에 따라 형졸이 큰 몽둥이를 들어 온 힘을 다해 해룡을 내리쳤다. 그러나 어찌된 까닭인지 몽둥이가 해룡에게 닿지 않았다. 또한 지현의 아들이 예전처럼 울다가 간간이 기절하니, 부인이 크게 놀라 외헌外軒으로 나가 그 사실을 아뢰었다. 지현이 더욱 놀라 얼굴이 창백해지면서 형졸에게 명령했다.

"저놈을 풀어주어라."

형졸이 해룡을 풀어주자, 아이가 곧바로 울음을 그치고 아무런 일도 없었던 것처럼 잘 놀았다. 지현과 부인이 더욱 이상하게 생각하고 있었는데, 그날 밤에 아이가 또 사라지고 없었다. 지현과 부인이 놀라 옥중으로 달려가보니, 아이가 또 해룡에게 안겨 즐겁게 놀고 있었다. 억지로 아이를 데리고 왔는데, 아이가 울면서 "옥중으로 가자"고 했다. 지현과 부인이 아무리 달래도 밤낮으로 보채며 "옥중으로 가자" 하니 견디다 못해 시녀에게 아이를 옥중으로 데려가게 했다. 그러자 아이가 울음을 그치고 웃으며 해룡에게 안겨 놀며 잠시도 해룡의 곁을 떠나려 하지 않았다. 지현이 어쩔 수 없이 해룡을 풀어주며 말했다.

"이 아이를 잘 보살펴주어라."

그리하여 해룡이 감사의 말을 올리고 그날부터 해룡은 관가의 별채에 거처했다. 또한 좋은 옷과 음식을 주며 지현은 해룡을 극진하게 대접했다.

집을 떠나다

이때 변씨는 해룡이 처형당하기는커녕 도리어 관가에서 지현의 신임을 받고 있다는 말을 듣고 놀라 소룡과 함께 의논했다.

"해룡이 저렇게 되었으니 큰일났구나. 만일 해룡이 아무런 잘못도 없이 너 대신 살인죄를 뒤집어썼다는 말을 지현이 듣게 되면, 우리는 반드시 죽게 될 것이다. 이제 계교를 내어 이리이리해 후환을 없애는 것이 좋겠다."

변씨는 즉시 해룡을 불러들여 말했다.

"조금 전에 외숙부가 중병에 걸려 목숨이 경각에 달렸다는 기별이 왔으니, 마땅히 가보지 않을 수가 없구나. 내가 소룡과 함께 급히 가볼 것이니, 너는 우리를 보내고 오늘 집에서 자도록 해라."

해룡이 응낙하고 외헌에서 혼자 자는데, 갑자기 불이 일어나 사면을 둘러싸고 하늘을 찌를 듯 맹렬하게 타올랐다. 해룡이 바야흐로 깊은 잠에 빠져 있다가 놀라 급히 뛰어나와보니, 불길이 더욱 거세게 일어나며 검은 연기가 하늘을 뒤덮었다. 또한 난데없는 바람이 불길을 도와 집을 다 태우되, 오직 외헌은 조금도 불에 타지 않았다. 해룡은 하늘을 우러러 탄식하며 말했다.

"하늘께서는 어찌 저를 이 땅에 태어나게 해놓고 이렇듯 몹시 미워하고 힘들게 하시나이까?"

해룡은 방으로 들어가 벽 위에 자신의 신세를 한탄하는 글을 쓰고 장삼의 무덤에 나아가 한바탕 통곡하고 몸을 떨쳐 일어나 홀연히 길을 나섰다. 그러나 어디로 가야 할지 몰라 무작정 남쪽을 향해 정처 없이 갔다.

이때 변씨는 속으로 생각했다.

'해룡이 이번에는 반드시 불에 타 죽었으리라.'

변씨가 집터로 돌아와보니, 온 집 안이 불에 타버렸는데 오직 해룡이 있던 방만 타지 않고, 벽 위에는 다음과 같은 글이 쓰여 있었다.

> 하늘이 해룡을 내심이여, 운명이 기구하도다.
> 난중에 부모를 잃음이여, 길에서 분주히 헤매도다.
> 이 집에 인연이 있음이여, 십여 년 양육을 받았도다.
> 은혜와 정의情誼 더욱 깊음이여, 죽고 삶이 슬프도다.
> 은혜를 갚고자 함이여, 몸을 돌아보지 않았도다.
> 죽을 곳에 보냄이여, 종일 밭을 갈며 살았도다.
> 살아 돌아옴이여, 기뻐하지 아니하도다.
> 살옥殺獄에 집어넣음이여, 나의 액운이 끝나지 않았도다.
> 불을 놓아 살음이여, 다행히 화를 면했도다.
> 이별을 당함이여, 눈물이 앞을 가리도다.
> 허물을 고침이여, 뒷날 다시 만나기 어렵도다.
> 전날을 생각함이여, 이 길이 뜻밖이로다.

변씨는 그 글을 다 읽은 뒤 혹시 남이 알까 염려해 즉시 불살라버렸다. 그리고 안채가 모두 불에 타버렸기에 변씨 모자는 외헌 행랑을 거처로 삼고 살았다.

금방울의 도움으로 금선공주를 구하다

한편, 해룡은 변씨의 집을 떠나 무작정 남쪽으로 가서 한 곳에 이르렀다. 그런데 큰 산이 앞을 막고 있어 어디로 가야 할지 몰라 주저할 즈음에 금방울이 굴러와 갈 길을 인도했다. 금방울을 따라 여러 고개를 넘어가니, 층암절벽과 하늘 사이로 푸른 잔디와 암석이 은은하게 보였다. 해룡이 바위 위에 앉아 잠깐 쉬고 있는데, 문득 벽력 같은 소리가 진동하며 금 터럭 돋친 괴이한 짐승 한 마리가 주홍색 입을 벌리고 달려들어 해하려 했다. 해룡이 급히 피하려는 순간 금령이 달려와 짐승을 가로막으니, 짐승이 몸을 흔들어 머리가 아홉 개 달린 괴물로 변해 금방울을 집어삼키고 골짜기 속으로 들어가버렸다. 해룡이 그 광경을 보고 얼이 빠질 듯 놀라며 말했다.

"금방울은 반드시 죽었으리라."

해룡이 탄식하며 어쩔 줄 모르고 있는데, 갑자기 한 줄기 광풍이 지나가며 공중에서 해룡을 부르는 소리가 크게 났다.

"그대는 어찌 금령을 구하지 않고 이리 방황하는가? 어서 금령을 구하라."

문득 소리가 사라지자, 해룡은 생각했다.

'하늘이 금령을 구하라 지시하니, 부득불 금령을 구하지 않을 수 없구나. 그러나 작은 쇠붙이 하나 없는 맨손으로 어떻게 저 괴물과 대적하겠는가? 하나 금령이 없었다면 내가 지금까지 어떻게 목숨을 부지했겠는가?'

해룡은 허리띠를 단단히 졸라매고 골짜기로 뛰어들어갔으나, 지척을 분간할 수가 없었다. 기어서 겨우 몇 리를 더 들어갔지만 아무런 종적도 없었다. 죽을힘을 다해 좀더 기어들어가니, 갑자기 온 천지가 맑고 해가 밝게 빛나는 곳이 나타났다. 사방을 두루 살펴보니, 푸른 돌로 된 큰 비석에 '남전산 봉래동'이라는 금색 글자가 새겨져 있었다. 또한 구름처럼 높이 솟은 돌다리 위에서 만 길이나 되는 폭포수가 흐르는 소리는 가히 세상일을 잊게 할 만했다.

해룡이 그곳을 지나 점점 안으로 들어가니, 동굴 입구에 있는 큰 관문이 활짝 열려 있었다. 동굴 안에는 호화찬란한 대궐이 하늘 높이 솟아 있고, 대궐을 둘러싼 내성과 외곽이 은은하게 보였다. 관문에 다가가 자세히 보니, 문 위에 '금선수부'[1]라는 금글자가 크게 쓰여 있었다. 원래 이곳에는 금돼지가 살고 있었는데, 그놈은 본래 천지가 개벽한 뒤 해와 달의 정기를 받고 태어났으며 득도까지 해 신통神通이 거룩하고 재주가 무궁했다.

해룡이 감히 문안으로 들어가지 못하고 밖에서 주저하고 있는데, 얼마 뒤 안에서 여러 계집이 나왔다. 자태가 매우 아름답고 고와 깊은 산골에 묻혀 사는 계집 같지 않았다. 해룡이 급히 풀포기에 몸을 숨기고 동정을 살펴보니, 이윽고 네댓 명의 계집이 피 묻은 옷을 광주리에 담아

1) 금선수부(金仙首府): 금빛이 나는 신선이 사는 수도(首都).

머리에 이고 서로 손을 이끌고 나왔다. 시냇가에 이르러 옷을 물에 빨면서 근심이 가득한 얼굴로 자기들끼리 말했다.

"우리 대왕이 예전에는 용력이 뛰어나고 신통력이 거룩해 당할 자가 없었는데, 오늘은 밖에 나갔다가 갑자기 속병을 앓고 돌아와 피를 무수히 토하고는 기절하더라. 그런 신통한 재주로도 이런 병을 얻었다는 것이 믿기지 않는구나. 빨리 나으면 좋겠지만, 만약 오래도록 낫지 않고 고통스러워한다면 우리의 괴로움이 비할 데가 없으리라."

그중 한 여자가 말했다.

"우리 공주님이 간밤에 꿈을 꾸었는데 하늘에서 한 선관이 내려와 말하기를, '내일 정오에 어떤 수재秀才가 여기 와서 이 악귀를 잡아 없애고 그대를 구해 돌아갈 테니 염려하지 말라' 하시고, 또한 '그 수재는 다른 사람이 아니라 바로 동해용왕의 아들인데, 그대와 전생연분이 있으며 그대가 이렇게 된 것도 운명이라 사람의 힘으로는 어찌할 수 없으니, 부디 천명을 어기지 말고 순순히 따르라' 당부하며, '행여 이런 말을 다른 사람에게 누설하지 마라' 하시더라. 그런데 오늘 정오가 다 되었는데도 아무런 소식이 없으니, 아마도 그 꿈이 허망한 것인 듯하구나."

이 말을 들은 계집들이 서로 말했다.

"크게 말하지 마라."

또 계집들은 슬피 탄식하다가 눈물을 흘리며 말했다.

"우리는 언제 이곳을 벗어나 고국에 돌아가 부모님을 만나 뵐꼬? 우리 팔자가 기박해 이처럼 공주님과 함께 갇혀 있으니, 이것 또한 팔자요, 운명이런가?"

해룡이 이런 말을 모두 듣고 갑자기 풀포기를 헤치고 앞으로 뛰어나오자, 계집들이 놀라 달아나려 했다. 해룡이 여자들을 안심시키며 말했다.

"그대들은 놀라지 마시오. 나는 악귀를 없애려고 여기에 들어온 사람이니, 나를 조금도 의심하지 말고 악귀가 있는 곳을 자세히 알려주시오."

계집들이 해룡의 말을 듣고 공주의 꿈 이야기를 생각하니, 신기하기 그지없었다. 여러 계집이 앞으로 달려와 울며 아뢰었다.

"그대 덕분에 공주님과 우리 모두 살아나 저마다 고향으로 돌아가게 된다면 죽은 목숨이 다시 살아나는 것과 같사옵니다. 그러니 이보다 더 큰 은혜가 또 어디 있겠나이까?"

계집들이 해룡을 인도해 안으로 들어갔다. 중문 여러 개를 지나가니 그 안에 아름답고 웅장한 전각이 하늘 높이 솟아 있었다. 해룡이 몸을 숨기고 가만가만 들어가 한 곳에 이르자, 악귀의 신음 소리가 전각을 움직일 듯이 크게 들렸다. 해룡이 소리가 나는 곳으로 뛰어 올라가니, 짐승이 전각 위에 누워 앓다가 갑자기 어떤 사내가 다가오는 것을 보고 일어나려다 도로 자빠져 배를 움켜잡고 온몸을 뒤틀더니 움직이지 못하고 입으로 피를 무수히 토하며 거꾸러졌다.

해룡은 그 모습을 보고 짐승의 목을 내리치려 했으나 쇠붙이 하나 없는 맨손이라 어찌할 줄 모르고 방황했다. 이때 갑자기 여러 가지 패물로 꾸민 붉은 치마를 입은 한 미인이 가벼운 걸음걸이로 나타나 벽 위에 걸려 있는 보검을 가져다가 급히 해룡에게 주었다. 해룡이 즉시 그 보검을 받아들고 달려가 요괴의 가슴을 무수히 찌르고 보니 몸에 금 터럭이 나 있고 거친 수염이 돋친 흉악한 돼지였다. 이 짐승은 본래 몇천 년을 산속에 살아 득도했기에 사람의 형상을 하는 등 변신술이 무궁할 정도로 대단했다.

해룡이 죽은 금돼지의 가슴을 헤치고 보니, 그곳에서 금령이 굴러나왔다. 해룡은 금령을 보고 매우 반기며 소리질러 말했다.

"너희 수십여 명 모두 틀림없이 요괴인데 이처럼 사람으로 변해 나와 사람들을 속인 것 아니냐?"

그러자 모든 여자가 일시에 무릎을 꿇고 아뢰었다.

"우리는 요괴가 아닙니다. 우리 팔자가 기구해 이 몹쓸 요괴에게 잡혀와 험한 욕을 당하고, 또 그의 수하에서 시녀 노릇을 하고 있습니다. 그간 죽고 싶어도 차마 죽지 못하고 이처럼 목숨을 부지해온 것은 언젠가는 다시 세상으로 돌아갈 수 있으리라는 희망 때문이었습니다. 우리는 어쩔 수 없이 이곳에 있는 사람이며, 아까 공자에게 보검을 드린 사람은 바로 천자의 외동딸인 금선공주이옵니다."

여자들이 말을 마치기도 전에 색동저고리와 붉은 치마를 입은 한 미인이 옥 같은 얼굴을 가리고 걸어나와 외면하고 섰는데, 이분은 다름 아닌 금선공주였다. 금선공주는 근심스러운 얼굴로 해룡에게 사례하며 말했다.

"나는 과연 금선공주인데, 육 년 전에 모후母后를 모시고 후원에 올라 달빛을 구경하다 이 요괴에게 잡혀왔습니다. 지금까지 욕 먹는 것을 참고 목숨을 부지해온 것은 모두 이 시비들이 밤낮으로 나를 지켜주었기 때문입니다. 그런데 마침내 천만다행으로 그대의 구원에 힘입어 다시 고국으로 돌아가 부황父皇과 모후를 만나 뵐 수 있게 되었으니, 이는 뼈에 사무칠 정도로 잊지 못할 큰 은혜입니다. 지금 죽어도 여한이 없으며, 그대 은혜를 무엇으로 갚아야 할지 모르겠나이다."

공주는 소매로 얼굴을 가리고 목이 메어 흐느꼈다. 해룡은 자초지종을 다 듣고 매우 슬퍼하며 공주에게 아뢰었다.

"당장 공주님을 모시고 이곳을 나가고 싶은 마음은 간절하나, 길이 험해 공주님께서 직접 걸어가시기는 어려울 듯합니다. 제가 먼저 잠깐 나가서 이 고을 수령에게 사실을 말씀드리고, 위의를 갖춰 공주님을 모시게 할 것이니, 여기서 잠깐만 기다려주소서."

공주가 울며 말했다.

"그대가 간 뒤 또 무슨 변괴가 있을지 어찌 알겠소?"

공주가 지금 당장 함께 소굴을 빠져나가자고 애걸하니, 해룡이 위로하며 아뢰었다.

"저 금령은 천지조화로 태어났기 때문에 무궁한 재주와 기이한 신통력을 가지고 있나이다. 이처럼 요괴를 잡고 공주님을 구해 고국에 돌아갈 수 있게 한 것도 모두 금령의 조화입니다. 아무리 어려운 일이 있을지라도 금령이 다 해결할 테니, 아무 염려 마시고 잠깐만 기다리고 계시옵소서."

해룡은 즉시 소굴 밖으로 나와 바로 남경으로 향했는데, 가는 도중 한 사거리에 여러 사람이 모여 무슨 방문榜文을 보고 있었다. 해룡이 이상하게 생각해 사람들을 헤치고 안쪽으로 들어가서 자세히 보니, 그 방에는 다음과 같은 글이 쓰여 있었다.

"황제는 이제 천하에 반포하노라. 짐이 부덕해 지금까지 태자는 없고 다만 슬하에 공주를 하나 두고 장중보옥같이 사랑했는데, 모월모일 밤에 난데없는 몹쓸 요괴가 와서 공주를 잡아갔노라. 만일 공주를 찾아서 바치는 자가 있으면 천하를 반으로 나눠주어 부귀를 짐과 똑같이 누리게 하고 여생도 함께하리라."

해룡은 다 읽고 나서 즉시 방문을 떼었다. 방문을 지키고 있던 관원이 깜짝 놀라고 이상하게 여겨 해룡을 붙잡고 방문을 뗀 까닭을 물으니 해룡이 대답했다.

"이곳은 번화한 곳이라 함부로 말할 수 없소."

해룡이 관원과 함께 관청으로 들어가 상관에게 이러저러한 사연과 전말을 아뢰니, 상관이 크게 기뻐하며 해룡을 당상堂上에 올려 앉히고 하례하며 말했다.

"이러한 일은 천고에 없는 일이로다."

해룡이 전후 사정을 자세히 말하고 위의를 갖추어 바삐 갈 것을 요청하니, 자사刺史가 관군과 각 고을 수령들을 거느리고 해룡과 함께 남전산으로 향했다.

그런데 해룡이 산에서 내려올 때 무심코 골짜기 밖으로 나왔더니 남전산으로 들어가는 길을 몰라 첩첩산중에서 이리저리 방황했다. 바로 이때 갑자기 금령이 앞에 나타나 길을 인도하니, 자사가 금령의 모양과 거동을 보고 신기하게 여기며 금령을 따라서 점점 깊은 골짜기로 들어갔다.

한편, 금선공주는 해룡을 소굴 밖으로 내보낸 뒤 두 손을 모아 하느님께 빌었다.

"공자가 무사히 돌아와 우리와 함께 환국還國하게 하소서."

공주가 해룡이 빨리 돌아오기를 간절히 기다리고 있는데, 문득 금령이 굴러오고 그 뒤에 천군만마가 따라왔다. 공주가 그것을 보고 매우 기뻐 시녀들의 옹위를 받으며 멀리 바라보았다. 자사가 들어와 말에서 내려 공주에게 복지伏地하고, 그사이 몹쓸 요괴에게 환란을 겪어 괴로우셨던 일을 여쭙고 말씀드렸다.

"이처럼 공주마마를 고통스럽게 한 것은 모두 신이 어리석고 불충한 탓이옵니다."

자사는 시녀들이 공주를 모셔 가마에 앉으시도록 했다. 시녀들은 공주가 탄 가마를 옹위하고 소굴 밖으로 나왔는데, 이때 공주와 함께 잡혀 온 수십여 명의 여자도 공주를 모시고 함께 빠져나왔다. 해룡은 홀로 소굴에 남아 불을 질러 소굴을 모두 태워 없애버린 뒤 금령을 데리고 밖으로 나왔다. 자사와 군사들이 소굴 밖에서 기다리고 있다가 해룡을 보고 칭찬하고 즐거워했는데, 그 소리가 산천을 울렸다.

관가로 돌아온 자사는 공주마마를 별당에 모셔 머무르게 하고, 객사[2]를 정돈해 해룡을 머물게 하며 잔치를 베풀어 공주와 해룡을 대접하며

2) 객사(客舍): 각 고을에 설치해 외국 사신이나 다른 곳에서 온 벼슬아치를 대접하고 묵게 하던 숙소.

즐겼다. 그리고 천자께 공주마마를 구했다는 공문을 올렸다. 공주와 해룡에게 음식을 대접할 때, 온갖 곳에서 좋고 맛있는 음식을 수없이 보내오니 그 양을 이루 헤아릴 수가 없었다.

다음날 공주가 금령을 차마 품에서 놓지 못해 밤낮으로 안고 길을 재촉해서 서울로 올라가니, 이십여 명의 여자도 공주의 뒤를 따랐다.

해룡이 금선공주와 결혼해 부마가 되다

한편, 천자와 황후마마는 하룻밤 사이 공주를 잃고 밤낮으로 슬퍼하며 제대로 자지도, 먹지도 못했다. 또한 모든 일에 경황이 없어 정사마저 완전히 잊고 괴로움과 근심에 싸여 세월을 보내고 있었는데, 뜻밖에 공주를 구했다는 소식을 듣고 도리어 반신반의해 어떤 말도 할 수가 없었다. 그러다가 마침내 자사의 공문을 받고 온 천지가 환희하는 것처럼 매우 기뻐하니, 조정의 모든 관리가 성문 밖에 이르러 진하[1]하기를 청하는 등 궁궐 안팎과 장안 백성들의 환호성이 물 끓듯 했다.

천자는 조정 관료들의 진하를 받고서 얼굴에 기쁜 기색이 가득해 청주자사의 공문을 반포하는 한편, 철갑을 입은 기병騎兵 삼천 명을 뽑아 상경하는 공주를 보호하라 명령하셨다. 또한 장해룡의 공로는 세상에 드문 일이기에, 직접 공주 일행을 영접하러 나가면서 급히 어필로써 장

1) 진하(進賀): 나라에 경사가 있을 때 벼슬아치들이 조정에 모여 임금에게 축하를 올리던 일.

해룡을 거기장군[2)]에 임명해 공주를 안전하게 모시고 오라 하셨다. 해룡이 상경하다가 노상에서 천자의 조서를 받들고 북향사배한 뒤 말처럼 커다란 대장군 인수[3)]를 허리 아래 비껴 차고 각 고을 수령들을 거느린 채 올라오니, 그 위의와 범절이 찬란하게 빛나 거룩하기 이를 데 없었다. 이 광경을 본 사람들은 한결같이 큰 소리로 떠들면서 해룡의 공로를 칭찬했다.

해룡이 밤낮을 가리지 않고 달려 황성에 이르니, 천자가 조정의 모든 벼슬아치를 거느리고 성밖에 나와서 맞았다. 해룡 일행이 천자를 따라 궁궐로 들어가니, 성 안팎의 백성들이 길에 가득 모여 만세를 불렀으며, 상하 인민이 기뻐 날뛰는 소리가 원근에 진동했다.

천자는 바로 대전大殿으로 들어갔는데, 이때 황후는 공주가 찾아온다는 말을 듣고 슬픔을 억제하지 못하다가 크게 기뻐하며 공주를 끌어안고 얼굴을 맞대며 통곡했으며 천자 또한 눈물을 흘렸다. 함께 울던 공주가 울음을 그치고 그간 요괴에게 잡혀가 수없이 고생한 사연을 말했다. 또한 꿈속에서 선인이 내려와 '동해용왕의 아들이 인간 세상에 내려갔으니 속세의 연분을 이루어라. 그가 금일 오시에 이 골짜기에 들어와 요괴를 잡고 같이 부황과 모후를 만나게 되리라'고 했던 말이 아직도 귀에 쟁쟁하다는 것과, 천지조화로 생겨난 금령이 신통하고 기이한 재주와 수단을 부리고, 해룡이 요괴를 잡던 상황을 낱낱이 아뢰었다. 이에 황후가 금령을 어루만지며 말했다.

"하느님께서 어찌 너처럼 신통이 거룩하고 재주가 비상한 영물을 내어 그토록 득도한 요괴를 잡고 공주와 시녀들을 구했는고? 인간 세상의 몹쓸 짐승을 없애고 내가 잃었던 공주를 다시 만나 천륜을 온전히 보전

2) 거기장군(擧旗將軍): 싸움터에 나갈 때 깃발을 들고 앞장서 나가는 장군.
3) 인수(印綬): 병권(兵權)을 가진 무관이 허리에 차던, 길고 넓적한 녹비 끈.

했으니, 이는 다 네 덕이요 장해룡의 공이로다. 이처럼 큰 은혜를 무엇으로 갚으리오?"

천자는 황극전[4]으로 나아가 전좌하고 문무 신하, 종신[5]과 외척, 근시하는 궁녀들을 모두 모아놓고 해룡을 불러들이니, 해룡이 들어가 머리를 조아리며 백배사은百拜謝恩했다. 천자가 보니, 해룡은 용모가 출중하고 태도가 의젓한 만고의 영웅준걸英雄俊傑이요, 일세의 호걸장부豪傑丈夫였다.

천자가 해룡을 한 번 보고 크게 기뻐하며 해룡의 손을 잡고 말씀하셨다.

"이제 경의 공을 의논할진대, 태산이 낮고 하해가 얕도다. 짐은 경의 은혜를 어떻게 갚아야 할지 모르겠노라."

또한 공주의 꿈 이야기를 거론하면서 말씀하셨다.

"공주의 꿈 이야기를 들어보니, 경과 공주는 하늘이 정해준 배필이로다. 경은 모름지기 공주를 더럽게 여기지 말고, 비록 임사[6]의 덕을 갖추지는 못했으나 경의 건즐[7]을 받드는 데는 부족함이 없을 것이니, 경은 짐의 뜻에 따르도록 하라."

천자는 해룡을 부마로 삼기 위해 바삐 예부禮部에 명했다.

"결혼하기 좋은 날을 고르라."

또 호부戶部에 조서를 내려 하교했다.

"청화문 밖에 별궁을 짓고 화원을 대전과 통하도록 꾸며 공주와 부마가 자유롭게 대전에 출입하도록 하라."

이어 예부에 명했다.

4) 황극전(皇極展): 중국 자금성(紫禁城) 안에 있는 궁전.
5) 종신(宗臣): 왕족으로 벼슬자리에 있는 사람.
6) 임사(姙姒): 주문왕(周文王)의 어머니인 태임(太姙)과 주무왕(周武王)의 어머니인 태사(太姒)를 아울러 이르는 말. 두 사람은 모성(母性)과 부덕(婦德)을 아울러 갖춘 것으로 유명하다.
7) 건즐(巾櫛): 수건과 빗이라는 뜻으로, 부인이 남편에게 자신을 겸손하게 이르는 말로 쓰임.

"혼구婚具를 잘 갖추어 준비하라."

해룡은 임금의 은혜에 사례하고 물러나왔다. 이후 해룡이 어림군[8]을 관리하며 다스리게 되었는데, 어림군에게 군기와 군법을 새롭게 가르치고 훈련을 시키는 등 조금도 나태한 마음을 먹지 않고 분주히 국사를 극진히 살폈다. 그러는 사이 어느덧 혼인날이 되었다.

부마가 위의를 갖추고 궁궐 안으로 들어가서 공주를 맞이하니, 공주는 삼천 명의 궁녀가 옹위한 황금 가마를 타고 향촉을 피우며 별궁으로 향했다. 부마는 금관옥대金冠玉帶를 두르고 옥홀玉笏을 손에 쥔 채 금안준마金鞍駿馬를 탔는데, 어악[9]을 갖춰 의기 당당하게 큰길로 나오니, 그 풍채가 당당하고 늠름해 당대 최고의 기남자[10]요, 국가의 동량지재였다. 도로에서 구경하던 사람들이 모두 탄복하며 칭찬했다.

공주와 부마는 별궁으로 돌아와 식장에 마련된 평상 위에 올라 서로 마주보고 앉았다. 공주의 예쁘고 아름다운 자태와 용모는 햇빛처럼 찬란하게 빛나 꽃이 부끄러워하고 달이 빛을 잃었으며, 온몸 어디 한 군데도 곱지 않은 데가 없었다. 부마 또한 명월처럼 밝고 맑은 천성을 지니고 강산의 빼어난 기운을 품었으니, 일대의 영웅이요, 온 나라에서 보기 드문 귀공자였다. 그러니 조정의 벼슬아치들 가운데 누가 칭찬하지 않을 수 있었겠는가?

얼마 후 천자가 황후와 함께 별궁에 도착하니, 부마와 공주가 내려와 두 분을 맞이해 함께 대청으로 올라갔다. 부마는 천자를 모시고 공주는 황후를 모시고 자리를 잡고 앉아 담소를 나누니, 향기로운 구름이 아롱아롱 일어나고 아름다운 패옥佩玉이 서로 부딪혀 맑은 소리를 냈다. 네 사람 모두 차림새나 몸가짐은 위엄 있고 엄숙한데, 오가는 말속에는 온

8) 어림군(御臨軍): 임금을 호위하는 군사.
9) 어악(御樂): 임금 앞에서 아뢰던 궁중 아악.
10) 기남자(奇男子): 재주와 슬기가 남달리 뛰어난 남자.

화한 기운이 넘쳐흘렀다.

다음날 큰 잔치를 베풀어 천자는 황극전에서 조정의 여러 신하와 함께 즐기고, 황후는 내전에서 여러 대신의 부인과 함께 즐겼다. 이때 공주가 궁녀들을 통솔해 음식을 마련하니, 궁전의 잔치 마당에는 산과 바다에서 나는 진귀한 음식들이 다 갖춰져 있었다. 또한 내전에 마련된 자리에 화려하게 치장한 부인들이 가득 앉아 있으니, 광채가 찬란해 햇빛이 도리어 바랬다.

이때 장부마는 국은을 입어 귀하게 되었으나, 영화를 보여드릴 부모님이 계시지 않았다. 그러나 옛날 일을 모두 잊고 공주와 함께 화평하고 즐겁게 지냈다. 낮에는 천자를 모시고 국사를 다스렸는데, 밤낮을 가리지 않고 국사에 전념했으며, 목숨을 바쳐서라도 충성을 다하겠다는 간절한 마음으로 임금을 섬겼다.

한편, 공주가 임금께 아뢰어 지난날 요괴에게 잡혀갔던 여자들에게 각각 천금을 주고 집으로 돌려보내니, 모두 공주의 덕을 칭송하면서 저마다 집으로 돌아갔다.

북흉노를 물리쳐 위왕에 봉해진 해룡

차설. 이때 북흉노 천달이 원나라를 구하기 위해 백만 대병과 장수 천여 명을 거느리고 쳐들어왔다. 천달은 호각을 선봉장으로 삼고 설만춘을 후군장으로 삼아 황하를 건너 물밀듯이 내려왔는데, 이들이 지나가는 고을마다 천달에게 맥없이 귀순하고 말았다. 천달이 열흘도 채 되지 않아 삼십육 개의 관문[1]을 깨뜨리고 물밀듯이 쳐들어오니, 북쪽의 여러 고을이 진동하며 큰 난리가 났다.

임금이 이 소식을 들으시고 크게 놀라 조정의 문무 대신을 다 모아 의논했으나, 대신들 가운데 답하는 자가 한 사람도 없었다. 임금이 탄식하고 있을 때, 갑자기 가운데서 한 사람이 나와 아뢰었다.

"신은 재주 없는 소년이오나, 신에게 군사 한 무리를 내어주시면 북흉노를 쓸어버리고 성은을 만분의 일이나마 갚겠나이다."

이 사람은 바로 부마 장해룡이었다. 임금이 부마의 말을 듣고 한참 동

1) 관문: 국경이나 요새의 성문(城門).

안 깊이 생각한 뒤 말씀하셨다.

"짐이 경의 재주와 묘략妙略을 알지만, 전쟁터는 사지다. 경을 그런 위험한 곳에 보내놓고 짐의 마음이 어찌 편하겠으며, 황후도 기꺼이 허락할 리가 있겠느냐?"

부마가 땅에 엎드려 아뢰었다.

"신이 듣건대, '국난을 당하면 부모를 돌아보지 않는다'고 하옵니다. 이런 국난을 당했는데 처자식을 걱정하다가 국가 대사를 그르쳐서야 되겠나이까?"

말을 마친 부마의 태도는 위풍당당했으며, 의욕과 자신감이 넘쳐흘렀다. 임금 또한 그 뜻을 막지 못해 즉시 부마를 진북대장군鎭北大將軍 겸 수군도독[2]에 제수하시고, 직접 백모황월[3]과 상방검[4]을 주어 대원수의 위엄에 더욱 힘을 실어주셨다. 원수가 임금의 명을 받고 물러나와 장졸들의 직책과 임무를 분배하고 행군할 때, 원수의 호령이 엄숙하고 위의가 가지런해 마치 옛날 주아부[5]가 군대를 통솔하는 것 같았다.

황후가 이 소식을 들으시고 크게 놀라 원수를 설득하려 했는데, 이미 원수의 출전과 발행이 결정된 터라 어쩔 수 없이 원수에게 말했다.

"하루빨리 흉노를 없애고 큰 공을 세워 개선가를 부르며 돌아와 내 마음을 저버리지 마시오."

원수가 땅에 엎드려 호언장담으로 황후와 공주를 위로하고 길을 떠났다. 이때 임금이 조정의 모든 신하를 거느리고 친히 전송하면서 다시 원수의 손을 잡으시고 거듭 당부하셨다.

"국경 안은 짐이 잘 다스릴 테니, 경은 국경 밖을 다스려 경의 명령을

2) 수군도독(戍軍都督): 국경 수비군의 최고 책임자.
3) 백모황월(白旄黃鉞): 털이 긴 쇠꼬리를 장대 끝에 매달아놓은 흰 깃발과 황금으로 장식한 도끼.
4) 상방검(尙方劍): 임금이 간악한 신하를 제거할 때 쓰는 날카로운 칼.
5) 주아부(周亞父): 한(漢)나라 문제(文帝) 때 흉노(匈奴)를 크게 물리친 장군.

어긴 자는 무조건 선참후계[6]해라."

임금이 늦은 시간까지 머물다가 궁궐로 돌아갔다. 원수가 대병을 지휘해 호호탕탕[7] 나갈 때, 깃발과 창검은 해와 달을 가리고 북소리와 함성은 산천을 움직였다. 이런 대군을 이끄는 이가 소년 대장 원수였으니, 그는 봉황 깃털로 장식한 투구를 쓰고 황금 갑옷을 입었으며 오른손에는 상방검을 잡고 왼손에는 백우선[8]을 쥐고 있었다. 원수는 하루에 천 리를 달리는 대완마[9]를 탔으니, 사람은 천신天神 같고 말은 비룡飛龍 같았다. 투구와 갑옷 등 원수의 복장이 가지런하고 위의가 엄숙하니 일대 영웅이요, 만고의 기남자였다. 이런 원수가 대군을 거느리고 호호탕탕 나아가니, 보는 사람들마다 칭찬을 아끼지 않았다.

각설. 호각이 군사를 거느리고 남창에 이르렀을 때 원수의 대군과 만나, 두 군사는 미항령 아래에서 맞붙게 됐다. 호각이 오색 깃털로 장식한 말을 몰아 진 앞에 나섰는데, 허리는 열 아름이요, 얼굴은 수레바퀴 같았다. 또한 누런 머리털이 치렁치렁 늘어져 검은 얼굴을 덮고 있었다. 호각이 손에 긴 창을 들고 왼쪽과 오른쪽에 각각 설만춘과 호달의 호위를 받으며 명나라 진영으로 달려들었는데, 세 사람 모두 키가 구 척이나 되었고, 얼굴이 흉악했으며 생김새도 괴이했다.

이때 명나라 진영에서도 한 대장이 진문陣門 깃발 아래 나섰는데, 얼굴은 관옥 같고 등은 곰처럼 넓었으며, 허리는 이리처럼 늘씬하고 팔은 잔나비처럼 길었다. 위풍이 늠름하고 위의는 단정했으며, 당당한 풍도는 사람을 놀라게 하고, 빼어난 위엄은 북해北海를 뒤집을 듯했다. 호각이 그를 보더니 크게 소리질러 말했다.

6) 선참후계(先斬後啓): 군율을 어긴 자를 먼저 처형한 뒤 임금에게 아뢰던 일.
7) 호호탕탕(浩浩蕩蕩): 기세 있고 힘찬 모양.
8) 백우선(白羽扇): 새의 흰 깃으로 만든 부채.
9) 대완마(大宛馬): 타슈켄트 지방에 있었던 대완(大宛)이라는 나라에서 생산된 명마.

"젖비린내 나는 어린아이가 천시天時도 모르고 망령되이 전쟁터에 나와 어른을 욕보이려 하는구나. 너는 무엇 때문에 칼 아래 놀란 혼백이 되려 하느냐?"

원수가 크게 화를 내며 좌우를 돌아보고 말했다.

"누가 저 도적을 잡아 내 근심을 덜어주겠소?"

원수가 말을 마치기도 전에 한 장수가 달려나갔는데, 그 장수는 바로 양춘이었다. 양춘이 칼을 들고 춤을 추며 나가 곧바로 호각을 취하려 하니, 그쪽 진영에서 설만춘이 호각을 돕기 위해 창을 잡고 말을 달려 나와 양춘과 대적했다. 오십여 합에 이르도록 서로 승부를 내지 못했는데, 갑자기 설만춘이 거짓으로 패하는 척하며 달아났다. 양춘이 승승장구해 나아가며 크게 외쳤다.

"적은 달아나지 말고 내 칼을 받아라."

이때 달아나던 만춘이 뒤를 돌아보며 가만히 활을 쏘니, 무심코 뒤쫓아가던 양춘이 왼쪽 어깨에 화살을 맞고 말에서 떨어졌다. 명나라 진영에서 장만이 달려나와 양춘을 구해 돌아오려는데, 만춘이 말 머리를 돌려 뒤쫓아왔다. 장만이 매우 화가 나 칼을 휘두르며 만춘을 맞아 싸웠으나, 십여 합이 되도록 승부를 가리지 못했다. 이에 호달이 달려나와 만춘과 함께 장만의 좌우를 공격하니, 장만이 어쩔 수 없이 패해 달아났다. 원수는 장만이 패한 것을 보고 꽹과리를 쳐 군사를 거두고, 양춘의 상처를 치료하라 명령했다.

다음날 호각이 명나라 진영 앞에 와서 수없이 욕설을 퍼붓고 말을 좌우로 내달리면서 싸움을 부추겼다. 원수가 크게 화를 내며 직접 창을 들고 말을 타고 나가 호각과 맞붙어 싸웠으나 백여 합에 이르도록 승부를 내지 못했다. 그러자 양 진영의 군사들이 물 끓듯 하며 항오行伍를 차리지 못했다. 두 장수가 더욱 굳세게 서로 떠날 줄 모르고 싸우는데, 갑자기 호적 진영에서 꽹과리를 쳤다. 꽹과리 소리를 듣고 호적 진영이 본진으로 돌아와 여러 장수에게 말했다.

"내가 명나라 장수의 나이가 어려 업신여겼는데, 싸워보니 내 힘으로는 그 용력을 감당하기 어렵소. 어쩔 수 없이 계교를 써서 저 장수를 잡아와야겠소."

호각은 곧바로 진문을 굳게 닫고 진영에 꽂아두었던 깃발을 모두 내리고 창과 칼 등 무기도 다른 곳으로 옮겼다. 원수가 또 달려나와 싸움을 부추기니, 적장 호각이 진문을 활짝 열고 나와 크게 소리쳐 말했다.

"오늘은 너와 승부를 결판낼 터인데, 만일 내가 너를 잡으면 너는 죽음을 면치 못하리라."

호각이 원수에게 달려드니, 원수가 크게 화를 내며 호각을 맞아 싸웠다. 오십여 합에 이르도록 승부를 가리지 못했는데, 갑자기 호각이 말을 돌려 달아났다. 그런데 본진으로 들어가지 않고 산골짜기로 달아나니, 원수가 곧바로 뒤쫓아가다가 생각했다.

'적장이 비록 간사한 계교를 쓸지라도 내가 어찌 그것을 두려워하겠는가?'

원수는 바삐 호각의 뒤를 쫓아 깊은 골짜기로 들어갔다. 거의 뒤따라 잡았다 싶었는데, 호각은 보이지 않고 사방에 수없이 많은 허수아비들만 서 있었다. 원수가 부쩍 의심이 들어 말 머리를 돌리려는 순간 갑자기 대포 소리가 들리더니 양쪽 언덕에서 불이 일어나 불빛이 하늘 높이 치솟았다. 사방을 둘러싸고 있는 무수한 허수아비는 모두 화약과 염초를 싸서 세운 것이었다. 이것들이 폭발하면서 사방에 불길이 퍼져 골짜기를 빠져나갈 길이 없었다. 이에 원수가 하늘을 우러러 탄식하며 말했다.

"적을 업신여겨 이곳까지 이르렀다가 오늘 여기 와서 죽을 줄 어찌 생각이나 했겠는가?"

원수가 칼을 빼 자결하려는 순간, 문득 서남쪽 모퉁이에서 금령이 찬란한 금빛을 내뿜으며 불길을 무릅쓰고 골짜기 안으로 들어와 원수 앞에서 찬바람을 일으켰다. 그러자 활활 타오르던 불길이 원수 앞에는 미치지 못하고 다른 곳으로 물러갔다. 원수가 금령을 보고 반가움을 이기지 못해 손으로 어루만지며 말했다.

"그동안 네가 베푼 은혜를 생각하면 태산이 가볍고 하해가 얕구나. 그 은혜를 어찌 다 갚으리오?"

원수가 매우 기뻐 즐거워하고 있는데, 문득 순식간에 불길이 사그라들며 길이 열렸다. 원수가 더욱 기뻐하며 금령을 데리고 길을 찾아 본진으로 돌아왔다. 이때 명나라 장졸들은 원수가 골짜기로 들어가고서 오래도록 돌아오지 않자 어찌할 줄 모르고 허둥지둥하고 있었는데, 뜻밖에 원수가 돌아오는 것을 보고 한편으로 놀라고 한편으로 신기하게 여겨 펄쩍펄쩍 뛰며 천지를 울릴 듯 환호했다. 원수가 본진 장대에 올라앉아 여러 장졸에게 말했다.

"호적이 오늘밤에 반드시 우리 진을 기습할 것이다. 이제 우리는 적의 계교보다 더 교묘한 계교를 쓰겠노라."

원수는 다시 몇몇 장수들만 불러 귀에 대고 말했다.

"그대들은 이리이리하여 결코 약속을 잊지 말라."

원수는 이렇게 약속을 정한 뒤 가만히 진을 다른 곳으로 옮겼다.

이때 호각은 원수를 유인해 산골짜기에 넣어놓고 본진으로 돌아와 여러 장수를 불러 말했다.

"장해룡이 비록 하늘로 날아오르고 땅속으로 기어들어가는 재주를 지녔다 할지라도 오늘 저렇듯 거센 불길을 어찌 벗어나 죽음을 면할 수 있겠느냐? 오늘밤 기습해 명진을 빼앗으리라."

그날 밤 호각이 군사를 거느리고 가만히 명진으로 들어갔는데, 진중에 사람은 하나도 없고 빈 성채만 덩그러니 남아 있었다. 호각이 크게 놀라 급히 군사를 후퇴시키려 하는데 문득 대포 소리가 나더니 한 장수가 칼을 들고 나타나 길을 막으며 꾸짖었다.

"적장 호각은 나를 아느냐?"

호각이 당황해 어쩔 줄 모르다가 그 소리를 듣고 놀라 눈을 들어 바라보니, 바로 장원수였다. 호각이 크게 놀라고 겁에 질려 미처 손을 놀리지도 못했는데, 원수의 칼이 빛나더니 호각의 머리가 말 아래로 떨어졌다. 만철과 호달 등 다른 오랑캐 장수들은 호각이 죽은 것을 보고 혼비백산하며 어쩔 줄 모르다가 본진을 향해 달아났다. 이들이 본진에 이르러 보니 장만이 명나라 깃발을 앞세우고 성채에서 달려나와 단번에 호달을 창으로 찔러 죽였으며, 설만춘은 달아나다가 양춘을 만나 일합에 죽임을 당했다. 장만과 양춘이 나머지 오랑캐 장졸들을 다 찔러 죽이고 돌아오니, 원수가 매우 기뻐했다. 그리하여 큰 잔치를 베풀고 삼군三軍에 상을 줄 때는 여러 장수에게 일일이 술을 권하고 상도 후하게 내려주었다. 잔치와 포상을 마친 뒤 곧바로 첩서[10]를 써서 조정에 올리고, 그날 길을 떠나 서울로 향했다. 원수의 군대가 지나가는 고을마다 원수의 명성을 듣고 귀순했으며, 각 고을 수령과 백성들이 원수의 군대를 지극정성으로 맞이하고 전송하느라 분주했다.

한편, 천자는 부마를 전쟁터에 보내놓고 밤낮으로 염려하느라 제대로 자지도, 먹지도 못했는데, 문득 원수의 첩서가 올라왔다. 천자는 기쁜 마음으로 첩서를 급히 떼어서 보고는 얼굴에 기쁜 기색이 가득해서 말씀하셨다.

"나이 어린 대장이 이토록 뛰어날 수가 있는가?"

이에 조정의 모든 벼슬아치가 천자에게 축하 말씀을 올리니, 온 백성의 환호성이 천지를 울렸다.

천자는 사관[11]을 보내 원수의 행차를 위로하고 하루빨리 군사를 이

10) 첩서(捷書): 싸움에서 승리한 것을 보고하는 글.
11) 사관(辭官): 임금의 명령을 전달하는 일을 맡아 보던 벼슬아치.

끌고 돌아오라고 재촉했다.

여러 날이 지나 원수 일행이 황성 가까이 이르렀다는 말을 듣고 천자는 조정의 모든 관리를 거느리고 십리 밖까지 나가서 원수를 맞으셨다. 이때 천자가 멀리서 바라보고 말씀하셨다.

"원수가 이끈 군대의 위의와 항오가 잘 정돈되어 있으니, 원수에게서 주아부의 풍도를 보는 듯하도다."

또 조정의 관리들을 돌아보며 말씀하셨다.

"장해룡은 진실로 장군의 기개와 재주가 있으니, 동량지재요, 주석지신[12]이라. 짐이 어찌 그런 신하를 돌보지 않을 수 있겠는가?"

이에 조정의 모든 벼슬아치 또한 만세를 부르며 임금께서 훌륭한 신하를 얻게 된 것을 하례했다.

이윽고 원수 일행이 궁궐에 들어가 사은하니, 임금이 반갑게 원수의 손을 잡고 등을 어루만지며 말씀하셨다.

"짐이 경을 전쟁터에 보내놓고 밤낮으로 잠자고 먹는 일이 불안했는데, 이제 경이 도적을 전멸시키고 개선가를 부르며 돌아와 짐의 근심을 없앴으니, 옛날 장량[13]과 공명[14]이라 한들 이보다 더 뛰어났겠는가? 경의 공을 무엇으로 다 갚으리오?"

원수가 땅에 엎드려 아뢰었다.

"이는 모두 성상聖上의 큰 행복과 여러 장수의 공력이요, 소장小將의 공이 아니옵니다."

임금이 더욱 기특하게 여겨 즉시 원수를 데리고 궁궐로 돌아와 문무제신을 모아놓고 원수의 공로를 의논해 원수를 정북장군征北將軍과 위국공 겸 좌승상에 봉하셨다. 원수가 굳이 사양했으나 임금께서 끝내 허락

12) 주석지신(柱石之臣): 나라에 중요한 구실을 하는 신하.
13) 장량(張良): 중국 한(漢)나라의 건국 공신(?~B.C.168).
14) 공명(孔明): 중국 삼국시대 촉한(蜀漢)의 정치가인 제갈량의 자.

하지 않고 조회를 마치시니, 원수가 마지못해 사은하고 어전에서 물러나 집으로 돌아왔다. 내당으로 들어가 황후와 공주를 뵈니, 황후가 승상의 손을 잡고 매우 즐거워했다. 그러다 또 슬퍼하며 말씀하셨다.

"간밤에 금령이 이것을 두고 어디론가 사라져버렸으니, 매우 이상하도다."

승상이 놀라 그것을 받아보니, 작은 족자였다. 이상하게 생각해 족자를 펼쳐보니, 거기에는 어린아이 하나가 난중에 부모를 잃고 우는 모습이, 그 아래에는 어떤 사람이 그 아이를 업고 가는 형상이 그려져 있었다. 승상이 이를 보고 문득 깨달은 바가 있어 눈물을 머금고 자기 신세를 돌아보며 생각했다.

'이것은 하늘이 나에게 주신 것이로다.'

이후 승상은 족자를 단단히 간수해 때때로 꺼내보았는데 그때마다 자신의 처지를 생각하며 서러워하곤 했다.

금방울이 절대가인으로 변하고 위왕은 부모와 상봉하다

한편, 막씨와 장공 부부는 금령을 잃고 밤낮으로 슬퍼했다. 그러던 어느 날 세 사람이 밤늦도록 서로 이야기를 나누고 있는데, 갑자기 금령이 문을 열고 들어왔다. 모두 기뻐하며 금령을 반겼다. 특히 막씨는 너무 반가운 나머지 맨발로 뛰어나와 금령을 끌어안고 기쁨의 눈물을 흘렸다. 하루종일 금령을 안고 즐기며 밤이 깊도록 이야기를 나누다 잠이 들었는데, 두 부인의 꿈에 천상에서 한 선관이 내려와 장공의 부인에게 일렀다.

"그대 두 사람의 액운이 다 끝났으니, 머지않아 그대의 자녀를 만나게 될 것이다. 해룡이 이 길로 지나갈 것이니 때를 잃지 말라."

또 막씨에게도 말했다.

"그대는 아마 여자아이의 얼굴을 보면 자연 알게 되리라."

선관이 또 금령에게 "너는 아직 인연이 남아 있으니 조만간 인간의 부귀영화를 극진히 누리리라" 하고 손으로 금령을 어루만지자, 갑자기 금방울이 터지면서 아름다운 선녀 한 명이 나왔다. 선관이 선녀에게 말했다.

"우리가 십육 년 전에 주었던 보배를 돌려달라."

이에 선녀가 다섯 가지 보배를 다 드리니, 그 선관이 받아서 각각 소매에 넣고 공중으로 표연히 올라갔다. 두 부인이 놀라 깨어보니 침상일몽이었다. 두 부인이 이상하게 여겨 자리에서 일어나 금령을 찾아보았으나, 금령은 간데없고 난데없는 선녀 한 명이 곁에 앉아 있었다. 놀랍고 이상해서 자세히 보니, 과연 꿈속에서 본 선녀였다. 아름다운 얼굴과 맵시, 붉은 입술과 하얀 치아 등 온갖 아름다움을 갖춘 자태가 사람의 정신을 빼앗으니, 가히 천향국색[1]이라 할 만했다. 막씨는 한 번 보고 이루 헤아릴 수 없을 정도로 정신이 황홀해져, 어찌할 줄 모르고 어린 듯 취한 듯 선녀만 쳐다볼 따름이었다.

이때 장공이 외헌에 있다가 이 말을 듣고 이상하고 신기하게 여겨 급히 내당으로 들어와보니, 화용월태[2]와 백태천경[3]이 밝게 빛나면서도 지극히 단정해 고금에 들은 바도 없고 본 바도 없는 절대가인이었다. 장공은 희희낙락해 그녀의 이름을 금령소저라 하고 자字를 선아仙娥라 했다. 또한 금령소저에게 그간의 사정을 물어보았으나, 소저는 지난 일을 전혀 기억하지 못했다. 막씨와 장공 부부가 하느님께 금령소저를 얻게 된 것을 감사드리니, 그 즐거움을 이루 말로 표현할 수가 없었다.

각설. 금령소저가 모친 막씨에게 아뢰었다.

"우리는 이제 집으로 돌아가사이다."

막씨가 기이하게 여기며 즉시 금령을 데리고 집으로 돌아오니, 가부인[4] 또한 함께 따라와 잠시도 금령소저의 곁을 떠나지 않았다.

1) 천향국색(天香國色): 가장 아름다운 여자를 비유적으로 이르는 말.
2) 화용월태(花容月態): 아름다운 여인의 얼굴과 맵시를 이르는 말.
3) 백태천경(百態千景): 온갖 아름다움을 갖춘 자태.
4) 가부인: 여기에서 처음 등장하나, 문맥상 장공의 부인이며 장해룡의 모친을 일컬음.

한편, 이해에 흉년이 들어 인심이 어지럽고 시끄러워지니, 곳곳에 도적들이 일어나 백성을 죽이고 재물을 빼앗아갔다. 도적들이 훤한 대낮 대로상에서 노략질을 예사로 했으나, 고을 수령들은 도적들을 제어하지 못했다. 천자가 이 소식을 듣고 크게 근심하시니, 위왕 장해룡이 땅에 엎드려 아뢰었다.

"신이 비록 나이가 어리고 재주도 없사오나 한번 나아가 흉흉한 인심을 진정시키고, 도적들을 잘 타일러 폐하의 근심을 덜어드리겠나이다."

천자가 크게 기뻐하며 즉시 위왕을 순무도찰어사[5]에 제수하고, 바로 그날 길을 떠나게 하셨다. 어사가 임금의 은혜에 감사하며 공손하게 절을 올리고 나오려 하니, 천자께서 다시 어사의 손을 잡고 말씀하셨다.

"경이 한번 나아가 수령들을 위로하고 흉흉한 인심을 진정시킨다면, 어찌 그것이 경의 공덕이 아니겠는가?"

임금이 말을 마치고 가만히 미소를 지으시니, 어사가 임금의 은혜에 감축을 올리고 하직을 아뢰었다. 별궁으로 돌아와 황후에게 하직하고 공주와 작별하고서 곧바로 길을 떠났다. 길에 올라 여러 고을을 순찰하며 인민을 위로하고, 창고를 열어 가난한 백성들을 구제했다. 또한 도적들을 인의仁義로 타이르고 달래는 등 상벌을 분명하게 하니, 지나가는 곳마다 어사의 명성을 듣고 도적들이 미리 귀순했다. 이에 여러 고을에 어사를 칭송하는 소리가 가득했으며, 백성들 또한 기쁜 마음으로 어사에게 복종했다. 불과 몇 년 만에 민심이 진정되어 백성들이 길에 떨어진 것도 줍지 않고 밤에도 문을 닫지 않았으며, 인민들이 격양가를 불러 어사의 은덕에 화답하는 등 어사를 칭송하지 않는 사람이 없었다.

이렇게 몇 년 동안 인심을 달래며 여러 고을을 돌아다니던 중 남정

5) 순무도찰어사(巡撫都察御使): 지방에서 변란이나 재해가 일어났을 때 두루 돌아다니며 사건을 진정시키는 일을 총괄하던 특사.

고을을 지나게 되었는데, 이곳은 장삼의 묘가 있는 곳이었다. 어사가 옛날 일을 생각하니 가슴에 사무칠 정도로 슬픈 마음이 일어났다. 이에 장삼의 묘 앞에 나아가 제문祭文과 제물祭物을 갖추어 제사를 올리니, 눈물이 단삼을 적셨다. 어사는 제사를 마치고 태수에게 가서 청했다.

"예전에 길러준 은혜에 조금이나마 보답하기 위해 장삼의 묘를 새롭게 단장하려 하오. 묘 앞에 비를 세우고 봉분도 새롭게 쌓되, 주변에 소나무와 대나무를 많이 심고 묘막도 새로 보수해주면 좋겠소."

태수가 즉시 일꾼들을 지휘해 삼 일 만에 산소를 새롭게 단장하고 나자 어사는 또 관청 하인에게 명령했다.

"소룡을 불러오너라."

이때 소룡은 형편이 점점 가난해져 인근 마을을 떠돌아다니며 걸식하고 있었는데, 어사는 그 말을 듣고 불쌍하게 여겨 변씨 모자를 두루 찾아 데려오게 했다. 변씨 모자가 관가에 이르러 당상을 우러러보니, 거기에 관복을 입은 해룡이 앉아 있었다. 이에 변씨 모자는 두려움에 덜덜 떨면서 오로지 땅에 엎드려 잘못을 빌기만 했다. 어사는 변씨 모자를 보고 매우 불쌍하게 여겨 직접 당 아래로 내려가 변씨 모자를 붙들어 올려 당상에 앉혔다. 어사가 그간 괴롭고 힘든 일을 물으며 좋은 말로 위로하니, 변씨 모자는 황공한 마음에 눈물을 비 오듯이 흘리며 쉽게 말을 잇지 못했다. 어사가 옛날 일을 조금도 마음에 두지 않고 따뜻하게 대하니, 변씨 모자는 이를 보고 매우 감격해 오직 자신들의 잘못을 후회하며 자책할 뿐이었다.

어사는 또 태수에게 돈 일만 관貫과 비단 일백 필疋을 청해 얻어 변씨 모자에게 주며 말했다.

"비록 약소하지만 십삼 년 동안 길러준 은혜를 이것으로 표하니, 이 고을에 살면서 매년 한 번씩 나를 찾아오도록 하라."

어사가 작별을 고하고 떠나니, 변씨 모자는 멀리까지 나와 어사를 전송하고 들어가 서로 어사의 도타운 덕을 기리어 말했다. 이후 변씨 모자는 남방의 갑부가 되었으며, 항상 어사의 어진 덕을 잊지 못해 만나는 사람에게마다 어사에 대해 말하니, 인근 마을 사람들 모두 어사를 공경해 우러러 사모했다.

한편, 어사는 서울로 가는 길에 뇌양현을 지나게 되었다. 어사가 뇌양현에 이르러 객사에 숙소를 정하고, 관가로 들어가 본관 사또와 인사를 나누었다. 어사와 사또는 서로 의기투합해 밤이 깊도록 이야기를 나누었으며, 밤이 깊은 뒤 어사는 사또에게 하직하고 객사로 돌아왔다.

어사는 자연히 이런저런 생각으로 잠을 이루지 못하다가 잠깐 졸았는데, 비몽사몽간에 어떤 백발노인이 눈앞에 나타나 길게 읍하고 말했다.

"그대가 비록 어린 나이에 과거에 급제한 영웅호걸로 명성이 온 세상에 가득하고 위엄을 천하에 떨쳤으나, 자기를 낳아준 부모를 곁에 두고도 찾지 않으니 평생 죄인이 되려 하느냐? 이는 정성이 부족해 자식의 도리를 차리지 못하는 것이니, 내가 그대를 위해 부끄러워하노라."

어사가 그 말을 듣고 슬픈 마음을 이기지 못해 노인을 붙잡고 다시 물으려는 순간 깨어나보니 침상일몽이었다. 매우 이상한 생각이 들어 다시 잠들지 못하고 본현本縣으로 들어가니, 사또가 당에서 내려와 영접했다. 서로 이야기를 나누던 중 어사가 문득 벽 위에 걸린 족자를 보게 되었는데, 그것이 자기가 갖고 있는 족자와 똑같았다. 어사가 자세히 보고 매우 의아해서 사또에게 물었다.

"족자의 그림이 무슨 내용이옵니까?"

사또가 탄식하며 말했다.

"노부가 늦게야 아들 하나를 낳았다가 난중에 잃은 지 십팔 년이 되었으나, 아직까지 아들의 생사를 몰라 밤낮으로 괴로워했소. 그런데 마침 어떤 이인異人이 제 마음을 알고 저 그림을 그려주기에 걸어두었다오."

어사가 그 말을 듣고 즉시 비단 주머니에서 족자 하나를 꺼내 벽에 걸었다. 사또가 보니 두 족자가 조금도 다름없이 완전히 똑같았다. 사또와 어사는 서로 괴이하게 여기고 또 이상하게 여겼으나, 뚜렷한 표적이 없어 서로 말을 꺼내지 못하고 주저했다. 그러다 사또가 어사에게 물었다.

"그 족자를 어디서 구하셨소? 매우 이상하고 괴이한 일이 있으니, 조금도 속이지 말고 자세히 말해주시오. 그냥 넘어가서는 안 될 일이 있으니, 순서가 틀리거나 앞뒤가 어그러지지 않게 일러주시오."

어사 또한 신기해하며 족자를 얻은 자초지종을 일일이 고하고 금령의 조화로 입신양명해 귀하게 된 일과 나중에 금령이 족자를 주고 어디론가 사라진 사연을 낱낱이 아뢰었다. 사또가 그 말을 듣고 어린 듯 취한 듯 어쩔 줄 모르다가 목멘 소리로 말했다.

"나도 금령에 대해 할말이 있다오. 이 족자도 금령이 물어온 것이오. 금령이 이 족자를 물어다놓고 사라져 여러 해 동안 보지 못했는데, 얼마 전에 돌아와 허물을 벗고 나니 온갖 아름다운 자태를 갖춘 만고의 미인이었소."

사또가 또 말했다.

"내 아이는 등에 북두칠성처럼 생긴 사마귀가 일곱 개 있는데, 이것으로 그대가 내 아들인지 아닌지 알 수 있을 것이오."

어사가 그 말을 듣고 실성통곡하니, 사또 또한 통곡하기를 그치지 않았다. 이 일을 전해 들은 부인이 달려와 어사를 끌어안고 세 사람이 일시에 어우러져 통곡하니, 어찌 슬프고 기이하지 않겠는가? 해와 달이 빛을 잃고 산천초목이 다 슬퍼하는 듯했다. 또한 온 고을 사람들이 그 소식을 듣고 모두 신기하고 이상하게 여겼다.

어사가 울음을 그치고 무릎을 꿇어 아뢰었다.

"소자가 정성이 부족해 이제야 부모님을 만나 뵈오니, 그 죄는 만 번 죽어도 아깝지 아니하옵니다. 그러나 또한 하늘이 우리를 보살피시어 금령에게 지시해 이렇게 만나게 되었나이다."

이어서 어사가 전후 사연을 낱낱이 아뢰고 말했다.

"이제 금령이 본래 모습으로 돌아왔다고 하니, 소자가 한번 보고자 하나이다."

공과 부인이 그제야 정신을 차리고 말했다.

"오늘처럼 기쁘고 즐거우며 신기한 일은 천만고에 처음 보고 들은 것이로다. 네가 이제 금령을 보고자 하는 것이 이상한 일은 아니나, 이는 여자의 예의와 남자의 도리에 어긋나는 일이니, 훗날을 기약하는 것이 좋겠구나."

어사 또한 그렇게 여겨 이 사연을 자세히 글로 적어 급히 서울에 계신 임금께 보고했다.

금령소저와 위왕의 결혼

이때 임금은 어사를 보내놓고 밤낮으로 소식을 기다렸는데, 문득 어사가 보낸 글월이 올라왔다. 급히 떼어서 보고 크게 기뻐하며 말씀하셨다.

"위왕이 천하를 두루 돌아다니다 부모와 금령을 찾았으며, 또한 금령이 본래의 모습을 되찾아 절세미인이 되었다는구나. 이는 사람의 힘으로는 절대 할 수 없는 일이요, 반드시 하늘이 지시한 것이로다."

임금이 내전으로 들어가 이 사실을 말하니, 황후와 공주도 매우 기뻐했다. 또한 공주는 임금께 아뢰었다.

"금령은 하늘이 내리신 것이라, 하늘과 백성의 뜻에 순응하지 않는다면 반드시 은혜를 저버린 재앙을 받을 것이옵니다. 이제 부황과 모후께서 금령의 혼인을 주재하시어 그 공과 은혜를 갚는 것이 옳을까 하나이다."

임금이 공주의 말을 옳게 여겨 궁녀 수백 명을 불러모으고 황문시랑[1]에게 명했다.

"위의를 갖추고 행장을 준비해 오늘 바로 떠나라."

또한 임금은 금령을 황후의 양녀로 삼되 금령공주라 칭한다는 직첩[2]을 친필로 쓰고 명했다.

"빨리 출발하라."

이어서 막씨를 대절지효부인大節至孝夫人에 봉하고, 장공 부부는 마음이 곧은 원나라 충신이기에 벼슬을 내려도 받지 않을 것이라며 위왕에게 하교하셨다.

"경이 내 뜻을 전해 각별히 위로하도록 해라."

이때 황문시랑과 수백 명의 궁녀가 위의를 갖추고 출발해, 여러 날 만에 뇌양현에 도착했다. 사또에게 임금의 뜻을 전하며 직첩을 드린 뒤 곧바로 막씨의 처소로 가니, 막씨가 크게 놀라 허둥지둥하며 어찌할 줄 몰라했다. 그러나 금령공주는 기미를 알아채고 모친께 나아가 공손하게 아뢰었다.

"저기 오는 일행이 우리 집으로 올 것이니, 모친은 정당正堂에 자리를 잡고 가만히 앉아 있으소서. 그렇지 않으면 남들이 비웃을 것이옵니다."

공주가 말을 마치기도 전에 상궁과 시녀들이 먼저 명첩名帖을 올리고 집 안으로 들어와 안부를 묻고 공주와 부인에게 각각 직첩을 드렸다. 공주가 향안香案을 배설해 직첩을 받들고 북향사배하니, 시녀들이 쌍쌍이 들어와 예를 올리고 상궁이 공주와 부인을 바삐 모셔오라는 황명을 전했다. 공주와 부인은 지체할 수 없음을 알고 즉시 금덩[3]에 올라 집을 하직하고 길을 떠났는데, 지나가는 도로마다 말로 표현하기 어려울 정도로 위의가 거룩했다. 장공 부부 또한 위왕의 호위를 받으며 서울로 향했는데, 도로에서 이들 행차를 구경하는 사람들이 모두 칭찬하며 부러워

1) 황문시랑(黃門侍郞): 내시(內侍) 가운데서 두번째로 높은 자.
2) 직첩(職牒): 조정에서 내리는 벼슬아치의 임명장.
3) 금덩(金-): 황금으로 호화롭게 장식한 가마.

했다.

일행은 여러 날 만에 서울에 이르러 곧바로 궁궐로 들어갔다. 위왕 부자는 천자께 사은하고 금령공주 모녀와 가부인은 궁궐 안으로 들어가 황후께 알현하니, 천자와 황후가 금선공주와 함께 이들을 반겨 맞이하며 칭찬을 아끼지 않았다. 특히 금령공주의 손을 잡고 그녀의 아름다운 풍모에 매우 만족하며 기뻐했다. 금선공주와 금령공주는 서로 상대방의 아름다운 용모와 바르고 침착한 자태를 못내 흠모하며 손을 잡고 매우 기뻐했는데, 그 태도와 마음이 친자매와 조금도 다름없었다.

위왕 일행이 알현을 마치자 임금께서 하교하셨다.

"예부는 위왕과 금령공주의 혼례를 주관하고, 호부는 잔치를 베풀라."

혼례를 올릴 때 임금이 친히 황극전으로 나가 부마를 영접하고 하례를 받으니, 고금에 이런 영화는 찾아보기 어려웠다.

위왕이 혼례복을 갖추어 입고 내전으로 들어가 금령공주와 맞절을 하고 돌아왔는데, 금선공주도 처음 시부모를 뵙는 날이라 함께 따라갔다. 두 공주가 나란히 들어가 먼저 장공 부부에게 예물을 바치고 절을 올린 다음 자리에 앉으니, 그 빼어나고 아름다운 태도가 온 자리를 밝게 비춰 눈이 부셨다. 이에 장공 부부는 물론 그 자리에 참석한 여러 부인네와 존객들이 두 공주의 아름다움을 칭찬하며 더없이 기뻐했다. 또 두 공주가 위왕과 함께 임금과 황후께 알현하니, 임금과 황후께서도 두 공주의 화려한 태도와 아름다운 색덕色德에 놀라움을 금치 못하셨다.

잔치에 참석한 사람들이 모두 매우 기뻐하며 종일토록 즐기다가 날이 저물어서야 각각 집으로 돌아갔다. 이에 시녀가 촛불을 잡고 위왕을 인도해 금령공주의 방으로 안내하니, 신랑과 신부가 첫날밤의 예를 갖췄다. 두 사람은 옛날 일을 이야기하다 밤이 깊어지자 촛불을 끄고 잠자리에 들었다. 왕이 공주의 고운 손을 이끌고 침상에 나아가니, 서로 사랑하는 마음이 산처럼 높고 바다처럼 넓어서 비할 데가 없었다.

위왕과 두 왕비가 함께 승천하다

다음날 이른 아침에 두 공주가 나란히 시부모님께 나아가 문안을 올리니, 장공 부부가 두 공주를 매우 애지중지하며 각각의 처소를 정해주었다. 금선공주는 응운각에 거처하게 하고 금령공주는 호월각에 거처하게 했으며, 상궁과 시녀들에게도 각각 처소를 정해주었다. 위왕은 밤에는 두 공주와 어울려 즐기고 낮에는 부모를 모시고 즐겼는데, 이때 막부인도 그 자리에 있으면서 함께 즐겼다. 이렇듯 부귀영화를 누리는 동안 세월은 유수처럼 흘러갔는데, 즐거운 일이 다하면 슬픈 일이 닥쳐오는 것은 옛날이나 지금이나 항상 있던 일이었다.

장공은 갑자기 병이 들었는데 백약이 무효하니, 위왕이 지성으로 구호했다. 그러나 끝내 자리에서 일어나지 못하고 마침내 세상을 이별하니, 이때 공의 나이는 일흔여섯 살이었다. 자녀들이 그지없이 애통해하니, 그 슬픔을 어찌 다 기록할 수 있겠는가? 장례를 극진하게 치러 선산에 안장하고 돌아와 삼년상을 지성으로 지냈는데, 갑자기 가부인이 잇따라 돌아가셨다. 위왕은 또다시 천붕지통을 당해 매우 슬퍼하다가 선산에 합장하고 삼년상을 극진하게 지냈다. 그런데 얼마 뒤 막부인 또한 돌아가시니, 위왕이 상례를 극진하게 치르고 새로운 산소를 구해 그곳에 안장했다.

이후 위왕의 복록이 더욱 빛나고, 자손들 또한 번성해 온 집 안을 가득 메웠다. 금선공주는 일남이녀를 두고 금령공주는 이남일녀를 두었는데, 모두 부모의 풍모와 자태를 타고나 아들들은 옥인군자玉人君子요, 딸들은 요조숙녀였다. 장자 몽진은 금령공주의 소생이요, 차자 몽환은 금선공주의 소생이며, 삼자 몽기는 금령공주의 소생이었다.

장자 몽진은 이부상서가 되었고, 차자 몽환은 병마도총도위가 되었으며, 삼자 몽기는 한림학사가 되어 각자의 소임을 다했다. 세 명의 딸은 각각 공문거족公門巨族의 옥인군자를 남편으로 맞이해 화기애애하고 태평하게 지냈으며, 아들과 딸들을 낳아 자손이 번성하고 복록이 풍성해 더이상 바랄 것이 없었다.

그러던 어느 날 위왕이 후원에서 두 부인과 더불어 한가롭게 노닐고 있는데, 문득 오색구름이 어리고 뇌성벽력이 진동했다. 위왕이 이상하게 여겨 후원 밖으로 나오려는 순간, 공중에서 한 신선이 상운祥雲을 타고 내려와 세 사람 모두 구름 위로 오르라 했다. 이에 위왕과 두 부인이 함께 구름 위로 올라가 일시에 백일승천白日昇天했다.

자녀들은 위왕이 오래도록 돌아오지 않는 것을 이상하게 여겨 즉시 후원으로 가보니, 부왕父王과 두 모비母妃는 간데없고 후원의 풍광과 물색은 예전과 다름없었다. 어쩔 수 없이 세 분을 선산에 허장[1]하고 아침저녁으로 제사를 극진하게 모셨으며, 그 자손들은 대대로 복록을 누렸다.

1) 허장(虛葬): 오랫동안 생사를 모르거나 시체를 찾지 못하는 경우 시체 없이 그 사람의 옷가지나 유품으로써 장례를 치름. 또는 그 장례.

이후의 일은 별전別傳에 있기에 위왕의 사적만 대강 기록해 전하니, 나머지는 찾아서 읽어보기 바라노라.

| 원본 |

박씨전

이상공의 아들 시백과 박처사의 딸이 정혼하다

각셜(却說).[1] 됴션국(朝鮮國) 셰됴ᄃᆡ왕(世祖大王)[2] 즉위(卽位) 초(初)의 ᄒᆞᆫ양셩(漢陽城) ᄂᆡ(內)의 ᄒᆞᆫ ᄌᆡ상(宰相)이 잇시되, 승(姓)은 니(李)요 명(名)은 득츈(得春)[3]이라. 어려셔부터 ᄒᆞᆨ업(學業)을 심씨던니 십 셰 젼(前)의 문필(文筆)과 ᄌᆡ덕(才德)이 일국(一國)의 뉴명(有名)ᄒᆞ고, 지인지감(知人之鑑)[4]이 과인(過人)ᄒᆞ기로 쇼년등과(少年登科)ᄒᆞ여 벼살니 일품(一品)의 잇셔 국ᄉᆞ(國事)을 츙셩(忠誠)으로 셤기고 만민(萬民)을

1) 각설(却說): 말이나 글 따위에서, 이제까지 다루던 내용을 그만두고 화제를 돌릴 때 쓰는 말. 여기에서는 이야기를 시작하는 단계이기 때문에 '고소설에서 이야기를 시작할 때 쓰던 말'인 '화설(話說)'을 쓰는 것이 적절하다. [교감] 명월부인젼 '화셜'. 손낙범본 '화셜'.

2) [교감] 됴션국 셰됴ᄃᆡ왕: 명월부인젼 '됴션국 닌됴ᄃᆡ왕'. 융희본 '아동방 션죠ᄃᆡ왕'. 고대본 '대명 슝정년간'.

3) 이득춘(李得春): 조선 후기 고령 출신의 문신이자 의병. 임진왜란 때 의병을 일으켜 전공을 세웠으며, 전란이 끝난 뒤에는 은첨지중추부사(恩僉知中樞府事)에 올랐다. 작품에서는 이시백의 아버지로 나오나, 이시백의 실제 아버지는 1623년 김류(金瑬)와 함께 광해군을 폐하고 선조의 손자 능양군(綾陽君)을 추대해 연평부원군(延平府院君)에 봉해졌던 이귀(李貴, 1557~1633)다.

4) 지인지감(知人之鑑): 사람을 잘 알아보는 능력.

인(仁)으로 다ᄉᆞ리니, 위염(威嚴)과 명망(名望)니 ᄉᆞᄒᆡ(四海)의 진동(振動)ᄒᆞ더라.

어질고 혼후ᄒᆞ신[5] 덕(德)으로 일ᄌᆞ(一子)을 두엇신니 일홈은 시ᄇᆡᆨ(時白)[6]니라. ᄌᆡ됴 민쳡(敏捷)ᄒᆞ고 풍ᄎᆡ(風采)와 문필니 일국의 졔일(第一)니요, 겸(兼)ᄒᆞ여 슐법(術法)과 겸인지슐(兼人之術)[7]니 잇시니, ᄉᆞᆼ공(相公)[8]니 금옥(金玉)갓치 ᄉᆞ랑ᄒᆞ시며 뉘 아니 칭찬(稱讚)ᄒᆞ리요. 이럼으로 명망니 됴졍(朝廷)의 ᄌᆞᄌᆞ(藉藉)ᄒᆞ더라.[9]

각셜. ᄉᆞᆼ공니 바독 두기와 통쇼(洞簫) 불기을 평ᄉᆡᆼ(平生) 됴와ᄒᆞ되, 압두(壓頭)ᄒᆞᆯ ᄉᆞ람니 업셔 ᄆᆡ양(每樣) 젹요(寂寥)ᄒᆞᆫ ᄶᆡ면 월ᄉᆡᆨ(月色)을 ᄃᆡ(對)ᄒᆞ여 옥쇼(玉簫)을 불직[10] 쇼화무궁(造化無窮)ᄒᆞ여 화계(花階)[11]의 피엿던 ᄭᅩᆺ지 통소 소ᄅᆡ을 응(應)ᄒᆞ여 졀노 ᄯᅥ러지이, 니갓튼 ᄌᆡ죠 일국의 졔일(第一)이라.

상공니 항ᄉᆞᆼ(恒常) 바독과 통소 부난 젹슈(敵手)를 웃지 못ᄒᆞ여[12]

5) 혼후ᄒᆞ신: '온후(溫厚)ᄒᆞ신'의 오기.

6) 이시백(李時白, 1581~1660): 조선시대의 문신. 인조반정 때 공을 세워 연양부원군(延陽府院君)에 봉해졌으며, 병자호란 때 병조판서로 남한산성을 지켰고, 효종 1년(1650)에 영의정에 올랐다.

7) 겸인지술(兼人之術): 혼자서 능히 몇 사람을 당해낼 만한 꾀. [교감] 명월부인젼 '겸인지용'. 융희본 '겸인지용'.

8) 상공(相公): '재상(宰相)'을 높여 이르던 말. 재상은 임금을 돕고 모든 관원을 지휘하고 감독하는 일을 맡아 보던 2품 이상의 벼슬이다.

9) [교감] ᄌᆡ됴 민쳡ᄒᆞ고~됴졍의 ᄌᆞᄌᆞᄒᆞ더라: 손낙범본 '총명이 과인ᄒᆞ며 얼골은 관옥 갓고 문장은 리두를 압두ᄒᆞ고 필법은 황희지를 비길너라. 이 ᄀᆞᆺ튼 사ᄅᆞᆷ으로 아동방 명인이 될 인ᄌᆡ를 품은 고로 오셰 젼붓터 학업을 심써 ᄉᆞ셔삼경 ᄇᆡᆨ가셔를 무불통지헐 ᄲᅮᆫ더러 ᄯᅩᄒᆞᆫ 슐법이 유명ᄒᆞ고 겸인지용을 가져쓴니 상공이 사랑ᄒᆞ시ᄆᆡ 뉘 안이 칭찬ᄒᆞ리요'.

10) [교감] 불직: 명월부인젼 '분즉'. 융희본 '부르면'.

11) 화계(花階): 집 뜰에 층계 모양으로 단(段)을 만들고 거기에 꽃을 심어 꽃의 계단처럼 만든 시설.

12) [교감] 젹슈를 웃지 못ᄒᆞ여: 손낙범본 '압두ᄒᆞᆯ 사ᄅᆞᆷ이 업스ᄆᆡ'.

원(怨)니 되야쩌니,[13] 일일(一日)은 엇더한 사람니 폐의파관(敝衣破冠)[14]으로 모양(模樣) 츄비(醜卑)ᄒᆞ게 ᄒᆞ고 와 일야간(一夜間) 유속(留宿)[15]을 쳥(請)ᄒᆞ거날, 자셔니 본즉 의관(衣冠)은 비록 남누(襤褸)ᄒᆞᄂᆞ 위인(爲人)니 비범(非凡)ᄒᆞ여 걸인(乞人)과 다른지라. 공(公)의 명감(明鑑)으로 도인(道人)을 웃지 모로이요? ᄒᆞᆫ번 보ᄆᆡ ᄂᆡ염(內念)의 ᄉᆡᆼ각ᄒᆞ되,

'져 ᄉᆞ람이 본(本)니[16] 쳔인(賤人) 갓트면 당돌(唐突)니 당(堂)의 올으기을 쳥(請)ᄒᆞ이요?'

분명 범인(凡人)니 안인 쥴 알고 왈(曰),

"엇더ᄒᆞᆫ 귀ᄀᆡᆨ(貴客)이신지 모로건니와 웃지ᄒᆞ여 누지(陋地)의 왕임(枉臨)ᄒᆞ신잇가?"

ᄒᆞ며 올으기를 쳥ᄒᆞ니, 예필좌정(禮畢坐定)[17] 후(後)의 셩명(姓名)을 통(通)할 ᄉᆡ, 그 ᄉᆞ람이 가로ᄃᆡ,

"비인(鄙人)[18]이 본ᄃᆡ 무가ᄀᆡᆨ(無家客)[19]이라. 명산ᄃᆡ찰(名山大刹)을 ᄎᆞ져단니며 미록(麋鹿)[20]으로 벗을 삼아 셰월(歲月)을 보ᄂᆡ던니, 지금은 연만(年晩)ᄒᆞ여 강산(江山)을 편뎐(遍轉)[21]치 못ᄒᆞ와 ᄒᆞᆫ갓 금강산(金剛山)의 쥬졈(住店)[22]ᄒᆞ여 쥭기만 바라압고, 셰상(世上) ᄉᆞ람덜니 불으기을 쳐ᄉᆞ(處士)라 ᄒᆞᄂᆞ니다."

ᄒᆞ거늘, 상공니 그 언어(言語) 정직(正直)ᄒᆞ물 듯고 쾌(快)이 신인(神

13) [교감] 원니 되야쩌니: 융희본 '근심ᄒᆞ더니'.
14) 폐의파관(敝衣破冠): 해진 옷과 부서진 갓이라는 뜻으로, 너절하고 구차한 차림새를 이르는 말. [교감] 고대본 '갈근야복'. 융희본 '폐의페관'.
15) [교감] 유속: 명월부인젼 '유슉'. 손낙범본 '유슉'. 융희본 '유슉'.
16) [교감] 본니: 명월부인젼 '본니'. 융희본 '근본'.
17) 예필좌정(禮畢坐定): 인사를 끝마치고 자리를 잡아 앉음.
18) 비인(鄙人): 비루한 사람이라는 뜻으로, 남자가 자기를 낮추어 이르는 말.
19) 무가객(無家客): 집 없는 나그네.
20) 미록(麋鹿): 고라니와 사슴.
21) [교감] 편뎐: 명월부인젼 '편답'. 손낙범본 '편답'. 융희본 '편답'.
22) [교감] 쥬졈: 명월부인젼 '듀졈'. 융희본 '유졈'.

人)[23]인 쥴 알고 그제야 염실ᄃᆡ좌(斂膝對坐)[24]ᄒᆞ여 공경(恭敬) ᄃᆡ왈(對曰),

"져려ᄒᆞ신 귀ᄀᆡᆨ이 엇지 진셰(塵世)의 날 갓튼 사람을 ᄎᆞ져온신잇가?"

쳐ᄉᆞ ᄃᆡ왈,

"ᄂᆞ는 산즁(山中)의 쳐(處)ᄒᆞ여 바독 두기를 죠와ᄒᆞ고 통소 불기를 죠와ᄒᆞ오ᄂᆞ 젹슈 읍셔 한(恨)ᄒᆞ옵더니, 풍평(風便)[25]의 듯ᄌᆞ오니 상공 계오셔 날과 갓치 바독과 통소을 죠와ᄒᆞ신다 ᄒᆞ옵기 귀경코져 왓ᄂᆞ이다."

ᄒᆞ니 ᄉᆞᆼ공니 들어ᄆᆡ, 평상(平常)[26]의 젹슈를 엇지 못ᄒᆞ여 ᄒᆞᆫ탄(恨歎)ᄒᆞ던니 반가와 공경 ᄃᆡ왈,

"션경(仙境)과 인간(人間)니 달으나 우연(偶然)니 ᄎᆞ져와 계신니 반갑기 칭양(稱揚)치 못ᄒᆞ건이와, 통소 불기야 엇지 션인(仙人)의 곡죠(曲調)를 ᄯᆞᆯ려[27] 화답(和答)ᄒᆞ올잇가? 용열(庸劣)ᄒᆞ오ᄂᆞ 존ᄀᆡᆨ(尊客)의 가르치심를 ᄇᆡ올가ᄒᆞ와 쥬인(主人)니 먼져 불게ᄉᆞ오니 화답ᄒᆞ옵소셔."

ᄒᆞ고 ᄒᆞᆫ 곡죠을 분니, 쳥아(淸雅)ᄒᆞᆫ 소ᄅᆡ 구룸 박긔 써나ᄂᆞᆫ 듯ᄒᆞᆫ지라.[28] 그 쇼ᄅᆡ 쏫ᄒᆡ 챵(窓) 압희 모란화 쏫치 송송송송[29] 써러져 화계(花階) 우의 가득ᄒᆞ거날, 쳐사 그 거동(擧動)을 보고 칭찬(稱讚)험을 마지아니ᄒᆞ다가 왈,

"쥬인의 쳥아ᄒᆞᆫ 곡조을 듯삽고 ᄀᆡᆨ(客)이 화답을 안니ᄒᆞ오면 인ᄉᆞ(人

23) [교감] 신인: 명월부인젼 '산인'. 손낙범본 '산인'. 융희본 '션인'.
24) 염슬대좌(斂膝對坐): 무릎을 단정하게 모으고 마주앉음.
25) [교감] 풍평: 명월부인젼 '풍편'. 융희본 '풍편'.
26) [교감] 평상: 명월부인젼 '평싱'.
27) [교감] ᄯᆞᆯ려: 명월부인젼 '짜라'. 융희본 '짜라'.
28) [교감] 쳥아ᄒᆞᆫ 소ᄅᆡ~써나ᄂᆞᆫ 듯ᄒᆞᆫ지라: 명월부인젼 '쳥텬에 써가든 기럭기가 멈치어지며 쳥아ᄒᆞᆫ 소ᄅᆡ 구름 밧긔셔 나ᄂᆞᆫ 듯ᄒᆞᆫ지라'.
29) [교감] 송송송송: 명월부인젼 '슝이슝이'. 손낙범본 '숑이숑이'. 융희본 '숑이숑이'.

事) 불민(不敏)ᄒᆞ여이다."

ᄒᆞ고 그 통소를 달나 ᄒᆞ여 두어 곡죠를 화답ᄒᆞ니, 그 소ᄅᆡ 가장 쳥아ᄒᆞ여 쳥쳔(靑天)의 나러가난 쳥학(靑鶴) ᄇᆡᆨ학(白鶴)니 그 소ᄅᆡ을 듯고 츔을 츄며 션동(仙童)니 나려와 압희셔 넘노난 듯ᄒᆞ던니, 소ᄅᆡ ᄭᅳᆫ쳐지며 창젼(窓前) ᄯᅥ러졋던 모란화 잠시의[30] 다시 피여 작작(灼灼)ᄒᆞᆫ지라. 공니 니 거동을 보고 대ᄎᆞᆫ불니(大讚不已)[31] 왈,

"나난 용둔(庸鈍)ᄒᆞᆫ ᄌᆡ쥬로되 셰상 ᄉᆞ람이 칭ᄎᆞᆫ 안니ᄒᆞ리 읍더니, 션인의 곡죠을 듯ᄒᆞ오니 옛날 장ᄌᆞ방[32]의 곡죠로도 밋지 못ᄒᆞ리라."

ᄒᆞ고 삼열(森悅)[33]ᄒᆞ더니,[34] 일일은 쳐ᄉᆞ ᄉᆞᆼ공게 쳥(請)ᄒᆞ여 왈,

"듯사오니 상공계옵셔 귀ᄌᆞ(貴子)를 두워계시다 ᄒᆞ오니, ᄒᆞᆫ번 보기을 쳥ᄒᆞ나니다."

ᄒᆞ거날, ᄉᆞᆼ공니 즉시 허락(許諾)ᄒᆞ고 아자(兒子) 시ᄇᆡᆨ을 부르시니 ᄇᆡᆨ이 승명(承命)ᄒᆞ고 나와본니, 그날 쳐ᄉᆞ ᄌᆞ상(仔詳)이 본즉 만고영웅

30) [교감] 잠시의: 명월부인젼 '삽시간에'.
31) 대찬불이(大讚不已): 크게 칭찬하기를 그치지 아니함.
32) 장자방(張子房): 중국 한나라의 공신인 장량(張良, ?~BC 186)의 자(字). 한나라 귀족의 아들로 태어나 한을 멸망시킨 진시황(秦始皇)을 박랑사(博浪沙)에서 저격하려다 실패했으나, 뒤에 유방(劉邦)이 항우(項羽)를 물리치고 천하를 통일하는 데 크게 기여했으며, 한신(韓信)·소하(蕭何)와 함께 한나라 창업의 3걸(三傑)로 꼽힌다. 초패왕 항우가 계명산(鷄鳴山)에 주둔하고 있을 때 장자방이 옥통소 사향가(思鄕歌)를 불어 초나라의 8천 군사를 흩어지게 했다고 한다.
33) 삼열(森悅): 나무가 무성한 것처럼 매우 기뻐한다는 뜻.
34) [교감] 나난 용둔ᄒᆞᆫ~ᄒᆞ고 삼열ᄒᆞ더니: 명월부인젼 '날 갓튼 용둔ᄒᆞᆫ ᄌᆡ죠도 셰상 사ᄅᆞᆷ드리 층찬 안이ᄒᆞ리 업스며 ᄂᆡ의 통소난 부러셔 ᄭᅩᆺ숑이만 ᄯᅥ러지던이 션인의 통소 소ᄅᆡ는 봉황이 나라들고 낙화 다시 만발ᄒᆞ니 옛날 장ᄌᆞ방의 곡죠라도 비ᄒᆞ지 못ᄒᆞ것나이다 ᄒᆞ고 인ᄒᆞ야 셔로 주ᄌᆡᆨ이 되야 바돌과 통소로 화답ᄒᆞ야 소일ᄒᆞ던이'. 손낙범본 '날 ᄀᆞᆺ튼 용둔ᄒᆞᆫ ᄌᆡ됴도 셰상 사ᄅᆞᆷ들리 칭찬 안이ᄒᆞᆯ리 없스며 내 동쇼ᄂᆞᆫ 불러 다만 ᄭᅩᆺ숑이만 ᄯᅥ러지더니 션인의 통쇼ᄂᆞᆫ 봉황이 내의ᄒᆞ고 낙화가 다시 ᄑᆡ오니 녯날 장ᄌᆞ방 곡죠도 비치 못ᄒᆞ겟ᄂᆞᆫ지라 ᄒᆞ고 못ᄂᆡ ᄃᆡ찬불이ᄒᆞ고 ᄯᅩᄒᆞᆫ 경ᄃᆡᄒᆞ더라. 그러구러 여러 날리나 쥬ᄌᆡᆨ이 되ᄆᆡ 셔로 바둑과 옥쇼 화답ᄒᆞ기를 쇼일ᄒᆞ더니'. 융희본 '날 갓튼 용둔ᄒᆞᆫ ᄌᆡ죠라도 셰상 사람이 보고 층찬 안니허리 업스며 내 통쇼ᄂᆞᆫ 불러 다만 ᄭᅩᆺ숑이만 ᄯᅥ러지더니 션인에 통쇼ᄂᆞᆫ 봉황이 ᄂᆡ의ᄒᆞ고 낙화가 부발ᄒᆞ오니 녯날 장ᄌᆞ방에 곡죠도 비치 못ᄒᆞ짓ᄂᆞᆫ이다 ᄒᆞ고 못ᄂᆡ ᄃᆡ찬불이ᄒᆞ고 ᄯᅩ한 경대ᄒᆞ더라. 그런고로 여러 날이나 쥬ᄌᆡᆨ이 되ᄆᆡ 셔로 바둑과 옥쇼 화답허기을 쇼일ᄒᆞ더니'.

(萬古英雄)이요 일딕호걸(一代豪傑)이라. 쏘ᄒᆞᆫ 죠션(朝鮮) 명문[35]을 싱각ᄒᆞᆫ니 진실로 일후(日後)의 츌장입상(出將入相)ᄒᆞ여 일국지상(一國宰相)니 될 거시요, 긔상(氣象)이 은은이 낫탄ᄒᆞᆫ니 안마음의 깃붐을 이기지 못ᄒᆞ여 즉시 상공게 쳥ᄒᆞ여 왈,

"비인이 상공을 ᄎᆞ져온 바는 달음 아니라 상공게 ᄒᆞᆫ 말삼 부탁고져 왓ᄂᆞ이다."

공이 딕왈,

"무삼 일니온지 듯고져 ᄒᆞ노라."[36]

쳐ᄉᆞ 왈

"비인이 일여(一女)을 두엇시되 연광(年光)이 이팔(二八)이 되도록 가연(佳緣)을 정(定)치 못ᄒᆞ여 쥬류쳔하(周流天下)ᄒᆞ여 단다가[37] 다힝(多幸)이 죤문(尊門)의 이르러 귀자을 보오니 마음의 합당(合當)ᄒᆞᆫ지라. 여식(女息)이 ᄌᆡ둔질박(才鈍質朴)ᄒᆞ온ᄂᆞ 족(足)히 존문의 용납(容納)할 만ᄒᆞ오니, 외람(猥濫)ᄒᆞ오ᄂᆞ 쳥혼(請婚)ᄒᆞ오니 마암의 엇더ᄒᆞ온잇가?"

ᄒᆞ거늘, 공니 싱각ᄒᆞᆫ즉,

'쳐ᄉᆞ의 도덕(道德)이 져러할진된 그 ᄌᆞ식(子息)이야 쏘ᄒᆞᆫ 민쳡지 아니ᄒᆞ리요?'

ᄒᆞ고 왈,

"죤긱은 션인이요 나는 진셰간(塵世間) 인물(人物)이라. 엇지 인간 인물노 션인과 허혼(許婚)[38]허올잇가?"

ᄒᆞᆫ딕, 쳐ᄉᆞ 딕왈,

---

35) [교감] 명문: 명월부인젼 '명분'. 손낙범본 '명분'. 융희본 '명분'.
36) [교감] 무삼 일니온지 듯고져 ᄒᆞ노라: 명월부인젼 '무삼 말삼을 부탁고져 왓논잇가'. 융희본 '무삼 말삼을 부탁고져 ᄒᆞ난잇가'.
37) 단다가: '단니다가'의 오기.
38) [교감] 허혼: 명월부인젼 '의혼'. 융희본 '혼인'.

"상공은 아국(我國) 일품이요 나난 미쳔(微賤)ᄒᆞᆫ 인물이니 귀ᄃᆡᆨ(貴宅)의 쳥혼ᄒᆞ미 극히 불안(不安)ᄒᆞ온나,[39] 발이지 안니ᄒᆞ시면 ᄒᆞᆫ(恨)이 읍실 듯ᄒᆞ와이다."

공이 깃거 즉시 허락(許諾)ᄒᆞ시니, 쳐ᄉᆞ 쏘ᄒᆞᆫ 깃거 혼인날을 갈의니 삼월(三月) 망간(望間)이라. 혼인날을 완졍(完定)ᄒᆞ고 쥬찬(酒饌)을 ᄂᆡ여 셔로 권(勸)ᄒᆞ며 쳥풍누상(淸風樓上)의 바독 두기와 명월ᄉᆞ창(明月紗窓)의 통소 불기을 누일(累日) 셔로 질기더니, 일일은 쳐ᄉᆞ 작별(作別)을 고(告)ᄒᆞ니, 못ᄂᆡ 셔로 창연(悵然)ᄒᆞᄂᆞ 부득이 분슈상별(分手相別)[40]ᄒᆞ니 쳐ᄉᆞ 산즁(山中)으로 드러간니라.

잇ᄯᆡ 상공이 졔족(諸族)[41]을 모와 쳐ᄉᆞ의 여식(女息)과 졍혼(定婚)ᄒᆞᆫ 일을 셜화(說話)ᄒᆞ니, 부닌(夫人)과 졔족이 의아(疑訝)ᄒᆞ여 왈,

"츌쳐(出處)도 아지 못ᄒᆞ고 졔족도 모로고[42] 경션이 허락ᄒᆞ시니 실노 고이(怪異)ᄒᆞ여이다."

ᄒᆞ고 의논(議論)이 분분(紛紛)ᄒᆞ거늘, 공이 웃고 왈

"ᄂᆡ 들으니 박쳐ᄉᆞ(朴處士) ᄯᆞᆯ이 효덕(孝德)과 지식(知識)이 겸비(兼備)ᄒᆞ기로[43] 허혼(許婚)ᄒᆞ엿노라. 졔족은 부질읍시 시비(是非) 말ᄂᆞ."

ᄒᆞ더라.

---

39) [교감] 귀ᄃᆡᆨ의 쳥혼ᄒᆞ미 극히 불안ᄒᆞ온나: 명월부인젼 '미쳔헌 인물리 귀ᄃᆡᆨ과 의혼ᄒᆞ미 오히려 극히 불가ᄒᆞ오나'. 융희본 '귀ᄯᆡᆨ의 의혼홈이 극히 블가ᄒᆞ오나'.

40) 분수상별(分手相別): 서로 작별함.

41) 제족(諸族): 일문(一門)의 여러 겨레붙이.

42) [교감] 츌쳐도 아지 못ᄒᆞ고 졔족도 모로고: 명월부인젼 '혼인은 인간ᄃᆡᄉᆞ요 일윤의 지즁ᄒᆞᆫ 지라 엇지 ᄌᆡ상가의셔 그 ᄉᆞ람의 근본도 모로고'. 융희본 '혼인ᄂᆞᆫ 인륜ᄃᆡᄉᆞ라 웃지 ᄌᆡ상가에셔 그 사룸에 근본과 츌쳐도 몰를 쑨더러 졔족도 모로계'.

43) [교감] 박쳐ᄉᆞ ᄯᆞᆯ이 효덕과 지식이 겸비ᄒᆞ기로: 명월부인젼 '쳐ᄉᆞ에 ᄌᆡ덕이 겸비ᄒᆞ다 ᄒᆞ기로'. 융희본 '박쳐ᄉᆞ의 여식이 ᄌᆡ덕이 금셰의 유명ᄒᆞ기로'.

시백이 외모가 추비한 박씨와 혼례를 올리다

각셜. 잇ᄯᅵ 혼일(婚日)이 임박(臨迫)ᄒᆞ미 혼구(婚具)을 찰난ᄒᆞ게 ᄎᆞ려 노복(奴僕) 등을 거날리고 질을 ᄯᅥ날 ᄉᆡ, 공이 위직[1]이 되야 금안쥰마(金鞍駿馬)[2]의 죠복(朝服)[3]을 가츄오고 길을 ᄯᅥᄂᆞ 금광산[4]을 ᄎᆞ져가ᄂᆞᆫ 거동(擧動)은[5] 쳥춘호걸(靑春豪傑)의 풍도(風度)로 ᄂᆞ와 기구(器具)도 찬ᄂᆞᆫᄒᆞ고 물ᄉᆡᆨ(物色)도 거록ᄒᆞ건이와,[6] 오날날 ᄂᆡ 갓튼 경ᄉᆞ(慶事)의 졔족도 비웃시며 죠졍(朝廷)의도 논박(論駁)ᄒᆞᆷ니 즉지 안

1) [교감] 위직: 정확한 뜻은 알 수 없으나, 신랑을 호위해서 데리고 가는 사람을 일컫는 듯함. 명월부인젼 '위직'. 융희본 '후객'.
2) 금안준마(金鞍駿馬): 금으로 장식한 안장을 얹은 좋은 말.
3) 조복(朝服): 관원이 조정에 나아가 하례할 때 입던 예복. 여기서는 혼례 때 신랑이 입던 예복을 뜻한다.
4) 금광산: '금강산'의 오기.
5) [교감] 공이 위직이~ᄎᆞ져가ᄂᆞᆫ 거동은: 융희본 '상공은 후직이 되야 시ᄇᆡᆨ을 다리고 시ᄇᆡᆨ은 금안쥬마의 조복을 갓초와 길을 ᄯᅥ나 금강산을 차져가난 거동은'.
6) [교감] 쳥춘호걸의 풍도로~물ᄉᆡᆨ도 거록ᄒᆞ건이와: 명월부인젼 '쳥춘호걸리 풍치도 훌융ᄒᆞ건이와 긔구도 찰난ᄒᆞ오나'. 융희본 '쳥춘호걸이 풍치도 조컨이와 기구도 찰난ᄒᆞ다'.

니ᄒᆞ더라.

여러 날만의 금강산의 득달(得達)ᄒᆞ여[7] 풍경(風景)도 죠컨이와 ᄯᆡ맛참 삼츈(三春)이라. 좌우(左右) 산쳔(山川)을 둘너본니 각ᄉᆡᆨ(各色) 화쵸(花草) 만발(滿發)ᄒᆞ고, 봉졉(蜂蝶)은 쌍쌍(雙雙)이 날어들고, 녹양(綠楊)은 느러진ᄃᆡ 황금(黃金) 갓튼 ᄭᅬ고리ᄂᆞ[8] 환우셩[9]이 더옥 조타.

풍경이 졀승(絶勝)ᄒᆞᆫᄃᆡ 구경ᄒᆞ며 들여간니 인젹(人迹)은 고요ᄒᆞᄃᆡ 소향(所向)이 무쳐(無處)로다.[10] 할일읍셔 쥬졈(酒店)을 ᄎᆞ져 ᄌᆞ고 잇튼날 다시 발힝(發行)ᄒᆞ여 산곡(山谷)으로 들어간니 인젹은 볼 슈 읍고, 칭암졀별(層巖絶壁)[11]은 병풍(屛風)을 둘너친 듯, 간슈(澗水)[12]ᄂᆞᆫ 잔잔(潺潺)ᄒᆞ여 ᄀᆡᆨ(客)의 마음을 위로(慰勞)ᄒᆞ며, 화지[13]의 두견셩(杜鵑聲)은 쳐양(凄凉)ᄒᆞ니 ᄉᆞ람의 슈회(愁懷)를 돕난 듯ᄒᆞᄂᆞᆫ지라.[14]

공이 스ᄉᆞ로 ᄉᆡᆼ각ᄒᆞᆫ즉 도로여 허탄(虛誕)ᄒᆞᆫ지라. 후회막급(後悔莫及)이라. ᄒᆞᆫ[15] 일모(日暮)ᄒᆞ여 산즁의 방황(彷徨)ᄒᆞ던니, 일낙셔산(日落西山)ᄒᆞ고 월츌동영(月出東嶺)ᄒᆞᆫᄃᆡ 할일읍셔 쥬졈의 ᄌᆞ고, 그 잇튼날 산곡을 드러간니 질은 ᄭᅳᆫ어지고 물을 고지 바이 읍셔 진퇴유곡(進退維谷)이라. 할일읍셔 셕상(石上)의 좌(座)을 졍(定)ᄒᆞ고 송ᄒᆞ(松下)의 비기여 자탄(自歎) 왈,

7) [교감] 금강산의 득달ᄒᆞ여: 명월부인젼 '금강산을 ᄎᆞ져가니'. 융희본 '금강산을 차져 드러간이'.
8) ᄭᅬ고리ᄂᆞ: 'ᄭᅬ고리ᄂᆞᆫ'의 오기.
9) 환우성(喚友聲): 벗을 부르는 소리.
10) [교감] 소향이 무쳐로다: 명월부인젼 '쇼힝이 무젹이라'. 융희본 '소힝 무졍이라'.
11) 칭암졀별: '칭암졀벽'의 오기.
12) 간수(澗水): 골짜기에서 흐르는 물.
13) 화지: 꽃이 활짝 핀 곳이란 뜻의 '화지(花地)'인 듯함.
14) [교감] 간슈ᄂᆞᆫ 잔잔ᄒᆞ여~돕난 듯ᄒᆞᄂᆞᆫ지라: 명월부인젼 '간슈ᄂᆞᆫ 잔잔ᄒᆞ야 남쳥를 부르ᄂᆞᆫ 듯 삐쥭ᄉᆡᄂᆞᆫ 슯히 울러 허황헌 일을 비양ᄒᆞᄂᆞᆫ 듯 두견셩은 쳐량ᄒᆞ여 사ᄅᆞᆷ에 심회을 돕ᄂᆞᆫ지라'. 융희본 '간슈난 잔잔 골골의 흘너 잇고 빗족ᄉᆡ는 실피 우러 허랑ᄒᆞᆫ 사람을 비웃난 듯 두견ᄉᆡ는 실피 우러 심회 잇난 ᄉᆞ람을 도읍난지라'.
15) ᄒᆞᆫ: 'ᄯᅩᄒᆞᆫ'의 오기.

"ᄂᆡ 일 ᄂᆡ가 ᄉᆡᆼ각ᄒᆞ니 남양(南陽)[16] 초당(草堂) 풍셜(風雪) 즁(中)의 와룡션ᄉᆡᆼ(臥龍先生)[17] ᄎᆞ져은[18] 듯, 슈양산(首陽山)[19] 깁푼 고ᄃᆡ ᄇᆡᆨ이슉졔(伯夷叔齊)[20] ᄎᆞ져온 듯."

허황(虛荒)홈을 ᄌᆞ탄ᄒᆞ며 안졋더니, 홀연(忽然) 산곡 ᄉᆡ이로 유산곡(遊山曲)[21] 소ᄅᆡᄒᆞ며 동자(童子) 슈삼(數三) 인(人)니 ᄂᆞ오거늘, 공이 반겨 왈,

"져긔 가ᄂᆞᆫ 져 아희덜은 잠간(暫間) 머물러 ᄂᆡ 말을 들으라. 이곳ᄃᆡ 어ᄃᆡᄆᆡ요? 길을 ᄌᆞ셔이 갈으쳐 ᄒᆡᆼᄀᆡᆨ(行客)의 아득ᄒᆞᆫ 마음을 명ᄇᆡᆨ(明白)키 인도(引導)ᄒᆞ미 엇더ᄒᆞ요?"

목동이 답왈,

"이곳션 금강산이요, 이 길은 박쳐ᄉᆞ ᄉᆞ난 ᄃᆡ로 통(通)ᄒᆞᆫ 길이요, 울이ᄂᆞᆫ 지금 박쳐사 ᄉᆞ난 ᄃᆡ로좃차 오ᄂᆞᆫ이다."

ᄒᆞ거날, 공니 반겨 문왈,

"지금 박처사가 집에 게신던야?"

목동이 답왈,

---

16) 남양(南陽): 중국의 하남성(河南省) 서남부에 있는 도시. 제갈량은 유비의 책사가 되기 이전에 이곳에 은거했으며, 그의 「출사표出師表」에는 "신은 본래 포의(布衣)로서 몸소 남양에서 밭갈이하며 구차히 어지러운 세상에 목숨을 보존하려 했을 뿐, 제후들 사이에 이름이 알려지기를 바라지는 않았습니다"라는 말이 있다.

17) 와룡선생(臥龍先生): 중국 삼국시대 촉한의 정치가였던 제갈량(諸葛亮, 181~234)의 별칭. 자(字)는 공명(孔明). 시호는 충무(忠武). 뛰어난 군사 전략가로, 유비를 도와 오(吳)나라와 연합해 조조의 위(魏)나라 군사를 대파하고 파촉(巴蜀)을 얻어 촉한을 세웠다. 유비가 죽은 후 무향후(武鄕侯)로서 남방의 만족(蠻族)을 정벌하고, 위나라 사마의와 대전중에 병사했다.

18) ᄎᆞ져은: 'ᄎᆞ져온'의 오기.

19) 수양산(首陽山): 중국 산서성(山西省) 포주(蒲州) 서남쪽에 있는 산.

20) 백이숙제(伯夷叔齊): 중국 주(周)나라의 전설적인 형제 성인(聖人). 주나라 무왕이 은나라 주왕을 멸하자 신하가 천자를 토벌한다고 반대하며 주나라의 곡식 먹기를 거부하고 수양산에서 굶어 죽었다.

21) 유산곡(遊山曲): 서울·경기지방에서 불리던 12잡가 가운데 한 곡. 흔히 '유산가(遊山歌)'라고 한다.

“쳐ᄉᆞ 잇단 말은 옛 노인이 일으기를, ‘슈ᄇᆡᆨ(數百) 연(年) 젼(前)의 예셔 잇든 사람니 구목위소(構木爲巢)[22]ᄒᆞ고 식목실(食木實)[23]ᄒᆞ여[24] 칭호(稱號) 왈 박쳐ᄉᆞ라 이으고[25] ᄉᆞ던니, 위연이[26] 간 고졀을 모로것다’ ᄒᆞ고 말삼ᄒᆞᄂᆞᆫ 것만 듯삽고, 지금 산단 말은 금시초문(今始初聞)이라.”

ᄒᆞ거날, 들으ᄆᆡ 정신(精神)니 더옥 비월(飛越)ᄒᆞᆫ지라. ᄯᅩ 문왈,

“쳐ᄉᆞ 그고ᄃᆡ셔 ᄉᆞ던 ᄯᆡ가 몃 ᄒᆡ가 되여ᄂᆞᆫ냐?”

동ᄌᆞ 미소(微小) 왈,

“게셔 산 졔가 ᄉᆞᄇᆡᆨ(四百) 연(年)이라 ᄒᆞ더이다.”

ᄒᆞ고 다시 문이부답(問而不答)ᄒᆞ고 가거날, 공니 말을 들으ᄆᆡ 더옥 민망(憫惘)ᄒᆞ야 앙쳔ᄃᆡ쇼(仰天大笑)[27]ᄒᆞ며 ᄌᆞ탄 왈,

“셰상의 허무ᄆᆡᆼ낭(虛無孟浪)ᄒᆞᆫ 일도 잇도다.”

ᄒᆞ고 탄식(歎息)을 마지안니ᄒᆞ니, 하인(下人)들도 역시 허망(虛妄)이 여기더라.

그러ᄒᆞᄂᆞ

‘그져 가면 무신(無信)ᄒᆞᆫ ᄉᆞ람니 되이라.’

ᄒᆞ고 다시[28] 노복을 다리고 쥬졈의 도라와 유(留)할 ᄉᆡ, 시ᄇᆡᆨ이 ᄯᅩᄒᆞᆫ 부친(父親)을 위로(慰勞)ᄒᆞ여 왈,

---

22) 구목위소(構木爲巢): 나무를 얽어 둥지를 만듦. 나무 위에 둥지 같은 것을 만들어 집을 삼았다는 뜻이다.

23) 식목실(食木實): 나무의 열매를 먹음.

24) [교감] 식목실ᄒᆞ여: 명월부인젼 ‘식목실ᄒᆞ면셔’. 융희본 ‘ᄌᆞ식목실ᄒᆞ며’.

25) 이으고: ‘이르고’의 오기.

26) [교감] 위연이: ‘우연(偶然)히’의 고어. 또는 호남지방의 사투리. 명월부인젼 ‘위연이’. 융희본 ‘우연이’.

27) 앙천대소(仰天大笑): 하늘을 우러러보며 크게 웃음.

28) [교감] 그러ᄒᆞᄂᆞ 그져~ᄒᆞ고 다시: 명월부인젼 ‘이발지ᄉᆞ라 ᄒᆞᆯ일업셔’. 융희본 ‘왈 이발지셰라 하일읍셔’.

"예젹의 ᄒᆞᆫ무졔(漢武帝)[29]도 션인(仙人)를 구(求)ᄒᆞ다가 필경(畢竟)의 구치 못ᄒᆞ고 분슈츄풍(汾水秋風)[30]의 도라와ᄉᆞ오니,[31] 아모리 후회(後悔)ᄒᆞ여도 쓸ᄃᆡ읍ᄉᆞ오니 도로여 회졍(回程)ᄒᆞᄂᆞᆫ이만 갓지 못ᄒᆞ다."[32]

ᄒᆞ거날, 공이 우어 왈,

"ᄉᆞ이왕의(事而往矣)[33]라. 회졍ᄒᆞ여도 남의 우음를 면치 못할 거시요, 회졍치 안니ᄒᆞᄌᆞ ᄒᆞᆫ즉 허망ᄒᆞᆫ 일이라. 명일(明日)은 곳 젼안(奠雁)[34]할 날인니 부득이 명일만 더 ᄎᆞ져보리라."

ᄒᆞ고 그 잇튼날 노복을 다리고 길을 ᄌᆡ촉ᄒᆞ여 반일(半日)토록 산즁으로 왕ᄂᆡ(往來)ᄒᆞ며 찻더니, 그날 오시(午時)[35] 말(末)의 ᄒᆞᆫ ᄉᆞ람이 갈건야복(葛巾野服)[36]으로 쥭장(竹杖)을 집고 ᄇᆡᆨ우션(白羽扇)[37]을 손의 들고 산곡 간으로 ᄂᆞ오거날, 반갑기도 측양읍고 질겁기도 긔지읍ᄂᆡ. 눈을 씻고 다시 보니 박쳐ᄉᆞ가 분명ᄒᆞ다.

쳐ᄉᆞ 공을 보고 반겨 왈,

"날 갓튼 ᄉᆞ람을 ᄎᆞ져 여러 날 심산궁곡(深山窮谷)의 심ᄌᆞᆼ(心腸)을 과(過)이 상(傷)ᄒᆞ신가 십푸오니, 도로여 무안(無顔)ᄒᆞ여이다."

29) 한무제(漢武帝): 중국 한(漢)의 제7대 황제인 유철(劉徹, BC 156~BC 87). 중앙집권체제를 완성하고 적극적인 대외정책을 펼쳐 영토를 크게 확장하는 등 한(漢)의 전성기를 이끌었다. 전설에 따르면, 장생의 비법을 배워 신선이 되려다가 못 되었다고 한다.

30) 분수추풍(汾水秋風): 분수의 가을바람. '분수'는 중국에 있는 강 이름으로, 한무제(漢武帝)가 이 강에 배를 띄우고 놀며 「추풍사秋風辭」를 지었다고 한다.

31) [교감] 분슈츄풍의 도라와ᄉᆞ오니: 명월부인젼 '분슈츄풍에 공환ᄒᆞ엿스니'. 융희본 '분슈춘풍의 후회막급ᄒᆞ엿사오니'.

32) [교감] 회졍ᄒᆞᄂᆞᆫ이만 갓지 못ᄒᆞ다: 명월부인젼 '회졍ᄒᆞᆷ만 갓지 못ᄒᆞ와이다'. 융희본 '회졍함만 갓지 못ᄒᆞ나이다'.

33) [교감] ᄉᆞ이왕의: 융희본 '이왕지ᄉᆞ'.

34) 전안(奠雁): 혼례 때 신랑이 신부집에 기러기를 가지고 가서 상 위에 놓고 절하는 예(禮). 산 기러기를 쓰기도 하지만 흔히 나무를 깎아 만든 것을 사용한다.

35) 오시(午時): 12시(十二時)의 일곱째 시. 오전 열한시부터 오후 한시까지다.

36) 갈건야복(葛巾野服): 갈건과 베옷이라는 뜻으로, 은사나 처사의 거칠고 소박한 옷차림을 이르는 말.

37) 백우선(白羽扇): 흰 새의 깃을 모아서 만든 부채.

공니 웃고 셜화(說話)훈 후의 박쳐ᄉᆞ와 갓치 산즁(山中)으로 드러가니, ᄯᅵ맛참 삼월(三月)리라. 긔화요쵸(琪花瑤草)난 좌우(左右)의 만발(滿發)ᄒᆞ고 화향(花香)은 습의(襲衣)ᄒᆞᄃᆡ, 봉겹은 쌍쌍이 나러 ᄭᅩᆺ쳘 보고 반기난 듯 츔을 츄고 나러들졔, 노송(老松)은 늘어지고 양유(楊柳)난 입피 피여 그 속의 황금 갓튼 ᄭᅬ고리ᄂᆞᆫ 셰류영(細柳影)[38]의 왕ᄂᆡᄒᆞ며 금셩(錦聲)[39] 면만(面滿)ᄒᆞ니,[40] 상공이 혜오ᄃᆡ,

'진셰(塵世)을 ᄯᅥ나 션경을 올음 가트여 진실노 별유쳔지비인간(別有天地非人間)리라.'

쳐ᄉᆞ 상공달여 왈,

"나난 본ᄃᆡ 빈혼(貧寒)ᄒᆞ와 긱실(客室)도 업고 달니 유졉(留接)할 만훈 집이 읍사오니, 잠간 셕상(石上)의셔 안졉(安接)ᄒᆞ옵소셔."

ᄒᆞ고 낙낙장송(落落長松)의 셕탑(石榻)을 졍결(淨潔)이 뭇고[41] 좌(座)를 졍ᄒᆞ여 쥬거날, 공니 셕탑의 좌을 졍ᄒᆞ고 슈삼 일을 샹봉(相逢)치 못ᄒᆞ여 신고(辛苦)ᄒᆞ던 일을 셜화ᄒᆞ며 셜오 웃고 질기더라.

쳐ᄉᆞ 다시 말삼ᄒᆞ되,

"이갓치 궁벽(窮僻)훈 산즁의 예법(禮法)을 다 갓출 슈 업셔 무안(無顏)이 막심(莫甚)ᄒᆞ여이다."[42]

ᄒᆞ고 셩예(成禮)을 찰일 ᄉᆡ, 공은 시ᄇᆡᆨ을 다리고 교ᄇᆡ셕(交拜席)[43]의

38) 세류영(細柳影): 가는 버드나무 가지의 그림자.
39) 금성(錦聲): 비단결처럼 고운 소리.
40) [교감] 양유난 입피~금셩 면만ᄒᆞ니: 명월부인젼 '양류ᄂᆞᆫ 푸루러 그 쇽에 황금 갓튼 ᄭᅬᄭᅩ리ᄂᆞᆫ 환우셩을 ᄌᆞ로 ᄒᆞ야 금셩이 난만ᄒᆞ니'. 융희본 '황금 갓튼 ᄭᅬ고리는 셰류영을 찬난 듯 오락가락 환우셩을 지여 허탄훈 사람을 죠롱ᄒᆞ난고나'.
41) 뭇고: 모아 쌓고.
42) [교감] 이갓치 궁벽훈~무안이 막심ᄒᆞ여이다: 명월부인젼 '산즁에 례법를 다 갓츌 수 업ᄉᆞ와 미안이 막심ᄒᆞ오나 셩례를 되ᄂᆞᆫᄃᆡ로 ᄒᆞᄉᆞ이다'. 융희본 '산즁의 예졀을 다 갓츌 슈 업사온이 황공무지ᄒᆞ건이와 셩예을 갈약히 ᄒᆞ여이다'.
43) 교배석(交拜席): 전통 결혼식에서, 신랑과 신부가 서로 절하는 자리.

드러가니, 쳐ᄌᆞ난 ᄯᅡᆯ의 얼골을 나삼(羅衫)으로 가이우고 교ᄇᆡ셕의 나와 양인(兩人)니 젼안 후의 쳐ᄌᆞ 양닌(兩人)을 인도(引導)ᄒᆞ여 ᄂᆡ당(內堂)으로 드러간니, 위ᄌᆡᆨ이[44] 나와 셕탑으 안져던니 이윽ᄒᆞ여 쳐ᄌᆞ 나와 송화쥬(松花酒)[45]을 나슈와 가로ᄃᆡ,

"산즁의 무별미(無別味)ᄒᆞ니 허물치 마오소셔."

ᄒᆞ고 슈삼(數三) ᄇᆡ(杯)를 셔로 권(勸)ᄒᆞᆫ 후의 노복을 ᄎᆞ려(次例)로 멱이니라. 공의게 다시 권ᄒᆞ니 슐니 독(毒)ᄒᆞ여 다시 먹을 ᄯᅳᆺ지 읍ᄂᆞᆫ지라. 공과 노복 등니 슐을 이긔지 못ᄒᆞ여 혼곤(昏困)ᄒᆞ여 쟈을더니, 식경(食頃)[46] 후 ᄊᆡ쳐본니 날니 임의 발건난지라. 쳐ᄌᆞ를 쳥ᄒᆞ여 왈,

"작일(昨日) 먹은 슐이 실노 인간 슐과 달은지라, 셕반(夕飯)을 안니 먹고 지금거지 든든ᄒᆞ니 그 안니 션약(仙藥)인가."

ᄒᆞᆫᄃᆡ, 쳐ᄌᆞ 웃고 왈,

"존공(尊公)이 송화쥬을 일ᄇᆡ(一杯)의 ᄃᆡ취(大醉)ᄒᆞ여 지금가지 게신잇가?"

공니 답왈,

"ᄒᆞ계(下界)의 범인(凡人)이 션인의 미쥬(美酒)를 먹어사니 ᄒᆞᆫ 잔(盞)도 진실노 과(過)ᄒᆞ여이다."

ᄒᆞ며 셔로 담화(談話)ᄒᆞ다가 이날 발힝ᄒᆞ기을 쳥ᄒᆞᆫᄃᆡ, 쳐ᄌᆞ 왈,

"이고지 ᄉᆞᆫ심노원(山深路遠)ᄒᆞ니 이틋날의 여식(女息)을 달니고 가쇼셔[47]"

ᄒᆞ거날, 공이 올희 예겨,

44) [교감] 위ᄌᆡᆨ이: 명월부인젼 '위ᄌᆡᆨ은'. 융희본 '상공은'.
45) 송화주(松花酒): 소나무의 꽃을 줄거리째 넣어서 빚은 술.
46) 식경(食頃): 밥을 먹을 동안이라는 뜻으로, 잠깐 동안을 이르는 말.
47) [교감] 이틋날의 여식을 달니고 가쇼셔: 명월부인젼 '니번 길에 녀식을 아죠 다리고 가옵쇼셔'. 융희본 '이번 길의 여식을 아쥬 다리고 가소셔'.

"그리ᄒᆞ시더라."[48]

ᄒᆞ고 길을 찰일 ᄉᆡ, 신부(新婦) 낫쳘 나삼으로 가리와 젼신(全身)을 음젹(掩迹)[49]ᄒᆞ여 남니 보지 못ᄒᆞ게 ᄒᆞ고 공다려 왈,

"가신 후 후일(後日) 다시 보사이다."

ᄒᆞ거날, 공니 분슈작별(分手作別)ᄒᆞ고 ᄌᆞ부(子婦)을 다리고 그 산 동구(洞口)의 나려와보니 얼낙셔산[50]ᄒᆞ고 월츌동영(月出東嶺)ᄒᆞᆫᄃᆡ, 쥬졈을 ᄎᆞ져드러가 신부와 ᄉᆞᆷ 인(人)이 ᄒᆞᆫ방의 들 ᄉᆡ, 신부 얼골을 가리왓던 나ᄉᆞᆷ을 버셔글거날[51] 그졔야 비로소 공과 시ᄇᆡᆨ니 신부의 얼골을 보니 모양니 고이(怪異)ᄒᆞ고[52] 얼골이 □□□□□□□□□ ᄊᆡ난 쥬리쥬리 ᄆᆡ쳐[53] 얼근 군역[54]의 가득ᄒᆞ며, 눈은 달핑이 군역갓고 코난 심산궁곡(深山窮谷)의 험(險)ᄒᆞᆫ 바위 가트며, ᄋᆡ미난[55] 너무 버셔져 남극노인셩(南極老人星)[56]의 이마와 갓고, 키난 팔쳑ᄌᆞᆼ신(八尺長身)이요, 한 □□□□□[57] 한 달이난 져난 모양 가트여 ᄎᆞ마 바로 보지 못할너라. 공과 시ᄇᆡᆨ이 ᄒᆞᆫ번 보ᄆᆡ 졍신이 비월ᄒᆞ여 다시 ᄃᆡ면(對面)할 마음이 읍셔 부ᄌᆞ(父子) 셔로 보고 묵묵불언(默默不言)이라.

ᄉᆞ이완의(事而完矣)라. 할말 업셔 그렁져렁 날을 ᄉᆡ고 길을 ᄌᆡ촉ᄒᆞ여 경셩(京城)으로 득달ᄒᆞ여 집으로 들어간니, 고구친쳑(故舊親戚)[58]

48) [교감] 그리ᄒᆞ시더라: 명월부인젼 '그리ᄒᆞᄉᆞ이다'. 융희본 '그러ᄒᆞᄉᆞ이다'.
49) 엄적(掩迹): 잘못된 형적을 가려 덮음.
50) 얼낙셔산: '일낙셔산'의 오기.
51) [교감] 버셔글거날: 명월부인젼 '버셧거날'. 융희본 '벗거늘'.
52) [교감] 모양니 고이ᄒᆞ고: 명월부인젼 '모양은 고ᄉᆞᄒᆞ고'. 융희본 '모양은 고ᄉᆞᄒᆞ고'.
53) [교감] 얼골이 □□□□□□□□□ ᄊᆡ난 쥬리쥬리 ᄆᆡ쳐: 명월부인젼 '얼골리 검고 얼근 즁의 츄비ᄒᆞᆫ ᄊᆡᄂᆞᆫ 쥴쥴이 밋쳐'. 융희본 '얼골이 얼근 즁의 츄비ᄒᆞᆫ ᄊᆡ는 쥴쥴이 밋치고'.
54) 군역: '구멍'의 방언인 '구녁'의 다른 표기.
55) ᄋᆡ미난: '이ᄆᆡ난'의 오기.
56) 남극노인성(南極老人星): 천하태평을 축복하는 별의 신. 대머리가 산처럼 우뚝 솟아 있으며, 그 머리가 몸의 절반을 차지할 정도로 형상이 기이한 신이다.
57) [교감] 한 □□□□□: 명월부인젼 '한 팔은 틀이고'. 융희본 'ᄒᆞᆫ 팔은 느러지고'.
58) 고구친척(故舊親戚): 오래된 친구나 친척.

부인(夫人)덜이 신부을 구경ᄎᆞ로 모단난지라. 신부 교ᄌᆞ(轎子)의 나러 협방(夾房)으로 들어가셔 얼골 가리왓던 나ᄉᆞᆷ을 버셔노으니, 잇ᄶᆡ 가관지물(可觀之物)[59]이라.[60] 방즁(房中) 졔인(諸人)이 보고 왈,

"구경은 쳐음 보난 구경리라."[61]

ᄒᆞ고 면면상고(面面相顧)[62]ᄒᆞ고, 비양[63]이 무슈(無數)ᄒᆞᆫ지라. 그날이 경일(慶日)이나 걱정 당ᄒᆞᆫ 집갓더라.[64]

ᄉᆞᆼᄒᆞ(上下) 다 경왕[65]이 읍난 즁 공의 부인이 공을 원망(怨望)ᄒᆞ여 왈,

"경셩의도 고문거죡(高門巨族)[66]의 알읍ᄶᅡ온 슉여(淑女)도 만ᄒᆞ거날, 구틔여 산즁(山中)ᄶᅡ지 들어가 져ᄃᆡ지 모양이 츄(醜)ᄒᆞᆫ 것슬 달여와 남의 우음이 되게 ᄒᆞᄂᆞ잇가?"

ᄒᆞ거날, 공니 ᄃᆡ칙(大責) 왈,

"아모리 졀ᄃᆡ가인(絶代佳人)으로 며ᄂᆞ리을 삼아도 예ᄒᆡᆼ(女行)[67]이 읍시면 일윤(人倫)이 ᄃᆡᄑᆡ(大敗)ᄒᆞ여 가문(家門)을 보존(保存)치 못할 거시요, 비록 혐상(險狀)ᄒᆞᆫ[68] ᄉᆞ람이라도 뎍ᄒᆡᆼ(德行)이 잇스면 일문(一門)이 화ᄒᆞ□ 만복을 울이난니,[69] 무ᄉᆞᆷ 말삼을 그ᄃᆡ지 ᄒᆞ난요? 지

59) 가관지물(可觀之物): 가히 볼 만한 물건이라는 뜻으로, 남의 언행이나 어떤 상태를 비웃는 뜻으로 이르는 말.

60) [교감] 잇ᄶᆡ 가관지물이라: 명월부인젼 '일ᄃᆡ 가관지물리라'. 융희본 '일ᄃᆡ 장관귀물이라'.

61) [교감] 구경은 쳐음 보난 구경리라: 융희본 '구경은 보던 바 쳐음이라'.

62) 면면상고(面面相顧): 아무 말도 없이 서로 얼굴만 물끄러미 바라봄.

63) 비양: 얄미운 태도로 빈정거림.

64) [교감] 그날이 경일이나 걱정 당ᄒᆞᆫ 집갓더라: 명월부인젼 '그날 죵일토록 무삼 난을 맛난 집갓더라'. 융희본 '이날 경ᄉᆞ는 고ᄉᆞᄒᆞ고 도로혀 걱경을 당ᄒᆞᆫ 집갓더라'.

65) [교감] 경왕: '경황'의 오기. 명월부인전 '경황'. 융희본 '경황'.

66) 고문거족(高門巨族): 부귀하고 문벌이 좋아 대대로 이름난 집안.

67) [교감] 예ᄒᆡᆼ: 명월부인젼 '녀ᄒᆡᆼ'. 융희본 '여ᄒᆡᆼ'.

68) [교감] 혐상ᄒᆞᆫ: 명월부인젼 '험상헌'. 융희본 '츄비ᄒᆞᆫ'.

69) [교감] 일문이 화ᄒᆞ□ 만복을 울이난니: 명월부인젼 '일문이 흥왕ᄒᆞ야 만복을 누리ᄂᆞ니'. 융희본 '가문이 흥ᄒᆞ여 복녹을 누리난이'.

금 ᄌᆞ부(子婦)의 얼골은 비록 츄비(醜卑)ᄒᆞ나 임ᄉᆞ(姙姒)[70]의 덕힝이 잇스니[71] 이난 쳔우신죠(天佑神助)ᄒᆞ와 져러ᄒᆞᆫ 현부(賢婦)를 어더새날 부인은 지감(知鑑) 읍난 말를 다시 마압쇼셔."[72]

부인이 오히려 수괴(羞愧)함을 머금고 ᄃᆡ왈,

"ᄃᆡ감(大監)의 말ᄉᆞᆷ이 당연(當然)ᄒᆞ오나 ᄌᆞ식(子息)의 실가지낙(室家之樂)[73]이 읍실가ᄒᆞᄂᆞ니라."

공이 왈,

"ᄌᆞ식이 화락(和樂)ᄒᆞ고 아니ᄒᆞ기ᄂᆞᆫ 가운(家運)의 잇ᄂᆞᆫ 일이라. 무어슬 근심할이요? 그러ᄂᆞ 부인도 죠심ᄒᆞ여 박ᄃᆡ(薄待)치 마압쇼셔. 부인이[74] 사랑ᄒᆞ오면 ᄌᆞ식이 엇지 화락지 안니ᄒᆞ리요?"

경계함을 마지안니ᄒᆞ더라.

70) 임사(姙姒): 주문왕(周文王)의 어머니이며 왕계(王季)의 아내인 태임(太姙)과, 주문왕의 후비이며 무왕(武王)의 어머니인 태사(太姒)를 말함. 두 사람 모두 부녀(婦女)가 지켜야 할 떳떳하고 옳은 도리를 실천한 것으로 유명하다.

71) [교감] 잇스니: 명월부인젼 '잇스리이다'. 융희본 '잇스리다'.

72) [교감] 부인은 지감 읍난 말를 다시 마압쇼셔: 명월부인젼 '부인ᄂᆞᆫ 지감 업ᄂᆞᆫ 탓만 ᄒᆞ시니 다시ᄂᆞᆫ 이 갓튼 말삼은 발셜를 마옵쇼셔'. 융희본 '부인은 지감 읍난 말삼을 ᄒᆞ시난잇가 다시는 말삼을 발셜치 마옵쇼셔'.

73) 실가지락(室家之樂): 부부 사이의 화목한 즐거움.

74) [교감] 부인이: 명월부인젼 '부뫼'.

초당에서 외로이 지내는 박씨

잇ᄯᆡ 시ᄇᆡᆨ이 박씨(朴氏)의 츄비ᄒᆞᆫ 인물(人物)을 일졍 미워ᄒᆞ며 비복 등도 갓치 미워ᄒᆞᆫ니, 박씨 쥬야(晝夜) 홀노 공방(空房)[1]의 잇셔 잠ᄌᆞ기만 일ᄉᆞᆷ으니, 시ᄇᆡᆨ이 더옥 절징[2]ᄒᆞ여 쏘쳐보내고져 ᄒᆞᄂᆞ 부친(父親)을 두려워 감이 마음을 ᄂᆡ지 못ᄒᆞ니, 공니 ᄀᆡ슈(幾數)[3]을 보고[4] 시ᄇᆡᆨ을 불너 ᄭᅮ지져 왈,

"ᄉᆞ람의 덕힝을 모로고 미ᄉᆡᆨ(美色)만 쉬ᄒᆞ면 필경(畢竟) ᄑᆡ가지본(敗家之本)[5]니라. ᄂᆡ 드른니 ᄂᆡ외(內外) 화락지 못ᄒᆞ다 ᄒᆞ니 그러ᄒᆞ고 엇지 슈신졔가(修身齊家)ᄒᆞ기을 바ᄅᆡ리요? 옛날 졔갈공명(諸葛孔明)의 안ᄒᆡ 황발부인[6]은 비록 인물이 츄비ᄒᆞ나 ᄌᆡ덕(才德)이 겸비ᄒᆞ여

1) [교감] 공방: 명월부인젼 '동방'. 융희본 '협방'.
2) 절증(絶症): 덮어놓고 거절하거나 미워하는 증상.
3) 기수(幾數): 어떤 일을 알아차릴 수 있는 눈치.
4) [교감] ᄀᆡ슈을 보고: 명월부인젼 '그 기미을 알고'. 융희본 '그 기슈을 알고'.
5) 패가지본(敗家之本): 집안을 망하게 하는 근본.
6) 황발부인: 제갈량의 부인. 추녀였지만 재주와 식견이 뛰어나 제갈량에게 많은 조언을 했으

ᄒᆞᆫ 나라 승상(丞相)니 되여 공(功)을 셰워신니 부인의 교훈(教訓)이라. 공명(孔明)니 만일(萬一) 그 부인을 경선[7]니 여겨 박ᄃᆡᄒᆞ여던덜[8] 풍운됴화지슐(風雲造化之術)[9]을 뉘게 ᄇᆡ와 영웅호걸(英雄豪傑)니 되엿시리요? 네 안ᄒᆡ도 비록 ᄌᆞ식(姿色)은 읍시나 초월(超越)ᄒᆞᆫ 졀ᄒᆡᆼ(節行)은 잇고 비범ᄒᆞᆫ ᄌᆡ됴 잇실 거신니 만홀니[10] 알지 말나. ᄀᆡ와 달기ᄅᆡ도 부모 ᄉᆞ랑ᄒᆞ시면 ᄌᆞ식도 ᄯᅡ라 ᄉᆞ랑ᄒᆞ난 거시 부모을 위(爲)ᄒᆞᆷ이ᄆᆡ, ᄒᆞ물며 ᄉᆞ람이야 더옥 이르이요? ᄂᆡ가 총ᄋᆡ(寵愛)ᄒᆞ난 ᄉᆞ람을 박ᄃᆡᄒᆞ면 니난 부모을 모로미라. 엇지 부모을 향의[11]ᄒᆞ난 ᄇᆡ리요? 그런고로 일륜(人倫)이 상(傷)ᄒᆞ나니[12] 부ᄃᆡ 각별 됴심(操心)ᄒᆞ여 예법을 어긔지 말나."

ᄒᆞ신ᄃᆡ, 시ᄇᆡᆨ이 돈슈ᄉᆞ되(頓首謝罪)[13] 왈,

"ᄉᆞ람을 모로옵고 일뉸(人倫)을 ᄑᆡ상(敗喪)ᄒᆞ엿ᄉᆞ온니 만ᄉᆞ무셕(萬死無惜)[14]이로소이다. 다시 엇지 교훈을 져바리올잇가?"

ᄒᆞᆫᄃᆡ, 공니 다시 갈오ᄃᆡ,

"그러ᄒᆞᆯ진ᄃᆡ 오날부터 부부화락(夫婦和樂)ᄒᆞ미 잇실리라."[15]

며, 고소설 『황부인전黃夫人傳』은 바로 이 황부인을 주인공으로 삼은 작품이다. [교감] 명월부인젼 '황발부인'. 융희본 '황부인'.

7) 경선: 깔보아 업신여김.

8) [교감] 비록 인물이~여겨 박ᄃᆡᄒᆞ여던덜: 명월부인젼 '비록 인물은 츄비ᄒᆞ나 ᄌᆡ덕이 겸비ᄒᆞ기로 공명이 그 부인을 박식이라 ᄒᆞ야 경션히 발렷든들'. 융희본 '비록 인믈이 츄비ᄒᆞ나 ᄌᆡ덕이 겸비ᄒᆞ기로 공명이 그 부인을 박식이라 바려던들'.

9) 풍운조화지술(風雲造化之術): 바람과 구름을 마음대로 조정할 수 있는 술법. 『삼국지연의』에는 제갈량이 겨울인데도 동남풍을 불게 해 적벽대전에서 유비와 손권의 연합군이 조조에게 대승을 거둔다는 내용이 들어 있다.

10) 만홀히(漫忽-): 한만하고 소홀하게.

11) 향의(向意): 마음을 기울임. 또는 그 마음.

12) [교감] ᄂᆡ가 총ᄋᆡᄒᆞ난~일륜이 상ᄒᆞ나니: 명월부인젼 'ᄂᆡ가 츙의ᄒᆞᄂᆞᆫ 사ᄅᆞᆷ을 박ᄃᆡᄒᆞ면 이ᄂᆞᆫ 금슈에도 미치 못헐진니'. 융희본 'ᄂᆡ가 사랑ᄒᆞ난 ᄉᆞ람을 박ᄃᆡᄒᆞ면 이난 부모을 모로난니'.

13) 돈수사죄(頓首謝罪): 머리를 조아리면서 지은 죄나 잘못에 대해 용서를 빎.

14) 만사무석(萬死無惜): 만 번 죽어도 아깝지 않을 만큼 죄가 무거움.

15) [교감] 부부화락ᄒᆞ미 잇실리라: 명월부인젼 '동침상락ᄒᆞ라'. 융희본 '동방화락을 일우게 ᄒᆞ라'.

ᄒᆞ신ᄃᆡ, 시ᄇᆡᆨ니 승명(承命)ᄒᆞ고 부명(父命)을 거역(拒逆)지 못ᄒᆞ여 읍난 경(情)이 ᄂᆡᆺ난 쳬ᄒᆞ고 마암을 강잉(强仍)ᄒᆞ여 ᄂᆡ당(內堂)의 드러가 박씨을 ᄃᆡᄒᆞ니 부친의 교훈은 ᄉᆡᆼ각이 업고 미운 마암 졀노 나셔 부ᄎᆡ로 ᄎᆡ면[16]ᄒᆞ고 등잔(燈盞) 뒤의 도라안저 밤 ᄉᆡ기을 걱졍으로 지ᄂᆡ던니, 이윽고 계명셩(鷄鳴聲)니 나거날 즉시 나와 부모게 문안(問安)ᄒᆞ니, ᄉᆞᆼ공니 엇지 이러ᄒᆞᆫ 쥴을 알니요?

ᄉᆞᆼ공니 ᄯᅩ 비복 등을 불너 ᄉᆞ져 왈,

"ᄂᆡ 드른니 너의 등니 어진 ᄉᆞᆼ젼(上典)을 모로고 멸시(蔑視)ᄒᆞᆫ다 ᄒᆞ니, 만일 다시 그러ᄒᆞ면 너의 등은 ᄒᆞᆫᄉᆞ(限死) 엄치(嚴治)ᄒᆞ리라."[17]

ᄒᆞ시니 비복 등니 황공(惶恐)ᄒᆞ여 ᄒᆞ더라.[18]

ᄂᆡᆺᄶᆡ ᄯᅩ 부인니 박씨을 졀통(切痛)이 예겨 시비 게화을 불너 가로ᄃᆡ,

"ᄂᆡ가 운(運)니 불ᄒᆡᆼ(不幸)ᄒᆞ여 혀다(許多)ᄒᆞᆫ 인물 즁의 져런 취비(醜卑)ᄒᆞᆫ 거셜 며나리라고 ᄉᆡᆼ겨신니, ᄊᆡᆯᄃᆡ업난 게우름만 잇셔 좀만 ᄌᆞ고 여공ᄌᆡ질(女功才質)[19]도 읍난 거시 밥을 포식(飽食)ᄒᆞ려 ᄒᆞ니 어ᄃᆡ다 씨리요? 이후난 밥도 젹게 먹기라."

ᄒᆞ고 무슈이 허물을 ᄌᆞᆸ어ᄂᆡ여 헌담(險談)을 뮤슈니 ᄒᆞ니, 친쳑도 화목지 못ᄒᆞ고 구셕구셕니 비양만 다ᄒᆞ더라.

박씨 여러 ᄉᆞ람의 구박(驅迫)을 밧던니 시비(侍婢) 게화[20]을 불너 왈,

"ᄃᆡ감게 엿ᄌᆞ올 말ᄉᆞᆷ ᄂᆡᆺ시니 외당(外堂)의 나가 엿ᄌᆞ와라."

ᄒᆞ거날, 게화 승명(承命)ᄒᆞ고 즉시 ᄂᆞ가 그 말ᄉᆞᆷ을 ᄉᆞᆼ공게 엿ᄌᆞ온

16) 차면(遮面): 얼굴을 가림. 또는 그런 물건.
17) [교감] ᄒᆞᆫᄉᆞ 엄치ᄒᆞ리라: 융희본 '각별 즁치할 거시니 아러 거힝ᄒᆞ라'.
18) [교감] 황공ᄒᆞ여 ᄒᆞ더라: 명월부인젼 '황공ᄉᆞ죄ᄒᆞ더라'. 융희본 '황공ᄉᆞ죄ᄒᆞ더라'.
19) 여공재질(女功才質): 예전에, 부녀자들이 하던 길쌈 재주와 기질.
20) [교감] 게화: 명월부인젼 '계화'. 융희본 '게화'.

ᄃᆡ, 공니 드르시고 즉시 드러가시니, 박씨 쳔연(天然)니 ᄒᆞᆫ숨 쉬며 공게 엿ᄌᆞ오ᄃᆡ,

"박복(薄福)ᄒᆞ온 인물니 얼골도 츄비ᄒᆞ여 부모게 효셩(孝誠)도 못ᄒᆞ옵고 부부간(夫婦間) 화락지 못ᄒᆞ여 일가(一家)의 화목도 못ᄒᆞ온니, 가위(可謂) 무용지물(無用之物)니라. ᄌᆞ식(子息) 읍난 양(樣)으로 쳐두시고 후원(後園)의 초당(草堂) 일간(一間)[21]을 지여쥬시면 ᄒᆞᆫ가(閑暇)의 잇셔 슈회(愁懷)도 풀연니와, 추비ᄒᆞ온 인물을 남의 니목(耳目)의 피(避)코져 ᄒᆞ난이다."

ᄒᆞ며 언파(言罷)의 ᄋᆡ연(哀然) 낙누(落淚)ᄒᆞ거날, 공니 그 졍ᄉᆞᆼ(情狀)을 보고 갓치 눈물 지우고 불상니 여겨 왈,

"ᄌᆞ식이 불초(不肖)ᄒᆞ여 ᄂᆡ 말을 듯지 아니ᄒᆞ고 너을 박ᄃᆡᄒᆞ니, 이난 가운(家運)니 불ᄒᆡᆼ(不幸)ᄒᆞᆫ 타시라.[22] 그러나 ᄂᆡ 다시 훈계(訓戒)ᄒᆞᆯ 거시니 안심(安心)ᄒᆞ라."

ᄒᆞ시ᄃᆡ, 박씨 그 말ᄉᆞᆷ을 듯고 감격히 예겨 다시 엿ᄌᆞ오ᄃᆡ,

"ᄃᆡ감의 말ᄉᆞᆷ이 극히 황송ᄒᆞ오나 니난 도시 소부(小婦)의 용모 츄비ᄒᆞ옵고 덕ᄒᆡᆼ(德行)니 업난 타시온니 누구을 원망(怨望)ᄒᆞ올잇가마난, 소부의 원(願)ᄃᆡ로 후원의 초당을 지여쥬시면 됴흘가 ᄒᆞ난니다."

공니 왈,

"ᄂᆡ 동ᄎᆞ(從此) 지여쥬리라."

ᄒᆞ시고 외당의 나와 시ᄇᆡᆨ을 불너 ᄭᅮ지져 왈,

"네 일졍(一定) 현인(賢人)[23]을 몰나보고 ᄂᆡ 말을 거역ᄒᆞ니 그러ᄒᆞ고 어ᄃᆡ 씨며 효도을 모로거든 츙셩을 엇지 알며, 츙효을 모를진ᄃᆡ 금

21) [교감] 일간: 명월부인젼 '슈 간'. 융희본 '슈 간'

22) [교감] 이난 가운니 불ᄒᆡᆼᄒᆞᆫ 타시라: 명월부인젼 '이는 ᄂᆡ 집 가운이 불길헌 탓시로다'. 융희본 '이난 다 ᄂᆡ의 불민ᄒᆞᆫ 타시로다'.

23) [교감] 현인: 명월부인젼 '션골'. 융희본 '션인'.

슈(禽獸)와 갓튼지라. 그러ᄒᆞ고 슈신졔가(修身齊家)을 엇지 ᄒᆞ리요? 네 부명(父命)을 거역(拒逆)ᄒᆞ고 마암을 곳치지 못ᄒᆞ면 부ᄌᆞ간(父子間)의 불효(不孝)난 고ᄉᆞ(姑捨)ᄒᆞ고 네 안히가 함원(含怨)ᄒᆞ면 여ᄌᆞ(女子)가 편셩(偏性)[24]니라 후일(後日)을 모을 쑨더러, 일부(一婦) 함원의 오월비ᄉᆞᆼ(五月飛霜)[25]니라 ᄒᆞ엿시니, 네가 공명(功名)을 어니 ᄒᆞ며,[26] 만일 불힝ᄒᆞ여 독슉공방(獨宿空房) 혼ᄌᆞ 잇셔 슈회(愁懷)을 못 익이여 목삼을 ᄌᆞ쳐(自處)ᄒᆞ면 쳣ᄶᅢ난 됴졍(朝廷)의 용납(容納)지 못ᄒᆞᆯ 죄인(罪人)니요, 둘ᄶᅢ난 집안의 큰 ᄌᆡ앙(災殃)니 될 거신니 엇지 근심치 아니ᄒᆞ며, 너난 엇더ᄒᆞᆫ ᄉᆞ람니관ᄃᆡ 미ᄉᆡᆨ(美色)만 됴와ᄒᆞ고 덕힝은 ᄉᆡᆼ각지 아니ᄒᆞ난다?”

시ᄇᆡᆨ니 복지ᄉᆞ되(伏地謝罪) 왈,

“소ᄌᆞ(小子) 불초ᄒᆞ와 부친의 분부(分付)을 거역ᄒᆞ고 부부간 졍을 끈엇사온니 만ᄉᆞ무셕이로소니다. 다시야 엇지 거역ᄒᆞ올닛가?”

ᄒᆞ고 나와 ᄉᆡᆼ각ᄒᆞ되,

‘일후(日後)난 다시 그리 마ᄌᆞ.’

ᄒᆞ고 마암을 가장 다듬어 박씨 방의 드러가니 눈니 졀노 감기고, 얼골을 보면 긔절(氣絶)ᄒᆞᆯ 듯 일신(一身)니 졀노 ᄯᅥᆯ니난지라. 아모리 마암을 고치고ᄌᆞ ᄒᆞᆫ덜 그 괴물[27]을 보고 엇지 마암이 감동ᄒᆞ리요?[28] 공니 글연 쥴을 알으시고 후원의 초당을 짓고 시비 계화로 ᄒᆞ여금 갓치 거쳐(居處)ᄒᆞ게 ᄒᆞ니, 박씨의 일신(一身)니 가긍(可矜)ᄒᆞ물 ᄎᆞᆷ아 보지 못ᄒᆞᆯ너라.

---

24) 편성(偏性): 한쪽으로 치우친 성질.
25) 오월비상(五月飛霜): 5월에 서리가 내림.
26) [교감] 공명을 어니 ᄒᆞ며: 융희본 ‘엇지 공명을 바리며’.
27) [교감] 그 괴물: 명월부인젼 ‘괴이헌 인물’. 융희본 ‘그 얼골’.
28) [교감] 엇지 마암이 감동ᄒᆞ리요: 융희본 ‘심장이 온젼ᄒᆞ리요’.

임금이 박씨의 재주를 알아보다

잇씨 나라의셔 공을 일품(一品) 벼살을 도도시고 젼교(傳敎)[1]ᄒᆞ시되,

"명일(明日) 입됴(入朝)ᄒᆞ라."

ᄒᆞ시니, 공니 북향ᄉᆞ비(北向四拜)[2]ᄒᆞ고 부인게 나와 크게 걱졍ᄒᆞ여 왈,

"됴복(朝服)이 구션은 추비(醜卑)ᄒᆞ고 신건은 밋쳐 준비(準備)치 못ᄒᆞ여 명일 입됴ᄒᆞ라신 젼교 게신니 일야간(一夜間)의 엇지 쥰비ᄒᆞ리요?"

걱졍을 마지안니ᄒᆞ시니 부인 왈,

"ᄉᆞ셰(事勢) 가장 급(急)ᄒᆞ엿ᄉᆞ온니 침션(針線) 잘ᄒᆞ난 ᄉᆞ람을 으더 아모쪼록 지여보ᄉᆞ이다."

셔로 걱졍ᄒᆞ며 공논(公論)니 분분ᄒᆞ던니, 닛씨 시비 게화 이 말을

1) 전교(傳敎): 임금이 명령을 내림. 또는 그 명령.
2) 북향사배(北向四拜): 임금이 계신 곳을 향해 네 번 절함.

듯고 초당의 드러가 박씨게 상공의 벼살 도도은 말삼이며 됴복으로 걱졍ᄒᆞ와 낭퓌(狼狽)되난 말솜을 엿ᄌᆞ온니, 박씨 게화다려 왈,

"일니 급ᄒᆞ거든 됴복 지을 가음을 가져오라."

ᄒᆞᆫᄃᆡ, 게화 니 말을 듯고 더옥 희한(稀罕)니 예겨 박씨 얼골을 다시 보고 급피 나어가 ᄉᆞᆼ공게 엿ᄌᆞ온ᄃᆡ, 공니 ᄃᆡ희(大喜) 왈,

"ᄂᆡ 메나리난 션인(仙人)니라, 필연(必然) 초월(超越)ᄒᆞᆫ ᄌᆡ됴 잇시리라."

ᄒᆞ시고,

"됴복ᄎᆞ[3]을 급피 갓다쥬라."

ᄒᆞ시니, 공의 부인니 ᄂᆡᆼ소(冷笑)ᄒᆞ고 왈,

"졔 모양니 그러ᄒᆞ고 무솜 ᄌᆡ됴가 닛시리요?"

모든 ᄉᆞ람더리 말ᄒᆞ되,

"옷감만 발리 셋신니 보ᄂᆡ지 말나."

ᄒᆞ며 의논(議論)니 분쥬(奔走)ᄒᆞ거늘,[4] 공니 ᄃᆡ쇼(大笑) 왈,

"속담(俗談)의 일너시되, '형순빅옥(荊山白玉)[5]이 진퇴(塵土ㅣ) 즁의 뭇쳐 잇고 금옥(金玉) 갓튼 보ᄇᆡ라도 돌 속의 드러시면 뉘 능히 알러보리요?' 안목(眼目)이 무식(無識)ᄒᆞ면 아지 못ᄒᆞ난니, 부인은 엇지 남의 ᄌᆡ됴을 아는요?[6] 박씨난 녹녹(碌碌)ᄒᆞᆫ 여ᄌᆞ 아니라. 급히 보ᄂᆡ쇼셔."

ᄒᆞ거날, 부인니 ᄃᆡ감의 말솜을 거역지 못ᄒᆞ여 보ᄂᆡ고 둉야(終夜)토록 걱졍ᄒᆞ며,

---

3) [교감] 됴복ᄎᆞ: 명월부인젼 '됴복 가음'. 융희본 '죠복감'.
4) [교감] 의논니 분쥬ᄒᆞ거늘: 명월부인젼 '공론이 분분ᄒᆞ거날'. 융희본 '공논이 분분ᄒᆞ거날'.
5) 형산백옥: 중국 형산에서 나는 백옥이라는 뜻으로, 흔히 어질고 착한 사람을 비유적으로 이르는 말.
6) [교감] 부인은 엇지 남의 ᄌᆡ됴을 아는요: 명월부인젼 '일를 알고 경선히 말ᄒᆞ는잇가'. 융희본 '부인은 남의 쳔심을 그ᄃᆡ지 명ᄇᆡᆨ키 알고 경션이 말ᄒᆞ난잇가'.

‘졔 엇지 ᄒᆞᄌᆞ ᄒᆞ고 가져오라 ᄒᆞ여시며, 만일 못ᄒᆞ면 됴복ᄎᆞ(朝服綃)만 바리[7] 쑨 아니라 낭ᄑᆡ(狼狽)된다.’

염여(念慮) 무궁(無窮)ᄒᆞ더라.[8]

잇ᄯᆡ 박씨 홀노 안져 기다리던니, 게화 됴복자[9]을 가지고 왓거날, 박씨 왈,

“니 옷션 혼ᄌᆞ 지을 옷시 아니라, 됴역(助役)ᄒᆞᆯ 만ᄒᆞᆫ ᄉᆞ람을 다려오라.”[10]

ᄒᆞ니 게화 이 말슴을 듯고 ᄉᆞᆼ공게 고ᄒᆞᆫᄃᆡ, 즉시 ᄂᆡ당의 드러가 침션 됴역할 ᄉᆞ람을 ᄋᆞ더 보ᄂᆡ니라.[11]

박씨 등촉(燈燭)을 발키고 지을 ᄉᆡ, 박씨의 슈(繡)놋난 법(法)과 침션ᄒᆞ난 법은 월궁항아(月宮姮娥)[12] 갓트여 열 ᄉᆞ람 ᄒᆞ난 일을 혼ᄌᆞ다 ᄒᆞ며, 이ᄉᆞᆷ(二三)일(日)의 못ᄒᆞᆯ 일을 일야간(一夜間)의 지여ᄂᆡ니, 압희난 봉황(鳳凰)을 슈노코 뒤의난 쳥학(靑鶴)을 슈노와 션명(鮮明)ᄒᆞ게 지여ᄂᆡ니, 봉황은 츔을 추고 쳥학은 날러드난 듯ᄒᆞᆫ지라. ᄒᆞᆫ가지로 침션ᄒᆞ던 ᄉᆞ람더리 박씨의 ᄌᆡ됴을 보고 탄복(歎服)ᄒᆞ여 왈,

“우리난 앙망불급(仰望不及)[13]이라.”

---

7) 바리: ‘바릴’의 오기.

8) [교감] 동야토록 걱정ᄒᆞ며~염여 무궁ᄒᆞ더라: 명월부인젼 ‘즁야토록 걱정으로 지ᄂᆡ더라’. 융희본 ‘쥬야 걱졍으로 지ᄂᆡ더니’.

9) 됴복자: ‘됴복초’ 또는 ‘됴복감’의 오기.

10) [교감] 니 옷션~ᄉᆞ람을 다려오라: 명월부인젼 ‘이 옷슨 혼ᄌᆞ 지을 옷시 안이니 죠역ᄒᆞᆯ 만ᄒᆞᆫ 사람 슈인을 청ᄒᆞ야 오라’. 융희본 ‘이 옷슨 혼ᄌᆞ 지을 옷시 안이니 죠역할 사람을 쳥ᄒᆞ여 오라’.

11) [교감] 게화 이 말슴을~ᄋᆞ더 보ᄂᆡ니라: 명월부인젼 ‘계화 이 말삼을 상공ᄭᅴ 엿ᄌᆞ오되 침션 죠역헐 사ᄅᆞᆷ을 읏어오라 ᄒᆞᄂᆞ이다 ᄒᆞᆫᄃᆡ 즉시 토역헐 사ᄅᆞᆷ 슈인을 보ᄂᆡ신이라’. 융희본 ‘게화 이 말삼을 ᄯᅩ 상공게 고ᄒᆞᆫᄃᆡ 상공이 직시 듸려 보ᄂᆡ더라’.

12) 월궁항아(月宮姮娥): 달에 산다는 선녀. 원래는 하(夏)나라의 명궁(名弓)인 예(羿)의 아내였는데, 예가 서왕모(西王母)에게 청해 얻은 불사약을 훔쳐먹고는 선녀가 되어 달로 도망갔다고 한다.

13) 앙망불급(仰望不及): 우러러 바라보아도 미치지 못함.

ᄒᆞ더라.

박씨 계화을 불너 됴복을 갓다가 ᄉᆞᆼ공게 드리니, 공니 크게 칭찬 왈,

"니난 션인의 슈품(手品)이요, 인간 ᄉᆞ람의 ᄌᆡ됴난 아니라."

ᄒᆞ시고, 부인니 또 ᄌᆞ셔니 보고 ᄃᆡ찬(大讚)ᄒᆞ더라.

일일은[14] 공니 됴복을 닙고 궐ᄂᆡ(闕內)의 드러가 슉ᄇᆡ(肅拜)ᄒᆞ온ᄃᆡ, ᄉᆞᆼ(上)니 공의 됴복을 보시고 각가니 오라 ᄒᆞ여 문왈(問曰),

"공의 됴복을 뉘가 지엿난요?"

공니 쥬왈(奏曰),

"신(臣)의 ᄌᆞ부(子婦)가 지엿난니다."

ᄒᆞᆫᄃᆡ, ᄉᆞᆼ니 또 가로ᄉᆞᄃᆡ,

"그러ᄒᆞ면 져러ᄒᆞᆫ 며나리[15]을 두고 긔한(飢寒)의 골몰(汨沒)ᄒᆞ여 독슉공방(獨宿空房)ᄒᆞ게 ᄒᆞᆷ은 무삼 일닌뇨?"

공니 ᄃᆡ경(大驚)ᄒᆞ여 복지(伏地) 쥬왈,

"황공ᄒᆞ온나 젼ᄒᆞ(殿下)게옵셔 니ᄃᆡ지 명촉(明燭)ᄒᆞ시니 황공ᄒᆞ와이다."[16]

ᄉᆞᆼ니 왈,

"경(卿)의 됴복을 본니 뒤의 부친 쳥학은 션경(仙境)을 써나 ᄎᆞᆼ오산(蒼梧山) 즁(中)으로 왕ᄂᆡ(往來)ᄒᆞ며 쥬리난 모양니요, 압희 봉황은 싹을 일코 우지지난 형ᄉᆞᆼ(形象)니 분명ᄒᆞ니, 글노 보고 짐작(斟酌)ᄒᆞ노라."

ᄒᆞ시ᄃᆡ, 공니 ᄉᆞᄇᆡ(四拜) 왈,

"신의 불민(不敏)ᄒᆞᆫ 탓시로소니다."

ᄉᆞᆼ니 그 실상(實狀)을 ᄌᆞ셔니 무르신니, 공니 엿ᄌᆞ오ᄃᆡ,

---

14) [교감] 일일은: 명월부인젼 '익일에'. 융희본 '잇튼날'.

15) [교감] 져러ᄒᆞᆫ 며나리: 명월부인젼 '영ᄌᆡᄒᆞᆫ 며ᄂᆞ리'. 융희본 '져러ᄒᆞᆫ 며나리'.

16) [교감] 황공ᄒᆞ온나~황공ᄒᆞ와이다: 명월부인젼 '황숑ᄒᆞ오나 뎐ᄒᆞ씌옵셔 이ᄃᆡ도록 명ᄇᆡᆨᄒᆞ신이잇가'. 융희본 '황공ᄒᆞ오나 젼ᄒᆞ게옵셔 이ᄃᆡ지 명감ᄒᆞ신잇가'.

"신의 며나리 얼골니 취비ᄒᆞᆫ 고로 ᄌᆞ식니 불쵸(不肖)ᄒᆞ와 아비 교훈을 듯지 아니ᄒᆞ옵고, 부부간 화락지 못ᄒᆞ와 공방(空房)의 홀노 닛솝난니다."

ᄉᆞᆼ니 우문(又問) 왈,

"부부간 화락지 못ᄒᆞ여 공방독슉(空房獨宿)은 그러ᄒᆞ건니와, 긔ᄒᆞᆫ(飢寒)을 견ᄃᆡ지 못ᄒᆞ여 항상 눈물노 셰월(歲月)을 보ᄂᆡ기난 무삼 일인요?"

공니 불승황공(不勝惶恐)ᄒᆞ여 한츌쳠ᄇᆡ(汗出沾背)[17]ᄒᆞ난지라, 쥬져(躊躇)ᄒᆞ다가 다시 쥬왈,

"신니 외당(外堂)의 거쳐(居處)ᄒᆞ와 ᄂᆡ당(內堂) 일은 아지 못ᄒᆞ옵난니다."

ᄒᆞ며 황공무지(惶恐無地) 쥬왈,

"이난 다 신의 불민(不敏)ᄒᆞ온 탓시로소니다."[18]

ᄉᆞᆼ이 가라ᄉᆞᄃᆡ,

"아지 못거라. 경의 며나리 비록 얼골은 곱지 못ᄒᆞ나 영웅(英雄)의 풍모(風貌)가 잇난가 시분니 부ᄃᆡ 박ᄃᆡ(薄待)ᄒᆞ지 말나."

ᄒᆞ시ᄃᆡ, 공니 더욱 황공ᄒᆞ여 부복(俯伏)ᄒᆞ거날, ᄉᆞᆼ니 쏘 가라ᄉᆞᄃᆡ,

"ᄆᆡ일(每日) ᄇᆡᆨ미(白米) 삼(三) 두(斗)씩 쥴 거신니, 오날붓터 ᄒᆞᆫ ᄊᆡ의 ᄒᆞᆫ 말 밥을 지여 먹니면 경의 가인(家人)덜도 박대 아니ᄒᆞᆯ 거시니 각별(各別) 됴속(操束)ᄒᆞ라."[19]

17) 한출첨배(汗出沾背): 땀이 나서 등에 밴다는 뜻으로, 몹시 부끄럽거나 무서워한다는 말.
18) [교감] 신니 외당의~불민ᄒᆞ온 탓시로소니다: 명월부인젼 '신은 외당에 거쳐ᄒᆞ오ᄆᆡ ᄂᆡ당 일을 아지 못ᄒᆞ옵ᄂᆞ이다 신에 불민ᄒᆞ온 죄오니 죄ᄉᆞ무셕이로쇼이다'. 융희본 '신이 외당의 거쳐ᄒᆞᄆᆡ ᄂᆡ졍 일은 자셔히 아지 못ᄒᆞ오나 신의 블민ᄒᆞᆫ 타시온이 황공무지로쇼이다'.
19) [교감] 경의 가인덜도~각별 됴속ᄒᆞ라: 명월부인젼 '쏘 경에 집 ᄉᆞ롬드리 박ᄃᆡ헐 거시니 각별 죠심ᄒᆞ여 쳔ᄃᆡ치 못ᄒᆞ게 ᄒᆞ라'. 융희본 '경의 가인덜도 박ᄃᆡ치 못ᄒᆞ게 각별 단속ᄒᆞ고 쳔ᄃᆡ치 못ᄒᆞ게 ᄒᆞ라'.

ᄒᆞ신ᄃᆡ, 공니 집의 돌라와 가인을 뫼오고 부인게 ᄉᆞᆼ의 젼교을 낫낫치 이르시고, 또 시ᄇᆡᆨ을 불너 크게 ᄭᅮ지져 왈,

"부모의 마암 편(便)케 ᄒᆞ기난 ᄌᆞ식의 효셩(孝誠)니요, 님군을 모셔 국틔민안(國泰民安)ᄒᆞ기난 신하(臣下)의 츙셩(忠誠)니라. 너 갓튼 ᄌᆞ식은 아비 교훈(敎訓)을 져바리고 네 마암ᄃᆡ로 ᄒᆞ다가 아비로 ᄒᆞ여금 입시(入侍) 시(時)의 황공한 젼교을 뫼와 됴정(朝廷)의 ᄎᆡᆨ망(責望)을 면(免)치 못ᄒᆞ니, 너난 엇더ᄒᆞᆫ 놈으로셔 부모의게 효ᄒᆡᆼ(孝行)은 못ᄒᆞᆫ덜 부모의 교훈을 이갓치 져바려 남의게 무안(無顔)을 당ᄒᆞ게 ᄒᆞ니, 그런 불효가 어ᄃᆡ 닛시리요?"

고셩ᄃᆡᄎᆡᆨ(高聲大責)ᄒᆞ시니, 시ᄇᆡᆨ이 부복 ᄃᆡ왈,

"소ᄌᆞ 부친의 교휸(敎訓)을 거역ᄒᆞ다가 동열(同列)의게 무안을 보시게 ᄒᆞ온니 만ᄉᆞ무셕이로소이다."

공니 불승분로(不勝憤怒)ᄒᆞ여 묵묵부답(默默不答)ᄒᆞ시다가 양구(良久)의 왕ᄉᆞᆼ(王上)의 젼교을 낫낫치 일으시고, 또 ᄭᅮ지져 왈,

"네 다시 ᄂᆡ 말을 듯지 아니ᄒᆞ면 쳣ᄎᆡ난 나라의 불츙(不忠)이요, 둘ᄶᆡ난 아비게 불회(不孝ㅣ)라. 각별(各別) 됴심(操心)ᄒᆞ여 지ᄂᆡ라."

ᄒᆞ시니, 그후로 시ᄇᆡᆨ과 가인더리 박씨의 만홀ᄒᆞ미 들ᄒᆞ더라.

닛ᄶᅢ 박씨의게 ᄆᆡ일 ᄉᆞᆷ시(三時)로 한 말 밥을 지여쥬면 능(能)니 다 먹은니, 구경ᄒᆞ난 ᄉᆞ람니 놀ᄂᆡ여 일오되,

"여장군(女將軍)니라."

ᄒᆞ더라.

만리 앞을 내다보는 눈

일일은 박씨 계화을 명(命)ᄒᆞ여 왈,

"ᄃᆡ감게 ᄒᆞ올 말숨 닛신니 엿ᄌᆞ와라."[1)]

하거날, 계화 승명ᄒᆞ고 ᄉᆼ공게 고ᄒᆞᆫᄃᆡ, 공니 즉시 드러와 박씨다려 왈,

"무삼 할말니 닛난요?"

박씨 엿ᄌᆞ오ᄃᆡ,

"집안니 구ᄎᆞ(苟且)ᄒᆞ던 아니ᄒᆞ온나 오히려 넝넉지난 못ᄒᆞ온니, 소부(小婦)의 말숨ᄃᆡ로 ᄒᆞ옵쇼셔."

ᄒᆞᆫᄃᆡ, 공니 반겨 문왈,

"엇지ᄒᆞ면 됴흘니요?"

박씨 왈,

---

1) [교감] ᄃᆡ감게 ᄒᆞ올 말숨 닛신니 엿ᄌᆞ와라: 명월부인젼 'ᄃᆡ감끠 엿ᄌᆞ올 말삼이 잇스니 뫼셔오라'.

"명일 동노(鐘路)의 ᄉᆞ환(使喚)[2]을 보ᄂᆡ면 각쳐(各處) ᄉᆞ람니 말을 가지고 와 팔여할 거신니, 여러 말 즁의 ᄌᆞ근 ᄆᆡ야지[3] ᄒᆞ나니 잇시되, 비루먹고 파리ᄒᆞ고 모양은 볼 것 읍시나 그 ᄆᆡ야지을 돈 숨ᄇᆡᆨ(三百) 양(兩)만 쥬고 ᄉᆞ옵소셔."

공니 들은ᄆᆡ 가장 허황(虛荒)ᄒᆞᆫ 말니나 박씨난 범인(凡人)과 달은지라, 즉시 허락(許諾)ᄒᆞ고 나와 근실(勤實)ᄒᆞᆫ 노복(奴僕)을 불너 분부 왈,

"명일의 동노의 가면 마(馬) 장ᄉᆞ더리 말을 팔야 열러 필(匹)니 잇실 거신니, 그즁의 비루먹고 ᄌᆞ근 마야지을 ᄉᆞ오라."

ᄒᆞ시고 돈 삼ᄇᆡᆨ 양을 쥬시거날, 노복 등니 쳥영(聽令)ᄒᆞ고 나와 셔로 이로ᄃᆡ,

"ᄃᆡ감게옵셔 무삼 연고(緣故)로 비루먹고 파리ᄒᆞᆫ 말 ᄉᆞ기을 숨ᄇᆡᆨ 양토록 쥬시니 고이(怪異)ᄒᆞ도다."

ᄒᆞ며 셔로 의혹(疑惑)ᄒᆞ던니, 삼ᄇᆡᆨ 양을 가지고 동노의 나간니 과연 졔마(濟馬)[4] 열어 필이 닛시되,[5] 그즁의 비루먹고 파리ᄒᆞᆫ 마야지을 보고 님ᄌᆞ을 ᄎᆞ져 이로ᄃᆡ,

"이 말 갑시 얼마요?"

말 ᄌᆞᆼᄉᆞ 왈,

"갑션 닷 양니건니와, 그즁 크고 됴흔 말니 만커던 니ᄃᆡ지 파리ᄒᆞᆫ 거슬 ᄉᆞ다 무얼 ᄒᆞ야 ᄒᆞ난닛가? 됴흔 말을 ᄉᆞ가라."

ᄒᆞ거날, 노복이 ᄃᆡ왈,

"우리 ᄃᆡᆨ의셔 이런 말을 ᄉᆞ오라 ᄒᆞ시기로 ᄉᆞ노라."

---

2) [교감] ᄉᆞ환: 명월부인젼 '하인'. 융희본 'ᄒᆞ인'.
3) 매아지: '망아지(말의 새끼)'의 방언(경북, 전라, 충남, 평북, 함경, 황해).
4) 제마(濟馬): 제주도에서 나는 말. 여러 말이라는 뜻의 '제마(諸馬)'로 볼 수도 있다.
5) [교감] 과연 졔마 열어 필이 닛시되: 명월부인젼 '과연 말 여러 필리 잇거날'. 융희본 '과연 말장ᄉᆞ더리 여러 필 죠흔 말을 가졋스되'.

ᄒᆞ니 말 ᄌᆞᆼᄉᆞ 왈,

"그러ᄒᆞ면 닷 양만 쥬고 ᄉᆞ가라."

ᄒᆞ니 노복 등니 왈,

"우리 ᄃᆡ감게옵셔 삼ᄇᆡᆨ 양을 쥬고 ᄉᆞ오라 ᄒᆞ시기로 쥬난니, 삼ᄇᆡᆨ 양을 밧고 팔나."

ᄒᆞᆫᄃᆡ, 마장ᄉᆞ ᄃᆡ쇼(大笑) 왈,

"이 말은 갑시 닷 양도 과(過)ᄒᆞ거늘, 엇지 과가(過價)을 바드리요?"[6]

ᄒᆞᆫᄃᆡ, 노복 등니 ᄃᆡ왈,

"우리 ᄃᆡ감이 분부ᄒᆞ신ᄃᆡ로 쥬난 거신니, 잔말 말고 바드라."

ᄒᆞ고 삼ᄇᆡᆨ 양을 쥬거날, 마 장ᄉᆞ 엇지ᄒᆞᆫ 일인지 모로고 의혹(疑惑)ᄒᆞ고 구지 ᄉᆞ양(辭讓)ᄒᆞ여 밧지 아니ᄒᆞ거날, 노복 등니 닷토와 이로ᄃᆡ,

"만일 아니 바드면 니 말을 아니 살 거시요, 너난 우리게 속을니라."

ᄒᆞ고, 억지로 ᄇᆡᆨ(百) 양을 쥬고[7] 이ᄇᆡᆨ(二百) 양은 은휘(隱諱)ᄒᆞ여 난와가지고 말을 ᄭᅳᆯ고 와 공게 드린ᄃᆡ, 공니 보시고 바로 박씨게 보온니, 박씨 ᄯᅩ 이윽키 보다가 공게 엿ᄌᆞ오ᄃᆡ,

"이 말 갑션 삼ᄇᆡᆨ 양을 다 쥬어야 씰ᄃᆡ 닛삽거든, 무지(無知)ᄒᆞᆫ 노복 등니 ᄇᆡᆨ 양만 쥬고 이ᄇᆡᆨ 양은 은휘ᄒᆞ옵고 마 장ᄉᆞ을 쥬지 아니ᄒᆞ여삽기로 씰ᄃᆡ 업ᄉᆞ온니, 말장ᄉᆞ을 ᄎᆞ저 니ᄇᆡᆨ 양을 다 쥬고 오라 ᄒᆞ옵소셔."

공니 말삼을 듯고 박씨의 신긔(神奇)홈을 탄복(歎服)ᄒᆞ고, 즉시 나와

---

6) [교감] 이 말은~과가을 바드리요: 명월부인젼 '말 갑시 본ᄃᆡ 닷 량이라 웃지 과갑슬 바드리요 실노 아지 못게라'. 융희본 '이 ᄆᆡ야지 본갑이 닷 양이니 엇지 과갑을 바드리요 실노 연고을 아지 못ᄒᆞ노라'.

7) [교감] 노복 등니~양을 쥬고: 명월부인젼 '비복 등이 닷토다가 못ᄒᆞ여 억지로 ᄇᆡᆨ 량만 쥬고'. 융희본 '비복 등이 닷투다 못ᄒᆞ야 억지로 ᄇᆡᆨ 양만 쥬고'.

노복을 크게 ᄭᅮ지저 왈,

"너의 등니 말 갑 ᄉᆞᆷᄇᆡᆨ 양을 쥬엇던니 이ᄇᆡᆨ 양은 은휘ᄒᆞ고 ᄇᆡᆨ 양만 쥬고 ᄉᆞ스니, 상젼(上典)의게 긔망(欺罔)ᄒᆞᆫ 되(罪)난 동ᄎᆞ(從次) 치되(治罪)ᄒᆞ련니와, 은휘ᄒᆞᆫ 돈 이ᄇᆡᆨ 양을 급히 가지고 마 장ᄉᆞ을 ᄎᆞ저 쥬고 오라. 만일 지체(遲滯)ᄒᆞ면 너의 등은 목심을 보됸(保存)치 못ᄒᆞ리라."

ᄒᆞ시니, 노복 등이 ᄉᆞ죄(謝罪) 왈,

"니갓치 명감(明鑑)ᄒᆞ시니 엇지 긔망(欺罔)ᄒᆞ올잇가? 과연 ᄃᆡ감 분부ᄃᆡ로 ᄉᆞᆷᄇᆡᆨ 양을 쥬온즉, 그 말 갑시 닷 양니라 ᄒᆞ옵고 구지 ᄉᆞ양ᄒᆞ며 밧지 아니ᄒᆞ옵기로 ᄒᆞ리 읍셔 억지로 ᄇᆡᆨ 양만 쥬고 이ᄇᆡᆨ 양은 은휘ᄒᆞ여 삽던니, 이럿탓 신명(神明)ᄒᆞ시니 쇼인(小人) 등의 되(罪)난 만ᄉᆞ무셕이로쇼니다."

ᄒᆞ며 즉시 이ᄇᆡᆨ 양 가지고 마 장ᄉᆞ을 ᄎᆞ저 크게 ᄭᅮ지져 왈,

"이 몹실 ᄉᆞ람아, 쥬난 돈을 고집(固執)ᄒᆞ여 안니 밧기로 가져갓던니, ᄃᆡ감게옵셔 즁죄(重罪)을 나리오ᄉᆞ 죽을 지경(地境)을 당ᄒᆞ니, 엇지 통분(痛憤)치 아니리요?"

ᄒᆞ고 이ᄇᆡᆨ 양을 억지로 쥬고 도라와 엿ᄌᆞ오되,

"마 쥬인(馬主人)을 ᄎᆞᄌᆞ 쥬고 왓난니다."

ᄒᆞᆫᄃᆡ, 공니 즉시 드러가 박씨을 보고 그ᄃᆡ로 말ᄒᆞ니, 박씨 공게 엿ᄌᆞ오ᄃᆡ,

"이 말을 ᄒᆞᆫ ᄊᆡ 보리 셔 되 밀 스 되 쥭(粥)의 너허 ᄉᆞᆷ 연(三年)을 신칙(申飭)ᄒᆞ여 먹기게 ᄒᆞ옵쇼셔."[8]

공니 허락(許諾)ᄒᆞ고, 노복의게 분부ᄒᆞ여 잘 먹니라 신칙ᄒᆞ시다.

8) [교감] 이 말을~먹기게 ᄒᆞ옵쇼셔: 명월부인젼 '이 말를 먹이되 ᄒᆞᆫ ᄊᆡ에 보리 셔 되와 콩 셔 되식 쥭을 쑤어 삼 년을 신칙ᄒᆞ여 먹이게 ᄒᆞ옵쇼셔'. 융희본 '이 말을 머기되 ᄒᆞ로 ᄒᆞᆫ ᄊᆡ에 보리 스 되와 쐐 스 되식 쥭을 쓔어 삼 연을 신칙ᄒᆞ야 머기소셔'.

각셜. 시ᄇᆡᆨ니 부친 명을 거역지 못ᄒᆞ여 ᄂᆡ당[9]의 드러가 박씨 얼골을 본니, ᄎᆞ마 ᄃᆡ면(對面)ᄒᆞᆯ 마암이 읍셔 부부간의 졍니 졈졈(漸漸) 머러지더라.

박씨 초당 일홈을 피화당(避禍堂)니라 ᄒᆞ고, 후원(後園)의 각ᄉᆡᆨ(各色) 나무을 시물 ᄉᆡ 게화로 더부러 오ᄉᆡᆨ(五色) 토(土)을 갓다가 동(東)의난 쳥ᄉᆡᆨ(青色)을 응(應)ᄒᆞ여 쳥토(青土)로 나무뿌리을 붓도드고, 셔(西)의난 ᄇᆡᆨ긔(白氣)을 응ᄒᆞ여 ᄇᆡᆨ토(白土)로 붓도드고, 남(南)의난 젹긔(赤氣)을 응ᄒᆞ여 젹토(赤土)로 붓도드고, 북(北)의난 흑긔(黑氣)을 응ᄒᆞ여 흑토(黑土)로 붓도드고, 즁앙(中央)은 황긔(黃氣)을 응ᄒᆞ여 황토(黃土)로 붓도다 오ᄎᆡ영농(五彩玲瓏)ᄒᆞ게 심어놋고, 게화로 더부러 ᄊᆡ맛초와 물 쥬기을 일ᄉᆞᆷ문니, 그 나무 일취월ᄌᆞᆼ(日就月將)ᄒᆞ여 묘양(模樣)니 엄슉(嚴肅)ᄒᆞ고 신긔ᄒᆞᆫ 법(法)이 닛시되, 오ᄉᆡᆨ구름이 ᄌᆞ옥ᄒᆞᆫ 즁 나무가지난 용(龍)니 셔린 듯, 입ᄉᆞ구난 범이 되여 안진 닷, 욋갓[10] ᄉᆡ와 ᄇᆡ암이 변화(變化)ᄒᆞ여 슈미(首尾)을 졉(接)ᄒᆞ여 진법(陳法)을 이루난 듯ᄒᆞ니, 그 엄슉(嚴肅)ᄒᆞᆷ과 신긔ᄒᆞᆫ ᄌᆡ묘난 귀신(鬼神)도 칭양(測量)치 못ᄒᆞᆯ너라. 무지ᄒᆞᆫ ᄉᆞ람이야 뉘 능히 그 신묘(神妙)ᄒᆞᆫ 슐법(術法)을 알니요?

공니 게화을 불너 문왈,

"부인니 요ᄉᆡ이난 무어스로 쇼일(消日)ᄒᆞ시던야?"

게화 엿ᄌᆞ오ᄃᆡ,

"부인게옵셔 후원의 각ᄉᆡᆨ 나무을 시무고, 이러타시 ᄒᆞ난니다."[11]

공니 듯고 희ᄒᆞᆫ(稀罕)니 예기여 게화로 더부러 후원의 드러가 좌우

9) [교감] ᄂᆡ당: 융희본 '초당'.
10) 욋갓: '왼갓'의 오기.
11) [교감] 부인게옵셔 후원의~이러타시 ᄒᆞ난니다: 명월부인젼 '부인 씌옵셔 후원에 각ᄉᆡᆨ 나무을 심엇스되 일리일리 ᄒᆞ옵고 쇼녀로 ᄒᆞ여금 물을 쥬어 길르라 ᄒᆞ시더이다'.

(左右)을 살펴본니, 각ᄉᆡᆨ 나무가 ᄉᆞ면(四面)의 무셩(茂盛)ᄒᆞ여 형용(形容)니 엄슉ᄒᆞᄆᆡ 바라보기 어려온지라. 공니 놀ᄂᆡ여 게화을 붓들고 경신을 진경(鎭靜)ᄒᆞ여 ᄌᆞ셰니 바라본니,[12] 나무가지난 용과 범이 되여 바람과 비을 어루난 듯ᄒᆞ고,[13] 가지난 무슈(無數)ᄒᆞᆫ ᄉᆡ와 ᄇᆡ암이 슈미(首尾)을 졉응(接應)ᄒᆞ낫 듯ᄒᆞ여 변화무궁(變化無窮)ᄒᆞᆫ지라.

공니 ᄃᆡ경(大驚)ᄒᆞ여 탄복(歎服)ᄒᆞ시되,

"ᄂᆡ ᄉᆞ람은 곳 션인니로다. 여ᄌᆞ(女子)로 이갓치 영웅ᄃᆡ략(英雄大略)[14]을 품어신니 신묘ᄒᆞᆫ ᄌᆡ됴난 칭양치 못ᄒᆞ리라."

ᄒᆞ고 박시[15]다려 문왈,

"나무난 무삼 일노 심어시며, ᄂᆡ 집 당호(堂號)난 피화당니라 ᄒᆞ엿신니, 아지 못거라. 엇지ᄒᆞᆫ 연괴(緣故ㅣ)요?"

ᄒᆞ신니 박씨 엿ᄌᆞ오ᄃᆡ,

"길흉화복(吉凶禍福)은 인간ᄉᆞᆼᄉᆞ(人間常事)오니, 일후(日後)의 혹 급ᄒᆞᆫ 환(患)니 ᄂᆡ셔도 ᄂᆡ 나무로 혹 방비(防備)할가 ᄒᆞ여 심엇난니다."

공니 그 말을 듯고 놀ᄂᆡ여 그 연고을 ᄌᆞ셰니 무른즉, 박씨 엿ᄌᆞ오ᄃᆡ,

"ᄎᆞ역(此亦) 쳔슈(天數)온니, 엇지 쳔긔(天機)을 누셜(漏泄)ᄒᆞ리요? 일후 ᄌᆞ연(自然) 알으실니다."

ᄒᆞ거날, 공니 탄왈(歎曰),

"너난 진실(眞實)노 날 갓튼 ᄉᆞ람의 며나리 되기 악갑도다. 팔ᄌᆞ(八字)가 그러ᄒᆞᆫ지 ᄂᆡ ᄌᆞ식이 무도(無道)ᄒᆞ여 부부간의 화락지 못ᄒᆞ여 셰

12) [교감] 공니 놀ᄂᆡ여~ᄌᆞ셰니 바라본니: 명월부인젼 '공이 놀나여 겨우 경신 ᄎᆞ려 ᄌᆞ셰히 바라보니'.
13) [교감] 나무가지난 용과~어루난 듯ᄒᆞ고: 명월부인젼 '나무ᄂᆞᆫ 룡과 범이 화ᄒᆞ여 바람과 비 올리노난 듯ᄒᆞ고'. 융희본 '나무는 용과 범이 변화을 부리고'.
14) [교감] 영웅ᄃᆡ략: 명월부인젼 '영웅ᄌᆡ략'. 융희본 '영웅ᄃᆡ략'.
15) 박시: '박씨'의 오기.

월을 허송(虛送)ᄒᆞ니, ᄂᆡ 나니 뉵십(六十)이라. 셰월(歲月)이 죽엄을 ᄌᆡ촉ᄒᆞ난니, 너의 부부간 화락흠을 보지 못ᄒᆞᆯ가 근심ᄒᆞ노라."

박씨 다시 공경 ᄃᆡ왈,

"소부의 용모 츄비ᄒᆞ여 부부간 금실지낙(琴瑟之樂)[16]을 모로온니, 이난 다 소부의 죄온니 누을 원망ᄒᆞ올닛가? 소부의 원ᄒᆞ난 바난 가군(家君)이 부모의 효셩을 극진(極盡)니 ᄒᆞ옵고, 닙신양명(立身揚名)ᄒᆞ옵거든 나라의 츙셩을 다ᄒᆞ여 용방비간(龍逄比干)[17]갓치 뉴명쳔츄(遺名千秋)[18]ᄒᆞ온 후의, 타문(他門)의 취쳐(娶妻)ᄒᆞ와 유ᄌᆞ유손(有子有孫)ᄒᆞ고 만슈무강(萬壽無疆)ᄒᆞ오면 죽어도 여한(餘恨)니 읍실가 ᄒᆞ난이다."

ᄒᆞᆫᄃᆡ, 공니 그 말을 듯고 그 어질고 창ᄒᆡ(蒼海) 갓튼 도량(度量)을 칭양치 못ᄒᆞᆯ너라. 공니 박씨의 졍상(情狀)을 불상니 예겨 눈물을 흘니거날, 박씨 쏘 위로(慰勞) 왈,

"죤구(尊舅)[19]난 안심(安心)ᄒᆞ옵소셔. 아모 ᄶᆡᄅᆡ도 화목할 날니 닛실진니 과도(過度)이 근심치 마옵쇼셔. 만일 죤구게옵셔 너무 근심ᄒᆞ시면 가군(家君)의 허물니 드러나 향당(鄕黨) ᄉᆞ람니 불효라 ᄒᆞ오면, 니난 다 쇼부의 허물을 인연(因緣)ᄒᆞ여 악명(惡名)을 드을가 ᄒᆞ난니다."

공니 드르시고 박씨의 지극ᄒᆞᆫ 효셩을 더옥 탄복ᄒᆞ여 칭찬(稱讚)을 마지안니ᄒᆞ시더라.

각셜. 마야지 먹인 지 님의 ᄉᆞᆷ 연니라. 말니 듄총(駿驄)[20]이 되여 몸은 용(龍)의 형상(形狀)니요 거름은 비호(飛虎) 갓튼니, ᄉᆞ람니 능니

16) 금실지락(琴瑟之樂): 부부간의 사랑.
17) 용방비간(龍逄比干): 중국 고대 충신의 이름. 용방은 하(夏)나라 걸왕(桀王)의 신하이고 비간은 은(殷)나라 주왕(紂王)의 숙부인데, 두 사람 모두 임금에게 충간하다가 죽음을 당했다.
18) 유명천추(遺名千秋): 오랜 후대까지 이름을 남김.
19) 존구(尊舅): 부인네들이 시아버지를 높여 이르는 말.
20) 준총(駿驄): 걸음이 몹시 빠른 말. 준마(駿馬).

졔어(制御)치 못ᄒᆞ난지라. 박씨 공게 엿ᄌᆞ오ᄃᆡ,

“모월모일(某月某日)의[21] ᄃᆡ국(大國)의 칙ᄉᆞ(勅使)[22] 나올 거신니, 말을 갓다가 칙ᄉᆞ 오난 길의 ᄆᆡ야두면 칙ᄉᆞ 보고 ᄉᆞ가려 ᄒᆞᆯ 거신니, 말 갑션 삼만(三萬) 양을 달나 ᄒᆞ여 파라오라 ᄒᆞ옵소셔.”

공니 듯고 가ᄌᆞᆼ 신긔(神奇)이 예겨[23] 박씨 말ᄃᆡ로 노복을 불너 분부ᄒᆞᆫ 후 칙ᄉᆞ 오기을 지다리더라.

과연 그날 칙ᄉᆞ 온다 ᄒᆞ거늘 말을 쓸고 가 기다리던니, 칙ᄉᆞ 그 말을 이윽히 보고 ᄃᆡ희(大喜)ᄒᆞ여 마쥬(馬主)을 ᄎᆞᄌᆞ 갑셜 무른ᄃᆡ,[24] 노복이 왈,

“말은 팔 거시요, 갑션 ᄉᆞᆷ만 양니라.”

ᄒᆞ니 칙ᄉᆞ ᄃᆡ희ᄒᆞ여 ᄉᆞᆷ만 금을 악기지 안니ᄒᆞ고 ᄉᆞ거날, 공니 ᄉᆞᆷ만 금을 으드ᄆᆡ 가산(家産)니 ᄌᆞ연 요부(饒富)ᄒᆞ더라.[25]

박씨 공게 엿ᄌᆞ오되,

“그 말니 쳔니(千里) 준총(駿驄)인니 됴션(朝鮮)은 쇼국(小國)이라 엇지 알니요?[26] 또 지방(地方)니 편쇼(編小)ᄒᆞ여 씰 고지 읍고, ᄃᆡ국(大國)은 지방니 광할(廣闊)ᄒᆞ고 불구(不久)의 씰 고지 잇난 고로 ᄉᆞᆷ만 금을 악기지 아니ᄒᆞ고 ᄉᆞ갓ᄉᆞᆸ 건니와, 됴션이야 무엇셰 씨것ᄉᆞᆸ난ᄂᆡᆺ

21) [교감] 모월모일의: 융희본 ‘게유년 셧달 이십삼일 오시에’.
22) 칙사(勅使): 조선시대에 명나라 또는 청나라에서 황제의 칙서를 가지고 오던 중국의 사신.
23) [교감] 공니 듯고 가ᄌᆞᆼ 신긔이 예겨: 명월부인젼 ‘공이 듯고 장신장의ᄒᆞ며’.
24) [교감] 칙ᄉᆞ 그~갑셜 무른ᄃᆡ: 명월부인젼 ‘칙ᄉᆞ가 그 말을 보다가 ᄃᆡ혹ᄒᆞ여 마쥬을 뭇거날 노복이 잇쓸고 갓가히 드러간니 칙ᄉᆞ 왈 말 갑슨 얼마나 되ᄂᆞᆫ뇨’. 융희본 ‘칙ᄉᆞ 오다가 과연 그 말을 보고 문왈 이 말이 팔 말이며 갑슨 얼마나 되난요’.
25) [교감] 공니 ᄉᆞᆷ만~ᄌᆞ연 요부ᄒᆞ더라: 명월부인젼 ‘공이 의외에 삼만 금을 으드ᄆᆡ 가산이 ᄌᆞ연 요부ᄒᆞᆫ지라 박씨다러 왈 그 말리 엇지 삼만 금토록 과갑슬 밧앗스니 아지 못헐 일리로다 ᄒᆞ니’. 융희본 ‘노복이 도라와 그 ᄉᆞ연을 고ᄒᆞᆫ이 공이 삼만 양을 슌식간의 어든이 가산이 자연 요부ᄒᆞᆫ지라 짓거ᄒᆞ야 박씨다려 문왈 그 말 갑슨 바더스나 그 신묘ᄒᆞᆫ 일은 아지 못ᄒᆞ노라’.
26) [교감] 됴션은 쇼국이라 엇지 알니요: 명월부인젼 ‘됴션은 쇼국이라 아라볼 사ᄅᆞᆷ이 업슬 뿐더러’. 융희본 ‘죠션은 소국인고로 알어볼 ᄉᆞᄅᆞᆷ 읍슬 뿐더러’.

가?[27] 그런고로 칙ᄉᆞ 오기을 기다렷난니다."

공니 듯고 탄복 왈,

"너난 여ᄌᆞᄂᆞ 명견말니(明見萬里)[28]ᄒᆞ난 ᄌᆡ됴가 실노 악갑도다. 만일 남ᄌᆞ(男子)곳 되여더면 보국츙신(輔國忠臣)이 될 거셜 여ᄌᆞ 되미 ᄒᆞᆫ탄(恨歎)니로다."

ᄒᆞ며 탄식ᄒᆞ시더라.

27) [교감] 됴션이야 무엇셰 씨것습난닛가: 명월부인젼 '죠션이야 능히 알라볼 ᄌᆡ 드문지라'. 융희본 '죠션이야 누가 갑슬 알며 쥰춍을 알어보릿가'.

28) 명견만리(明見萬里): 만 리 앞을 내다본다는 뜻으로, 관찰력이나 판단력이 매우 정확하고 뛰어남을 이르는 말.

시백이 박씨의 도움으로 장원급제하다

각셜. 잇ᄯᅢ 국ᄐᆡ민안(國泰民安)ᄒᆞ고 시화연풍(時和年豐)[1]ᄒᆞ여 인ᄌᆡ(人才)을 ᄐᆡᆨ츌(擇出)코져 ᄒᆞ여 과일(科日)을 증(定)ᄒᆞ고 팔도(八道)의 ᄒᆡᆼ관(行關)[2]ᄒᆞ니,[3] 시ᄇᆡᆨ이 관광(觀光)코져 ᄒᆞ여 ᄌᆞᆼ즁(場中)의 드러갈 졔, 그날 밤의 박씨 일몽(一夢)을 으든니, 후원 연당(蓮塘)의 화초만발(花草滿發)ᄒᆞᆫᄃᆡ 봉졉(蜂蝶)니 나러드난 속의 쳥옥(青玉) 연젹(硯滴)이 노엿거날, 그 연젹을 ᄌᆞ셰니 본니 화(化)ᄒᆞ여 쳥용(青龍)니 되여 보니거날,[4] 박씨 ᄌᆞᆷ을 ᄭᆡ여본니 남가일몽(南柯一夢)이라. 젼젼불ᄆᆡ(輾

1) 시화연풍(時和年豐): 나라가 태평하고 풍년이 듦.

2) 행관(行關): 관아(官衙) 사이에 공문(公文)을 보냄.

3) [교감] 과일을 증ᄒᆞ고 팔도의 ᄒᆡᆼ관ᄒᆞ니: 명월부인젼 'ᄃᆡ과을 보이실 ᄉᆡ'. 융희본 'ᄃᆡ과을 뵈일 ᄉᆡ'.

4) [교감] 후원 연당의~되여 보니거날: 명월부인젼 '후원 연못 가온ᄃᆡ 화쵸 만발헌 즁 봉졉이 쌍거쌍ᄅᆡ헐 졔 ᄉᆞᆲ펴보니 한 ᄇᆡᆨ옥 연젹이 노엿다가 화ᄒᆞ야 쳥롱이 되야 벽ᄒᆡ에 논이다가 여의쥬을 물고 ᄎᆡ운를 타고 옥경에 올나뵈이거날'. 융희본 '후원 연못 가온ᄃᆡ 화쵸 만발ᄒᆞ고 봉졉이 나라드난ᄃᆡ 그 가온ᄃᆡ 쳥용이 굼실굼실 논이다가 여의쥬을 입의 물고 ᄎᆡ운을 헛치고 옥경의 올나 뵈이거날'.

轉不寐)[5]ᄒᆞ여 날 ᄉᆡ기을 지다리던니 동방(東方)니 발가오난지라. 급희 나어가 본니 과연 쳥옥 연젹니 연못 우희 노여거날, ᄌᆞ셔니 본즉 쑴의 보던 연젹이라. 반가이 갓다노코 즉시 계화을 명ᄒᆞ여 시ᄇᆡᆨ의게 젼갈(傳喝)ᄒᆞ여 왈,

"ᄒᆞ올 말숨 잇ᄉᆞ온니 좀싼 드러오라."

ᄒᆞᆫᄃᆡ, 시ᄇᆡᆨ니 졍ᄉᆡᆨ(正色) 왈,

"무삼 할말니 잇관듸 장부(丈夫)의 과ᄒᆡᆼ(科行)길을 지쳬(遲滯)되게 ᄒᆞ난다?"

ᄒᆞ거날, 계화 무류[6]ᄒᆞ여 도라와 박씨게 고(告)ᄒᆞᆫᄃᆡ, 박씨 계화다려 일너 왈,

"네 가셔 다시 젼갈ᄒᆞ고,[7] 좀간 드러오시면 됴흔 일니 닛신니 ᄒᆞᆫ 번 슈고을 악기지 마옵쇼셔."

ᄒᆞᆫᄃᆡ, 시ᄇᆡᆨ이 듯고 ᄃᆡ노(大怒) 왈,

"요망(妖妄)ᄒᆞᆫ 계집이 장부(丈夫)의 과ᄒᆡᆼ을 말뉴(挽留)ᄒᆞ니, 이런 당돌(唐突)ᄒᆞᆫ 일니 어ᄃᆡ ᄂᆡᆺ시리요?"

ᄒᆞ고 계화을 ᄌᆞ바ᄂᆡ여 큰 ᄆᆡ로 삼십(三十) 도(度)을 즁죄(重罪)[8]ᄒᆞ여 물니친니, 계화 울며 드러가 박씨게 고ᄒᆞᆫᄃᆡ, 박씨 앙쳔(仰天) 탄왈(歎曰),

"실푸다! ᄂᆡ의 되(罪)로 무죄(無罪)ᄒᆞᆫ 네가 즁되(重罪)을 당ᄒᆞ엿시니, 이갓치 분(憤)ᄒᆞᆫ 일니 어ᄃᆡ 잇시리요?"

ᄒᆞ고 연젹을 계화을 쥬며 다시 젼갈ᄒᆞ되,

---

5) 전전불매(輾轉不寐): 누워서 이리저리 뒤척이며 잠을 이루지 못한다는 말.
6) [교감] 무류: '무안(無顔, 수줍거나 창피해 볼 낯이 없음)'의 옛말. 명월부인젼 '무류'. 융희본 '무식'.
7) [교감] 박씨 계화다려~다시 젼갈ᄒᆞ고: 명월부인젼 '박씨 다시 계화로 ᄒᆞ여금 젼갈ᄒᆞ여 왈'. 융희본 '박씨 다시 계화로 ᄒᆞ여금 젼갈ᄒᆞ되'.
8) [교감] 즁죄: 명월부인젼 '즁치'.

"이 연젹을 가지고 입장(入場)ᄒᆞ여 니 연젹 물노 먹을 가러 글을 지여 밧치면 ᄌᆞᆼ원급졔(壯元及第)ᄒᆞᆯ 거신니, 닙신양명(立身揚名)ᄒᆞ거든 부모젼(父母前)의 영화(榮華)을 뵈옵고 가문(家門)을 빗닌 후의 날 갓튼 취비ᄒᆞᆫ 인물은 ᄉᆡᆼ각지 마옵고 타문의 다시 미ᄉᆡᆨ(美色)을 튁취(擇娶)ᄒᆞ여 평ᄉᆡᆼ(平生) ᄒᆡ원(解寃)ᄒᆞ옵고, ᄇᆡᆨ연동낙(百年同樂)ᄒᆞ와 유ᄌᆞ유여(有子有女)ᄒᆞ옵쇼셔."

ᄒᆞᆫᄃᆡ, 시ᄇᆡᆨ이 듯기을 다ᄒᆞ고 연젹을 바다본니 쳔ᄒᆞ(天下)의 즁보(重寶)라. 오히려 ᄋᆡ연(哀然)니 예겨 회과(悔過)ᄒᆞ며 젼갈ᄒᆞ되,

"ᄉᆞ이완의(事已完矣)라. 악가 ᄒᆞ온 말숨은 풀쳐 바리시고 안심ᄒᆞ옵시면 ᄐᆡ평동낙(太平同樂)ᄒᆞ옵기을 바ᄅᆡ난니다."[9]

ᄒᆞ고, 또 게화을 무죄이 즁치(重治)ᄒᆞᆷ을 ᄀᆡ탄부리(慨歎不已)[10]ᄒᆞ며 됴흔 말노 푸러 이르더라.

그날 과ᄌᆞᆼ(科場)의 드러갈 ᄉᆡ 그 연젹의 물을 너허 가지고 글졔을 바라본니 '강구(康衢)의 문동요(聞童謠)'라. 그 연젹의 물노 먹을 가라 일필휘지(一筆揮之)ᄒᆞ여 션ᄌᆞᆼ(先場)[11]의 밧치니 문불가졈(文不加點)이라. 방목(榜目)[12]을 기다리던니[13] 이윽고 호명(呼名)ᄒᆞ되 일등ᄌᆞᆼ원(一等壯元)의 니시ᄇᆡᆨ(李時白)이라 ᄒᆞ고, 츈장ᄃᆡ(春塘臺)[14] 놉픈 ᄃᆡ셔 실

---

9) [교감] ᄉᆞ이완의라 악가~ᄐᆡ평동낙ᄒᆞ옵기을 바ᄅᆡ난니다: 명월부인젼 '왕ᄉᆞᄂᆞᆫ 이의라 지닌 일은 다 풀쳐 바리고 안심ᄒᆞ옵쇼셔 ᄐᆡ평동낙ᄒᆞ기을 바라노라'. 융희본 '왕ᄉᆞ는 믈논이라 풀쳐 바리시고 안심ᄒᆞ여 지ᄂᆡ시면 ᄉᆞ과ᄒᆞ난 날이 잇ᄉᆞ오리다'.

10) 개탄불이(慨歎不已): 개탄하기를 그치지 않음.

11) 선장(先場): 과거를 볼 때, 문과 과거장에서 가장 먼저 글장을 바치던 일.

12) 방목(榜目): 고려·조선시대의 과거 합격자 명부.

13) [교감] 일필휘지ᄒᆞ여 션ᄌᆞᆼ의~방목을 기다리던니: 명월부인젼 '일필휘지ᄒᆞ니 문불가졈이라 일텬에 션장ᄒᆞ고 방을 기다리더니'. 융희본 '일필휘지ᄒᆞ니 문블가졈이라 일쳔의 밧치고 나와 방을 기달이더니'.

14) 춘당대(春塘臺): 창경궁(昌慶宮) 안에 있는 대(臺). 조선시대 나라에 경사가 있을 때 왕이 춘당대에 직접 나와 과거를 시행했으며, 이 과거를 '춘당대시(春塘臺試)'라 일컬었다.

ᄂᆡ(新來)[15] 부르난 쇼ᄅᆡ ᄌᆞᆼ안(長安)니 진동ᄒᆞ거날, 시ᄇᆡᆨ이 국궁(鞠躬)[16]ᄒᆞ고 궐ᄂᆡ(闕內)의 닙시(入侍)ᄒᆞ니 무슈(無數)니 진퇴(進退)ᄒᆞ고 이윽키 보시다가 칭찬ᄒᆞᄉᆞ 왈,

"진츙보국(盡忠報國)ᄒᆞ물 바ᄅᆡ노라."

ᄒᆞ시거날,[17] ᄉᆞ은슉ᄇᆡ(謝恩肅拜)[18]ᄒᆞ고 집의 나온니 그 질거옴을 비(比)할 ᄃᆡ 업더라.[19]

그 이튼날 경연(慶宴)을 ᄇᆡ셜(排設)ᄒᆞᆯ ᄉᆡ, 박씨ᄂᆞᆫ ᄎᆞᆷ예(參預)치 못ᄒᆞ고 홀노 젹막(寂寞)히 안져신니[20] 엇지 실푸지 아니ᄒᆞ리요? 박씨의 광활(廣闊)ᄒᆞᆫ 의량(意量)니 아니면 엇지 그 졍ᄉᆞᆼ(情狀)을 보리요? 게화 박씨기[21] 고초(苦楚)이 초당의 잇시물 민망(憫惘)ᄒᆞ여 박씨게 엿ᄌᆞ오ᄃᆡ,

"이 갓튼 경연의 일가친쳑(一家親戚)과 노소고구(老少故舊)[22]가 다 뫼와 질기난ᄃᆡ, 부인은 홀노 안져 슈심(愁心)으로 셰월을 보ᄂᆡ시고 ᄎᆞᆷ

15) 신래(新來): 새로 과거에 급제한 사람. 고려·조선시대 과거에 새로 급제해 처음 관직에 나온 사람을 선배들이 '신래'라 불렀다.

16) 국궁(鞠躬): 윗사람이나 위패(位牌) 앞에서 존경하는 뜻으로 몸을 굽힘.

17) [교감] 츈장ᄃᆡ 놉푼~바ᄅᆡ노라 ᄒᆞ시거날: 명월부인젼 '츈당ᄃᆡ 놉히 올나 실ᄂᆡ를 부르ᄂᆞᆫ 쇼ᄅᆡ 장안에 진동ᄒᆞ거날 국궁ᄒᆞ고 궐하에 다다르니 뎐상에셔 진퇴을 무슈히 시긴 후에 입시ᄒᆞ니 상이 이윽히 보시다가 층찬불리ᄒᆞ시며 진츙보국ᄒᆞ믈 당부ᄒᆞ시며 불승희열ᄒᆞ시거날'. 융희본 '실ᄂᆡ를 부르난 소ᄅᆡ 장안이 진동ᄒᆞ거날 시ᄇᆡᆨ이 국은을 츅ᄉᆞᄒᆞ고 직지 궐ᄂᆡ의 드러간이 ᄃᆡ상의셔 무슈히 진퇴을 ᄌᆡ촉ᄒᆞ다가 ᄉᆞ은슉ᄇᆡᄒᆞ니 상이 칭찬을 마지안이ᄒᆞ시며 진츙보국ᄒᆞ믈 당부ᄒᆞ시거날'.

18) 사은숙배(謝恩肅拜): 예전에 임금의 은혜에 감사하며 공손하고 경건하게 절을 올리던 일.

19) [교감] ᄉᆞ은슉ᄇᆡᄒᆞ고 집의~ᄃᆡ 업더라: 명월부인젼 'ᄉᆞ은슉ᄇᆡᄒᆞ고 집으로 도라올 ᄉᆡ 머리에난 어ᄉᆞ화며 몸에ᄂᆞᆫ 금포옥ᄃᆡ로 마상에 두려시 안져슨니 표연헌 풍신도 죠컨이와 긔구도 찰난ᄒᆞ다 쳥홍ᄀᆡᄂᆞᆫ 반공에 쇼ᄉᆞ 잇고 이원악셩이 더욱 죠타 화동을 압셰우고 쌍져를 불이면셔 장안ᄃᆡ로 상으로 헌거롭계 나오ᄂᆞᆫ 모양은 진셰간 션인일너라'. 융희본 '집의 도라올 ᄉᆡ 머리예는 어ᄉᆞ화요 몸의난 금포옥ᄃᆡ로 금안쥰마의 두려시 안져스니 표연ᄒᆞᆫ 풍ᄌᆡ 찰난ᄒᆞ난지라 힝화츈풍 대도상의 귀경ᄒᆞ난 ᄉᆞ롬이 뉘 안이 ᄉᆞ랑ᄒᆞ며 층찬ᄒᆞ리요 집의 도라와 의기양양 길거할제'.

20) [교감] 박씨ᄂᆞᆫ ᄎᆞᆷ예치~젹막히 안져신니: 명월부인젼 '박씨ᄂᆞᆫ 참례도 못ᄒᆞ고 젹막ᄒᆞᆫ 후원 쵸당에 안져스니'. 융희본 '박씨는 참예도 못ᄒᆞ고 젹막ᄒᆞᆫ 쵸당의 홀노 안져스니'.

21) 박씨기: '박씨가'의 오기.

22) [교감] 일가친척과 노소고구: 융희본 '상ᄒᆞ친쳑'

예치 못ᄒᆞ시니, 소비(小婢) 갓튼 마암의도 극히 불안ᄒᆞ와니다."

ᄒᆞᆫᄃᆡ, 박씨 쳔연(天然)니 가로ᄃᆡ,

"ᄉᆞ람의 팔ᄌᆞ(八字)와 길흉화복(吉凶禍福)은 다 ᄒᆞ날의 닛난니, 무삼 셔름이 닛시리요."

게화 듯고 그 의량니 광할홈을 못ᄂᆡ 칭ᄒᆞᆫᄒᆞ더라.

절대가인으로 변모한 박씨

각셜. 박씨 시집온 졔 님의 ᄉᆞᆷ 연니라. 친가(親家) 소식(消息)을 듯지 못ᄒᆞ여 일일(一日)은 박씨 공게 엿ᄌᆞ오ᄃᆡ,

"쇼부 츌가(出嫁)ᄒᆞ온 졔 ᄉᆞᆷ 연니오나 본가(本家) 쇼식(消息)을 몰로온니, ᄌᆞᆷ샨 단여오고져 ᄒᆞ난니다."

공니 듯고 ᄃᆡ왈,

"이곳셔 금강ᄉᆞᆫ(金剛山)니 슈ᄉᆞᆷᄇᆡᆨ(數三百)이요, 길이 험(險)ᄒᆞ여 남ᄌᆞ(男子)도 츌닙(出入)이 어렵거듯,[1] ᄒᆞ물며 여닌(女人)니 엇지 왕ᄂᆡ(往來)ᄒᆞ리요?"

박씨 다시 고왈(告曰),

"쇼부도 험노(險路)의 츌닙니 극난(極難)ᄒᆞᆫ 쥴 아온나 부득불(不得不) 단여올 일 닛ᄉᆞ온니, 과렴(過念)마옵시고 쳐분(處分)ᄒᆞ옵쇼셔."

공니 왈,

1) 어렵거듯: '어렵거든'의 오기.

"네가 부득불 간다 ᄒᆞ니 말유(挽留)할 길 읍건니와, 근친(覲親) 기구(器具)을 ᄎᆞ려쥴 거신니 속(速)히 단여오라."

ᄒᆞ신ᄃᆡ, 박씨 다시 쥬왈,

"근친 졀ᄎᆞ(節次)난 그만두옵쇼셔. 소부 혼ᄌᆞ 가 좀간 단여올 거시니,[2] 너무 염여(念慮) 마옵쇼셔."

공니 본ᄃᆡ 박씨의 ᄌᆡ됴을 아난 고로 부득이 허락ᄒᆞ시니, 박씨 ᄯᅩ 엿ᄌᆞ오되,

"슈일(數日)니면 단여올 거신니, 이런 말숨을 번셜(煩說)치 마옵쇼셔."

ᄒᆞ거날, 공니 그 곡졀(曲折)을 몰나 ᄂᆡ렴(內念)의 심여(心慮)되야 침식(寢食)이 불안(不安)ᄒᆞ더라.

박씨 초당의 드러가 게화다려 왈,

"ᄂᆡ 좀간 친가(親家)의 단여올 거시니, 부ᄃᆡ 너만 알고 번셜치 말나."

ᄒᆞ고 그날 밤 삼경(三更)의 단신(單身)으로 ᄯᅥ나가던니, 과연 ᄉᆞᆷ 일 만의 왓난지라. 공니 보시고 ᄃᆡ경ᄃᆡ희(大驚大喜)ᄒᆞ여 왈,

"너의 신긔ᄒᆞᆫ ᄌᆡ됴난 귀신도 칭양치 못ᄒᆞ리로다. 그러ᄒᆞ나 너의 부친(父親) 문안(問安) 일향(一向)ᄒᆞ시던야?"

박씨 답쥬왈(答奏曰),

"아직 일안(一安)ᄒᆞ시고,[3] 모월모일의 오시마 ᄒᆞ시더니다."

공니 듯고 깃거워 쳐ᄉᆞ(處士) 오기을 날노 기다리더라. 뉘라셔 박씨의 츌입(出入)을 알니요?

---

2) [교감] 소부 혼ᄌᆞ~단여올 거시니: 명월부인젼 '쇼뷔 ᄅᆡ왕 간 슈삼 일 ᄂᆡ에 단여올 거시오니'. 융희본 'ᄂᆡ왕 간 슈삼 일이 될 거시니'.
3) [교감] 아직 일안ᄒᆞ시고: 명월부인젼 '아즉 무고ᄒᆞ웁시고'. 융희본 '아직 평안ᄒᆞ옵고'.

일일은 쳐ᄉᆞ 오시ᄆᆡ,[4] 공니 의관(衣冠)을 경제(整齊)ᄒᆞ시고 ᄒᆞ당영졉(下堂迎接)[5]ᄒᆞ여 예필좌졍(禮畢坐定) 후의 기간(其間) 젹됴(積阻)[6]ᄒᆞᆫ 졍회(情懷)을 셜화ᄒᆞ며 슐을 나슈와 질길 ᄉᆡ, 공니 쳐ᄉᆞ게 ᄉᆞ례(謝禮) 왈,

"됸ᄀᆡᆨ(尊客)을 뵈온니 반가온 마음은 고ᄉᆞ(固辭)ᄒᆞ옵고 미안(未安)ᄒᆞ온 일니 칭양(測量)치 못ᄒᆞ난니다."[7]

쳐ᄉᆞ 왈,

"무삼 일니온지 더옥 감ᄉᆞ(感謝)ᄒᆞ여니다."[8]

공니 공경(恭敬) ᄃᆡ왈,

"ᄌᆞ식이 불초ᄒᆞ와 현부(賢婦)을 몰나보고 부부간 화락지 못ᄒᆞ옵기로 ᄆᆡ일(每日) 경게(警戒)ᄒᆞ되 동시(終是) 부명(父命)을 거역ᄒᆞ온니, 엇지 불안(不安)치 아니ᄒᆞ올닛가?"

쳐ᄉᆞ 왈,

"공의 너부신 덕으로 ᄂᆡ의 누취(陋醜)ᄒᆞᆫ 여식을 드럽다 아니ᄒᆞ시고 닛ᄢᅵ갓 슬ᄒᆞ(膝下)의 두시고 도로여 무안(無顔)타 ᄒᆞ신니, 극히 황공감ᄉᆞ(惶恐感謝)ᄒᆞ여니다. ᄉᆞ람의 팔ᄌᆞ(八字) 길흉(吉凶)니 ᄒᆞ날의 닛ᄉᆞ온니, 엇지 화락지 못ᄒᆞᆷ을 염여(念慮)ᄒᆞ올잇가?"

---

4) [교감] 일일은 쳐ᄉᆞ 오시ᄆᆡ: 명월부인젼 '일일은 공이 쳐ᄉᆞ 오기를 기다리더니 과연 그날리 당ᄒᆞᄆᆡ 공이 홀노 안졋더니 오운이 집에 영롱ᄒᆞ며 쳥아헌 옥져 쇼ᄅᆡ 구름 밧계 들이거날 셔안을 비겨 바라보니 일위 션관이 ᄇᆡᆨ학을 타고 오운 간으로 좃ᄎᆞ 나려오거날 ᄌᆞ셔히 보니 곳 박쳐ᄉᆡ라'. 융희본 '일일은 쳐ᄉᆞ 오마는 날이 당ᄒᆞᄆᆡ 공이 호을노 안져 기달이니 오운이 집안의 영농ᄒᆞ며 쳥ᄋᆡᄒᆞᆫ 옥져 소ᄅᆡ 구름 박긔 들이더니 문득 일위 션관이 ᄇᆡᆨ학을 타고 오운 가온ᄃᆡ로 나려오거날 자셔이 보니 이난 곳 박쳐ᄉᆞ라'.

5) 하당영접(下堂迎接): 윗사람이나 반가운 사람이 올 때 방이나 대청에서 내려와 맞이함.

6) 적조(積阻): 서로 연락이 끊겨 오랫동안 소식이 막힘.

7) [교감] 반가온 마음은~칭양치 못ᄒᆞ난니다: 명월부인젼 '반가온 마음은 녜ᄉᆞ요 미안헌 마음을 칙량치 못ᄒᆞ짓ᄂᆞ이다'. 융희본 '반가온 마음은 예ᄉᆞ요 미안ᄒᆞᆫ 마음을 층양치 못ᄒᆞ건나이다'.

8) [교감] 더옥 감ᄉᆞᄒᆞ여니다: 융희본 '되리에 미안ᄒᆞ여이다'.

공니 듯고 더옥 슈괴(羞愧)[9]함을 마지안니ᄒᆞ더라.

일일은[10] 쳐ᄉᆞ 피화당으로 드러가던니 박씨로 됴용니 말ᄒᆞ되,

"네 ᄋᆡᆨ운(厄運)니 다ᄒᆞ엿신니, 누취(陋醜)ᄒᆞᆫ 허물을 버서라."

ᄒᆞ고 탈갑변신(脫甲變身)ᄒᆞ난 슐법(術法)을 갈으치고, 또 니로ᄃᆡ,

"네가 누취ᄒᆞᆫ 허물을 벗거든 바리지 말고 ᄉᆞᆼ공게 옥함(玉函)을 으더 그 속의 너흐라."[11]

ᄒᆞ며 은근(慇懃)ᄒᆞᆫ 졍담(情談)을 이윽키 ᄒᆞ다가 소ᄆᆡ을 ᄯᅥᆯ치고 나와 작별(作別)을 고ᄒᆞ니, 공니 못ᄂᆡ 셥셥ᄒᆞ여 말뉴(挽留)ᄒᆞ되 듯지 아니ᄒᆞ고 가난지라. 일ᄇᆡ쥬(一杯酒)로 작별ᄒᆞᆯ ᄉᆡ[12] 공다려 왈,

"지금 가오면 다시 만날 긔약(期約)이 업ᄉᆞ온니 만슈무강(萬壽無疆)ᄒᆞ옵쇼셔."

ᄒᆞ거날, 공니 듯고 ᄃᆡ경(大驚)ᄒᆞ여 왈,

"이 어인 말ᄉᆞᆷ이온지 알고져 ᄒᆞ난니다."

쳐ᄉᆞ 왈,

"피ᄎᆞ(彼此) 셥셥ᄒᆞ난니다. 이번의 닙ᄉᆞᆫ(入山)ᄒᆞ오면 다시 엇지 츌셰(出世) ᄉᆞᆼ봉(相逢)ᄒᆞ올닛가?"[13]

공니 ᄒᆞᆯ일업셔 작별할 ᄉᆡ 쳐ᄉᆞ ᄇᆡᆨ학(白鶴)을 타고 공즁(空中)의 올나 오운(五雲)을 헷치고 가던니, 구름니 거드며 간ᄃᆡ업난지라. 공니 보고 탄복(歎服)ᄒᆞ믈 마지아니ᄒᆞ더라.

---

9) 슈괴(羞愧): 부끄럽고 창피하게 여김.

10) [교감] 일일은: 명월부인젼 '공이 쳐ᄉᆞ로 더부러 여러 날 바둑 두기와 옥쇼 불기를 쇼일ᄒᆞ더니 일일은'. 융희본 '공이 쳐ᄉᆞ로 더부러 날노 바돌 두기와 옥져 블기로 소일ᄒᆞ던이 일일은'.

11) [교감] ᄉᆞᆼ공게 옥함을 으더 그 속의 너흐라: 명월부인젼 '상공ᄭᅴ 엿ᄌᆞ와 옥합을 ᄡᅥ다가 그 쇽에 너어두고 위ᄒᆞ라'. 융희본 '상공게 엿쥬어 옥함을 ᄡᅥ달나 ᄒᆞ야 그 속의 너허두고 간슈ᄒᆞ라'.

12) [교감] 일ᄇᆡ쥬로 작별ᄒᆞᆯ ᄉᆡ: 융희본 '공이 하릴업셔 일ᄇᆡ쥬로 작별할 ᄉᆡ 쳐ᄉᆞ'.

13) [교감] 이번의 닙ᄉᆞᆫᄒᆞ오면 다시 엇지 츌셰 ᄉᆞᆼ봉ᄒᆞ올닛가: 명월부인젼 '이번에 입산ᄒᆞ오면 다시 츌셰ᄒᆞ옵기가 망연ᄒᆞ와 실노 상봉ᄒᆞ옵기 난쳐ᄒᆞ오이다'. 융희본 '이번 입산ᄒᆞ오면 츌산ᄒᆞ기 망연ᄒᆞ와 실노 상봉키 어렵삽나이다'.

각셜. 박씨 그날 밤의 목욕지계(沐浴齋戒)ᄒᆞ고 둔갑변화(遁甲變化)ᄒᆞ던니 허물을 버겻난지라. 날니 발그ᄆᆡ 시비 계화을 부르니, 계화 ᄃᆡ답ᄒᆞ고 드러가본니 홀연(忽然) 예 업던 일ᄃᆡ미인(一代美人)이 안져거날, 계화 ᄌᆞ셔(仔細)니 본니 얼골과 모양 ᄐᆡ도난 월궁션여(月宮仙女) 갓고, 아리짜온 셩음(聲音)은 금옥(金玉)을 ᄭᆡ치난 듯, ᄇᆡᆨᄐᆡ(百態) 구비(具備)ᄒᆞ고 정경유한(靜貞幽閑)[14] 거동은 정신니 비월(飛越)ᄒᆞ여 아모 말도 못ᄒᆞ고 안져던니, 박씨 화월(花月) 갓튼 얼골을 들고 단순(丹脣)을 반기(半開)ᄒᆞ고 계화다려 이로ᄃᆡ,

"ᄂᆡ 지금 탈갑ᄒᆞ고 본ᄉᆡᆨ(本色) 가져시니, 네 나어가 혈노(泄露)[15]치 말고[16] ᄃᆡ감게 엿ᄌᆞ와 옥합(玉盒)을 으더오라."

ᄒᆞᆫᄃᆡ, 계화 승명ᄒᆞ고 급희 외당(外堂)의 나와 희ᄉᆡᆨ(喜色)이 만안(滿顔)ᄒᆞ거날, 공니 반겨 문왈,

"너난 무삼 됴흔 일니 닛셔 희ᄉᆡᆨ이 만안ᄒᆞ고 급히 온난다?"

계화 엿ᄌᆞ오되,

"피화당의 신긔ᄒᆞ온 일니 잇ᄉᆞ온니 급히 드러가보소셔."

ᄒᆞ거날, 공니 고니(怪異) 예겨여 계화을 짜러 방문(房門)을 열고 본니, 향ᄂᆡ 방안의 진동ᄒᆞ여 ᄉᆞ람의 졍신을 놀ᄂᆡ난지라. 졍신 슈십(收拾)ᄒᆞ여 바라본니 만고일ᄉᆡᆨ(萬古一色)이요, 됴흔 슉여(淑女)[17]가 방안의 안져짜가 공을 □□ 돈□□ 부ᄭᅳ럼을 머금고 반겨 왈,

"날ᄉᆡ이 긔촉(氣觸) 일향(一向)ᄒᆞ옵신난닛가?"[18]

---

14) 정정유한(靜貞幽閑): 부녀의 태도나 마음씨가 얌전하고 정조가 바름. 흔히 '유한정정(幽閑靜貞)'으로 표기한다.

15) 설로(泄露): 비밀 따위가 새어나가 탄로 남.

16) [교감] 혈노치 말고: 명월부인젼 '광고치 말고'. 융희본 '셜난치 말고'.

17) [교감] 됴흔 슉여: 명월부인젼 '요죠슉녀'.

18) [교감] 공을 □□ 돈□□~일향ᄒᆞ옵신난닛가: 명월부인젼 '공을 보고 긔좌ᄒᆞᆫ 후 오히려 슈치ᄒᆞᆷ을 먹음고 반기난지라'. 융희본 '상공을 보고 오히려 붓그려ᄒᆞᆫ 빗슬 두난지라'.

공□□□□□ 그 신긔ᄒᆞᆷ을 탄복ᄒᆞ며 함구불언(緘口不言)ᄒᆞ시□□[19] 계화 엿□□□ 부인(夫人)이 작야(昨夜)의 탈갑(脫甲)ᄒᆞ시고 ᄃᆡ감게 옥함을 구ᄒᆞ난 말ᄉᆞᆷ을 고(告)ᄒᆞᆫᄃᆡ,[20] 공니 듯고 그제야 각가니 안ᄌᆞ 말삼ᄒᆞ되,

"네 금일(今日)은 엇지 절ᄃᆡ가인(絶代佳人)니 되여난요?"

박씨 고ᄀᆡ을 슈기고 단슌(丹脣)을 반만 열어 답고(答告) 왈,

"소부 이졔 ᄋᆡᆨ운니 다 지ᄂᆡ시ᄆᆡ 누취ᄒᆞ온 허물을 작야의 벗셧난니다."[21]

ᄒᆞ거날, 공니 ᄂᆡ렴(內念)의 신긔ᄒᆞᆷ을 탄복ᄒᆞ시고 즉시 외당의 나와 옥함을 보ᄂᆡ니라.[22] 공니 즉시 시ᄇᆡᆨ을 불너 왈,

"네 지금 피화당의 가 네 안ᄒᆡ 얼골을 보라."

ᄒᆞ시니, 시ᄇᆡᆨ이 듯고 박긔 나와 낫빗쳘 찡그리고 ᄉᆡᆼ각ᄒᆞ되,

'그런 추비ᄒᆞᆫ 인물을 무삼 일노 급피 보고 오라 ᄒᆞ신난고?'

ᄒᆞ며 부명(父命)을 거역지 못ᄒᆞ여 피화당 문박긔 무슈(無數)니 쥬져(躊躇)ᄒᆞ거날, 계화 밧비 나와 영졉(迎接)ᄒᆞᆫᄃᆡ, 시ᄇᆡᆨ이 계화다려 문왈,

"피화당의 무삼 연고(緣故) 잇관ᄃᆡ 네 희ᄉᆡᆨ이 만안ᄒᆞ요?"

계화 답왈,

19) [교감] 공□□□□□ 그 신긔ᄒᆞᆷ을 탄복ᄒᆞ며 함구불언ᄒᆞ시□□: 명월부인젼 '공이 ᄂᆡ렴에 그 괴상ᄒᆞ고 신긔ᄒᆞ물 탄복ᄒᆞ며 함구무언ᄒᆞ시거날'. 융희본 '공이 마음의 이상ᄒᆞ고 신기ᄒᆞ믈 탄복ᄒᆞ야 함구무언ᄒᆞ시니'.

20) [교감] 계화 엿□□□~말ᄉᆞᆷ을 고ᄒᆞᆫᄃᆡ: 명월부인젼 '계화 공씌 고왈 부인이 작야에 탈겁ᄒᆞ옵고 ᄃᆡ감씌 청ᄒᆞ며 옥합을 구ᄒᆞ여달나ᄂᆞᆫ 말삼을 고헌ᄃᆡ'. 융희본 '계화 엿ᄌᆞ오ᄃᆡ 부인이 작야의 탈갑ᄒᆞ옵고 ᄃᆡ감게 옥함을 구ᄒᆞ게 엿주라 ᄒᆞ시더이다'.

21) [교감] 소부 이졔~작야의 벗셧난니다: 명월부인젼 '쇼뷔 이졔 ᄋᆡᆨ운이 다 진ᄒᆞ엿ᄉᆞᆸ기로 더러운 허물을 작야에 버셧ᄉᆞ오니 옥합을 어더쥬셔야 그 허물를 담어두ᄌᆡᆺ삽ᄂᆞ이다'. 융희본 '소부 이졔야 ᄋᆡᆨ운이 다ᄒᆞ옵기로 누츄ᄒᆞᆫ 허믈을 버셧ᄉᆞ오니 옥함을 어더쥬시면 그 허믈을 간슈할가 ᄒᆞ나이다'.

22) [교감] 공니 ᄂᆡ렴의~옥함을 보ᄂᆡ니라: 명월부인젼 '공이 ᄂᆡ렴에 불승희열ᄒᆞ야 허락ᄒᆞ고 즉시 나와 옥장인를 불너 옥합을 시ᄌᆡᆨ으로 만드러 보ᄂᆡ이라'. 융희본 '공이 신기ᄒᆞ믈 탄복ᄒᆞ고 직시 나와 옥장인을 블너 옥함을 시각의 만드러오라 ᄒᆞ고'.

"방의 드러가보시면 ᄌᆞ연 알으시리이다."

ᄒᆞᆫᄃᆡ, 시ᄇᆡᆨ이 듯고 더옥 의심(疑心)ᄒᆞ여 드러가던니, 방문을 열고 본니 예 업던 요됴슉여(窈窕淑女) 화월 갓튼 얼골을 슈기고 안져신니, 아리ᄯᅡ온 ᄐᆡ도난 슉향(淑香)[23] ᄃᆡ월(對月) 갓고 엄슉ᄒᆞᆫ 위염(威嚴)은 남산 ᄆᆡᆼ호(猛虎) 안진 듯ᄒᆞᆫ지라.[24] ᄒᆞᆫ번 보ᄆᆡ 여광여취(如狂如醉)ᄒᆞ여 밧비 드러가 슈작(酬酌)을 ᄒᆞ구 시부나, 긔상(氣象)을 본니 쫑그리고 안진 모양 만쳡산즁(萬疊山中) 모진 범니 밥을 물고 안진 닷, ᄃᆡᄒᆡ(大海) 즁 황용(黃龍)니 여의쥬(如意珠)을 닙의 물고 벽ᄒᆡᄉᆞᆼ(碧海上)의 소ᄉᆞ올나 ᄌᆡ됴을 시험(試驗)ᄒᆞ난 듯, 마암이 절노 송구(悚懼)ᄒᆞ여 슈작(酬酌)은 고ᄉᆞᄒᆞ고 도로히 송구(悚懼)ᄒᆞ여[25] 게화다려 문왈,

"흉악(凶惡)ᄒᆞᆫ 인물(人物) 어ᄃᆡ 가고 져럿탓 아리ᄯᅡ온 인물니 되야난요?"[26]

게화 답왈,

"박씨 거야(去夜)의 둔갑 변화ᄒᆞ여 미식(美色)이 되엿난니다."

ᄒᆞᆫᄃᆡ, 시ᄇᆡᆨ이 듯고 ᄃᆡ경ᄒᆞ여 지감(知鑑) 업시물 그졔야 후회(後悔)ᄒᆞ며 슈삼(數三) 연(年) 괄셰[27]ᄒᆞᆷ을 ᄉᆡᆼ각ᄒᆞ니 도로혀 슈괴막심(羞愧莫甚)ᄒᆞᆫ지라. 외당의 나와 쥬져ᄒᆞ다가 ᄃᆡ감게 뵈온ᄃᆡ, 공니 왈,

"시방은 네 안ᄒᆡ 얼골니 엇더ᄒᆞ던야?"

---

23) 숙향(淑香): 고소설 『숙향전』의 여자주인공. 숙향은 본래 월궁선녀였는데, 천상에서 죄를 짓고 인간세계에 적강한 인물로 설정되어 있다.

24) [교감] 방문을 열고~안진 듯ᄒᆞᆫ지라: 명월부인젼 '방문를 여러보니 ᄭᅩᆺ 갓흔 션녀 ᄒᆞ나히 얼골를 슉이고 안졋스되 안즌 ᄐᆡ도ᄂᆞᆫ ᄆᆡ화월미에 두루미 갓고 엄슉헌 위엄은 단산절벽에 ᄆᆡᆼ호 갓튼지라'. 융희본 '방문을 열고 보니 츄비ᄒᆞ던 박씨은 어ᄃᆡ 가고 화월 갓튼 요죠슉여 안져난 거동은 쳔상션여 ᄒᆞ강ᄒᆞᆫ 듯 화용월ᄐᆡ ᄉᆞ람은 안일네라'.

25) [교감] 슈작은 고ᄉᆞᄒᆞ고 도로히 송구ᄒᆞ여: 명월부인젼 '슈작은 가망이 업ᄂᆞᆫ 고로 방에ᄂᆞᆫ 드러가지 못ᄒᆞ야 도로 나오며'. 융희본 '슈작ᄒᆞ기는 고ᄉᆞᄒᆞ고 방의 드러가도 못ᄒᆞ고 도로 나와'.

26) [교감] 흉악ᄒᆞᆫ 인물~인물니 되야난요: 융희본 '흉악ᄒᆞ던 인믈은 어ᄃᆡ 가고 만고절식이 안져스니 무삼 연고요'.

27) 괄셰: '괄시(恝視)'의 오기.

시ᄇᆡᆨ이 황공무지(惶恐無地)ᄒᆞ여 ᄃᆡ답(對答)지 못ᄒᆞ난지라. 공니 다시 일너 왈,

“ᄉᆞ람의 길흉화복은 예탁(豫度)할 지리 읍건니와, 너난 왕ᄉᆞ(往事)을 ᄉᆡᆼ각ᄒᆞ면 ᄒᆞ면목(何面目)으로 네 안ᄒᆡ을 ᄃᆡ면(對面)ᄒᆞ리요? 지감(知鑑)이 져러ᄒᆞ고 엇지 공명(功名)을 바ᄅᆡ리요? ᄆᆡᄉᆞ(每事)을 니갓치 말나.”

ᄭᅮ짓시니, 시ᄇᆡᆨ이 그 말솜을 듯고 더옥 황공이 물너나온니라.[28)]

또 날니 져물 ᄉᆡ 박씨 방의 드러간니, 박씨 등촉(燈燭)을 발키고 안ᄉᆡᆨ(顔色)을 경제(整齊)ᄒᆞ고 안져거날, 시ᄇᆡᆨ이 감이 졉어(接語)치 못ᄒᆞ여 박씨 먼져 말ᄒᆞ기을 지다리고 닛시되, 박씨 더옥 엄슉ᄒᆞ물 뵈인니,[29)] 시ᄇᆡᆨ이 혼자말노 회과ᄌᆞ칙(悔過自責)ᄒᆞ고,[30)]

‘부인이 니갓치 허심은 ᄂᆡ 부인을 슈삼 연 박ᄃᆡ한 탓시로다.’

ᄒᆞ고 ᄌᆞ탄(自歎)을 마지아니ᄒᆞ되, 박씨난 가부간(可否間) ᄃᆡ답(對答)이 업난지라. 시ᄇᆡᆨ이 할 슈 업셔 등ᄒᆞ(燈下)의 안져던니 계명셩(鷄鳴聲)니 나며 그러구러 날니 발가온난지라. 할일업셔 그져 나와 양친(兩親) 침쇼(寢所)의 가 문안ᄒᆞ고, 동일(終日)토록 마암을 잡지 못ᄒᆞ여 실셩(失性)ᄒᆞᆫ 사ᄅᆞᆷ 갓던니, 또 날이 져물ᄆᆡ 염치(廉恥)을 바리고 다시 드러가니 박씨의 엄슉ᄒᆞ미 갈슈록 더ᄒᆞᆫ지라. 시ᄇᆡᆨ이 작되(作罪)ᄒᆞᆫ ᄉᆞ람 갓치 묵묵히 안져셔 부인 말ᄒᆞ기만 지다리던니 아언간[31)] 날니 발거날, ᄉᆡᆼ각다 못ᄒᆞ여 또 나와 ᄉᆡᆼ각한즉 후회막급(後悔莫及)ᄒᆞᆫ지라.[32)]

이갓치 지ᄂᆡᆫ 졔 ᄉᆞ오(四五) 일이라. ᄌᆞ연 병(病)니 되여 월ᄒᆞ(月下)

28) [교감] 시ᄇᆡᆨ이 그~황공이 물너나온니라: ‘시ᄇᆡᆨ이 그 말삼를 듯고 더욱 황숑ᄒᆞ여 묵묵부답ᄒᆞ고 나가더니’. 융희본 ‘시ᄇᆡᆨ이 더욱 황공ᄒᆞ야 묵묵부답ᄒᆞ더라’.

29) [교감] 박씨 더옥 엄슉ᄒᆞ물 뵈인니: ‘박씨 함구무언이어날’. 융희본 ‘죵시 함구무언이여날’.

30) [교감] 시ᄇᆡᆨ이 혼자말노 회과ᄌᆞ칙ᄒᆞ고: 명월부인젼 ‘시ᄇᆡᆨ이 회과ᄌᆞ칙 왈’. 융희본 ‘시ᄇᆡᆨ이 ᄒᆞᆯ노 ᄌᆞ칙 왈’.

31) 아언간: ‘어언간(於焉間)’의 오기. 어언간은 ‘알지 못하는 동안에 어느덧’을 뜻한다.

32) [교감] ᄉᆡᆼ각다 못ᄒᆞ여~ᄉᆡᆼ각한즉 후회막급ᄒᆞᆫ지라: 명월부인젼 ‘ᄉᆡᆼ각다 못ᄒᆞ여 가만히 나와 심량ᄒᆞᆯᄉᆞ록 후회막급이라’. 융희본 ‘ᄉᆡᆼ각다 못ᄒᆞ야 다시 나와 후회할 ᄯᅡ름일네라’.

의 홀노 안져 ᄉᆡᆼ각ᄒᆞ되,

'안ᄒᆡ라고 으든 거시 흉물(凶物)니라 평ᄉᆡᆼ의 원(怨)이 되여던니, 지금은 미식이 되엿시나 언어(言語)도 ᄉᆞᆼ통(相通)을 못ᄒᆞ고 골슈(骨髓)의 병니 되여시니, 쳣ᄶᆡ난 ᄂᆡ의 지감 업난 탓시요, 둘ᄶᆡ난 ᄯᅩᄒᆞᆫ ᄂᆡ의 신셰(身世) 가련(可憐)ᄒᆞ도다.'

ᄒᆞ고 졍신을 진졍(鎭靜)ᄒᆞ여 마암을 가다듬어,

'다시 드러가 언어(言語)나 ᄉᆞᆼ통(相通)ᄒᆞ고 쥭으리라.'

ᄒᆞ고 피화당의 드러가 무슈이 ᄉᆞ뇌(謝罪) 왈,

"부인 침소(寢所)의 열러 날 왓시나 일향 졍식(正色)ᄒᆞ시고 죵시 마암을 풀지 아니ᄒᆞ시니, 이난 다 ᄂᆡ의 허물이라. 슈원슈구(誰怨誰咎) ᄒᆞ올잇가만난 부인으로 ᄒᆞ와 쥭을 지경니 되엿ᄉᆞ온니, 쥭기난 셟지 아니ᄒᆞ온나, 양친 실ᄒᆞ(膝下)의 닛숩다가 부모의게 효도도 못ᄒᆞ옵고 쳥츈(青春)의 함원(含怨)ᄒᆞ와 비명횡ᄉᆞ(非命橫死)ᄒᆞ오면 이난 불효막ᄃᆡ(不孝莫大)ᄒᆞ올 ᄲᅮᆫ 아니라, 지ᄒᆞ(地下)의 도라가온들 ᄒᆞ면목(何面目)으로 션영(先塋)을 ᄃᆡᄒᆞ올잇가? 이런 고로 ᄂᆡ의 일을 ᄉᆡᆼ각ᄒᆞ온니 ᄌᆞ연 병니 되여 골슈의 드난이다."

ᄒᆞ며 ᄋᆡ연(哀然) 낙누(落淚)ᄒᆞ거날, 박씨 그 말을 들으ᄆᆡ 도로혀 ᄋᆡ연ᄒᆞᆫ 마음이 읍지 못ᄒᆞ여 화월 갓튼 얼골을 반만 드러 그졔야 심칙(深責)ᄒᆞ여 왈,

"우리 됴션은 예의지국(禮儀之國)이라. ᄉᆞ람니 오뉸(五倫)을 모로오면 엇지 예의을 알니요? 그ᄃᆡ난 안ᄒᆡ가 박식(薄色)이라 ᄒᆞ고 ᄉᆞᆷᄉᆞ(三四) 연 쳔ᄃᆡ(賤待)ᄒᆞ고 부부유별(夫婦有別)을 엇지 알니요?[33] 옛ᄉᆞ람이 일

33) [교감] 그ᄃᆡ난 안ᄒᆡ가~엇지 알니요: 명월부인젼 '그ᄃᆡ난 안ᄒᆡ가 박식이라 ᄒᆞ여 삼ᄉᆞ 년를 쳔ᄃᆡᄒᆞ엿스니 부부유별은 어ᄃᆡ 잇스며'. 융희본 '그ᄃᆡ 안ᄋᆡ가 박식이라 ᄒᆞ야 ᄉᆞᆷ 연을 쳔ᄃᆡᄒᆞ엿스니 부부유별 어ᄃᆡ 잇난요'.

은 말니, ‘됴강지쳐(糟糠之妻)난 불ᄒᆞ당(不下堂)[34]니라’ ᄒᆞ엿시나, 그ᄃᆡ난 미ᄉᆡᆨ만 ᄉᆡᆼ각ᄒᆞ고 부부간 오늎은 ᄉᆡᆼ각지 아니ᄒᆞ니 엇지 ᄃᆡ덕(大德)을 알며, 안ᄒᆡ의 쳔심[35]을 모로고 닙신양명(立身揚名)ᄒᆞᆫ덜 보국안민(輔國安民)ᄒᆞᆯ ᄌᆡ됴 닛시잇가? 무식(無識)이 져러ᄒᆞ고 효제츙신(孝悌忠信) 어니 알며, 졔셰안민(濟世安民) 엇지ᄒᆞ리요?[36] ᄎᆞ후(此後)난 효도을 다ᄒᆞ여 슈신졔가(修身齊家)을 잘ᄒᆞ되, 날 갓튼 안여ᄌᆞ(兒女子)의 마암이ᄅᆡ도 그ᄃᆡ 갓튼 ᄃᆡ장부(大丈夫)난 부러 아니ᄒᆞ난니다.”

ᄒᆞ며 언어 졍직(正直)ᄒᆞ여 심칙ᄒᆞ니 시ᄇᆡᆨ이 말을 듯고 ᄌᆞ작지얼(自作之孼)[37]을 ᄉᆡᆼ각ᄒᆞ문 유구무언(有口無言)ᄒᆞ여 슈괴(羞愧)ᄒᆞᆫ 마암을 무릅시고 누ᄎᆞ(屢次) ᄉᆞ되할 짜름이요, 달니 할말 읍시 안져거날, 박씨 이윽키 보다가 감동지심(感動之心)니 엇지 업시리요?[38] 그졔야 도라안지며 왈,

“ᄂᆡ 본형(本形)을 감초고 취비(醜卑)ᄒᆞ기난 그ᄃᆡ의 고혹(蠱惑)지 못ᄒᆞ게 ᄒᆞ여 일심졍긔(一心正氣)[39]로 심씨게 ᄒᆞ미요,[40] 슈삼 일 졉어(接語)치 못ᄒᆞ게 ᄒᆞ기난 현심(賢心)을 가지게 ᄒᆞ미연니와,[41] 지금 본형을

34) 조강지처불하당(糟糠之妻不下堂): 몹시 가난하고 천할 때 함께 고생을 겪어온 아내는 부귀하게 된 뒤에도 버려서는 안 된다는 말.

35) 천심: 문맥상 ‘타고난 성품이나 자질’을 뜻하는 듯함. ‘매우 높거나 깊은 것’을 뜻하는 ‘천심(千尋)’으로 볼 수도 있다.

36) [교감] 부부간 오늎은~졔셰안민 엇지ᄒᆞ리요: 명월부인젼 ‘부부간에 박식이라 칭호ᄒᆞ며 오륜를 ᄉᆡᆼ각지 아니헐졔 엇지 ᄌᆡ덕를 알며 안ᄒᆡ 쳔심을 몰를 젹에 입신량명ᄒᆞ고 보국안민헐 ᄌᆡ죠 잇ᄉᆞ오릿가 지식이 져닷지 업슬진딘 효뎨튱신 엇지 알며 졔셰안민 어이 알니요’. 융희본 ‘엇지 장부의 ᄒᆡᆼ식이라 ᄒᆞ며 덕이 잇다 ᄒᆞ리요’.

37) 자작지얼(自作之孼): 자기가 저지른 일로 말미암아 생긴 재앙.

38) [교감] 박씨 이윽키~엇지 업시리요: 명월부인젼 ‘박씨 이윽히 보다가 감동지심이 업지 못ᄒᆞ여’. 융희본 ‘박씨 이윽히 보다가 칙은지심이 감동ᄒᆞ야’.

39) 일심정기(一心正氣): 한결같은 마음과 바른 기운.

40) [교감] 일심졍긔로 심씨게 ᄒᆞ미요: 명월부인젼 ‘일심졍긔를 쓰게 ᄒᆞ미요’. 융희본 ‘일신졍긔을 온젼케 함이요’.

41) [교감] 현심을 가지게 ᄒᆞ미연니와: 명월부인젼 ‘그ᄃᆡ가 아모쬬록 회과ᄒᆞ여 현심를 가지게 ᄒᆞ미며’. 융희본 ‘셩심을 보려함이요’.

가져신니 한평싱 마암을 푸지 마ᄌᆞ ᄒᆞ엿던니, 여ᄌᆞ의 유약(柔弱)ᄒᆞᆫ 마암으로 장부을 오ᄅᆡ 소기지 못ᄒᆞ여 풀치건니와, 이후난 다시 ᄉᆞ람을 알러씨옵쇼셔."[42]

ᄒᆞᆫᄃᆡ, 시ᄇᆡᆨ이 ᄃᆡ참ᄃᆡ희(大慙大喜)ᄒᆞ여 왈,

"나난 인간 무지ᄒᆞᆫ ᄉᆞ람이요, 부인은 쳔ᄉᆞᆼ(天上) 션인(仙人)이라. 도량(度量)니 광활(廣闊)ᄒᆞ여 범인(凡人)과 다른 고로 명견말니(明見萬里)ᄒᆞ건니와, 날 갓튼 ᄉᆞ람은 진셰(塵世) 인물이라 식견(識見)니 부됵(不足)ᄒᆞ와 착ᄒᆞᆫ ᄉᆞ람을 아지 못ᄒᆞ온니, 엇지 션인의게 비ᄒᆞ올닛가? 니런 고로 부부간의 화락지 못ᄒᆞ와 일뉸(人倫)을 페(廢)ᄒᆞ올 지경의 되엿ᄉᆞ온니, 왕ᄉᆞ(往事)를 엇지 허물ᄒᆞ올닛가? 젼ᄉᆞ(前事)난 다 풀쳐 용셔(容恕)ᄒᆞ옵고 평싱을 화락(和樂)ᄒᆞ와 질기미 소원(所願)니로쇼이다."

ᄒᆞᆫᄃᆡ, 부인이 듯고 왈,

"숙시숙비(孰是孰非)[43]난 왕ᄉᆞ(往事)니라.[44] 안심(安心)ᄒᆞ옵소셔."

ᄌᆞᆼ황(張皇)니 슈작ᄒᆞ다가 밤이 ᄉᆞᆷ경(三更)니 되엿난지라. 양ᄂᆡᆫ(兩人)니 화촉동방(華燭洞房)의 금침(衾枕)의 나어간니, 비취지졍(翡翠之情)과 원앙지낙(鴛鴦之樂)이 비홀 ᄃᆡ 업더라.[45]

그후로부터 ᄉᆞᆼ공의 부인과 노복 등니 젼(前)의 박씨 박ᄃᆡ홈을 ᄭᆡ닷고 회과ᄌᆞ칙(悔過自責)ᄒᆞ여 박씨의 신묘(神妙)ᄒᆞ믈 탄복ᄒᆞ고, 그 광활

42) [교감] 지금 본형을~ᄉᆞ람을 알러씨옵쇼셔: 명월부인젼 '지금은 변형을 ᄒᆞ엿슨즉 한평싱 ᄦᅦ에 ᄆᆡ칠 듯헌 함원을 품ᄌᆞ ᄒᆞ엿드니 나ᄂᆞᆫ 녀ᄌᆞ에 마옴이라 ᄋᆡ연헌 회포와 슈괴로온 졍를 억졔치 못ᄒᆞ기로 ᄌᆞ금 위시ᄒᆞ야 젼ᄉᆞ를 풀쳐 바리건이와 다시ᄂᆞᆫ 부ᄃᆡ 사ᄅᆞᆷ를 경홀리 보지 마옵쇼셔'. 융희본 '지금 본형을 가젓스나 ᄒᆞᆫ평싱 마음을 푸지 마ᄌᆞ ᄒᆞ엿더니 여ᄌᆞ 마음이 유약ᄒᆞ니 ᄌᆞ금 위시ᄒᆞ야난 젼ᄉᆞ을 바리시고 부ᄃᆡ 다시는 ᄉᆞᄅᆞᆷ을 아옵소셔'.

43) 숙시숙비(孰是孰非): 누가 옳고 누가 그른지 분명하지 아니함. 또는 누가 옳고 누가 그른지를 가림.

44) [교감] 숙시숙비난 왕ᄉᆞ니라: 융희본 '슉시슉비간의 젼ᄉᆞ은 푸러 바리온이'.

45) [교감] 비취지경과 원앙지낙이 비홀 듸 업더라: 명월부인전 '그 금슬견권지졍을 비헐 데 업더라'. 융희본 '비취경과 원앙지낙을 이룬이 졍이 비할 듸 업더라'.

훈 도약[46]을 못닉 칭찬ᄒᆞ더라.

46) 도약: '도량(度量)'의 오기.

귀부인들에게 재주를 자랑하다

각셜. 잇ᄊᆡ 박씨 변형(變形)ᄒᆞᆫ 쇼문(所聞)니 ᄌᆞᆼ안(長安)의 낭ᄌᆞ(狼藉)ᄒᆞ니 여러 ᄌᆡ상가(宰相家) 부인더리 신묘ᄒᆞᆷ을 귀경코져 ᄒᆞ여 박씨게 편지(便紙)ᄒᆞ엿시되,

"ᄊᆡ맛참 삼월(三月)이라 풍화일난(風和日暖)[1]ᄒᆞ온니, 이 갓튼 됴흔 시졀(時節)의 ᄇᆡᆨ화(百花)난 작작(灼灼)ᄒᆞ여 ᄉᆞ람을 보고 반기난 듯, 버들은 실니 되여 초록ᄌᆞᆼ(草綠帳)[2]을 드리온 닷, 황금 갓튼 ᄭᅬ고리난 셰류영(細柳影)의 노ᄅᆡᄒᆞ고 봉졉(蜂蝶)은 쌍쌍 나러드러 ᄭᅩᆺ쳘 보고 츔을 츈니, 이갓치 됴흔 ᄊᆡ의 모와 ᄒᆞᆫ번 소창(消暢)[3]ᄒᆞ옵기을 바ᄅᆡ로라."

ᄒᆞ엿더라. 박씨 편지을 보고 답ᄌᆞᆼ(答狀)ᄒᆞ되,

"이 갓튼 됴흔 ᄊᆡ의 먼쳠 부르신니 감격(感激)ᄒᆞ와 구경도 ᄒᆞ련니와

1) 풍화일난(風和日暖): 바람이 멎고 파도가 잔잔하며 날씨가 따뜻함.
2) 초록장(草綠帳): 초록빛 휘장.
3) 소창(消暢): 심심하거나 답답한 마음을 풀어 후련하게 함.

즉시 가랴 ᄒᆞ난니다."

ᄒᆞ엿더라.

각셜. ᄀᆡ회(期會)ᄒᆞᆫ 날을 당(當)ᄒᆞ여 박씨 ᄎᆡ복(彩服)으로 단장(丹粧)ᄒᆞ고 화교(花轎)[4]의 올나 게화을 다리고 ᄀᆡ회ᄒᆞᆫ 곳의 나어간니, 여러 ᄃᆡ신가(大臣家) 부인더리 박씨을 보려 ᄒᆞ고 졔졔(濟濟)니[5] 모여거날, 박씨 화교의 ᄂᆡ려 예필좌정(禮畢坐定)[6] 후의 살펴본니, 열어 부인니 녹의홍ᄉᆞᆼ(綠衣紅裳)의 치례도 늑난(能爛)ᄒᆞ더라. 모든 부인니 박씨 보기을 원ᄒᆞ던 ᄎᆞ의 박씨을 바라본니, 옥안운빈(玉顔雲鬢)은 동영명월(東嶺明月) 갓고 의복치례은 꼿빗치 무광(無光)ᄒᆞᆫ지라. 열어 부인의 고흔 ᄐᆡ도 박씨게 비(比)ᄒᆞ면 도로혀 무ᄉᆡᆨ(無色)ᄒᆞ고, 고흔 얼골니 다 박ᄉᆡᆨ(薄色) 갓트여 짜로 리 읍신니, 뉘 아니 탄복ᄒᆞ리요?

술을 가득히 부어 박씨게 권ᄒᆞ니 박씨 술니 반취(半醉)ᄒᆞ여새날, 여러 부인니 박씨의 ᄀᆡ질(氣質)을 구경코져 ᄒᆞ여 옥잔(玉盞)의 술을 가득 부어 박씨게 쏘 권ᄒᆞ니 박씨 ᄌᆡ됴을 ᄌᆞ랑코져 ᄒᆞ여 ᄌᆞᆫ을 밧다가 짐짓 ᄌᆞᆫ을 ᄂᆡ리쳐 술니 초마을 젹신니,[7] 부인이 초마을 버셔 게화을 쥬며 왈,

"즉시 불꼿 가온ᄃᆡ 소화(燒火)ᄒᆞ라."

ᄒᆞ니, 게화 승명ᄒᆞ고 초마을 불의 너흔니 초마난 여ᄉᆞᆼ(如常)ᄒᆞ고 빗치 가ᄌᆞᆼ 늉ᄐᆡᆨ(潤澤)ᄒᆞ여 광ᄎᆡ(光彩) 눈을 쏘이여 찰난ᄒᆞᆫ지라. 게화 초마을 가져다가 부인게 드린니, 열어 부인더리 그 거동을 보고 놀ᄂᆡ여 그 연고(緣故)을 물은ᄃᆡ 박씨 ᄃᆡ왈,

4) 화교(花轎): 꽃가마.
5) 제제히(濟濟-): 매우 많이. '여럿이'라는 뜻의 '제제이(諸諸-)'로 볼 수도 있다.
6) 예필좌정(禮畢坐定): 인사를 마치고 자리를 정해 앉음.
7) [교감] 박씨 ᄌᆡ됴을~초마을 젹신니: 명월부인젼 '일모ᄒᆞᄆᆡ 셰잔징작으로 쥬효를 셔로 권헐ᄉᆡ 문득 술잔이 박씨 치마에 업질너졋거날'. 융희본 '박부인이 ᄌᆡ죠을 뵈이랴 ᄒᆞ고 술잔을 밧다가 그짓 술잔을 나삼의 ᄂᆡ리치니 술이 업지러져 치마의 졋난지라'.

"이 비단(緋緞) 일홈은 소화단(燒火緞)[8]니라 ᄒᆞ난니, 만일 추비ᄒᆞ면 물노난 마젼[9]치 못ᄒᆞ옵고 소화ᄒᆞ여 ᄯᆡ을 씻난니다."

여러 부인니 그 신긔ᄒᆞ믈 보고 탄복ᄒᆞ여 문왈,

"그러ᄒᆞ오면 니 비단니 어ᄃᆡ셔 낫난닛가?"

박씨 ᄃᆡ왈,

"인간의난 업난 거시요, 월궁(月宮) 소산(所産)이로소니다."

모든 부인니 ᄯᅩ 문왈,

"입우신 젹고리난 무슨 비단니온잇가?"

"이 비단 일홈은 빙월단(氷月緞)[10]니온ᄃᆡ, ᄂᆡ의 부친게옵셔 동ᄒᆡ(東海) 용궁(龍宮)의 가실 ᄯᆡ의 으더오신 거시온니 용궁 소산니로소니다. 니 비단은 물의 너흐면 졋지 아니ᄒᆞ옵고, 불의 너허도 타지 안니ᄒᆞ난 비단이로쇼니다."

ᄒᆞ니, 여러 부인니 듯고 신통(神通)니 예겨 ᄯᅩ 슐을 존의 가득이 부어 박씨게 권ᄒᆞ니, 박씨 거짓 ᄉᆞ양ᄒᆞ거늘 모든 부인니 구지 권ᄒᆞ난지라. 박씨 마지못ᄒᆞ여 슐잔을 가지고 금봉ᄎᆡ(金鳳釵)을 빼여 슐ᄌᆞᆫ 가온ᄃᆡ을 반(半)만 그어 마신니 슐잔니 완연니 ᄒᆞᆫ 편은 읍고 ᄒᆞᆫ 편만 칼노 베힌 듯ᄒᆞ여 반만 남엇난지라.[11] 모든 부인니 슐ᄌᆞᆫ을 보고 더옥 신긔ᄒᆞᆷ을 칭ᄎᆞᆫ부리(稱讚不已)ᄒᆞ여 왈,

"박부인(朴夫人)은 진실노 션관(仙官)의 ᄯᆞᆯ이라 ᄒᆞ던니, 그 말니 올토다. 이런 신긔ᄒᆞᆫ 묘법(妙法)은 고금(古今)의 쳐음 보난 일니라. 션인니 엇지 인간의 나려왓난고?"

8) [교감] 소화단: 명월부인젼 '홍화단'. 융희본 '오화단'.

9) 마전: 생피륙을 삶거나 빨아서 볕에 바래는 일.

10) [교감] 빙월단: 융희본 '명월단'.

11) [교감] 박씨 마지못ᄒᆞ여~반만 남엇난지라: 융희본 '금봉ᄎᆡ을 ᄲᅦ여 슐잔 가온ᄃᆡ을 그시고 마시니 슐이 ᄒᆞᆫ 편은 업고 ᄒᆞᆫ 편은 칼노 버힌 듯ᄒᆞᆫ지라'.

ᄒᆞ며,

“옛날 진시황(秦始皇)[12]과 ᄒᆞᆫ무졔(漢武帝)도 구지부득(求之不得)ᄒᆞ던 신션을 우리난 우연니 맛나신니, 엇지 질겁지 안니ᄒᆞ리요?”

ᄒᆞ며 셔로 츈흥(春興)을 이기지 못ᄒᆞ여 글도 외와 화답(和答)ᄒᆞ던니, 잇ᄯᆡ 계화 시ᄎᆡᆨ(侍側)[13]ᄒᆞ엿짜가 엿ᄌᆞ오ᄃᆡ,

“이럿탓 됴흔 츈경(春景)의 유흥(遊興)니 도도(滔滔)ᄒᆞ옵고 ᄇᆡᆨ화만발(百花滿發)ᄒᆞ여 츈광(春光)을 ᄌᆞ랑ᄒᆞ온니, 소비(小婢)도 이 갓튼 ᄯᆡ을 당ᄒᆞ와 쳥가(淸歌) 일곡(一曲)으로 여러 부인을 위로(慰勞)코져 ᄒᆞ난니다.”

ᄒᆞ거날, 여러 부인니 ᄯᅩᄒᆞᆫ 됫타ᄒᆞ고 쳥(請)ᄒᆞ니, 계화 단순(丹脣)을 반ᄀᆡ(半開)ᄒᆞ여 쳥가 일곡을 부른니, 그 쇼ᄅᆡ 가장 쳥아(淸雅)ᄒᆞ여 산호ᄎᆡ(珊瑚-)[14]을 드러 옥반(玉盤)을 ᄭᆡ치난 듯ᄒᆞᆫ지라. 그 곡됴(曲調)의 ᄒᆞ엿시되,

> 쳔지(天地)난 만물지역여(萬物之逆旅)요,
> 광음(光陰)은 ᄇᆡᆨᄃᆡ지과ᄀᆡᆨ(百代之過客)이라.[15]
> 부유(蜉蝣)[16] 갓튼 셰ᄉᆞᆼ의 평ᄉᆡᆼ니악[17] 모로다.[18]

---

12) 진시황(秦始皇): 중국 최초의 중앙집권적 통일제국인 진(秦)나라를 건설한 전제군주(BC 259~BC 210). 강력한 부국강병책을 추진해 중국 대륙의 군소국가를 모두 통일했으며, 방사(方士) 서불(徐市)과 노생(盧生)을 시켜 삼신산(三神山)에 가서 불로초를 구해오게 했으나 모두 실패했다고 한다.

13) 시측(侍側): 곁에 있으면서 웃어른을 모심.

14) 산호채(珊瑚-): 산호로 만든 채찍.

15) 천지(天地)는 만물지역려(萬物之逆旅)요 광음(光陰)은 백대지과객(百代之過客)이라: 이백(李白)이 지은 「춘야연도리원서春夜宴桃李園序」에 나오는 말로, 하늘과 땅은 나그네를 맞고 보내는 여인숙이요 세월은 영구히 쉬지 않고 길을 가는 나그네라는 뜻.

16) 부유(蜉蝣): 곤충인 하루살이. ‘부운(浮雲)’의 오기로 볼 수도 있다.

17) 평ᄉᆡᆼ니악: 평생의 즐거움이란 뜻의 ‘평생지락(平生之樂)’의 오기인 듯함.

18) [교감] 부유 갓튼 셰ᄉᆞᆼ의 평ᄉᆡᆼ니악 모로다: 융희본 ‘부유갓튼 셰상의 양모ᄒᆞ고’. 「춘야연도리원서」에는 ‘이부생약몽 위환기하(而浮生若夢 爲歡幾何, 덧없는 인생살이 꿈과 같으니 즐길 날이 그 얼마인고)’라 되어 있다.

츈풍셰류(春風細柳) 됴흔 ᄊᆡ의 안니 놀고 무엇 ᄒᆞ리?

옛일을 ᄉᆡᆼ각ᄒᆞ니 지금이야 알니로다.

ᄇᆡᆨᄃᆡ지흥망(百代之興亡)은 츈풍의 난영(亂影)[19]이요,[20]

일시변화(一時變化)난 ᄌᆞᆼᄉᆡᆼ(莊生)의 호졉(胡蝶)[21]이라.

쳥ᄉᆞᆫ(靑山)의 두견화(杜鵑花)[22]난 촉즁(蜀中)의 원혼(冤魂)[23]니요,[24]

화게(花階)의 츈됴셩(春鳥聲)은 왕소군(王昭君)[25]의 눈물이라.

셰상(世上)을 ᄉᆡᆼ각ᄒᆞ니 인ᄉᆡᆼ(人生)니 덧업도다.

구십소광(九十韶光)[26] 됴흔 시졀(時節) 아니 놀던 못ᄒᆞ리라.

어와 창ᄉᆡᆼ(蒼生)더라.

ᄎᆞᆼᄒᆡ(蒼海)로 술을 비져 ᄐᆡ평(太平)으로 만셰독낙(萬歲同樂)ᄒᆞ오리라.

ᄒᆞ엿더라. 모든 부인니 듯기을 ᄃᆞᄒᆞᄆᆡ 졍신니 쇄락(灑落)ᄒᆞ여 게화을 다시 보며 무슈이 칭ᄎᆞᆫᄒᆞ더라.

이윽고 셕양(夕陽)니 ᄌᆡ산(在山)ᄒᆞ고 인영(人影)니 ᄌᆡ지(在地)ᄒᆞᆫᄃᆡ[27]

19) 난영(亂影): 어지럽게 흔들거리는 그림자.

20) [교감] 옛일을 ᄉᆡᆼ각ᄒᆞ니~츈풍의 난영이요: 융희본 '옛일을 ᄉᆡᆼ각ᄒᆞ고 지금 셰상 살펴보니 ᄇᆡᆨᄐᆡ홍안은 츈풍의 난만이라'.

21) 장생(莊生)의 호접(胡蝶): 장자가 나비가 된 꿈이라는 뜻으로, 물아일체의 경지 또는 인생의 무상함을 비유해 이르는 말. 당나라 때 시인인 최도(崔塗)의 「여회旅懷」라는 시에 '호접몽중가만리 두견지상월삼경(胡蝶夢中家萬里 杜鵑枝上月三更, 나비가 된 꿈속에 집은 만 리나 멀고, 두견새 우는 나뭇가지에 달은 한밤중일세)'라는 구절이 있다.

22) 두견화(杜鵑花): 진달래꽃. 두견새는 울 때마다 피를 토하는데, 그 원한의 피가 진달래 꽃잎에 떨어져 진달래꽃이 빨갛게 물들게 되었다는 이야기가 있다.

23) 촉중(蜀中)의 원혼(冤魂): 촉왕(蜀王) 두우(杜宇)의 원통한 넋. 두우는 왕위를 내주고 서산(西山)에 은신했다가 죽어서 두견새가 되었다고 한다.

24) [교감] 촉즁의 원혼니요: 융희본 '촉나라 원혼이요'.

25) 왕소군(王昭君): 중국 전한(前漢) 원제(元帝)의 후궁. 흉노와의 친화책 때문에 호한야선우(呼韓邪單于)에 출가했는데, 이른바 정략결혼의 희생자라는 인식 때문에 그녀와 관련된 슬픈 이야기가 전설처럼 많이 전해진다.

26) 구십소광(九十韶光): 석 달에 이르는 봄의 화창한 날씨. 흔히 '구십춘광(九十春光)'이라 한다.

27) [교감] 인영니 ᄌᆡ지ᄒᆞᆫᄃᆡ: 융희본 '인형이 살난ᄒᆞᆫᄃᆡ'.

순됴(山鳥)난 날러들 들고 월식(月色)은 동영(東嶺)의 도다온니, 시비(侍婢) 파연곡(罷宴曲)을 알왼딕,[28] 열러 부인니 가연(佳宴)을 파(罷)ᄒ고 각각 도라가더라.

28) [교감] 시비 파연곡을 알왼딕: 융희본 '게화 파연곡을 탄이'.

시백과 임경업이 호국을 구원하다

각셜. 상공니 연로(年老)ᄒᆞᆷ으로 우상(右相)을 갈고 시ᄇᆡᆨ으로 할님(翰林)을 승직(昇職)ᄒᆞ신니, 시ᄇᆡᆨ이 독ᄃᆡ(獨對) 후의[1] 나라을 츙셩으로 셤긴니 명망니 됴졍(朝廷)의 진동ᄒᆞ더라. 시ᄇᆡᆨ이 츙셩이 지극ᄒᆞᆫ 고로 젼ᄒᆞ(殿下) 더옥 ᄉᆞ랑ᄒᆞ사 시ᄇᆡᆨ으로 평안감ᄉᆞ(平安監司)을 졔슈(除授)ᄒᆞ신니, 시ᄇᆡᆨ이 국은(國恩)니 망극ᄒᆞ여 궐ᄒᆞ(闕下)의 슉ᄇᆡᄒᆞ고 집의 도라온니, 일가친쳑(一家親戚)과 가즁졔인(家中諸人)니 질기더라.

시ᄇᆡᆨ이 궐ᄂᆡ의 ᄒᆞ직ᄒᆞ고 ᄒᆡᆼ장(行裝)을 ᄎᆞ일 ᄉᆡ, 소목장(小木匠)[2]을 불너 쌍교(雙轎)을 ᄭᅮ미거날, 박씨 문왈,

"쌍교난 무엇 ᄒᆞ려 ᄒᆞ시난잇가?"

감ᄉᆞ(監司) 답왈,

"날 갓튼 ᄉᆞ람으로 평안감ᄉᆞ을 졔슈ᄒᆞ신니 부인을 다려가고져 ᄒᆞ난

1) [교감] 독ᄃᆡ 후의: 융희본 '입시ᄒᆞᆫ 후의'.
2) 소목장(小木匠): 나무로 가구나 문방구 따위를 짜는 일을 직업으로 하는 사람.

니다."[3]

박씨 ᄃᆡ경 왈,

"ᄃᆡᄌᆞᆼ부(大丈夫) 츌셰(出世)ᄒᆞ오미 닙신양명(立身揚名)ᄒᆞ여 나라 셤기거날, '나라 셤길 날은 만코 부모 셤기[4] 날은 젹다' ᄒᆞ온니, '국ᄉᆞ(國事) 골몰(汨沒)ᄒᆞ오면 아여ᄌᆞ을 도라보지 아니ᄒᆞᆫ다' ᄒᆞ온니, 쳡(妾)이 ᄒᆞᆫ가지로 가오면 노친양위(老親兩位)을 뉘라셔 봉양(奉養)ᄒᆞ올닛가? 쳡은 집의 잇셔 부모양친(父母兩親)을 봉양ᄒᆞ올 거신니, 영감(令監)은 갈츙보국(竭忠報國)[5]ᄒᆞ옵기을 바ᄅᆡ난니다."[6]

ᄒᆞ니, 감ᄉᆞ 이 말을 듯고 ᄉᆞᄉᆞ(事事)이 민쳡(敏捷)ᄒᆞᆷ과 언어 졍즉(正直)ᄒᆞ물 도로여 무류이 예게 탄복 왈,[7]

"날 갓튼 ᄉᆞ람은 불효 극진(極盡)ᄒᆞ니 쳔지간(天地間) 용납(容納)지 못할지라. 노친양위를 ᄉᆡᆼ각 아니ᄒᆞ고 망영(妄靈)도니 말ᄉᆞᆷᄒᆞ엿ᄉᆞ온니, 너무 과도(過度)니 허물 마옵쇼셔."

ᄒᆞ며 ᄉᆞ당(祠堂)의 ᄒᆞ직ᄒᆞ고 부모게 ᄒᆞ직ᄒᆞ고 써날 ᄉᆡ, 박씨로 더부러 은근니 작별ᄒᆞ고 바로 평양(平壤)으로 향(向)ᄒᆞ니라.

각셜. 잇ᄢᅴ 시ᄇᆡᆨ이 여러 날만의 평양의 득달(得達)ᄒᆞ여 민졍(民情)을 살펴본니, 각읍(各邑) 닌민(人民)니 도탄(塗炭)의 드러 인심(人心)이 쇼

3) [교감] 날 갓튼~다려가고져 ᄒᆞ난니다: 융희본 '날 갓튼 ᄉᆞᄅᆞᆷ으로 평안감ᄉᆞ을 졔슈ᄒᆞ신이 국은이 망극ᄒᆞᆫ지라 금번 길의 부인을 다려가고져 ᄒᆞ나이다'.

4) 셤기: '셤길'의 오기.

5) 갈충보국(竭忠報國): 충성을 다해 나라의 은혜를 갚음.

6) [교감] ᄃᆡᄌᆞᆼ부 츌셰ᄒᆞ오미~갈츙보국ᄒᆞ옵기을 바ᄅᆡ난니다: 명월부인젼 'ᄃᆡ장뷔 입신양명ᄒᆞ면 나라 셤길 날은 만코 부모 셤길 날은 젹ᄉᆞ온즉 쳡이 만일 가오면 죤당에 봉양헐 사ᄅᆞᆷ이 업ᄉᆞ오니 상공은 츙셩을 극진히 ᄒᆞ여 나라을 도으쇼셔'. 융희본 'ᄃᆡ장부 츌셰ᄒᆞ면 나라 셤길 날은 만ᄒᆞ고 부모 셤길 날은 젹다 ᄒᆞ오니 국ᄉᆞ의 골몰ᄒᆞ면 안여ᄌᆞ을 도라보지 안이ᄒᆞ난지라 쳡이 ᄒᆞᆫ가지로 가면 부모을 뉘라셔 봉양ᄒᆞ오릿가 쳡은 집의 잇셔 부모을 봉양ᄒᆞ올 거시니 군ᄌᆞ난 츙셩을 다ᄒᆞ야 일홈을 빗ᄂᆡ게 ᄒᆞ소셔'.

7) [교감] 감ᄉᆞ 이~탄복 왈: 명월부인젼 '감ᄉᆡ ᄎᆞ언를 듯고 무류ᄒᆞ여 왈'. 융희본 '감ᄉᆞ 이 말을 드르ᄆᆡ ᄉᆞ긔 당연ᄒᆞ고 언어 졍직ᄒᆞᆫ지라 도로혀 탄복ᄒᆞ여 왈'.

요(騷擾)ᄒᆞ거날, 각읍 슈령(首領)의 션불션(善不善)은 튁츌(擇出)ᄒᆞ여 불치(不治)ᄒᆞ난 슈령은 위션(于先) 장파(狀罷)[8]ᄒᆞ고, 션치(善治) 슈령은 승직(昇職)ᄒᆞ여 빅셩(百姓)을 인의(仁義)로 다ᄉᆞ리고 시종(始終) 여상(如常)ᄒᆞ여 일연지닉(一年之內)의 열읍(列邑)이 무위이화(無爲而化)[9]ᄒᆞ니, 빅셩니 셔로 노릐ᄒᆞ여 왈,

됴흘시고 이졔난 살니로다.
요순(堯舜) 젹 시졀(時節)인가? 국틔민안(國泰民安) 됴흘시고.
실농씨(神農氏)[10] 만든 짜뷔[11] 이졔야 시험(試驗)ᄒᆞ셰.
역산(歷山)[12]의 밧쳘 가러 농ᄉᆞ(農事)얼 어셔 지여
부모동싱(父母同生) 묘와노코 홈포고복(含哺鼓腹)ᄒᆞ여보셰.
구관ᄉᆞ도(舊官使道) 어니ᄒᆞ여 침학평민(侵虐平民)ᄒᆞ올 젹의
무식(無識)ᄒᆞᆫ 빅셩(百姓)더리 인의예지(仁義禮智) 엇지 알며, 효졔츙신(孝悌忠信) 엇지 알니?
불효부졔(不孝不悌) 일을 삼어 골뉵상징(骨肉相爭)ᄒᆞ오면
셔ᄉᆞ산[13] 분쥬(奔走)ᄒᆞ난쏘다.
효ᄌᆞ(孝子)가 불효 되고 양민(良民)니 도젹(盜賊) 되여 쥭기만 바릐던니,
신관ᄉᆞ도(新官使道) 도님(到任) 초(初)의 츙효을 겸젼(兼全)ᄒᆞ여 인의

8) 장파(狀罷): 고을의 원(員)이 죄를 지었을 때, 그 도의 감사가 임금에게 장계를 올려 원을 파면시키던 일.
9) 무위이화(無爲而化): 힘들이지 않아도 저절로 변해 잘 이루어짐.
10) 신농씨(神農氏): 중국 고대 전설상의 제왕. 화덕(火德)을 가졌기 때문에 염제(炎帝)라 했는데, 나무를 잘라 구부려서 뇌사(耒耜)를 만들어 백성에게 농경을 가르쳤으며, 백초(百草)를 맛보아 약초를 찾아내 병을 고쳤고, 시장을 세워 백성들에게 교역을 가르치는 등 중국 문화의 원천으로 알려져 있다.
11) 짜뷔: 따비. 풀뿌리를 뽑거나 밭을 가는 데 쓰는 농기구.
12) 역산(歷山): 중국 장안의 동북쪽 서안시(西安市)에 있는 산. 순임금이 역산에서 밭을 갈고 뇌택(雷澤)에서 낚시를 해서 부모를 봉양했다고 한다.
13) [교감] 셔ᄉᆞ산: 융희본 '쳔지간'.

(仁義)로 공ᄉᆞ(公事)ᄒᆞ니,

덕화(德化)가 널니 버려 빅셩더리 ᄉᆞ라쏘다.

불효ᄒᆞᆫ 놈 효ᄌᆞ 되고 도젹니 양민 되여

ᄉᆞᆫ무도젹(山無盜賊)ᄒᆞ올 젹의 밤난업시 농ᄉᆞᄒᆞ고

도불습유(道不拾遺)ᄒᆞ올 젹의 ᄌᆡ물(財物) 모여

ᄉᆡᆼᄉᆞ당(生祠堂)을 지여볼가? 션졍비(善政碑)을 셰워볼가?

우리 ᄉᆞ도(使道) 착할시고 입셕송덕(立石頌德)[14]ᄒᆞ여보셰.

만셰(萬歲) 만셰 억만셰(億萬歲)나 여군동낙(與君同樂)[15]ᄒᆞ여보셰.

무슈이 칭송(稱頌)ᄒᆞ며 거리거리 션졍비요, 격양가(擊壤歌)을 일삼더라.

일엄으로 어진 소문(所聞)니 경셩(京城)의 ᄌᆞᄌᆞ(藉藉)ᄒᆞ고 원근의 진동ᄒᆞ난지라. 상(上)니 드르시고 알음다니 예기ᄉᆞ 명관(命官)[16]으로 부르신니,[17] 시빅이 교지(敎旨)을 밧ᄌᆞ와 북향ᄉᆞ비(北向四拜)ᄒᆞ고 셩은(聖恩)을 축슈(祝手)ᄒᆞ며 ᄒᆡᆼᄌᆞᆼ(行裝)을 ᄎᆞ려 경셩(京城)의 득달ᄒᆞ여 궐ᄂᆡ(闕內)의 슉ᄇᆡ(肅拜)ᄒᆞ온ᄃᆡ, ᄉᆞᆼ니 보시고 ᄃᆡ춘부리(大讚不已)ᄒᆞ시더라. 즉시 본가(本家)의 도라와 부모양위젼(父母兩位前)의 문안ᄒᆞ고 고구친쳑을 뫼와 즌ᄎᆡ을 ᄇᆡ셜(排設)ᄒᆞ고 질기더라.

각셜. 잇ᄯᆡ난 갑ᄌᆞ연(甲子年) 츄(秋) 칠월(七月)이라. 남경(南京)[18]니 요란(擾亂)ᄒᆞ다 ᄒᆞ거날, ᄉᆞᆼ니 시빅을 불너 ᄉᆞᆼᄉᆞ(上使)[19]을 졔슈ᄒᆞ시

14) 입석송덕(立石頌德): 큰 돌로 비(碑)를 만들어 세워서 덕을 기림.

15) 여군동락(與君同樂): 임금과 함께 즐김.

16) 명관(命官): 조선시대, 전시(殿試)를 주재하도록 임금이 친히 임명하던 시험관.

17) [교감] 명관으로 부르신니: 명월부인젼 '병죠판셔을 졔슈ᄒᆞ여 부르신니'. 융희본 '품직을 다시 도도아 병판으로 부르시니'.

18) 남경(南京): 중국 강소성(江蘇省)의 성도(省都). 1356~1441년에 명(明)나라 도읍지가 되어 처음에는 응천부(應天府), 나중에는 남경(南京)으로 불렸다.

19) 상사(上使): 사신 가운데 우두머리가 되는 사람. 정사(正使).

니,[20] 시빅이 어명(御命)을 밧ᄌᆞ와 남경을 드러갈 졔, 잇ᄯᅢ 님경업(林慶業)이라 ᄒᆞ난 신ᄒᆞ(臣下) 닛셔 총명(聰明)니 과인(過人)ᄒᆞ고 영웅변화지슐(英雄變化之術)을 가졋난지라. 마참 쳘마산셩(鐵馬山城)[21] 즁군(中軍)[22]을 졔슈ᄒᆞ엿던니, 시빅이 ᄉᆞ신(使臣)으로 드러갈 ᄉᆡ 탑젼(榻前)[23]의 쥬달(奏達)ᄒᆞ여 경업(慶業)으로 장ᄉᆞ군관(壯士軍官)[24]을 솜아 ᄒᆞᆫ가지 남경의 드러가니, 남경 쳔ᄌᆞ(天子) 됴션ᄉᆞ신(朝鮮使臣) 오난 말을 듯고 황ᄌᆞ건[25]으로 졉반ᄉᆞ(接伴使)[26]을 명ᄒᆞ여 영졉(迎接)ᄒᆞ여 드러올 ᄉᆡ, 잇ᄯᅢ 북방(北方) 호국(胡國)이 총마 가달(可達)의 난(亂)을 만나 픠망(敗亡)ᄒᆞᆯ 지경의 되ᄆᆡ ᄃᆡ국(大國)의 쳥병(請兵)ᄒᆞ엿난지라. 황졔(皇帝) 마참 쳥병죵(請兵將)[27]을 엇지 못ᄒᆞ여 근심ᄒᆞ시던니 황ᄌᆞ건니 엿ᄌᆞ오되,

"됴션 군관(軍官)의 ᄉᆞᆼ(相)을 본니 비록 소국(小國) 인물니나 만고흥망(萬古興亡)과 쳔지됴화(天地造化)을 은은(隱隱)니 감츄엇싸온니, 엇지 긔특(奇特)지 아니ᄒᆞ올닛가? 원컨ᄃᆡ 이 ᄉᆞ람으로 쳥병장을 ᄒᆞ미 맛당ᄒᆞᆯ가 ᄒᆞ여니다."

쳔ᄌᆞ(天子) 드르시고 ᄉᆞ신 시빅과 님경업을 픽초(牌招)[28]ᄒᆞ여 왈,

"경업으로 호국 쳥병죵을 봉(封)ᄒᆞ난니 각별(各別) 됴심(操心)ᄒᆞ라."

ᄒᆞ신ᄃᆡ, 경업이 복지 쥬왈,

20) [교감] ᄉᆞᆼᄉᆞ을 졔슈ᄒᆞ시니: 명월부인젼 '쟝슈을 삼으시고'. 융희본 '장슈을 졔슈ᄒᆞ시니'.
21) 철마산성(鐵馬山城): 강원도 회양군에 있던 옛 산성.
22) 중군(中軍): 조선시대 종2품 무관직으로 각 군영(軍營)의 대장 또는 사(使)에 버금가는 장관(將官).
23) 탑전(榻前): 왕의 자리 앞.
24) 장사군관(壯士軍官): 사신 행차 때 군졸들을 지휘하던 벼슬아치.
25) [교감] 황ᄌᆞ건: 명월부인젼 '황ᄌᆞ명'. 융희본 '황ᄌᆡ명'.
26) 접반사(接伴使): 외국 사신을 접대하던 임시직 벼슬아치.
27) 청병장(請兵將): 구원군을 지휘하는 사령관.
28) 패초(牌招): 조선시대, 임금이 승지를 시켜 신하를 부르던 일. '命' 자를 쓴 나무패에 신하의 이름을 써서 원례(院隷)를 시켜 보냈다.

"소신(小臣)니 소국의 용열(庸劣)ᄒᆞ온 ᄌᆡ됴로 엇지 즁님(重任)을 담당(擔當)ᄒᆞ올닛가만난, ᄒᆞ교(下敎) 졍즁(鄭重)ᄒᆞ시니 엇지 ᄉᆡ양(辭讓)ᄒᆞ올닛가?"

ᄒᆞᆫᄃᆡ, 황졔 경업으로 호국 쳥병장을 봉(封)ᄒᆞ시니 경업이 ᄃᆡ국 군ᄉᆞ(軍士)을 거나리고 호국의 득달ᄒᆞ여 가달노 졉젼(接戰)ᄒᆞᆯ ᄉᆡ, ᄇᆡᆨ젼ᄇᆡᆨ승(百戰百勝)ᄒᆞ여 총마 가달을 쳐 항복(降服) 밧고 호국을 구완[29]ᄒᆞ고 승젼고(勝戰鼓)을 울니며 ᄃᆡ국의 도라온니, 뉘 아니 칭찬ᄒᆞ리요? 황졔게 복지ᄉᆞ비(伏地四拜)ᄒᆞ고 승젼ᄒᆞᆷ을 고ᄒᆞᆫᄃᆡ,[30] 황졔 보시고 크게 칭ᄎᆞᆫᄒᆞ사 상ᄉᆞ(賞賜)을 만니 ᄒᆞ시고 글월을 닥가 됴션으로 보ᄂᆡ니라.

시ᄇᆡᆨ과 경업니 ᄒᆞ직ᄒᆞ고 여러 날만의 본국(本國) 득달ᄒᆞ여 궐ᄒᆞ(闕下)의 입시(入侍)ᄒᆞ온ᄃᆡ, ᄉᆞᆼ(上)니 보시고 못ᄂᆡ 긔특(奇特)이 예기ᄉᆞ 가라ᄉᆞᄃᆡ,

"경(卿) 등니 쇼국 인물노 ᄃᆡ국 도원슈(都元帥) 되여 호국을 구(救)ᄒᆞ고 가달을 쳐 변방(邊方)의 위엄(威嚴)을 쩔친니, 이난 만고(萬古)의 드문 일이라."

양인(兩人)의 직품(職品)을 도도올 ᄉᆡ, 시ᄇᆡᆨ으로 우상(右相)을 졔슈ᄒᆞ시고 님경업으로 부원슈(副元帥)을 졔슈ᄒᆞ시니라.

---

29) 구완: '구원(救援)'의 옛말.

30) [교감] 쳔ᄌᆞ 드르시고~승젼ᄒᆞᆷ을 고ᄒᆞᆫᄃᆡ: 명월부인젼 '이제 호국이 쳥병을 왓슨니 우리나라ᄂᆞᆫ 비록 지방이 널으나 ᄉᆞᄅᆞᆷ의 인ᄌᆡ가 젹은 고로 부득이 그ᄃᆡ로 쳥병장을 삼아 보ᄂᆡ난니 한번 슈고를 익기지 말나 ᄒᆞ신니 시ᄇᆡᆨ이 쥬왈 쇼국 죠고마헌 인ᄌᆡ로 읏지 ᄃᆡ장이 되올잇가마ᄂᆞᆫ 하교 여ᄎᆞᄒᆞ옵신니 젼교를 봉승ᄒᆞ리로쇼이다 텬ᄌᆡ 깃거ᄒᆞ샤 리시ᄇᆡᆨ으로 ᄃᆡ장을 삼고 림경업으로 부장을 삼아 호국을 구ᄒᆞ라 ᄒᆞ시니 시ᄇᆡᆨ이 경업으로 더부러 ᄃᆡ국 군마를 거나리고 호국에 드러가 가달과 ᄊᆞ와 필승필취ᄒᆞ며 가달을 일합에 베히고 호국를 평정ᄒᆞ고 승젼고을 울이고 ᄃᆡ국으로 도라와 황졔ᄭᅴ 뵈온ᄃᆡ'. 융희본 '쳔ᄌᆞ 드르시고 직시 시ᄇᆡᆨ과 경업을 ᄑᆡ쵸ᄒᆞ야 보시고 층찬ᄒᆞ시며 경업으로 쳥병ᄃᆡ장을 삼어 호국을 구ᄒᆞ라 ᄒᆞ신ᄃᆡ 경업이 승명ᄒᆞ고 직시 호국의 드러가 춍마 가달을 일합의 믈이치고 승젼고을 울이고 ᄃᆡ국으로 도라와 황졔게 뵈인ᄃᆡ'.

호왕의 계략

각셜. 흥진비ᄅᆡ(興盡悲來)요 고진감ᄂᆡ(苦盡甘來)난 ᄉᆞ람의 ᄉᆞᆼᄉᆞ(常事)라. ᄃᆡ감(大監)의 춘츄(春秋) 당금(當今) 팔십(八十)이라. 돌연(突然) 득병(得病)ᄒᆞ여 ᄇᆡ약(百藥)이 무효(無效)ᄒᆞ여 졈졈(點點) 침즁(沈重)ᄒᆞ시니, 시ᄇᆡᆨ과 가권(家眷)[1]을 불너 왈,

"ᄉᆞ람의 목심니 ᄒᆞᆫ날의 ᄂᆡᆺ신니 도망(逃亡)키 어려운지라. 엇지 쳔명(天命)을 어귀리요?"

ᄒᆞ고 못ᄂᆡ 시려ᄒᆞ시다가 별셰(別世)ᄒᆞ시니, 슬푸다. 부인니 ᄋᆡ통(哀慟)ᄒᆞ시다가 또ᄒᆞᆫ 기졀(氣絶)ᄒᆞ시여[2] 승상(丞相)과 갓치 일일지ᄂᆡ(一日之內)의 쳔지구몰(天地俱沒)ᄒᆞ시니,[3] 엇지 망극(罔極)지 아니하리요?

1) 가권(家眷): 호주나 가구주에게 딸린 식구.
2) [교감] 부인니 ᄋᆡ통ᄒᆞ시다가 또ᄒᆞᆫ 기졀ᄒᆞ시여: 명월부인젼 '부인이 긔졀ᄒᆞ여 또한 긔셰ᄒᆞ니'.
3) [교감] 승상과 갓치 일일지ᄂᆡ의 쳔지구몰ᄒᆞ시니: 융희본 'ᄇᆡᆨ일지ᄂᆡ에 부모양위 구몰ᄒᆞ시난지라'.

초동범졀(初終凡節)을 예(禮)로써 션ᄉᆞᆫ(先山)의 안장(安葬)ᄒᆞ고 ᄋᆡ통ᄒᆞᆷ을 마지아니ᄒᆞ더라.

셰월니 여류(如流)ᄒᆞ여 언의ᄉᆡ 이예 ᄉᆞᆷ 연을 다 지ᄂᆡ고 슈신졔가(修身齊家)을 예법(禮法)으로 지ᄂᆡ더라.

각셜. 잇ᄯᆡ 호국이 강셩(强盛)ᄒᆞ여 북방(北方) ᄌᆞ로 침범(侵犯)ᄒᆞ거날, 경업니 다 물니치고 북방을 살피던니,[4] 무지(無知)ᄒᆞᆫ 호왕(胡王)니 됴션을 치려 ᄒᆞ고 만됴졔신(滿朝諸臣)을 다 묘와 의논(議論)ᄒᆞᆯ ᄉᆡ, 졔신다려 왈,

“우리난 지방(地方)니 광활ᄒᆞ나 됴션 ᄌᆞᆼᄉᆞ(壯士) 님경업을 당ᄒᆞᆯ ᄌᆡ 업신[5] 엇지 가련(可憐)치 아니ᄒᆞ리요? 됴션을 도모(圖謀)코져 ᄒᆞ되 경업니 잇시니 엇지ᄒᆞ리요?”

ᄒᆞᆫᄃᆡ, 졔신니 묵묵불언(默默不言)일넌니, 잇ᄯᆡ 호왕의 즁젼(中殿) 왕비(王妃)난 비록 여ᄌᆞ나 무쌍(無雙)ᄒᆞᆫ 영웅니라. ᄉᆞᆼ통쳔문(上通天文)ᄒᆞ고 ᄒᆞ찰지리(下察地理)ᄒᆞ며, 안져셔 쳘니(千里) 박긔 일을 알고 셔셔 말니(萬里) 박긔 일을 아난지라. 이러ᄒᆞᆫ 고로 왕비 호왕게 엿ᄌᆞ오ᄃᆡ,

“쳡(妾)니 쳔문을 보온즉 됴션의 필연(必然) 션닌(仙人)이 ᄂᆡᆺ난가 시부니, 만일 그러ᄒᆞ면 셜ᄉᆞ(設使) 님경업을 억졔(抑制)ᄒᆞᆫᄃᆡ도 도모게ᄒᆞ미 이롭지 못할가 ᄒᆞ난니다.”

호왕니 ᄃᆡ경 왈,

“ᄂᆡ 평ᄉᆡᆼ의 님경업을 두려ᄒᆞ엿던니,[6] 또 그 우의 쒸여나난 신인(神人)니 잇실진ᄃᆡ 엇지 다시야 됴션을 엿보리요?”

---

4) [교감] 경업니 다 물니치고 북방을 살피던니: 명월부인젼 ‘경업이 ᄇᆡᆨ젼ᄇᆡᆨ승ᄒᆞ난지라’. 융희본 ‘경업이 ᄇᆡᆨ젼ᄇᆡᆨ승ᄒᆞ여 믈이치고 북방을 구지 직키더니’.

5) 업신: ‘업신니’의 오기.

6) [교감] ᄂᆡ 평ᄉᆡᆼ의 님경업을 두려ᄒᆞ엿던니: 명월부인젼 ‘ᄂᆡ 의쥬부윤을 두려워ᄒᆞ거날 역발산ᄒᆞ던 쵸ᄑᆡ왕과 상산 됴ᄌᆞ룡에 용밍을 가져쓴니 웃지 잡으리요’. 융희본 ‘ᄂᆡ 평ᄉᆡᆼ 경업을 두려워ᄒᆞ기을 팔연 풍진의 역발산ᄒᆞ던 쵸ᄑᆡ왕과 삼국시졀의 죠ᄌᆞ룡버덤 더 두려워ᄒᆞ엿던이’.

ᄒᆞ고 ᄌᆞ탄부리(自歎不已)ᄒᆞ거날, 왕비 쥬왈,

"이졔 쳔문을 보온즉 됴션이 국운(國運)니 다ᄒᆞ엿시니 ᄇᆡᆨ만ᄃᆡ병(百萬大兵)을 보ᄂᆡ여도 그 신인을 업시ᄒᆞ기 젼(前)으난 도모키 어려오나, 쳡니 ᄒᆞᆫ 묘칙(妙策)을 ᄉᆡᆼ각ᄒᆞ온니, 이졔 ᄌᆞᄀᆡᆨ(刺客)을 구(求)ᄒᆞ여 먼져 도션의 보ᄂᆡ여 그 신인을 업시ᄒᆞ고 ᄃᆡᄉᆞ(大事)을 도모코져 ᄒᆞ난니다."

호왕니 ᄃᆡ희ᄒᆞ여 왈,

"그러ᄒᆞ면 엇더ᄒᆞᆫ ᄉᆞ람을 ᄋᆞ더 보ᄂᆡ리요?"

왕비 왈,

"됴션은 탐ᄌᆡ□□□□니[7] 게집을 구ᄒᆞ되, 인물(人物)니 초월(超越)ᄒᆞ고 문필(文筆)은 이ᄐᆡᄇᆡᆨ(李太白)[8] · 왕희지(王羲之)[9] 갓고 의량(意量)은 졔갈공명 갓튼 게집을 보ᄂᆡ면 셩ᄉᆞ(成事)할 만ᄒᆞ난니다."

ᄒᆞᆫᄃᆡ, 호왕니 ᄃᆡ희ᄒᆞ여 직시(卽時) 졔신과 의논ᄒᆞ며 두로 구ᄒᆞ던니, 뉵궁(六宮)[10] 시녀 즁의 ᄀᆡ홍ᄃᆡ라[11] ᄒᆞ난 게집니 잇시되, 인물은 당명황(唐明皇)[12]의 양귀비(楊貴妃)[13]요, 구변(口辯)은 소진(蘇秦)[14]

7) [교감] 됴션은 탐ᄌᆡ□□□□니: 명월부인젼 '죠션ᄂᆞᆫ 본시 탐ᄌᆡ호식ᄒᆞ난 나라라'. 융희본 '죠션은 탐ᄌᆡ호식ᄒᆞ온이 이졔'.

8) 이태백(李太白, 701~762): 중국 당나라 때 시인인 이백(李白)의 자. 중국 최고의 시인으로 추앙되며 시선(詩仙)으로 불린다.

9) 왕희지(王羲之, 307~365): 중국 동진(東晉)의 서예가. 해서·행서·초서의 각 서체를 완성해 예술로서 서예의 지위를 확립했으며, 현재까지 중국 최고의 서성(書聖)으로 존경받고 있다.

10) 육궁(六宮): 중국의 궁중에서 황후의 궁정과 부인(夫人) 이하의 다섯 궁실.

11) [교감] 뉵궁 시녀 즁의 ᄀᆡ홍ᄃᆡ라: 명월부인젼 '궁즁 시녀 즁에 계홍이라'. 융희본 '육국 신여 즁의 길홍ᄃᆡ라'.

12) 당명황(唐明皇, 685~762): 당(唐)나라 6대 임금인 현종(玄宗). 예종(睿宗)의 셋째 아들로 당나라 중흥의 영주(英主)였으나, 후에 양귀비를 총애해 안록산의 난을 겪었다.

13) 양귀비(楊貴妃, 719~756): 당나라 현종의 비(妃). 절세미인으로 총명해 현종의 마음을 사로잡아 황후 이상의 권세를 누렸으나, 안록산의 난 때 도주하던 중 살해되었다.

14) 소진(蘇秦, ?~?): 중국 전국시대 중엽의 정치가. 강국 진(秦)나라에 대적하기 위해 나머지 6국이 연합하는 합종설(合從說)을 주장했으며, 지모변설(智謀辯舌)로써 공명부귀를 얻어 그 이름을 천하에 떨쳤기 때문에 전국시대 책사(策士)의 제1인자로 일컬어지고 있다.

· 장의(張儀)[15]을 닝소(冷笑)ᄒᆞ고, 금슐(劍術)은 이목(李牧)[16] · 염파(廉頗)[17]의 긔ᄉᆞᆼ(氣象)니요, 용ᄆᆡᆼ(勇猛)은 □호갓튼지라.[18] 왕비 호왕게 엿ᄌᆞ오ᄃᆡ,

"긔홍ᄃᆡ난 검슐(劍術)과 의량(意量)과 문필니 초월ᄒᆞ고, 겸(兼)ᄒᆞ여 인물니 졀식(絶色)이요 만부부당지용(萬夫不當之勇)[19]을 가져신니, 이 ᄉᆞ람을 보ᄂᆡ시면 셩ᄉᆞ(成事)할 듯ᄒᆞ와니다."

호왕이 깃거 긔홍ᄃᆡ을 불너 일오ᄃᆡ,

"너의 신긔 묘법(妙法)은 님의 짐작(斟酌)ᄒᆞ건니와 됴션의 나가ᄃᆡ 공(功)을 일우쇼야?"

긔홍ᄃᆡ 쥬왈,

"쇼여(小女) ᄌᆡ됴 업ᄉᆞ온나 국은(國恩)니 망극(罔極)ᄒᆞ온지라, 슈화즁(水火中)이온들 엇지 피(避)ᄒᆞ올잇가?"

호왕니 왈,

"네 됴션의 나가 심을 다ᄒᆞ여 신인의 머리을 벼혀 올진ᄃᆡ 쳔금(千金) 상(賞)의 만둉녹(萬鍾祿)을 눌리게 ᄒᆞᆯ 거신니, 부ᄃᆡ 셩공(成功)ᄒᆞ여 오라."

ᄒᆞ시니 긔홍ᄃᆡ 왈,

---

15) 장의(張儀, ?~BC 309): 중국 전국시대 위나라의 책사. 합종책을 제창한 소진과 더불어 귀곡선생(鬼谷先生)에게 사사했으며, 연횡책(連衡策)을 주창해 위·조·한나라 등 동서로 잇닿은 6국이 진나라를 중심으로 동맹관계를 맺게 했다.

16) 이목(李牧, ?~BC 228): 전국시대 조나라의 명장. 적이 침입하면 대항하지 않고 군민(軍民)을 성안으로 철수시켜 사기를 배양하며 지키다가 상대가 태만해졌을 때 갑자기 공격하는 작전을 써서 흉노를 물리쳤다.

17) 염파(廉頗, ?~?): 전국시대를 대표하는 조나라의 용장(勇將). 제나라와 위나라를 공격해 여러 차례 크게 이겼으며, 진나라 군대가 3년 동안 출병했지만 얻은 것 없이 돌아가게 만들기도 했다. 처음에는 재상인 인상여(藺相如)를 미워하다가 인상여의 깊은 도량에 감복해 목에 칼이 들어와도 배반하지 않을 우정을 맺은 것으로 유명하다.

18) [교감] □호갓튼지라: 융희본 '웅호갓튼지라'.

19) 만부부당지용(萬夫不當之勇): 수많은 장부(丈夫)로도 능히 당할 수 없는 용맹.

"ᄌᆡ됴 업ᄉᆞ온나 됴션을 나가 영웅과 호걸을 ᄒᆞᆫ칼의 베혀 ᄃᆡ왕(大王)의 근심을 들가 ᄒᆞ난니다."

호왕니 긔특이 예겨 ᄇᆡᆨ 번 당부(當付)ᄒᆞ고 보ᄂᆡᆯ ᄉᆡ, 홍ᄃᆡ 나온니 왕비(王妃) 불너 왈,

"네가 됴션의 나가면[20] 언어(言語) ᄉᆡᆼ소(生疎)할 거신니 ᄌᆞ셔(仔細)니 알고 가라."

ᄒᆞ고 언어 ᄉᆞᆼ통(相通)ᄒᆞ난 것과 됴션 풍속(風俗)을 가르친 후의 또 일오ᄃᆡ,

"됴션의 나가거던 먼져 ᄌᆞᆼ안(長安)의 드러가 우의졍(右議政) 집을 ᄎᆞᄌᆞ가면 신인니 닛실 거신니, 문답(問答)은 여ᄎᆞ여ᄎᆞᄒᆞ여 부ᄃᆡ ᄌᆡ됴을 허비(虛費)치 말고, 오난 길 의쥬(義州)의 가셔 님경업의 머리을 벼혀 오라."[21]

ᄒᆞᆫᄃᆡ, 홍ᄃᆡ 승명(承命)ᄒᆞ고 직시 ᄒᆞ직(下直)ᄒᆞ고 나와 ᄒᆡᆼᄌᆞᆼ(行裝)을 가지고 바로 ᄒᆡ동(海東)으로 향(向)ᄒᆞ여 장안의 득달ᄒᆞ엿난지라.

20) [교감] ᄇᆡᆨ 번~됴션의 나가면: 명월부인젼 '호왕이 긔특이 역여 당부ᄒᆞ여 왈 네 죠선에 나아가거든'. 융희본 '왕이 ᄇᆡᆨ 번 당부ᄒᆞ되 죠션의 나어가면'.
21) [교감] 우의졍 집을~벼혀 오라: 명월부인젼 '우의졍 집으로 ᄎᆞ져가셔 보면 신인을 ᄌᆞ셔히 알 거신니 신인을 베히고 도라오난 길에 의쥬로 오다가 림경업을 쥭이고 오라'. 융희본 '우의졍 집을 차져가면 신인이 잇슬 거신이 문답은 여ᄎᆞ여ᄎᆞᄒᆞ고 부ᄃᆡ ᄌᆡ죠을 뵈이지 말고 신인을 유인ᄒᆞ야 머리을 버혀가지고 오난 길의 의쥬의 드러가 임졍업을 버혀가지고 도라오되 부ᄃᆡ 죠심ᄒᆞ야 ᄃᆡᄉᆞ을 그릇되게 말나'.

기홍대를 물리치다

이젹의 박씨 피화당의 안져 쳔문(天文)을 살펴보고 급히 우상을 쳥(請)ᄒᆞ여 왈,

"모월모일(某月某日)의 엇더ᄒᆞᆫ 여ᄌᆞ 문박ᄀᆡ셔 문안(問安)할 거신니 부ᄃᆡ 됴심ᄒᆞ고 피화당으로 인도(引導)ᄒᆞ여 보ᄂᆡ시되, 만일 친근(親近)니 ᄃᆡ졉(待接)ᄒᆞ면 큰 화(禍)을 당ᄒᆞ리라."

ᄒᆞ거날 우상 왈,

"엇더ᄒᆞᆫ 여ᄌᆞ관ᄃᆡ 날을 ᄎᆞ져오난닛가?"

박씨 왈,

"그난 동ᄎᆞ(從次) 알연니와 슈다니 번셜(煩說)치 마옵쇼셔. 그 기집이 오면 ᄉᆞ랑의셔 유(留)ᄒᆞ랴 ᄒᆞᆯ 거신니, 부ᄃᆡ 됴심(操心)ᄒᆞ여 그 기집의게 속키이지 마옵쇼셔.[1] 그 여닌(女人)은 얼골니 ᄀᆡ묘(奇妙)ᄒᆞ고

1) [교감] 그 기집이~속키이지 마옵쇼셔: 융희본 '그 계집이 오면 ᄉᆞ랑의셔 유ᄒᆞ기을 청할 거시니 부ᄃᆡ 죠심ᄒᆞ여 그 간계예 속지 마옵쇼셔'.

빅틱(百態) 구비ᄒᆞ여 문필이 유여(裕餘)ᄒᆞᆫ지라, 만일 긔묘홈을 ᄉᆞ랑ᄒᆞ와 동침(同寢)ᄒᆞ시면 ᄃᆡ환(大患)을 면(免)치 못ᄒᆞ실 거시니 부ᄃᆡ 피화당으로 보ᄂᆡ시되, 그 여닌의 슐법은 칭양(測量)치 못ᄒᆞ련니와, 그간의 슐을 비져 너흐되 ᄒᆞᆫ 그릇션 쌀 두 말의 열시[2] 스 되을 셕거 만들고, 또 ᄒᆞᆫ 그릇션 슌쥬(醇酒)[3]로 ᄒᆞ여 두고 그날니 당ᄒᆞ거든 여ᄎᆞ여ᄎᆞᄒᆞ오린니 그리 아옵쇼셔."

우상니 듯고 일변(一邊) 고이 예기며 허락ᄒᆞ고 안쥬와 슐을 쥰비ᄒᆞ더라.

각셜. 긔홍ᄃᆡ 불칙(不測)ᄒᆞᆫ 흉게(凶計)을 품고 됴션의 득달ᄒᆞ여 장안의 드러가 우상 집의 ᄎᆞᄌᆞ가니, 과연 박씨 말과 갓치 올니라 ᄒᆞ던 날[4] 엇더ᄒᆞᆫ 여ᄌᆞ 치례을 능난(能爛)니 ᄒᆞ고 승송ᄃᆡᆨ의 문안ᄒᆞ거날, 승상니 문왈,

"너난 엇더ᄒᆞᆫ 기집인다?"

긔홍ᄃᆡ 왈,

"쇼여(小女)난 ᄒᆞ방(遐方)[5] 쳔기(賤妓)로셔 장안의 구경왓삽다가 외람(猥濫)니 ᄃᆡ감ᄃᆡᆨ(大監宅) 문젼(門前)의 드러왓난니다."

승상니 왈,

"네 그러ᄒᆞ면 근본(根本) 어ᄃᆡ셔 살며 승명(姓名)은 무어신다?"

그 여자 답왈,

"쇼여 살기난 강원도(江原道) 희양[6] ᄉᆞ옵던니, 됴실부모(早失父母)ᄒᆞ

2) 열시: 열씨. '삼씨(삼의 씨)'의 방언(함북).
3) 순주(醇酒): 다른 것이 조금도 섞이지 아니한 술.
4) [교감] 우상 집의~ᄒᆞ던 날: 명월부인젼 '그러헌 지 멧날 못되여 과연 그날리 다다라'. 융희본 '승상ᄃᆡᆨ을 찬난지라. 그날이 당ᄒᆞ미 과연'.
5) 하방(遐方): 서울에서 멀리 떨어진 지방.
6) [교감] 희양: 명월부인젼 '회양'. 융희본 '회야'. 회양(淮陽)은 강원도 회양군 서북쪽에 있는 면(面) 이름이다.

옵고 유리걸식(遊離乞食)ᄒᆞ와 우연(偶然)니 그 골 관비졍속(官婢定屬)[7]ᄒᆞ엿삽던니, 셩(姓)은 모로옵고 일홈은 셜즁ᄆᆡ(雪中梅)[8]로소니다."

ᄒᆞ며 언어 쳔연(天然)ᄒᆞ거날, ᄉᆼ공니 그 거동(擧動)을 본니 예ᄉᆞ(例事) 사람과 다른지라 심즁(心中)의 고이 예겨,

"ᄉᆞ랑의 올으라."

ᄒᆞ신니, 그 여ᄌᆞ 황송(惶悚)ᄒᆞ믈 머금고 겸양(謙讓)ᄒᆞ다가 당(堂)의 올나 좌졍(坐定) 후의 승상니 ᄉᆞ랑ᄒᆞ여 슈작(酬酌)을 난만(爛漫)니 ᄒᆞ시니, 그 여인니 문필니 유여(裕餘)ᄒᆞ여 ᄃᆡ답(對答)을 쳥순뉴슈(靑山流水)갓치 ᄒᆞ고, 의량니 광활ᄒᆞ여 문답(問答)니 ᄎᆞ착(差錯)[9]이 업난지라. 승상의 문법(文法)과 구변(口辯)니 넝넉ᄒᆞ나 이 기집은 당치 못홀너라. 심즁(心中)의 고이 예겨 ᄃᆡ촌(大讚) 왈,

"장안의도 문장ᄌᆡᄉᆞ(文章才士)가 허다(許多)ᄒᆞ나 너 갓튼 기집은 보지 못ᄒᆞᆫ지라. 진실(眞實)노 ᄒᆞ방 쳔인(賤人) 되기 악갑다."

ᄒᆞ시며 인물과 문답이 비범(非凡)ᄒᆞ물 ᄉᆞ랑ᄒᆞ시나, 박씨 ᄒᆞ던 말을 ᄉᆡᆼ각ᄒᆞ고 왈,

"지금 날니 져무러신니 후원 피화당의 가 편니 쉬여 가라."

ᄒᆞ니, 그 여자 답왈,

"쇼여의 몸니 ᄒᆞ방 쳔기로셔 님의 ᄃᆡ감 존젼(尊前)의 왓ᄉᆞ온니, ᄉᆞ랑의셔 오날밤 유(留)ᄒᆞ와 ᄃᆡ감을 모시고 아득ᄒᆞ온 마암을 명ᄇᆡᆨ(明白)히 가르치심을 바릴가 ᄒᆞ난니다."

승상 왈,

7) 관비정속(官婢定屬): 죄인의 아내나 딸 등을 관청의 여종으로 삼음.
8) [교감] 셜즁ᄆᆡ: 명월부인젼 '계홍'. 융희본 '셜즁ᄆᆡ'.
9) 차착(差錯): 어그러져서 순서가 틀리고 앞뒤가 서로 맞지 아니함.

"네 말니 됴흐나 금야(今夜)의 국ᄉᆞ(國事)의 호번(浩繁)[10]ᄒᆞᆫ 일 닛셔 ᄌᆞ연 현난(眩亂)ᄒᆞᄆᆡ 널로 더부러 동침(同寢) 못ᄒᆞ게신니, 후일(後日)을 지다리고 셥셥히 ᄉᆡᆼ각 말나."

ᄒᆞ며,

"ᄂᆡ당(內堂)의 드러가 편(便)니 유(留)ᄒᆞ라."

ᄒᆞ시니,[11] 그 여자 답왈

"쇼여갓치 미쳔(微賤)ᄒᆞᆫ 몸니 엇지 ᄉᆡᆼ심(生心)인덜 돈엄(尊嚴)ᄒᆞ온 부인을 모시고 ᄒᆞ로밤닌덜 엇지 지ᄂᆡ올닛가? 황공ᄒᆞ난니다."

승상 왈,

"네 말니 당연(當然)ᄒᆞ나 부인과 너와 피ᄎᆞ(彼此) 여인(女人)니라, 무삼 허물 닛시리요?"

ᄒᆞ시고 시비 게화을 불너 분부(分付)ᄒᆞ되,

"이 ᄉᆞ람을 다리고 피화당의 유ᄒᆞ게 ᄒᆞ라."

ᄒᆞ신니, 게화 쳥영(聽令)ᄒᆞ고 그 여인을 다리고 피화당의 가 ᄃᆡ감 분부을 젼(傳)ᄒᆞ니, 박씨 듯고 그 여인을 쳥(請)ᄒᆞᆫᄃᆡ 그 여인니 드러와 문안ᄒᆞ거날, 박씨 문왈,

"너난 엇던 ᄉᆞ람니관ᄃᆡ ᄂᆡ 집을 ᄎᆞ져왓난다?"

그 여인 왈,

"소여난 ᄒᆞ방 쳔기옵던니, 경셩(京城)의 구경왓ᄉᆞᆸ다가 질을 일코 외람(猥濫)니 ᄃᆡᆨ의 왓ᄉᆞ온니 불승황공(不勝惶恐)ᄒᆞ여니다."

박씨 왈,

10) 호번(浩繁): 매우 중요하면서도 번거로움.

11) [교감] 네 말니~유ᄒᆞ라 ᄒᆞ시니: 명월부인젼 '네 말리 당연ᄒᆞ나 ᄂᆡ가 국ᄉᆞ에 골몰ᄒᆞ여 예궐ᄒᆞ기로 네가 빈방에 혼ᄌᆞ ᄎᆞ기가 고젹헐 터인즉 ᄂᆡ당에 드러가 일야을 쉬고 후일 곳쳐 말ᄒᆞ자 ᄒᆞ시며'. 융희본 '나도 너와 ᄒᆞᆫ가지로 동고할 마음이 간졀ᄒᆞ나 금야의 호번할 일이 잇셔 너로 동침을 못ᄒᆞ고 후긔을 두난이 셥셥이 ᄉᆡᆼ각지 말고 ᄂᆡ당의 드러가 편이 유ᄒᆞ라 ᄒᆞᆫᄃᆡ'.

“일역(日力)[12]도 다ᄒᆞ고 갈 듸 읍신니 방(房)의 들라.”

ᄒᆞ시고[13] 게화을 불너 왈,

“지금 손니 왓시니 쥬효(酒肴)을 가져오라.”

ᄒᆞ신ᄃᆡ, 게화 쳥영ᄒᆞ고 후원의 가던니 이윽고 옥반(玉盤)의 승찬가효(盛饌佳肴)[14]을 가지고 슐병 둘을 갓다가 문박긔 감초고 슐을 나소올 ᄉᆡ, 독쥬(毒酒)난 그 여인의 권(勸)ᄒᆞ고 슌쥬(醇酒)난 박씨의게 드린니, 그 여인니 힝역(行役)의 뇌곤(惱困)ᄒᆞ여 긔갈(飢渴)ᄒᆞᆫ 즁의 독쥬을 ᄉᆞ오(四五) ᄇᆡ(盃) 먹은 후 일긔효[15]을 다 먹으ᄆᆡ,[16] 박씨 ᄯᅩᄒᆞᆫ 그 여ᄌᆞ와 갓치 쥬효을 갓치 먹은니, 그 거동(擧動)니 ᄎᆞ등(差等)니 업난지라. 닛ᄶᆡ 가인(家人)과 승ᄉᆞᆼ니 그 슈작(酬酌)홈을 보고ᄌᆞ ᄒᆞ여 문박긔 은신(隱身)ᄒᆞ여 그 거동을 보시고 놀나니 예기더라.

이윽고 그 여인니 독쥬을 먹고 ᄃᆡ취(大醉)ᄒᆞ여 박씨게 쳥(請)ᄒᆞ여 왈,

“쇼여가 힝역의 뇌곤ᄒᆞ여 쥬시난 슐을 만니 먹ᄉᆞ와 신긔(身氣) 고단ᄒᆞ온니, 잠간(暫間) 비기□을[17] 쳥ᄒᆞ난니다.”

박씨 왈,

“이쥬ᄃᆡ빈(以酒待賓)[18]은 예의지ᄉᆞᆼ(禮儀之常)[19]니요 일는지통의(人

---

12) 일력(日力): 하루 해가 질 때까지 남아 있는 동안.

13) [교감] 일역도 다ᄒᆞ고~들라 ᄒᆞ시고: 명월부인젼 ‘이도 ᄯᅩ한 일시 연분이니 웃지ᄒᆞ리요 ᄂᆡ역 고젹ᄒᆞ든 ᄎᆞ 일야을 쇼견ᄒᆞ미 죠타ᄒᆞ고 즉시’. 융희본 ‘그ᄃᆡ 힝식을 보니 범인과 다른지라 헛도이 힝역만 허비ᄒᆞ고 부질업시 ᄎᆞ져왓도다 ᄒᆞ고’.

14) 성찬가효(盛饌佳肴): 풍성하게 잘 차린 음식과 맛있는 안주.

15) 일기효: 정확한 뜻은 알 수 없으나, ‘그날 준비한 많은 안주’인 듯함.

16) [교감] 독쥬을 ᄉᆞ오~다 먹으ᄆᆡ: 융희본 ‘조금도 ᄉᆡ양치 안이ᄒᆞ고 일두쥬을 두어 슌 ᄇᆡ의 마시니 그 거동이 범인과 달은지라’.

17) [교감] 비기□을: 융희본 ‘눕기을’.

18) 이주대빈(以酒待賓): 손님에게 술을 대접함.

19) 예의지상(禮儀之常): 두루 많이 지키는 예의.

倫之通義)[20]라. 엇지 ᄂᆡ 집의 온 손을 엇지 ᄃᆡ졉(待接)지 안니ᄒᆞ리요?"

그 여닌(女人)니 황공감ᄉᆞ(惶恐感謝)ᄒᆞ여[21] 슈작을 난만(爛漫)니 ᄒᆞ니, 피ᄎᆞ 우열(優劣)니 업더라. 그 여인니 비기여 가만니 ᄉᆡᆼ각ᄒᆞ되,

'우리 왕비 ᄒᆞ직ᄒᆞ올 씌의 말삼ᄒᆞ시기을, 됴션의 나가거던 우의졍 집을 ᄎᆞ져가면 ᄌᆞ연 알니라 ᄒᆞ시던니, 악가 승상의 ᄉᆞᆼ(相)을 본니 다만 인후(仁厚)할 뿐니요 다른 ᄌᆡ됴 업셔 보니기로 염여(念慮) 읍시 예것던니, 이졔 부인의 거동을 본니 비록 여ᄌᆞ나 미간(眉間)의 쳔지됴화(天地造化) 은은(隱隱)이 감취엿고 흉즁(胸中)의 만고흥망(萬古興亡)을 품엇신니, 이 ᄉᆞ람니 곳 션인니라.[22] ᄂᆡ가 만일 이 ᄉᆞ람을 살여두면 우리 왕상(王上)의 됴션 도모ᄒᆞ시난 일을 일우기 얼여올지라. 읏지 근심되지 아니ᄒᆞ리요? ᄂᆡ 됴흔 모게(妙計)을 ᄂᆡ여 이 ᄉᆞ람을 먼져 쥭이여 우리 왕ᄉᆞᆼ(王上)의 근심을 듈고 ᄂᆡ의 일홈을 쳔츄(千秋)의 뉴젼(遺傳)ᄒᆞ리라.'

ᄒᆞ며 심즁(心中)의 ᄃᆡ희ᄒᆞ던니, 슐니 ᄃᆡ취ᄒᆞᄆᆡ 박씨게 ᄯᅩ 쳥ᄒᆞ여 왈,

"황공ᄒᆞ오나 곤(困)ᄒᆞ온니 ᄌᆞ기을 쳥ᄒᆞ난니다."

ᄒᆞ니 박씨 허락ᄒᆞ고 베ᄀᆡ을 쥬거날, 그 여인니 베ᄀᆡ에 비기여 눕던니 ᄌᆞᆷ을 들럿시되 한 눈을 쓰던니, 이윽고 두 눈을 다 쓰며 눈의셔 불덩니가 ᄂᆡ다러 방즁(房中)의 궁글며 ᄌᆞ난 슐졀의 방문(房門)니 열치락닷치락ᄒᆞ여 ᄉᆞ람의 졍신(精神)을 놀ᄂᆡ게 ᄒᆞ니, 박씨 ᄉᆡᆼ각ᄒᆞ기을,

'비록 여ᄌᆞ나 쳔ᄒᆞ명장(天下名將)니로다.'

---

20) 인륜지통의(人倫之通義): 세상에 두루 통하는 사람의 기본 도리와 정의(情義).

21) [교감] 그 여닌니 황공감ᄉᆞᄒᆞ여: 융희본 '그 여인이 왈 이갓치 관곡ᄒᆞ시니 황공감ᄉᆞᄒᆞ여이다 ᄒᆞ며'.

22) [교감] 악가 승상의~곳 션인니라: 명월부인젼 '지금 부인를 본즉 진실노 녀ᄌᆞ에 몸이나 흉즁에ᄂᆞᆫ 텬디죠화을 겸ᄒᆞ여 경텬위디헐 ᄌᆡ죠 잇고 ᄂᆡ간에ᄂᆞᆫ 영웅의 긔상을 가졋스며 승상도 ᄯᅩ한 시쇽 범상헌 ᄌᆡ상이 안인즉 ᄎᆞ 량인난 진짓 신인이라'. 융희본 '과연 승상의 ᄉᆞᆼ을 보니 다만 어진 ᄌᆡᄉᆞᆼ 뿐이요 다른 됴화는 업셔 보기로 염여 읍시 역여쪄니 부인의 ᄉᆞᆼ을 보니 비록 여ᄌᆞ나 미간의 쳔지됴화을 은근이 품엇스니 이 ᄉᆞ룸은 곳 신인이라'.

ᄒᆞ시고 또 ᄒᆞᆫ가지 ᄌᆞ난 쳬ᄒᆞ다가 가만니 일어나 그 연인의 힝ᄌᆞᆼ(行裝)을 열러본니,[23] 다른 거션 읍고 다만 칼 ᄒᆞ나 닛시되, ᄌᆞ셔니 본니 쥬홍(朱紅)으로 ᄉᆡ겨씨되 비련도(飛燕刀)라 ᄒᆞ엿더라. 그 칼을 만지랴 ᄒᆞᆯ 지음의 칼니 화(化)ᄒᆞ여 졔비 되여 쳔장(天障)으로 소소쳐 박씨을 ᄒᆡ(害)ᄒᆞ랴 ᄒᆞ고 ᄌᆞ로 범(犯)ᄒᆞ거날, 박씨 급피 ᄆᆡ운ᄌᆡ을 갓다가 진언(眞言)을 외오며 푸러 더진니, 그 칼니 영험(靈驗)니 업셔 변화(變化)을 못ᄒᆞ난지라. 박씨 그졔야 그 칼을 가지고 소ᄅᆡ을 벽역(霹靂)갓치 지르며 그 여닌을 ᄭᆡ운니, 그 여ᄌᆞ 잠을 집피 들엇싸가 벽역 갓튼 쇼ᄅᆡ에 잠을 ᄭᆡ여 혼미(昏迷) 즁의 이러 안진니, 박씨 비련도을 손의 들고 쇼ᄅᆡ을 크게 ᄒᆞ여 ᄭᆞ지져 왈,

"무지(無知)ᄒᆞ고 간특(姦慝)ᄒᆞᆫ 연아, 네가 호국 ᄀᆡ홍ᄃᆡ 아니야?"

ᄒᆞ난 쇼ᄅᆡ 쳔지 문허지난 듯 혼불부신(魂不附身)[24]ᄒᆞ고 실혼낙ᄇᆡᆨ(失魂落魄)ᄒᆞ여 아모리 ᄒᆞᆯ 쥴 모로다가 정신을 진졍(鎭靜)ᄒᆞ여 눈을 드러본니, 박씨 손의 비련도을 들고 안진 묘양(模樣) 위염(威嚴)니 상셜(霜雪) 갓트여 엄슉(嚴肅)ᄒᆞ미 팔연풍진(八年風塵)[25]의 홍문연(鴻門宴)[26] ᄌᆞᆫ치예 번쾌(樊噲)[27]

23) [교감] 그 여인니~힝ᄌᆞᆼ을 열러본니: 명월부인젼 '잠을 들ᄆᆡ 한 눈을 쓰고 한 눈을 감아쓰며 슘은 쉬일 젹마다 방문이 열이락닥치락ᄒᆞ여 사ᄅᆞᆷ에 졍신을 살난케 ᄒᆞ는지라 부인이 이러나 계홍에 힝장을 슈식ᄒᆞ여 보니'. 융희본 '길홍ᄃᆡ 벼ᄀᆡ을 베고 눕더니 좀이 들엇스되 두 눈이 화등잔 갓고 불쎵이가 ᄂᆡ다러 방즁의 궁글며 ᄌᆞ는 슘결의 방문이 열치락닷치락 ᄉᆞᄅᆞᆷ의 졍신을 살난케 ᄒᆞ난지라 비록 여ᄌᆞ나 범 갓튼 장ᄉᆞ여날 엇지 놀납지 안이ᄒᆞ리요 박씨 쏘ᄒᆞᆫ ᄌᆞ난 쳬ᄒᆞ다가 일어나 그 여인의 힝장을 열어보니'.

24) 혼불부신(魂不附身): 혼이 몸에 붙어 있지 않다는 뜻으로, 몹시 놀라 넋을 잃음.

25) 팔년풍진(八年風塵): 오랜 세월 동안 고생함을 이르는 말. 중국에서, 유방이 8년을 고생한 끝에 항우를 멸한 데서 유래한다.

26) 홍문연(鴻門宴): 중국 초한(楚漢) 시절에 초나라 항우가 한나라 유방을 잡기 위해 홍구(鴻溝) 땅 군문(軍門)에서 베풀었던 잔치. 항우는 유방을 초대해 항장(項莊)이 검무를 추다가 살해하도록 일을 꾸몄으나, 유방을 수행한 장자방의 기지와 번쾌의 호기로 유방이 탈출했다.

27) 번쾌(樊噲, ?~BC 189): 한나라 고조 때의 공신. 원래 개고기를 파는 미천한 신분이었으나 유방의 거병 뒤 그를 따라 무장으로서 용맹을 떨쳤으며, 홍문연에서 항우에게 모살될 위기에 처한 유방을 극적으로 구해냈다.

가 항장(項莊)[28]을 ᄃᆡ(對)ᄒᆞ여 두발(頭髮)니 ᄉᆞᆼ지[29]ᄒᆞ고 목ᄌᆞ진렬(目眥盡裂)[30]ᄒᆞ던 위염 갓트여,[31] 감(敢)이 말을 못ᄒᆞ고 묵묵(默默)히 안져다가 정신을 진정ᄒᆞ여 엿ᄌᆞ오ᄃᆡ,

"부인게옵셔 이갓치 명ᄇᆡᆨᄒᆞ옵신니, 과연 긔홍ᄃᆡ로소니다."[32]

부인니 눈을 부릅ᄯᅳ고 ᄃᆡ질(對質) 왈,

"너난 일시(一時)[33] ᄌᆞᄀᆡᆨ(刺客)으로 ᄀᆡ 갓튼 네 왕의 말을 듯고 당당(堂堂)ᄒᆞᆫ 우리 예의지국(禮儀之國)을 ᄒᆡ(害)ᄒᆞ려 ᄒᆞ니, 네 엇지 살기을 바ᄅᆡ리요? ᄂᆡ ᄌᆡ됴 읍시나 너 갓튼 요물(妖物)의게난 속지 안일 거시요, ᄯᅩ 너 갓튼 연을 살여두면 무되(無罪)ᄒᆞᆫ ᄉᆞ람을 만니 쥭이리라."

ᄒᆞ고 노긔등등(怒氣騰騰)ᄒᆞ여 비련도로 긔홍ᄃᆡ의 머리을 견우며 ᄭᅮ지져 왈,

"ᄀᆡ 갓튼 오랑ᄏᆡ 연아, ᄂᆡ 말을 드르라! 우리 ᄃᆡ감게옵셔 우리 왕명(王命)을 바다 아국(我國) ᄌᆞᆼᄉᆞ(壯士) 님경업을 다리고 동경(東京)[34] ᄉᆞ신(使臣) 드러가실 제, 너의 나라의셔 총마 가달의 난(亂)을 만나 ᄑᆡ망지경(敗亡之境)의 이르러 셰궁역진(勢窮力盡)[35]ᄒᆞᄆᆡ ᄃᆡ국 쳥병ᄒᆞ엿기

28) 항장(項莊, ?~?): 초(楚)나라 하상(下相) 사람. 항우의 종제(호기)로 홍문연에서 검무를 추면서 유방을 죽이려 했으나, 항백(項伯)이 함께 춤을 추면서 막아 유방이 달아나게 했다.
29) 상지: 정확한 뜻은 알 수 없으나, '위로 치솟다'는 뜻인 듯함.
30) 목자진열(目眥盡裂): 눈초리가 다 찢어진다는 뜻으로, 눈을 부릅뜨고 몹시 사납게 흘겨보는 모양을 이르는 말.
31) [교감] 두발니 ᄉᆞᆼ지ᄒᆞ고~위염 갓트여: 명월부인젼 '두발리 상지ᄒᆞ고 목ᄌᆞ진렬ᄒᆞ여 항우을 보고 ᄒᆡᄒᆞ랴 ᄒᆞᄂᆞᆫ 위풍 갓튼 고로'. 융희본 '두발이 상지ᄒᆞ고 목ᄌᆞ진열ᄒᆞ야 살긔 츙쳔ᄒᆞᆫ 듯ᄒᆞᆫ지라 길홍ᄃᆡ'.
32) [교감] 부인게옵셔 이갓치~과연 긔홍ᄃᆡ로소니다: 명월부인젼 '부인씌옵셔 이갓치 명감ᄒᆞ옵신지하에 일호인들 웃지 긔망ᄒᆞ오릿가 쇼녀는 과연 계홍ᄃᆡ언이와 무삼 연고로 여ᄎᆞ히 ᄒᆞ옵는잇고'. 융희본 '부인게옵셔 엇지 이갓치 아르시난잇가 과연 길홍ᄃᆡ로소이다 황공무지ᄒᆞ오나 엇더ᄒᆞᆫ 연고로 이갓치 엄문ᄒᆞ시난잇가'.
33) [교감] 일시: 명월부인젼 '일ᄀᆡ'. 융희본 '일ᄀᆡ'.
34) [교감] 동경(東京): 명월부인젼 '남경'. 융희본 '남경'.
35) 세궁역진(勢窮力盡): 기세가 꺾이고 힘이 다 빠져 꼼짝할 수 없게 됨.

로, 아국 ᄌᆞᆼᄉᆞ(壯士) 님경업으로 청병ᄃᆡ장(請兵隊長)을 삼어 네 나라을 구완(救援)ᄒᆞ라 ᄒᆞ시ᄆᆡ, 군ᄉᆞ(軍士)을 거나려 네 나라의 가 심을 다ᄒᆞ여 병불혈닌(兵不血刃)[36]ᄒᆞ고 호통 일셩(一聲)의 총마 가달을 물니치고 너의 나라 ᄉᆞ직(社稷)을 보돈(保存)ᄒᆞ여쥬어신니, 그 은혜(恩惠)을 ᄉᆡᆼ각ᄒᆞ면 ᄐᆡ산(泰山)니 가부얍거날, 도로혀 보은(報恩)ᄒᆞ기난 고ᄉᆞᄒᆞ고 ᄇᆡ은망덕(背恩忘德)ᄒᆞ니, 네의 왕 갓튼 놈은 ᄂᆡ 안져셔도 쥭여 업시ᄒᆞ리라. 너 갓튼 여ᄌᆞ을 보ᄂᆡ여 당도(唐突)리 우리나라을 탐지(探知)코ᄌᆞ니 집의 와 먼져 날을 ᄒᆡ(害)할랴 ᄒᆞ니, 너 갓튼 연은 ᄂᆡ 먼져 업시ᄒᆞ련니와, 이 갓튼 흉게(凶計)난 다 너의 왕비 간게(奸計)라. ᄂᆡ 먼져 알고 잇난니, 네 왕니 감(敢)이 흉칙[37]ᄒᆞᆫ 간게을 엇지 ᄂᆡ여 우리나라을 ᄒᆡᄒᆞ려 ᄒᆞ난다? 목을 늘희여 ᄂᆡ 칼을 바드라."[38]

ᄒᆞ고 소ᄅᆡ을 벽역갓치 질은니, ᄀᆡ홍ᄃᆡ ᄋᆡ걸(哀乞) 왈,

"극(極)히 황송ᄒᆞ오나 부인젼(夫人前)의 엇지 일호(一毫)나 ᄀᆡ망(欺罔)ᄒᆞ올닛가? 소여(小女) 약간(若干) 검슐(劍術)을 아난 고로 국왕의 불량(不良)ᄒᆞ온 말ᄉᆞᆷ을 듯고 외람(猥濫)이 왓ᄉᆞᆸ다가 이갓치 신명(神明)하옵신니, 무삼 말삼을 알외올닛가? 니난 다 쇼여 왕비의 지시(指示)ᄒᆞᆷ니온니, 황공ᄒᆞ오나 쇼여의 목심은 부인 칼 ᄭᅳᆺᄐᆡ 달여ᄉᆞ온니, 부인은 ᄒᆞᄒᆡ지ᄐᆡᆨ(河海之澤)을 ᄂᆡ리와 쇼여의 ᄌᆞᆫ명(殘命)을 살여쥬시면 본국(本國)의 도라가 쇼여 국왕과 왕비게 이 말ᄉᆞᆷ을 다ᄒᆞ옵고, 다시야 ᄉᆡᆼ심(生心)[39]인덜 범남(氾濫)[40]ᄒᆞᆫ ᄯᅳᆺ셜 먹ᄉᆞ올잇가? 쇼여의 되ᄉᆞᆼ(罪狀)

---

36) 병불혈인(兵不血刃): 병사가 칼에 피를 묻히지 아니하였다는 뜻으로, 피를 흘릴 만한 싸움도 하지 아니하고 쉽게 이김을 비유적으로 이르는 말.

37) 흉칙: '흉측(凶測)'의 오기.

38) [교감] 목을 늘희여 ᄂᆡ 칼을 바드라: 융희본 '젼후ᄉᆞ을 ᄉᆡᆼ각ᄒᆞ면 너을 쥭여도 ᄌᆈ가 나문지라 ᄒᆞ고 우션 네 머리을 버히여 ᄂᆡ 일시 분을 만분지일이나 싯치리라'.

39) 생심(生心): 어떤 일을 하려고 마음먹음.

40) 범람(氾濫): 제 분수에 넘침.

은 다시 알올 말숨 업ᄉᆞ온니 잔명을 술여쥬옵쇼셔."

ᄒᆞ고 무슈 ᄋᆡ걸ᄒᆞ니 박씨 듯고 왈,

"네 왕은 진실노 금슈(禽獸)와 갓튼지라. 은혜을 모로고 도로혀 우리 됴션을 멸시(蔑視)ᄒᆞ여 인ᄌᆡ(人才)을 살피코져 ᄒᆞ니, 가위 양호뉴환(養虎遺患)[41]니라. 엇지 통분(痛忿)치 안니ᄒᆞ리요? ᄂᆡ의 뜻시 너 갓튼 인명(人命)을 살ᄒᆡ(殺害)코져 할 마암니 아니라, 네 엇지 살기을 바리리요."[42]

ᄒᆞᆫᄃᆡ, 긔홍ᄃᆡ 머리을 됴와 무슈이 ᄋᆡ걸 왈,

"부인의 말숨을 듯ᄉᆞ온니 더옥 후회(後悔)ᄒᆞ난이다."[43]

무슈(無數)이 ᄉᆞ뢰(謝罪)ᄒᆞ니, 부인니 잠간 칼을 머무르고 분심(忿心)을 진정ᄒᆞ여 왈,

"네 왕의 쇼위(所爲)을 ᄉᆡᆼ각ᄒᆞ면 너을 쥭이여 위션(于先) 분ᄒᆞ물 풀거시로ᄃᆡ 인명(人命) 살ᄒᆡ(殺害)홈이 상셔(祥瑞)롭지 아니ᄒᆞ기로 아직 살여 보ᄂᆡ건니와, 네 나라의 가 네 왕과 왕비다려 ᄌᆞ셔이 일으되, '네의 왕니 금슈의 마암을 두고 다시 불칙(不測)ᄒᆞᆫ 흉게(凶計)을 가지면, 우리 됴션(朝鮮)니 비로[44] 편쇼(褊小)ᄒᆞ나 인ᄌᆡ(人才)을 혜아리면 영웅명ᄌᆞᆼ(英雄名將)니 젹여구산(積如丘山)[45]니요, 날 갓튼 용둔(庸鈍)ᄒᆞᆫ ᄌᆡ됴난 거ᄌᆡ두량(車載斗量)[46]니라.' 네 왕은 왕비의 말을 듯고 너을 인ᄌᆡ

---

41) 양호유환(養虎遺患): 호랑이를 길러서 화근을 남긴다는 뜻으로, 화근이 될 것을 길러서 후환을 당하게 됨을 이르는 말.

42) [교감] ᄂᆡ의 뜻시~살기을 바리리요: 융희본 'ᄂᆡ의 쓰슨 너 갓튼 인싱을 히할 마음이 안이나 그러나 엇지 살기을 바리리요'.

43) [교감] 부인의 말숨을~더옥 후회ᄒᆞ난이다: 융희본 '너부신 말삼을 듯ᄉᆞ오니 감격무지ᄒᆞ여이다'.

44) 비로: '비록'의 오기.

45) 적여구산(積如丘山): 산더미같이 많이 쌓임.

46) 거재두량(車載斗量): 수레에 싣고 말로 된다는 뜻으로, 물건이나 인재 따위가 매우 많음을 이르는 말.

라 ᄒᆞ여 보ᄂᆡ여시나 날 갓튼 ᄉᆞ람을 먼져 만나기에 네 목심을 ᄉᆞ러 가난니, 도라가 네 왕과 왕비게 ᄂᆡ 말을 ᄌᆞ셔(仔細)니 젼(傳)ᄒᆞ여, 'ᄎᆞ후(此後)난 쳔명(天命)을 순슈(順受)ᄒᆞ되, 만일 교만(驕慢)ᄒᆞᆫ 마음을 곳치지 아니ᄒᆞ고 일향(一向) 거역(拒逆)ᄒᆞ면 ᄂᆡ 비록 여ᄌᆞ니나 영웅명ᄌᆞᆼ을 뫼와 ᄀᆡ병(起兵)ᄒᆞ여 네 나라을 가면 무죄(無罪)ᄒᆞᆫ여됴[47] 창ᄉᆡᆼ(蒼生)을 씨 업시 할 거신니, 부ᄃᆡ 쳔명을 거역지 말나'[48]고 ᄒᆞ거라."

ᄒᆞ고 다시 ᄀᆡ탄(慨歎)니 예겨 왈,

"국운(國運)니 불ᄒᆡᆼ(不幸)ᄒᆞᆫ 탓시로다. 슈원슈구(誰怨誰咎)ᄒᆞ리요?"

ᄒᆞ며 앙쳔탄식(仰天歎息)ᄒᆞ거날, ᄀᆡ홍ᄃᆡ 그 거동을 보고 이러나 ᄇᆡᄉᆞ(拜謝) 왈,

"신명(神明)ᄒᆞ신 덕ᄐᆡᆨ(德澤)을 넙ᄉᆞ와 쥭을 목심을 보됸(保存)ᄒᆞ온니, 감격무지(感激無地)ᄒᆞ와 ᄉᆞ후난망(死後難忘)이로쇼니다."

ᄒᆞ며 슈괴(羞愧)ᄒᆞᆫ 마음을 머금고 ᄒᆞ직ᄒᆞ고 나와 ᄂᆡ렴(內念)의 ᄉᆡᆼ각ᄒᆞ되,

'ᄂᆡ 이졔 ᄃᆡᄉᆞ(大事)을 경영(經營)ᄒᆞ고자 불원쳘니(不遠千里)ᄒᆞ고 왓다가 셩공(成功)은 고ᄉᆞᄒᆞ고 본ᄉᆡᆨ(本色)이 탈노(綻露)ᄒᆞ엿시니, 이졔 의쥬(義州)로 간덜 셩공ᄒᆞ기을 엇지 바ᄅᆡ리요? 그져 도라감만 갓지 못ᄒᆞ다.'

ᄒᆞ고 즉시 본국으로 가더라.

각셜 이젹의 승상과 가인(家人)니 이 거동을 보고 크게 놀ᄂᆡ더라.

47) 무죄ᄒᆞᆫ여됴: '무죄ᄒᆞ여됴'의 오기.

48) [교감] 네 나라의~거역지 말나: 명월부인젼 '만약 너에 왕이 순종치 안니ᄒᆞ면 ᄂᆡ 비록 녀ᄌᆞ에 몸이나 영웅을 쵸모ᄒᆞ여 호국을 쇼멸ᄒᆞ고 호왕을 베혀 각국에 회시헌다더라고 ᄂᆡ 말노 젼ᄒᆞ라 ᄒᆞ니라'. 융희본 '네 왕의게 ᄂᆡ ᄒᆞ던 말을 ᄌᆞ셔히 젼ᄒᆞ며 우리 죠션은 비록 소국이나 인ᄌᆡ을 시야리면 영웅명장은 구산 갓고 날 갓튼 용둔ᄒᆞᆫ ᄌᆡ죠난 거ᄌᆡ두량이라 네 왕비의 말을 듯고 너을 인ᄌᆡ로 ᄐᆡᆨ츌ᄒᆞ야 보ᄂᆡᆺ스나 너 갓튼 요믈이 우리 죠션의 나와 영웅을 만나기 젼의 날 갓튼 ᄉᆞ룸을 만나기 예ᄉᆞ러 도라가니 도라가셔 네 왕다려 이 말을 젼ᄒᆞ야 ᄎᆞ후는 쳔명을 순슈ᄒᆞ되 만일 교만ᄒᆞᆫ 놈이 일향 거역ᄒᆞ면 ᄂᆡ 비록 여ᄌᆞ나 영웅호걸을 모와 군ᄉᆞ을 거나리고 네 나라의 드러가 유죄무죄간의 씨도 업시 함몰을 할 거시니 부ᄃᆡ 쳔명을 거역지 말고 순슈ᄒᆞ게 ᄒᆞ며'.

그 익일(翌日)의 승상이 궐닉(闕內)의 드러가 그 연유(緣由)을[49] 낫낫치 쥬달(奏達)ᄒᆞ니, 젼ᄒᆞ(殿下)와 만됴졔신(滿朝諸臣)니 듯고 ᄃᆡ경실식(大驚失色)ᄒᆞ난지라. 즉시 의쥬(義州) 부윤(府尹)[50] 님경업의게 관ᄌᆞ(關子)[51]ᄒᆞ되,

"호국(胡國)의셔 긔홍ᄃᆡ라 ᄒᆞ난 게집이 됴션의 나와 여ᄎᆞ여ᄎᆞᄒᆞᆫ 일니 닛신니, 그런 기집이 혹 ᄉᆞ람을 뉴인(誘引)ᄒᆞ여 죽이랴 ᄒᆞ고 의쥬로 갈 거신니, 그 간게(奸計)의 속지 말고 명심불망(銘心不忘)ᄒᆞ라."

ᄒᆞ엿더라.

각셜. 이젹의 나라의셔 박씨의 명감(明鑑)홈을 탄복ᄒᆞ시고 츙효(忠孝)을 칭찬ᄒᆞ시며 공(功)을 의논(議論)ᄒᆞ실 ᄉᆡ, 박씨로 명현부인(明賢夫人)을 봉(封)ᄒᆞᄉᆞ 직쳡(職牒)을 나리시고[52] ᄉᆞᆷ품녹(三品祿)을 ᄉᆞ급(賜給)ᄒᆞ시니라.

ᄉᆞᆼ(上)이 우상(右相)다려 왈,

"만일 경의 안ᄒᆡ곳 아니런덜 ᄃᆡ환(大患)을 면(免)치 못ᄒᆞ리로다."

ᄒᆞ시고,

"흉악(凶惡)ᄒᆞᆫ 도젹(盜賊)이 우리나라을 엿보고ᄌᆞ ᄒᆞ여 이럿타시 탐지ᄒᆞ니, 엇지 통분(痛憤)치 아니ᄒᆞ리요? 이후난 도젹의 긔미(幾微)을 알러 낫낫치 쥬달(奏達)ᄒᆞ라."

ᄒᆞ시다.

---

49) [교감] 그 연유을: 명월부인젼 '이 ᄉᆞ연를'. 융희본 '그 ᄉᆞ연을'.
50) 부윤(府尹): 조선시대 지방관청인 부(府)의 우두머리.
51) 관자(關子): 조선시대 상급 관청에서 하급 관청으로 시달하는 공문서. 또는 상급 관청에서 하급 관청에 내리는 허가서.
52) [교감] 명현부인을 봉ᄒᆞᄉᆞ 직쳡을 나리시고: 명월부인젼 '경녈부인 즉쳡을 나리시고'. 융희본 '경열부인 가ᄌᆞ을 나리시고'.

피화당에서 용울대를 죽이다

각셜. 긔홍ᄃᆡ 본국의 드러가 현신(現身)ᄒᆞ니, 호왕이 문왈,

“됴션의 나가 엇지ᄒᆞ고 왓난다?”

긔홍ᄃᆡ 답쥬(答奏) 왈,

“쇼여 봉명(奉命)ᄒᆞ옵고 단신(單身)으로 ᄃᆡᄉᆞ(大事)을 경영(經營)ᄒᆞ여 말니(萬里)타국(他國)의 갓삽던니, 셩공은 고ᄉᆞᄒᆞ고 만고(萬古)의 싹읍난 영웅 박씨을 만나 목심을 보돈(保存)치 못ᄒᆞ고 타국(他國) 원혼(冤魂)니 되올 거셜, 누누 ᄋᆡ결ᄒᆞᆯ 쁜더러 오히려 어진 덕(德)을 넙ᄉᆞ와 본국의 와 ᄉᆡᆫ니와,[1] 박씨의 ᄒᆞ난 말니, ᄃᆡ왕(大王)게옵셔 ᄇᆡ은망덕(背恩忘德)ᄒᆞ고 쥬셕지의(疇昔之義)[2]을 모로고 금슈(禽獸)의 비(比)ᄒᆞ여 심칙(深責)ᄒᆞ온 후,[3] ‘쏘다시 범남(氾濫)ᄒᆞᆫ 뜻셜 두면 박씨 비록 여

1) [교감] 긔홍ᄃᆡ 답쥬~와 ᄉᆡᆫ니와: 명월부인젼 ‘계홍ᄃᆡ 복지 청죄 왈 쇼녜 ᄃᆡ왕에 셩덕을 입ᄉᆞ와 쵸션에 나아가 셩공ᄒᆞ여 국은을 만분지일이라도 갑ᄉᆞ올가 ᄒᆞ엿ᄉᆞᆸ던니 본젹이 탈노ᄒᆞ여 겨우 목숨을 부지ᄒᆞ왓ᄉᆞ오며’.

2) 주석지의(疇昔之義): 예전의 의리.

ᄌᆞ온나 영웅과 명장을 거ᄂᆞ리고 본국의 드러와 멸망지환(滅亡之患)을 쥬리라' ᄒᆞ고, 'ᄃᆡ왕(大王)니 무도(無道)ᄒᆞ여 이 갓튼 뜻셜 둔다' ᄒᆞ며, 이 뜻셜 ᄃᆡ왕게 젼ᄒᆞ여 범남한 마암을 두지 말나 ᄒᆞ던니다."

ᄒᆞᆫᄃᆡ, 호왕 듯고 ᄃᆡ로(大怒) 왈,

"네가 부지업시[4] 갓다가 셩공은 고ᄉᆞᄒᆞ고 모게(妙計)만 탈노(綻露)ᄒᆞ고 왓신니, 엇지 통한(痛恨)치 아니ᄒᆞ리요?"

ᄒᆞ고 ᄯᅩ 왕비을 쳥ᄒᆞ여 왈,

"이졔 긔홍ᄃᆡ 됴션의 나갓다가 신인(神人)을 만나 영웅을 쥭이지 못ᄒᆞ고 모게(妙計)만 탈노ᄒᆞ여 욕셜(辱說)노 ᄂᆡ게 밋친니, 엇지 분ᄒᆞ지 아니ᄒᆞᆯ리요? ᄯᅩᄒᆞᆫ 됴션을 도모치 못ᄒᆞ게 되엿시니, ᄂᆡ의 분ᄒᆞᆫ 마암을 어ᄃᆡ 가 풀리요?"

ᄒᆞ거날, 왕비 답왈,

"쳡이 ᄒᆞᆫ 묘칙(妙策)이 닛시니 ᄒᆡᆼ(行)ᄒᆞ여보옵쇼셔."

왕니 왈,

"무삼 게교(計巧)온지 알고져 ᄒᆞ난니다."

왕비 왈,

"됴션은 비록 션인(仙人)과 영웅니 잇시나 됴졍(朝廷)의 간신(奸臣)니 잇ᄉᆞ와 신인(神人)의 말을 듯지 아니할 거시요, ᄯᅩ 명장(名將)을 씨지 안니ᄒᆞᆯ 거신니, 이졔 ᄃᆡ왕은 ᄃᆡ군(大軍)을 거나려 됴션을 치되, 북(北)으로 ᄒᆡᆼ(行)치 말고 바로 동ᄒᆡ(東海)을 건네 됴션국 도셩(都城) 동ᄃᆡ문(東大門)을 ᄊᆡ치고 장안(長安)을 엄살(掩殺)ᄒᆞ오면 반다시 됴션을 도모ᄒᆞ리니다."

3) [교감] ᄃᆡ왕게옵셔 ᄇᆡ은망덕ᄒᆞ고~심칙ᄒᆞ온 후: 명월부인젼 '네 왕이 무도ᄒᆞ여 ᄇᆡ은망덕ᄒᆞ며 슉셕지은을 모로ᄂᆞᆫ 금슈라 ᄒᆞ고'. 융희본 'ᄃᆡ왕게옵셔 ᄇᆡ은망덕ᄒᆞᆫ다 ᄒᆞ며 금슈의 비유ᄒᆞ야 심칙을 마지안이ᄒᆞ고'.

4) 부지업시: '부질업시'의 오기.

ᄒᆞᆫᄃᆡ, 왕니 듯고 ᄃᆡ희ᄒᆞ여 즉시 한우[5]와 용골ᄃᆡ[6]로 ᄃᆡ장(大將)을 삼어 졍병(精兵) 십만(十萬)을 됴발(調發)ᄒᆞ여 쥬며 왈,

"경 등을 ᄐᆡᆨ츌(擇出)ᄒᆞ여 됴션의 보ᄂᆡ니 부ᄃᆡ 심을 다ᄒᆞ여 셩공(成功)ᄒᆞ되, 북으로난 가지 말고 동ᄒᆡ을 건네 도셩 동ᄃᆡ문을 짓치고 드러가 ᄌᆞᆼ안을 엄살ᄒᆞ면 됴션을 도모할 거시요, 또 경 등은 만동녹(萬鍾祿)을 눌일 ᄶᅢ신니 부ᄃᆡ 명심불망(銘心不忘)ᄒᆞ라."

ᄒᆞᆫᄃᆡ, 양장(兩將)니 쳥영(聽令)ᄒᆞ고 ᄒᆞ직ᄒᆞ고 나온니, 왕비 양장을 불너 왈,

"그ᄃᆡ 등니 부ᄃᆡ 왕의 비게(祕計)을 위령(違令)치 말고, 군ᄉᆞ을 거나려 됴션지경(朝鮮之境)의 들거든 바로 날ᄂᆡᆫ 군ᄉᆞ로 의쥬(義州)와 도셩(都城) 왕ᄂᆡ지경(往來之境)의 복병(伏兵)ᄒᆞ엿싸가 소식(消息)을 통(通)치 못ᄒᆞ게 ᄒᆞ며,[7] 그ᄃᆡ 등은 장안의 드러가되 우의경(右議政) 니시ᄇᆡᆨ 집 후원(後園)은 범(犯)치 말나. 그 집 □□[8] 피화당(避禍堂)니라 ᄒᆞ난 집이 ᄂᆡᆺ시니 ᄉᆞ면(四面)의 신긔(神奇)ᄒᆞᆫ 나무 무셩(茂盛)ᄆᆡ,[9] 만일 그 집 후원을 범ᄒᆞ면 셩공은 고ᄉᆞᄒᆞ고 신명(身命)을 보돈치 못할 거시니 부ᄃᆡ 명심불망ᄒᆞ라."

ᄒᆞ더라. 양장니 쳥영ᄒᆞ고 나와 십만 ᄃᆡ병을 거나리고 바로 동ᄒᆡ을 건네 장안으로 향(向)ᄒᆞ니라.

---

5) 한우: 작품에는 호국의 장수로 나오나, 이 인물의 실존 여부에 대해서는 알 수 없음.

6) 용골대(龍骨大): 중국 청나라의 장군. 인조 14년(1636)에 사신으로 와서 청나라 황제의 존호를 쓰고 군신의 의를 맺을 것을 요구했다가 거절당하자, 그해 12월 십만 대군을 거느리고 쳐들어와 병자호란을 일으켰다.

7) [교감] 됴션지경의 들거든~못ᄒᆞ게 ᄒᆞ며: 명월부인젼 '날ᄂᆡᆫ 군ᄉᆞ을 의쥬에 보ᄂᆡ여 졍상에 ᄆᆡ복ᄒᆞ고 긔치을 셩상에 ᄭᅩᄌᆞ 경셩을 통노치 못ᄒᆞ게 ᄒᆞ고'. 융희본 '죠션지경의 당ᄒᆞ거든 날ᄂᆡᆫ 군ᄉᆞ로 ᄒᆞ여금 의쥬와 도셩 왕ᄂᆡᄒᆞ난 즁노의 복병ᄒᆞ얏다 도셩의셔 의쥬 부윤 임경업의게 소식을 통치 못ᄒᆞ게 ᄒᆞ라 ᄒᆞ며'.

8) [교감] 그 집 □□: 융희본 '그 집 후원의'.

9) 무셩ᄆᆡ: '무셩ᄒᆞᄆᆡ'의 오기.

각셜. 이젹의 박씨 홀노 피화당의 안져던니 승상(丞相)을 쳥(請)ᄒᆞ여 왈,

"북방(北方) 호젹(胡狄)이 긔병(起兵)ᄒᆞ여 됴션지경을 범ᄒᆞ엿시니, 급피 탑젼(榻前)의 쥬달ᄒᆞ여 의쥬 부늄 님경업을 불너 군병(軍兵)을 총독(總督)ᄒᆞ여 동(東)으로 드러오난 도젹을 방비(防備)ᄒᆞ라."[10]

ᄒᆞ니, 승송니 듯고 ᄃᆡ경ᄒᆞ여 왈,

"ᄂᆡ의 소견(所見)은 도젹이 드러온다 ᄒᆞ여도 북젹(北狄)닌니 북(北)으로붓터 의쥬로 드러와셔 범홀 거시니, 만일 의쥬 부늄 님경업을 불너올니고 북방을 비엿다가 호젹이 북도(北道)을 탈취(奪取)ᄒᆞ면 국가 윗태(危殆)ᄒᆞ미 됴셕(朝夕)의 닛실지라. 그런데 엇지 동편(東便)을 막으라 ᄒᆞ난닛가?"

부인 왈,

"북젹은 본ᄃᆡ 간ᄉᆞ(奸邪)ᄒᆞᆫ 꾀 만흔지라. 님장군(林將軍)을 두려워 북은 감니 범치 못ᄒᆞ고 동ᄒᆡ을 건네 바로 동ᄃᆡ문을 ᄭᆡ치고 드러와 장안을 엄살홀 거시니, 엇지 분(忿)치 아니ᄒᆞ올닛가? 부ᄃᆡ 쳡의 말숨을 헛도니 아지 마옵고 급히 탑젼의 쥬달ᄒᆞ와 방비(防備)ᄒᆞ게 ᄒᆞ옵쇼셔."

승상니 쳥파(聽罷)의 급히 탑젼의 드러가 부인 말숨을 낫낫치 쥬달ᄒᆞ니, 상이 드르시고 크게 놀ᄂᆡᄉᆞ 만됴졔신(滿朝諸臣)을 모와 의논할ᄉᆡ, 졔신니 이 말삼을 듯고 ᄎᆞᆼ황질식(倉皇窒塞)ᄒᆞ여 아모리 홀 바을 모로던니, 좌의졍(左議政) 원두표(元斗杓)[11] 쥬왈,

"북젹은 본ᄃᆡ 간ᄉᆞᄒᆞᆫ 꾀가 만흔지라. 박부인(朴夫人)의 말숨니 올ᄉᆞ온니 그 말을 됴ᄎᆞ 동(東)을 직키게 님경업을 픠초(牌招)ᄒᆞᄉᆞ니다."

10) [교감] 방비ᄒᆞ라: 융희본 '방비ᄒᆞ옵소셔'.

11) 원두표(元斗杓, 1593~1664): 조선 중기의 문신. 1623년 인조반정 때 공을 세워 원평부원군에 책봉되었으며, 1636년(인조 14) 병자호란이 일어나자 어영부사로 남한산성의 수비를 맡았다. 1656년 우의정을 거쳐 1662년(현종 3) 좌의정에 올라 군기시의 도제조를 겸직했다.

ᄒᆞᆫᄃᆡ, 언미필(言未畢)의 ᄒᆞᆫ ᄌᆡ상(宰相)니 닛셔 변ᄉᆡᆨ(變色) 쥬왈,

"원두표의 말ᄉᆞᆷ니 극히 불가(不可)ᄒᆞ여니다. 북방 호젹이 누ᄎᆞ(屢次) 님경업의 덕을 닙어신니 무삼 혐의(嫌疑)로 우리 됴션을 엿보오며, 셜ᄉᆞ(設使) 긔병ᄒᆞᆫ다 ᄒᆞ여도 반다시 의쥬로 드러올지라. 만일 의쥬을 비히고 님경업을 부르면 도젹니 북방으로 와 홈몰(陷沒)ᄒᆞ면 그 셩세(盛勢) 가장 위ᄐᆡᄒᆞᆫ지라. 엇지ᄒᆞ여 한 여ᄌᆞ의 말을 듯고 막즁(莫重) 신지[12]을 비우고 동을 직키게 ᄒᆞ오며, 지금 시화연풍(時和年豐)ᄒᆞ고 국ᄐᆡ민안(國泰民安)ᄒᆞ여 강구연월(康衢煙月)의 격양가(擊壤歌)을 일ᄉᆞᆷ거날, 니갓튼 ᄐᆡ평시절(太平時節)의 요망(妖妄)ᄒᆞᆫ 부인의 말을 듯고 됴졍(朝廷)을 경동(驚動)케 ᄒᆞ며 민심(民心)을 요란(搖亂)케 ᄒᆞ오릿가?"

ᄒᆞ거날, 이 ᄉᆞ람은 만고역젹(萬古逆賊) 김ᄌᆞ졈(金自點)[13]이라. 만됴졔신니 그 권셰(權勢)을 두려워 말을 못ᄒᆞ고,[14] 우상 시ᄇᆡᆨ니도 항거(抗拒)치 못ᄒᆞ여 분심(忿心)을 니기지 못ᄒᆞ여 집의 도라와 그 ᄉᆞ연(事緣)을 부인게 낫낫치 셜화(說話)ᄒᆞ니, 박씨 듯고 앙쳔 탄왈,

"실푸다, 국운(國運)이 불ᄒᆡᆼ(不幸)ᄒᆞ니 쇼인(小人)니 만됴(滿朝)로다! 도젹이 미구(未久)의 도셩을 범할 거신니 엇지 근심되지 아니ᄒᆞᆯ이요? 이제 ᄂᆡ 말을 돗ᄎᆞ 님경업을 ᄑᆡ초(牌招)ᄒᆞ여 도젹 오난 질을 막으면

---

12) 신지: 정확한 의미는 알 수 없으나, '요충지'를 뜻하는 듯함.

13) 김자점(金自點, 1588~1651): 조선 중기의 문신. 이귀(李貴) 등과 인조반정을 성공시킨 이후 출세가도를 달렸다. 1636년 병자호란이 일어나자 도원수로서 임진강 이북에서 청군을 저지할 총책임을 맡고도 전투를 회피한 죄로 강화도에 유배되었으나, 인조의 비호와 청나라의 위세에 빌붙어 정치적 입지를 굳혀갔다. 인조가 죽고 효종이 즉위해 북벌론을 추진하자 그 계획을 청나라에 누설했다가 광양으로 유배되었고, 뒤이어 아들 김익(金釴)의 역모사건에 연루되어 처형되었다.

14) [교감] 만됴졔신니 그~말을 못ᄒᆞ고: 명월부인젼 '상이 오ᄅᆡ 말삼을 안니ᄒᆞ시다가 양구에 오히려 반신반의ᄒᆞ시되 죠신 즁에 ᄌᆞ졈에 권셰에 눌이여 능히 말을 못ᄒᆞ니 웃지 한심치 안느리요'. 융희본 '소인은 친근이 ᄒᆞ고 츙신은 모히ᄒᆞ여 국권을 졔의 마음ᄃᆡ로 ᄒᆞ난지라 이 갓튼 불칙ᄒᆞᆫ 놈이 동시 나라 망ᄒᆞ난 일만 죠와ᄒᆞ야 국ᄉᆞ을 젼폐ᄒᆞ고 날노 놀기만 일삼으되 졔신은 그 권셰을 두려ᄒᆞ야 감이 ᄀᆡ구치 못ᄒᆞ더라 상이 또ᄒᆞᆫ ᄃᆡ로ᄒᆞᄉᆞ 유예미결ᄒᆞ시니'.

졔어(制御)ᄒᆞ련니와, 그럿치 아니ᄒᆞ면 ᄃᆡ화(大禍) 당두(當頭)할 거시니, 엇지 망극(罔極)지 아니ᄒᆞ리요?"

ᄒᆞ며 승상다려 왈,

"국가 불의지변(不意之變)니 됴모(朝暮)의 ᄂᆡ신니, 부ᄃᆡ 츙셩을 다ᄒᆞ여 ᄉᆞ직(社稷)을 안보(安保)ᄒᆞ옵쇼셔."[15]

ᄒᆞ고 ᄃᆡ셩통곡(大聲痛哭)ᄒᆞ니, 승상니 쳥파(聽罷)의 민망(憫惘)ᄒᆞᆫ 마음을 것잡지 못ᄒᆞ여 ᄒᆞ날을 우어러 탄식ᄒᆞ고 궐ᄂᆡ의 드러가니, ᄂᆡᄊᆡ난 병ᄌᆞ연(丙子年) 납월(臘月)[16] 망일(望日)니라. 호련(忽然) 동ᄃᆡ문으로 방포일셩(放砲一聲)의 고각(鼓角) ᄒᆞᆷ셩(喊聲)니 쳔지 진동ᄒᆞ던니 무슈ᄒᆞᆫ 호젹이 문을 ᄭᆡ치고 드러오난지라. 살긔(殺氣) 셩즁(城中)의 가득ᄒᆞ니 ᄇᆡᆨ셩(百姓)의 ᄎᆞ목(慘酷)ᄒᆞᆷ을 엇지 칭양ᄒᆞ리요? 호장(胡將)니 바로 군ᄉᆞ을 호통ᄒᆞ여 ᄉᆞ면(四面)으로 치돌(馳突)ᄒᆞ니, ᄉᆞ셰(事勢) 창황망극(倉皇罔極)ᄒᆞ여 아모리 ᄒᆞᆯ 바을 모로거날,[17] ᄉᆞᆼ(上)니 가라ᄉᆞᄃᆡ,

"이졔 도젹이 장안 셩즁의 가득ᄒᆞ여 ᄇᆡᆨ셩을 살ᄒᆡ(殺害)ᄒᆞ고 ᄉᆞ직(社稷)이 위터ᄒᆞ미[18] 시각(時刻)의 ᄂᆡ난지라. 엇지ᄒᆞ리요?"

ᄒᆞ시며 ᄒᆞ날을 우얼러 탄식ᄒᆞ시난지라.[19] ᄂᆡᄊᆡ 승상니 겻ᄒᆡ 모셧다가 급피 엿ᄌᆞ오ᄃᆡ,

"이졔 ᄉᆞ셰 급(急)ᄒᆞ온니 남안산셩(南漢山城)으로 피란(避難)ᄒᆞᄉᆞ

15) [교감] 부ᄃᆡ 츙셩을~ᄉᆞ직을 안보ᄒᆞ옵쇼셔: 명월부인젼 '상공은 좌이ᄃᆡᄉᆞ를 마시고 룡방과 비간에 츙셩를 효칙ᄒᆞ와 죵샤를 보젼케 ᄒᆞ옵쇼셔'. 융희본 '부ᄃᆡ 용방비간의 츙셩을 다ᄒᆞ야 ᄉᆞ직을 밧들게 ᄒᆞ옵쇼셔'.

16) 납월(臘月): 음력 섣달을 달리 이르는 말.

17) [교감] 호장니 바로~바을 모로거날: 명월부인젼 '호장이 군ᄉᆞ를 ᄌᆡ촉ᄒᆞ여 셩ᄂᆡ에 드러와 ᄉᆞ면으로 진을 친니 ᄇᆡᆨ셩들은 불우지변을 당ᄒᆞ여 ᄉᆞ산분쥬ᄒᆞ니 쥭엄이 뫼갓고 곡셩이 진동ᄒᆞᄂᆞᆫ지라'. 융희본 '호장이 군ᄉᆞ을 호령ᄒᆞ야 ᄉᆞ면을 에우고 츙돌ᄒᆞ니 쥭엄이 구산갓고 곡셩이 셩즁의 가득ᄒᆞ더라'.

18) 위터ᄒᆞ미: '위ᄐᆡ(危殆)ᄒᆞ미'의 오기.

19) [교감] ᄒᆞ날을 우얼러 탄식ᄒᆞ시난지라: 융희본 'ᄒᆞ날을 우러러 탄식ᄒᆞ시니 만죠졔신과 궁즁 졔인이 다 실셩통곡ᄒᆞ더라'.

이다."

ᄒᆞᆫᄃᆡ, 상니 혼미(昏迷) 즁의 아모리 ᄒᆞᆯ 쥴 모로고 탄식ᄒᆞ시다가 옥교(玉轎)[20]을 타시고 셩문(城門)의 나셔 남안ᄉᆞᆫ셩으로 가시다가 젼면(前面)의 도젹이 ᄂᆡ다러 치돌ᄒᆞ거날, 우상니 쥭도록 심을 다ᄒᆞ여 물니치고 옥교(玉轎)을 모셔 남안ᄉᆞᆫ셩으로 가신니라.

닛ᄶᅵ 호장 ᄒᆞᆫ우와 용굴ᄃᆡ[21] 십만(十萬) 쳘긔(鐵騎)을 거나리고 장안을 치돌(馳突)ᄒᆞ며 바로 군ᄉᆞ을 모라 궐ᄂᆡ(闕內)의 드러가니 궐ᄂᆡ가 비엿난지라. 남안산셩으로 피란ᄒᆞᆫ 쥴을 알고 용굴ᄃᆡ 아오 용울ᄃᆡ[22]로 장안을 직키라 ᄒᆞ고, 쳘긔 ᄇᆡᆨ여(百餘) 긔(騎)을 쥬어 장안 물ᄉᆡᆨ(物色)[23]을 슈습(收拾)ᄒᆞ라 ᄒᆞ고, ᄃᆡ군을 거나리고 남안산셩으로 ᄶᅩᆺ차가 셩을 에워싸고 치더라.

각셜. 닛ᄶᅵ 박씨 일가친쳑(一家親戚)을 파화당[24]으로 모와 병난(兵難)을 피ᄒᆞ던니, 피란ᄒᆞ난 부인더리 용울ᄶᅵ[25] 장안의 닛셔 물ᄉᆡᆨ을 슈탐(搜探)ᄒᆞᆫ단 말을 듯고 도망(逃亡)코져 ᄒᆞ거날, 박씨 말유(挽留) 왈,

"도젹이 ᄉᆞ면의 직키 여신니 도망ᄒᆞᆫ들 어ᄃᆡ을 가면 환을 피ᄒᆞ리요? 요동(搖動)치 말고 닛시면 ᄌᆞ년(自然) 환(患)을 피ᄒᆞ리라."

ᄒᆞ고 말유ᄒᆞ여 요동치 못ᄒᆞ게 ᄒᆞ더라.

닛ᄶᅵ 호장 용울ᄃᆡ ᄇᆡᆨ여(百餘) 긔(騎)을 거나리고 장안을 ᄉᆞ면으로 단니며 닌물(人物)을 탐지(探知)ᄒᆞ던니, ᄒᆞᆫ 집을 바라본니 졍결(淨潔)ᄒᆞᆫ 초당(草堂)니 닛시되 젼후좌우(前後左右)의 슈목(樹木)이 무셩ᄒᆞ고

20) 옥교(玉轎): 위를 꾸미지 아니하고 만든, 임금이 타는 가마.
21) 용굴ᄃᆡ: '용골대(龍骨大)'의 오기.
22) 용울대: 작품에서는 용골대의 아우로 나오나, 용울대와 관련한 역사적 기록은 찾을 수 없다.
23) 물색(物色): 물건의 빛깔. 여기서는 '아름답거나 예쁜 여자'의 뜻으로 쓰임.
24) 파화당: '피화당(避禍堂)'의 오기.
25) 용울ᄶᅵ: '용울ᄃᆡ'의 오기.

그 가운ᄃᆡ 무슈ᄒᆞᆫ ᄉᆞ람니[26] 피란ᄒᆞ여거날, 용울ᄃᆡ 두로 살펴본니 나무마다 용(龍)과 범이 되여 슈미(首尾)을 셔로 졉응(接應)ᄒᆞ고 가지마다 ᄉᆡ와 ᄇᆡ암니 되여 번화무궁(變化無窮)ᄒᆞ여 살긔(殺氣) 츙쳔(衝天)ᄒᆞᆫ지라. ᄉᆡᆼ각건ᄃᆡ,

'이 집이 분명 시ᄇᆡᆨ 집이로다.'

ᄒᆞ며,

'ᄂᆡ 엇지 아여ᄌᆞ(兒女子)을 피(避)ᄒᆞ리요?'

ᄒᆞ고 박씨의 신긔ᄒᆞᆷ을 칭찬ᄒᆞ며 피화당의 ᄂᆡᆺ난 물식을 겁칙[27]고져 ᄒᆞ여 드러가니,[28] 삽시간(霎時間)의 쳥명(淸明)ᄒᆞ던 날니 흑운(黑雲)이 일러나며 뇌셩벽역(雷聲霹靂)이 쳔지 진동ᄒᆞ던니, ᄉᆞ면의 무셩ᄒᆞᆫ 슈목이 변ᄒᆞ여 무슈ᄒᆞᆫ 갑병(甲兵)니 되여 쳡쳡(疊疊)이 에워싸고, 닙헌 창검(槍劍)이 되여 ᄉᆞ람의 마암을 감동(撼動)케 ᄒᆞ니,[29] 용울ᄃᆡ 그제야 우상 시ᄇᆡᆨ의 집이 분명ᄒᆞᆫ 쥴을 알고 크게 놀ᄂᆡ여 급히 도망(逃亡)코져 ᄒᆞ던니, 뜻박긔 피화당 ᄉᆞ면니 변ᄒᆞ여 칼날 갓튼 바회 되여 ᄒᆞ날의 다헛난지라. 졍신을 ᄎᆞ려 ᄌᆞ셔니 살펴보니 쳡쳡ᄒᆞᆫ 칼날 갓튼 바회 ᄉᆞ면을 막어ᄂᆡᆺ고 질을 분별(分別)치 못할너라. 용울ᄃᆡ 혼불부신(魂不附身)ᄒᆞ여 아모리 ᄒᆞᆯ 쥴을 모로던니 홀연 엇더ᄒᆞᆫ 여ᄌᆞ 칼을 들고 어연니[30] 나와 크게 ᄭᅮ지져 왈,

"네 엇더ᄒᆞᆫ 도젹이관ᄃᆡ 당돌니 드러와 쥭기을 ᄌᆡ촉ᄒᆞ난다?"

26) [교감] 무슈ᄒᆞᆫ ᄉᆞ람니: 명월부인젼 '모든 부인이'. 융희본 '무슈ᄒᆞᆫ 부인이'.
27) 겁측(刼-): 폭행이나 협박을 해 강제로 부녀자와 성관계를 갖는 일.
28) [교감] 살긔 츙쳔ᄒᆞᆫ지라~ᄒᆞ여 드러가니: 명월부인젼 '룡골ᄃᆡ 박씨에 ᄌᆡ죠를 모로고 물식을 탐ᄒᆞ여 급히 들러간니'. 융희본 '살긔 가득ᄒᆞᆫ지라 용울ᄃᆡ 박씨 신기ᄒᆞᆷ을 아지 못ᄒᆞ고 피화당의 잇난 믈식을 슈탐코져 ᄒᆞ야 급피 드러간이'.
29) [교감] 닙헌 창검이~감동케 ᄒᆞ니: 명월부인젼 '가지와 입ᄉᆞ귀난 날닌 창검이 되고 모진 바롬과 독헌 안ᄀᆡ ᄉᆞ방으로 일어나 골ᄃᆡ를 쳘통갓치 둘너ᄊᆞ니'. 융희본 '가지와 입ᄉᆞ구난 기치검극이 되야 위염이 상셜 갓고 살기 츙쳔ᄒᆞ니'.
30) 어연이: 아주 당당하고 떳떳하게.

ᄒᆞ니, 울ᄃᆡ 합장ᄇᆡᄉᆞ(合掌拜謝) 왈,

"뉘 ᄃᆡᆨ인지 모로고 왓삽건니와, 덕ᄐᆡᆨ(德澤)을 두어 목심을 살여쥬옵쇼셔."[31]

ᄒᆞᆫᄃᆡ, 게화 ᄭᅮ지져 왈,

"나난 이 ᄃᆡᆨ 시비(侍婢) 게화연니와, 너난 엇더ᄒᆞᆫ 도젹으로 무삼 일노 ᄉᆞ지(死地)을 모로고 됴고마ᄒᆞᆫ 심을 밋고 당돌니 드러왓난다? 우리 ᄃᆡᆨ 부인게옵셔 네 머리을 베혀오라 ᄒᆞ시니, 너난 목을 느히여 ᄂᆡ 칼을 바드라!"

ᄒᆞᆫᄃᆡ, 울ᄃᆡ 그 말을 듯고 ᄃᆡ로(大怒)ᄒᆞ여 칼을 ᄲᆡ여 들고 게화을 치랴 ᄒᆞ니, 칼 든 손니 혈ᄆᆡᆨ(血脈)이 업셔 감(敢)이 범슈(犯手)[32]할 기리읍난지라. 할일업셔 앙쳔 탄왈,

"실푸다. ᄃᆡ장부 츌셰(出世)ᄒᆞ엿다가 됴고마ᄒᆞᆫ 여ᄌᆞ의 손의 쥭게 된니 졀통(切痛)치 아니ᄒᆞᆫ가?"

ᄒᆞ며 탄식ᄒᆞ거날, 게화 우어 왈,

"호국 ᄌᆞᆼᄉᆞ(將士) 울ᄃᆡ야, 불ᄉᆞᆼᄒᆞ고 가련ᄒᆞ도다. 네 ᄃᆡ장부(大丈夫) 명ᄉᆡᆨ(名色)으로 됴션의 나왓다가 오날 날 갓튼 아여ᄌᆞ 손의 쥭게 되엿시니 너 갓튼 거시 엇지 ᄃᆡ장이 되여 타국(他國)을 엿보고져 왓난다? ᄂᆡ 말을 드러보와라. 무도(無道)ᄒᆞᆫ 네 왕니 쳔의(天意)을 모로고 외람(猥濫)니 우리 예의지국을 ᄒᆡ(害)ᄒᆞ려 너 갓튼 용열(庸劣)ᄒᆞᆫ 거셜 보ᄂᆡ여시니, 네 왕의 일을 ᄉᆡᆼ각ᄒᆞ니 ᄎᆡᆨ은(惻隱)ᄒᆞ고 분(忿)ᄒᆞ도다. ᄂᆡ 칼니 ᄉᆞ졍(事情)니 업셔 네 머리을 베히난니, 아모리 무지ᄒᆞᆫ 필부(匹夫)놈이라도 쳔의를 슌슈(順受)ᄒᆞ여 쥭은 혼(魂)이ᄅᆡ도 날을 원망(怨望)치 말나."

언필(言畢)의 칼을 들고 울ᄃᆡ의 머리을 친니 검광(劍光)을 쵸ᄎᆞ 번신

31) [교감] 덕ᄐᆡᆨ을 두어 목심을 살여쥬옵쇼셔: 융희본 '은혜을 베푸러 잔명을 구제ᄒᆞ옵소셔'.
32) 범수(犯手): 남에게 먼저 손찌검을 함.

낙마(翻身落馬)[33]ᄒᆞ난지라, 즉시 머리을 칼 ᄭᅳᆺᄐᆡ ᄢᅦ여 들고 피화당의 드러가 부인게 드리니, 부인니 그 머리을 바다 문박긔 ᄂᆡ치니 그졔야 풍운(風雲)니 고요ᄒᆞ고 일식(日色)이 명낭(明朗)ᄒᆞᆫ지라. 다시 머리을 집어다가 후원 나무 ᄭᅳᆺᄐᆡ 다러 두고 타인(他人)니 보게 ᄒᆞ엿더라.[34]

실푸다. 국운니 불힝ᄒᆞ여 이 갓튼 변을 만나 젼ᄒᆞ(殿下)게옵셔 남안 ᄉᆞᆫ셩으로 피난ᄒᆞ엿던니, 호젹(胡狄)이 바로 물미듯 드러가 젼ᄒᆞ와 졔신(諸臣)을 다 ᄉᆡᆼ금(生擒)ᄒᆞ고 호령(號令)니 츄상(秋霜) 갓튼지라. 호통일셩(一聲)의 무릅을 도젹의게 ᄭᅮ러 항셔(降書)을 써드엿신니, 호젹이 바로 드러가 왕비와 셰ᄌᆞ(世子) 삼형졔(兄弟)을 ᄉᆡᆼ금ᄒᆞ여 호군(胡軍)으로 압영(押領)[35]ᄒᆞ여 장안으로 가라 ᄒᆞ니,[36] 젼ᄒᆞ 이 거동을 보시고 통곡 긔졀(氣絶)ᄒᆞ시니, 만됴졔신니 ᄯᅩᄒᆞᆫ ᄒᆞ날을 울어러 탄식ᄒᆞ며 젼ᄒᆞ을 위로ᄒᆞ여 옥체보즁(玉體保重)ᄒᆞ시기을 축슈(祝手)ᄒᆞ며 김ᄌᆞ졈의 고기 먹기을 원(願)ᄒᆞ난지라. 니갓치 망국(亡國)ᄒᆞ기난 막비쳔슈(莫非天數)[37]나 만고 쇼인(小人) 김ᄌᆞ졈니 젹셰(賊勢)을 도와 망케 되엇시니 엇지 실푸지 아니ᄒᆞ리요? 만셩닌민(滿城人民)니 ᄌᆞ졈의 고기 먹기을 다 원ᄒᆞ더라.[38]

---

33) 번신낙마(翻身落馬): 몸을 번드치고 말에서 떨어짐.
34) [교감] 타인니 보게 ᄒᆞ엿더라: 명월부인젼 ‘셰상에 광포ᄒᆞ니라’. 융희본 ‘이러 ᄉᆞᄅᆞᆷ이 보게 ᄒᆞ더라’.
35) 압령(押領): 죄인을 맡아서 데리고 옴.
36) [교감] 호군으로 압영ᄒᆞ여~가라 ᄒᆞ니: 융희본 ‘호국으로 압힝ᄒᆞ려 힝군ᄒᆞ니’.
37) 막비천수(莫非天數): 하늘이 정한 운명 아닌 것이 없음.
38) [교감] ᄌᆞ졈의 고기 먹기을 다 원ᄒᆞ더라: 융희본 ‘김ᄌᆞ졈이 국권을 됴롱ᄒᆞ야 나라을 망케 ᄒᆞ엿스니 엇지 분ᄒᆞ고 졀통치 안이ᄒᆞ리요 장안 ᄇᆡᆨ셩이 남여노쇼 업시 김ᄌᆞ졈의 고기을 씹고ᄌᆞ ᄒᆞ더라’.

박씨에게 무릎 꿇은 용골대

각셜. 용골디 강화(講和)을 바다가지고 장안으로 드러오더니 젼군(前軍)이 보(報)ᄒᆞ되,

“울디가 장안의셔 아여ᄌᆞ 손의 쥭엇다.”

ᄒᆞ거날, 용골디 이 말을 듯고 디경ᄒᆞ여 방셩통곡(放聲痛哭)ᄒᆞ고 왈,

“우리가 님의 됴션 왕의게 강화을 바더거날, 닉의 동싱(同生)을 뉘라셔 히(害)ᄒᆞ엿난요? 원슈(怨讐)을 갑푸리라!”

ᄒᆞ고 밧비 말을 달여 장안의 드러오던니, ᄒᆞᆫ편을 바라보니 엇던 ᄒᆞᆫ 집 후원 쵸당 나무 긋티 울디 머리가 달엿난지라. 용골디 머리을 ᄌᆞ셔(仔細)니 보고 방셩통곡ᄒᆞ며 젼군을 불너 무러 왈,

“져 집이 우의졍 니시빅의 집인야?”

답왈,

“그러ᄒᆞ와니다.”

ᄒᆞ거날, 용골디 분을 니기지 못ᄒᆞ여 칼을 들고 말을 달여 치돌(馳突)코져 ᄒᆞ거날, 도원슈(都元帥) 한우 왈,

"피화당 ᄉᆞ면(四面)으로 긔이ᄒᆞᆫ 나무가 무셩ᄒᆞᆷ을 보니 범상(凡常)치 안니ᄒᆞᆫ지라. 그ᄃᆡ난 분심(忿心)을 잠간 진졍ᄒᆞ고 ᄂᆡ 말을 드르라. 옛날 졔갈양(諸葛亮)의 팔진도법(八陣圖法)[1]과 ᄉᆞ마ᄉᆞᆼ여[2]의 오힝금ᄉᆞ진법(五行金蛇陳法)[3]을 겸(兼)ᄒᆞ여신니 엇지 두렵지 아니ᄒᆞ리요? 그ᄃᆡ난 삼국시졀(三國時節) 뉵숀(陸遜)[4]의 일을 ᄉᆡᆼ각ᄒᆞ여 져 갓튼 함지(陷地)의 졉됵(接足)치 말나."

ᄒᆞᆫᄃᆡ, 용골ᄃᆡ 더옥 분을 참지 못ᄒᆞ여 칼을 잡고 ᄶᅡᆼ을 두다리며 왈,

"그러ᄒᆞ오면 울ᄃᆡ의 원슈(怨讐)을 엇지 갑ᄉᆞ올닛가?"

ᄒᆞ고 긔졀(氣絶)ᄒᆞ다가 쏘 ᄒᆞ난 말이,

"타국의 형졔(兄弟) ᄒᆞᆫ가지 왓다가 ᄃᆡᄉᆞ(大事)을 셩공ᄒᆞ옵고 동ᄉᆡᆼ을 쥭이고 그 원슈을 갑지 못ᄒᆞ고, 엇지 일국(一國) ᄃᆡ장으로 됴고마ᄒᆞᆫ 아여ᄌᆞ의게 쥭으미 되엿시니 후셰(後世)의 남의 우음니 되올지라. 엇지 그져 도라가리요?"

한우 왈,

"그ᄃᆡ가 일시 분을 참지 못ᄒᆞ여 용역(勇力)만 밋고 져러ᄒᆞᆫ 함지의 드러갓다가 보슈(報讎)ᄒᆞ기난 ᄉᆡ로니 도로혀 신명(身命)을 보됸(保存)치 못할 거시니, 아지 못게라. 아직 진졍ᄒᆞ여 그 신긔ᄒᆞᆫ 지됴을 살펴

1) 팔진도법(八陣圖法): 제갈량이 병사를 훈련시키고 행군·숙영하거나 싸움을 할 때 각기 다른 여러 가지 상황에 대비해 만든 여덟 가지 진형(陣形)의 도형. 8진은 천지풍운(天地風雲)의 네 진과 용조호사(龍鳥虎蛇)의 네 진을 말한다.

2) [교감] ᄉᆞ마ᄉᆞᆼ여: 명월부인젼 '사마양져'. 융희본 'ᄉᆞ마양져'. 사마양저(司馬穰苴)는 춘추시대 말기 제(齊)나라의 대부이자 병법 사상가이다. 당시 제나라는 연(燕)나라와 진(晋)나라의 침략에 시달렸는데, 사마양저가 이 두 나라의 군대를 물리치고 빼앗긴 땅까지 되찾았으며, 저서로 『사마병법司馬兵法』이 있다. 사마상여(司馬相如, BC 179~BC 117)는 중국 전한의 문인이다.

3) 오행금사진법(五行金蛇陳法): 사마양저가 오행을 활용해서 만든 진법인 듯하나, 자세한 것은 알 수 없다.

4) 육손(陸遜, 183~245): 삼국시대 오나라의 장수이면서 정치가. 뛰어난 지략을 지녀 여몽(呂蒙)과 함께 공안(公安)을 함락하고 관우를 사로잡아 죽였다. 소설 『삼국지연의』에는 유비를 추격할 때 어복포에 이르렀다가 제갈량이 남긴, 돌로 쌓은 팔진도에 빠져 헤어나오지 못하고 죽게 된 것을 제갈량의 장인 황승언(黃承彦)이 구해주어 살아났다는 대목이 나온다.

보라. 비록 억만 ᄃᆡ병을 거나려 간ᄃᆡ도 ᄉᆞ러나지 못ᄒᆞᆯ 거셜 ᄒᆞ물며 단긔(單騎)로 드러가고ᄌᆞ ᄒᆞ니, 엇지 일국 ᄃᆡ장이라 ᄒᆞ리요?”

용골ᄃᆡ 그 말을 ᄌᆞ셔니 듯고[5] 군ᄉᆞ(軍士)을 호령 왈,

“그 나무을 에워싸고 불을 질으라.”

ᄒᆞ니 군ᄉᆞ 영(令)을 듯고 화약(火藥)과 염초(焰硝)을 ᄉᆞ면으로 불을 지른ᄃᆡ 홀연 일진광풍(一陣狂風)니 일러나며 오운(五雲)니 ᄌᆞ옥ᄒᆞᆫ 가온ᄃᆡ 슈목니 변화ᄒᆞ여 무슈ᄒᆞᆫ 장됼(將卒)니 되여 금고함셩(金鼓喊聲)[6]니 쳔지 진동ᄒᆞ며, 허ᄃᆞ(許多)ᄒᆞᆫ 비용(飛龍)과 ᄆᆡᆼ호(猛虎) 셔로 슈미(首尾)을 졉응(接應)ᄒᆞ며 풍운니 ᄌᆞ옥ᄒᆞᆫᄃᆡ 젼후좌우(前後左右)의 겹겹이 둘나싸고,[7] 공즁(空中)으로셔 신장(神將)니 ᄂᆡ려와 갑쥬(甲冑)을 갓초고 장창ᄃᆡ검(長槍大劍)을 들고 무슈ᄒᆞᆫ 귀됼(鬼卒)니 달여든니, 뇌고함셩(擂鼓喊聲)[8]언 쳔지 진동ᄒᆞ고 호령(號令)이 츄상(秋霜) 갓튼니, 장됴(將卒)리 넉셜 일코 항오(行伍)을 ᄎᆞ리지 못ᄒᆞ난지라. 셔로 발펴 죽난 ᄌᆞ(者) 츄풍낙엽(秋風落葉) 갓튼지라.[9] 호장(胡將) 등니 황망(慌忙)니 나문 군ᄉᆞ을 거나려 퇴진(退陣)ᄒᆞ니, 그졔야 쳔지 명낭(明朗)ᄒᆞ고 살긔(殺氣) ᄉᆞ러지고 신장도 간ᄃᆡ업난지라.

호장 등니 그 거동을 보고 더옥 분긔을 이기지 못ᄒᆞ여 다시 칼을 들고 달여들고ᄌᆞ ᄒᆞ니, 쳥명(淸明)ᄒᆞ던 날니 슌식간의 운무(雲霧) ᄌᆞ옥ᄒᆞ며 지쳑(咫尺)을 분별(分別)치 못ᄒᆞ난지라. 용골ᄃᆡ 감(敢)니 드지 못ᄒᆞ고 울ᄃᆡ의 머리만 보고 앙쳔통곡(仰天痛哭)ᄒᆞᆯ ᄉᆡ 슈목(樹木) 간(間)

5) [교감] 용골ᄃᆡ 그 말을 ᄌᆞ셔니 듯고: 명월부인젼 ‘울ᄃᆡ 듯고 그러히 역이여 드러가지는 안니ᄒᆞ고’. 융희본 ‘용골ᄃᆡ 이 말을 올히 여기여 드러가든 못ᄒᆞ고’.

6) 금고함성(金鼓喊聲): 전쟁터에서 징소리, 북소리와 군사들이 지르는 고함 소리.

7) [교감] 허ᄃᆞᄒᆞᆫ 비용과~겹겹이 둘나싸고: 명월부인젼 ‘무슈헌 비룡와 ᄆᆡᆼ호 슈미를 졉응ᄒᆞ여 풍운을 일운니 텬디 아득헌’. 융희본 ‘비룡과 ᄆᆡᆼ호 셔로 연ᄒᆞ야 풍운을 일우어 쳔지 아득ᄒᆞ고 기치창검은 젼후의 졉졉 ᄊᆡ이며’.

8) 뇌고함성(擂鼓喊聲): 북을 어지럽게 치며 소리를 지름.

9) [교감] 츄풍낙엽 갓튼지라: 명월부인젼 ‘ᄐᆡ반이라’. 융희본 ‘부지기슈라’.

으로 ᄒᆞᆫ 여ᄌᆞ 언연(偃然)[10]니 나셔며 크게 웨여 왈,

"무지ᄒᆞᆫ 용골ᄃᆡ야. 네 동ᄉᆡᆼ 울ᄃᆡ가 ᄂᆡ 칼의 쥭어거든 너됴ᄎᆞ ᄂᆡ 칼의 쥭고져 ᄒᆞ야 목심을 ᄌᆡ촉ᄒᆞ난다?"

용골ᄃᆡ 이 말을 듯고 더옥 분노ᄒᆞ여 ᄭᅮ지져 왈,

"너난 엇더ᄒᆞᆫ 여ᄌᆞ(女子)관ᄃᆡ 장부(丈夫)을 ᄃᆡ(對)ᄒᆞ여 욕셜(辱說)노 희롱(戱弄)ᄒᆞ난다? ᄂᆡ 동ᄉᆡᆼ니 불ᄒᆡᆼ(不幸)ᄒᆞ여 네 손의 쥭어시나, 우리난 님의 네 국왕(國王)의 항셔(降書)을 바더씨니 너의도 우리 ᄇᆡᆨ셩(百姓)니라. 엇지 우리을 ᄒᆡ(害)ᄒᆞ려 ᄒᆞ난다? 이난 가위(可謂) 나라을 모로난 ᄉᆞ람이라. 살여 쓸ᄃᆡ읍고 쥭을 죄을 범ᄒᆞ엿시니, ᄲᆞᆯ니 나와 ᄂᆡ 칼을 바다 네 죄을 속(贖)ᄒᆞ라."

ᄒᆞᆫᄃᆡ, 게화 그 말을 듯고 울ᄃᆡ의 머리만 자됴 가르치며 조롱(操弄)ᄒᆞ여[11] 왈,

"나난 박부인의 시비 게화연니와 너을 본니 가련(可憐)ᄒᆞ고 녹녹(碌碌)ᄒᆞ도다. 네 동ᄉᆡᆼ 울ᄃᆡ난 날 갓튼 잔약(孱弱)ᄒᆞᆫ 여ᄌᆞ 손의 쥭엇난ᄃᆡ, 너도 날을 ᄃᆡ젹(對敵)지 못ᄒᆞ고 져ᄃᆡ지 분ᄒᆞ여 ᄒᆞ니, 엇지 가긍(可矜)치 아니ᄒᆞ고 녹녹지 안니ᄒᆞ리요? 네 분을 네 이기지 못ᄒᆞ거던 나 보난 ᄃᆡ ᄌᆞ결(自決)ᄒᆞ면 네 동ᄉᆡᆼ의 머리와 갓치 달어두리라."

ᄒᆞᆫᄃᆡ, 용골ᄃᆡ 이 말을 듯고 분ᄀᆡ(憤氣) ᄃᆡ발(大發)ᄒᆞ여 쳘궁(鐵弓)의 왜젼(矮箭)[12]을 다라 게화을 쏘니, 그 살이 오뉵(五六) 보(步)의[13] 쎠러지고 능히 맛치지 못ᄒᆞ난지라. 용골ᄃᆡ 더옥 분ᄒᆞ여 군즁(軍中)의 호령ᄒᆞ여 일시의 쏘라 ᄒᆞ니, 군ᄉᆞ 쳥영(聽令)ᄒᆞ고 무슈니 쏘되 누만

10) 언연(偃然): 거드름을 피우고 거만스러움.

11) [교감] 그 말을~가르치며 조롱ᄒᆞ여: 명월부인젼 '그 말은 들은 쳬도 안니ᄒᆞ고 골ᄃᆡ에 머리를 조롱ᄒᆞ여'. 융희본 '그 말을 드른 쳬도 안이ᄒᆞ고 울ᄃᆡ의 머리만 가라치며 무슈히 됴롱ᄒᆞ되'.

12) 왜전(矮箭): 길이가 짧은 화살.

13) [교감] 오뉵 보의: 명월부인젼 '십보 안에만'. 융희본 '육십 보 안'.

(累萬) 명 군ᄉᆞ ᄒᆞ나도 맛치지 못ᄒᆞ난지라. 화살만 허비(虛費)ᄒᆞ고 ᄒᆞ나도 맛치난 ᄌᆞ 업신니 용골ᄃᆡ 흉즁(胸中)니 ᄆᆡᆨ켜 아모리 할 쥴 모로난 즁(中)의 그 신긔ᄒᆞᆫ ᄌᆡ됴을 탄복ᄒᆞ며, 분심을 참지 못ᄒᆞ여 셔로 이로ᄃᆡ,

"이졔 우리난 ᄇᆡᆨ만 ᄃᆡ병을 거나려시되 감이 당할 ᄌᆡ 읍시니, 본국(本國)으로 ᄒᆞ여금 쳐보리라."[14]

ᄒᆞ고 김ᄌᆞ졈을 불너 왈,

"너의도 우리나라 신ᄒᆞ(臣下)이라 밧비 도셩(都城) 군ᄉᆞ(軍士)을 됴발(調發)ᄒᆞ여 팔문도진(八門圖陳)[15]을 파(破)ᄒᆞ고, 박씨와 게화을 다 ᄉᆡᆼ금(生擒)ᄒᆞ여 밧치라. 만일 위령(違令)ᄒᆞ면 군법(軍法)으로 시ᄒᆡᆼ(施行)ᄒᆞ리라."

호령니 츄상 갓튼니, ᄌᆞ졈니 황공ᄒᆞ여 왈,

"엇지 장군(將軍)의 영(令)을 거역(拒逆)ᄒᆞ올잇가?"

ᄒᆞ고 지시[16] 방포일셩(放砲一聲)의 군ᄉᆞ을 호령ᄒᆞ여 팔문진을 에워싸고 치돌ᄒᆞ니, 문득 팔문진니 변ᄒᆞ여 ᄇᆡᆨ여(百餘) 장(丈)니나 ᄒᆞᆫ 금각봉[17]니 되난지라.[18] 호장니 그 변화 무궁ᄒᆞᆷ을 보고 분을 니기지 못ᄒᆞ여 ᄒᆞᆫ ᄭᅬ을 ᄉᆡᆼ각ᄒᆞ고, 호군(胡軍)을 명(命)ᄒᆞ여 팔문진 ᄉᆞ면의 ᄒᆡᄌᆞ(垓字)을 집피 파고 화약·염초을 무슈이 뭇고 크게 웨여 왈,

"네 아모리 쳔변만화지ᄉᆞᆯ(千變萬化之術)니 ᄂᆡᆺ신들 오날이야 너의을 살여두리요?[19] 목심을 ᄋᆡᆨ기거든 ᄲᆞᆯ니 나와 항복(降服)ᄒᆞ라."

14) [교감] 본국으로 ᄒᆞ여금 쳐보리라: 명월부인젼 '죠션 군ᄉᆞ를 쵸모ᄒᆞ여 치리라'. 융희본 '본국 군ᄉᆞ로 ᄒᆞ여금 쳐보리라'.
15) [교감] 팔문도진(八門圖陳): 명월부인젼 '팔문진'. 융희본 '팔문금ᄉᆞ진'. 팔문을 이용한 진법.
16) 지시: '직시(卽時)'의 오기.
17) 금각봉: 정확한 뜻은 알 수 없으나, 쇠로 된 높은 봉우리인 듯함.
18) [교감] 금각봉니 되난지라: 명월부인젼 '쳥텬쇼가 되는지라'. 융희본 '쳥쳥ᄒᆞᆫ 솔이 되난지라'.
19) [교감] 오날이야 너의을 살여두리요: 명월부인젼 '오날은 ᄉᆞ지 못ᄒᆞ리라'. 융희본 '오날날이야 네가 엇지 살기을 바ᄅᆡ리요'.

ᄒᆞ고 욕셜(辱說)을 무슈니 ᄒᆞ되, 고요ᄒᆞ여 아무 소ᄅᆡ도 업난지라.[20] 군ᄉᆞ을 호령ᄒᆞ여[21] 일시(一時)의 불을 지른니, 화약 풍기난 소ᄅᆡ 쳔지 진동ᄒᆞ고 산쳔(山川)니 문어지난 듯ᄒᆞ며, 화광(火光)니 츙쳔(衝天)ᄒᆞ며 ᄉᆞ방(四方)의 불니 이러난니, 박씨 계화을 명ᄒᆞ여 부작(符作)[22]을 더지고,[23] 좌슈(左手)의 옥화션[24]을 들고 우슈(右手)의 ᄇᆡᆨ화션[25]을 들고 오ᄉᆡᆨ(五色)실노 부작을 ᄆᆡ여 화렴(火焰) 즁의 더지니, 홀연 ᄃᆡ풍(大風)니 이러나 화악[26]불니 도로여 호진(胡陣) 즁으로 풍긴니, 호병(胡兵)니 화렴 즁의 드러 지쳑(咫尺)을 분별(分別)치 못ᄒᆞ여 불의 타쥭난 ᄌᆡ(者) 부지기슈(不知其數)너라. 용골ᄃᆡ 크게 놀ᄂᆡ여 급히 퇴병(退兵)ᄒᆞ고 ᄒᆞᆫ 날을 울어러 탄식 왈,

"우리 됴션을 나온 후 병불혈인(兵不血刃)ᄒᆞ고 호통 일셩의 됴션을 항복 바다거날,[27] 엇지 일ᄀᆡ(一介) 아녀ᄌᆞ을 만나 불상(不祥)ᄒᆞᆫ 동ᄉᆡᆼ을 무죄(無罪)이 쥭이고 십만 ᄃᆡ병을 거의 다 쥭여신니 분막심언(忿莫甚焉)[28]리라. ᄒᆞ면목(何面目)으로 우리 ᄃᆡ왕과 왕비을 뵈오리요?"

ᄒᆞ며 통곡을 마지안니ᄒᆞ고 졔장(諸將)을 불너 의논 왈,

20) [교감] 고요ᄒᆞ여 아무 소ᄅᆡ도 업난지라: 명월부인젼 '박씨 계화로 ᄒᆞ여금 응ᄃᆡ치 말나 ᄒᆞ고 잇던니'. 융희본 '피화당이 고요하야 아무 소ᄅᆡ도 업난지라'.

21) [교감] 군ᄉᆞ을 호령ᄒᆞ여: 융희본 '호장이 군ᄉᆞ을 호령ᄒᆞ야'.

22) 부작(符作): '부적(符籍)'의 변한 말.

23) [교감] 부작을 더지고: 명월부인젼 '옥편쥬를 던지고'. 융희본 '옥병슈을 쵸당 후원의 더지고'.

24) 옥화선: 정확한 뜻은 알 수 없으나, 옥화(玉華, 가장 깨끗하고 순수한 옥)로 만든 부채 또는 옥처럼 푸른 부채인 듯함.

25) 백화선: 정확한 뜻은 알 수 없으나, 흰 꽃무늬가 새겨진 부채 또는 온갖 꽃무늬가 새겨진 부채인 듯함.

26) 화악: '화약(火藥)'의 오기.

27) [교감] 우리 됴션을~항복 바다거날: 명월부인젼 'ᄂᆡ 죠션에 나와 호통 일셩에 죠션를 도모ᄒᆞ고 승젼고를 울여 회졍헐가 ᄒᆞ엿든니'. 융희본 '긔병ᄒᆞ야 나온 후의 죠션을 호통 일셩의 도모ᄒᆞ고 승전고를 울이고 회졍ᄒᆞ난 길의'.

28) 분막심언(忿莫甚焉): 분한 마음이 더할 수 없음.

"아모리 ᄒᆞ여도 그 여ᄌᆞ을 당(當)치 못할지라."[29]

ᄒᆞ고 장안 물ᄉᆡᆨ과 왕ᄃᆡ비(王大妃)[30]와 셰ᄌᆞ(世子) 삼형제(三兄弟)을 거두어 발ᄒᆡᆼ(發行)ᄒᆞᆯ ᄉᆡ, 상ᄒᆞ(上下) 업시 곡셩(哭聲)니 장안의 진동ᄒᆞ거날, 박씨 게화을 명ᄒᆞ여 젹진(敵陣)을 ᄃᆡ(對)ᄒᆞ여 크게 웨여 왈,

"무지(無知)ᄒᆞᆫ 오랑ᄏᆡ놈은 들으라. 네 왕니 무도(無道)ᄒᆞ여 너 갓튼 구ᄉᆡᆼ뉴취(口尙乳臭)을 보ᄂᆡ여 돈즁(尊重)ᄒᆞ온 우리나라을 침노(侵擄)ᄒᆞ니, 불ᄒᆡᆼᄒᆞ여 ᄑᆡ난(敗亂) 당ᄒᆞ여건니와[31] 무삼 연고(緣故)로 아국(我國) ᄂᆡᆫ물(人物)을 거두어 간난다? 네 만일 우리 왕비(王妃)을 모셔가면 너의 등을 합몰(陷沒)ᄒᆞᆯ 거시니 신명(身命)을 도라보와ᄒᆞ라."[32]

ᄒᆞᆫᄃᆡ, 호장니 그 말을 듯고 우어 왈,

"네 말니 녹녹ᄒᆞ도다. 우리 님의 네 국왕(國王)의게 항셔(降書)을 바다시니, 다려가기 안니 다려가기난 우리 ᄒᆞᆯ ᄐᆞᆺ시라. 그런 말은 ᄒᆞ도 말나."

ᄒᆞ며 능욕(凌辱)을 무슈니 ᄒᆞ니, 게화 ᄯᅩ다시 웨여 왈,

"너의 등니 일향(一向) 거역(拒逆)ᄒᆞ면 ᄂᆡ ᄌᆡ됴을 보와라."

ᄒᆞ고 언필(言畢)의 무슌 진언(眞言)을 두어 번 외오던니, 홀연 공즁의셔 두 쥴 무쥬ᄀᆡ 이러나며 급(急)ᄒᆞᆫ ᄃᆡ우(大雨) 폭쥬(暴注)ᄒᆞ여 쳔지 아득ᄒᆞ며, ᄯᅩ 풍셜(風雪)니 ᄃᆡ작(大作)ᄒᆞ며 우박(雨雹)이 담어 붓다시

29) [교감] 아모리 ᄒᆞ여도~당치 못할지라: 명월부인젼 '그 녀ᄌᆞ는 참 신인이로다 보슈코ᄌᆞ ᄒᆞ나 진실노 헐 슈 업도다 오근피지라'. 융희본 '아무리 ᄒᆞ여도 그 여ᄌᆞ는 당치 못ᄒᆞ리니 그 여ᄌᆞ의게 보슈는 고ᄉᆞᄒᆞ고 항복도 바들 슈가 업스니 급피 ᄒᆡᆼ군홈만 갓지 못ᄒᆞ다'.

30) 왕ᄃᆡ비: '왕비(王妃)'의 오기.

31) [교감] 불ᄒᆡᆼᄒᆞ여 ᄑᆡ난 당ᄒᆞ여건니와: 명월부인젼 '국운이 불ᄒᆡᆼᄒᆞ여 ᄀᆡ 갓튼 너에계 ᄑᆡ망은 당ᄒᆞ엿건이와'. 융희본 '국운이 블ᄒᆡᆼᄒᆞ여 ᄑᆡ망을 당ᄒᆞ엿건이와'.

32) [교감] 네 만일~신명을 도라보와ᄒᆞ라: 명월부인젼 '만일 왕비를 달여갈 터이면 너의 몸이 고국에 도라가지 못ᄒᆞ고 타국 ᄀᆡᆨ지 원혼이 될 거신니 목슘을 보젼ᄒᆞ거든 왕비을 뫼셔가지 말나'. 융희본 '그러나 우리 왕ᄃᆡ비을 모셔가지 말나'.

ᄒᆞ던니, ᄯᅩ 소ᄂᆡ기와 우박 풍셜니 ᄃᆡ작ᄒᆞ여 어름니 되여[33] 호젹의 말굽니 ᄯᅡᆼ의 븟고 ᄧᅥ러지지 아니ᄒᆞ며, ᄉᆞ람은 촌보(寸步)을 운동(運動)치 못ᄒᆞ난지라. 호장니 그졔야 ᄭᆡ닷고 왈,

"당초(當初) 긔병(起兵)ᄒᆞᆯ 졔 우리 왕비 분부ᄒᆞ되, '됴션의 나가거던 우의졍 집 후원은[34] 범치 말나' ᄒᆞ시던니, 짐짓 ᄭᆡ닷지 못ᄒᆞ고 일시(一時) 분(憤)만 ᄉᆡᆼ각ᄒᆞ고 왕비 분부을 거역ᄒᆞ다가 화(禍)을 당ᄒᆞ여 십만 ᄃᆡ병을 ᄐᆡ반(太半)니나 쥭이고 무죄(無罪)ᄒᆞᆫ 동ᄉᆡᆼ을 쥭여시니, ᄒᆞ면목(何面目)으로 우리 ᄃᆡ왕과 왕비을 뵈올리요? 니졔 ᄉᆞ셰(事勢) 급ᄒᆞ니 박씨게 비난니만 갓지 못ᄒᆞ다."

ᄒᆞ고 호장 등니 손을 묵거[35] 팔진문 압희 나어가 ᄭᅮ러 ᄋᆡ걸(哀乞) 왈,

"쇼장(小將)니 긔병ᄒᆞ와 됴션을 나와 쥬류(周流)ᄒᆞ오되 ᄒᆞᆫ 번도 무릅을 ᄭᅮᆯ인 ᄇᆡ 업삽던니, 박씨 신명지ᄒᆞ(神明之下)의 비난니다."

ᄒᆞ고 ᄯᅩ ᄋᆡ결 왈,

"이졔 부인 말ᄉᆞᆷ이 왕비난 다려가지 말나 ᄒᆞ신니, 분부ᄃᆡ로 ᄒᆞ올거신니 질을 열어 고국(故國)의 도라가게 ᄒᆞ옵소셔."

무슈이 ᄋᆡ걸ᄒᆞ니, 박씨 그졔야 쥬렴(珠簾)을 것고 ᄃᆡ질(大質) 왈,

"너의 등을 씨 읍시 홉몰(陷沒)[36]ᄒᆞᄌᆞ ᄒᆞ왓던니, 십분(十分) 짐작(斟酌)ᄒᆞ여[37] 슌수쳔명(順受天命)ᄒᆞ거니와, 우리나라니 불힝ᄒᆞ여 너의게 강화(講和)을 당ᄒᆞ여건니와 무삼 연고(緣故)로 왕비난 모셔가랴 ᄒᆞ난다? 너의 말ᄃᆡ로 왕비난 모셔가지 말며, 너의 부득이 셰ᄌᆞ을 모셔간다

---

33) [교감] ᄯᅩ 풍셜니~어름니 되여: 명월부인젼 '셜풍이 이러나는 즁 우박과 눈이 쏘다지던니 슌식간에 어름이 되여'. 융희본 'ᄯᅩ 셜혼풍이 이러나며 우박이 담어 붓난 듯ᄒᆞ야 슌식간의 쇼나기와 우박이 어름 되야'.

34) [교감] 우의졍 집 후원은: 융희본 '장안의 신인이 잇슬 거스니 부ᄃᆡ 우승상의 집 후원의'.

35) [교감] 호장 등니 손을 묵거: 명월부인젼 '말셔 나려 손을 묵거'. 융희본 '호장 등이 일시예 갑쥬을 버셔 말안장 우의 걸고 말게 ᄂᆡ려 손목을 묵고'.

36) 홉몰: '함몰'의 오기.

37) [교감] 십분 짐작ᄒᆞ여: 명월부인젼 '십분 용셔ᄒᆞ여'. 융희본 '십분 안셔ᄒᆞ야'.

ᄒᆞ니, 그도 쏘ᄒᆞᆫ 쳔의(天意)을 거역지 못ᄒᆞ건니와 부ᄃᆡ 됴심(操心)ᄒᆞ여 모셔가게 ᄒᆞ라. ᄂᆡ 안져셔도 아난 도리(道理) ᄂᆡᆺ시니, 만일 불편(不便)ᄒᆞ게 모시면 ᄂᆡ 신장(神將)을 보ᄂᆡ여 너의 왕과 무죄ᄒᆞᆫ ᄇᆡᆨ셩을 ᄒᆞᆸ몰ᄒᆞᆯ 거시니,[38] ᄂᆡ 말을 헛도니 아지 말고 명심(銘心)ᄒᆞ여 가게 ᄒᆞ라."[39]

ᄒᆞ니 호장 등니 ᄇᆡᆨᄇᆡᄉᆞ례(百拜謝禮)ᄒᆞ고, 다시 ᄋᆡ걸 왈,

"소장(小將)의 동ᄉᆡᆼ 머리을 쥬시면 부인 덕ᄐᆡᆨ으로 고국의 도라가 것삽난니다."[40]

ᄒᆞᆫᄃᆡ, 부인니 우어 왈,

"됴공양ᄌᆞ(趙公襄子)[41] 지ᄇᆡᆨ(智伯)[42]의 머리을 옷칠ᄒᆞ여 슐잔을 만드러 원슈(怨讐)을 갑파신니, 나도 옛일을 효칙(效則)ᄒᆞ여 네 동ᄉᆡᆼ의 머리을 옷칠ᄒᆞ여 남안산셩(南漢山城)의 욕(辱)보신 분(忿)을 만분지일(萬分之一)니나 풀니라."[43]

---

38) [교감] ᄂᆡ 신장을~ᄒᆞᆸ몰ᄒᆞᆯ 거시니: 명월부인젼 'ᄂᆡ 신장과 갑병을 보ᄂᆡ여 너의를 ᄒᆞ나 남기지 안코 씨를 업시리라 ᄒᆞ고 아모쬬록 셰ᄌᆞ와 죠션 인물를 불평히 뫼셧다ᄂᆞᆫ 쇼문이 들이면 시각을 지쳬 안니ᄒᆞ고 ᄂᆡ 당당이 호왕을 ᄉᆞ로잡고 호국를 멸망ᄒᆞ여 나라 일홈죠ᄎᆞ 업시ᄒᆞ리라'. 융희본 '신장을 보ᄂᆡ여 너희 등을 씨 업시 함몰ᄒᆞᆫ 후의 ᄂᆡ 몸소 네 나라의 드러가 네의 왕을 ᄉᆞ로잡고 무죄ᄒᆞᆫ ᄇᆡᆨ셩을 소멸ᄒᆞ야 분을 풀 거시니 부ᄃᆡ'.

39) [교감] ᄂᆡ 말을~가게 ᄒᆞ라: 융희본 'ᄂᆡ 말을 헛도이 아지 말나 ᄒᆞ시니'.

40) [교감] 소장의 동ᄉᆡᆼ~도라가 것삽난니다: 명월부인젼 '부인에 ᄃᆡ덕을 입ᄉᆞ와 고국에 도라가오니 은혜 하히갓ᄉᆞ오나 쇼장은 동ᄉᆡᆼ으로 더부러 마음을 상통ᄒᆞ와 슈로로 말이 타국에 왓다가 동ᄉᆡᆼ을 일코 회국ᄒᆞ오니 비회를 검키 어려온지라 원컨ᄃᆡ 그 머리을 쥬옵시면 본국에 도라가 장ᄉᆞ을 지닐가 ᄒᆞᄂᆞ이다'. 융희본 '쇼장의 동ᄉᆡᆼ 머리을 주시면 부인 덕ᄐᆡᆨ이 ᄇᆡᆨ골난망이로쇼이다 집피 통촉ᄒᆞ야 주시면 고국의 도라가 것ᄉᆞ온이 쳐분ᄒᆞ옵쇼셔'.

41) 조공 양자(趙公襄子): 중국 전국시대 초기 조(趙)나라의 제후인 조양자(趙襄子). 지백의 공격을 받고 진양(晋陽)으로 들어가 회복의 터전을 마련한 뒤 백성들의 단합된 힘을 바탕으로 지백을 무찔렀다.

42) 지백(智伯): 전국시대 진(晉)나라 대부. 진나라 말기 유력 씨족들이 분열해서 서로 다투게 되었을 때 자체 세력을 형성해 조양자를 공격했다가 멸망했다.

43) [교감] 남안산셩의 욕보신~만분지일니나 풀니라: 명월부인젼 '남한산셩 ᄑᆡ헌 일을 셜분ᄒᆞ리로다 각각 ᄂᆡ 나라 임군 셤기는 마음은 일반이니 그러헌 말은 두 번도 ᄂᆡ지 말나'. 융희본 '남안산셩의 피란ᄒᆞ신 분을 만분지일이나 풀가 ᄒᆞ니 네의 경상은 가긍ᄒᆞ나 각각 나라 셤기기는 일반이라 아무리 ᄋᆡ걸ᄒᆞ여도 그난 못ᄒᆞ것다'.

ᄒᆞᆫᄃᆡ, 용골ᄃᆡ 니 말을 듯고 분심(忿心)을 진정ᄒᆞ여 머리만 보고 통곡홀 싸름니라. ᄒᆞ릴업셔 ᄒᆞ직ᄒᆞ고 가거날, 박씨 쏘 갈오ᄃᆡ,

"너의 등니 그져 가지 말고 의쥬(義州)로 가 님경업을 보고 가라."

ᄒᆞ니, 호장니 ᄂᆡ렴(內念)의 ᄉᆡᆼ각ᄒᆞ되,

'됴션 왕니 강화을 ᄒᆞ여시니 셔로 공경(恭敬)ᄒᆞ미 젼일(前日)과 다르리라.'[44)]

ᄒᆞ고 다시 ᄒᆞ직ᄒᆞ고, 왕비난 도로 보ᄂᆡ고 장안 닌물과 셰ᄌᆞ동궁(世子東宮)을 다리고 본국으로 도라갈 ᄉᆡ, 잡펴가난 남여노쇼(男女老少) 업시 ᄒᆞ날을 우러러 탄식 왈,

"박부인은 무삼 복(福)으로 화(禍)을 면(免)ᄒᆞ고 본국의 ᄂᆡᆺ셔 부귀(富貴)을 눌니고, 우리난 무삼 되(罪)로 타국(他國)의 잡펴가난고?"

ᄒᆞ니, 박씨 게화을 불너 잡펴가난 ᄉᆞ람을 위로(慰勞)ᄒᆞ여 왈,

"이게 다 인간고락(人間苦樂)닌니 너무 셔워[45)] 말고 가 ᄂᆡᆺ시면 슈연지ᄂᆡ(數年之內)의 셰ᄌᆞ동궁과 부인(夫人)을 다 모셔올 ᄉᆞ람 ᄂᆡᆺ시니, 부ᄃᆡ 과염(過念) 말고 평안(平安)니 가쇼셔."

ᄒᆞ더라.

44) [교감] 호장니 ᄂᆡ렴의~젼일과 다르리라: 명월부인젼 '호장이 비계을 모로고 ᄂᆡ심에 혜오ᄃᆡ 우리가 임의 항셔을 바다ᄉᆞᆫ니 셔로 상봉케 ᄒᆞ미라 ᄒᆞ더라'. 융희본 '호장 등이 그 게교을 아지 못ᄒᆞ야 ᄂᆡ렴의 혜오되 우리가 됴셩왕의 글월을 바다쓰니 셔로 써나기 관게ᄒᆞ랴'.
45) 셔워: '셜워'의 오기.

승상 부부 승천하다

각셜. 닛ᄶᅵ 호장니 당초(當初) 됴션의 나올 제 왕비 말을 드러 북(北)을 바리고 동ᄒᆡ(東海)을 건네 날ᄂᆡᆫ 군ᄉᆞ 쳔여 명을 북으로 보ᄂᆡ여 복병(伏兵)ᄒᆞ고 의쥬와 도셩으로 ᄉᆞ통(相通)치 못ᄒᆞ게 ᄒᆞ고, 나라의셔 교지(敎旨)을 보ᄂᆡ여 경업을 ᄑᆡ초(牌招)ᄒᆞ나 즁간(中間)의셔 시러지고, 님장군(林將軍)은 아지 못ᄒᆞ여 복병니 즁노(中路)의셔 소식을 통치 못ᄒᆞ게 ᄒᆞ엿시니, 엇지 알며 엇지 실푸지 아니ᄒᆞ리요?

님장군니 이 쇼식(消息)을 듯고[1] 쥬야(晝夜)로 올나오던니, ᄉᆞ면(四面) 복병 슈쳔(數千) 명니 일시의 ᄂᆡ다러 질을 막거날, 경업니 칼을 들고 일홉(一合)의 다 물니치고 오던니, 닛ᄶᅵ 호병니 의긔양양(意氣揚

1) [교감] 날ᄂᆡᆫ 군ᄉᆞ~쇼식을 듯고: 명월부인젼 '정병 삼쳔으로 의쥬 통셥ᄒᆞ는 길을 막으ᄆᆡ 죠경에셔 림장군에게 통긔을 ᄒᆞ되 즁노에셔 슬러지고 나라는 이 지경 된 거슨 젼혀 모로다가 늣게야 이 쇼식를 듯고'. 융희본 '날ᄂᆡᆫ 군ᄉᆞ 삼쳔을 보ᄂᆡ여 의쥬으셔 경셩 가는 질 즁간의 복병ᄒᆞ야셔로 소식을 통치 못하게 ᄒᆞ엿더라. 각셜 잇ᄶᅵ에 ᄉᆞ자 블의예 의쥬로 션관ᄒᆞ되 즁노의셔 막난 고로 임경업이 이 기별을 늣게야 듯고'.

揚)ᄒᆞ여 의쥬로 향(向)ᄉᆞᆯ ᄉᆡ 경업니 단긔(單騎)로 달여드러 션봉장(先鋒將)을 벼히고 달여드러 무인지경(無人之境)갓치 횡힝(橫行)ᄒᆞ니, 장돌(將卒)의 머리 츄풍낙엽(秋風落葉) 갓튼지라. 호장니 앙쳔탄식(仰天歎息) 왈,

"박부인의 비게(秘計)예 우리가 속혓다."

ᄒᆞ고 즉시 글월을 닥가 경업의게 보ᄂᆡ니라.

이젹의 님장군니 호국 장돌을 일합의 뭇지르고 나라을 회복(回復)고져 ᄒᆞ엿던니, ᄉᆞᄌᆞ(使者) 왕ᄉᆞᆼ(王上)의 젼교(傳敎)을 드리거날, 북향ᄉᆞ비(北向四拜)ᄒᆞ고 밧ᄌᆞ와 본니 ᄒᆞ엿시되,

"오회(嗚呼)라. 국운니 불힝ᄒᆞ여 모월모일의 호병니 달여드러 셩즁(城中)을 치돌ᄒᆞ미 남안산셩으로 피란ᄒᆞ엿던니, 불의(不意)예 십만 ᄃᆡ병니 드러와 호통 일셩의 할일업셔 강화ᄒᆞ엿시니 엇지 실푸지 아니ᄒᆞ리요? 도시(都是)[2] 쳔슈(天數)라. 분ᄒᆞ고 ᄒᆞᆫ심(寒心)ᄒᆞ나 ᄉᆞ니왕의(事而往矣)라. 경(卿)의 츙셩니 다 허사(虛事)로다. 니졔난 ᄒᆞ일업시[3] 질을 열러 호장을 도라보ᄂᆡ라."

ᄒᆞ여거날, 보기을 다ᄒᆞ미 칼을 더지고 방셩ᄃᆡ곡(放聲大哭) 왈,

"실푸다. 됴션 만고소인(萬古小人)니 국권(國權)을 잡아 니갓치 망(亡)케 ᄒᆞ엿시니, 명쳔(明天)니 엇지 이ᄃᆡ지 무심(無心)ᄒᆞ시요?"

울기을 긋치고 분심을 니기지 못ᄒᆞ여 다시 칼을 들고 호장을 잡바업지르고 ᄭᅮ지져 왈,

"네 나라니 지금 지탕(支撐)ᄒᆞ기난 됴션 힘 닙은 쥴을 모로고, 무지ᄒᆞᆫ 오랑ᄏᆡ놈니 이갓치 역쳔지심(逆天之心)을 두고 ᄂᆡ 나라을 ᄒᆡ(害)ᄒᆞ니, 너의 놈을 씨 업시 다 쥭일 거시로ᄃᆡ 님의 강화ᄒᆞ엿기로 왕명(王

2) 도시(都是): 이 모든 것이. 또는 아무리 해도.
3) ᄒᆞ일업시: '홀일업시'의 오기.

命)을 거역지 못ᄒᆞ여 너의을 살여보ᄂᆡ니, 부ᄃᆡ 셰ᄌᆞ(世子)·ᄃᆡ군(大君)을 평안니 모셔가되 착시리 공경(恭敬)ᄒᆞ라."

ᄒᆞ고 일셩통곡(一聲痛哭)ᄒᆞ고 문을 열러 보ᄂᆡ니라.

각셜 ᄉᆞᆼ(上)니 (왈),

"쳐음의 박씨 말을 드러시면 엇지 니갓치 변(變)을 당ᄒᆞ리요? 왕ᄉᆞᆼ(王上)니 지금ᄉᆞ ᄭᆡ다르신니 도시 쳔슈나, 소인(小人) 김졈졈[4]의 쥬달(奏達)ᄒᆞ미 아니면 엇지 이갓치 욕(辱)을 당ᄒᆞ리요? 박부인은 션인(仙人)니라. 젹슈단신(赤手單身)[5]으로 십만 ᄃᆡ병을 마암ᄃᆡ로 물니치고 ᄂᆡ의 분홈을 만분지일니나 풀러시니, 이난 고금(古今)의 업난 일니로다."[6]

ᄒᆞ시고 졀츙부인(折衝夫人)의 겸(兼) 졍열부인(貞烈夫人) 가ᄌᆞ(加資)[7]을 ᄂᆡ리와 일품녹(一品祿)을 쥬시며, 또 궁여(宮女)을 보ᄂᆡ여 부인(夫人)의 명감(明鑑)과 츙셩(忠誠)을 무슈니 치ᄒᆞ(致賀)ᄒᆞ시고,[8]

4) 김졈졈: '김ᄌᆞ졈'의 오기.

5) 적수단신(赤手單身): 맨손과 홀몸. 곧 가진 재산도 없고 의지할 일가도 없는 외로운 몸을 뜻한다.

6) [교감] 각셜 ᄉᆞᆼ니~업난 일니로다: 명월부인젼 '각셜 ᄎᆞ시에 상이 환궁ᄒᆞᄉᆞ 문무졔신을 모흐시고 탄식 왈 당쵸에 박씨에 말을 듯지 안니ᄒᆞ무로 이 지경을 당ᄒᆞ엿스니 누을 한ᄒᆞ리요 슯푸다. 박씨에 말을 들엇드면 이런 변을 웃지 만나슬랴 ᄒᆞ시며 ᄇᆡᆨ셩들은 거리거리 박부인을 칭찬ᄒᆞ며 김ᄌᆞ졈에 고기 먹기을 원치 안ᄂᆞᆫ ᄌᆡ 엽더라. 상이 또 갈ᄋᆞ샤ᄃᆡ 박씨 만일 ᄃᆡ장뷔 되얏던들 어이 한 호국을 기탄ᄒᆞ리요 일긔 녀ᄌᆞ에 몸으로 젹슈단신에 고요헌 쵸당에 홀노 안져 호젹을 ᄃᆡᄒᆞ여 죠션 명예을 씩씩케 ᄒᆞ고 ᄃᆡ의를 온젼케 ᄒᆞ엿스니 니는 ᄌᆞ고극금에 드문 일이라'. 융희본 '각셜 왕상이 쳐음의 박부인의 말을 듯지 못홈을 회과자칙ᄒᆞ고 또 졔신이 탄식 왈 실푸다 박부인 말ᄃᆡ로 ᄒᆞ엿시면 엇지 이갓치 망국지변을 당ᄒᆞ리요 ᄒᆞ며 상이 또 탄식 왈 박부인이 만일 장부로 낫던들 호젹을 엇지 두려워ᄒᆞ리요 그러나 여인이 젹슈단검으로 승젼ᄒᆞ야 됴션을 빈ᄂᆡ게 ᄒᆞ니 이난 고금의 업난 일이라'.

7) 가자(加資): 조선시대 품계를 올리거나 정3품 이상의 품계를 말함.

8) [교감] 졀츙부인의 겸~무슈니 치ᄒᆞᄒᆞ시고: 명월부인젼 '박씨를 츄어 츙렬부인 겸 졍열부인 즉쳡을 쥬시며 일품녹을 쥬시고 이죠에 젼교ᄒᆞᄉᆞ 박씨 ᄌᆞ숀는 불ᄉᆞ틱용ᄒᆞ라 ᄒᆞ신 후 금은치단과 옥ᄇᆡᆨ쥬져을 만히 ᄉᆞ급ᄒᆞ시며 또 궁즁 시녀를 보ᄂᆡᄉᆞ 젼교 왈'. 융희본 '이됴의 젼교ᄒᆞᄉᆞ 박부인으로 츙열 직쳡을 ᄂᆡ리시고 또 궁여을 보ᄂᆡ여 위로 왈'.

“ᄂᆡ 불명(不明)ᄒᆞ여 누말연(累萬年) 씻지 못ᄒᆞᆯ 변을 당ᄒᆞ엿시니, 도시 과인(寡人)의 허물니라. 슉원슈구(孰怨誰咎)[9]ᄒᆞ리요? 명쳔니 감동(感動)ᄒᆞᄉᆞ 박부인의 경졀(貞節)과 츙셩으로 왕비의 무ᄉᆞ(無事)ᄒᆞᆷ은 다 부인의 덕(德)니라. 엇지 모로리요? 직쳡(職牒)을 ᄂᆡ리와 츙졀(忠節)과 덕힝(德行)을 만분지일니나 표(表)ᄒᆞ난니, 타일(他日)의 유ᄌᆞ유손(有子有孫)ᄒᆞ여 셰셰(世世)로 작녹(爵祿)을 눌니고 츙셩을 다ᄒᆞ여 국가을 보됸(保存)게 ᄒᆞᆷ을 ᄇᆞᄅᆡ노라.”

ᄒᆞ여거날, 부인니 북향ᄉᆞᄇᆡᄒᆞ고 국은(國恩)을 못ᄂᆡ 칭ᄉᆞ(稱謝)ᄒᆞ더라.

각셜. 부인니 츌가(出嫁)ᄒᆞᆯ ᄯᆡ의 얼골 추비(醜卑)ᄒᆞ게 ᄒᆞᆷ은 승상(丞相)니 혹(惑)할가 ᄒᆞᆷ니요, 셰ᄌᆞ · 동궁 모셔가게 ᄒᆞᆷ은 쳔명(天命)을 슌슈(順受)ᄒᆞ미요, 호장(胡將)으로 님장군(林將軍)을 보와 ᄑᆡ(敗)ᄒᆞ게 ᄒᆞᆷ은 일시(一時) 분(憤)을 풀게 ᄒᆞᆷ니라. 이후로 츙셩을 다ᄒᆞ여 님군을 셤기더라.

오호라, 승상과 부인니 나이 칠십(七十)이라. 일일(一日)은 ᄌᆞ여(子女) 등을 불너 안치고 왈,

“우리난 이졔 셰상의 뉴(留)치 못할 터닌니, 엇지 ᄒᆞᆫ심치 안니ᄒᆞ리요? 너의난 넘어 셜워말고 츙효(忠孝)을 극진(極盡)니 ᄒᆞ여 나라을 셤기고, 부모의 가르침을 져바리지 말고 명심(銘心)ᄒᆞ여 만셰(萬世) 후 황쳔(黃泉)의 도라가 션영(先塋)을 뵈와도 북ᄭᅳ럼니 읍게 ᄒᆞ라.”

ᄒᆞ고 향탕(香湯)의 모욕[10]ᄒᆞ고 안져던니, 이윽고 오운(五雲)니 집을 둘너싸고 쳥아(淸雅)ᄒᆞᆫ 옥져 소ᄅᆡ 나며 양위(兩位) 일시의 션화(仙化)ᄒᆞ니, ᄌᆞ여 등니 호쳔통곡(呼天痛哭)ᄒᆞ며 션산(先山)의 안장(安葬)ᄒᆞ엿더라.

9) 숙원수구(孰怨誰咎): 누구를 원망하고 누구를 탓하겠냐라는 뜻으로, 남을 원망하거나 탓할 것이 없음을 이르는 말. 같은 뜻인 ‘수원수구(誰怨誰咎)’의 오기로 볼 수도 있다.
10) 모욕: ‘목욕’의 옛말.

승상 양위(兩位)난 본ᄃᆡ 쳔상션관(天上仙官)니라. 승쳔(昇天)ᄒᆞ엿시니 이후 ᄉᆞ젹(事跡)은 님경업젼(林慶業傳)[11]을 보면 ᄌᆞ셔이 알니라.

신축졍월십오일(辛丑正月十五日) 필(筆) 계전(桂田) 사(司)

11) 임경업전(林慶業傳): 작자 및 연대 미상의 고전소설. 조선 인조 때 명장 임경업의 일생을 작품화한 한글소설로서 역사적 사실이 부분적으로 반영되어 있으나, 기실은 외적의 침입으로 수난을 겪은 조선시대 민중의 민족의식과 영웅을 갈망하는 마음에 부응해 창작된 허구적 작품이다.

|원본|

금방울전

동해용왕의 아들이 해룡으로 환생하다

화셜(話說).[1] ᄃᆡ원(大元) 지졍(至正)[2] 말(末)의 장원이라 ᄒᆞᄂᆞᆫ ᄌᆡ(者ㅣ) 잇스되 벼살이 한원(翰苑)[3]의 잇더니, 원(元)ᄂᆞ라 망(亡)ᄒᆞ고 ᄃᆡ명(大明)이 즁흥(中興)ᄒᆞᄆᆡ 시졀(時節)을 피(避)ᄒᆞ여 ᄐᆡ안쥬(泰安州)[4] 이풍산[5]의 숨어더니, 일일(一日)은 장공(張公)이 일몽(一夢)을 어드니, 남젼산(藍田山)[6] 신령(神靈)이 갈오ᄃᆡ,

"시운(時運)이 불이(不利)ᄒᆞ여 됴만간(早晩間)의 ᄃᆡ홰(大禍ㅣ) 잇슬 거시니 밧비 ᄯᅥ나라."

ᄒᆞ고 간ᄃᆡ업거ᄂᆞᆯ, 공(公)이 ᄭᆡ여 부인(夫人)다려 몽사(夢事)ᄅᆞᆯ 일으

1) 화설(話說): 고전소설에서 이야기를 시작할 때 쓰는 말.
2) 지정(至正): 원(元) 혜종(惠宗)의 세번째 연호(年號). 원나라의 마지막 연호로 1341년부터 1370년까지 30년간 사용되었다.
3) 한원(翰苑): '한림원(翰林院)'과 '예문관(藝文館)'을 예스럽게 이르던 말.
4) 태안주(泰安州): 중국 산동성(山東省) 중부에 있는 도시.
5) [교감] 이풍산: 경판본 '이릉산'.
6) 남전산(藍田山): 중국 섬서성(陝西省) 서안시(西安市) 남전현(藍田縣) 동쪽에 있는 산. 이곳은 아름다운 구슬이 나는 곳으로 널리 알려져 있다.

고 부인과 흔가지로 녯길을 찻더니, 문득 풍위(風雨ㅣ) 이러나며 홍의동지(紅衣童子ㅣ) 압희 나아와 급(急)히 니러[7] 왈(曰),

"소ᄌᆞ(小子)의 명(命)이 시각(時刻)의 잇ᄉᆞ오니, 부인은 구(救)ᄒᆞ여 쥬쇼셔."

ᄒᆞ니, 부인이 ᄃᆡ경(大驚) 왈,

"션동(仙童)의 급(急)ᄒᆞ믈 ᄂᆡ 엇지 구ᄒᆞ리오?"

동지(童子ㅣ) 발롤 굴으며 왈,

"쇼자(小子)은 동히(東海)뇽왕(龍王)의 제(第)삼ᄌᆞ(三子)옵더니, 남히왕(南海王)이 되여 부뷔(夫婦ㅣ) 친영(親迎)[8]ᄒᆞ여 오다가 동히 호상(湖上)의셔 남션진쥬[9]라 ᄒᆞᄂᆞᆫ 요괴(妖怪)롤 만나 용여(龍女)롤 아ᄉᆞ가려 ᄒᆞᄆᆡ, 두 ᄂᆡ외(內外) 합역(合力)ᄒᆞ여 ᄊᆞ호다가 용여ᄂᆞᆫ 힘이 진(盡)ᄒᆞ여 쥭고, 쇼지(小子ㅣ) 또흔 어린 고(故)로 신통(神通)을 부리지 못ᄒᆞ고 다라나다가 밋쳐 슈부(水府)로 드러가지 못하고 긔력(氣力)이 핍진(乏盡)ᄒᆞ여 다라날 곳지 업ᄂᆞᆫ지라. 바라옵건ᄃᆡ 부인은 잠간(暫間) 입을 버리시면 쇼지 잠간 피(避)ᄒᆞ깃ᄉᆞ오니, 부인은 어엿비 녁이쇼셔. 후일(後日) 은혜(恩惠)롤 갑흐리이다."

ᄒᆞ거놀, 부인이 헐일업셔 입을 버리니, 용지(龍子ㅣ) 몸을 흔드더니 불근 기운(氣運)이 되여 입으로 들거놀, 부인이 숨키고 보니 쳔니[10] 아득ᄒᆞ며 광풍(狂風)이 ᄃᆡ작(大作)ᄒᆞ고 고이(怪異)흔 쇼ᄅᆡ 진동(振動)ᄒᆞᄂᆞᆫ지라. 공(公)의 부뷔(夫婦ㅣ) 급히 돌 틈의 슘어더니, 이윽고 바람이 긋치고 일식(日色)이 명낭(明朗)ᄒᆞ거놀 겨우 길을 으더 나오더니,

---

7) [교감] 니러: 경판본 '비러'.
8) 친영(親迎): 신랑이 신부집에 가서 예식을 올리고 신부를 맞아오는 예.
9) 남선진주: 미상.
10) [교감] 쳔니: '천지(天地)'의 오기. 경판본 '텬지'.

이곳은 ᄐᆡ안 ᄯᅩ 고당쥐(高唐州ㅣ)[11] 셥계[12]러라. 비록 산협(山峽)이나 인회(人戶ㅣ) 순후(淳厚)ᄒᆞ고 민심(民心)이 부요(富饒)ᄒᆞ더라.[13]

그즁(中)의 모ᄉᆞ(謀士)·결ᄉᆞ(節士) 의ᄒᆞ며[14] 살신셩명(殺身成名)[15]ᄒᆞᄂᆞᆫ ᄌᆡ(者ㅣ) 만으니, ᄇᆡᆨ셩(百姓)들이 의지(依支) 업ᄂᆞᆫ 사람을 붓들러 구(救)헐 ᄉᆡ, 공의 거지(擧止) 단아(端雅)ᄒᆞ고 언ᄉᆡ(言辭ㅣ) 온공(溫恭)ᄒᆞ믈 보고 ᄋᆡ즁(愛重)이 녁여 혹 집터도 빌이고, 혹 농업(農業)을 분작(分作)ᄒᆞ며, ᄌᆞ식(子息) 잇ᄂᆞᆫ 사람은 닷토와 슈학(受學)ᄒᆞ기ᄅᆞᆯ 원(願)ᄒᆞ니, 인(因)ᄒᆞ여 ᄉᆡᆼ계(生計) 우죡[16]ᄒᆞ기로 호총 산인[17]이라 ᄒᆞ니라.

이젹의 공의 사쇽(嗣續)[18]이 업셔 ᄆᆡ양 슬퍼허더니, 일일은 일몽을 어드니 문득 쳔지(天地) 혼흑(昏黑)ᄒᆞ며 구름 쇽으로셔 쳥용(靑龍)이 나려와 현갑(玄甲)[19]ᄅᆞᆯ 벗고 변(變)ᄒᆞ여 션인(仙人)[20]이 되여 압ᄒᆡ 나와 이로ᄃᆡ,

"ᄌᆞ식(子息)의 급헌 거슬 구ᄒᆞ여 쥬시니 은혜난망(恩惠難忘)이라. 능(能)히 갑흘 바ᄅᆞᆯ 아지 못ᄒᆞ여 이의 옥졔(玉帝)긔 올나가 원억(冤抑)[21]ᄒᆞ믈 쥬달(奏達)고져 ᄒᆞ더니, 이ᄯᆡ 맛ᄎᆞᆷ 옥졔 조회(朝會)ᄅᆞᆯ 밧으시고 텬상텬하(天上天下)의 원억지사(冤抑之事)ᄅᆞᆯ 쳐결(處決)ᄒᆞ실 ᄉᆡ,

11) [교감] 고당주(高唐州): 중국의 지명인데 구체적인 위치는 미상.
12) [교감] 셥계: 경판본 '졉경'.
13) [교감] 인회 순후ᄒᆞ고 민심이 부요ᄒᆞ더라: 경판본 '민회 부요ᄒᆞ고 인심이 순후ᄒᆞ더라'.
14) 의ᄒᆞ며: '의의(猗猗)ᄒᆞ며'의 오기인 듯함. '의의하다'는 아름답고 많다는 뜻이다.
15) 살신성명(殺身成名): 목숨을 바쳐 이름을 얻음.
16) 우죡: '유족(裕足)'의 오기.
17) [교감] 호총 산인: 경판본 '호칭 산인'.
18) 사속(嗣續): 대(代)를 이을 아들.
19) 현갑(玄甲): 검은 껍질.
20) [교감] 션인: 경판본 '션ᄇᆡ'.
21) 원억(冤抑): 원통한 누명을 써서 억울함.

옥제긔 나아가 조알(朝謁)[22]ᄒᆞ고 나올 지음의 문득 보니,[23] 짐짓 남ᄒᆡ왕(南海王)의 필네(畢女)[24] 나의 며나리 되엿다가 요괴의게 죽으ᄆᆡ 원혼(冤魂)이 옥제게 발원(發願)ᄒᆞ엿더니, 옥제 원정(冤情)을 드르시고 ᄋᆡ창(哀愴)이 녁이샤, '금셰(今世)의 미진(未盡)ᄒᆞᆫ 졍(情)을 ᄆᆡ지라' ᄒᆞ시고, '부부(夫婦)ᄅᆞᆯ ᄂᆡ여 보ᄂᆡ라' ᄒᆞ시ᄆᆡ, ᄂᆡ 금강(金剛)[25]긔 쳥(請)ᄒᆞ고 그ᄃᆡ의게 졍(定)ᄒᆞ엿노라."

ᄒᆞ고 간ᄃᆡ업거ᄂᆞᆯ, 공이 놀나 ᄭᆡ니 침상일몽(枕上一夢)이라. 부인ᄅᆞᆯ ᄃᆡ(對)ᄒᆞ여 몽ᄉᆞᄅᆞᆯ 일오고 암희(暗喜)ᄒᆞ엿더니, 과연 그달붓터 ᄐᆡ기(胎氣) 잇셔 십삭(十朔)이 ᄎᆞᄆᆡ 일ᄀᆡ(一介) 옥동(玉童)을 ᄉᆡᆼ(生)ᄒᆞ니 얼골이 남젼산의셔 보던 션동(仙童) ᄀᆞᆺ튼지라. 비록 강보ᄋᆡ(襁褓兒ㅣ)나 용ᄆᆡ(容貌ㅣ) 웅위(雄威)ᄒᆞ고 기질(氣質)이 쥰일(俊逸)ᄒᆞ니 일홈을 ᄒᆡ룡(海龍)이라 ᄒᆞ고 자(字)을 응쳔(應天)이라 ᄒᆞ다.

---

22) 조알(朝謁): 왕세자가 책봉된 뒤 부왕을 뵘. 여기서는 신하가 왕을 찾아뵌다는 뜻으로 쓰였다.

23) [교감] 능히 갑흘~문득 보니: 경판본 '갑흘 ᄇᆞᄅᆞᆯ 아지 못ᄒᆞ더니 오늘 옥뎨 조회ᄅᆞᆯ ᄇᆞ드시고 텬상텬하의 원굴ᄒᆞᆫ 거슬 살피실 ᄉᆡ'.

24) 필녀(畢女): 막내딸.

25) 금강(金剛): 금강계 37존(尊) 중 하나인 금강보살.

부모와의 이별

호ᄉᆡ다마(好事多魔)은 고금상ᄉᆡ(古今常事)라. 이ᄯᆡ 쳔ᄌᆡ(天子ㅣ) 슈명어천(受命於天)[1]ᄒᆞ시나 ᄒᆡᄂᆡ(海內) 미졍(未定)ᄒᆞ여 혹칭(或稱) 위왕(魏王)ᄒᆞ고 혹칭 조왕(趙王)이라 ᄒᆞ고 남셔(南西)로 노략(擄掠)ᄒᆞ니, 일경(一境)이 진동(振動)ᄒᆞ여 피란(避難)ᄒᆞᄂᆞᆫ ᄌᆡ 무슈(無數)ᄒᆞ더라.

장쳐ᄉᆡ(張處士ㅣ) 이즁(中)ᄋᆡ 셧겨 피란헐 ᄉᆡ 츄병(追兵)이 졍히 위급(危急)ᄒᆞᆫ지라. 부뷔 셔로 ᄒᆡ룡을 돌여 업고 다라나더니 기운이 진(盡)ᄒᆞᄆᆡ 부인이 울며 왈,

"이 아ᄒᆡᄅᆞᆯ 보젼(保全)코져 헐진ᄃᆡ 우리 다 쥭을 거시니, 상공(相公)은 우리 모ᄌᆞ(母子)ᄅᆞᆯ 잠간 바리시고 피란ᄒᆞ엿다가 모ᄌᆞ의 ᄒᆡ골(骸骨)이나 거두어쥬쇼셔."

ᄒᆞ거ᄂᆞᆯ, 쳐ᄉᆡ ᄎᆞ언(此言)을 듯고 ᄎᆞᆷ아 ᄯᅥ나지 못ᄒᆞ여 셔로 븟들고 ᄒᆡᆼ(行)ᄒᆞ더니, 도젹(盜賊)이 졈졈(漸漸) 갓가이 ᄯᆞ라오ᄂᆞᆫ지라. 쳐ᄉᆡ 부

1) 수명어천(受命於天): 하늘의 명을 받아서 왕이 됨.

뷔 울며 망지쇼조(罔知所措)[2]ᄒᆞ다가 ᄒᆡ룡을 ᄇᆞ리고 가ᄌᆞ 하거놀,[3] 부인이 헐일업셔 길가의 안치고 달ᄂᆡ여 갈오ᄃᆡ,

"우리 잠간(暫間) 다녀올 거시니 이 실과(實果)를 먹고 안져 시라."

ᄒᆞ니, ᄒᆡ룡이 울며 왈,

"ᄒᆞᆫ가지로 가ᄌᆞ."

ᄒᆞ거놀, 쳐ᄉᆡ 조흔 말노 달ᄂᆡ고 부인를 ᄌᆡ촉ᄒᆞ여 다라날 ᄉᆡ ᄒᆞᆫ 거름의 도라보고 두 거름의 도라보며 거름마다 도라보니, ᄒᆡ룡이 울며 부모를 불으며 우는 쇼ᄅᆡ 촘아 듯지 못헐너라.[4]

이ᄯᆡ 도젹이 오다가 ᄒᆡ룡를 보고 쥭이려 ᄒᆞ다가, 그즁(中)의 장숨이란 도젹이 말여 왈,

"어린 아ᄒᆡ 부모(父母)를 일코 우는 거슬 무삼 죄(罪)로 쥭이려 ᄒᆞ는뇨?"

ᄒᆞ고 업고 가다가 ᄂᆡ심(內心)의 ᄉᆡᆼ각ᄒᆞ되,

'ᄂᆡ 일즉 위셰(威勢)의 핍박(逼迫)ᄒᆞ며 군오(軍伍)의 몰입(沒入)ᄒᆞ미 엇지 본심(本心)이리오?[5] 또 이 아ᄒᆡ를 보니 후일(後日)의 반다시 귀(貴)히 될 기상(氣象)이라. 잇ᄯᆡ를 타 다라나리라.'

ᄒᆞ고 완완(緩緩)이 ᄒᆡᆼ(行)ᄒᆞ다가 강남(江南) 고군으로 다라나더라.

이젹의 쳐ᄉᆞ 부뷔 다라나다가 도로(道路) 요젹(寥寂)ᄒᆞ믈 보고 산(山)의 올나 ᄇᆞ라보니 ᄒᆡ룡이 업는지라. 두로 차지되 죡젹(足跡)이 묘연(杳然)ᄒᆞ거놀, 부인이 가슴를 치며 방셩ᄃᆡ곡(放聲大哭) 왈,

"ᄒᆡ룡를 아죠 일을 쥴 아라드면 무삼 표(表)를 두어 타일(他日) 맛

---

2) 망지소조(罔知所措): 당황해서 어찌할 바를 모름.
3) [교감] 쳐ᄉᆡ 부뷔~ 가ᄌᆞ 하거놀: 경판본 '쳐ᄉᆡ 울며 ᄒᆡ룡을 ᄇᆞ리고 가ᄌᆞ ᄒᆞ며 ᄌᆡ촉ᄒᆞ거놀'.
4) [교감] ᄒᆞᆫ 거름의~듯지 못헐너라: 경판본 '거름마다 도라보니 ᄒᆡ룡이 부모를 부ᄅᆞ며 슈히 오라 당부ᄒᆞ는지라'.
5) [교감] ᄂᆡ 일즉~엇지 본심이리오: 경판본 '내 위셰의 핍박ᄒᆞ여 군오의 몰입ᄒᆞ여스나 엇지 본심이리오'.

날 ᄶᆡ의 보람이 되 거슬[6] 창졸간(倉卒間)의 ᄉᆡᆼ각지 못ᄒᆞ고 어듸셔 맛나본들 엇지 알라보리오?"[7]

ᄒᆞ며 더욱이 우는지라. 쳐ᄉᆡ 위로(慰勞) 왈,

"이 아ᄒᆡ는 등의 붉은 ᄉᆞ마괴 칠셩(七星)을 응(應)ᄒᆞ미 잇시ᄆᆡ 글노 신물(信物)이 될지니, 부인은 념녀(念慮) 말으쇼셔."

ᄒᆞ고 부뷔 셔로 슬푸믈 먹음고 두로 찻더니, 맛ᄎᆞᆷ 됴장 위셰[8]의긔 잡힌 ᄇᆡ 되니라. 장ᄒᆞ(帳下)의 드러가니, 원(員)이 쳐ᄉᆞ의 표일(飄逸)헌 기상과 웅위(雄威)헌 거취(去就)ᄅᆞᆯ 보고 앗거 그 ᄆᆡᆫ 거슬 글으고 당즁(堂中)의 올으라 ᄒᆞ여 이회(理會)[9]ᄅᆞᆯ 권유(勸諭)ᄒᆞ니,[10] 지기상합(志氣相合)[11]ᄒᆞ고 언ᄉᆡ(言辭ㅣ) 온공(溫恭)ᄒᆞᆫ지라. 원이 즉시 참모(參謀)ᄅᆞᆯ ᄒᆞ엿더니, ᄎᆞᆷ모의 헌칙[12]으로 연경(連境) 누쳘이(累千里)ᄅᆞᆯ[13] 어드ᄆᆡ, 일노 인(因)ᄒᆞ여 남셔(南西)의 져근 셩지(城地)ᄅᆞᆯ 갈히여 ᄒᆞᆫ가이 쉬라 ᄒᆞ니, 쳐ᄉᆞ 부뷔 뇌양현(耒陽縣)[14]으로 가니라. 이곳은 산쳔(山川) 험쥰(險峻)ᄒᆞᄆᆡ ᄇᆡᆨ셩이 병혁(兵革)ᄅᆞᆯ 모로ᄂᆞᆫ 셔촉지계(西蜀之界)[15]러라. 쳐ᄉᆡ 도임(到任)ᄒᆞᆫ 후로 졍ᄉᆡ(政事) 공평(公平)ᄒᆞᄆᆡ 일경(一境)이 안업(安業)ᄒᆞ여 낙초[16]의 질겨ᄒᆞᄂᆞᆫ 소ᄅᆡ 원근(遠近)의 ᄉᆞ뭇더라.

---

6) [교감] 되 거슬: 경판본 '될 거슬'.
7) [교감] 어듸셔 맛나본들 엇지 알라보리오: 경판본 '장셩ᄒᆞ여 ᄎᆞ즌들 엇지 알니오'.
8) [교감] 됴장 위셰: 정확한 뜻은 알 수 없으나, '조나라 장수 위세'라는 의미인 듯함.
9) 이회(理會): 사리를 회득(會得)함.
10) [교감] 이회ᄅᆞᆯ 권유ᄒᆞ니: 경판본 '이ᄒᆡ로 권유ᄒᆞ니'.
11) 지기상합(志氣相合): 두 사람의 뜻이 서로 맞음.
12) 헌칙: '헌책(獻策, 일에 대한 방책을 드림)'의 오기.
13) [교감] 연경 누쳘이ᄅᆞᆯ: 경판본 '인경 구쳔 니ᄅᆞᆯ'
14) 뇌양현(耒陽縣): 중국 호남성(湖南省) 형양(衡陽)에 있는 현.
15) 서촉지계(西蜀之界): 서촉의 경계(지역).
16) [교감] 낙초: 정확한 뜻은 알 수 없으나, '촌락' 또는 '고을 사람'인 듯함.

효부 막씨가 금방울을 낳다

이ᄯᅢ 조계촌의 김삼낭이란 사람이 잇시되 호협방탕(豪俠放蕩)ᄒᆞ고, 그 쳐(妻) 막시의 얼골이 곱지 못ᄒᆞ무로 됴가 녀ᄌᆞ(女子)를 취(取)ᄒᆞ여 도라오지 아니ᄒᆞ고 그곳 ᄇᆡᆨ셩이 되니, 막시 조금도 셜워ᄒᆞ미 업고, 노모(老母)를 지셩(至誠)으로 봉양(奉養)헐 ᄉᆡ 집이 빈한(貧寒)허무로 남의 고공(雇工)이 되여 조셕(朝夕)를 난와 먹더니, 그 뫼(母ㅣ) 우연(偶然)이 쥭으ᄆᆡ 막시 쥬야(晝夜) ᄋᆡ통(哀慟)ᄒᆞ고 녜(禮)로뼈 션산(先山)의 안장(安葬)한 후, 여막(廬幕)을 짓고 쥬야(晝夜)로 슈직(守直)ᄒᆞ여 삼년을 극진(極盡)이 맛친 후, 십여 년를 ᄒᆞᆫ갈갓치 지ᄂᆡ니 천고(千古)의 드문 효부(孝婦)러라.

막시 쵸막(草幕)으셔 일몽를 어드니, 몸이 공즁(空中)의 올나 ᄒᆞᆫ 곳의 일으니 산쳔이 슈려(秀麗)ᄒᆞ여 짐짓 알음다온 셰계(世界)러라. 막시 ᄒᆞᆫ번 두루 도라보니 학발노옹(鶴髮老翁)이 사방(四方)을 응(應)ᄒᆞ여 안져시니, 막시 감히 나가지 못ᄒᆞ고 쥬져(躊躇)ᄒᆞ더니, ᄒᆞᆫ 동ᄌᆡ(童子ㅣ) 나와 일오ᄃᆡ,

"우리 ᄉᆞ뷔(師父) 옥졔의 명(命)을 밧ᄌᆞ와 그ᄃᆡ의게 젼(傳)헐 거시 잇시니, 밧비 나아가 뵈오라."

ᄒᆞ거놀, 막시 나아가 뵈온니, 노옹이 각각 방위(方位)를 졍(定)ᄒᆞ여 안졋다가 막시를 보고 왈,

"그ᄃᆡ의 ᄃᆡ졀(大節)과 지효(至孝)를 옥졔 알으시고 극진이 표장(表章)[1]ᄒᆞ라 ᄒᆞ시미 ᄌᆞ식를 졈지(點指)코져 ᄒᆞ엿더니, 그ᄃᆡ 장뷔(丈夫ㅣ) 쥭은 지 오린 고(故)로[2] 옥졔긔 이 연유(緣由)를 쥬달(奏達)ᄒᆞ엿더니, 또 ᄒᆞ교(下敎)ᄒᆞ사 왈, '그리면 조흘 도리(道理)로 ᄒᆞ라' ᄒᆞ시기로, 맛참 남ᄒᆡ용녀(南海龍女)와 동ᄒᆡ용자(東海龍子) 조연원ᄉᆞ(早年寃死)[3]ᄒᆞ여 옥졔긔 보슈(報讎)ᄒᆞ기를 발원(發願)ᄒᆞ온즉, 옥졔 우리로 ᄒᆞ여금 션쳐(善處)ᄒᆞ라 ᄒᆞ시기로, 용ᄌᆞ(龍子)은 맛참 조흔 곳지 잇셔 구쳐(區處)[4]ᄒᆞ여시되, 또 용녀(龍女)의 거쳐(居處)를 졍(定)치 못ᄒᆞ엿더니 이졔 그ᄃᆡ를 쥬나니, 십육(十六) 년 후의 그 얼골을 보리니, 이졔 자셔히 보앗다가 후일(後日) ᄎᆞ등(差等)이 업게 ᄒᆞ라."

ᄒᆞ고 공즁(空中)를 향(向)ᄒᆞ여 용녀랄 불으니, 이윽고 션녜(仙女ㅣ) 나려와 셔거놀, 막시 보니 쳔만고(千萬古)의 드문 녀ᄌᆞ(女子)라.[5]

홍위(紅衣) 입은 션관(仙官)이 이로ᄃᆡ,

"나은 ᄎᆞ지[6]헐 거시 업시니, 널노 ᄒᆞ여금 츈하츄동(春夏秋冬)를 임의(任意)로 보ᄂᆡ게 ᄒᆞ리라."

ᄒᆞ고 ᄉᆞᄆᆡ 안으로셔 오ᄉᆡᆨ면쥬(五色綿紬)을 ᄂᆡ여주며,

1) 표장(表章): 어떤 일에 좋은 성과를 냈거나 훌륭한 행실을 한 데 대해 세상에 널리 알려 칭찬함.
2) [교감] 그ᄃᆡ 장뷔 쥭은 지 오린 고로: 경판본 '드ᄅᆞᄃᆡ 그ᄃᆡ의 장뷔 난즁의 쥭엇다 ᄒᆞ는지라 홀일업셔'.
3) 조년원사(早年寃死): 젊은 나이에 원통하게 죽음.
4) 구처(區處): 변통해 처리함. 또는 그런 방법.
5) [교감] 쳔만고의 드문 녀ᄌᆞ라: 경판본 '만고졀염이라'.
6) 차지: '빌려줌'이라는 뜻인 듯함.

"십육 연 후의 ᄎᆞ질 ᄯᆡ 이스리니 도로 보ᄂᆡ라."

ᄒᆞ고, ᄯᅩ 쳥의션관(青衣仙官)이 붓ᄎᆡᄅᆞᆯ 쥬며 왈,

"이거슬 가지면 쳔리(千里)라도 ᄒᆞ로의 가리라."[7]

ᄒᆞ고, ᄇᆡᆨ의션관(白衣仙官)이 홍션(紅扇)ᄅᆞᆯ 쥬고 왈,

"이거슬 가지면 ᄇᆞ람과 안ᄀᆡᄅᆞᆯ 부리나니 이후(以後)의 ᄎᆞ거던[8] 젼(傳)ᄒᆞ라."

ᄒᆞ고, ᄯᅩ 흑의션관(黑衣仙官)이 우어 왈,

"나은 쥴 거시 업시니 힘ᄅᆞᆯ 빌이리라."

ᄒᆞ고 쥬며,

"이후의 보ᄂᆡ라."

ᄒᆞ니,[9] 그 션녜(仙女ㅣ) 다 밧아가지고 막시ᄅᆞᆯ 도라보고 공즁으로 향(向)코져 ᄒᆞ더니, 문득 학(鶴)의 쇼ᄅᆡ 나며 황의션관(黃衣仙官)이 나려와 안지며 왈,

"막시의 표장(表章)은 엇지ᄒᆞ여시며, 용녀의 보응(報應)을 엇지코져 ᄒᆞ여ᄂᆞᆫ뇨?"

졔(諸) 션관이 ᄃᆡ왈(對曰),

"여ᄎᆞ여ᄎᆞ(如此如此)ᄒᆞ엿노라."

그 션관이 눈셥을 찡기려 왈,

"이리ᄒᆞ면 일홈 업ᄂᆞᆫ ᄌᆞ식 될 거시니, 효부(孝婦)의 ᄇᆞ라ᄂᆞᆫ ᄇᆡ 아니라. 여ᄎᆞ여ᄎᆞᄒᆞ엿더면 ᄒᆞᄂᆞᆯ ᄯᅳᆺᄅᆞᆯ 셰상(世上)이 알 거시오, 모녀지간(母女之間)의 윤기(倫紀)ᄅᆞᆯ 알이라."

ᄒᆞ니, 졔션(諸仙)이 모다 이로되,

---

7) [교감] 쳔리라도 ᄒᆞ로의 가리라: 경판본 '쳔니를 하로의 능히 갈 거시니 쓰고 즉시 젼ᄒᆞ라'.
8) ᄎᆞ거던: 'ᄎᆞᆺ거던'의 오기.
9) [교감] 나은 쥴~보ᄂᆡ라 ᄒᆞ니: 경판본 '나는 줄 힘을 빌니노라 ᄒᆞ고 거믄 거시 업스ᄆᆡ 거믄 거를 쥬거늘'.

"올타."

ᄒᆞ고 각각 ᄎᆡ운(彩雲)을 타고 흣터지거놀, 막시 악연(愕然)[10]이 도라셔셔 사면(四面)을 ᄇᆞ라보미, 션인(仙人)의 자최 운무(雲霧) 즁의 사라지고 만학쳔봉(萬壑千峰)[11]의 물 흘으는 쇼ᄅᆡ ᄲᅮᆫ이라. 무류이 도라올 ᄉᆡ 홀연(忽然) ᄭᆡ달으니 남가일몽(南柯一夢)이라. 몽ᄉᆞ롤 기록(記錄)ᄒᆞ미, 삼낭이 쥭은 쥴 알고 허위(虛位)[12]롤 ᄇᆡ셜(排設)ᄒᆞ고 슬허허믈 마지아니ᄒᆞ더라.

막시 일일은 실음을 ᄯᅳ여 안져더니, 홀연 일진음풍(一陣陰風)이 이러나며 쵸막 압히 ᄒᆞᆫ 사ᄅᆞᆷ이 셧거놀, 막시 ᄌᆞ셔이 보니 이곳 삼랑이라. 놀라 무러 왈,

"장부(丈夫ㅣ) 나롤 ᄇᆞ리고 나간 지 거의 슈십(數十) 연(年)이라. 간 곳을 몰나 의려(疑慮)ᄒᆞ엿더니 신령(神靈)이 일우기롤, '난즁(亂中)의 쥭다' ᄒᆞ미, 몽사(夢事)롤 미들 거시 아니로ᄃᆡ ᄂᆡ 녁녁(歷歷)히 들은 고로 이의 영헌[13]을 ᄇᆡ셜ᄒᆞ엿더니, 아지 못게라. ᄉᆞ라셔 오시난가? 엇지 이 깁흔 밤의 거취(去就)가 분명(分明)치 못ᄒᆞ문 무삼 일고?"

삼낭이 목이 메여 ᄒᆞ는 말이,

"ᄂᆡ 과연(果然) 그ᄃᆡ ᄯᅳᆺ롤[14] 모ᄅᆞ고 탕ᄌᆞ(蕩子)의 마음을 것잡지 못ᄒᆞ여 그룻 그ᄃᆡ의 ᄃᆡ졀(大節)을 모ᄅᆞ고 박ᄃᆡ(薄待)ᄒᆞ여, 그 죄로 쳔앙(天殃)을 ᄇᆞ다[15] 과연 난즁의 쥭으미 후셰(後世)의 가도 ᄯᅩᄒᆞᆫ 죄인(罪人)이라. 비록 ᄭᆡ다르나 밋지 못ᄒᆞ고, 귀신(鬼神)의 유(類)의도 참네

10) 악연(愕然): 몹시 놀라 정신이 아찔한 모양.

11) [교감] 만학쳔봉: 경판본 '만장폭포'.

12) 허위(虛位): 죽은 이를 위해 마련한 빈자리. 여기서는 죽은 시신 없이 위패(位牌)만 모신 것을 뜻한다.

13) 영헌: '영연(靈筵, 죽은 사람의 영궤와 그에 딸린 모든 것을 차려놓는 곳)'의 오기.

14) [교감] 그ᄃᆡ ᄯᅳᆺ롤: 경판본 '그ᄃᆡ의 슉녀지의을'.

15) [교감] 그룻 그ᄃᆡ의~쳔앙을 ᄇᆞ다: 경판본 '그룻 그ᄃᆡ롤 박ᄃᆡᄒᆞᆫ 죄로 텬앙을 ᄇᆞ다'.

(參預)치 못셧기고 음풍(陰風)이 되여 이의 단이더니,[16] 그ᄃᆡ 나롤 위ᄒᆞ여 영향(靈享)[17]이 지극(至極)ᄒᆞ니, 엇지 붓그럽지 아니리오? 비록 유명(幽明)이 다르나 그 감격(感激)ᄒᆞ믈 ᄉᆞ레(謝禮)코져 ᄒᆞ노라."

ᄒᆞ고 ᄉᆡᆼ시(生時)와 달으미 업시 슈작(酬酌)ᄒᆞ고 도라간 후 ᄌᆞᄌᆢ 왕ᄂᆡ(往來)ᄒᆞ더니, 그즁의 ᄯᅩᄒᆞᆫ 침밀(親密)ᄒᆞ미 잇셔,[18] 막시 니러무로 졸연(卒然)이 복병(腹病)이 이러나ᄆᆡ 맛치 ᄐᆡ상(胎上)의 아ᄒᆡ 노은 듯ᄒᆞ여 졈졈 커지거놀, 막시 ᄂᆡ심(內心)이 고이(怪異) 넉여 향혀 남이 알가 근심ᄒᆞ더니, 십삭(十朔)이 밋쳐은 산졈(産漸)[19]이 완연(宛然)ᄒᆞ여 여막(廬幕)의 업ᄃᆡ여더니, 믄득 ᄒᆡ복(解腹)ᄒᆞ고 도라보니 아ᄒᆡ은 아니오 금방울 갓튼 거시 금광(金光)이 찬란(燦爛)ᄒᆞ거놀, 막시 이 경상(景狀)를 보고 ᄃᆡ경(大驚)ᄒᆞ여 고이히 녁이고 신통(神通)이 역여, 이의 ᄉᆞᆫ으로 눌으되 터지지 아니ᄒᆞ고 돌노 ᄶᅵᆺ쳐도 ᄲᅴ여지지 아니ᄒᆞ거놀, 다시 지버다가 멀이 버리고 도라오니 방울이 구을너 ᄯᆞ라오ᄂᆞᆫ지라. 더욱 의심(疑心)ᄒᆞ여 집어다가 깁흔 물의 드리치고 도라오니 ᄯᅩ ᄯᆞ라오ᄂᆞᆫ지라. ᄯᅩ 집어다가 아조 단단이 너코 보니 물 우ᄒᆡ 동동 ᄯᅥ단니다가 막시랄 보고 여젼이 ᄯᆞ라오ᄂᆞᆫ지라.

막시 ᄂᆡ심의 혜오ᄃᆡ,

'ᄂᆡ 팔ᄌᆡ(八字ㅣ) 기구(崎嶇)ᄒᆞ여 이 갓튼 괴물(怪物)을 맛나 타일(他日) 반다시 큰일이 나리로다.'

ᄒᆞ고 불 ᄶᅡ힐 ᄯᅢ의 아궁ᄋᆡ 너코 잇더니, 조금도 기미(幾微)가 업시ᄆᆡ 막시 ᄃᆡ희(大喜)ᄒᆞ여 ᄒᆞ더니, 닷셰 후의 헷쳐보니 방울이 상(傷)ᄒᆞ

16) [교감] 비록 ᄲᅵ다르나~이의 단이더니: 경판본 '비록 ᄲᅵ다ᄅᆞ나 가히 밋지 못홀 ᄇᆡ오 귀신의 류의도 참예ᄒᆞ여 셧기지 못ᄒᆞ고 음풍의 단니더니'.
17) 영향(靈享): 영혼을 위해 제사를 지냄.
18) [교감] ᄌᆞᄌᆢ 왕ᄂᆡᄒᆞ더니~침밀ᄒᆞ미 잇셔: 경판본 'ᄌᆞ로 왕ᄅᆡᄒᆞ여 몽즁의 친밀ᄒᆞ미 잇스니'.
19) 산점(産漸): 산기(産氣). 달이 찬 임신부가 아이를 낳으려는 기미.

기은 ᄉᆡ로이 빗치 더욱 씩씩ᄒᆞ고 향취(香臭)은 진동ᄒᆞ거ᄂᆞᆯ, 막시 헐일 업셔 두고 보니 밤이면 품쇽의셔 ᄌᆞ고 낫지면 구을너단니며 혹 칩[20] 더나온 ᄉᆡ도 잡고 혹 남게도 올나 실과도 ᄯᅡ가지고 압ᄒᆡ 노흐니, 막시 ᄌᆞ셔이 보니 그 쇽으로셔 실 갓튼 거스로 온갓 거슬 다 무쳐 오거ᄂᆞᆯ, 그 털이 반반ᄒᆞ여 무시(無時)[21]의ᄂᆞᆫ 보지 못헐네라. 이젹의 막시 치위를 당(當)ᄒᆞ믹 방울이 품쇽의 들면 츕지 아니ᄒᆞ더라.

20) 칩: 사람이나 동물이 추위, 더위, 비바람 따위를 막고 그 속에 들어가 살기 위해 지은 건물 등을 나타내는 말. '집'과 같은 뜻이다.
21) 무시(無時): 때를 가리지 않는다는 뜻으로, 평소 또는 평상시를 의미함.

방울의 수난

일일은 막시 ᄒᆞᆫ ᄃᆡ셔 방아질 ᄒᆞ여쥬고 져역의 도라오ᄆᆡ 방울이 굴너 막(幕)으로 ᄂᆡ다라 반기ᄂᆞᆫ 듯ᄒᆞ거ᄂᆞᆯ, 막시 치위ᄅᆞᆯ 견ᄃᆡ지 못ᄒᆞ여 방(房) 쇽으로 드러가니 그 쇽이 더웁고 방울이 빗츨 ᄂᆡ니 발기 낫 갓거ᄂᆞᆯ, 막시 기이(奇異)히 넉겨 남이 알가 져어ᄒᆞ여 나지면 막 쇽의 두고 밤이면 픔쇽의셔 ᄌᆡ더니,[1] 방울이 점점 ᄌᆞ라ᄆᆡ 산의 올으기ᄅᆞᆯ 평지(平地)갓치 단니고 말은 ᄃᆡ 진 ᄃᆡ 업시 굴너 단이되 ᄒᆞᆰ[2]이 몸의 뭇지 아니ᄒᆞ더라.

이러구러 ᄌᆞ연(自然) 오ᄅᆡ미 빗치 더욱 찬란(燦爛)ᄒᆞ고 부드러워 사ᄅᆞᆷ이 ᄌᆞ연 알고 와셔 구경코져 ᄒᆞ여 문(門)이 메여 들어와 집어보거ᄂᆞᆯ, 혹 남ᄌᆞ(男子)가 집으려 ᄒᆞ면 ᄯᆞᄒᆡ 박히고 ᄯᅥ러질 분 아니라[3] 그 몸이 맛치 불 갓트여 숀 다힐 길이 업ᄂᆞᆫ지라. 더욱이 신통ᄒᆞ여 맛

1) [교감] 픔쇽의셔 ᄌᆡ더니: 경판본 '품속의 품고 ᄌᆞ더니'.
2) ᄒᆞᆰ: '흙'의 오기.
3) [교감] ᄯᅥ러질 분 아니라: 경판본 'ᄯᅥ러지지 아닐 ᄲᅮᆫ 아니라'.

ᄎᆞᆷᄂᆡ 집어보지 못ᄒᆞ더라.[4)]

동이(洞里)의 ᄉᆞᄂᆞᆫ 무숀[5)]이란 ᄉᆞᄅᆞᆷ이 잇셔 가산(家產)이 부요(富饒)ᄒᆞ되 무지헌 욕심(慾心)과 불측(不測)헌 거동(擧動)이 인유(人類)의 버셔ᄂᆞᆫ 놈이라. 막시의 방울을 도젹(盜賊)ᄒᆞ려 ᄒᆞ고 막시 ᄌᆞ은 ᄉᆞ이ᄅᆞᆯ 타 가마이 방울을 도젹ᄒᆞ여 가지고 집의 도라가 쳐ᄌᆞ(妻子)의게 ᄌᆞ랑ᄒᆞ고 감쵸왓더니, 그날 밤의 난ᄃᆡ업은 불이 나 왼 집을 둘너ᄂᆞᆫ지라. 목손이 ᄃᆡ경(大驚)ᄒᆞ여 밋쳐 오살 입지 못ᄒᆞ고 젹신(赤身)으로 ᄯᅴ여ᄂᆡ다라보니, 불ᄭᅩᆺ치 츙쳔(衝天)ᄒᆞ고 바람은 불을 돕ᄂᆞᆫ지라. 황황망조(遑遑罔措)[6)]ᄒᆞ여 엇지헐 길 업셔 ᄌᆡ물(財物)과 셰간을 다 ᄌᆡ을 ᄆᆡᆫ들ᄆᆡ 목손의 부쳬(夫妻ㅣ) 실셩(失性)ᄒᆞ여 통곡(痛哭)ᄒᆞ며, 그즁의도 방울을 잇지 못ᄒᆞ여 불 붓ᄂᆞᆫ 곳의 가 ᄌᆡᄅᆞᆯ 헷쳐 방울을 찻더니, ᄌᆡ 속으로셔 방울이 ᄯᅱ여ᄂᆡ다라 목손의 쳐(妻)의 초마의 ᄊᆞ이거ᄂᆞᆯ 거둣쳐 가지고 왓더니, 그날 밤의 그 쳐 치우믈 견ᄃᆡ지 못ᄒᆞ여 ᄒᆞ니, 목손이 왈,

"이 갓흔 셩열(盛熱)의 엇지 치워ᄒᆞ나뇨?"

쳬(妻ㅣ) 왈,

"이 방울이 젼(前)의은 그리 덥더니, 금일(今日)은 차기 어름 갓트여 아모리 ᄯᅥ히려 ᄒᆞ여도 살의 박힌 듯ᄒᆞ여 ᄯᅥ러지지 아니ᄒᆞ다."[7)]

ᄒᆞ거ᄂᆞᆯ, 목손이 ᄂᆡ다라 ᄌᆞᆸ아 ᄯᅥ히려 ᄒᆞ고 손을 붓치고져 ᄒᆞ니, 더욱 불이 셩(盛)ᄒᆞᄂᆞᆫ 듯ᄒᆞ여 손을 다히지 못ᄒᆞ고[8)] 그 쳐ᄅᆞᆯ ᄭᅮ지져 왈,

"방울이 ᄭᆞᆯ난 듯ᄒᆞ거ᄂᆞᆯ 엇지 ᄎᆞ다 ᄒᆞ나뇨?"

ᄒᆞ고 셔로 닷토거ᄂᆞᆯ, ᄎᆞ물(此物)은 쳔지됴화(天地造化)ᄅᆞᆯ 가져ᄂᆞᆫ지

4) [교감] 더욱이 신통ᄒᆞ여~집어보지 못ᄒᆞ더라: 경판본 '더욱 신통이 녀기더라'.
5) 무숀: '목손'의 오기.
6) 황황망조(遑遑罔措): 마음이 급해 어찌할 줄을 모르고 허둥지둥함.
7) 아니ᄒᆞ다: '아니ᄒᆞᆫ다'의 오기.
8) [교감] ᄌᆞᆸ아 ᄯᅥ히려~다히지 못ᄒᆞ고: 경판본 '잡아 ᄯᅥ히려 ᄒᆞᆫ즉 도로혀 덥기 불 갓ᄐᆞ여 손을 다히지 못ᄒᆞᄂᆞᆫ지라'.

라. 혼편은 ᄎᆞ기 어름 갓고 또 혼편은 덥기 불 갓트여, 변홰(變化ㅣ) 이러혼 쥴 모로다가 그졔야 ᄭᆡ다라 ᄒᆞᄂᆞᆫ 말이,

"우리 무상(無常)ᄒᆞ여 하놀이 ᄂᆡ신 보물(寶物)을 모로고 도젹ᄒᆞ여 왓더니, 도로혀 이 지경(地境)을 당ᄒᆞ니 슈원슈구(誰怨誰咎)리오?"

ᄒᆞ고,

"막시의게 가셔 빌어보리라."

ᄒᆞ고 그날 밤의 막시 초막의 가니, 잇ᄶᅴ 막시 방울을 일코 울며 잇더니 목손의 부톄 와 빌거놀, 막시 방울라 블으니 언미필(言未畢)의 방울이 굴너 방으로 들어가거놀, 목손의 쳐은 무슈(無數) ᄉᆞ례(謝禮)ᄒᆞ고, 그놈은 도로혀 원심(怨心)을 먹음고 고을의 들어가 지현(知縣)[9]를 보고 방울의 신통을 말ᄒᆞ고 또 요괴(妖怪)로오믈 고(告)ᄒᆞ니, 지현[10]이 이 말을 듯고 ᄃᆡ경ᄃᆡ희(大驚大喜)ᄒᆞ여 즉시 나졸(羅卒)을 보ᄂᆡ여 방울롤 가져오라 ᄒᆞ니, 이윽고 도라와 고ᄒᆞ되,

"쇼인(小人) 등이 잡으려 혼즉 이리 밋근 져리 미근ᄒᆞ여 잡지 못ᄒᆞ고 왓나이다."

ᄒᆞ니, 지현이 노(怒)ᄒᆞ여,

"막시롤 잡아오라."

ᄒᆞ니, 나졸이 막시롤 잡아오니 그졔야 방울니 굴너오ᄂᆞᆫ지라.[11] 지현이 좌기(坐起)[12]롤 버리고 자셔(仔細)이 보니 방울이 금광(金光)이 찬란ᄒᆞ여 사롬을 놀ᄂᆡ은지라. 일변(一邊) 고이히 역이고 신기(神奇)히 녁여 나졸노 ᄒᆞ여금,

"쳘퇴(鐵槌)롤 가지고 ᄭᆡ치라."

9) 지현(知縣): 중국 송나라·청나라 때에 둔 현(縣)의 으뜸 벼슬아치.
10) [교감] 지현: 경판본 '장공'.
11) [교감] 방울니 굴너오ᄂᆞᆫ지라: 경판본 '방울이 구울너 ᄶᅩ라 오는지라'.
12) 좌기(坐起): 여기서는 '형기(刑器)'를 뜻한다.

ᄒᆞ니, 군ᄉᆡ(軍士ㅣ) 힘을 다ᄒᆞ여 치ᄆᆡ 방울이 ᄯᆞ속의 드러다가[13] 도로 쒸여나오ᄂᆞᆫ지라. 다시 집어다가 돌의 놋코 도ᄎᆡ로 짓씨니 방울이 도도라져 키 졈졈 자라 크기 길이 너문지라. 지현이 졈졈 노(怒)ᄒᆞ여 보검(寶劍)을 쥬고 일운 말이,

"이 보검은 쳔ᄒᆞ(天下)의 무쌍(無雙)ᄒᆞ여 ᄉᆞ람을 버히되 날의 피 뭇지 아니ᄒᆞ니, 이 칼노 버히라."

ᄒᆞ니, 군ᄉᆡ 영(令)을 듯고 ᄒᆞᆫ번 들러 힘것 치니 방울이 두 조각의 나며 셔로 부듸쳐 구을거ᄂᆞᆯ, 연(連)ᄒᆞ여 치니 치은 족족 뜰의 가득ᄒᆞᆫ 거시 다 방울이라. 져마다 놀나고 지현은 더욱 노ᄒᆞ여,

"길음을 끌이고 너흐라."

ᄒᆞ거ᄂᆞᆯ, 졔인(諸人)이 기름을 ᄭᅳ리고 방울을 너흐니 과연 ᄎᆞᄎᆞ 젹어지거ᄂᆞᆯ, 졔인이며 장공(張公)이 깃거ᄒᆞ더니, 졈졈 더 젹어 ᄃᆡ초시만ᄒᆞᆫ 거시 길음 우ᄒᆡ 동동 쪄단이다가 ᄀᆞ라안거ᄂᆞᆯ, 건지려ᄒᆞ고 나아가 보니 그리 끌턴 길음이 엉기여 쇠 갓튼지라. 이의 보ᄒᆞᆫ 후(後)의,[14]

"막시ᄅᆞᆯ ᄒᆞ옥(下獄)ᄒᆞ라."

ᄒᆞ고 ᄂᆡ당(內堂)의 드러가니, 부인이 밧비 무러 왈,

"오날 ᄎᆞ물(此物)을 보니 하ᄂᆞᆯ이 ᄂᆡ신 거시라. 인력(人力)으로ᄂᆞᆫ 업시치 못헐 거시라. 막시ᄅᆞᆯ 방숑(放送)ᄒᆞ고 나죵을 보시미 조흘가 ᄒᆞ나이다."

공이 ᄂᆡᆼ쇼(冷笑) 왈,

"요물(妖物)이 신통타 ᄒᆞᄂᆞ, 엇지 져만 거슬 졔어(制御)치 못헐가 근심이리오."

부인이 ᄌᆡ삼(再三) 말이되 공이 듯지 아니코 ᄎᆞ야(此夜)의 ᄌᆞ더니,

---

13) [교감] 드러다가: 경판본 '드럿다가'.
14) [교감] 이의 보ᄒᆞᆫ 후의: 경판본 '이에 그ᄃᆡ로 봉ᄒᆞᆫ 후의'.

방울이 가마의 들어다가[15] 밤이 든 후의 가마을 쑬코 나와 바로 상방(上房)[16] 아궁의 드러가니라. ᄎᆞ시(此時)의 공이 ᄌᆞ다가 크게 쇼릐질으며 이러나거놀, 부인이 놀나 썃들고 무러 왈,

"상공은 엇지 이리 ᄒᆞ시나뇨?"[17]

공이 ᄃᆡ왈(對曰),

"ᄌᆞ리가 더웁기 맛치 불 갓트여 더여 버셔질 듯ᄒᆞ다."

ᄒᆞ고 부인의 ᄌᆞ리와 밧고와 누엇더니, 쏘ᄒᆞᆫ 젼(前)과 갓치 더운지라. 일시(一時)도 견ᄃᆡᆯ 길이 업셔 왼현[18]으로 나오니 방즁(房中)이 맛치 불의 듬 갓튼지라. 쏘 견ᄃᆡ지 못ᄒᆞ여 밧그로 방황(彷徨)ᄒᆞ다가 날이 ᄉᆡ논지라.

죠반(朝飯)을 먹으려 ᄒᆞᆫ즉 쓰거워 입의 ᄃᆡ 길이[19] 업셔 아모리 춘듸너허 식켜도 졈졈 더 더은지라. 종일(終日) 힐난(詰難)ᄒᆞ다가 쏘 셕반(夕飯)을 ᄃᆡ(對)ᄒᆞᄆᆡ, 그졔은 덥지 아니코 ᄎᆞ기 어름 갓튼지라. 인(因)ᄒᆞ여 졀곡(絶穀)ᄒᆞ고 ᄎᆞ야(此夜)롤 쏘 자려 ᄒᆞᆫ즉 쏘 여젼(如前)ᄒᆞᆫ지라.

이리ᄒᆞ기롤 삼ᄉᆞ(三四) 일(日)이 밋쳐 먹지도 못ᄒᆞ고 ᄌᆞ지도 못ᄒᆞ여 거의 쥭게 되여는지라. 그졔야 방울의 조환(造化ㄴ) 쥴 알고 가마의 가보니 가ᄆᆡ 밋치 쑤러지고 방울은 간ᄃᆡ업논지라. 즉시 나졸을 명(命)ᄒᆞ여,

"옥즁(獄中)의 가보고 오라."

ᄒᆞ엿더니, 회보(回報)ᄒᆞ되,

"그 방울이 옥문(獄門) 밋츨 쑬코 츌입(出入)ᄒᆞ며, 혹 실과(實果)도

---

15) [교감] 들어다가: 경판본 '드럿다가'.
16) 상방(上房): 사랑. 집의 안채와 떨어져 있는, 바깥주인이 거처하며 손님을 접대하는 곳.
17) [교감] ᄒᆞ시나뇨: 경판본 '놀나시ᄂᆞ뇨'.
18) 왼현: '외헌(外軒)'의 오기. 외헌은 사랑방을 뜻한다.
19) [교감] ᄃᆡ 길이: 경판본 '다힐 길히'.

물고 드러가기로 문틈으로 여어본[20]즉 오식치운(五色彩雲)이 옥즁의 둘너 잇기로 ᄉᆞ람을 볼 길이 업더이다."[21]

ᄒᆞ거놀, 부인이 ᄎᆞ언(此言)을 듯고 노흐믈 ᄌᆡ삼(再三) 권(勸)ᄒᆞ니, 공이 져기 ᄭᆡ닷고 즉시 막시를 방숑(放送)ᄒᆞ니 그제야 침식(寢食)이 여젼ᄒᆞᆫ지라. 쏘ᄒᆞᆫ 막시의 효ᄒᆡᆼ(孝行)을 듯고 부뷔 크게 뉘웃쳐 그 쵸막을 헐고 크게 집을 지어쥬고, 쏘 잡인(雜人)을 불입(不入)게 ᄒᆞ고,[22] 월름(月廩)[23]을 쥬어 막시의 일ᄉᆡᆼ(一生)을 평안(平安)케 ᄒᆞ더라.

20) 여어본: '엿본'의 옛말.
21) [교감] ᄉᆞ람을 볼 길이 업더이다: 경판본 '그 속의 ᄉᆞ람을 몰나볼너이다'.
22) [교감] 잡인을 불입게 ᄒᆞ고: 경판본 '경문을 셰워 잡인을 금ᄒᆞ고'.
23) 월름(月廩): 월급으로 주는 곡식.

방울이 족자를 하나 주고 사라지다

ᄎᆞ시(此時) 공이 뇌양의 온 후로 몸이 평안(平安)ᄒᆞ나 쥬야(晝夜)로 ᄒᆡ룡을 ᄉᆡᆼ각ᄒᆞ며 부인으로 더부러 슬허ᄒᆞ믈 마지아니ᄒᆞ더니, 부인이 일노 인ᄒᆞ여 침셕(枕席)의 위논ᄒᆞ여[1] ᄇᆡᆨ약(百藥)이 무효(無效)ᄒᆞᄆᆡ 공이 쥬야 병측(病側)을 ᄶᅧ나지 아니ᄒᆞ고 약(藥)ᄅᆞᆯ 맛보아 권(勸)ᄒᆞ더니, 일일은 부인니 공의 숀을 잡고 왈 눈믈을 흘니고,[2]

"니 ᄂᆡ 팔ᄌᆞ(八字) 기박(奇薄)ᄒᆞ여 ᄒᆞ낫 자식(子息)ᄅᆞᆯ 두엇다가 난즁(亂中)의 일코 지금ᄭᆞ지 명(命)을 보젼(保全)ᄒᆞ믄 요ᄒᆡᆼ(僥倖) ᄉᆡᆼ젼(生前)의 맛나볼가 ᄒᆞ엿더니, 십여 년이 되도록 ᄉᆞᄉᆡᆼ죤망(死生存亡)을 아지 못ᄒᆞ고 병입골슈(病入骨髓)ᄒᆞ여 명이 오날ᄲᅮᆫ이라. 구쳔(九泉)의 도라가도 눈을 감지 못ᄒᆞ리니, 바라건ᄃᆡ 상공은 기리 보즁(保重)ᄒᆞ옵시고 혹ᄌᆞ(或者) ᄒᆡ룡을 상봉(相逢)ᄒᆞ여 영광(榮光)을 보옵쇼셔."

1) [교감] 위논ᄒᆞ여: 경판본 '위독ᄒᆞ여'.
2) [교감] 왈 눈믈을 흘니고: 경판본 '눈물ᄅᆞᆯ 흘녀 왈'.

ᄒᆞ고 인ᄒᆞ여 명이 진(盡)ᄒᆞ니, 공이 쳔붕지탁(天崩地坼)[3]ᄒᆞ온 듯ᄒᆞ여 이통(哀痛)ᄒᆞ며 기절(氣絶)ᄒᆞᄆᆡ 좌우(左右) 붓드러 구호(救護)ᄒᆞ더니, 방울이 믄득 밧그로 좃ᄎᆞ 굴너들어와 부인 신쳬(身體) 압ᄒᆡ 안거놀, 모다 울음을 긋치고 보니 풀입 갓튼 거슬 무러다가 놋코 가ᄂᆞᆫ지라. 고이ᄒᆞ여 집어보니 나무입 갓튼 써다가 가늘게 쎳시되[4] 보은초(報恩草)라 ᄒᆞ엿거놀, 공이 ᄂᆡ심의,

'막시가 보은(報恩)ᄒᆞ도다.'

ᄒᆞ고 ᄃᆡ희(大喜)ᄒᆞ여 부인 입의 너흐니, 식경(食頃) 후의 부인이 몸을 운동(運動)ᄒᆞ고 도라눕거놀, 좌위(左右ㅣ) 슈족(手足)롤 쥬므으니 그졔야 숨을 ᄂᆡ여 쉬은지라. 공이 깃거 문병(問病)ᄒᆞ니, 부인이 답왈,

"ᄌᆞ고 나ᄆᆡ 경신(精神)이 씩씩ᄒᆞ무로"

ᄃᆡ답(對答)ᄒᆞ거놀, 공이 ᄃᆡ희ᄒᆞ여 방울의 슈말(首末)을 고(告)ᄒᆞ고 못ᄂᆡ 깃거ᄒᆞ믈 마지아니ᄒᆞ더라.

이후(以後)로붓터 부인의 병셰(病勢) 졈졈 평복(平復)[5]ᄒᆞ니, 부인이 하례(賀禮)코져 ᄒᆞ여 친(親)히 막시의 가셔 방울의 조화로 회싱(回生)ᄒᆞ온 은혜(恩惠)롤 만만사레(萬萬謝禮)ᄒᆞ고 결의형제(結義兄弟)ᄒᆞ엿더니, 그후로는 방울이 굴너 부인 압흐로 올거놀,[6] 공의 부뷔 ᄉᆞ랑ᄒᆞ여 놋치 아니ᄒᆞ니, 방울이 아온 다시 이리 안기며 져리 픔기여 영민(英敏)ᄒᆞ미 사람의 뜻ᄃᆡ로 ᄒᆞ니, 일홈을 지어 금녕(金鈴)이라 ᄒᆞ더라.

금녕이 밤이면 품쇽의 드러 ᄌᆞ고 나시면 졔집의 가니 졍(情)이 골육(骨肉)의 지나더니, 일일은 금녕이 나아가 무어슬 무러다 놋커놀, 공의 부뷔 고히 녁여 집어보니 ᄒᆞᆫ 족ᄌᆞ(簇子)러라. 아ᄒᆡ가 길가의셔 우은데

3) 천붕지탁(天崩地坼): 제왕의 죽음, 큰 재앙 등 중대한 사변을 비유적으로 이르는 말.
4) [교감] 나무입 갓튼 써다가 가늘게 쎳시되: 경판본 '나모입 갓튼 거시로ᄃᆡ 가늘게 써스되'.
5) 평복(平復): 병이 나아 건강이 회복됨.
6) 올거놀: '오거놀'의 오기.

ᄉᆞ면(四面)으로 도젹이 좇ᄎᆞ오고 부부(夫婦) 양인(兩人)은 ᄋᆞ히(兒孩)ᄅᆞᆯ 바리고 가은 고(故)로 그 ᄋᆞ히 도라보은 형상(形象)이오, 또 도젹 ᄌᆞᆼ ᄒᆞᆫ ᄉᆞ람이[7] 그 아희ᄅᆞᆯ 업고 촌가(村家)로 가은 형용(形容)이어ᄂᆞᆯ, 공이 긔림ᄅᆞᆯ 보고 눈물을 흘니며 왈,

"이은 분명 우리가 ᄒᆡ롱을 ᄇᆞ리고 온 형상이라."

ᄒᆞ고 슬허허믈 마지아니ᄒᆞ거ᄂᆞᆯ, 부인이 ᄎᆞ언(此言)을 ᄃᆞᆺ고 또ᄒᆞᆫ 울며 왈,

"비록 그러나 엇지 ᄉᆞᄉᆡᆼ(死生)을 알니잇고?"

공이 ᄃᆡ왈,

"사람이 업고 촌ᄌᆞᆼ(村中)으로 드러가은 형상이니, ᄉᆡᆼ각건ᄃᆡ 아모나 길으랴고 업어간가 ᄒᆞ거니와, 금녕이 신통ᄒᆞ여 우리 셔워ᄒᆞ믈 보고져 잇ᄂᆞᆫ 곳만 알게 ᄒᆞ미니 ᄎᆞ역쳔의(此亦天意)라."[8]

ᄒᆞ고 그 족ᄌᆞᄅᆞᆯ 침상(枕上)의 걸고 아니 셜워헐 ᄡᅵ 업더라.

일일은 금녕이 홀연 간ᄃᆡ업거ᄂᆞᆯ, 막시 울고 공긔 나ᄋᆞ와 금녕이 간ᄃᆡ업시믈 일우니, 공의 부뷔 ᄂᆞᆯ나며 또ᄒᆞᆫ 슬허 마지아니ᄒᆞ더라.

7) [교감] 또 도젹 ᄌᆞᆼ ᄒᆞᆫ ᄉᆞ람이: 경판본 '또 한 장ᄉᆔ'.
8) [교감] 우리 셔워ᄒᆞ믈~ᄒᆞ미니 ᄎᆞ역쳔의라: 경판본 '우리 셜워ᄒᆞ는 줄 알고 죽지 아닌 줄만 알게 ᄒᆞ고 그 잇는 곳은 가ᄅᆞ치지 아니ᄒᆞ니 ᄎᆞ역쳔읜가 ᄒᆞ노라'.

금선공주가 요괴에게 납치되다

각셜. 태죠(太祖) 고황뎨(高皇帝)[1] ᄒᆡᄂᆡ(海內)ᄅᆞᆯ 진졍(鎭靜)ᄒᆞᄆᆡ 치국지셩군(治國之聖君)이라. 부셰(賦稅)ᄅᆞᆯ 감(減)ᄒᆞ며 형벌(刑罰)을 낫쵸시니 ᄇᆡᆨ셩(百姓)이 즐거워 격양가(擊壤歌)ᄅᆞᆯ 화답(和答)ᄒᆞ더라.

황휘(皇后ㅣ) 늛게야[2] 옥쥬(玉主)[3]ᄅᆞᆯ 어드시니 ᄉᆡᆨ덕(色德)이 구비(具備)ᄒᆞ여 만고(萬古)의 무쌍(無雙)이라. 졈졈 ᄌᆞ라ᄆᆡ 효ᄒᆡᆼ(孝行)이 졀윤(絶倫)ᄒᆞ고 ᄇᆡᆨ현[4] 요요(姚姚)[5]ᄒᆞ여 ᄌᆡ죄 겸비(兼備)ᄒᆞ더라. 광음(光陰)이 훌훌ᄒᆞ여 십(十) 셰(歲)의 ᄆᆡᆺ쳐은 침어낙안지용(沈魚落雁之

1) 태조(太祖) 고황제(高皇帝): 명(明)나라 태조인 주원장(朱元璋, 1328~1398). 주원장은 홍건적에서 두각을 나타내어 각지 군웅들을 굴복시키고 명나라를 세웠으며, 원나라를 몽골로 몰아내고 중국의 한족(漢族) 왕조를 회복시켰다.
2) 늛게야: '늙게야'의 오기.
3) 옥주(玉主): '공주(公主)'의 높임말.
4) [교감] ᄇᆡᆨ현: 경판본 'ᄇᆡᆨᄐᆡ'.
5) 요요(姚姚): 아주 어여쁘고 아리따운 모습.

容)[6]과 폐월슈화지ᄐᆡ(閉月羞花之態)[7] 만고졀엄(萬古絶艶)이라. 상(上)과 휘(后ㅣ) 어로만지시며 ᄋᆡ지즁지(愛之重之)ᄒᆞᄉᆞ 궁호(宮號)[8]ᄅᆞᆯ 금션공쥬라 ᄒᆞ시더라.

ᄎᆞ시(此時)은 츈삼월(春三月) 망간(望間)이라. 황휘 공쥬(公主)와 시녀(侍女)ᄅᆞᆯ 다리시고 월ᄉᆡᆨ(月色)ᄅᆞᆯ ᄯᅴ워 후원(後苑)의 일으시니, ᄇᆡᆨ화(百花)은 만발(滿發)ᄒᆞ고 월ᄉᆡᆨ(月色)은 만졍(滿庭)이라. 화향(花香)은 습의(襲衣)ᄒᆞ고 슉조(宿鳥)[9]은 징명(爭鳴)이라. 옥슈(玉手)ᄅᆞᆯ 잇글고 금년(金蓮)[10]을 옴겨 셔원(西苑)의 올으ᄉᆞ 두루 구경ᄒᆞ시더니, 홀연(忽然) 셔남간(西南間)으로 ᄒᆞᆫ ᄶᅦ 구름이 일며 광풍(狂風)이 ᄃᆡ작(大作)ᄒᆞ고, ᄒᆞᆫ 고이헌 거시 입을 버리고 다라들거ᄂᆞᆯ 모다 업더져 기졀ᄒᆞ엿더니, 이윽고 굴음이 것치며 쳔지(天地) 명낭(明朗)ᄒᆞᆫ지라.

겨우 졍신(精神)ᄅᆞᆯ ᄎᆞ려 이러나보니 공쥬와 시녀들이 간ᄃᆡ업거ᄂᆞᆯ, ᄃᆡ경실ᄉᆡᆨ(大驚失色)ᄒᆞ여 두루 ᄎᆞ지되 형젹(形迹)이 업는지라. 즉시 상긔 고ᄒᆞᆫᄃᆡ 상이 ᄯᅩᄒᆞᆫ ᄃᆡ경ᄒᆞᄉᆞ 즉시 어림군(御臨軍)[11] 조발(調發)ᄒᆞ사 궐즁(闕中)을 ᄎᆞᆺ코 차지니 죵젹(蹤迹)이 업ᄂᆞᆫ지라. 휘 통곡(痛哭)ᄒᆞᄉᆞ 왈,

"이런 일이 쳔ᄒᆞ(天下)의 ᄯᅩ 잇시리오?"

ᄒᆞ시고 졀곡(絶穀)ᄒᆞ시며 쥬야(晝夜) ᄋᆡ통(哀痛)ᄒᆞ믈 마지아니시시니,

---

6) 침어낙안지용(沈魚落雁之容): 미인을 보고 물 위에서 놀던 물고기가 부끄러워서 물속 깊이 숨고 하늘 높이 날던 기러기가 부끄러워서 땅으로 떨어졌다는 뜻으로, 아름다운 여인의 용모를 이르는 말.

7) 폐월수화지태(閉月羞花之態): 꽃도 부끄러워하고 달도 숨는다는 뜻으로, 여인의 얼굴과 맵시가 매우 아름다움을 비유적으로 이르는 말.

8) 궁호(宮號): 조선 왕실에서 여성에게 붙였던 칭호. 주로 왕이 후궁에게 내린 칭호였다.

9) 숙조(宿鳥): 잠을 자거나 자려고 하는 새. '날아다니는 새'라는 뜻의 '숙조(翻鳥)'로 볼 수도 있다.

10) 금련(金蓮): 금으로 만든 연꽃이라는 뜻으로, 미인의 예쁜 걸음걸이를 비유적으로 이르는 말.

11) 어림군(御臨軍): 임금의 신변을 보호하는 군대.

상이 또ᄒᆞᆫ 망조(罔措)[12]ᄒᆞᄉᆞ 아모리 헐 쥴 모로시며, 이의 방(榜)을 붓쳐 이르시기를,

"공쥬를 ᄎᆞ져 밧치는 ᄌᆞ(者ㅣ) 잇시면 쳔ᄒᆞ를 반분(半分)ᄒᆞ고 부귀영화(富貴榮華)를 ᄒᆞᆫ가지로 ᄒᆞ리라."

ᄒᆞ엿더라.

12) 망조(罔措): 너무 당황하거나 급해 어찌할 줄 모르고 갈팡질팡함.

변씨 모자의 학대

차셜(且說).[1] 장숨이 히룡을 업고 다라나 여러 날 만의 고향(故鄕)의 도라오니, 그 쳐(妻) 변시 닉다라 반기며 왈,

"낭군(郎君)의 ᄉᆞᄉᆡᆼ(死生)을 아지 못ᄒᆞ여 쥬야로 침식(寢食)니 불평(不平)ᄒᆞ더니, 간밤의 일몽(一夢)을 어드니 그ᄃᆡ 용(龍)을 타고 드러오기로 ᄉᆡᆼ각건ᄃᆡ, '그ᄃᆡ 불ᄒᆡᆼ(不幸)ᄒᆞ미 잇ᄂᆞᆫ가?' ᄒᆞ엿더니, 오늘날 ᄉᆞ라셔 볼 쥴 엇지 뜻ᄒᆞ여시리오?"

ᄒᆞ고 히룡을 가르쳐 왈,

"ᄎᆞ아(此兒)을 어ᄃᆡ셔 어더오뇨?"

장숨 왈,

"여ᄎᆞ여ᄎᆞᄒᆞ엿노라."

ᄒᆞ니 변시 기거ᄒᆞᄂᆞᆫ 체ᄒᆞ나 심즁(心中)의 불열(不悅)ᄒᆞ여 ᄒᆞ더라.

변시 늣도록 ᄉᆞ쇽(嗣續)[2]이 업다가 우연(偶然) ᄐᆡ기(胎氣) 잇셔 십삭

1) [교감] 차셜: 경판본 '션시의'.

2) 사속(嗣續): 대를 이음. 또는 대를 이을 아들.

(十朔)이 되ᄆᆡ 아들을 나흐니, 장ᄉᆞᆷ이 ᄃᆡ희ᄒᆞ여 일홈을 소룡(小龍)이라 ᄒᆞ다.

쇼룡이 졈졈 ᄌᆞ라 칠(七) 셰의 밋쳐은 약간 ᄌᆡ뫼(才貌ㅣ) 이시나, 엇지 ᄒᆡ룡의 반악(潘岳)[3]헌 용모와 헌헌(軒軒)[4] 풍도(風度)며 어위친[5] 도량(度量)을[6] 엇지 밋치리오? 둘이 글을 ᄇᆡ호ᄆᆡ ᄒᆡ룡은 ᄒᆞᆫ ᄌᆞ(字)을 알아 열 ᄌᆞᄅᆞᆯ 통(通)ᄒᆞ여 십 셰 안의 문장(文章)을 일우ᄂᆞᆫ지라.

삼은 어진 ᄉᆞ람이라 ᄒᆡ룡을 친ᄌᆞ(親子)의 더ᄒᆞ게 ᄉᆞ랑ᄒᆞᄆᆡ, 변시 ᄆᆡ양(每樣) 시기(猜忌)ᄒᆞ여 쇼용(小龍)을 장삼이 보ᄂᆞᆫ ᄃᆡ은 ᄌᆞ로 치니, 장ᄉᆞᆷ이 ᄆᆡ양 변시 어지지 못ᄒᆞ믈 ᄒᆞᆫ(恨)ᄒᆞ더라.

ᄒᆡ룡이 졈졈 ᄌᆞ라 십ᄉᆞᆷ(十三) 셰의 일으러 영풍쥰일(英風俊逸)ᄒᆞ미 ᄐᆡ양(太陽)이 그 빗출 일코, 헌헌헌 도량은 창ᄒᆡ(滄海)ᄅᆞᆯ 뒤치ᄂᆞᆫ 듯ᄒᆞ고, 말고 빗나며 놉고 ᄲᆡ혀나며 엇지 범ᄋᆞ(凡兒)의 비(比)ᄒᆞ리오?

이ᄯᆡ 변시 시기지심(猜忌之心)이 날노 더ᄒᆞ여 ᄇᆡᆨ(百) 가지로 모ᄒᆡ(謀害)ᄒᆞ며 ᄂᆡ치려 ᄒᆞ되, 장ᄉᆞᆷ은 듯지 아니ᄒᆞ고 더욱 ᄉᆞ랑ᄒᆞ여 일시(一時)ᄅᆞᆯ ᄯᅥ나지 아니ᄒᆞ고 ᄋᆡ지즁지(愛之重之)ᄒᆞ니, 이러무로 ᄒᆡ룡의 몸을 보젼(保全)ᄒᆞ며 공슌(恭順)ᄒᆞ여 장ᄉᆞᆷ을 지극히 셤기니, 인니친쳑(隣里親戚)이 층찬(稱讚) 아니ᄒᆞ리 업더라.

ᄌᆞ고(自古)로 영웅군ᄌᆡ(英雄君子ㅣ) ᄯᆡᄅᆞᆯ 만나지 못ᄒᆞ면 쵸야(草野)의 전(轉)ᄒᆞ미[7] 고금(古今)의 상ᄉᆞ(常事)라. 장ᄉᆞᆷ이 홀연 득병(得病)ᄒᆞ여 ᄇᆡᆨ약(百藥)이 무효(無效)ᄒᆞ니, ᄉᆡᆼ(生)이 쥬야로 지극지셩(至極至誠) 구효[8]ᄒᆞ되 조금도 ᄎᆞ되(差度ㅣ) 업고 졈졈 날노 더헌지라. 장ᄉᆞᆷ

3) 반악(潘岳, 247~300): 중국 서진(西晉)의 문인. 미남이어서 미남의 대명사로도 쓴다.
4) 헌헌(軒軒): 풍채가 당당하고 빼어난 모양.
5) 어위친: 넓은.
6) [교감] 반악헌 용모와 헌헌 풍도며 어위친 도량을: 경판본 '반악의 풍도와 어위친 도량을'.
7) [교감] 쵸야의 전ᄒᆞ미: 경판본 '몸이 몬져 곤ᄒᆞ믄'.
8) 구효: '구호(救護)'의 오기.

이 맛촘닉 이지 못헐 쥴 알고 싱의 손을 잡고 낙누(落淚) 왈,

"닉 명(命)은 오날뿐이라. 엇지 쳔윤지졍(天倫之情)[9]을 기이[10]리요?[11] 닉 너을 난즁(亂中)의셔 어드믹 기골(氣骨)이 비상(非常)키로 업고 도망ᄒᆞ여 문호(門戶)를 빗닐가 ᄒᆞ엿더니, 불힝(不幸)ᄒᆞ여 쥭게 되니 엇지 눈를 감으며 너를 이즈리오? 변시은[12] 어지지 못ᄒᆞ믹 나 쥭은 후의 반다시 너를 히(害)코져 ᄒᆞ리니, 보신지칙(保身之策)은 네게 잇ᄂᆞ니 삼가 조심ᄒᆞ라. 또ᄒᆞᆫ 장뷔(丈夫ㅣ) ᄉᆞ쇼(些少) 혐의(嫌疑)를 두지 아니ᄒᆞ나니, 쇼룡이 비록 불초(不肖)ᄒᆞ나 나의 기츌(己出)이니 ᄇᆞ라건딕 거두어쥬기를 ᄇᆞ라나니, 닉 지ᄒᆞ(地下)의 도라나 무ᄒᆞᆫ(無恨)이라."[13]

ᄒᆞ고, 또 변시 모ᄌᆞ(母子)을 불너 안치고 왈,

"닉 명은 오날뿐이라. 나 쥭은 후라도 히룡을 각별(各別) 무ᄋᆡ(撫愛)하여 소룡과 달으미 업게 ᄒᆞ라."

ᄒᆞ고,

"ᄎᆞᄋᆡ(此兒ㅣ) 반다시 타일(他日) 귀(貴)히 되리니 기리 영화(榮華)를 보리니, 오날 닉 말을 져ᄇᆞ리지 말ᄂᆞ."

ᄒᆞ고 말을 맛치며 쥭으니, 히룡이 ᄋᆡ통ᄒᆞ믈 마지아니ᄒᆞ니 보ᄂᆞᆫ ᄉᆞ람이 감탄(感歎) 아니 리 업더라.

상녜(喪禮)를 갓쵸와 션산(先山)의 안장(安葬)하고 도라오니 일신(一身)을 의지(依支)헐 딕 업ᄂᆞᆫ지라. 쥬야 ᄋᆡ통이러니, ᄎᆞ시(此時)를 당(當)ᄒᆞ믹 변시 싱(生)을 박딕(薄待)ᄒᆞ미 날노 더ᄒᆞ여 의복(衣服)과 음

9) 천륜지정(天倫之情): 부자, 형제 사이에서 마땅히 지켜야 할 정.
10) 기이다: 어떤 일을 숨기고 바른대로 말하지 않다.
11) [교감] 쳔윤지졍을 기이리요: 경판본, '너의 텬눈을 긔이리오'.
12) [교감] 변시은: 경판본 '변시 모ᄌᆡ'.
13) [교감] 쇼룡이 비록~도라나 무ᄒᆞᆫ이라: 경판본 '소룡이 비록 불쵸ᄒᆞ나 나의 골육이라 ᄇᆞ라건딕 거두어 ᄇᆞ리지 말면 디하의 가도 여한이 업시리로다'.

식(飮食)을 제ᄊᆡ의 쥬지 아니ᄒᆞ고, 낫지면 밧 갈이기와 논ᄆᆡ기며 쇼도 먹이며 기음도 ᄆᆡ이며 나무도 버혀 ᄌᆞᆷ시도 놀이지 아니ᄒᆞ고 쥬야로 보ᄎᆡᄆᆡ 일시도 편히 슈이지 못ᄒᆞ니, ᄉᆡᆼ이 더욱 공근(恭勤)ᄒᆞ여 조금도 ᄒᆡᄐᆡ(懈怠)ᄒᆞ미 업시ᄆᆡ 자연이 용뫼(容貌ㅣ) 초최(憔悴)ᄒᆞ여 기ᄒᆞᆫ(飢寒)을 이기지 못ᄒᆞ더라.

ᄎᆞ시은 융동설한(隆冬雪寒)[14]이라. 변시은 쇼룡으로 더부러 더운 방의셔 ᄌᆞ고 ᄒᆡ룡은 방아질ᄒᆞ라 ᄒᆞ니, ᄒᆡ룡이 헐일업셔 종야(終夜)토록 방아질ᄒᆞ□□[15] 홋것 입은 아ᄒᆡ(兒孩ㅣ) 엇지 한긔(寒氣)를 견ᄃᆡ리오? 치우믈 이기지 못하여 ᄌᆞᆷ간 제 방의 드러가 쉬오려 ᄒᆞᄆᆡ 셜풍(雪風)은 드리치고 덥흘 거시 업ᄂᆞᆫ지라. 곱숑그려[16] 업ᄃᆡ여시니[17] 홀연 방쇽이 밝기 낫 갓튼지라. 여름갓치 더워 일신(一身)의 ᄯᆞᆷ이 나거놀, ᄉᆡᆼ이 일변(一邊) 놀나고 일변 고이히 넉여 즉시 이러나 ᄌᆞ셔이 살펴본즉 오히려 동방(東方)이 미ᄀᆡ(未開)ᄒᆞ엿ᄂᆞᆫᄃᆡ ᄇᆡᆨ셜(白雪)이 ᄯᅳᆯ의 가득ᄒᆞ엿거놀, 방아간의 나아가보니 밤의 못다 ᄶᅵ은 거시 다 지여 그릇세 담겨 잇거놀 크게 의심(疑心)ᄒᆞ고 고이히 역여 방으로 도라오니 젼(前)과 갓치 밝고 더운지라.

아모리 ᄉᆡᆼ각ᄒᆞ여도 의심이 업시 못ᄒᆞ여 두로 살피니, 침상(寢牀)의 이젼(以前) 업던 북만ᄒᆞᆫ 방울 갓ᄒᆞᆫ 것시 노혓거놀, ᄉᆡᆼ이 잡으려 ᄒᆞᆫ즉 이리 ᄆᆡᆺ근 다라나고 져리 ᄆᆡᆺ근 다라나니 요리 굴고 됴리 굴너 ᄌᆞᆸ히지 아니ᄒᆞᄂᆞᆫ지라.[18] ᄯᅩᄒᆞᆫ 놀나고 신통이 역여 ᄌᆞ셔이 보니 금빗치 방즁

14) 융동설한(隆冬雪寒): 눈이 오고 몹시 추운 겨울.
15) [교감] 종야토록 방아질ᄒᆞ□□: 경판본 '밤늣도록 방아를 씻ᄐᆞ가'.
16) 곱송그려: 몸을 잔뜩 움츠려.
17) [교감] 곱숑그려 업ᄃᆡ여시니: 경판본 '공송그려 업듸엿더니 잠을 ᄭᆡ여보니'.
18) [교감] ᄉᆡᆼ이 잡으려~ᄌᆞᆸ히지 아니ᄒᆞᄂᆞᆫ지라: 경판본 '잡으려 ᄒᆞ면 이리 다라나고 져리 구울너 잡히지 아니ᄒᆞ는지라'.

의 가득ᄒᆞ고 움작일 젹마당 향취(香臭) 옹비(擁鼻)[19]ᄒᆞ더라.[20] ᄉᆡᆼ이 ᄉᆡᆼ각ᄒᆞᄆᆡ,

'이거시 반다시 무심(無心)치 아니ᄒᆞᆫ 일이니 ᄂᆡ두(來頭)ᄅᆞᆯ 보리라.'

ᄒᆞ고 ᄂᆡ심의 깃거ᄒᆞ더니, 기한의 골몰(汨沒)ᄒᆞ여 몸이 ᄎᆞ지 아니ᄒᆞ고 젹이 방심(放心)ᄒᆞ더니 곤(困)ᄒᆞᄆᆡ 잠을 늣도록 ᄌᆞ더니,[21] 이ᄣᆡ[22] 변시 모ᄌᆡ(母子ㅣ) 치워 잠을 ᄌᆞ지 못ᄒᆞ고 썰며 안졋다가 날이 님의 ᄇᆞᆰ으ᄆᆡ 나아가보니, 젹셜(積雪)이 집을 두루 덥혀ᄂᆞᆫᄃᆡ ᄒᆞᆫ풍(寒風)은 얼골을 ᄭᆞᆨᄂᆞᆫ 듯ᄒᆞ여 ᄉᆞ람의 몸을 운동(運動)키 어려온지라. 변시 ᄉᆡᆼ각ᄒᆞ되,

'ᄒᆡ룡이 필경(畢竟) 어러 쥭어시리라.'

ᄒᆞ고 ᄉᆡᆼ을 불으니 ᄃᆡ답이 업ᄂᆞᆫ지라. 아마도 쥭엇도다 ᄒᆞ고 눈을 헛치고 나아와 문틈으로 여어보니 ᄉᆡᆼ이 벌거벗고 좀을 드러 ᄭᆡ오지 아냣거ᄂᆞᆯ,[23] 놀나 ᄭᆡ오려 ᄒᆞ다ᄀᆞ ᄌᆞ셔이 보니 텬상텬하(天上天下)의 ᄇᆡᆨ셜이 가득ᄒᆞ되 오족 외현집[24] 우ᄒᆡᄂᆞᆫ 일졈(一點) 눈이 업고 거문 ᄀᆡ운(氣運)이[25] 연기(煙氣)갓치 이러나니, 이 엇진 일고 ᄒᆞ회(下回) 분셕(分析)ᄒᆞ라.

셰(歲) 무술(戊戌) 유월일(六月日) 향슈동 셔(書)

---

19) 옹비(擁鼻): 냄새나 향이 강해 코를 찌름.

20) [교감] ᄯᅩᄒᆞᆫ 놀나고~향취 옹비ᄒᆞ더라: 경판본 '놀나 ᄌᆞ셔히 보니 금빗치 방즁의 조요ᄒᆞ고 오ᄉᆡᆨ 은졈이 잇고 움작일 젹마다 향취 옹비ᄒᆞ는지라'.

21) [교감] 기한의 골몰ᄒᆞ여~늣도록 ᄌᆞ더니: 경판본 'ᄀᆡ한의 골몰ᄒᆞ다가 몸이 칩지 아니ᄆᆡ 도로 잠을 드러 늣도록 ᄌᆞ더니'.

22) [교감] 이ᄣᆡ: 경판본 '그ᄂᆞᆯ'.

23) [교감] 벌거벗고 좀을 드러 ᄭᆡ오지 아냣거ᄂᆞᆯ: 경판본 '벌거벗고 잠을 드럿거ᄂᆞᆯ'.

24) [교감] 외현집: 경판본 '외헌집'.

25) [교감] 거문 ᄀᆡ운이: 경판본 '더운 ᄀᆡ운이'.

해룡이 방울의 도움으로 살아나다

변시 놀나와 쇼룡다려 이런 말을 일오며 왈,

"하, 이상□□□□□□ 거동(擧動)을 보ᄌᆞ."

ᄒᆞ엿더니,[1] 믄득 ᄒᆡ룡 놀나 ᄭᆡ여 드러와 변시긔 문후(問候)헌 후의 비ᄅᆞᆯ 잡고 눈을 쎨여 헐 ᄉᆡ, 홀연 일진광풍(一陣狂風)이 이러나며 ᄇᆞᆫ(半) 시각(時刻)이 못 되여 눈을 다 쓰러ᄇᆞ리고 광풍이 것치ᄂᆞᆫ지라. ᄒᆡ룡은 임의 짐작(斟酌)ᄒᆞ되 변시은 더욱 신통이 역여 마음의 ᄉᆡᆼ각ᄒᆞ되,

'ᄒᆡ룡이 분명 요술(妖術)을 부려 사람을 속이ᄂᆞᆫ도다. 만약 오래 두어다가은 ᄃᆡ홰(大禍ㅣ) ᄂᆡ리라.'

ᄒᆞ고 아모조록 죽여 업실 의사(意思)ᄅᆞᆯ ᄂᆡ여 틈을 어더 ᄒᆡ(害)헐 묘ᄎᆡᆨ(妙策)ᄅᆞᆯ ᄉᆡᆼ각다가 ᄒᆞᆫ 계교(計巧)ᄅᆞᆯ 엇고 ᄒᆡ룡을 불러 왈,

1) [교감] 하 이상□□□□□□ 거동을 보ᄌᆞ ᄒᆞ엿더니: 경판본 '하 이샹ᄒᆞ니 하는 거동을 보ᄌᆞ ᄒᆞ더니'.

"가군(家君)이 도라가ᄆᆡ 가산(家産)이 졈졈(漸漸) 탕ᄑᆡ(蕩敗)ᄒᆞ문 너도 ᄯᅩᄒᆞᆫ 보온 ᄇᆡ라. 우리집 젼장(田莊)이 구호동의 잇더니, 근ᄂᆡ(近來)의은 호환(虎患)니 ᄌᆞ죠 잇셔 ᄉᆞ람을 상(傷)ᄒᆞ기로 폐장(廢庄)이 된 지 ᄒᆞ마 슈십여(數十餘) 년(年) 된지라. 이졔 그 ᄯᆞ흘 다 일오혀면 너ᄅᆞᆯ 장가(丈家)도 드리고 우리도 ᄯᅩᄒᆞᆫ 네 덕(德)의 죠히 잘살면 엇지 아니 깃부리오마은, 너ᄅᆞᆯ 위지(危地)의 보ᄂᆡ면 힝혀 후회(後悔) 잇슬가 ᄒᆞ노라."

ᄒᆞ니, ᄒᆡ룡이 흔연(欣然)이 허락(許諾)ᄒᆞ고 이의 장기[2]ᄅᆞᆯ 슈습(收拾)ᄒᆞ여 가지고 가려 ᄒᆞ거ᄂᆞᆯ 변시 짐짓 말이ᄂᆞᆫ 쳬ᄒᆞ니, ᄉᆡᆼ이 웃고 왈,

"인명(人命)이 ᄌᆡ텬(在天)ᄒᆞ니 엇지 즘ᄉᆡᆼ의게 ᄒᆡ(害)ᄅᆞᆯ 보리오?"

ᄒᆞ고 표연(飄然)이 갈 ᄉᆡ, 변시 문밧게 나와 니로ᄃᆡ,

"슈히 잘 단여오라."

당부(當付)ᄒᆞᄂᆞᆫ지라. ᄒᆡ룡이 ᄃᆡ답고 구호동의 드러가니 ᄉᆞ면(四面)이 졀벽(絶壁)이오, 그 ᄉᆞ이의 젹은 들이 잇ᄂᆞᆫᄃᆡ 초목(草木)이 가장 무셩(茂盛)ᄒᆞ여시ᄆᆡ 등나(藤蘿)[3]ᄅᆞᆯ 붓들고 드러가니, 다만 호표(虎豹)·시랑(豺狼)의 ᄌᆞ최ᄲᅮᆫ이오, 인젹(人跡)은 아죠 업ᄂᆞᆫ지라. ᄒᆡ룡이 조금도 두리워 하니ᄒᆞ고 옷슬 벗고 잠간 쉬오더니, 날이 셔산(西山)의 몰(沒)커져 ᄒᆞ거ᄂᆞᆯ 드러 밧츨 두어 이랑을 갈더니, 홀연 ᄃᆡ풍(大風)이 일고 모ᄅᆡ 날이며 문득 산상(山上)으로좃ᄎᆞ 니마 ᄒᆞᆫ[4] 갈범이 쥬홍(朱紅) ᄀᆞᆺ튼 입을 버리고 다라들거ᄂᆞᆯ, ᄒᆡ룡이 정신을 진정(鎭靜)ᄒᆞ여 졍(正)히 햐슈(下手)[5]코져 ᄒᆞ더니, ᄯᅩ 셔편(西便)으로좃ᄎᆞ ᄃᆡ회(大虎ㅣ) 쇼ᄅᆡᄅᆞᆯ 병역(霹靂)ᄀᆞᆺ치 지르고 다라들거ᄂᆞᆯ ᄒᆡ룡이 졍히 위급(危急)ᄒᆞ

2) 장기: '쟁기'의 오기.
3) 등라(藤蘿): 등나무의 넝쿨.
4) [교감] 니마 ᄒᆞᆫ: 경판본 '니마 흰'
5) 하수(下手): 손을 대어 상대를 죽임.

더니, 홀연 등뒤로셔 금방울이 닉다라 훈 번식 밧으니[6] 그 범이 쇼릐롤 질으고 드라들거놀, 방울이 나은 다시 연(連)흐여 밧으니 두 범이 다 것구러지더라.

히룡이 다라드러 두 범을 죽이고 본즉, 방울이 번긔곳치 구을너단니며 훈 시각이 못흐여 그 널은 밧츨 다 갈랏거놀, 싱이 긔특(奇特)이 역여 금녕의게 무슈히 스례흐고, 이의 죽인 범을 잇글고 산의 나려오며 도라보니 금녕이 간 곳지 업더라.

니씨 변시 히룡을 구호동 스지(死地)의 보닉고 싱각흐기롤,

'졔 반다시 죽어스리라.'

흐고 들며나며 가장 깃거흐더니, 문득 밧기 들네며 사람의 요란(搖亂)이 지져괴은지라. 변시 급히 나아가보니 싱이 큰 범 두을 잇글고 왓는지라. 변시 딕경흐여 무스(無事)히 잘 단여오믈 층찬흐고, 쏘흔 큰 범 잡으믈 깃거흐는 쳬흐며 이르되,

"일즉 쉬라."

흐니, 싱이 불감층스(不堪稱辭)[7]흐고 이의 졔 방으로 드러가니 방울이 먼져 와 잇더라.

츳야(此夜)의 변시 쇼룡으로 더부러 죽은 범을 가지고 부로 관가(官家)의 드러가니, 지현(知縣)이 보고 딕경(大驚)흐여 왈,

"네 져런 큰 범을 어딕 가셔 잡아왓나뇨?"

변시 딕왈,

"맛춤 호 돗의 치엿기로 잡아 밧치나니이다."

지현이 딕희흐여 층찬흐고, 즉시 젼문(錢文)[8] 이십(二十) 관(貫)[9]을 닉

6) [교감] 밧으니: 경판본 '브드니'.
7) 불감칭사(不堪稱辭): 칭찬을 감당하지 못함.
8) 전문(錢文): 돈.
9) 관(貫): 예전에, 엽전을 묶어 세던 단위. 1관은 엽전 열 꾸러미로 100냥이다.

여 상급(賞給)으로 쥬니, 변시 밧아가지고 노라오되 쇼룡을 당부(當付)ᄒᆞ되,

"향혀 이런 말을 ᄂᆡ지 말나."

ᄒᆞ고 쌜이 오더니, 동방(東方)이 오히려 붉지 아니ᄒᆞ엿더라. 졍히 고ᄀᆡ롤 너머오더니, 문득 ᄒᆞᆫ쩨 강도(强盜) 등이 ᄂᆡ다라 시비곡직(是非曲直)을 뭇지 아니ᄒᆞ고 변시 모ᄌᆞ(母子)을 동혀ᄃᆞ가 나무 ᄭᅳᆺ희 놉히 ᄆᆡ여 달고 가진 돈니며 의복(衣服)을 벗겨가지고 다라나거ᄂᆞᆯ, 변시 벌거벗고 알몸으로 남긔 달이여 아모리 버셔나려 ᄒᆞᆫ들 엇지 득ᄒᆞ리오? 니ᄂᆞᆫ 변시의 심ᄉᆡ(心事ㅣ) 불측(不測)ᄒᆞ기로 무이[10] 역여 ᄯᅩᄒᆞᆫ 금녕의 신통으로 이런 쳔ᄋᆡᆨ(天厄)을 밧으니, ᄃᆡ져 금녕의 신기(神奇)ᄒᆞ미 여ᄎᆞ(如此)하더라.

ᄎᆞ시의 ᄉᆡᆼ이 ᄌᆞᆷ을 ᄭᆡ여 드러와보니 변시와 쇼룡이 업거ᄂᆞᆯ, 두로 ᄎᆞ지ᄆᆡ 범죠ᄎᆞ 업ᄂᆞᆫ지라. 이의 ᄃᆡ경ᄒᆞ여 두로 ᄎᆞᆺ더니, 길의 왕□□□□□[11] 가며 셔로 말ᄒᆞ되,

"엇던 도젹(盜賊)이 ᄉᆞ람을 벌겨벗겨 나무의 달아더라."

ᄒᆞ거ᄂᆞᆯ, ᄉᆡᆼ이 차언(此言)롤 듯고 의ᄋᆞ(疑訝)ᄒᆞ여 ᄇᆞᆺ비 가셔 보니, 변시 모ᄌᆡ 벌거벗고 나무의 놉히 달여ᄂᆞᆫ지라. ᄉᆡᆼ이 니롤 보고 놀나 남긔 올나가 글너 ᄂᆡ여 업고 도라오니, 변시 모ᄌᆡ 엇지 무참(無慘)치 아니리오마은 무상(無狀)이 역이니, 이은 ᄉᆡᆼ의 ᄋᆡᆨ(厄)이 당두(當頭)ᄒᆞ미라.

10) 무이: '밉게'의 옛말.
11) [교감] 왕□□□□□: 경판본 '왕ᄂᆡᄒᆞ는 ᄉᆞ람이'.

소룡 대신 옥에 갇힌 해룡

ᄎᆞ시 금녕의 신통이 무량(無量)ᄒᆞ여 ᄉᆡᆼ이 더욱 ᄒᆞ절(夏節)을 당(當)ᄒᆞ면 셔늘ᄒᆞ게 ᄒᆞ고 치워ᄒᆞ면 덥게ᄒᆞᄆᆡ 어려온 일이 잇시면 업ᄉᆡ여쥬니, ᄉᆡᆼ이 마음을 금녕의게 붓쳐 셰월(歲月)을 보ᄂᆡ더니, 이ᄣᆡ 쇼룡이 나ᄀᆞ 놀다가 살인(殺人)ᄒᆞ고 들어와 일우거ᄂᆞᆯ,[1] 변시 ᄃᆡ경ᄒᆞ여 아모리 헐 쥴 모로더니, 범 갓튼 관ᄎᆡ(官差ㅣ)[2] 등이 ᄃᆞ라들어 쇼룡을 잡ᄋᆞ가려 ᄒᆞ거ᄂᆞᆯ, 변시 쇼룡을 감초고 이의 ᄂᆡ다라 ᄉᆡᆼ을 갈오쳐 왈,

"네가 ᄉᆞ람을 쳐셔 쥭이고 모로ᄂᆞᆫ 쳬ᄒᆞ여 어린 동ᄉᆡᆼ의게 미로고져 ᄒᆞᄂᆞᆫ다?"

ᄒᆞ고 발악(發惡)이 무썅(無雙)ᄒᆞ거ᄂᆞᆯ, ᄉᆡᆼ이 ᄉᆡᆼ각ᄒᆞᄃᆡ,

'ᄂᆡ 발명(發明) 곳 ᄒᆞ면 쇼룡이 반다시 쥭을 거시니, 져ᄂᆞᆫ 앗갑지 아니ᄒᆞ나 공의 후ᄉᆡ(後嗣ㅣ) ᄀᆞᆺ쳐질 거시ᄆᆡ ᄂᆡ 참아 엇지ᄒᆞ리오? ᄂᆡ 쥭

1) [교감] 일우거ᄂᆞᆯ: 경판본 '니ᄅᆞ거ᄂᆞᆯ'.
2) 관차(官差): 관아에서 파견하던 군뢰(軍牢), 사령(使令) 따위의 아전.

어 ᄒᆞ나흔 양휵(養慉)ᄒᆞ던 은혜를 갑고, ᄒᆞ나흔 장공의 임종(臨終) 시(時) 유언(遺言)을 져바리지 아니ᄒᆞ리라.'

ᄒᆞ고 이의 ᄂᆡ다라 이로ᄃᆡ,

"살인ᄒᆞᆫ ᄉᆞ롬은 곳 ᄂᆡ니, 져 쇼룡은 ᄋᆡᄆᆡ(曖昧)ᄒᆞ니라."

ᄒᆞᆫᄃᆡ, ᄎᆡᄉᆞ(差使)[3] 등이 다시 뭇지 아니ᄒᆞ고 ᄒᆡ룡을 잡아다가 관졍(官庭)의 ᄭᅳᆯ니고 다짐을 두라 ᄒᆞᄂᆞᆫ지라. ᄒᆡᆼ룡[4]이 흔연(欣然)니 다짐을 두니, 이ᄃᆡ로 문셔(文書)를 ᄆᆡᆫ들고 ᄉᆡᆼ을 큰 칼 씨워 옥즁(獄中)으로 나리울 ᄉᆡ, ᄉᆡᆼ의 일신(一身)의 금광(金光)이 옹위(擁衛)ᄒᆞ여 가거ᄂᆞᆯ, 지현니 보고 고히이 여겨 밤의 ᄉᆞ롬으로 ᄒᆞ여금,

"옥즁의 가셔 보고 오라."

ᄒᆞ니, 이윽고 도라와 보(報)ᄒᆞ되,

"죄인(罪人)니 잇ᄂᆞᆫ ᄃᆡᄂᆞᆫ[5] 어두어 보지 못ᄒᆞ고 ᄒᆡ룡이 잇ᄂᆞᆫ ᄃᆡᄂᆞᆫ 화광(火光) 갓튼 거시 빗최여 명낭(明朗)ᄒᆞ기로 자시[6] 본즉, ᄒᆡ룡이 비록 칼을 쓰고 옥즁의 갓치여 잇스나 비단 니불을 덥고 누어 ᄌᆞ더이다."

지현니 이 말 듯고 신긔히 너겨 각별(各別) 살피더니, ᄃᆡ져 이 고을 법(法)은 살인 죄인(罪人)을 오(五) 일(日)의 일ᄎᆞ(一次)식 즁형(重刑)으로 다ᄉᆞ려 가두ᄂᆞᆫ 법이러라. 이러므로 오 일만의 모든 죄인을 ᄂᆡ여다가 각각 즁형을 더ᄒᆞ고 ᄉᆡᆼ은 나종 쳐치(處置)ᄒᆞ려 ᄒᆞ더니, 잇ᄯᅵ 지현니 늣게야 일ᄌᆞ(一子)를 두엇시ᄆᆡ ᄉᆞ랑이 기지업셔 금년(今年)니 솜셰(歲)라. 장즁보옥(掌中寶玉)갓치 ᄋᆡ즁(愛重)ᄒᆞ여 숀 밧게 ᄂᆡ여놋치 아니ᄒᆞ고 귀(貴)ᄒᆞ미 짝이 업시 녀기더니, ᄎᆞ일(此日) 맛참 지현니 아

3) 차사(差使): 고을 원이 죄인을 잡으려고 내보내던 관아의 하인.
4) ᄒᆡᆼ룡: 'ᄒᆡ룡'의 오기.
5) [교감] 죄인니 잇ᄂᆞᆫ ᄃᆡᄂᆞᆫ: 경판본 '다른 죄인 잇는 ᄃᆡ는'.
6) 자시: '자세히'의 방언.

ᄌᆞ(兒子)를 압ᄒᆡ 안치고 ᄉᆡᆼ을 치더니, 형장(刑杖)이 ᄂᆞ려지ᄂᆞᆫ 족족 그 아ᄒᆡ 간간이 울며 긔졀(氣絶)ᄒᆞᄂᆞᆫ지라. 지현ᄂᆡ 그 거동(擧動)을 보고 황황(遑遑)ᄒᆞ여[7] 이ᄅᆞ기를,

"형장을 그만 긋치라."

ᄒᆞᆫ즉, 그 아ᄒᆡ 여젼(如前)니 웃고 노ᄂᆞᆫ지라. 지현니 크게 겁(怯)ᄒᆞ며 의심(疑心)ᄒᆞ며 ᄉᆡᆼ의 쓰든 칼을 아조 벗기고 헐ᄒᆞ게 가두어 감히 다시 치기를 긋치고 그져 두엇두엇더니,[8] 이러구러 슈삭(數朔)이 지ᄂᆡ미 겨울이 되어는지라.

변시 ᄒᆡ룡의 죠셕(朝夕)을 이어쥬지 아니ᄒᆞ여도 ᄉᆡᆼ이 죠금도 쥬려 ᄒᆞᄂᆞᆫ 빗치 업더니, 일일은 지현니 부인으로 더브러 아ᄌᆞ(兒子)를 압ᄒᆡ 누이고 ᄌᆞ다가 문득 ᄭᆡ여본즉 아ᄒᆡ 간ᄃᆡ업ᄂᆞᆫ지라. ᄂᆡ외(內外) 진동(振動)ᄒᆞ여 가인(家人)으로 ᄒᆞ여금 두로 차지되 죵젹(蹤迹)이 업거늘, 지현과 부인니 창황망즁(蒼黃忙中)[9]ᄒᆞ여 쳔지(天地)를 불으며 실혼(失魂)ᄒᆞᆫ ᄉᆞ람ᄀᆞᆺ치 되여 방방곡곡(坊坊曲曲)이 ᄉᆞ롬을 노와 찻더니, 문득 옥졸(獄卒)이 급(急)히 드러와 고(告)ᄒᆞ여 왈,

"옥즁의셔 아ᄒᆡ 우름쇼ᄅᆡ 나니 가장 고이(怪異)ᄒᆞ여이다."

ᄒᆞ거ᄂᆞᆯ, 지현이 ᄎᆞ언(此言)를 듯고 ᄃᆡ경ᄒᆞ여 젼지도지(顚之倒之)[10]히 옥즁의 나아가보니, ᄌᆞ긔(自己) 아ᄌᆡ(兒子ㅣ) ᄉᆡᆼ의 압ᄒᆡ 안져 울거ᄂᆞᆯ, 지현이 급히 다라드러 ᄋᆞᄒᆡ를 안고 도라오며 ᄒᆞᄂᆞᆫ 말이,

"요인(妖人) ᄒᆡ룡이 극히 흉악무도(凶惡無道)ᄒᆞᆫ 놈이니, 이 놈을 뭇지 말고 쳐쥭이라."

---

7) [교감] 그 거동을 보고 황황ᄒᆞ여: 경판본 '그 곡졀를 몰나 황황ᄒᆞ여'.
8) 두엇두엇더니: '두엇더니'의 오기.
9) 창황망중(蒼黃忙中): 너무 급해 어찌할 바를 모름.
10) 전지도지(顚之倒之): 엎드러지고 곱드러지며 몹시 급히 달아나는 모양.

ᄒᆞ고,[11] 형졸(刑卒)이 형녕[12]ᄒᆞ고 큰 ᄆᆡ롤 잡이 힘을 다ᄒᆞ여 치ᄃᆡ 부희엿토[13] 아니ᄒᆞ고, 지현의 아들이 도ᄒᆞᆫ[14] 젼(前)과 ᄀᆞᆺ치 간간(間間)이 기졀ᄒᆞᄂᆞᆫ지라. 이ᄶᅴ의 부인이 이ᄃᆡ로[15] 외헌(外軒)의 나ᄋᆞ가 고ᄒᆞᆫᄃᆡ, 지현이 더욱 놀나고 실ᄉᆡᆨ(失色)ᄒᆞ며, 부인이 왈,

"싱을 도러 나리오라."

ᄒᆞ엿더니,[16] 그 아ᄒᆡ 여젼(如前)이 노ᄂᆞᆫ지라. 지현과 부인이 ᄯᅩᄒᆞᆫ 고이히 역이더니, 그날 밤의 아희 ᄯᅩ 간ᄃᆡ업ᄂᆞᆫ지라. 바로 옥즁의 나아 가보니, 아희 ᄯᅩ ᄒᆡ룡의게 안기여 희롱(戱弄)ᄒᆞ며 놀거놀 다려왓더니, ᄎᆞ후(此後)로부터 그 아ᄒᆡ 울며,

"옥즁으로 가ᄌᆞ."

ᄒᆞ거놀, 아모리 달ᄂᆡ여도 쥬야(晝夜)로 보ᄎᆡ고,

"옥즁으로 가ᄌᆞ."

ᄒᆞ니, 견ᄃᆡ지 못ᄒᆞ여 시녀로 ᄒᆞ여금 옥즁으로 가니,[17] 그 아ᄒᆡ 우름을 긋치고 우으며 ᄒᆡ룡의게 안기여 놀며 일시도 ᄯᅥ나지 아니ᄒᆞᄂᆞᆫ지라. 지현니 ᄒᆞᆯ릴업셔 싱을 방숑(放送)ᄒᆞ여,

"아희롤 잘 보라."

ᄒᆞ니, 싱이 ᄉᆞ레(謝禮)ᄒᆞ고 그날붓터 거쳐(居處)ᄒᆞᆯ ᄉᆡ[18] 의복과 음식 등졀(等節)을 갓쵸와 극진니 공괴(供饋)하더라.

---

11) ᄒᆞ고: 'ᄒᆞ니'의 오기.
12) 형녕: '청령(聽令)'의 오기.
13) 부희엿토: 정확한 뜻은 알 수 없으나, '(몸)에 닿지도'를 의미하는 듯함.
14) 도ᄒᆞᆫ: 'ᄯᅩᄒᆞᆫ'의 오기.
15) [교감] 이ᄃᆡ로: 경판본 '실ᄉᆡᆨᄒᆞ여'.
16) [교감] 지현이 더욱~나리오라 ᄒᆞ엿더니: 경판본 '지현이 놀나 ᄒᆡ룡을 나리오라 ᄒᆞ엿더니'.
17) [교감] 시녀로 ᄒᆞ여금 옥즁으로 가니: 경판본 '시녀로 ᄒᆞ여곰 업고 옥즁으로 가니'.
18) [교감] 거쳐ᄒᆞᆯ ᄉᆡ: 경판본 '별쳐의 거쳐ᄒᆞᆯ ᄉᆡ'.

집을 떠나다

ᄎᆞ시 변시 ᄒᆡ룡이 ᄃᆡ살(代殺)[1]은 고ᄉᆞ(固辭)ᄒᆞ고 도로혀 아즁(衙中)[2]의 잇셔 신님(信任)ᄒᆞ단 말을 듯고 놀나 쇼룡으로 더브러 의논(議論)ᄒᆞ되,

“ᄒᆡ룡이 져럿틋 ᄒᆞ엿스니,[3] 만닐(萬一) 져의 ᄋᆡᄆᆡ(曖昧)히 ᄃᆡ살ᄒᆞᆫ 말을 지현니 드르면 반다시 우리 쥭을 닐을 당ᄒᆞᆯ지라. 이졔 ᄒᆞᆫ 계교(計巧)랄 ᄂᆡ여 이리이리ᄒᆞ여 후환(後患)을 업시ᄒᆞᆷ만 갓지 못ᄒᆞ다.”

ᄒᆞ고 즉시 ᄉᆡᆼ을 불너 갈ᄋᆞᄃᆡ,

“이졔 드른즉 외슉(外叔)의 병(病)이 극즁(極重)ᄒᆞ고 명ᄌᆡ경긱(命在頃刻)이란 긔별(奇別)이 왓시니, 맛당히 안니 가지 못ᄒᆞᆯ지라. ᄂᆡ 쇼룡으로 더브러 급히 가볼 거시니, 너ᄂᆞᆫ 오ᄂᆞᆯ 집이셔 자고 우리롤 가게 ᄒᆞ라.”

---

1) 대살(代殺): 살인자를 사형에 처함.
2) 아중(衙中): 지방 군아(郡衙)의 안.
3) [교감] ᄒᆞ엿스니: 경판본 ‘되여스니’.

ᄒᆞ니, ᄉᆡᆼ이 응낙(應諾)하고 나와 외헌의셔 혼ᄌᆞ ᄌᆞ더니, 홀연 불이 이러나[4] ᄉᆞ면을 둘너ᄊᆞ코 화광츙쳔(火光衝天)ᄒᆞ엿ᄂᆞᆫ지라. ᄉᆡᆼ이 놀나 바야흐로 잠을 깁히 드러다가 급히 쒸여ᄂᆞ와보니, 화셰(火勢) 더욱 이러ᄂᆞ며 연념(煙焰)[5]이 창쳔(漲天)[6]ᄒᆞᆫ지라. 경히 ᄂᆞᆫᄃᆡ업ᄂᆞᆫ 바람은 화셰를 도와 다 타 ᄉᆞ회되[7] 오직 외헌은 일졈(一點) 불이 범(犯)치 아니ᄒᆞ엿시ᄆᆡ, ᄉᆡᆼ이 앙쳔(仰天) 탄왈(歎曰),

"하놀 엇지 사람을 ᄂᆡ시고 질지이심(疾之已甚)[8]ᄒᆞ여 권(困)케 ᄒᆞ시ᄂᆞᆫ고?"[9]

ᄒᆞ며 드러가 벽상(壁上)의 글을 쓰고, 장삼의 분묘(墳墓)의 ᄂᆞ아가 일장(一場)을 통곡ᄒᆞ고 이의 몸을 ᄲᅦ쳐 길을 홀연(忽然)니 나ᄆᆡ, 갈 바를 아지 못ᄒᆞ여 남역흘 향ᄒᆞ여 뎡쳐(定處) 업시 가니라.

이ᄯᅵ 변시 ᄉᆡᆼ각ᄒᆞ기를,

'ᄒᆡ룡이 반다시 불의 타쥭어스리라.'

ᄒᆞ고 본 집터의 와 본즉, 다만 ᄒᆡ룡이 잇던 방은 아니 타고 벽상의 글이 잇거놀, 글의 ᄒᆞ엿시되,

> 하날이 ᄒᆡ룡을 ᄂᆡ시미여, 명되(命途ㅣ)[10] 긔고(崎嶇)ᄒᆞ도다.
> ᄂᆞᆫ즁(亂中)의 부모를 일흐미여, 도로(道路)의 분쥬(奔走)ᄒᆞ도다.
> 이 집의 인년(因緣)니 잇스미여, 십녀 년 양휵(養慉)을 밧아도다.
> 은혜(恩惠)와 졍의(情誼) 더욱 깁흐미여, 유명(幽明)이 슬프도다.

---

4) [교감] 홀연 불이 이러ᄂᆞ: 경판본 '야심ᄒᆞᆫ 후 홀연 불이 니러나'.
5) 연염(煙焰): 연기 속에서 타오르는 불길.
6) 창천(漲天): 하늘에 퍼져 가득함.
7) ᄉᆞ회되: '(불)사르되'의 옛말.
8) 질지이심(疾之已甚): 몹시 미워함.
9) [교감] 하놀 엇지~권케 ᄒᆞ시ᄂᆞᆫ고: 경판본 '하놀이 엇지 ᄉᆞ롬을 ᄂᆡ시고 이ᄃᆡ도록 곤케 ᄒᆞ시난고'.
10) 명도(命途): 운명.

은혜를 갑고져 ᄒᆞ미여, 몸을 도라보지 아니ᄒᆞᄂᆞᆫ도다.

죽을 곳의 보ᄂᆡ미여, 종일(終日) 밧슬 갈고[11] ᄉᆞ랏도다.

ᄉᆞ라 도라오미여, 깃거ᄒᆞ지 아니ᄒᆞᄂᆞᆫ도다.

살옥(殺獄)의 집어너흐미어, 나의 익회(厄禍ㅣ) 진(盡)치 아니ᄒᆞ엿도다.

불을 노하 살으미여, 다힝이 면화(免禍)ᄒᆞ엿도다.

이별(離別)을 당ᄒᆞ미여, 눈물이 압흘 셔ᄂᆞᆫ도다.

허믈을 곳치미여, 후일(後日) 다시 맛나기 어렵도다.

젼일(前日)을 ᄉᆡᆼ각ᄒᆞ미여, 이 길이 의외(意外)로다.

ᄒᆞ엿더라.

변시 보기를 다ᄒᆞᆫ 후의 혹시 남이 알가 염녀(念慮)ᄒᆞ여 그 글을 직시(卽時) 살나바리고, 모ᄌᆞᆫ 집 안치를 불의 살으고 외헌의셔 힝낭살이(行廊--)[12] 처(處)로 ᄒᆞ더라.

11) [교감] 종일 밧슬 갈고: 경판본 '호산의 밧츨 갈고'.
12) 행랑살이(行廊--): 남의 행랑에서 그 집의 심부름이나 궂은일을 해주며 사는 일. 여기서는 행랑을 거처로 삼았다는 뜻으로 사용되었다.

금방울의 도움으로 금선공주를 구하다

ᄎᆞ셜. ᄒᆡ룡이 변시 집을 ᄯᅥ나 남(南)다히로 가더니 가ᄂᆞᆫ 압ᄒᆡ 큰 뫼히 막혓거ᄂᆞᆯ, 어ᄃᆡ로 향ᄒᆞᆯ 쥴을 몰나 쥬져(躊躇)ᄒᆞᆯ 지음의 금농[1]이 구울너 갈 길을 인도(引導)ᄒᆞᄂᆞᆫ지라. 졈졈 ᄯᅡ라 여러 고ᄀᆡ를 너머 갈ᄉᆡ 층암졀벽(層巖絶壁) ᄉᆞ이의 프른 잔듸와 암셕(巖石)이 격텬(隔天)ᄒᆞ여 뵈거ᄂᆞᆯ ᄉᆡᆼ이 셕상(石上)의 안져 잠간 쉬더니, 믄득 벽녁 갓튼 쇼ᄅᆡ 진동ᄒᆞ며 ᄒᆞᆫ 고이(怪異)ᄒᆞᆫ 금 갓튼 터럭 돗친 짐ᄉᆡᆼ이[2] 쥬홍(朱紅) 갓튼 입을 버리고 다라드러 자기를 ᄒᆡ(害)ᄒᆞ려 ᄒᆞᄂᆞᆫ지라. ᄉᆡᆼ이 급히 피(避)코져 ᄒᆞ더니 금농이 고을노 ᄂᆡ다라 막으니,[3] 그 짐ᄉᆡᆼ이 몸을 흔드러 변(變)ᄒᆞ여 아홉 머리 가진 거시 되어 금농을 집어숨키고 드러가

1) 금농: '금녕'의 오기.
2) [교감] 금 갓튼 터럭 돗친 짐ᄉᆡᆼ이: 경판본 '금 터럭 도친 즘ᄉᆡᆼ이'.
3) [교감] 금농이 고을노 ᄂᆡ다라 막으니: 경판본 '금녕이 ᄂᆡ다라 막으니'.

거놀,[4] 싱이 이 거동(擧動)을 보고 딕경ᄒᆞ여 낙담상혼(落膽喪魂)[5] 왈,

"반다시 금농이 쥭엇도다."

ᄒᆞ고 탄식ᄒᆞ며 아모리 홀 쥴 모르더니, 홀연 일진광풍이 지ᄂᆞ며 공즁(空中)의셔 크게 불너 왈,

"그딕 엇지 금농을 구(救)치 아니ᄒᆞ고 져리 방황(彷徨)ᄒᆞᄂᆞᆫ다? 급히 구ᄒᆞ라."

ᄒᆞ고 문득 간딕업ᄂᆞᆫ지라. 싱이 싱각ᄒᆞ되,

'ᄒᆞ놀이 가르치시니 부득불(不得不) 구ᄒᆞ려니와, 그러ᄂᆞ 젹슈(赤手)[6]분이오 몸의 촌쳘(寸鐵)[7]이 없시니 엇지 딕젹(對敵)ᄒᆞ리오?'

ᄒᆞ고 쏘,

'금농이 업스면 닉 엇지 부지(扶支)ᄒᆞ여 사라낫시리요?'

ᄒᆞ고 장쇽(裝束)[8]을 단단니 ᄒᆞ고 ᄒᆞᆫ번 쒸여드러가니, 지쳑(咫尺)을 분변(分辨)치 못ᄒᆞᆯ지라. 슈숨(數三) 니(里)를 드러가되 아모 종젹(蹤迹)이 업거놀, 쥭을힘을 다ᄒᆞ여 기여드러가니 홀연 쳔지 명낭ᄒᆞ고 일월(日月)이 됴요(照耀)ᄒᆞᆫ지라. 두로 살펴보니 쳥셕(靑石) 돌비[9]의 금ᄌᆞ(金字)로 삭여시딕 '남쳔산[10] 봉닉동(蓬萊洞)'[11]이라 ᄒᆞ엿고, 구름 갓튼 셕교(石橋) 우히 만장(萬丈) 폭포슈(瀑布水) 흐르ᄂᆞᆫ 쇼릭 셰ᄉᆞ(世事)를 이져바릴지라.[12]

4) [교감] 금농을 집어숨키고 드러가거놀: 경판본 '금녕을 집어삼키고 골로 드러가거놀'.
5) 낙담상혼(落膽喪魂): 몹시 놀라 얼이 빠지고 정신이 없음.
6) 적수(赤手): 맨손.
7) 촌철(寸鐵): 작고 날카로운 쇠붙이나 무기.
8) 장속(裝束): 입고 매고 해 몸차림을 든든히 갖추어 꾸밈. 또는 그런 차림새.
9) 돌비(-碑): 돌로 만든 비석.
10) [교감] 남쳔산: 경판본 '남젼산'.
11) 봉래동(蓬萊洞): '봉래산(蓬萊山)'은 중국 전설에서 나타나는 가상적 영산(靈山)인 삼신산(三神山) 가운데 하나. 동쪽 바다 가운데 있으며, 신선이 살고 불로초와 불사약이 있다고 한다.
12) [교감] 만장 폭포슈~셰ᄉᆞ를 이져바릴지라: 경판본 '만장 폭푀 거록ᄒᆞᆫ지라'.

그곳을 지나 졈졈 드러가니, 아문(衙門)[13]을 크게 열고 동즁(洞中)의 쥬궁ᄑᆡ궐(珠宮貝闕)[14]이 응쳔상지삼광(應天上之三光)[15]이오, ᄂᆡ셩외곽(內城外郭)이 은은(隱隱)니 뵈거ᄂᆞᆯ,[16] ᄌᆞ셔히 본즉 문 우ᄒᆡ 금ᄌᆞ로 크게 뼈시ᄃᆡ '금션슈부(金仙首府)'[17]라. 원ᄂᆡ(原來) 금체(金彘)[18]ᄂᆞᆫ 쳔□ᄀᆡ벽[19] 후의 일월경긔(日月精氣)로 삼겨나셔[20] 득도(得道)ᄒᆞ여 신통(神通)이 거록ᄒᆞ고 ᄌᆡ죠가 무궁(無窮)ᄒᆞᆫ지라.

ᄉᆡᆼ이 문밧계셔 쥬져ᄒᆞ여 감히 드러가지 못ᄒᆞ더니, 이윽고 안흐셔 여러 계집드리 나아오되 ᄉᆡᆨᄐᆡ(色態) 염고(艶高)[21]ᄒᆞ여 형곡(荊谷)[22]의 뭇치[23] 계집과 판니(判異)ᄒᆞ거ᄂᆞᆯ, ᄉᆡᆼ이 급히 피ᄒᆞᆯ ᄉᆡ 몸을 방쵸(芳草) 퍼귀[24]의 슘어 동졍(動靜)을 보더니, 이윽고 사오(四五) ᄀᆡ 계집이 피 무든 옷슬 광쥬리의 담아 이고 셔로 숀을 ᄂᆡᆺ글고 나와 시ᄂᆡ가의 니ᄅᆞ러 옷슬 물의 ᄲᆞᆯ며 근심이 가득ᄒᆞ여 셔로 닐오ᄃᆡ,[25]

"우리 ᄃᆡ왕(大王)이 젼일(前日)의ᄂᆞᆫ 용녁(勇力)이 졀윤(絶倫)ᄒᆞ고 신통이 거록ᄒᆞ여 당ᄒᆞᆯ ᄌᆡ 업더니, 금일(今日)은 나가시더니 홀연 속을 아라 도라와 피롤 무슈히 토ᄒᆞ고 긔졀ᄒᆞ니, 그런 신통으로도 일런 병

13) 아문(衙門): 관아의 출입문.
14) 주궁패궐(珠宮貝闕): 진주나 조개 따위의 보물로 호화찬란하게 꾸민 대궐.
15) 응천상지삼광(應天上之三光): 하늘의 해, 달, 별의 세 빛이 호응함. 흔히 집을 지을 때 대들보에 '응천상지삼광(應天上之三光) 비인간지오복(備人間之五福)'이라는 구절을 쓴다.
16) [교감] 쥬궁ᄑᆡ궐이 응쳔상지상광이오 ᄂᆡ셩외곽이 은은니 뵈거ᄂᆞᆯ: 경판본 '동즁의 쥬궁ᄑᆡ궐과 ᄂᆡ셩외곽이 은은히 뵈거ᄂᆞᆯ'.
17) 금선수부(金仙首府): 금빛이 나는 신선이 사는 수도(首都).
18) 금체(金彘): 금돼지.
19) [교감] 쳔□ᄀᆡ벽: 경판본 '텬디ᄀᆡ벽'.
20) 삼겨나서: '생겨나서'의 옛말.
21) 염고(艶高): 매우 예쁘거나 고움.
22) 형곡(荊谷): 가시나무가 많은 골짜기. 또는 깊은 골짜기.
23) 뭇치: '뭇친'의 오기.
24) 퍼귀: '포기'의 방언.
25) [교감] 근심이 가득ᄒᆞ여 셔로 닐오ᄃᆡ: 경판본 '셔로 말ᄒᆞ되'.

(病)을 어더시니 일작이[26] 나흐면 조흐려니와, 만냑 오릭 신고(辛苦) ᄒᆞ여 낫지 못ᄒᆞ면 우리 등의 괴로오미야 어딕 비(比)ᄒᆞ리오?"

ᄒᆞ더니, 그즁(中)의 ᄒᆞᆫ 녀ᄌᆡ(女子ㅣ) 이르딕,

"우리 공쥬(公主) 낭낭(娘娘)이 간밤의 ᄒᆞᆫ ᄭᅮᆷ을 어드시니, ᄒᆞ놀노셔 ᄒᆞᆫ 션관(仙官)니 나려와 이르되, '명일(明日) 오시(午時)의 일위(一位) 슈ᄌᆡ(秀才ㅣ) 이곳의 와셔 이 악귀(惡鬼)를 잡아 업시 하고 공쥬 낭낭을 구ᄒᆞ여 도라갈 터이니 염녀 말나' ᄒᆞ시고, 쏘ᄒᆞᆫ '이 ᄉᆞ람은 다른 슈ᄌᆡ 아니라 동히용왕의 아들노셔 그딕와 슉셰연분(宿歲緣分)니 잇시미, 그딕 이리되미 쏘ᄒᆞᆫ 텬싊(天數ㅣ)라 인력(人力)으로 못ᄒᆞᄂᆞ니, 텬명(天命)을 부딕 어긔지 말고 슌슈(順受)ᄒᆞ라' 당부(當付)ᄒᆞ며, '이런 말을 힝혀 누셜(漏泄)치 말ᄂᆞ' ᄒᆞ시더라."

ᄒᆞ더니,

"오놀놀 오시가 되도록 일분(一分) 쇼식(消息)이 바히 업시니, 그런 ᄭᅮᆷ도 ᄒᆞ신(虛事ㄴ)가 ᄒᆞ노라."

ᄒᆞ고 셔로,

"크게 말을 말ᄂᆞ."

ᄒᆞ며 슬피 탄식ᄒᆞ고 눈물을 흘니며,

"우리도 언졔나 이곳을 버셔나 고국(故國)의 도라가 부모를 맛나 뵈올고? 우리도 팔ᄌᆡ(八字ㅣ) 긔박(奇薄)ᄒᆞ여 이쳐럼 공쥬 낭낭과 갓치 ᄒᆞ니, 이도 쏘ᄒᆞᆫ 팔ᄌᆞ의 믹이고 텬싊(天數ㄴ)가?"

ᄒᆞ거놀, 싱이 이 말을 모다 듯고 즉시 풀퍼귀를 헛치고 부지불각(不知不覺)의 닉다르니, 그 계집드리 놀나 다라ᄂᆞ려 ᄒᆞᄂᆞᆫ지라. 싱이 ᄂᆞ아가 안뉴(安留)ᄒᆞ여 왈,[27]

---

26) 일작이: '일찍이'의 방언.

27) [교감] 안뉴ᄒᆞ여 왈: 경판본 '말뉴 왈'.

"그듸 등은 놀나지 말나. 닉 여긔 드르오미 다른 일이 아니라 악귀(惡鬼)를 업시코져 ᄒᆞ여 드러왓시니, 아모 의심(疑心)드롤 두지 말고 그 악귀 잇ᄂᆞᆫ 곳슬 ᄌᆞ셔히 가르치라."

그 계집드리 이 말롤 듯고 공쥬 낭낭의 몽ᄉᆞ(夢事)를 ᄉᆡᆼ각ᄒᆞᄆᆡ 신긔(神奇)ᄒᆞ미 칭냥(測量)업ᄂᆞᆫ지라. 여러 계집드리 ᄂᆞ아가 울며 고왈(告曰),

"그듸 덕분의 우리드롤 ᄉᆞ라니여 공쥬 낭낭과 모다 사라ᄂᆞ셔 각각 고향(故鄕)으로 도라가게 되면, 엇지 이런 환명(還命)[28]ᄒᆞ시ᄂᆞᆫ 덕틱(德澤)이 어듸 쏘 잇기습ᄂᆞ니가?"[29]

ᄒᆞ고 ᄉᆡᆼ을 인도(引導)ᄒᆞ여 드러가니, 즁문(中門)은 쳡쳡(疊疊)ᄒᆞ고 뎐각(殿閣)은 의의(猗猗)[30]ᄒᆞ여 반공(半空)의 쇼ᄉᆞᆺᄂᆞᆫ듸 몸을 은피(隱避)ᄒᆞ여 가마니 드러가니, ᄒᆞᆫ 곳의 흉악(凶惡)히 신흠(呻吟)ᄒᆞ고 알ᄂᆞᆫ 쇼릐 뎐각(殿閣)이 움작일 듯ᄒᆞᆫ지라. ᄉᆡᆼ이 쒸여올나가보니, 그 즘ᄉᆡᆼ이 뎐상(殿上)의 누어 알타가 문득 ᄉᆞ람을 보고 일쪄나려 ᄒᆞ다가[31] 도로 잣ᄇᆞ지며 ᄇᆡ롤 웅키고 일신(一身)을 뒤틀어 움작이지 못하고, 입으로 피롤 무슈(無數)히 토ᄒᆞ며 것구러지ᄂᆞᆫ지라.

ᄉᆡᆼ이 이 형상(形象)을 보고 햐슈(下手)코져 ᄒᆞ려 ᄒᆞ나 젹슈로 몸의 촌졀이 업셔 방황ᄒᆞ더니, ᄒᆞᆫ 미인(美人)이 홀연 칠보홍군(七寶紅裙)[32]으로 몸을 가ᄇᆡ야이 거러 벽상(壁上)의 걸인 보검(寶劍)을 갓다가 급히 ᄉᆡᆼ을 쥬거늘, ᄉᆡᆼ이 즉시 ᄇᆞ다들고 다라드러 그 요괴(妖怪)의 가슴을

---

28) 환명(還命): 목숨을 되살림.
29) [교감] 그듸 덕분의~쏘 잇기습ᄂᆞ니가: 경판본 '그듸 덕분의 우리 등이 ᄉᆞ라 각각 고향으로 도라가게 ᄒᆞ소셔'.
30) 의의(猗猗): 아름답고 웅장한 모습.
31) [교감] 일쪄나려 ᄒᆞ다가: 경판본 '니러 쩌나려 ᄒᆞ다가'.
32) 칠보홍군(七寶紅裙): 여러 가지 패물로 꾸민 붉은 치마.

무슈히 질으고 보니, 금 터럭 돗친 엽(鬣)이 블으돗고[33] 흉악(凶惡)흔 돗치[34]어늘,[35] 이 즘싱은 본디 여러 쳔년(千年)을 산즁(山中)의 오리 잇셔 득도(得道)흐엿기로 사람의 형용(形容)을 쓰고 변홰무궁(變化無窮)흔지라.

이의 가삼을 헷치고 본즉 문득 금녕이 구을너나ㅇ오미, 싱이 보고 크게 반기며 쇼릭질너 왈,

"너희 슈십여(數十餘) 명(名)이 필경(畢竟) 다 요괴로 변흐여 여ᄎ(如此) ᄉ람이 속아 나의 밋ᄎ미 아닌다?"[36]

흐니 모든 녀지(女子ㅣ) 일시의 ᄉ러 고왈,

"우리 등은 흐ᄂ토 요괴 아니오. 우리 팔지 기구(崎嶇)흐여 그릇이 몹슬 요괴의게 잡히여와 험악(險惡)흔 욕(辱)을 보고, 슈흐(手下)의 잇셔 샤환(使喚)이 되여 이쳐럼 부지(扶支)흐여 죽도 ᄉ도 못흐고, 어닉 씌를 맛나 다시 셰샹(世上)을 볼ᄀ 흐여 이곳의 엇지 헐 슈 업셔 잇ᄂ ᄉ람이로쇼이다. 앗가 공ᄌ(公子)의계 보검 들이던 ᄉ람ᄂ 곳 쳔ᄌ(天子)의 독녀(獨女)시오, 금션공쥬 낭낭이라."

흐더니, 언미필(言未畢)의 일위(一位) 미인이 나ㅇ와 치의홍상(彩衣紅裳)[37]를 ᄊ롤고 옥(玉) ᄀ튼 얼골을 가리오고 외면(外面)흐여 셧시니, 이ᄂ 달은 이 아니오 금션공쥬러라. 슈식(愁色)를 씌여 ᄉ례(謝禮)흐여 왈,

"나은 과연 공쥬러니, 육년(六年) 젼(前)의 모후(母后) 낭낭을 뫼시

33) 블으돗고: 부르돋고(우뚝하고 굳세게 돋고).
34) 돗치: 돝(돼지).
35) [교감] 그 요괴의~흉악흔 돗치어늘: 경판본 '요괴의 가숨을 무슈히 지르니 그 즘싱이 그졔야 죽어 느러지는지라 자셔히 보니 금 터럭 도친 돗치어놀'.
36) [교감] 너희 슈십여~밋ᄎ미 아닌다: 경판본 '너희 슈십인 계집이 다 요괴로 변화흐여 ᄉ롬을 속이미 아니냐'.
37) 채의홍상(彩衣紅裳): 여러 가지 빛깔과 무늬로 꾸민 저고리와 붉은 치마.

고 후원(後苑)의 올나 완월(玩月)ᄒᆞ다가 이 요괴의게 잡히여와 지금가지 죽지 못ᄒᆞ고 ᄉᆞ라 잇시문, 시비(侍婢)들이 쥬야(晝夜)로 슈직(守直)ᄒᆞ여 잇ᄂᆞᆫ고로 욕를 참고 부지(扶支)ᄒᆞ여 ᄉᆞ랏다가, 맛츰 텬힝(天幸)으로 그ᄃᆡ 구ᄒᆞ여 쥬시믈 힘입어 다시 고국의 도라가 부황모후(父皇母后)를 맛나 보게 ᄒᆞ오니, 이ᄂᆞᆫ 각골난망지은(刻骨難忘之恩)[38]이라. 무어스로 다 갑ᄉᆞ올지 모로오며, 직금[39]으로 죽으나 무한(無恨)일가 ᄒᆞ노라."[40]

ᄒᆞ고 이의 소ᄆᆡ로 낫츨 가리고 목이 메여 늣기거놀, 싱이 자초지죵(自初至終)을 다 듯고 또ᄒᆞᆫ 슬프믈 이기지 못ᄒᆞ여 갈오ᄃᆡ,

"이졔 옥쥬(玉主)[41]를 뫼시고 나아가고 시뿐 마음은 시긱(時刻)이 밧부오나, 길이 험(險)ᄒᆞ여 발셥(跋涉)[42]ᄒᆞ기 어려오실 거시니, ᄂᆡ 이졔 좀간(暫間) 나아가 본현(本縣)의 고(告)ᄒᆞ고 위의(威儀)를 갓초와 옥쥬를 뫼시게 ᄒᆞ올 거시니, 이졔 좀간 기다리쇼셔."

공쥐 울며 왈,

"그ᄃᆡ 간 후의 또 무삼 변괴(變怪) 잇슬 쥴 엇지 알이오?"

ᄒᆞ며 지금으로 갓치 나아가믈[43] ᄋᆡ걸(哀乞)ᄒᆞ거놀, 싱이 위로(慰勞)ᄒᆞ고 왈,

"져 금녕이 쳔지됴화(天地造化)로 되엿시ᄆᆡ 지죄 무궁(無窮)ᄒᆞ고 신통이 기이(奇異)ᄒᆞ기로 졍히 요괴를 잡고 공쥬를 구ᄒᆞ와 고국의 도라가시게 되오미, 이 또ᄒᆞᆫ 금녕의 죠화라. 아모리 어려온 일이 잇슬지라

38) 각골난망지은(刻骨難忘之恩): 뼈에까지 사무칠 정도로 잊지 못할 은혜.
39) 직금: 말하는 바로 이때.
40) [교감] 텬힝으로 그ᄃᆡ~무한일가 ᄒᆞ노라: 경판본 '텬힝으로 그ᄃᆡ의 구ᄒᆞ믈 입어 고국의 도라가 부모를 맛나 보고 죽으미 다시 한이 업슬가 ᄒᆞ노라'.
41) 옥주(玉主): '공주(公主)'의 높임말.
42) 발섭(跋涉): 산을 넘고 물을 건너 길을 감.
43) [교감] 지금으로 갓치 나아가믈: 경판본 '짜라가기를'.

도 가히 구ᄒᆞ올이니, 아모 념녀 마옵시고 이졔 좀간 기ᄃᆞ리옵쇼셔.”

ᄒᆞ고 즉시 골 밧긔 ᄂᆡᄃᆞ라[44] ᄇᆞ로 남경(南京)을 향ᄒᆞ여 드러갈 ᄉᆡ, 문득 십ᄌᆞ가(十字街)의[45] 여러 ᄉᆞ람들이 무ᄉᆞᆷ 방(榜)을 보거ᄂᆞᆯ, ᄉᆡᆼ이 고이히 역여 ᄉᆞ람을 헷치고 드러ᄀᆞ ᄌᆞ셔이 보니, 그 방의 ᄒᆞ엿시되,

“황뎨(皇帝)은 이졔 쳔ᄒᆞ(天下)의 반포(頒布)ᄒᆞᄂᆞ니, 짐(朕)이 무덕(無德)ᄒᆞ여 일즉 ᄐᆡᄌᆡ(太子ㅣ) 업고 다만 일녀(一女) 공쥬ᄅᆞᆯ 슬ᄒᆞ(膝下)의 두고 장즁보옥(掌中寶玉)갓치 ᄉᆞ랑ᄒᆞ더니, 모월모일(某月某日) 모야(某夜)의 난ᄃᆡ업던 몹슬 요괴 와 잡아갓나니, 만일 공쥬ᄅᆞᆯ ᄎᆞ져 ᄇᆞᆺ치ᄂᆞᆫ ᄌᆡ 잇시면 강산(江山)을 난호와 부귀(富貴)ᄅᆞᆯ ᄒᆞᆫ가지로 ᄒᆞ고 여연(餘年)을 동거(同居)ᄒᆞ리라.”

ᄒᆞ엿더라.

ᄉᆡᆼ이 보기ᄅᆞᆯ 다 하고 즉시 방을 ᄯᅥ히니, 그곳 방 직키여던 관원(官員)이 놀나고 고이히 역여 ᄉᆡᆼ을 잡고 방 ᄯᅥ힌 곡졀(曲折)을 뭇거ᄂᆞᆯ, ᄉᆡᆼ이 이ᄅᆞ되,

“이곳은 번화(繁華)ᄒᆞᆫ 곳이라 막우 말을 못헐 곳지라.”

ᄒᆞ고 이의 관원을 ᄃᆞ리고 상관(上官)의게 드러ᄀᆞ 여ᄎᆞ여ᄎᆞᆫ ᄉᆞ연(事緣)과 슈말(首末)ᄅᆞᆯ 고ᄒᆞ니, 그 관원이 ᄃᆡ희(大喜)ᄒᆞ여 이에 ᄉᆡᆼ을 쳥샹(廳上)의 올여 안치고 하례(賀禮)ᄒᆞ여 왈,

“여ᄎᆞᆫ 등ᄉᆞ(等事)[46]은 쳔고(千古)의 업ᄂᆞᆫ 일이로다.”

ᄒᆞ거ᄂᆞᆯ, ᄉᆡᆼ이 ᄯᅩᄒᆞᆫ 젼후ᄉᆞ(前後事)ᄅᆞᆯ 다ᄒᆞ고 위의ᄅᆞᆯ 갓초와 이제로 밧비 가믈 쳥(請)ᄒᆞ니, ᄌᆞᄉᆡ(刺史ㅣ)[47] ᄉᆡᆼ으로 더부러 ᄒᆞᆫ가지로 남젼

44) [교감] 골 밧긔 ᄂᆡᄃᆞ라: 경판본 ‘굴 밧긔 나와’.
45) [교감] 십ᄌᆞ가의: 경판본 ‘십ᄌᆞ 거리의셔’.
46) 등사(等事): 여러 일을 나열하다가 그 밖의 것들을 줄임을 나타내는 말.
47) 자사(刺史): 중국 한나라 때, 군(郡)·국(國)을 감독하기 위해 각 주에 둔 감찰관. 조선시대 때는 ‘관찰사(觀察使)’ 또는 ‘감사(監司)’라 했다.

산을 ᄇᆞ라고 관군(官軍)과 장리(長吏)[48]롤 거나려 나아ᄀᆞ더라.

ᄎᆞ시(此時) ᄉᆡᆼ이 나ᄋᆞ올 ᄡᆡ의 무심(無心)이 골 밧긔 나왓더니 만쳡청산(萬疊靑山)의 드러갈 길을 몰나 졍히 방황ᄒᆞ더니, 홀연 보니 금녕이 압흐로 와셔 길을 인도(引導)ᄒᆞ거놀, ᄌᆞᄉᆡ 금녕의 모양과 거동을 보고 신기 역여 ᄯᆞᆯ와 골노 졈졈 드러가니라.

이젹의 금션공줴 ᄉᆡᆼ을 골 밧긔 ᄂᆡ여보ᄂᆡ고 하놀게 츅슈(祝手)ᄒᆞ여 왈,

"공ᄌᆡ(公子ㅣ) 무ᄉᆞ(無事)히 드러와 우리로 더부러 환국(還國)ᄒᆞ게 ᄒᆞ옵쇼셔."

ᄒᆞ고 졍히 기다리미 간졀(懇切)ᄒᆞ더니, 문득 금녕이 구을너오며 그 뒤롤 ᄇᆞ라보니, 그 뒤의 쳔병만ᄆᆡ(千兵萬馬ㅣ) 드러오ᄂᆞᆫ지라. 공줴 이롤 보고 ᄃᆡ희ᄒᆞ여 ᄌᆞᆷ간 시녀롤 옹위(擁衛)ᄒᆞ고 멀리 ᄇᆞ라보더니, ᄌᆞᄉᆡ 드러와 말긔 나려 공쥬게 복지(伏地)ᄒᆞ여 그 ᄉᆞ히 몹슬 요괴의게 괴로이 격그시던 환란(患亂)을 문후(問候)ᄒᆞ고 왈,

"신(臣)이 이쳐럼 신고(辛苦)ᄒᆞ오시게 ᄒᆞ오미 다 신의 불민불츙(不敏不忠)이로쇼이다."

하고 시녀로 ᄒᆞ여금 공쥬롤 뫼셔 교ᄌᆞ(轎子)[49]의 안지시긔 ᄒᆞ고, 시녀 옹위ᄒᆞ여 나아갈 ᄉᆡ 슈십 여ᄌᆞ들도 ᄯᅩᄒᆞᆫ 공쥬롤 뫼시고 ᄒᆞᆫᄀᆞ지로 나아온 후의, ᄉᆡᆼ이 홀노 동즁(洞中)의 잇셔 그곳의 불을 질으고 모다 업시ᄒᆞᆫ 후의 금녕을 다리고 골 밧그로 나오니, ᄌᆞᄉᆞ와 츄죵(騶從)[50]이며 군ᄉᆞ들이 ᄃᆡ후(待候)[51]ᄒᆞ엿다가 ᄉᆡᆼ을 보고 층찬ᄒᆞ며 즐기ᄂᆞᆫ 쇼ᄅᆡ 산쳔(山川)을 움ᄌᆞᆨ이더라.

ᄌᆞᄉᆡ 공쥬 낭낭을 뫼셔 별당(別堂)의 머무시게 ᄒᆞ고 ᄉᆡᆼ은 ᄀᆡᆨᄉᆞ(客

48) 장리(長吏): 고려·조선시대, 각 고을을 맡아 다스리던 지방관들을 통틀어 이르는 말.
49) 교자(轎子): 조선시대, 종1품 이상 및 기로소(耆老所)의 당상관이 타던 가마.
50) 추종(騶從): 윗사람을 따라다니는 종.
51) 대후(待候): 웃어른의 분부를 기다리는 일.

舍) 졍돈(整頓)ᄒᆞᆫ 곳의 잔치ᄅᆞᆯ ᄇᆡ셜(排設)ᄒᆞ고 즐기며, 일변(一邊) 이 ᄉᆞ연(事緣)을 텬ᄌᆞ(天子)긔 쥬문(奏文)[52]ᄒᆞ고 공쥬와 ᄒᆡ룡을 공궤(供饋)[53]헐 ᄉᆡ, 각쳐(各處)의 공궤지졀(供饋之節)[54] 셩만(盛滿)하여 밧아 드린 거시 이로 헤치 못ᄒᆞᆯ네라.

이ᄯᆡ 공쥐 금녕을 ᄎᆞ마 품의 놋치 아니시고 쥬야로 안고 길을 ᄌᆡ촉ᄒᆞᄉᆞ 경셩(京城)으로 올나오실 ᄉᆡ, 이십(二十) 여ᄌᆞ들도 갓치 ᄯᆞ라오니라.

52) 주문(奏文): 임금에게 아뢰는 글.
53) 공궤(供饋): 윗사람에게 음식을 대접함.
54) 공궤지절(供饋之節): 공궤하는 절차나 음식물.

해룡이 금선공주와 결혼해 부마가 되다

잇ᄯᅴ의 텬ᄌᆞ(天子)와 황후(皇后) 낭낭이 일야간(一夜間)의 공쥬ᄅᆞᆯ 일흐시고 쥬야로 슬허ᄒᆞᄉᆞ 침식(寢食)ᄅᆞᆯ 폐(廢)ᄒᆞ시고, 번뇌(煩惱)ᄒᆞ시며 궁금의 ᄊᆞ히ᄉᆞ 만ᄉᆞ(萬事)의 경황(景況)이 업시 졍사(政事)ᄅᆞᆯ 젼혀 이즈시고 뇌심(惱心)하믈 ᄆᆞ지아니ᄒᆞ시더니, 이 기별(寄別)을 들으시고 도로혀 반신분의(半信半疑)ᄒᆞᄉᆞ 능히 말을 못 ᄒᆞ시다가 맛춤 ᄌᆞᄉᆞᄋᆡ 표문(表文)을 보시고 환텬희지(歡天喜地)[1]ᄒᆞ실 ᄉᆡ, 만됴ᄇᆡᆨ관(滿朝百官)이 오문(午門)[2] 밧게 와 진하(進賀)[3]ᄒᆞ믈 쳥ᄒᆞ니, 궁ᄂᆡ(宮內)며 궁외(宮外) 장안(長安) ᄇᆡᆨ셩(百姓)의 환셩(歡聲)이 물 끌틋 ᄒᆞᄂᆞᆫ지라.

상(上)이 지하[4]ᄅᆞᆯ ᄇᆞ드신 후 희ᄉᆡᆨ(喜色)이 만면(滿面)ᄒᆞᄉᆞ 일변(一

---

1) 환천희지(歡天喜地): 하늘도 즐거워하고 땅도 기뻐한다는 뜻으로, 아주 즐거워하고 기뻐함을 이르는 말.
2) 오문(午門): 성곽의 남쪽에 있는 문.
3) 진하(進賀): 나라에 경사가 있을 때 벼슬아치들이 조정에 모여 임금에게 축하를 올리던 일.
4) 지하: '진하(進賀)'의 오기.

邊) 쳥쥬자ᄉᆞ의긔 표문 반포ᄒᆞ시고,[5] 일변 쳘긔(鐵騎) ᄉᆞᆷ쳔(三千)을 조발(調發)ᄒᆞ여 공쥬를 보호(保護)ᄒᆞ라 ᄒᆞ시며 친왕영졉(親往迎接)[6]ᄒᆞ려 ᄒᆞ실 ᄉᆡ, 이졔 장ᄒᆡ룡의 공뇌(功勞ㅣ)은 일셰(一世)의 드문 ᄇᆡ라. 일시(一時)가 밧부ᄉᆞ[7] 이의 어필(御筆)노쎠 시ᄃᆡ 거기장군(擧旗將軍)[8] ᄒᆞ이ᄉᆞ 공쥬를 ᄇᆡᄒᆡᆼ(陪行)[9]ᄒᆞ라 ᄒᆞ시니, ᄉᆡᆼ이 올나오다가 노상(路上)의셔 쳔ᄌᆞ의 됴셔(詔書)[10]를 ᄇᆞᆺᄌᆞ와 북향ᄉᆞᄇᆡ(北向四拜)ᄒᆞ고, 이의 말만ᄒᆞᆫ ᄃᆡ장군(大將軍) 인슈(印綬)[11]를 허리 아ᄅᆡ 빗겨ᄎᆞ고 각읍(各邑) 슈령(首領) 등을 거나려 ᄒᆡᆼ(行)ᄒᆞ여 오니, 위의(威儀)와 범졀(凡節)이 빗나고 거록ᄒᆞ여 칙칙층션(嘖嘖稱善)[12]치 아니ᄒᆞ리 업더라.

쥬야ᄇᆡ도(晝夜倍道)[13]ᄒᆞ여 황셩(皇城)의 이르니, 이ᄯᆡ 상이 만됴(滿朝)를 거나리시고 셩외(城外)의 나아와 마지ᄉᆞ 환궁(還宮)ᄒᆞ실 ᄉᆡ, 셩외(城外) 셩ᄂᆡ(城內) ᄇᆡᆨ셩들이 길의 ᄀᆞ득ᄒᆞ여 만셰(萬歲)를 불으며, 상ᄒᆞ인민(上下人民)이 용약(踊躍)ᄒᆞ여 환셩(歡聲)이 원근(遠近)의 진동ᄒᆞ더라.

바로 ᄃᆡ젼(大殿)의 드르시니, 이ᄯᆡ 황휘(皇后ㅣ) 공쥬 ᄎᆞ져오믈 들으시고 슬프믈 억졔지 못하시다가 크게 깃거ᄒᆞ시며, 일변 공쥬를 안으시고 낫츨 ᄃᆡ니ᄉᆞ 통곡(痛哭)ᄒᆞ시며, 쏘ᄒᆞᆫ 상이 누슈(淚水)을 나리오시ᄆᆡ, 공쥐 울기를 긋치고 요괴의게 잡혀가셔 고행(苦行)을 무슈히 격던

5) [교감] 쳥쥬자ᄉᆞ의긔 표문 반포ᄒᆞ시고: 경판본 '쳥쥬ᄌᆞᄉᆞ의 쥬문을 반포ᄒᆞ시고'.
6) 친왕영접(親往迎接): 친히 가서 맞이함.
7) [교감] 장ᄒᆡ룡의 공뇌은~일시가 밧부ᄉᆞ: 경판본 '장ᄒᆡ룡의 공노를 일시 밧부ᄉᆞ'.
8) 거기장군(擧旗將軍): 싸움터에 나갈 때 깃발을 들고 앞장서 나가는 장군.
9) 배행(陪行): 윗사람을 모시고 따라감.
10) 조서(詔書): 임금의 명령을 일반에게 알릴 목적으로 적은 문서.
11) 인수(印綬): 병권(兵權)을 가진 무관이 발병부(發兵符) 주머니를 매어 차던, 길고 넓적한 녹비 끈.
12) 책책칭선(嘖嘖稱善): 큰 소리로 떠들며 좋은 것을 칭찬함.
13) 주야배도(晝夜倍道): 밤낮을 가리지 아니하고 보통 사람 갑절의 길을 걸음.

ᄉᆞ연(事緣)이며 몽즁(夢中)의 션인(仙人)이 나려와 이르시되, '동ᄒᆡ용왕의 아들이 인간의 낫시니 쇽셰연분(俗世緣分)을 일위라' ᄒᆞ고, '금일 오시의 이 고을 쇽의 드러와 그 요괴ᄅᆞᆯ 잡고 갓치 나아가 부황(父皇)과 모후(母后)ᄅᆞᆯ 반기리라' ᄒᆞ던 말이 귀의 징징(錚錚)ᄒᆞ오며, ᄯᅩᄒᆞᆫ 텬지조화(天地造化)로 된 금녕의 신통이 기이ᄒᆞ와 ᄌᆡ조와 슈단(手段)을 부리고, ᄒᆡ룡이 요괴 잡던 슈말(首末)을 낫낫치 고ᄒᆞᆫᄃᆡ,[14] 황휘 금녕을 어로만지시며 갈오ᄉᆞᄃᆡ,

"하ᄂᆞᆯ이 이 일노뼈 너 ᄀᆞᆺ흔 영물(靈物)을 ᄂᆡᄉᆞ 신통이 거록ᄒᆞ고 ᄌᆡ죄 비상(非常)하여 기이ᄒᆞ여 그런 득도ᄒᆞᆫ 요괴ᄅᆞᆯ 잡고 공쥬와 시녀ᄅᆞᆯ 구ᄒᆞ여, 인간의 몹슬 즘ᄉᆡᆼ을 업시ᄒᆞ고 짐으로 ᄒᆞ여금 일허던 공쥬ᄅᆞᆯ 다시 만나 텬윤(天倫)이 온젼(穩全)케 ᄒᆞ니, 이ᄂᆞᆫ 다 네 덕(德)이오 장ᄒᆡ룡의 공(功)이라. 이런 후은(厚恩)을 무어스로 갑흐리오."

ᄒᆞ시고, 이의 황극젼(皇極展)[15]의 젼좌(殿座)[16]ᄒᆞᄉᆞ 문무신(文武臣)과 죵신외쳑(宗臣外戚)[17]이며 근시(近侍)ᄒᆞᄂᆞᆫ 모든 궁녀(宮女)ᄅᆞᆯ 다 모흐시고, 일변 ᄒᆡ룡을 명초(命招)[18]ᄒᆞ시니, ᄉᆡᆼ이 드러와 고두(叩頭)ᄒᆞ고 ᄇᆡᆨᄇᆡᄉᆞ은(百拜謝恩) ᄒᆞ온ᄃᆡ, 상이 보시ᄆᆡ 용뫼(容貌ㅣ) 당당(堂堂)ᄒᆞ고 기위늠늠(奇偉凜凜)[19]ᄒᆞ여 만고(萬古)의 영웅쥰걸(英雄俊傑)이오, 일셰(一世)의 호걸장뷔(豪傑丈夫)라.

---

14) [교감] 몽즁의 션인이~낫낫치 고ᄒᆞᆫᄃᆡ: 경판본 '몽중의 션관이 니ᄅᆞ던 셜화와 금녕의 신통으로 ᄒᆡ룡이 요괴 잡던 슈말ᄅᆞᆯ 낫낫치 고ᄒᆞᆫᄃᆡ'.

15) 황극전(皇極展): 중국 북경의 자금성(紫禁城) 내 외동로(外東路)에 위치한 건축물. 1689년에 축조되었다. 최초 명칭은 저수궁(宁壽宮)이었으나, 1772년에서 1776년에 걸쳐 개축하면서 현재의 명칭으로 변경했다.

16) 전좌(殿座): 임금 등이 정사를 보거나 조하를 받으려고 정전(正殿)이나 편전(便殿)에 나와 앉던 일. 또는 그 자리.

17) 종신외척(宗臣外戚): 왕족으로 벼슬자리에 있는 사람과 어머니 쪽의 친척.

18) 명초(命招): 임금의 명으로 신하를 부름.

19) 기위늠름(奇偉凜凜): 생김새나 태도가 매우 의젓하고 당당함.

쳔지 일현(一見)[20]의[21] 듸희ᄒᆞᄉᆞ 싱의 숀을 잡으시고 가로ᄉᆞ듸,

"이졔 경(卿)의 공을 의논(議論)헐진듸 틔산(泰山)이 낫고 ᄒᆞ히(河海) 엿튼지라. 그 갑흘 바로 아지 못ᄒᆞ노라."

ᄒᆞ시고, 쏘ᄒᆞᆫ 공쥬의 몽ᄉᆞ을 일우시며 왈,

"이졔 공쥬의 몽샤(夢事)를 의논헐진듸, 니ᄂᆞᆫ 공쥬와 텬졍(天定)헌 빅필(配匹)이라. 경은 모로미 공쥬를 더럽다 말고 님ᄉᆞ(姙姒)[22]의 덕(德)이 가작지[23] 못ᄒᆞ나 족(足)히 경의 건지[24]로 밧들 거시니, 경은 지실(知悉)[25]ᄒᆞ라."

ᄒᆞ시고 부마(駙馬)를 ᄉᆞᆷ고져 ᄒᆞ실 ᄉᆡ, 밧비 녜부(禮部)를 명(命)ᄒᆞᄉᆞ,

"튁일(擇日)ᄒᆞ라."

ᄒᆞ시고, 호부(戶部)의 됴셔(詔書)를 나리와 ᄒᆞ교(下敎)ᄒᆞᄉᆞ[26] 일변,

"쳥화문 밧게 별궁(別宮)을 지으ᄉᆞ 화원(花園)을 버려 듸늬(大內)[27]로 통(通)ᄒᆞ게 ᄒᆞ여 츌입(出入)게 ᄒᆞ라."

ᄒᆞ시고, 일변 녜부로 ᄒᆞ여금,

"혼구(婚具)를 갓쵸와 ᄎᆞ리라."

ᄒᆞ시니라.

---

20) 일현(一見): 처음 알현(謁見)함.
21) [교감] 쳔지 일현의: 경판본 '샹이 보시믜'.
22) 임사(姙姒): 주문왕(周文王)의 어머니이며 왕계(王季)의 아내인 태임(太姙)과, 주문왕의 후비이며 무왕의 어머니인 태사(太姒)를 말함. 모성으로 갖추어야 할 도리와 부녀가 지켜야 할 떳떳하고 옳은 도리를 펼친 것으로 이름났다.
23) [교감] 가작지: '갖추지'의 방언인 듯함. '가작다'는 '가깝다'의 평북 방언이다.
24) 건지: '건즐(巾櫛)'의 오기. 건즐이란 원래는 수건과 빗이란 뜻인데, 수건과 빗을 들고 남편을 옆에서 모신다는 뜻에서 부인이 자신을 겸손하게 부르는 말로도 쓰인다.
25) 지실(知悉): 모든 형편이나 사정을 자세히 앎. 또는 죄다 앎.
26) [교감] 호부의 됴셔를 나리와 ᄒᆞ교ᄒᆞᄉᆞ: 경판본 '호부의 하교ᄒᆞᄉᆞ'.
27) 대내(大內): 대전(大殿)의 안.

싱이 쳔은(天恩)을 입ᄉᆞ와 ᄉᆞ은이퇴(謝恩而退)[28]ᄒᆞ여 어림군(御臨軍)[29]을 총독(總督)헐 ᄉᆡ, 군기(軍紀)와 군법(軍法)을 갈오치고 연습(練習)ᄒᆞ며 쥬야의 틔심(怠心)을 먹지 아니ᄒᆞ고 분쥬(奔走)히 국사(國事)를 극진이 살피더니, 임의 길기(吉期)[30] 다다라ᄂᆞᆫ지라.

이의 위의(威儀)를 ᄀᆞᆺ쵸고 궐ᄂᆡ(闕內)의 드러가 공쥬를 마질 ᄉᆡ, ᄉᆞᆷ쳔(三千) 시녀 공쥬를 옹위ᄒᆞ여 금뎡[31]을 시립(侍立)ᄒᆞ고 별궁으로 도라올 ᄉᆡ 향쵹(香燭)를 피오고 향(向)ᄒᆞ고, 부마은 금안쥰마(金鞍駿馬)의 금관옥ᄃᆡ(金冠玉帶)로 옥홀(玉笏)를 손의 쥐고 어악(御樂)[32]을 ᄀᆞᆺ초와 ᄃᆡ로ᄉᆞᆼ(大路上)으로 헌거(軒擧)로이[33] 도라오니, 풍ᄎᆡ(風采) 늠늠ᄒᆞ여 당셰(當世)의 기남ᄌᆞ(奇男子)오 국가(國家)의 동양(棟樑)이라. 도로(道路)의 관광지(觀光者ㅣ) 층찬 아니ᄒᆞ리 업더라.

이의 공쥬와 부마 상(牀)의 울의 올나 ᄃᆡ좌(對坐)ᄒᆞ미,[34] 공쥬의 ᄉᆡᆨ틔념용(色態艶容)[35]이 일광(日光)의 바ᄋᆡ여[36] ᄭᅩᆺ치 붓그리고 월ᄉᆡᆨ(月色)은 빗츨 일허 어ᄃᆡ 고으며 아니 고은 곳 업고, 부마의 명월(明月) ᄀᆞᆺ튼 뎐셩(天性)의 강산(江山) 슈기(秀氣)를 품어시니, 일ᄃᆡ(一代) 영웅이오 국가의 희한(稀罕)헌 귀공(貴公)이러라. 만됴ᄇᆡᆨ관이 뉘 아니 층찬ᄒᆞ리오?

상이 황후로 더부러 별궁으로 도라오시니, 부마와 공쥐 나려와 마

---

28) 사은이퇴(謝恩而退): 사은하고 물러남.
29) 어림군(御臨軍): 임금을 호위하는 군사.
30) 길기(吉期): 운이 좋거나 상서로운 시기로, 여기서는 '혼인날'을 일컬음. 흔히 '길일(吉日)'이라 한다.
31) 금뎡(金-): 황금으로 호화롭게 장식한 가마.
32) 어악(御樂): 임금 앞에서 아뢰던 궁중 아악.
33) 헌거(軒擧)로이: 풍채가 좋고 의기가 당당하게.
34) [교감] 상의 울의 올나 ᄃᆡ좌ᄒᆞ미: 경판본 '샹의 ᄃᆡ좌ᄒᆞ미'.
35) 색태염용(色態艶容): 예쁘고 아름다운 여자의 자태와 용모.
36) 바ᄋᆡ여: 빛나. 부시어.

져 당(堂)의 올으실 시, 부모는 텬자를 뫼시고 공쥬는 황후를 뫼시고 시좌(侍坐)ᄒᆞ엿시니, 향연(香煙) 요요(夭夭)ᄒᆞ고 픽옥(佩玉)은 의의징징(猗猗錚錚)[37]ᄒᆞ며, 위의 엄연(儼然)ᄒᆞ고 화기(和氣) ᄋᆡ연(藹然)[38]ᄒᆞᆫ지라.

익일(翌日)의 ᄃᆡ연(大宴)을 ᄇᆡ셜ᄒᆞ고 만죠졔신(滿朝諸臣)으로 더부러 황극젼의셔 질기시고, 궁즁(宮中)의는 황후 낭낭이 졔ᄃᆡ신(諸大臣)의 부인(夫人)으로 더부러 ᄂᆡ젼(內殿)의셔 질기실 시, 공쥬 교칙[39]ᄒᆞ여 진환(盡歡)ᄒᆞ니 젼상젼ᄒᆞ(殿上殿下)의 슈륙진친(水陸珍饌)이 아니ᄀᆞ진 □시[40] 업시며, 만좌(滿座) 부인들이 안져시니 광치(光彩) 찬란(燦爛)ᄒᆞ여 일식(日色)의 ᄇᆡ이는지라.

ᄎᆞ시(此時) 장부ᄆᆡ 여ᄎᆞ(如此)헌 국은(國恩)을 입고 귀히 되여시믈 ᄉᆡᆼ각ᄒᆞ고 부모를 ᄉᆡᆼ각ᄒᆞᄆᆡ 영화(榮華)를 뵈일 곳지 업셔, 젼ᄉᆞ(前事)를 젼혀 ᄃᆞ 잇고 공쥬로 더부러 화락(和樂)ᄒᆞ고, 낫지면 텬자를 뫼시고 국ᄉᆞ를 다ᄉᆞ리ᄆᆡ 쥬야의 잇지 못ᄒᆞ고 몸를 ᄇᆞ려 ᄉᆞ군지심(事君之心)의 간졀(懇切)ᄒᆞ더라.

ᄎᆞ셜. 공쥐 상긔 쥬달(奏達)ᄒᆞ와 젼일(前日) 요괴으게 잡히여갓던 녀ᄌᆞ들을 각각 쳔금(千金)을 쥬셔 제집으로 보ᄂᆡ게 ᄒᆞ시니, 모다 공쥬의 덕를 ᄆᆡ우 일컷고 각각 도라가더라.

잇ᄯᅴ 북흉노(北匈奴) 쳔달이 ᄃᆡ원(大元)을 회복(回復)고져 ᄒᆞ여 ᄃᆡ병(大兵) ᄇᆡᆨ만(百萬)과 날ᄂᆡᆫ 장ᄉᆞ(壯士) 쳔여(千餘) 원(員)을 거나리고, 호각으로 션봉(先鋒)을 숨고 셜만쳘노 구응ᄉᆞ(救應使)[41]를 숨아 황하(黃

37) 의의쟁쟁(猗猗錚錚): (패옥이) 매우 아름다운 모양과 서로 부딪쳐 나는 맑은 소리.
38) 애연(藹然): 화기롭고 온화한 모양.
39) 교책: '교칙(飭校, 흐트러지거나 혼란스러운 상태에 있는 것을 한데 모으거나 치워서 질서 있는 상태가 되게 함)'의 오기인 듯함.
40) □시: '거시'인 듯함.
41) 구응사(救應使): 후원군의 으뜸 장수인 듯함.

河)를 건너 물미듯 나오니, ᄎᄒ문(此下文)이 엇지 된고 ᄒ회(下回)를 분셕(分析)ᄒ라.

셰(歲) 무슐(戊戌) 즁하(仲夏) 향슈동 셔(書)

북흉노를 물리쳐 위왕에 봉해진 해룡

차셜. 이ᄯᅴ 북노(北奴) 쳔달이 ᄃᆡ원을 회복고져 ᄒᆞ여 ᄃᆡ병 ᄇᆡᆨ만과 장ᄉᆞ 쳔여 원을 거나려, 호간[1]으로 션봉을 ᄉᆞᆷ고 셜만쳘노 구응ᄉᆞ롤 삼아 황하롤 건너,[2] 니ᄅᆞᄂᆞᆫ ᄇᆞ 쇼과군현(所過郡縣)[3]이 망풍귀순(望風歸順)[4]ᄒᆞ여, 슌일(旬日)[5] ᄂᆡ(內)의 삼십뉵관(三十六關)[6]을 잇글고 장구ᄃᆡ진(長驅大進)[7]ᄒᆞ여 물 드러온다[8] ᄒᆞ니, 북방(北方) 열읍(列邑)이 진동ᄃᆡ란(振動大亂)ᄒᆞᆫ지라.[9]

1) 호간: '호각'의 오기.
2) 이ᄯᅴ 북노~황하롤 건너: 세책본에서는 종종 전편의 마지막 대목을 후편에 중복 서술하는 경우가 있는데, 이 대목은 바로 이런 경우에 해당함.
3) 소과군현(所過郡縣): 지나가는 고을.
4) 망풍귀순(望風歸順): 멀리 바라보고 귀순함.
5) 순일(旬日): 열흘 동안.
6) 삼십육관(三十六關): 36개의 관문. 명나라 북쪽 국경 지역에 있던 관문을 총칭한 것인 듯하다.
7) 장구대진(長驅大進): 멀리 몰아서 훌쩍 나아감.
8) 물 드러온다: '물밀듯 들어온다'의 오기.
9) [교감] 슌일 ᄂᆡ의~열읍이 진동ᄃᆡ란ᄒᆞᆫ지라: 경판본 '슌일 ᄂᆡ의 삼십육관을 엇고 물미듯 드러오니 북방이 진동ᄒᆞ는지라'.

상이 이 긔별(寄別)을 들으시고 ᄃᆡ경(大驚)ᄒᆞ사 만조문무(滿朝文武)ᄅᆞᆯ 모흐시고 의논ᄒᆞ실 ᄉᆡ, 문무(文武) 즁관(中官)[10]의 일인(一人)도 응답(應答)ᄒᆞᄂᆞᆫ ᄌᆡ(者ㅣ) 업거ᄂᆞᆯ 상이 탄식(歎息)ᄒᆞ시더니, 문득 반부즁(班部中)[11]으로좆ᄎᆞ 일인(一人)이 츌반(出班) 주왈(奏曰),

"신(臣)이 년쇼무ᄌᆡ(年少無才)ᄒᆞ오나, 원컨ᄃᆡ 일지병(一支兵)[12]을 빌이시면 북노ᄅᆞᆯ 쓰러ᄇᆞ리고 셩은(聖恩)을 만분지일(萬分之一)이ᄂᆞ 갑고자 ᄒᆞ나이다."

ᄒᆞ거ᄂᆞᆯ, 이ᄂᆞᆫ 부마도위(駙馬都尉)[13] 장ᄒᆡ룡이라. 상이 들으시고 침음양구(沈吟良久)[14]의 갈ᄋᆞᄉᆞᄃᆡ,

"짐이 경의 ᄌᆡ죠와 묘략(妙略)ᄅᆞᆯ 알건이와, 젼장(戰場)은 ᄉᆞ지(死地)라. 흉지(凶地)의 보ᄂᆡ고 짐의 마음이 엇지 편(便)ᄒᆞ며, 황후 낭낭이 즐겨 허락(許諾)ᄒᆞ실 ᄇᆡ 잇스리오?"

부ᄆᆡ 부복(俯伏) 쥬왈,

"신은 듯ᄉᆞ오니, '국난(國難)ᄅᆞᆯ 당ᄒᆞ오면 불고부모(不顧父母)[15]라' ᄒᆞ오니, 이런 난을 당ᄒᆞ와 쳐소(處所)[16]ᄅᆞᆯ 괘렴(掛念)ᄒᆞ여 국가ᄃᆡᄉᆞ(國家大事)ᄅᆞᆯ 그ᄅᆞᆺᄒᆞ오리잇고?"

ᄒᆞ며 언ᄑᆞ(言罷)의 기위(氣威) 경경(亭亭)ᄒᆞ고 ᄉᆞ기(士氣) 씩씩ᄒᆞᆫ지라. 상이 ᄯᅩᄒᆞᆫ 그 ᄯᅳᆺᄅᆞᆯ 막지 못ᄒᆞᄉᆞ 즉시 부마ᄅᆞᆯ ᄇᆡ(拜)ᄒᆞ여 진북ᄃᆡ장군(鎭北大將軍) 슈군도독(戍軍都督)[17]ᄅᆞᆯ ᄒᆞ이시고, ᄇᆡᆨ모황월(白旄黃

10) 중관(中官): 조정(朝廷)에서 근무하는 벼슬아치를, 지방의 벼슬아치에 상대해 이르는 말.
11) 반부중(班部中): 신하들이 쭉 늘어서 있는 반열(班列) 가운데.
12) 일지병(一支兵): 한 무리의 병사.
13) 부마도위(駙馬都尉): 임금의 사위에게 주던 칭호.
14) 침음양구(沈吟良久): 속으로 깊이 생각한 지 오랜 뒤.
15) 불고부모(不顧父母): 부모를 돌아보거나 고려하지 않음.
16) 처소(處所): 보통 '사람이 기거하거나 임시로 머무는 곳'을 말하나, 여기서는 '대왕대비, 왕대비, 빈궁 등 왕녀(王女)가 거처하는 곳'을 이름.
17) 수군도독(戍軍都督): 국경 수비군의 최고 책임자.

鉞)[18]과 상방검(尙方劍)[19]을 쥬ᄉᆞ 군위(軍威)를 돕게 ᄒᆞ시니, 원쉬(元帥ㅣ) 슈명(受命)ᄒᆞ고 물너나와 장졸(將卒)을 분ᄇᆡ(分配)ᄒᆞ여 ᄒᆡᆼ군(行軍)헐 ᄉᆡ, 호령(號令)이 엄슉(嚴肅)ᄒᆞ고 위의 졍졔(整齊)ᄒᆞ여 옛날 쥬아부(周亞夫)[20]의 법(法)이 만터라.

황휘 이 ᄉᆞ연(事緣)을 들으시고 ᄃᆡ경ᄒᆞᄉᆞ 원슈를 ᄀᆡ유(開諭)ᄒᆞ려 ᄒᆞ시더니, 발셔 발ᄒᆡᆼ(發行)키 되여시ᄆᆡ 헐일업셔 갈오ᄉᆞᄃᆡ,

"슈히 북노를 쇼멸(掃滅)ᄒᆞ고 ᄃᆡ공(大功)를 셰워 ᄀᆡ가(凱歌)를 불너 도라와 짐의 마음을 져ᄇᆞ리지 말나."

ᄒᆞ시니, 원쉬 복지ᄒᆞ여 호언(豪言)으로 황후 낭낭과 공쥬를 위로ᄒᆞ고 발ᄒᆡᆼ헐 ᄉᆡ, 상이 만됴(滿朝)를 거나리시고 친히 젼송(餞送)ᄒᆞ실 ᄉᆡ, ᄃᆞ시 원슈의 숀을 잡으시고 연연(戀戀)ᄒᆞᄉᆞ ᄌᆡ삼(再三) 당부(當付)ᄒᆞ시며 왈,

"곤이의[21]는 경이 졔지(制止)ᄒᆞ고 곤이ᄋᆡ[22]는 짐이 졔지ᄒᆞ리니, 위령ᄌᆞ(違令者)를 션참후계(先斬後啓)ᄒᆞ시라."

ᄒᆞ시고 날이 느지ᄆᆡ 환궁ᄒᆞ시니, 원쉬 ᄃᆡ병을 휘동(麾動)[23]ᄒᆞ여 호호탕탕(浩浩蕩蕩)[24]이 나ᄋᆞ갈 ᄉᆡ, 긔치창검(旗幟槍劍)은 일월(日月)를 가리오고 뇌고함셩(擂鼓喊聲)[25]은 산쳔(山川)을 움즉이는 곳의, 일위 쇼년ᄃᆡ장(少年大將)이 봉신투고[26]의 황금쇄ᄌᆞ갑(黃金鎖子甲)[27]을 입고,

18) 백모황월(白旄黃鉞): 털이 긴 쇠꼬리를 장대 끝에 매달아놓은 흰 깃발과 황금으로 장식한 도끼. 천자가 정벌할 때 지닌다.
19) 상방검(尙方劍): 임금이 간악한 신하를 제거할 때 쓰는 날카로운 칼을 말함.
20) 주아부(周亞夫): 한(漢)나라 문제(文帝) 때 대대적으로 침입한 흉노를 크게 물리친 장군.
21) [교감] 곤이의: 미상. '국경 밖'이라는 뜻의 '곤이외(閫以外)'로 볼 수도 있다.
22) [교감] 곤이ᄋᆡ: 미상. '국경 안'이라는 뜻의 '곤이내(閫以內)'로 볼 수도 있다.
23) 휘동(麾動): 지휘해 움직이게 함.
24) 호호탕탕(浩浩蕩蕩): 기세 있고 힘찬 모양.
25) 뇌고함성(擂鼓喊聲): 북을 빨리 치는 소리와 여러 사람의 고함 소리.
26) 봉신투고: 봉황의 날개나 깃털로 장식한 투구인 '봉익(鳳翼)투구'를 일컫는 듯함.
27) 황금쇄자갑(黃金鎖子甲): 황금으로 장식한 쇄자 갑옷. '쇄자갑'은 사방 두 치 정도 되는

우슈(右手)의 쌍방검[28]을 잡고 좌슈(左手)의 백우션(白羽扇)[29]을 쥐고, 좌ᄒᆞ(座下)의 쳔리ᄃᆡ완마(千里大宛馬)[30]를 탓시니, ᄉᆞ람은 쳔신(天神) 갓고 말은 비룡(飛龍) 갓ᄐᆞ여 군용(軍容)이 졍졔(整齊)ᄒᆞ고 위의 엄슉ᄒᆞ여 일ᄃᆡ 영웅이오 만고의 기남ᄌᆡ라. 호호탕탕이 나ᄋᆞ가니 보ᄂᆞᆫ ᄌᆡ 층찬 아니리 업더라.

각셜. 호각이 군ᄉᆞ를 거ᄂᆞ려 남창의 ᄃᆞ다라 원슈의 ᄃᆡ군을 만나 미항녕 아ᄅᆡ ᄃᆡ진(對陣)ᄒᆞ미, 호각이 오ᄉᆡᆨ(五色)신우[31]를 모ᄅᆞ 진젼(陣前)의 나셔니, 허리은 열 알음이오 얼골은 슈위박휘[32] ᄀᆞᆺ고, 두발(頭髮)이 누르러 거문 얼골을 덥허시며, 숀의 장창(長槍)을 들고 ᄂᆡ다르니, 좌(左)의ᄂᆞᆫ 셜만츈이오 우(右)의ᄂᆞᆫ 호달이라. 각각 신장(身長)이 구(九) 쳑(尺)이오, 얼골이 흉악(凶惡)ᄒᆞ고 형농(形容)은 고이ᄒᆞ더라.

ᄯᅩᄒᆞᆫ 명진(明陣) 즁(中)으로셔 일원(一員) ᄃᆡ장이 문기(門旗) 아ᄅᆡ 나셔니, 얼골은 관옥(冠玉) ᄀᆞᆺ고, 곰의 등의 일희[33] 허리오, 잔납의[34] 팔이러라. 위풍(威風)이 늠늠ᄒᆞ고 위의 졍졔(整齊)ᄒᆞ여 당당(堂堂)ᄒᆞᆫ 풍도(風度)ᄂᆞᆫ ᄉᆞ람을 놀ᄂᆡ고, 헌헌(軒軒)ᄒᆞᆫ 위엄(威嚴)은 북ᄒᆡ(北海)을 뒤침 갓더라. 호각이 ᄒᆞᆫ번 ᄇᆞ라보고 ᄃᆡ호(大呼) 왈,

"구싱유취(口尙乳臭) 어린 아ᄒᆡ(兒孩) 쳔시(天時)를 모로고 망영(妄靈)ᄯᅩ이 젼진(戰陣)의 나와 어룬을 슈욕(授辱)고져 ᄒᆞ니, 네 엇지 칼 아ᄅᆡ 놀난 혼빅(魂魄)이 되려 ᄒᆞᄂᆞᆫ다?"

돼지가죽으로 된 미늘을 작은 고리로 꿰어 만들었다.
28) 쌍방검: '상방검'의 오기. 여기서는 매처럼 빠른 말을 일컫는 듯하다.
29) 백우선(白羽扇): 새의 흰 깃으로 만든 부채.
30) 천리대완마(千里大宛馬): 구소련 타슈켄트 지방에 있었던 대완(大宛)이라는 나라에서 생산된 명마. 하루에 천리(千里)를 간다고 한다.
31) 신우(迅羽): 맷과의 새.
32) [교감] 슈위박휘: 경판본 '술위박회'. 수레바퀴.
33) 일희: 이리.
34) 잔납의: 잔나비.

원쉬 ᄃᆡ로(大怒)ᄒᆞ여 좌우(左右)ᄅᆞᆯ 도라보ᄋᆞ 왈,

“뉘 나ᄅᆞᆯ 위ᄒᆞ여 능히 나ᄋᆞ가 져 도적(盜賊)ᄅᆞᆯ 잡아 근심을 덜이오?”

말이 맛지 못ᄒᆞ여 ᄒᆞᆫ 장쉬(將帥ㅣ) ᄂᆡ다르니, 이ᄂᆞᆫ 양춘이ᄅᆞ. 칼을 들고 츔츄며 나아가 ᄇᆞ로 호각ᄅᆞᆯ 취(取)ᄒᆞ니, 호진(胡陣) 즁(中)으로셔 셜만춘니 졍창츌마(挺槍出馬)[35]ᄒᆞ여 호각ᄅᆞᆯ 도와 ᄊᆞ홀 ᄉᆡ, 오십여(五十餘) 합(合)의 이르도록 승부(勝負)ᄅᆞᆯ 결(決)치 못ᄒᆞ더니, 문득 셜만춘니 거즛 ᄑᆡ(敗)ᄒᆞ여 다ᄅᆞ나거ᄂᆞᆯ, 양춘이 승승장구(乘勝長驅)ᄒᆞ여 나ᄋᆞ가며 ᄃᆡ호(大呼) 왈,

“젹(敵)은 닷지 말고 ᄂᆡ 칼을 바드라.”

ᄒᆞ더니, 만춘니 가ᄆᆞ니 활을 쏘ᄆᆡ 양춘니 무심(無心) 즁[36] 살이 왼편 엇ᄀᆡᄅᆞᆯ 마져 말게 ᄯᅥ러지니, 명진으로셔 장만니 ᄂᆡ다라 양춘을 구ᄒᆞ여 도라가니, ᄯᅩᄒᆞᆫ 만춘니 말을 도로혀 ᄯᆞ로거ᄂᆞᆯ, 당만니 ᄃᆡ로(大怒)ᄒᆞ여 칼을 빗기고 만춘을 마져 ᄊᆞ화 십여 ᄒᆞᆸ의 불분승ᄇᆡ(不分勝負)러니, ᄯᅩ 호달이 나ᄋᆞ와 좌우ᄅᆞᆯ ᄊᆡ치며 승승(乘勝)ᄒᆞ여 드러오니, 당만니 ᄑᆡ(敗)ᄒᆞ여 닷ᄂᆞᆫ지라. ᄎᆞ시 원쉬 당만이 ᄑᆡᄒᆞ믈 보고 징(錚)을 쳐 군(軍)을 거두고, 양춘을 조리(調理)ᄒᆞ라 ᄒᆞ니라.

명일(明日)의 호각니 ᄊᆞ호ᄌᆞ ᄒᆞ고 즐욕(叱辱)을 무슈히 ᄒᆞ며 좌우치빙(左右馳騁)[37]ᄒᆞ거ᄂᆞᆯ, 원쉬 ᄃᆡ로ᄒᆞ여 졍창츌마ᄒᆞ여 ᄇᆞ로 호각ᄅᆞᆯ 취(取)ᄒᆞ여 ᄊᆞ화 ᄇᆡᆨ여(百餘) 합의 일으도록 승부(勝負)ᄅᆞᆯ 미결(未決)ᄒᆞᄆᆡ, 냥진(兩陣) 군ᄉᆡ(軍士ㅣ) 물 ᄭᅳᆯ틋 ᄒᆞ여 항오(行伍)ᄅᆞᆯ 차리지 못ᄒᆞ더니, 냥장(兩將)의 졍신(精神)니 더욱 씩씩ᄒᆞ여 셔로 ᄯᅥ날 쥴 모로더니, 문득 호진 즁으로셔 징을 치니, 호각니 본진(本陣)의 도라와 졔

35) 졍창츌마(挺槍出馬): 창을 겨누어 들고 말을 타고 나아감.
36) [교감] 양춘니 무심 즁: 경판본 ‘양춘이 무심 즁 싸로다가’.
37) 좌우치빙(左右馳騁): 좌우로 말을 타고 달림.

장(諸將)다려 왈,

"뇌 명장(明將)이 년쇼(年少)ᄒᆞ믹 업슈이여겨더니, 이졔로 보건딕 그 용역(勇力)을 당키 어려온지라. 맛당히 계교(計巧)롤 ᄡᅧ 잡으리라."

ᄒᆞ고 진문(陣門)을 구지 닷고 기치(旗幟)롤 뉘이며 검극(劍戟)롤 슈운(輸運)ᄒᆞ더니,[38] 원쉬 또 뇌다라 ᄊᆞ홈을 도도니, 젹장(敵將) 호각이 진문을 딕긔(大開)ᄒᆞ고 딕호 왈,

"오날날 ᄌᆞ웅(雌雄)롤 결(決)ᄒᆞ련이와, 만일 뇌 너롤 잡으면 쥭기롤 면치 못ᄒᆞ리ᄅᆞ."

ᄒᆞ고 다라들거놀, 원쉬 딕로ᄒᆞ여 호각으로 더브러 마져 ᄊᆞ화 오십여 합의 승부롤 결치 못ᄒᆞ더니, 문득 호각 말을 도로혀 다라ᄂᆞ 본진의 드지 아니ᄒᆞ고 산곡(山谷)으로 닷거놀, 원쉬 졍히 ᄯᅩ로다ᄀᆞ 싱각ᄒᆞ딕,

'딕젹(大賊)이 비록 간계(奸計) 잇시나 뇌 엇지 져롤 두리리오?'

ᄒᆞ고 밧비 ᄌᆞᆺ쳐 양산곡즁(兩山谷中)으로 드러가더니, 졍히 잡고자 ᄒᆞᆯ 지음의 호각은 보지 못ᄒᆞ고 초인(草人)이 무슈이 셧거놀, 원쉬 크게 의심ᄒᆞ여 말을 두로혀고져 ᄒᆞ더니, 홀연 일셩포향(一聲砲響)의 두편 언덕으로ᄶᅩᆺᄎᆞ 불이 이러ᄂᆞ 화광(火光)이 하놀의 연(連)ᄒᆞ엿고, 그런 무슈ᄒᆞᆫ 쵸인이 다 화약염초(火藥焰硝)롤 ᄊᆞ셔 셰운 거시러라. 나아갈 길을 막ᄋᆞ시며 화셰(火勢) 미만(彌滿)ᄒᆞ여 나아갈 길이 업ᄂᆞᆫ지라. 원쉬 악텬[39] 탄식 왈,

"젹을 업슈이역여 이곳가지 이르럿다가 오날날 여기 와셔 쥭을 쥴롤 엇지 ᄯᅳᆺᄒᆞ여시리오?"

ᄒᆞ고 칼을 ᄲᅢ혀 ᄌᆞ문(自刎)코져 ᄒᆞ더니, 문득 셔남각상(西南角上)으

38) [교감] 진문을 구지~검극롤 슈운ᄒᆞ더니: 경판본 '슈일롤 나치 아니ᄒᆞ더니'.
39) 악텬: '앙텬(仰天)'의 오기.

로셔 금빗치 쎠 드러오며 금녕이 화광을 물읍쓰고 드러와 원쉬의 압히셔 닝풍(冷風)을 지으니, 그러훈 연념(煙焰)이 원슈의 압히는 밋지 못ᄒᆞ고 다른 곳으로 믈너가더라. 원쉬 금녕을 보고 반가옴를 이기지 못ᄒᆞ여 손으로 어로만지며 이로ᄃᆡ,

"너의 젼후(前後) 은혜룰 싱각ᄒᆞ량이면 틔산(泰山)니 가ᄇᆡ얍고 ᄒᆞ히(河海) 엿튼지라. 엇지 다 갑흐리오?"

ᄒᆞ며 못ᄂᆡ 깃부고 즐거ᄒᆞ믈 마지아니ᄒᆞ더니, 문득 경각간(頃刻間)의 화셰 진멸(盡滅)ᄒᆞ고 길이 열이는지라. 원쉬 ᄃᆡ희ᄒᆞ여 금녕을 다리고 길을 ᄎᆞ져 본진으로 도라오니, 졔장군졸(諸將軍卒) 등이 황황망조(遑遑罔措)ᄒᆞ여 아모리 헐 쥴 모로더니, 쳔만의외(千萬意外)의 원쉬 도라오믈 보고 일변 놀나고 일변 신기이 역여 용약(踊躍)ᄒᆞ며 환셩(歡聲)이 쳔지 진동ᄒᆞ더ᄅᆞ. 이의 원쉬 본진 장ᄃᆡ(將臺)[40]의 안져 졔장군졸을 불너 일으ᄃᆡ,

"호젹(胡狄)이 반ᄃᆞ시 우리 진룰 겁측[41]ᄒᆞ리니, 이졔 우리 계교(計巧) 우히 계교룰 쓰리라."

ᄒᆞ고 다시 졔장을 불너 귀의 ᄃᆡ여 일너 왈,

"졔군(諸軍)은 여ᄎᆞ여ᄎᆞᄒᆞ여 약쇽(約束)룰 잇지 말나."

ᄒᆞ고 이의 약쇽을 졍훈 후의 원쉬 가마니 진을 다른 ᄃᆡ로 옴기니라.

잇ᄯᆡ 호각이 원슈룰 유인(誘引)ᄒᆞ여 산곡즁의 너허놋코 본진으로 도라와 졔장을 불너 왈,

"장히룡이 비록 승텬입지(昇天入地)ᄒᆞ는 ᄌᆡ조 잇다 ᄒᆞᄂᆞ 엇지 오날날 화셰을 버셔나며, 엇지 쥭기룰 면ᄒᆞ리오? 금야(今夜)의 가히 명진을 겁측ᄒᆞ리라."

---

40) 장대(將臺): 장수가 올라서서 명령·지휘하던 대.

41) 겁측(劫-): 폭행이나 협박을 해서 강제로 부녀자와 성관계를 갖는 일. 여기서는 '기습 공격'을 뜻한다.

ᄒᆞ고 이날 밤의 호각이 군을 거나리고 가마이 명진으로 드러가니, 진즁(陣中)의 ᄉᆞ람은 ᄒᆞ나토 업고 빈 ᄎᆡ(寨)만 나마ᄂᆞᆫ지라. 호각 이의 ᄃᆡ경ᄒᆞ여 급히 군ᄉᆞᄅᆞᆯ 도로혀고져 ᄒᆞ더니, 문득 일셩포향의 한 장ᄉᆔ 가ᄂᆞᆫ 길을 막고 칼을 들고 ᄭᅮ지[42] 왈,

"젹장(敵將) 호각은 나ᄅᆞᆯ 아은다?"

ᄒᆞ니 호각이 황망(遑忙)ᄒᆞᆫ 즁 놀ᄂᆞ 잠간 보ᄆᆡ 이곳 장원ᄉᆔ라. 호각이 ᄃᆡ경실식(大驚失色)ᄒᆞ여 밋쳐 손을 놀이지 못ᄒᆞ여셔 원슈의 칼이 빗나ᄂᆞᆫ 곳ᄋᆡ 호각의 머리 마ᄒᆞ(馬下)의 ᄂᆞ려지ᄂᆞᆫ지라. 만쳘과 호달 등 일반(一般) 졔장이 호각의 쥭으믈 보고 혼ᄇᆡᆨ(魂魄)이 비월(飛越)ᄒᆞ여 아모리 헐 쥴을 모로다가 본진ᄅᆞᆯ ᄇᆞ라고 닷더니, 본ᄎᆡ(本寨)의 일으러 보니 명진(明陳) 기호(旗號)ᄅᆞᆯ 셰우고 장만이 ᄂᆡ다라 ᄒᆞᆫ 창(槍)으로 호달을 질너 쥭이고, 셜만츈은 다라나다가 양츈을 만나 일합(一合)의 쥭인 ᄇᆡ 되고, 기여(其餘) 졔장과 군졸을 다 갓지 질너 쥭이고 도라오니, 원ᄉᆔ ᄃᆡ희(大喜)ᄒᆞ여 이의 ᄃᆡ연(大宴)을 ᄇᆡ셜ᄒᆞ고 삼군(三軍)을 상ᄉᆞ(賞賜)헐 ᄉᆡ, 졔장을 모화 슐을 권ᄒᆞ며 상ᄉᆞᄅᆞᆯ 후(厚)이 헌 후,[43] 쳡셔(捷書)[44]ᄅᆞᆯ 닷ᄀᆞ 됴졍의 올이고 즉일(卽日) 발힝헐 ᄉᆡ, 쇼과군현(所過郡縣)이 망풍귀슌(望風歸順)ᄒᆞ며 지영지숑(祇迎祇送)[45]의 진동분쥬(振動奔走)ᄒᆞ더라.

이ᄣᆡ 상이 부마ᄅᆞᆯ 젼장(戰場)의 보ᄂᆡ시고 쥬야로 념여ᄒᆞ사 침식(寢食)이 불안(不安)ᄒᆞ시더니, 문득 원슈의 쳡셔ᄅᆞᆯ 올이거ᄂᆞᆯ 상이 ᄃᆡ희ᄒᆞᄉᆞ 급히 ᄯᅥ혀 보시고 희식(喜色)이 만면(滿面)ᄒᆞᄉᆞ 왈,

42) ᄭᅮ지: 'ᄭᅮ지져'의 오기.
43) [교감] 원ᄉᆔ ᄃᆡ희ᄒᆞ여~헌 후: 경판본 '원ᄉᆔ ᄃᆡ희ᄒᆞ여 ᄃᆡ연을 ᄇᆡ셜ᄒᆞ여 삼군을 샹ᄉᆞᄒᆞᆫ 후'.
44) 첩서(捷書): 싸움에서 승리한 것을 보고하는 글.
45) 지영지송(祇迎祇送): 백관(百官)이 임금의 거가(車駕)를 공경해 맞이하고 보냄. 여기서는 '지극히 공경해 맞이하고 보낸다'는 뜻으로 쓰였다.

"년쇼ᄃᆡ장(年少大將)이 이갓치 기이(奇異)ᄒᆞ리오?"

ᄒᆞ시고 이의 됴경의 치ᄒᆞᄅᆞᆯ[46] 밧으시니, 됴하의[47] 환셩이 진동ᄒᆞ더라.

상이 샤관(辭官)[48]을 보ᄂᆡᄉᆞ 원슈의 ᄒᆡᆼ차(行次)을 위로ᄒᆞ시고 슈히 반ᄉᆞ(班師)[49]ᄒᆞ믈 ᄌᆡ쵹ᄒᆞ시다.

원슈의 일ᄒᆡᆼ(一行)이 여러 놀만의 갓ᄀᆞ이 이릇렷ᄃᆞ ᄒᆞ거놀, 상이 ᄎᆞ언(此言)을 들으시고 만됴ᄇᆡᆨ관을 거ᄂᆞ리시고 십이졍의[50] 나아가 원슈ᄅᆞᆯ 마즈실 ᄉᆡ, 샹이 먼이 ᄇᆞ라보시니,

"원슈의 위의항오(威儀行伍)의 졍졔ᄒᆞ미 진짓 주아부의 풍도(風度)라."

ᄒᆞ시고 만됴ᄅᆞᆯ 도라보ᄉᆞ 갈오ᄉᆞᄃᆡ,[51]

"장ᄒᆡ룡은 진실노 장군(將軍)의 기습(氣習)이 잇시니, 가위 동양지ᄌᆡ(棟梁之材)오 쥬셕지신(柱石之臣)[52]이라. 엇지 돌보지 아니리오?"

ᄒᆞ시니, 만되(滿朝ㅣ) 또ᄒᆞᆫ 만셰ᄅᆞᆯ 블으고 상이 득신(得臣)ᄒᆞ시믈 하례(賀禮)ᄒᆞ더라.

이윽고 원슈의 일ᄒᆡᆼ이 이르러 입궐ᄉᆞ은(入闕謝恩)ᄒᆞᆫᄃᆡ, 상이 반기ᄉᆞ 원슈의 숀을 잡으시고 등을 어로만지시며 왈,

"짐이 경을 젼장의 보ᄂᆡ고 쥬야로 침식이 불안ᄒᆞ더니, 이졔 경이도[53] 젼멸(全滅)ᄒᆞ고 ᄀᆡ가(凱歌)ᄅᆞᆯ 불너 도라와 짐의 근심을 업시ᄒᆞ

46) [교감] 치ᄒᆞᄅᆞᆯ: 경판본 '진하ᄅᆞᆯ'.
47) [교감] 됴하의: 경판본 '조야의'.
48) 사관(辭官): 임금의 명령을 전달하는 일을 맡아 보던 벼슬아치.
49) 반사(班師): 군사를 이끌고 돌아옴.
50) [교감] 십이졍의: 경판본 '십니 졍의'.
51) [교감] 먼이 ᄇᆞ라보시니~도라보ᄉᆞ 갈오ᄉᆞᄃᆡ: 경판본 '먼니 바라보오니 원슈의 위의와 항오의 졍졔ᄒᆞ미 진짓 장슈의 풍되라 이의 ᄃᆡ희ᄒᆞᄉᆞ 만조ᄅᆞᆯ 도라보ᄉᆞ 왈'.
52) 주석지신(柱石之臣): 나라에 중요한 구실을 하는 신하.
53) 경이도: '도젹ᄅᆞᆯ'의 오기.

니, 셕(昔)의 장양(張良)[54] 공명(孔明)[55]인들 이의셔 더ᄒᆞ리오? 경의 공을 무어스로 다 갑흐리오?"

ᄒᆞ신ᄃᆡ, 원쉬 복지 쥬왈,

"셩상(聖上)의 홍복(洪福)과 졔장의 공녁(功力)이오, 쇼장(小將)의 공이 아니로쇼이다."

상이 더욱 기특(奇特)히 역이ᄉᆞ 즉시 원슈ᄅᆞᆯ 다리시고 환궁ᄒᆞ사 졔신문무[56]ᄅᆞᆯ 모으시고 원슈의 공뇌(功勞ㅣ)을 의논ᄒᆞ실 ᄉᆡ, 뎡북장군(征北將軍) 위국공(魏國公) 좌승상(左丞相)을 봉(封)ᄒᆞ시니, 원쉬 구지 ᄉᆞ양(辭讓)ᄒᆞ되 상이 불윤(不允)ᄒᆞ시고 ᄑᆞ됴(罷朝)[57]ᄒᆞ시ᄆᆡ, 원쉬 마지 못ᄒᆞ와 ᄉᆞ은이퇴(謝恩而退)ᄒᆞ여 집으로 도라와 ᄂᆡ당(內堂)의 드러가 황후와 공쥬긔 뵈온ᄃᆡ, 휘(后ㅣ) 승상(丞相)의 ᄉᆞᆫ을 잡으시고 질거ᄒᆞ시물 ᄆᆞ지아니시고, 또 슬허ᄒᆞᄉᆞ 왈,

"간밤의 금녕이 이거슬 두고 간 곳 업시니 가장 고히토다."

ᄒᆞ시거ᄂᆞᆯ, 승상이 놀나와 밧ᄌᆞ와 보니 젹은 족ᄌᆞ(簇子)여ᄂᆞᆯ, 고히ᄒᆞ여 펴보니 아ᄒᆡ(兒孩) ᄒᆞ나히 난즁(亂中)의 부모ᄅᆞᆯ 일코 우은 형용(形容)이오, 그 아ᄅᆡ은 ᄒᆞᆫ ᄉᆞ람이 그 아ᄒᆡᄅᆞᆯ 업고 가ᄂᆞᆫ 형샹(形象)을 그리엿거ᄂᆞᆯ, 승상이 보기ᄅᆞᆯ 다ᄒᆞᄆᆡ 문득 ᄭᆡ다라 눈물을 먹음고 ᄌᆞ기(自己) 신셰(身世)ᄅᆞᆯ ᄉᆡᆼ각ᄒᆞᄆᆡ,

'이거시 하ᄂᆞᆯ이 쥬시미라.'

54) 장량(張良): 중국 한(漢)나라의 건국 공신(?~BC 168). 자는 자방(子房). 한나라 고조를 도와 천하를 통일해, 소하(蕭何)·한신(韓信)과 함께 한나라 창업의 삼걸(三傑)로 일컬어진다.

55) 공명(孔明): 중국 삼국시대 촉한(蜀漢)의 정치가인 제갈량(諸葛亮, 181~234)의 자. 뛰어난 군사 전략가로, 유비를 도와 오(吳)나라와 연합해 조조의 위(魏)나라 군사를 대파하고 파촉(巴蜀)을 얻어 촉한을 세웠다. 유비가 죽은 후 무향후(武鄕侯)로서 남방의 만족(蠻族)을 정벌하고, 위나라 사마의(司馬懿)와 대전중에 병사했다.

56) 졔신문무: '문무졔신(文武諸臣)'의 오기.

57) 파조(罷朝): 신하가 조정에 나아가 임금을 뵙는 일을 마침. 또는 조회(朝會)를 마침.

ᄒᆞ고, 이의 그 족자ᄅᆞᆯ 단단이 간슈(看守)ᄒᆞ여 가지고 ᄣᆡᄣᆡ로 ᄂᆡ여보며 셜워 아니헐 ᄣᆡ 업더라.

금방울이 절대가인으로 변하고 위왕은 부모와 상봉하다

이ᄯᅵ 막시 금녕을 일코 쥬야 슬허헐 ᄲᅮᆫ 아니라 장공의 부뷔 ᄯᅩᄒᆞᆫ 슬허허물 마지아니ᄒᆞ더니, 일일은 야심(夜深)토록 셔로 말헐 ᄉᆡ 홀연 금녕이 문을 열고 드러오거놀 모다 반가오물 이긔지 못ᄒᆞ고, 막시은 ᄯᅱ여나와 금녕을 안고 반겨ᄒᆞ믈 엇지 다 층양ᄒᆞ리오? 죵일(終日)토록 금녕을 안고 질기다ᄀᆞ 날이 져물ᄆᆡ 야심ᄒᆞ더록 담화(談話)ᄒᆞ다가 양 부인(兩夫人)이 일몽(一夢)을 어드ᄆᆡ, 텬상(天上)으로셔 일위 션관(仙官)이 나려와 일우되,

"그ᄃᆡ 양인(兩人)의 외운(厄運)이 진(盡)ᄒᆞ엿시니, 오리지 아니ᄒᆞ여 그ᄃᆡ의 아ᄌᆞ(兒子)롤 만날지라. ᄎᆞ(此) 길노 지나갈 거시니 ᄯᅢ롤 일치 말나."

ᄒᆞ고, ᄯᅩ 막시다려 왈,

"그ᄃᆡ은 아ᄆᆞ도 녀아(女兒)의 얼골을 보면 자연 알이라."

ᄒᆞ고, ᄯᅩ 금녕다려 왈,

"너은 인연(因緣)이 다 진(盡)ᄒᆞ엿시ᄆᆡ[1] 인간의 부귀영홰(富貴榮華ㅣ) 극진(極盡)헐지라."

ᄒᆞ고 ᄉᆞᆫ으로 금녕을 어로만지니, 문득 금녕이 ᄶᅥ지며[2] 일위 옥골션녀(玉骨仙女ㅣ) 나오니, ᄯᅩᄒᆞᆫ 션관이 일오ᄃᆡ,

"우리 십육(十六) 년 젼의 쥬던 보ᄇᆡ를 도로 달ᄂᆞ."

ᄒᆞ거놀, 그 션녀 이의 다셧 ᄀᆞ지 보ᄇᆡ를 다 드리니, 그 션관이 밧아다 각각 ᄉᆞᄆᆡ의 넣코 공즁(空中)으로 표연(飄然)이 올나가거놀, 놀나 ᄭᆡ다르니 침상일몽(枕上一夢)이라. 고이히 역여 이러나 금녕을 ᄎᆞ진즉 간ᄃᆡ업고 난ᄃᆡ업던 일위 션녀 겻ᄐᆡ 안져거놀, 놀납고 고이 역여 ᄌᆞ셔이 보니 과연 몽즁(夢中)의 보던 션녀라. 화룡월ᄐᆡ(花容月態)와 단슌호치(丹脣皓齒)며 ᄇᆡᆨᄐᆡ쳔경(百態千景)[3]이 ᄉᆞ람의 졍신(精神)를 아스니 가위 쳔향국식(天香國色)[4]이라. 막시 일견(一見)의 졍신이 황홀난측(恍惚難測)[5]ᄒᆞᆫ지라. 엇지헐 쥴 몰나 어린 듯 취(醉)ᄒᆞᆫ 듯 다만 금녕만 볼 ᄯᆞ름일너라.

이ᄯᆡ 장공이 외현[6]의 잇다가 이 말을 듯고 일변 고이히 역이고 일변 신기히 역여 급히 ᄂᆡ당의 드러와 본즉, 화룡월ᄐᆡ와 ᄇᆡᆨᄐᆡ쳔경이 요요졍졍(夭夭貞靜)[7]ᄒᆞ여 왕고ᄂᆡ금(往古來今)의 듯던 바 쳐음이오 보던 ᄇᆡ 쳠이라. 희희낙낙(喜喜樂樂)ᄒᆞ여 일홈을 '금녕쇼졔(金鈴小姐)'라 ᄒᆞ고 ᄌᆞ(字)를 션ᄋᆡ(仙娥ㅣ)라 ᄒᆞ더라. 금녕소져다려 젼후(前後)ᄉᆞ젹(事跡)을 물으ᄆᆡ 능히 기록(記錄)[8]지 못헐지라. 이의 ᄒᆞ날게 ᄉᆞ레(謝

1) [교감] 너은 인연이 다 진ᄒᆞ엿시ᄆᆡ: 경판본 '너는 이년이 여진ᄒᆞ여스ᄆᆡ'.
2) [교감] 문득 금녕이 ᄶᅥ지며: 경판본 '문득 방울이 터지며'.
3) 백태천경(百態千景): 온갖 아름다움을 갖춘 자태. 백태천광(百態千光).
4) 천향국색(天香國色): 가장 아름다운 여자를 비유적으로 이르는 말.
5) 황홀난측(恍惚難測): 매우 황홀해 헤아리기 어려움.
6) 외현: '외헌(外軒)'의 오기.
7) 요요정정(夭夭貞靜): 나이가 젊고 용모가 아름다우며 마음이 올바르고 침착함.
8) 기록(記錄): 여기서는 '기억(記憶)'의 뜻으로 쓰임.

禮)ᄒᆞ고, 그 즐거워ᄒᆞ물 이로 층양치 못헐너라.

각셜. 이ᄯᆡ 금녕이 모친(母親) 막시긔 긔ᄒᆞ여[9] 왈,

"우리 집으로 도라가ᄉᆞ이다."

ᄒᆞ거ᄂᆞᆯ, 막시 기이(奇異) 역여 즉시 금녕을 다리고 집으로 도라올 ᄉᆡ, 가부인[10]도 ᄯᅩᄒᆞᆫ ᄯᆞ라와 일시(一時)도 ᄯᅥ나지 아니ᄒᆞ더라.

ᄎᆞ시(此時)의 시졀(時節)이 흉황(凶荒)ᄒᆞ여 인심(人心)이 쇼동(騷動)ᄒᆞᄆᆡ, 쳐쳐(處處)의 도젹(盜賊)이 벌이듯 ᄒᆞ여 ᄇᆡᆨ셩이 셔 살ᄒᆡ(殺害)ᄒᆞ며[11] ᄌᆡ물(財物)을 탈취(奪取)ᄒᆞ고, ᄇᆡᆨ쥬(白晝)의 ᄃᆡ로지상(大路之上)의 노략(擄掠)ᄒᆞ기ᄅᆞᆯ 예ᄉᆞ(例事)로이 ᄒᆞ되, 쥬현(州縣)이 능히 졔어(制御)치 못ᄒᆞ거ᄂᆞᆯ, 상이 이 소식을 들으시고 근심ᄒᆞ물 마지아니시더니, 잇ᄯᆡ 위왕(魏王)이 복지 쥬왈,

"신이 년쇼무ᄌᆡ(年少無才)ᄒᆞ오나 ᄒᆞᆫ번 나아가 인민(人民)의 쇼요(騷擾)ᄒᆞ물 진졍(鎭定)케 ᄒᆞ고, 폐하(陛下)의 근심을 덜어 도젹을 안유(安諭)ᄒᆞ게 ᄒᆞ이리다."

ᄒᆞ거ᄂᆞᆯ, 상이 ᄃᆡ열(大悅)ᄒᆞ사 즉시 위왕으로 슌무도찰어사(巡撫都察御使)[12]를 ᄒᆞ이시고 즉일(卽日)노 발힝케 ᄒᆞ시니, 어ᄉᆡ(御使ㅣ) ᄉᆞ은슉ᄇᆡ(謝恩肅拜)[13]ᄒᆞ고 나올 ᄉᆡ 상이 다시 어ᄉᆞ의 숀을 잡으시고 갈오ᄉᆞᄃᆡ,

"경이 ᄒᆞᆫ번 나ᄋᆞ가 쥬현(州縣)을 안무(按撫)ᄒᆞ고 인민을 진졍ᄒᆞ면 엇지 위왕의 덕ᄐᆡᆨ(德澤)이 아니리오?"

---

9) 긔ᄒᆞ여: '고(告)ᄒᆞ여'의 오기.

10) 가부인: 여기에서 처음 등장하나, 문맥상 장공의 부인이며 장해룡의 모친을 일컬음.

11) [교감] ᄇᆡᆨ셩이 셔 살ᄒᆡᄒᆞ며: 경판본 'ᄇᆡᆨ셩을 살ᄒᆡᄒᆞ며'.

12) 순무도찰어사(巡撫都察御使): 지방에서 변란이나 재해가 일어났을 때 두루 돌아다니며 사건을 진정시키는 일을 총괄하던 특사.

13) 사은숙배(謝恩肅拜): 예전에, 임금의 은혜에 감사하며 공손하고 경건하게 절을 올리던 일.

ᄒᆞ시고 언ᄑᆞ(言罷)이 잠쇼(潛笑)ᄒᆞ더니,[14] 어ᄉᆡ 국은(國恩)을 감츅(感祝)ᄒᆞ여 이의 ᄒᆞ직(下直)을 고(告)ᄒᆞ고 나아와 황후게 ᄒᆞ직을 고ᄒᆞ고 공쥬로 더부러 작별(作別)ᄒᆞᆫ 후 발힝헐 ᄉᆡ, 길의 올나 각읍(各邑)을 슌찬ᄒᆞ며[15] 인민을 위유(慰諭)ᄒᆞ고, ᄯᅩᄒᆞᆫ 창고(倉庫)를 여러 만민(萬民)을 진휼(賑恤)ᄒᆞ며, 도적을 인의(仁義)로 효유(效諭)ᄒᆞ여 징별(懲罰)이[16] 분명ᄒᆞ니, 지나온 곳마다 군현(郡縣)이 망풍귀슌ᄒᆞ고 열읍(列邑)이 진동ᄒᆞ며, ᄇᆡᆨ셩이 ᄯᅩᄒᆞᆫ 열복(悅服)ᄒᆞ여 불과 슈년지ᄂᆡ(數年之內)의 민심이 진경ᄒᆞ여 도불습유(道不拾遺)[17]ᄒᆞ고 야불폐문(夜不閉門)[18]ᄒᆞ여[19] 인민이 격양가(擊壤歌)를 ᄲᅧ 홰답(和答)ᄒᆞ고, ᄯᅩᄒᆞᆫ 어ᄉᆞ의 은덕(恩德)을 일컷지 아니리 업더라.

이러구러 여러 ᄒᆡ 되ᄆᆡ 길이 남경으로 지ᄂᆡ더니,[20] 장숌의 묘ᄒᆞ(墓下)를 지ᄂᆞᆫ지라. 어ᄉᆡ 셕일ᄉᆞ(昔日事)를 ᄉᆡᆼ각ᄒᆞᄆᆡ 가장 감창(感愴)ᄒᆞᆫ지라. 이의 묘젼(墓前)의 나ᄋᆞ가 졔문(祭文) 지어 치졔(致祭)ᄒᆞ고 눈물이 단숨(單衫)을 젹시ᄂᆞᆫ지라. 졔(祭)를 ᄑᆞ(罷)ᄒᆞ고 ᄐᆡ슈(太守)의게 나아 쳥(請)ᄒᆞ여 왈,

"장숌의 묘젼의 비(碑)를 셰워 치산(治山)[21]ᄒᆞ고, 숑쥭(松竹)을 만이 심으고 묘막(墓幕)을 슈츅(修築)ᄒᆞ여 셕일(昔日) 양휵(養慉)ᄒᆞ던 은졍(恩情)을 표(表)ᄒᆞ고자 ᄒᆞ노라."

14) [교감] 언ᄑᆞ이 잠쇼ᄒᆞ더니: 경판본 '언ᄑᆞ의 잠쇼ᄒᆞ더니'.
15) [교감] 슌찬ᄒᆞ며: 경판본 '슌찰ᄒᆞ여'.
16) [교감] 징별이: 경판본 '상벌이'.
17) 도불습유(道不拾遺): 길에 떨어진 것을 줍지 않는다는 뜻으로, 나라가 잘 다스려져 백성의 풍속이 돈후함을 비유해 이르는 말.
18) 야불폐문(夜不閉門): 밤에 대문을 닫지 아니한다는 뜻으로, 세상이 태평해 인심이 순박함을 이르는 말.
19) [교감] 도불습유ᄒᆞ고 야불폐문ᄒᆞ여: 경판본 '도불습유ᄒᆞ고 산무도젹ᄒᆞ여'.
20) [교감] 여러 ᄒᆡ 되ᄆᆡ 길이 남경으로 지ᄂᆡ더니: 경판본 '여러 달만의 남경을 지나러니'.
21) 치산(治山): 산소를 매만져서 다듬음.

ᄒᆞ니, 틱쉬 즉시 역군(役軍)을 지휘(指揮)ᄒᆞ여[22] 삼일(三日) ᄂᆡ(內)의 치산ᄒᆞᄆᆡ, 어ᄉᆡ 또 하예(下隸)[23]로 ᄒᆞ여금,

"쇼룡을 블너오라."

ᄒᆞ니,[24] 차시(此時) 쇼룡이 형셰(形勢) 졈졈 빈궁(貧窮)ᄒᆞ여 인근(隣近) 현읍(縣邑)으로[25] 유리걸식(流離乞食)ᄒᆞᄂᆞᆫ지라. 어ᄉᆡ 차언(此言)을 듯고 불승츄연(不勝惆然)[26]ᄒᆞ여 널니 슈식(搜索)ᄒᆞ여 불너오니, 변시 모ᄌᆡ(母子ㅣ) 니ᄅᆞ러 당상(堂上)을 우러러보니 이곳 ᄒᆡ룡이라. 블승젼뉼(不勝戰慄)ᄒᆞ여 다만 부복쳥죄(俯伏請罪)[27]ᄒᆞ니, 어ᄉᆡ 져의 모자를 보ᄆᆡ 긍칙(矜惻)이 너겨 친히 나려가 변시 모자를 붓드러 올녀 당상의 좌(座)를 쥬고, 기간(其間) 고ᄋᆡᆨ(苦厄)을 무ᄅᆞ며 호언(好言)으로 위로ᄒᆞ니, 변시 모ᄌᆡ 황공츅쳑(惶恐蹙惕)[28]ᄒᆞ여 눈물이 비 오듯 ᄒᆞ여 능히 말을 닐우지 못ᄒᆞ거ᄂᆞᆯ, 어ᄉᆡ 조금도 셕ᄉᆞ(昔事)를 ᄀᆡ회(介懷)[29] 아니ᄒᆞ니, 변시 모ᄌᆡ 이를 보ᄆᆡ 불승감격(不勝感激)ᄒᆞ여 오직 회과ᄌᆞ칙(悔過自責)[30]헐 분이러라.

어ᄉᆡ 또 본관(本官)[31]의게 젼문(錢文) 만(萬) 관(貫)과 비단 ᄇᆡᆨ(百) 필(疋)을 쳥득(請得)ᄒᆞ여 변시 모ᄌᆞ를 쥬며 왈,

"이거시 약쇼(略少)ᄒᆞ오나 십숨 년 약휵지은[32]을 표ᄒᆞ옵ᄂᆞ니, 이

22) [교감] 역군을 지휘ᄒᆞ여: 경판본 '공쟝을 불너'.
23) 하례(下隸): 남의 집에서 대대로 천한 일을 하던 사람.
24) [교감] 삼일 ᄂᆡ의~블너오라 ᄒᆞ니: 경판본 '삼일 ᄂᆡ의 치산을 다ᄒᆞ고 필역ᄒᆞᄆᆞᆯ 고ᄒᆞᄆᆡ 또 소룡을 불너오라 ᄒᆞ니'.
25) [교감] 인근 현읍으로: 경판본 '촌낙을'.
26) 불승추연(不勝惆然): 슬프고 처량한 마음을 이기지 못함.
27) 부복청죄(俯伏請罪): 고개를 숙이고 엎드려 저지른 죄에 대해 벌을 줄 것을 청함.
28) 황공축척(惶恐蹙惕): 위엄이나 지위 따위에 눌려 매우 두려워함.
29) 개회(介懷): 어떤 일 따위를 마음에 두고 생각하거나 신경을 씀.
30) 회과자책(悔過自責): 허물을 뉘우쳐 스스로 꾸짖음.
31) 본관(本官): 고을의 수령을 이르던 말.
32) 약휵지은: '양휵지은(養慉之恩)'의 오기.

ᄯᅡᆨ히셔 살고 ᄆᆡ년(每年) 일ᄎᆞ(一次)식 ᄎᆞ지라."[33]

ᄒᆞ고 이의 작별(作別)ᄒᆞᆫ 후 ᄯᅥ나니라. 변시 모ᄌᆡ 먼리 나와 젼숑(餞送)ᄒᆞ고 드러가 셔로 어ᄉᆞ의 후덕(厚德)ᄅᆞᆯ 일컷고, 남방(南方)의 갑뷔(甲富ㅣ) 되여 ᄆᆡ양(每樣) 어ᄉᆞ의 인덕(仁德)을 못ᄂᆡ 잇지 못ᄒᆞ고 보ᄂᆞᆫ ᄉᆞᄅᆞᆷ마다 어ᄉᆞ의 말을 하니, 인이(隣里) ᄉᆞᄅᆞᆷ들이 흠앙(欽仰)[34]치 아니리 업더라.

잇ᄯᅢ 어ᄉᆞ의 ᄒᆡᆼ뇌(行路ㅣ) 경ᄉᆞ(京師)로 향헐 ᄉᆡ 길이 뇌양현ᄅᆞᆯ 지나ᄂᆞᆫ지라. 뇌양의 이르러 ᄀᆡᆨᄉᆞ(客舍)의셔 슉쇼(宿所)헐 ᄉᆡ, 어ᄉᆡ 본관의 드러가 본관으로 더부러 말ᄉᆞᆷ헐 ᄉᆡ ᄌᆞ연 지기샹합(志氣相合)[35]하여 야심(夜深)토록 담화ᄒᆞ다가 본관은[36] ᄒᆞ직고 도라ᄀᆞᄂᆞᆫ지라.

어ᄉᆡ ᄌᆞ연 번뇌(煩惱)ᄒᆞ여 ᄌᆞᆷ을 일우지 못ᄒᆞ고 잠간 됴으더니, ᄉᆞ몽비몽(似夢非夢) 간의 ᄇᆡᆨ발(白髮)노인(老人)이 안젼(眼前)의 니ᄅᆞ러 길리 읍(揖)ᄒᆞ고[37] ᄂᆞᆯ오ᄃᆡ,

"그ᄃᆡ 비록 쇼년(少年)의 등과(登科)ᄒᆞ여 영걸지풍(英傑之風)으로[38] 명만사ᄒᆡ(名滿四海)[39]ᄒᆞ고 위진텬하(威振天下)[40]로ᄃᆡ, 본ᄉᆡᆼ(本生) 부모ᄅᆞᆯ 겻ᄒᆡ 두고 찻지 아니ᄒᆞ여 평ᄉᆡᆼ(平生) 죄인(罪人)이 되고자 ᄒᆞ니, 이ᄂᆞᆫ 졍셩(精誠)이 부족(不足)ᄒᆞ여 인자지도(人子之道)ᄅᆞᆯ 찰히지 못ᄒᆞ니, ᄂᆡ 그ᄃᆡᄅᆞᆯ 위ᄒᆞ여 붓그려ᄒᆞ노라."

ᄒᆞ니, 어ᄉᆡ 차언을 드ᄅᆞᄆᆡ 불승비감(不勝悲感)ᄒᆞ여 노인을 붓잡고 다시 뭇고자 ᄒᆞ다가 ᄭᆡ다르니 남가일몽(南柯一夢)이라. 크게 의혹(疑

33) [교감] ᄎᆞ지라: 경판본 '나ᄅᆞᆯ 와 보라'.
34) 흠앙(欽仰): 공경해 우러러 사모함.
35) 지기상합(志氣相合): 두 사람 사이의 의지와 기개가 서로 잘 맞음.
36) 본관은: '본관을'의 오기.
37) [교감] ᄇᆡᆨ발 노인이~길리 읍ᄒᆞ고: 경판본 'ᄇᆡᆨ발 노옹이 막ᄃᆡᄅᆞᆯ 드러 어ᄉᆞᄅᆞᆯ 가ᄅᆞ쳐'.
38) [교감] 그ᄃᆡ 비록 쇼년의 등과ᄒᆞ여 영걸지풍으로: 경판본 '그ᄃᆡᄂᆞᆫ 소년 영걸노셔'.
39) 명만사해(名滿四海): 이름이 온 세상에 널리 퍼짐.
40) 위진천하(威振天下): 천하에 위세를 떨침.

惑)ᄒᆞ여 다시 자지 못ᄒᆞ고 본현(本縣)의 드러가니, 본관이 하당영졉(下堂迎接)ᄒᆞ여 말삼ᄒᆞᆯ ᄉᆡ, 믄득 본즉 벽상(壁上)의 걸닌 족ᄌᆡ(簇子ㅣ) 자긔 낭즁(囊中)의 잇ᄂᆞᆫ 족자와 ᄀᆞᆺ거ᄂᆞᆯ, 어ᄉᆡ 자셔이 보고 크게 의아(疑訝)ᄒᆞ여 무러 왈,

“족자 그림이 무삼 격(格)이니 잇고?”

ᄒᆞ니 본관이 츄연(惆然) 왈,

“노뷔(老夫ㅣ) 늣게야 일자(一子)ᄅᆞᆯ 나핫더니 난즁(亂中)의 일흔 지 십팔 년이라. ᄉᆞᄉᆡᆼ존망(死生存亡)을 아지 못ᄒᆞ여 쥬야(晝夜) 각골(刻骨)ᄒᆞ더니, 맛츰 이인(異人)을 그 졍이(情理)ᄅᆞᆯ 알고 져 그림ᄅᆞᆯ 긔려쥬기로[41] 거러두고 보나이다.”

ᄒᆞ거ᄂᆞᆯ, 어ᄉᆡ ᄎᆞ언을 듯고 즉시 금낭(錦囊)을 여러 족ᄌᆞ ᄒᆞ나을 ᄂᆡ여 걸거ᄂᆞᆯ, 본관이 보ᄆᆡ 두 족ᄌᆡ 일호ᄎᆞ칙(一毫差錯ㅣ)[42]이 업셔 조금도 틋이미[43] 업거ᄂᆞᆯ,[44] 본관과 어ᄉᆡ 셔로 고이히 역이고 이상(異常)히 역여 의ᄋᆞ(疑訝)ᄒᆞᄂᆞ, 두렷헌 표젹(表迹)이 업셔 셔로 발셜(發說)치 못ᄒᆞ고 쥬져(躊躇)ᄒᆞ다가 본관이 어ᄉᆞ다려 문왈,

“그 족ᄌᆞᄂᆞᆫ 어ᄃᆡ셔 난ᄂᆞ뇨? 하 이상ᄒᆞ고 고이헌 일이 잇시니, 일호라도 기이지 말고 ᄌᆞ셔히 일오면 그러치 아니헐 일이 잇시니, ᄎᆞ칙(差錯)이 업게 일우쇼셔.”[45]

ᄒᆞ거ᄂᆞᆯ, 어ᄉᆡ 쏘ᄒᆞᆫ 신기(神奇)히 역여 ᄌᆞ시[46] ᄌᆞ쵸지경(自初至終)을 일일이 다 고헌 후의 금녕의 됴화(造化)로 입신양명(立身揚名)ᄒᆞ여 귀

41) [교감] 맛츰 이인을~그림ᄅᆞᆯ 긔려쥬기로: 경판본 ‘맛츰 이인을 맛나 그 졍니ᄅᆞᆯ 알고 그림을 그려주기로’.
42) 일호차착(一毫差錯): 아주 조금의 차이나 착오.
43) 틋이미: ‘틀리미’의 오기.
44) [교감] 두 족ᄌᆡ~틋이미 업거ᄂᆞᆯ: 경판본 ‘두 족ᄌᆡ 여인일필ᄒᆞ여 일호ᄎᆞ칙이 업거ᄂᆞᆯ’.
45) [교감] 하 이상ᄒᆞ고~업게 일우쇼셔: 경판본 ‘고이ᄒᆞᆫ 일이 이스니 긔이지 말고 ᄌᆞ시 닐으소셔’.
46) [교감] ᄌᆞ시: 경판본 ‘ᄌᆞ긔’. ‘자시’는 ‘자세히’의 방언(경남, 평남)이다.

(貴)히 된 말이며, 나죵의 금녕이 갈 ᄶᆡ의 죡ᄌᆞᄅᆞᆯ 쥬고 가던 ᄉᆞ연(事緣)ᄅᆞᆯ 낫낫 고ᄒᆞᆫᄃᆡ, 본관이 이 말을 듯고 어린 듯 취헌 듯 엇지 헐 쥴을 모로고, ᄯᅩᄒᆞᆫ 목이 ᄆᆡ여 갈오ᄃᆡ,

"나은[47] 금녕의 말이 잇노라."

ᄒᆞ고 ᄯᅩ 갈오ᄃᆡ,

"이 죡ᄌᆞ도 금녕이 무러온 거시오, 금녕을 여러 ᄒᆡᄅᆞᆯ 보지 못ᄒᆞ다가 이제 와셔 허물을 벗고 나니[48] 쳔만ᄌᆞᄐᆡ(千萬姿態)ᄒᆞ고 만고의 희한(稀罕)헌 졀염(絶艷)이라."

ᄒᆞ고 ᄯᅩ 갈오ᄃᆡ,

"ᄂᆡ 아ᄒᆡ(兒孩)은 등의 일곱 ᄉᆞ마괴 칠셩(七星)을 응(應)ᄒᆞ여 잇시니 일노 좃ᄎᆞ 아노라."

ᄒᆞ니 어ᄉᆡ 이 말을 듯고 문득 실셩통곡(失聲痛哭)ᄒᆞ거ᄂᆞᆯ, 본관이 ᄯᅩᄒᆞᆫ 통곡ᄒᆞ믈 마지아니ᄒᆞ니, 잇ᄶᆡ 부인이 ᄂᆡ다라[49] 어ᄉᆞᄅᆞᆯ 안고 삼인(三人)이 일시의 어우러져 통곡ᄒᆞ니, 엇지 슬푸고 기이ᄒᆞ지 아니ᄒᆞ리오? 일월(日月)이 무광(無光)ᄒᆞ고 산쳔(山川)의 쵸목(草木)이 슬허허ᄂᆞᆫ 듯ᄒᆞ더라. ᄎᆞ시의 일읍(一邑)이 이 쇼식(消息)을 듯고 뉘 아니 신기이 역이며, 뉘 아니 이ᄉᆞᆼ(異常)이 역이리오?

어ᄉᆡ 울음을 긋치고 ᄭᅮ러 고왈,

"쇼ᄌᆡ(小子ㅣ) 졍셩이 부족(不足)ᄒᆞ와 이제야 부모ᄅᆞᆯ 만나 뵈오니 그 죄 만ᄉᆞ무셕(萬死無惜)[50]이오나, ᄯᅩᄒᆞᆫ 하ᄂᆞᆯ이 살피ᄉᆞ 우리의게 금녕을 지시(指示)ᄒᆞ여 이 일이 잇도쇼이다."

ᄒᆞ고 인(因)ᄒᆞ여 젼후ᄉᆞ연(前後事緣)을 낫낫치 고ᄒᆞ며 왈,

47) [교감] 나은: 경판본 '나도'.
48) [교감] 이제 와셔 허물을 벗고 나니: 경판본 '이졔 다시 와 허물를 버스니'.
49) [교감] 부인이 ᄂᆡ다라: 경판본 '부인이 ᄯᅩᄒᆞᆫ ᄂᆡ다라'.
50) 만사무석(萬死無惜): 만 번 죽어도 아깝지 아니함.

"이졔 금녕이 비록 환도[51]ᄒᆞ엿다 ᄒᆞ오니, 쇼ᄌᆡ ᄒᆞᆫ번 보고져 ᄒᆞ나이다."

ᄒᆞ니, 공과 부인이 그졔야 졍신을 비로쇼 ᄎᆞ려 왈,

"깃부고 즐거음과 귀ᄒᆞ고 신기ᄒᆞ미 쳔만고(千萬古)의 듯던 바의 쳐음이오, 보던 바의 쳐음이라. 네 이졔 금녕을 보고ᄌᆞ 하미 고이(怪異)치 아니ᄒᆞ나, 녀ᄌᆞ(女子)의 녜모(禮貌)와 남자(男子)의 도리(道理)의 부당(不當)헌 일이니, 후일(後日)의 다시 말ᄒᆞ리라."[52]

ᄒᆞ거놀, 어ᄉᆡ 쏘ᄒᆞᆫ 그러이 역여 이 ᄉᆞ연을 글월을 닥가 쥬야ᄇᆡ도(晝夜倍道)ᄒᆞ여 경ᄉᆞ(京師)의 보(報)ᄒᆞ니라.

51) [교감] 환도: 미상. 문맥상 '모습이 바뀜' 또는 '본래의 모습으로 돌아옴'을 뜻하는 것으로 볼 수 있다.

52) [교감] 녀ᄌᆞ의 녜모와~다시 말ᄒᆞ리라: 경판본 '녀ᄌᆞ의 녜모 소ᄌᆡ의 보기룰 원치 아니ᄒᆞ리라'.

금령소저와 위왕의 결혼

잇ᄢᅴ 상이 어ᄉᆞᄅᆞᆯ 보ᄂᆡ시고 쥬야로 기다리시더니, 문득 글월올 올이믈 보시고 급히 ᄯᅥ혀보시더니 ᄃᆡ희ᄒᆞᄉᆞ 갈ᄋᆞᄉᆞᄃᆡ,

"위왕이 텬하의 두루 도라 부모와 금녕을 ᄎᆞ져시며 금녕이 ᄯᅩᄒᆞᆫ 환도ᄒᆞ엿다 ᄒᆞ니, 이ᄂᆞᆫ 인력(人力)으로 쥬작(做作)지 못헐 일이라. 이은 반다시 하ᄂᆞᆯ이 지시(指示)ᄒᆞ시미로다."

ᄒᆞ시고 드ᄃᆡ여 ᄂᆡ젼(內殿)의 드러가시니 황후와 공쥬 ᄯᅩᄒᆞᆫ 깃거ᄒᆞ믈 마지아니ᄒᆞ여, 이의 공ᄌᆔ 갈오ᄃᆡ,

"금녕은 하ᄂᆞᆯ이 ᄂᆡ신 거시라. 이졔 응쳔슌인(應天順人)[1]치 아니ᄒᆞ면 이ᄂᆞᆫ 반다시 ᄇᆡ은(背恩)ᄒᆞᄂᆞᆫ 앙화(殃禍)ᄅᆞᆯ 바들 거시니, 이졔 금녕의 혼인(婚姻)은 상(上)과 ᄒᆔ(后ㅣ) 쥬장(主張)ᄒᆞᄉᆞ 셩상(聖上)과 모ᄒᆔ(母后ㅣ) 그 공을 갑흐미 올흘가 ᄒᆞ나이다."[2]

1) 응천순인(應天順人): 하늘의 뜻에 순응하고 백성의 뜻을 따름.
2) [교감] 혼인은 상과~올흘가 ᄒᆞ나이다: 경판본 '혼인은 셩샹과 모ᄒᆔ 쥬쟝ᄒᆞᄉᆞ 그 공을 갑흐미 맛당홀가 ᄒᆞ나이다'.

ᄒᆞ니, 상이 올히 역이ᄉᆞ 이의 궁녀(宮女) 슈ᄇᆡᆨ(數百)과 황문시랑(黃門侍郎)[3]으로 ᄒᆞ여금,

"위의롤 갓쵸와 ᄒᆡᆼ장(行裝)을 쥰비ᄒᆞ여 즉일 발ᄒᆡᆼᄒᆞ라."

ᄒᆞ시고, 쏘ᄒᆞᆫ 금녕을 황후의 양여(養女)롤 삼고져 ᄒᆞ사 친필(親筆)노 직쳡(職牒)을 쓰시되 금녕공쥬(金鈴公主)라 ᄒᆞ시고,

"급히 발ᄒᆡᆼᄒᆞ라."

ᄒᆞ시고, 쏘 막시롤 봉(封)ᄒᆞᄉᆞ ᄃᆡ졀지효부인(大節至孝夫人)을 ᄒᆞ니시고, 장공 부부ᄂᆞᆫ 원조(元朝)[4] 츙신(忠臣)으로 그 마음이 굿어 '벼살을 밧지 아니ᄒᆞ리라' ᄒᆞᄉᆞ, 위왕의게 ᄒᆞ교(下敎)ᄒᆞᄉᆞ,

"그 뜻으로뼈 돈유(敦諭)[5]ᄒᆞ라."

ᄒᆞ시더라.

ᄎᆞ시의 황문시랑과 슈ᄇᆡᆨ 궁녀 등이 위의롤 거나려 ᄒᆡᆼ(行)헐 ᄉᆡ, 여러 놀만의 뇌양의 이르러 셩지(聖旨)와 직쳡을 드린 후의 바로 막시 쳐쇼(處所)의 이르니, 막시 ᄃᆡ경ᄒᆞ여 황황망조ᄒᆞ여 엇지 헐 쥴 모로거놀, ᄎᆞ시 금녕공쥬은 지기(知機)ᄒᆞ고 모친[6] 나아가 공슌(恭順)이 엿ᄌᆞ오ᄃᆡ,

"져 오ᄂᆞᆫ 일ᄒᆡᆼ(一行)이 우리 집으로 올 거시니, 모친은 경당(正堂)의 좌(座)롤 경ᄒᆞᄉᆞ 남의 우음을 취(取)치 말으쇼셔."

ᄒᆞ더니, 말이 맛지 못ᄒᆞ여셔 상궁(尙宮)과 시녀 등이 먼져 명쳡(名帖)을 올이고 드러와 문안(問安)하고 공쥬의 직쳡과 부인의 직쳡을 들이거놀, 공쥐 향안(香案)을 ᄇᆡ셜ᄒᆞ고 직쳡을 밧드러 북향ᄉᆞᄇᆡ(北向四拜)ᄒᆞᆫ 후, 시녀 썅썅(雙雙)이 드러와 녜(禮)ᄒᆞ고 상궁과 시녀 황명(皇

3) 황문시랑(黃門侍郎): 내시(內侍) 가운데서 두번째로 높은 자.
4) 원조(元朝): 원(元)나라 조정.
5) 돈유(敦諭): 교지(敎旨)를 내려 정승이나 유학자가 노력하도록 권하던 임금의 말.
6) [교감] 모친: 경판본 '모친긔'.

命)으로 '공쥬와 부인을 밧비 뫼셔오라' ᄒᆞ시믈 젼(傳)ᄒᆞ니, 부인과 공쥬 지톄(遲滯)치 못헐 쥴 알고 모녜(母女ㅣ) 즉시 금덩의 올나 집을 ᄒᆞ직ᄒᆞ고 길을 ᄯᅥ날 ᄉᆡ, 지나ᄂᆞᆫ 바 도로(道路)의 위의 거록ᄒᆞ미 불가형언(不可形言)이러라. 장공의 부부도 ᄯᅩ한 발힝헐 ᄉᆡ, 위왕이 ᄇᆡ힝(陪行)ᄒᆞ여 경ᄉᆞ로 향헐 ᄉᆡ 도로의 관광ᄌᆡ(觀光者ㅣ) 무비층찬(無非稱讚) 아니리 업더라.[7]

발힝헌 지 여러 날만의 경ᄉᆞ의 드러와 ᄇᆞ로 ᄃᆡ니(大內)로 드러가 위왕 부ᄌᆞ(父子)은 ᄉᆞ은(謝恩)ᄒᆞ고, 공쥬와 막시와 가부인은 ᄯᅩᄒᆞᆫ ᄃᆡ니로 드러가 황후긔 현알(見謁)[8]ᄒᆞᆫᄃᆡ, 상과 휘 금션공쥬를 다리시고 칭찬하믈 마지아니ᄒᆞ시ᄂᆞᆫ 즁의 더욱 공쥬의 숀을 잡으시고 깃거ᄒᆞ시미 탐탐(耽耽)ᄒᆞ시고, 금션공쥬와 금녕공쥬의 요요졍졍(夭夭貞靜)ᄒᆞᆫ 졀념(絶艷)을 못ᄂᆡ 흠앙(欽仰)[9]ᄒᆞ여 그 숀을 잡고 탐탐ᄒᆞᆫ 졍(情)이 골육(骨肉)갓치 지ᄂᆡᄂᆞᆫ지라.[10]

상이 인(因)ᄒᆞ여 ᄒᆞ교(下敎)ᄒᆞᄉᆞ,

"녜부(禮部)로 ᄐᆡᆨ일(擇日)ᄒᆞ라."

ᄒᆞ시고,

"호부(戶部)로 잔ᄎᆡ를 ᄇᆡ셜ᄒᆞ라."

ᄒᆞ시고 친히 젼(殿)의 나ᄉᆞ 부마를 영졉(迎接)ᄒᆞᄉᆞ 진하(進賀)를 밧으시니, 고금의 이런 영화(榮華)ᄂᆞᆫ 희한(稀罕)ᄒᆞ더라.

위왕이 이의 길복(吉服)을 갓쵸고 ᄂᆡ젼의 드러가 교ᄇᆡ(交拜)를 맛고 도라올 ᄉᆡ, 금션공쥬의 친영(親迎)[11]도 ᄯᅩᄒᆞᆫ 그날이라. 구고(舅姑)게

7) 무비층찬 아니리 업더라: '무비층찬하더라' 또는 '층찬 아니리 업더라'의 오기.
8) 현알(見謁): 지체가 높고 귀한 사람을 찾아가 뵘.
9) 흠앙(欽仰): 공경하고 우러러 사모함.
10) [교감] 상과 휘~골육갓치 지ᄂᆡᄂᆞᆫ지라: 경판본 '샹과 휘 금션공쥬를 다리시고 칭찬ᄒᆞ시물 마지아니ᄒᆞ시는 즁의 공쥐 더욱 반겨 그 손을 잡고 탐탐ᄒᆞ여 골육지졍이 잇는지라'.
11) 친영(親迎): 육례(六禮)의 하나로, 신랑이 신부의 집에 가서 신부를 직접 맞이하는 의식.

먼져 친영납페(親迎納幣)[12]ᄒᆞ고 두 공쥐 쌍으로 드러가 녜롤 맛고 좌(座)의 안지니, 그 ᄲᅧ혀나고 아름다온 ᄐᆡ되(態度ㅣ) 눈의 바ᄋᆡ고 만좌(滿座)의 됴요(照耀)ᄒᆞᆫ지라. 공의 부부와 부인이며 좌상죤공(座上尊公)이 즐거ᄒᆞ미 비헐 ᄃᆡ 업더라. 또 상과 황후긔 현알ᄒᆞᆫᄃᆡ, 상과 휘 ᄒᆞᆫ번 바라보시고 두 공쥬의 화려(華麗)헌 ᄐᆡ도며 알음다온 ᄉᆡᆨ덕(色德)이 ᄉᆞ람의 졍신을 놀닐지라.

인(因)ᄒᆞ여 만심환희(滿心歡喜)ᄒᆞᄉᆞ 죵일토록 질기시다가 일모셔산(日暮西山)ᄒᆞᄆᆡ, 시ᄋᆡ(侍兒ㅣ) 쵹(燭)을 잡고 왕(王)을 인도ᄒᆞ여 금녕공쥬의 방으로 드러ᄀᆞ 화쵹동방지녜(華燭洞房之禮)[13]롤 갓초와 셕일ᄉᆞ(昔日事)롤 일으며 야심토록 말ᄉᆞᆷᄒᆞ다ᄀᆞ 쵹을 물이고, 왕이 인ᄒᆞ여 공쥬의 옥슈(玉手)롤 잇글고 침상(寢牀)의 나아가니, 그 견권지졍(繾綣之情)[14]이 여산약히(如山若海)ᄒᆞ여 비헐 ᄃᆡ 업더라.

여기서는 장해룡과 금선공주가 이미 친영의 절차를 거쳐 혼례를 올린 후이기 때문에 '처음 시부모를 뵙는 예'를 뜻한다.

12) 친영납폐(親迎納幣): '납폐'는 '혼인할 때 사주단자의 교환이 끝난 후 정혼이 이루어진 증거로 신랑 집에서 신부 집으로 예물을 보는 것'이나, 여기서는 '신부가 처음 시부모에게 예물을 바치고 절을 올리는 절차'를 뜻함.

13) 화촉동방지례(華燭洞房之禮): 환한 촛불이 동방에 비친다는 뜻으로, 혼례를 치르고 나서 첫날밤에 신랑이 신부 방에서 자는 의식을 이르는 말.

14) 견권지정(繾綣之情): 마음속에 굳게 맺혀 잊히지 않는 정. 흔히 부부 사이에 서로 사랑하는 마음을 일컫는다.

위왕과 두 왕비가 함께 승천하다

익일(翌日)의 양(兩) 공쥐 구고긔 신셩(晨省)[1]ᄒᆞᄆᆡ 구괴 ᄋᆡ즁(愛重)이 역이시미 비헐 ᄃᆡ 업ᄂᆞᆫ지라. 이의 쳐쇼(處所)ᄅᆞᆯ 졍(定)헐 ᄉᆡ 응운각은 금션공쥬 쳐(處)ᄒᆞ게 ᄒᆞ고, 호졀각[2]은 금녕공쥐 거(居)ᄒᆞ게 ᄒᆞ고, 상궁과 시녀은 다 각각 쳐쇼ᄅᆞᆯ 분ᄇᆡ(分配)ᄒᆞ여 잇게 ᄒᆞ고, 왕이 밤이면 두 공쥬로 질기고 낫지면 부모ᄅᆞᆯ 뫼시고 질길 ᄉᆡ, 막부인도 그 즁의 갓치 잇셔 ᄒᆞᆫ가지로 질기더니, 이러구러 셰월(歲月)이 오ᄅᆡᄆᆡ 흥진비ᄅᆡ(興盡悲來)은 고금(古今)의 상ᄉᆡ(常事)라.

장공이 홀연 득병(得病)ᄒᆞ여 ᄇᆡᆨ약(百藥)이 무효(無效)라. 왕이 지셩(至誠)으로 구호(救護)ᄒᆞ되 맛ᄎᆞᆷᄂᆡ 셰상(世上)을 이별(離別)ᄒᆞ니, 공(公)의 년(年)이 칠십육 셰(歲)러ᄅᆞ. ᄌᆞ여(子女) 등의 망극지통(罔極之痛)을 엇지 ᄃᆞ 기록(記錄)ᄒᆞ리오? 장녜(葬禮)ᄅᆞᆯ 극진이 ᄎᆞ려 션산(先山)의 안

1) 신성(晨省): 아침 일찍 부모의 침소에 가서 밤사이의 안부를 살피는 일.
2) [교감] 호졀각: 경판본 '호월각'.

장(安葬)ᄒᆞ고 도라와 ᄉᆞᆷ상(三喪)[3]을 지셩으로 지ᄂᆡ고, 문득 가부인이 이어 졸(卒)ᄒᆞ니, 왕이 더욱 쳔붕지통(天崩之痛)을 당ᄒᆞᄆᆡ 슬워허믈 마지아니ᄒᆞ여 션산의 합장(合葬)ᄒᆞ고 삼년 쵸토(草土)[4]를 극진이 지ᄂᆡ더니, 쏘ᄒᆞᆫ 막부인이 졸ᄒᆞ니, 왕이 쏘ᄒᆞᆫ 상ᄉᆞ(喪事)를 ᄎᆞ려 극진이 ᄎᆞ려 신산(新山)[5]을 구득(求得)ᄒᆞ여 안장ᄒᆞ니라.

ᄎᆞ후(此後)로 왕의 복녹(福祿)이 진진(津津)[6]ᄒᆞ고 ᄌᆞ숀(子孫)이 만당(滿堂)ᄒᆞ니, 금션공쥬은 일남이녀(一男二女)를 두고 금녕공쥬은 이남일녀(二男一女)를 두어시니, 다 부풍모습(父風母習)[7]ᄒᆞ여 ᄀᆡᄀᆡ(個個)히 옥인군ᄌᆞ(玉人君子)오 슉녀가랑(淑女佳娘)이라. 장ᄌᆞ(長子)의 명(名)은 몽진이니 금녕공쥬의 쇼ᄉᆡᆼ(所生)이오, ᄎᆞᄌᆞ(次子)의 명은 몽환이니 금쥬[8]의 쇼ᄉᆡᆼ이오, ᄉᆞᆷᄌᆞ(三子)의 명은 몽기니 금녕공쥬의 쇼ᄉᆡᆼ이라.

장ᄌᆞ 몽진은 이부상셔(吏部尙書)로 잇고, ᄎᆞ자 몽환은 병마도춍도위(兵馬都總都尉)로 잇고, ᄉᆞᆷᄌᆞ 몽기은 할임혹ᄉᆞ(翰林學士)의 거(居)ᄒᆞ여 다 각각 임쇼(任所)의 잇고, ᄉᆞᆷ(三) 녀아(女兒)은 공문거족(公門巨族)의 ᄐᆡᆨ셔(擇壻)ᄒᆞ여 슉인가랑(淑人佳娘)을 마져 각각 만당화기(滿堂和氣)ᄒᆞ여 ᄐᆡ평안과(太平安過)헐 ᄉᆡ, 여러 ᄌᆞ숀이 각각 유ᄌᆞᄉᆡᆼ녀(有子生女)ᄒᆞ여 ᄌᆞ숀이 번셩(繁盛)ᄒᆞ고 복녹니 진진ᄒᆞ여 긔릴 거시 업더니, 일일은 왕이 후원(後苑)의 일으러 양 공쥬로 더부러 한유(閒遊)ᄒᆞ더니, 문득 오ᄉᆡᆨᄎᆡ운(五色彩雲)이 어리고 뇌정병역(雷霆霹靂)이 진동ᄒᆞ며 고이ᄒᆞ거놀, 왕이 밧그로 나오려 ᄒᆞ더니 공즁(空中)의셔 상운(祥雲)이 나려와 왕의 삼인(三人)을 올으라 ᄒᆞ여 일시(一時)의 ᄇᆡᆨ일승쳔(白日昇天)ᄒᆞ니라.

3) 삼상(三喪): 초상(初喪), 소상(小喪), 대상(大喪)의 삼년상(三年喪)을 통틀어 이르는 말.
4) 초토(草土): 거적자리와 흙 베개라는 뜻으로, 상중에 있음을 이르는 말.
5) 신산(新山): 새로운 묘소(墓所).
6) 진진(津津): 물건 따위가 풍성하게 많은 모양이나 형세.
7) 부풍모습(父風母習): 모습이나 언행이 아버지와 어머니를 고루 닮음.
8) [교감] 금쥬: 경판본 '금션공쥬'.

여러 ᄌᆞ녜(子女ㅣ) 왕이 도라오지 아니ᄒᆞ물 고이히 역여 즉시 후원의 가셔 보니, 부왕(父王)과 양모비(兩母妃)은 간ᄃᆡ업고 물ᄉᆡᆨ(物色)은 의구(依舊)ᄒᆞᆫ지라. 헐일업셔 션산의 허장(虛葬)[9]ᄒᆞ고 조셕졔젼(朝夕祭奠)[10]을 극진이 지ᄂᆡ고, 그 ᄌᆞ숀들리 ᄃᆡᄃᆡ(代代)로 그 복녹을 누리더라.

이후의 일은 별젼(別傳)이 잇기로 ᄃᆡ강(大綱) 기록ᄒᆞ여 알게 ᄒᆞ나니 셕남(釋覽)헐지어다.

9) 허장(虛葬): 오랫동안 생사를 모르거나 시체를 찾지 못하는 경우 시체 없이 그 사람의 옷가지나 유품으로써 장례를 치름. 또는 그 장례.
10) 조석제전(朝夕祭奠): 장사에 앞서 아침저녁으로 영전에 지내는 제사.

해설

『박씨전』과 『금방울전』의 형상화 방식과 그 성격

『박씨전』의 현실성과 환상성

『박씨전』의 작자는 알 수 없으나, 창작 시기는 병자호란으로 인한 전쟁의 상흔이 아직 반추될 수 있었던 17세기 후반으로 추정된다. 『박씨전』은 박씨를 주인공으로 삼아 여성의 탁월한 능력을 과시하면서 병자호란 때 당한 민족적 치욕을 허구적으로나마 설욕하려는 욕망과 의식이 반영된 작품으로, 그 줄거리는 다음과 같다.

조선조 세조 때 한양에 살고 있는 이득춘이라는 재상이 아들 시백을 두었는데, 그 사람됨이 총명하고 비범했다. 상공(이득춘)은 통소를 아주 잘 불고 바둑도 잘 두어 상대할 사람이 없을 정도였는데, 어느 날 박처사라는 사람이 찾아와 상공의 재주를 압도한다. 처사는 시백을 본 후 상공에게 시백과 자기의 딸을 혼인시키자고 청하며, 처사의 신기한 재주에 탄복한 상공은 기꺼운 마음으로 청혼을 수락한다.

혼인날이 되어 상공이 시백을 데리고 금강산으로 가서 처사의 딸 박씨와 혼인을 시키고 보니, 박씨가 천하에 다시없는 추물이었다. 이로 인해 시백은 박씨를 전혀 돌보지 않고, 시어머니 등 가족들도 박씨를 심하게 박대한다. 이에 박씨는 상공에게 부탁해 후원에 피화당避禍堂을 짓고, 그곳에서 시비 계화만 데리고 외롭게 살아간다.

그러던 중 박씨는 상공이 입어야만 할 조복을 하룻저녁에 짓고, 비루먹은 말을 사서 잘 먹이고 잘 키워 중국 사신에게 비싸게 팔아 재산을 늘리는 등 탁월한 재주를 발휘한다. 그런데도 시백이 계속 박씨를 박대하자 상공은 시백을 심하게 꾸짖는다. 시백은 상공의 명령에 따라 어쩔 수 없이 박씨를 찾아가지만 차마 박씨의 얼굴을 쳐다보지도 못한다. 또 박씨가 준 신비한 연적 덕분에 장원급제하고서도 끝내 박씨를 돌아보지 않는다.

박씨가 시집온 지 삼 년이 되던 날 홀로 금강산에 갔다가 삼 일 만에 돌아왔는데, 며칠 후 박처사가 상공의 집에 와서 박씨의 추한 허물을 벗겨준다. 시백은 절세미인으로 변모한 박씨를 보고 반해 그간 박대한 것을 사죄하지만, 박씨는 일절 반응을 보이지 않는다. 여러 번 찾아가도 용서를 받지 못한 시백이 상사병에 걸려 죽을 지경에 이르자, 박씨는 사람을 알아볼 줄 모르는 시백의 무지를 꾸짖은 후 용서한다. 이때 박씨가 절세가인으로 변했다는 소문을 들은 재상가 부인들이 박씨를 초대하는데, 박씨는 그곳에 가서 신비한 비단으로 만든 치마와 저고리를 과시한다. 또한 술잔의 술을 반쪽만 남기고 마시는 재주를 보여 부인들을 놀라게 한다.

한편, 시백은 충성으로 나라를 섬기고 인의로 백성을 다스린 결과 평안감사를 거쳐 병조판서에 이른다. 이때 남경이 요란하다는 소식을 들은 임금이 시백을 사신으로 임명하자, 시백은 임경업을 데리고 남경으로 간다. 당시 가달이 호국을 침범하고 호국은 명나라에 구원병을 요청했지만, 명나라 황제는 청병장請兵將으로 삼을 만한 장수가 없어 고민하던 중이었다. 그런데 마침 조선의 사신으로 온 시백과 임경업의 뛰어난 기상을 보고 임경업에게 청병장이 되어줄 것을 요청해, 시백과 임경업은 명나라 군사를 거느리고 가서 가달을 물리치고 호국을 구원한다. 임금은 큰 공을 세우고 조선으로 돌아온 시백을 우승상에, 임경업을 부원수에 제수한다.

몇 년 후 강성해진 호국의 왕이 조선을 침략할 야욕을 품지만, 조선에 임경업과 신비한 능력을 가진 사람이 있다는 사실을 알고 감히 침범하지 못한다. 호국 왕비는 조선의 신인神人과 임경업을 죽이기 위해 기홍대라는 여자 자객을 우승상 시백의 집으로 보낸다. 이 사실을 미리 감지한 박씨는 기홍대를 피화당으로 유인해 제압하고, 호왕과 기홍대의 무도함을 심하게 꾸짖은 후 기홍대를 호국으로 돌려보낸다. 시백을 통해 이 사실을 알게 된 임금은 박씨의 명감과 충효에 탄복하며 박씨를 명국부인에 봉한다.

기홍대를 통해 박씨의 신통한 능력을 전해 들은 호왕과 왕비는 조선에 간신이 있다는 점을 활용해 전략을 세운다. 한우와 용골대를 대장으로 삼아 십만 정병을 조발해 보내되, 동해를 건너 곧바로 동대문을 깨뜨리고 도성을 엄살하도록 한 것이다. 호국의 계략을 간파한 박씨가 시백을 통해 조정에 그 사실과 함께 의주부윤으로 있는 임경업을 불러와 도성을 지켜야 한다는 말을 전한다. 그러나 당시 권력을 장악하고 있던 간신 김자점이 한갓 여자의 말을 들어서는 안 된다고 반대한 탓에 조정에서는 아무런 대비책을 세우지 않는다.

박씨의 말대로 병자년 섣달에 호국 군사들이 동해를 건너와 곧바로 도성으로 쳐들어온다. 시백은 어쩔 수 없이 임금을 모시고 남한산성으로 피난하며, 박씨는 일가 부녀자들을 피화당으로 모이게 한다. 이때 도성을 함락한 용골대가 아우 용울대에게 장안의 고운 여자들을 잡아들이되, 우승상의 집은 절대 침범하지 말라던 호국 왕비의 말을 전한다. 그러나 용울대는 용골대의 말을 듣지 않고 피화당에 침범했다가 박씨에게 패해 목숨을 잃는다.

남한산성으로 가서 임금의 항복을 받고 장안으로 돌아온 용골대는 피화당 나무 끝에 용울대의 머리가 매달려 있는 것을 보고 화를 참지 못해 피화당을 공략하지만, 박씨에게 패해 군사를 태반이나 잃고 만다. 용골대는 어쩔 수 없이 조선의 왕비와 세자를 비롯해 숱한 여자를 잡아서 본국으로 돌아가려 하는데, 박씨의 엄포로 감히 왕비는 데려가지 못한다. 또한 용골대는 본국으로 돌아가면서 박씨의 말에 따라 의주 쪽으로 향해 가다가 임경업 장군에 패해 많은 군사를 잃는다. 임장군은 호국 군사들을 몰살하려 했으나, 임금이 이미 항복했다는 조서를 받고 어쩔 수 없이 호국 군사들을 그대로 돌려보낸다.

도성으로 돌아온 임금은 애초에 박씨의 말을 듣지 않은 것을 통탄하고, 여자이면서도 혼자 힘으로 십만 대병을 물리치고 왕비를 구한 박씨의 공을 크게 치하한다. 또한 박씨를 절충부인 겸 정렬부인에 봉하고, 부인의 자손이 대대로 작록을 받게 한다. 이후 승상과 부인은 일흔 살까지 살다가 같은 날 함께 승천한다.

『박씨전』은 병자호란이라는 역사적 사건과 완전한 허구를 잘 조화시켜 주인공인 박씨의 탁월한 능력과 공적을 형상화한 작품이다. 그래서 이 작품의 주제 또는 작가의식을 정확하게 파악하기 위해서는 병자호란의 전개 과정과 실상을 어느 정도 이해할 필요가 있다.

후금은 정묘호란1627, 인조 5 이후 명나라를 공격하는 데 필요한 군량과 병선을 조선에 요구하는 등 군신의 관계를 강요했으며, 1636년 나라 이름을 청으로 고친 이후에는 더욱 노골적으로 사대 관계를 요구해왔다. 조선이 이러한 요구를 거절하자, 청태종은 1636년 12월 9일에 10만여 명의 군사를 동원해 압록강을 건너 조선을 침략했다. 의주부윤 임경업 등이 백마산성에서 청군의 공격을 저지하자, 청군은 기병을 동원해 직접 서울로 진공했다. 당황한 조정에서는 왕자 두 명과 왕실을 강화도로 피난시켰다. 그러나 인조는 강화도로 가려다가 청군에 길이 막혀 소현세자와 함께 남한산성으로 피난했다. 청군은 압록강을 건넌 지 10여 일 만에 아무런 저항도 받지 않고 한양에 입성했으며, 한 달도 채 안 되어 강화도를 함락하고 남한산성마저 완전히 포위했다. 결국 조선 조정은 포위된 지 45일 만인 1637년 1월 30일에 청과 화친을 맺었으며, 인조는 세자와 함께 성에서 나와 삼전도三田渡, 송파에서 청태종에게 큰절을 하는 치욕을 당했다.

이렇듯 병자호란은 한 달 남짓한 짧은 기간에 끝났지만 그 피해는 임진왜란에 버금갈 정도로 매우 컸다. 40여 일 동안 한양을 장악하고 있던 청군은 온갖 만행과 약탈을 자행했으며, 화친을 맺고 본국으로 돌아갈 때도 소현세자와 봉림대군을 비롯해 수많은 부녀자를 인질이나 포로로 끌고 갔다. 특히 화친을 맺을 때 인조는 청태종을 향해 삼배구고두례三拜九敲頭禮, 세 번 절하고 아홉 번 머리를 조아림라는 치욕적인 항복례를 실시했던 바, 이는 조선이 일찍이 경험하지 못한 굴욕이었다. 뒷날 효종으로 등극한 봉림대군은 이때의 굴욕을 씻기 위해 북벌 계획을 추진했는데, 『박씨전』에는 이 시기 병자호란에 대한 민중의 의식이 반영돼 있다고 본다.

실제로 『박씨전』에는 병자호란의 경과와 참상이 비교적 사실적으로 반영되어 있다. 예컨대 다음과 같은 대목이 그러하다.

> 박씨가 대성통곡하니, 승상이 그 소리를 듣고 민망한 마음을 건잡지 못해 하늘을 우러러 탄식하고 궁궐 안으로 들어갔다. 이때는 병자년 섣달 보름날이었는데, 갑자기 동대문에서 대포 소리가 한 번 들리더니 고각鼓角 소리와 함성이 천지를 진동하면서 무수한 호적이 동대문을 깨뜨

리고 도성 안으로 쳐들어왔다. 성안에 살기가 가득하니 백성의 참혹함을 어찌 말로 다 표현하리오? 오랑캐 장수가 수많은 군사를 이끌고 사면을 둘러싸고 쳐들어오니, 일의 형세가 너무 급박해 어찌할 바를 몰랐다. 임금께서 말씀하셨다.

"지금 장안 성안에 도적이 가득 몰려들어 백성들을 살해하고, 사직마저 매우 위태롭게 되었구나. 이 일을 어찌하면 좋겠는가?"

임금께서 하늘을 우러러 탄식하고 계실 때, 승상이 곁에서 모시고 있다가 급히 아뢰었다.

"이제 형세가 매우 급하게 되었으니, 남한산성으로 피난하사이다."

임금께서는 정신이 혼미해져 어떻게 해야 할지 몰라 탄식하시다가 옥교玉轎를 타고 성문을 나와 남한산성으로 향하셨다.

위와 같은 서술은 병자호란 당시 한양의 상황을 직접 목격한 사람이 진술한 것이라 해도 과언이 아닐 정도로 생생하다. 특히 임금이 아무런 대책도 강구하지 못한 채 '하늘을 우러러 탄식했다'는 서술은 당시의 장면을 그대로 형상화한 것이라 해도 무방하다. 인조가 삼전도에서 굴욕을 당한 일도 다음과 같이 비교적 사실적으로 서술되어 있다.

전하께서 남한산성으로 피난했는데, 호적이 곧바로 물밀듯이 들어와 전하와 여러 신하를 생포했다. 호적의 추상같은 호통 한 번에 전하께서 무릎을 꿇고 항서降書를 써주니, 호적이 곧바로 들어가 왕비와 세자 삼형제를 생포해 장안으로 압송해갔다.

작품에는 삼전도에서 인조가 청태종에게 삼배구고두례한 것까지 서술되어 있지 않다. 그러나 '호적의 추상같은 호통 한 번에 전하께서 무릎을 꿇고 항서를 써주었다'는 서술 속에는 당시의 굴욕적인 상황이 고

스란히 담겨 있다. 인조의 삼배구고두례는 너무나 치욕적이었기에 차마 그것을 구체적으로 서술할 수 없었던 듯하다. 작품 말미에는 세자와 대군을 비롯해 무수한 조선의 부녀자가 호적에게 끌려가는 대목이 있는데, 이 또한 역사적 사실과 다름없다.

이렇듯 『박씨전』에는 병자호란의 경과와 참상이 비교적 사실적으로 반영되어 있다. 그런데 주인공인 박씨의 인물 형상과 신통력을 비롯해 박씨를 중심으로 전개되는 대부분의 사건은 순전한 허구다. 박씨는 선인仙人이라 할 수 있는 박처사의 딸로 설정되어 있을 뿐만 아니라 애초에는 추녀였는데 뒤에 절세가인으로 변신하기도 한다. 따라서 박씨는 실재하는 현실적 존재로 보기 어렵다. 그녀의 탁월한 능력도 대부분 현실세계에서는 이루어질 수 없는 것이다. 즉 『박씨전』은 병자호란이라는 역사적 사건을 비교적 사실적으로 반영하면서도 주인공 박씨를 중심으로 전개되는 사건의 대부분이 완전한 허구로 짜여 있는 것이다. 특히 박씨가 자객 기홍대, 호장 용울대와 용골대를 물리치는 대목은 환상성이 강한데, 이것이 다른 여성영웅소설과 구별되는 독특한 면모라 하겠다. 『박씨전』을 역사군담소설 또는 민중적 영웅소설이라 하는 까닭도 바로 여기에 있다.

이러한 『박씨전』의 특징은 주제의식과 밀접하게 관련되어 있다. 앞에서 서술했듯이, 병자호란 때 조선은 대응 한번 제대로 못한 채 허망하게 패배했으며, 그로 인해 세자와 대군을 비롯해 수많은 민간 부녀자가 끌려가는 등 임진왜란 못지않은 피해를 입었다. 그러나 무엇보다 큰 충격은 평소 오랑캐라 업신여겼던 청나라 태종에게 인조가 삼배구고두례하는 치욕을 당했다는 것이다. 이것은 민족적 자존심에 큰 상처를 남겼으나, 그 상처를 치유하고 민족적 자존심을 회복하는 현실적인 방안은 없었다. 이에 『박씨전』의 작자는 허구적 세계에서나마 박씨와 같은 이인異人을 설정해 병자호란 때의 치욕을 씻고 민족적 자존심도 회복하고자 했던 것이다. 이는 다음과 같은 대목에서 극명하게 드러난다.

호장들이 말에서 내려 스스로 손을 묶고 팔문진 앞으로 나아가 무릎을 꿇고 애걸하며 말했다.

"소장들이 군사를 일으켜 조선에 들어와 사방을 돌아다녔으되 한 번도 무릎을 꿇은 적이 없었는데, 이제 신명하신 박부인께 무릎을 꿇고 비나이다."

그러고는 또 애걸했다.

"부인의 말씀이 왕비는 데려가지 말라 하시니, 분부대로 할 것입니다. 이제 길을 열어 우리가 고국으로 돌아가게 해주소서."

호장들이 여러 번 간절히 애걸하니, 박씨가 그제야 주렴을 걷고 크게 꾸짖어 말했다.

"너희를 씨도 남기지 않고 모두 죽여 없애려 했으나, 내가 부득이 천명에 따라 너희를 용서하노라. 우리나라가 불행해 너희에게 강화를 당했으나, 무엇 때문에 우리 왕비를 모셔가려 하느냐? 너희 말대로 왕비는 모셔가지 마라. 너희가 부득이 세자를 모셔간다고 하니, 이 또한 하늘의 뜻을 거역하지 못하거니와 부디 조심해서 모시고 가라. 나는 여기 앉아서도 만 리 밖을 내다보는 능력이 있으니, 너희가 만일 불편하게 모시면 내가 신장神將을 보내 너희 왕과 죄 없는 백성을 모두 함몰하겠노라. 부디 내 말을 헛되이 여기지 말고 명심하기 바라노라." (…)

"조공趙公 양자는 지백의 머리에 옻칠해 술잔을 만들어 원수를 갚았노라. 나도 옛일을 본받아 네 동생의 머리에 옻칠해 남한산성에서 당한 욕을 만분의 일이라도 갚으려고 하니, 그런 말을 하지 마라."

위의 대목은 호장 용골대가 박씨에게 죽음을 당한 동생 용울대의 원한을 갚기 위해 박씨를 공격했다가 도리어 패배를 당한 직후의 장면이

다. 여기에서 박씨가 '천운이 불행해 패배했다는 것'은 아무리 소설이라 할지라도 병자호란 당시 참패한 역사적 사실마저 차마 왜곡할 수는 없었기 때문이다. 그만큼 병자호란의 패배는 분명했으며, 그에 따른 트라우마도 깊었다. 박씨가 병자호란 때 실제로 조선 침략의 선봉장이었던 용골대 대신 가상의 인물인, 용골대의 아우 용울대를 죽이는 것으로 나오는 이유도 이 때문이다. 역사적 사실을 왜곡할 수는 없었지만 가상의 적장을 설정해 패배의 한을 씻고자 했던 것이다. 바로 '용울대의 해골을 술잔으로 만들어 남한산성에서 당한 욕을 만분의 일이나마 갚고자 했던 것'이 『박씨전』의 중요한 창작 동기이면서 주제의식이라 하겠다.

한편, 『박씨전』에서 청나라에 대한 설욕과 손상된 자존감의 회복 못지않게 중요한 것이 호적을 물리치는 주인공이 여성으로 설정되어 있다는 점이다. 여기에는 일차적으로 병자호란 때 대응 한번 제대로 못한 채 패배하고 말았던 사대부 관료들의 무능력에 대한 비판의식이 강하게 담겨 있다. 당시 청군을 저지해야 할 총책임을 맡고 있었던 도원수 김자점은 전투를 회피하며 적군의 급속한 남하를 방관했고, 강화도 수비의 총책이었던 김경징 등은 수수방관하다가 청군이 이르자 곧바로 도망했으며, 대부분의 조정 관료는 척화파와 주화파로 나뉘어 논쟁만 일삼았다. 그 결과 수많은 백성이 심한 고통을 받았으며, 특히 부녀자들은 겁탈을 당하거나 포로로 붙들려가는 등 더욱 큰 시련을 당해야만 했다.

병자호란이 발발하기 전까지만 해도 사대부 남성들은 대단한 능력을 가진 것처럼 행세하면서 여성과 하층민을 무시해왔다. 그런데 병자호란을 통해 그들의 무능력과 위선이 고스란히 드러났으니, 그간 이들의 무시와 압박에 시달렸던 여성들의 불만이 어떠했겠는가. 『박씨전』에는 이러한 여성들의 불만이 강하게 투영되어 있다. 탁월한 능력을 가진 여성이 호적을 물리치는 장면을 구체적으로 형상화함으로써 사대부 남성들의 무능력을 통렬하게 비판하고, 아울러 여성이 남성 못지않은 능력을 소유하고 있음을 과시한 것이다.

그런데 『박씨전』은 단순히 사대부 남성들의 무능력을 비판하는 데 그치지 않고, 주인공 박씨를 추녀로 설정함으로써 그들의 부조리와 타락상을 구체적으로 폭로한다. 박씨는 추한 외모를 지녔지만 탁월한 능력을 소유한 여성이다. 그녀의 능력은 하룻밤에 시아버지의 조복을 지은 것, 비루 먹은 망아지를 사서 잘 키운 뒤 비싸게 팔아 집안을 부유하게 한 것, 신비한 연적을 주어 시백이 장원급제하도록 한 것 등을 통해 구체적으로 표출된다. 그러나 시백은 그녀의 능력은 인정하지 않고 오로지 외모가 추하다는 이유만으로 그녀를 심하게 박대하는데, 『박씨전』은 그 과정과 양상을 생생하게 형상화함으로써 사대부 남성들의 무지와 부조리를 비판한다.

나아가 『박씨전』은 이러한 남성들의 사고와 태도가 개개인의 결함에 한정되지 않고 국가 안위와도 관련되어 있다는 인식을 보여준다. 이는 다음과 같은 호국 왕비의 말을 통해 확인된다.

> "조선은 본래 재물을 탐하고 여색을 즐기는 사람이 많은 나라이니 계집을 구하되, 인물이 뛰어나고 문필은 이태백과 왕희지 같고 의량意量은 제갈공명 같은 계집을 보내면 성공할 만하나이다."

위의 대목은 호국의 왕이 조선에 신비한 능력을 가진 박씨와 훌륭한 장수인 임경업이 있어 침략하기 어렵다고 탄식하자, 왕비가 한 말이다. 그녀는 조선엔 재물을 탐하고 여색을 즐기는 위정자들이 많기 때문에 박씨나 임경업과 같은 인물이 있을지라도 공략하기가 어렵지 않다고 한다. 이는 당시 사대부 남성들에 대한 조선시대 여성들의 생각을 대변

한 것이라 할 수 있는데, 위정자들의 재물에 대한 탐욕과 호색이 국가 안위를 좌우할 수도 있다는 인식을 분명하게 보여준다. 상공이 거듭 박씨의 현숙함과 뛰어난 재주를 알아보지 못하는 사내가 어떻게 나라를 위해 큰일을 할 수 있겠느냐고 시백을 꾸짖은 것도 같은 맥락에서 이해할 수 있다.

이상에서 대략 살펴본 것처럼, 『박씨전』은 병자호란이라는 역사적 사건을 배경으로 삼아 당시 사대부 남성들의 무능과 부조리를 폭로하고 비판하며, 여성이 남성보다 국가를 위해 더욱 큰 역할을 할 수 있다는 것을 구체적으로 보여준다. 물론 박씨가 비현실적인 존재이며, 그녀의 능력 또한 현실세계에서 구현될 수 없다는 것은 한계로 지적될 수 있다. 그러나 가부장적 이념과 사회 체제 아래 여성의 사회적 활동을 철저하게 억압했던 조선 후기 사회를 생각하면 이것은 부득이한 측면이 있다. 여성의 사회적 활동에 대한 남성들의 반발을 사지 않으면서도 여성의 능력과 가치를 새롭게 보여주기 위해서는 비현실적인 인물과 사건 설정이 불가피했던 것이다. 따라서 우리가 주목할 점은 환상적으로나마 여성의 능력과 가치를 드러내고자 했던 『박씨전』 향유층의 힘겨운 몸부림이며, 오늘날 우리가 이룩한 양성평등은 이러한 몸부림이 축적된 결과라는 사실을 결코 잊어서는 안 될 것이다.

현전하는 『박씨전』의 이본은 총 100여 종으로 알려져 있다. 이들 이본은 크게 임경업과 관련된 서사가 거의 드러나지 않는 이본(제1계열), 임경업과 호병의 군담 및 임경업의 한탄이 드러나는 이본(제2계열), 임경업이 호국에 들어가 세자와 대군을 데려오는 이본(제3계열), 임경업의 죽음과 김자점의 처형으로 이루어지는 이본(제4계열)의 네 계열로 나눌 수 있다. 이 네 계열 가운데 임경업과 관련된 서사가 거의 드러나지 않는 제1계열의 이본이 먼저 출현하고, 점차 임경업과 관련된 서사가 확장되면서 역사의식도 함께 부각되는 방향, 곧 제4계열 쪽으로 변화했을 것으로 추정하고 있다.

이 책에서는 제2계열에 속하는 이본 가운데 비교적 선본善本에 해당하는 박순호본 『박씨전』(『박순호 소장 한글필사본 고소설 자료총서』 62, 오성사, 1986)을 저본으로 삼아 역주와 현대역을 진행했다. 이 이본을 저본으로 삼은 까닭은 두 가지다. 하나는 현존하는 이본 가운데 제2계열에 속한 이본이 가장 많다는 점이며, 다른 하나는 제2계열은 『박씨전』의 원형을 간직하고 있으면서 동시에 후대 이본 계열의 변모 과정과 양상을 파악할 수 있는 자료가 될 수 있다는 생각 때문이다. 교감과 현대역의 윤색은 주로 손낙범본 『명월부인전』, 고대본 『박씨전』(고려대 도서관 소장), 융희본 『박씨전』(『박순호 소장 한글필사본 고소설 자료총서』 17, 오성사) 등을 활용했다.

『금방울전』의 변신 모티프와 그 성격

『금방울전』은 작자와 창작 연대가 미상인 고전소설이다. 현재 필사본, 경판본, 활자본 등 40여 종의 이본이 전하고 있으며, 각 이본의 사건 전개와 내용은 거의 차이가 없다. 이 작품은 전생에서 원통하게 죽은 용녀龍女가 신통한 능력을 지닌 금방울로 환생해 전생의 인연을 되찾는 과정을 그리고 있는데, 그 줄거리는 다음과 같다.

원나라 지정 말년 장원 부부가 꿈속에서 동해용왕의 아들을 구해준 인연으로 아들 해룡을 낳는데, 몇 년 후 전란이 발발한다. 장원 부부는 어린 해룡을 업고 피난을 가다가 도적이 뒤쫓아오자 부득이 해룡을 버리고 달아난다. 이때 도적 중에 장삼이라는 사람이 해룡의 영특한 면모를 보고 자기 고향으로 데려가서 양육한다.

한편, 막씨는 남편 김삼랑이 다른 여자를 얻어 살면서 집에 들어오지도 않지만 지극한 효성으로 늙은 시어머니를 봉양하며, 시어머니가 죽은 뒤에도 산소 옆에 여막을 짓고 삼년상을 지낸다. 그러던 어느 날 꿈에 옥황상제로부터 아이를 점지받고, 죽은 남편의 혼령과 동침해서 금방울을 낳는다.

신통한 능력을 지닌 금방울은 어머니 막씨를 도와 온갖 어려운 일을 해내는데, 이웃 마을에 사는 목손이 그 소문을 듣고 금방울을 훔쳐간다. 그러나 금방울이 신통력으로 목손의 집을 모두 불태워버리며, 화가 난 목손은 막씨를 관가에 무고한다. 고을 지현인 장원은 막씨를 옥에 가두고 온갖 방법을 동원해 금방울을 없애려 했으나, 도리어 금방울에 혼만 난 뒤 부인의 권유에 따라 막씨와 금방울을 풀어준다.

이후 장원의 부인은 잃어버린 아들 해룡을 그리워하다가 병을 얻어 죽게 되는데, 금방울이 보은초를 가지고 와서 부인을 살린다. 이를 계기로 장원 부인은 막씨와 의형제를 맺고, 금방울은 장원 부인과 막씨에게 지극한 사랑을 받는다. 그러던 어느 날 금방울이 장원 부부와 해룡이 헤어질 때의 장면을 그린 족자를 장원에게 주고 사라진다. 이때 요괴가 나타나 태조 고황제의 외동딸인 금선공주를 납치해가며, 황제는 공주를 구해오는 사람에게 천하의 반을 나누어주겠다는 방문을 붙인다.

한편, 장삼은 해룡을 수양아들로 삼아 기르지만, 그의 아내 변씨와 친아들 소룡이 해룡을 박대한다. 장삼이 죽은 이후에는 변씨가 해룡을 더욱 학대하는데, 그때마다 금방울이 나타나 해룡을 도와준다. 그러던 중 해룡은 변씨의 무고로 살인을 저지른 소룡 대신 관가에 붙들려가는데, 나졸들이 고문을 할 때마다 장원의 어린 아들이 고통스러워한다. 또한 어린 아들이 해룡을 무척 좋아하며 따르자, 장원은 해룡에게 자기 아들을 돌보며 별채에 머물게 한다. 이에 겁이 난 변씨 모자가 해룡을 죽이려 하자, 마침내 해룡은 집을 떠나 금방울의 안내를 받으며 산속으로 들어간다.

해룡과 금방울이 깊은 산속에 이르렀을 때 갑자기 금돼지가 나타나 해룡을 잡아먹으려 하자, 금방울이 그 앞을 가로막는다. 그 순간 금돼지는 요괴로 변해 금방울을 삼키고 산골짜기로 들어가버린다. 해룡은 금방울을 구하기 위해 요괴의 소굴로 찾아가는데, 그곳에는 요괴에게 납치되었던 금선공주와 시녀들이 있었다. 해룡은 이들의 도움으로 요괴를 죽이고 금방울을 구하며, 금방울과 함께 금선공주를 모시고 남경으로 간다. 이에 천자와 황후는 해룡과 금방울에 감사를 표한 뒤 해룡과 공주의 혼례를 올려 해룡을 부마로 삼는다.

이때 북흉노가 침범하자, 장부마는 대원수가 되어 출전한다. 장원수는 흉노와 맞서 싸우다가 죽을 위기에 처하지만 금방울의 도움으로 살아난 뒤 대승을 거두며, 그 공으로 위국공 겸 좌승상이 된다. 그 직후 금방울은 황후와 공주에게 어린아이가 난중에 부모를 잃고 우는 형상을 그린 족자를 주고는 사라져버린다.

한편, 막씨와 장원 부인은 금방울을 잃고 밤낮으로 슬퍼하며 세월을 보내고 있는데, 어느 날 갑자기 금방울이 돌아온다. 두 부인이 매우 기뻐하며 금방울을 안고 즐겁게 담소를 나누다가 잠이 드는데, 두 부인의 꿈에 한 선관이 나타나 조만간 자녀를 만나게 될 것이라고 알려준다. 꿈에서 깨어보니 금방울이 껍질을 벗고 절대가인으로 변해 앉아 있었다. 막씨와 장원 부부는 금령소저를 얻게 된 것을 기뻐하며 하느님께 감사드린다.

이해에 흉년이 들어 민심이 흉흉하고 도적이 사방에서 일어나자, 장승상이 순무도찰어사가 되어 인의로써 도적을 달래고 민심을 안정시킨다. 순행하던 중 남정 고을에 이르러 장삼의 묘에 제사를 올리고, 거지로 전락한 변씨 모자에게 은혜를 베푼다. 서울로 돌아오던 도중 뇌양현에 이르러 그곳 사또인 장원을 만나게 되는데, 여기에서 금방울이 준 족자를 통해 두 사람이 부자지간이라는 사실과 함께 금방울이 미녀로 환생한 사실을 알게 된다. 이 소식을 전해 들은 천자는 금령소저를 양녀로 삼고 막씨를 대절지효부인에 봉한다. 또한 천자가 해룡(위왕)과 금령공주의 혼례를 올려주니, 위왕과 두 왕비가 부귀공명을 누리며 행복하게 살다가 세 사람이 모두 한날한시에 승천한다.

위의 줄거리에서도 드러나듯이, 『금방울전』은 금방울이라는 이물異物의 신통력과 활약상을 중심으로 형상화되어 있다. 즉 금방울이 신통력을 발휘해 위기에 처한 해룡을 구해주며, 마침내 방울의 탈을 벗고 미녀로 환생해 해룡과 부부의 인연을 맺는다는 것이 『금방울전』의 주요 내용이다. 이런 점에서 『금방울전』은 여성 주인공의 뛰어난 능력과 활약상을 그린 일반적인 여성영웅소설과는 약간 다른 측면이 있다고 하겠다. 금방울은 여성이 아니라 이물이기 때문이다.

물론 금방울이 전생에는 남해용왕의 딸인 용녀이며, 뒤에 미녀로 환골탈태한다는 점에서 금방울은 여성성을 담지하고 있다. 그러나 현실적 존재로서의 금방울은 분명 사람이 아니라 이물이다. 그래서 금방울의 젠더가 여성이냐 남성이냐를 따지는 것은 곤란하다. 따라서 우리는 금방울의 젠더를 따지기 이전에, 왜 이 작품이 금방울이라는 이물을 주인공으로 삼았는가라는 문제를 생각해볼 필요가 있다.

『금방울전』의 요지는 전생에 용녀인 금방울이 자신의 뛰어난 능력을 발휘해 전생의 남편인 해룡과 애정을 나눈다는 것이다. 그런데 전생과 관련된 이야기를 배제하고 보면, 『금방울전』은 금방울이 적극적으로 해룡에게 접근해 자신의 사랑을 쟁취한다는 이야기가 된다. 여기에서 다른 여성영웅소설처럼 금방울을 이물이 아니라 실제 여성이나 남장을 한 여성으로 설정했다면 어떤 문제가 발생했을까? 아마 '금방울'이라는 여성은 탕녀로 치부되고, 『금방울전』은 아예 유통이 불가능했을 것이다.

고소설에서 그와 유사한 사례를 찾기는 어렵지 않다. 고소설에 나타나는 악인형 여성은 대부분 주도적으로 자신의 애정을 갈구하는 인물로 설정되어 있으며, 사랑을 먼저 고백하다가 탕녀라는 멍에를 둘러쓰고 처형되는 인물도 있다. 『사씨남정기』의 교녀, 『창선감의록』의 조녀 등이 바로 그들이다. 그러기에 선인형 여성 주인공이 주도적으로 또는 적극적으로 자신의 애정을 갈구하는 모습을 형상화한다는 것은 거의 불가능한 일이었다. 조선시대에는 가부장적 이념과 사회 체제에 따라 여성의 정숙과 순종을 매우 중시했으며, 비록 허구적인 소설이라 할지라도 이러한 이념적·사회적 제약에서 벗어날 수 없었던 것이다. 금방울이 미녀로 변신한 이후 이전과 완전히 다르게 소극적이고 수동적인 인물로 형상화된 것도 이 때문이다. 이러한 점을 고려할 때, 『금방울전』에서 주인공을 금방울이라는 이물로 설정한 것은 여성의 주체적이며 자율적인 행위를 억압했던 당시의 가부장적 이념과 사회 체제를 극복하기 위한 방편이었다고 할 수 있다.

이렇듯 『금방울전』은 일반적인 여성영웅소설과 다른 특수성이 존재함에도 이 작품이 여성영웅소설이라는 것을 부정하는 연구자는 없다. 그 까닭은 주인공인 금방울이 전생에는 남해용왕의 딸이며, 서사의 마지막 단계에서 여성으로 변신하기 때문이다. 그러기에 금방울은 외형적으로는 이물이지만 그 본질적 속성은 여성이다. 이런 점에서 금방울은 여성 주인공이 쓴 일종의 가면이나 탈이라 할 수 있다. 즉 『금방울전』은 여성 주인공이 금방울이라는 탈을 쓰고 사회적 영역에서 자신의 탁월한 능력을 과시한 뒤 다시 그 탈을 벗은 것으로 볼 수 있다. 이렇게 보았을 때, 『금방울전』의 금방울은 다른 여성영웅소설에서 여성 주인공의 남장과 유사한 성격과 기능을 갖는다.

그러나 여성 주인공이 남장을 한 것과 금방울이라는 가면을 쓴 것의 차이 또한 적지 않다. 대부분의 여성영웅소설에서 여성 주인공은 남장을 하고 사회적 영역에서 자신의 탁월한 능력을 발휘해 공을 세운 뒤 다시 가정으로 돌아온다. 여기에서 여성이 남장을 한 이유는 조선시대에는 여성의 사회적 활동이 철저하게 억압되었기 때문이다. 당시 남성들은 여성의 역할을 가정에 국한함으로써 남성 중심적 또는 가부장적 사회 체제를 구축하고 강화했다. 또한 이를 위해 여성은 본질적으로 남성보다 열등한 존재라는 관념과 편견을 확산시켰다. 이에 불만을 품은 여성들은 기회만 주어진다면 얼마든지 남성과 동일하거나 남성보다 우월한 능력을 발휘할 수 있다는 것을 보여주고 싶었을 터다. 그러나 여성에게는 그러한 기회가 주어지지 않았을 뿐만 아니라 아예 사회적 활동이 금지됐다. 그래서 여성이 자신의 능력을 발휘하기 위해서는 부득이 남장을 할 수밖에 없었으며, 여성영웅소설에는 바로 이러한 당시의 사회적 현실이 반영되어 있다.

그러나 남장이라는 방법은 그 나름대로 문제나 한계가 있다. 우선 소설 속에서 여성 주인공이 남장을 할지라도 남성 독자들에게 그가 여성이라는 것이 분명하게 인지되기 때문에 당시 남성들의 부정적인 시선에서 완전히 자유로울 수 없었을 것이다. 또한 이 방법은 그 목적이 어디에 있건 간에 다른 사람을 속인다는 도덕적인 문제를 내포하고 있다. 그래서 남장을 한 여주인공이 큰 공을 세운 뒤 임금에게 자신의 본색을 드러내고 죄를 고백할 수밖에 없는 것이다. 그런데 『금방울전』의 경우 적어도 이 문제에 대해서는 자유롭다. 주인공을 금방울이라는 이물로 설정한 것이 남장을 한 것보다 비현실적이긴 하지만 다른 사람을 속인 것은 아니기 때문이다.

『금방울전』의 특징이자 한계도 바로 여기에서 찾을 수 있다. 『금방울전』은 다른 여성영웅소설에 비해 설화성과 신화성이 강하다. 「주몽신화」「박혁거세 신화」「수로왕 신화」 등 우리나라 건국신화에서 주인공은 대부분 '알'에서 태어나는데, 『금방울전』의 주인공 역시 알과 유사한 형태인 '방울'로 태어난다. 사람이 알에서 태어난다는 난생설화는 보통 고대신화에서 영웅이나 건국시조의 탄생을 신비화하고 초인적인 권위를 부여하기 위해 만들어진 신화적 상상력의 산물이다. 『금방울전』의 방울도 바로 이러한 난생설화를 차용한 것이다.

물론 다른 여성영웅소설에서도 주인공이 비현실적인 능력을 소유하는 등 환상성이 강하게 나타난다. 그러나 환상성은 남성영웅소설에서도 거의 동일하게 나타나기 때문에 여성영웅소설의 특징만은 아니다. 그런데 『금방울전』은 이러한 환상성과 함께 다른 영웅소설에서는 찾아보기 어려운 신화적 요소까지 내포했다. 그 결과 『금방울전』은 다른 영웅소설보다 현실성이 더 떨어진다. 그래서 여성의 자율성과 주체성을 억압하는 현실에 대한 비판적 의미도 약화될 수밖에 없다.

그러나 이러한 한계에도 불구하고 『금방울전』은 여성의 주체적이며 자율적인 행위를 억압했던 가부장적 이념과 사회 체제를 부정하거나 극복하려는 당시 향유층들의 의식과 의지가 반영되어 있는 작품임에 틀림없다. 『금방울전』이 특별히 환상성 외에 신화성까지 담지하게 된 것은 당시 여성에 대한 사회적 억압이 그만큼 강했다는 것을 역설적으로 보여준다. 또한 이것은 『금방울전』이 여성영웅소설 가운데서도 여성주의가 아직 미약했던 시점에 창작된 초기적 형태일 가능성을 엿보게 한다. 요컨대, 『금방울전』은 여성의 자율성과 주체성을 억압했던 가부장적 이념과 사회 체제에 대한 불만을 현실적으로 제기하지 못하고 설화성과 환상성에 의존해 은근하게 제기한 작품이라 하겠다.

『금방울전』의 이본으로는 경판본, 필사본, 구활자본 등 총 40여 종이 있다. 작품의 제목은 대부분 '금방울전'으로 되어 있으나 '금령전金鈴傳' 또는 '능견난사能見難思'로 되어 있는 이본도 있다. 이들 이본 가운데 가장 선본先本으로 알려진 이본은 일본 동양문고에 소장되어 있는 필사본인데, 여기에서는 이 이본을 저본으로 삼아 역주 작업을 진행하는 가운데 경판본 중 가장 선본에 해당하는 28장본을 교감 대상으로 삼았다.

【 참고문헌 】

『박씨전』

곽정식, 「〈박씨전〉 연구의 현황과 과제」, 『문화전통론집』 8, 경성대학교 한국학연구소, 2000.

곽정식, 「〈박씨전〉에 나타난 여성의식의 성격과 한계」, 『국어국문학』 126, 국어국문학회, 2000.

김대숙, 「〈박씨전〉 연구」, 『벽사 이우성선생 정년퇴직기념 국어국문학논총』, 창작과비평사, 1990.

김미란, 「박씨전과 변신 모티브」, 『국어국문학』 78, 국어국문학회, 1978.

김미란, 「박씨전 재고—역사소설로서의 성격을 중심으로」, 『고소설연구』 25, 한국고소설학회, 2008.

김나영, 「신화적 관점에서 본 〈박씨전〉 소고」, 『고소설연구』 16, 한국고소설학회, 2003.

서혜은, 「〈박씨전〉 이본 계열의 양상과 상관관계」, 『고전문학연구』 34, 한국고전문학회, 2008.

서혜은, 「〈박씨전〉의 통속화 양상과 그 사회적 의미」, 『한국고전여성연구』 20, 한국고전여성문학회, 2010.

신태수, 「박씨전에 나타난 현실과 이상의 관계」, 『한민족어문학』 25, 한민족어문학회, 1994.

심민호, 「〈박씨전〉에 나타난 환상성과 그 의의」, 『우리말글』 30, 우리말글학회, 2004.

심치열, 「문학 교과서에 나타난 고전소설 교육의 현황과 문제—〈박씨전〉을 중심으로」, 『돈암어문학』 18, 돈암어문학회, 2005.

여세주, 「〈박씨전〉의 구조와 후반부의 연원 고찰」, 『한민족어문학』 13, 한민족어문학회, 1986.
이연화, 「〈박씨전〉에 나타난 여성의식 고찰」, 『국학연구론총』 8, 택민국학연구원, 2011.
이윤석, 「〈박씨전〉 考—〈임경업전〉과의 관계를 중심으로」, 『여성문제연구』 12, 대구가톨릭대학교 사회과학연구소, 1983.
이원수, 「〈박씨전〉에 나타난 여성관」, 『어문학』 71, 한국어문학회, 2000.
장경남, 「병자호란의 문학적 형상화 연구: 여성 수난을 중심으로」, 『어문연구』 31, 한국어문교육연구회, 2003.
장효현, 「〈박씨전〉의 문체의 특징과 작품 형성 배경」, 『한글』 226, 한국학회, 1994.
정병헌, 「여성영웅소설의 서사 구조와 변이 양상 연구」, 『한국언어문학』 36, 한국언어문학회, 1996.
조혜란, 「여성, 전쟁, 기억 그리고 〈박씨전〉」, 『한국고전여성문학연구』 9, 한국고전여성문학회, 2004.

『금방울전』

강상순, 「괴물은 무엇을 표상하는가—한국 고전서사문학 속의 괴물」, 『우리어문연구』 55, 우리문학회, 2016.
김나영, 「家의식의 관점에서 본 〈금방울전〉」, 『돈암어문학』 19, 돈암어문학회, 2006.
김용기, 「여성영웅의 서사적 전통과 고소설에서의 수용과 변모」, 『우리문학연구』 32, 우리문학회, 2011.
서혜은, 「〈금방울전〉의 여성 주도적 애정 서사의 전개 양상과 의미」, 『어문학』 121, 한국어문학회, 2013.
신호림, 「〈금방울전〉에 나타난 금방울의 성격과 여성성의 의미」, 『한국고전여성문학연구』 25, 한국고전여성문학회, 2012.

심치열,「〈금방울전〉에 나타난 주인공의 조력적 면모와 의미」,『한국고전여성문학연구』 28, 한국고전여성문학회, 2014.
유춘동,「세책본 〈금령전〉의 텍스트 위상 연구」,『열상고전연구』 20, 열상고전문학회, 2004.
이윤석,「〈금방울전〉 활판본 원고에 대하여」,『열상고전연구』 26, 열상고전문학회, 2007.
이정원,「영웅소설의 괴물 문제—슈퍼히어로와 대비의 관점에서」,『우리어문연구』 55, 우리문학회, 2016.
장경남,「고소설의 이물교구담 수용 양상과 의미」,『우리문학연구』 23, 우리문학회, 2008.
최기숙,「성장소설로 본 〈금방울전〉, 〈김원전〉」,『연민학지』 7, 연민학회, 1999.
최운식,「〈금방울전〉의 구조와 의미」,『고전소설 연구의 방향』, 한국고전문학회, 1985.

문학동네 한국고전문학전집을 펴내며

우리가 고전에 눈을 돌리는 것은 고전으로 회귀하기 위해서가 아니다. 한국의 고전은 고전으로서 계승된 역사가 극히 짧고 지금 이 순간에도 발견되고 있으며 심지어 어떤 작품은 저 구석에서 후대의 눈길을 간절하게 기다리고 있기도 하다. 우리의 목표는 바로 이런 한국의 고전을 귀환시키는 것이다. 그러니까 고전 안에 숨죽이며 웅크리고 있는 진리내용들을 다시 불러들이고 그것으로 이 불투명한 시대의 이정표를 삼는 것, 이것이 우리의 궁극적인 목적이다.

문학동네 한국고전문학전집은 몇몇 전문가의 연구실에 갇혀 있던 우리의 위대한 유산을 널리 공유하는 것은 물론, 우리 고전의 비판적·창조적 계승을 통해 세계문학사를 또 한번 진화시키고자 하는 강한 열망 속에서 탄생하였다. 그래서 문학동네 한국고전문학전집은 이미 익숙한 불멸의 고전은 말할 것도 없고 각 시대가 새롭게 찾아내어 힘겨운 논의 끝에 고전으로 끌어올린 작품까지를 두루 포함시켰다. 뿐만 아니라 한국 고전의 위대함을 같이 느끼기 위해 자구 하나, 단어 하나에도 세밀한 정성을 들였다. 여러 이본들을 철저히 비교하는 과정을 거쳐 정본을 확정했고, 이제까지의 모든 연구를 포괄한 각주를 달았으며, 각 작품의 품격과 분위기를 충분히 살려 현대어 텍스트를 완성했다. 이 모두가 우리의 고전을 재발명하는 것이야말로 세계문학의 인식론적 지도를 바꾸는 일이라는 소명감 덕분에 가능했음은 물론이다. 부디 한국의 고전 중 그 정수들을 한자리에 모은 문학동네 한국고전문학전집이 그간 한국의 고전을 멀리했던 독자들에게 널리 읽히고 창조적으로 계승되어 세계문학의 진화를 불러오는 우리의, 더 나아가 세계 전체의 소중한 자산으로 자리하기를 기대해본다.

문학동네 한국고전문학전집 편집위원
심경호, 장효현, 정병설, 류보선

옮긴이 **이상구**
고려대학교 문과대학 국어국문학과를 졸업하고, 같은 대학에서 문학박사학위를 취득했다. 순천대학교 사범대학장, 한국고전여성문학회장 등을 역임했으며, 현재 한국고소설학회장을 맡고 있다. 역주서로는 『17세기 애정전기소설』 『숙향전·숙영낭자전』 『방한림전』 등이 있으며, 논문으로는 「숙향전의 현실적 성격과 문헌적 계보」 「구운몽의 형상화 방식과 소설미학」 등 40여 편이 있다.

한국고전문학전집 021
박씨전·금방울전

초판 인쇄 | 2018년 7월 27일
초판 발행 | 2018년 8월 3일

옮긴이 이상구 | 펴낸이 염현숙

책임편집 유지연 | 편집 구민정 이현미 | 디자인 윤종윤 이주영
마케팅 정민호 이숙재 정현민 김도윤 안남영
홍보 김희숙 김상만 이천희
제작 강신은 김동욱 임현식 | 제작처 영신사

펴낸곳 (주)문학동네
출판등록 1993년 10월 22일 제406-2003-000045호
주소 10881 경기도 파주시 회동길 210
전자우편 editor@munhak.com | 대표전화 031)955-8888 | 팩스 031)955-8855
문의전화 031)955-3578(마케팅), 031)955-2690(편집)
문학동네카페 http://cafe.naver.com/mhdn | 트위터 @munhakdongne
북클럽문학동네 http://bookclubmunhak.com

ISBN 978-89-546-5218-6 04810
978-89-546-0888-6 04810 (세트)

* 이 도서의 국립중앙도서관 출판시도서목록(CIP)은 서지정보유통지원시스템 홈페이지(http://www.seoji.nl.go.kr)와 국가자료공동목록시스템(http://www.nl.go.kr/kolisnet)에서 이용하실 수 있습니다.
(CIP제어번호: CIP2018020927)

www.munhak.com